KB238201

영미명작, 좋은 **번역**을 찾아서

영미명작, 좋은 번역을 찾아서

초판 1쇄 발행 • 2005년 5월 2일
초판 3쇄 발행 • 2016년 2월 29일

지은이 • 영미문학연구회 번역평가사업단
펴낸이 • 강일우
편집 • 신채용 김경태 황혜숙 권나명 신선희 인혜경
미술·조판 • 윤종윤 신혜원
펴낸곳 • (주)창비
등록 • 1986년 8월 5일 제85호
주소 • 10881 경기도 파주시 회동길 184
전화 • 031-955-3333
팩시밀리 • 영업 031-955-3399 편집 031-955-3400
홈페이지 • www.changbi.com
전자우편 • human@changbi.com

* 이 논문은 2002년 한국학술진흥재단의 지원에 의하여 연구되었습니다(074-AM1096).

영미명작,
좋은 **번역**을 찾아서

영미문학연구회 번역평가사업단 지음

창비

이 책은 '영미문학연구회' 소속 연구자 44명이 학술진흥재단 기초학
문육성지원사업의 일환으로 1년 반에 걸친 공동작업 끝에 2004년 1월
완성한 '영미고전문학 번역평가사업: 번역문화 혁신을 위한 현황점검'
이라는 제목의 연구보고서를 단행본의 성격과 규모에 맞게 새로 손보아
내놓은 것이다. 이 작업의 1차적인 목적은 해방 이후부터 2003년 7월
31일 사이에 발간된 고전적인 영미명작 36편의 완역본을 대상으로, 수
집 가능한 모든 번역본에 대하여 일종의 '질적 평가'를 수행함으로써 번
역현황을 정리·진단하고 원본의 번역 텍스트로서 신뢰할 만한 번역본
을 선별해내는 데 있다. 이 책은 이렇게 선별된 '추천본'들을 중심으로
우리의 연구결과를 좀더 폭넓은 독자들과 공유하려는 취지에서 발간하
는 것이다. 따라서 번역의 문제와 중요성에 관심을 환기하는 동시에, 그
간 출간된 수많은 동종 번역본들 가운데 상대적으로 나은 책을 가려읽
을 수 있도록 실질적인 도움을 주고자 하는 것이 이 책의 한 목적이라고
할 수 있다. 다만 2003년 7월 이후에 새로 번역 출간된 번역본도 일부
확인했으나 이 책에는 반영하지 않았다.

새로 단행본을 꾸미면서 가장 먼저 고려한 것은 첨부자료를 제외하고도 A4 용지로 1천매에 가까운 방대한 분량의 보고서를 단행본의 규모에 맞게 조정하는 일이었다. 우선 서술대상을 일부로 한정하는 동시에 서술내용도 축약하기로 했다. 즉 원 보고서에서는 중복출간되어 실질적으로 동일한 판본을 뺀 모든 수집본을 분석대상으로 삼았으나, 이 단행본에서는 신뢰할 만한 번역본이라고 판정한 '추천본' 중심으로 서술했다. (추천본의 수가 많은 셰익스피어 작품의 경우는 추천본 중 일부만 상세히 서술하고 나머지는 간략히 줄였다.) 추천본이 없는 경우에는 나머지 판본 가운데 상대적으로 나은 번역본을 '참조본'으로 서술에 포함했다. 이처럼 대상을 제한하는 한편, 서술의 범위와 내용도 단행본 규모에 맞게 축약하고 혹은 보완하였으며, 이는 총론의 경우도 마찬가지이다. 결국 검토대상 중 많은 판본들에 대한 서술은 생략되었지만, 그 대신 본문 내 각 작품의 '출간현황'과 맨 뒤에 첨부한 '연구결과통계표' 그리고 '총론'의 '결과 총괄'을 통해서 개별 작품과 전체 작품의 번역실태를 알 수 있을 것이다.

추천본 중심으로 서술한 1차적인 이유는 물론 분량의 제한이지만, 또한 우리 작업의 실천적 목표가 바로 수다한 번역본 가운데 신뢰할 만한 번역본을 구별해내는 데 있기 때문이기도 하다. 명작으로 평가되는 외국문학작품의 경우 번역본이 난립하면서도 개별 번역본의 질적 수준에 대한 평가가 없는 상황은, 일반독자들은 물론이고 연구자나 평론가, 문인 등 좀더 전문적인 독자들에게도 여러모로 혼란과 어려움을 초래해왔다. 전반적인 번역의 수준과 풍토를 탓하는 소리는 그간에도 드물지 않았지만 정작 그 실상에 대한 종합적이며 실증적인 자료는 찾아보기 힘들었다. 이런 자료를 만들어낸다는 것 자체가 한두 사람의 힘으로는 엄두조차 낼 수 없는 엄청난 노고와 시간을 필요로 하는 일이라는 현실적 이유가 크겠고, 번역에 관한 한 학계든 문화계든 일종의 '냉소적 방관'에 머문 점도 또 하나의 이유가 될 것이다. 그러나 옥석을 분별함이 없는 일괄적 개탄은 상황을 개선하는 데 별 도움이 못되며, 현실을 냉정히 보는 것 못지않게 어려운 상황에서도 실제로 성취된 훌륭한 노력들을 가려내어 독자들이 선택할 수 있게끔 하는 작업이 필요하다. 지금으로서는 좋은 번역이 나온다고 해도 난립한 동종 번역물들 사이에 파묻혀버리고 말 위험이 크며, 실제 이런 사례들을 우리의 연구에서도 적지 않게 확인할 수 있었다. 번역이 (평가를 포함한) 진지한 비평의 대상이 되고 그 결과가 공유되는 것, 이것이 좋은 번역을 북돋고 거기에 진정한 생명을 부여하는 필수적인 방식이 될 것이다. 신뢰할 만한 번역본을 중심으로 꾸린 이 단행본 출간이 독자들에게 일종의 선택의 '길잡이'를 제공함으로써 좋은 번역과 독자가 만나는 기회를 확대하고, 나아가 번역물과 관련한 다양한 논의와 토론을 좀더 원활하게 하는 데 기여한다면 수많은 번역본들과 씨름한 우리의 길고 지난한 시간들도 충분히 보상받을 수 있을 것이다.

작업에 들어간 공력과는 별도로, 번역의 질을 '평가'한다는 것 자체가 단순한 일은 아니고, 특히 문학번역의 경우에는 여러모로 어렵고 조심스러운 작업일 수밖에 없다. 우리의 평가 기준과 방법에 대해서는 '총론'에서 상술하고자 했으며, 그 기준들이 실제로 어떻게 적용되는지는 각 번역본 분석에서 직접 확인할 수 있을 것이다. 다만 우리 작업의 기본성격에 대해서는 이 자리에서 한두마디 덧붙여두는 것이 좋을 듯하다. 번역의 질을 가늠하는 논의는 여러 차원에서 이루어질 수 있을 터인데, 이 작업에서 우리의 1차적인 관심은 본격적인 번역비평이라기보다는 그 비평의 대상으로 삼을 만한 번역본들을 걸러내는 기본적인 수준에서의 '평가'이다. 그런 점에서는 본격 비평을 위한 일종의 정지작업이라고 하는 게 옳겠다. 물론 '비평'에 해당하는 내용들도 서술에 포함되기는 하지만, 평가의 기준 자체는 번역 텍스트가 갖추어야 할 가장 기본적이면서 필수적인 요건들 — 원본의 번역물로서 갖추어야 할 충실성과 한국어 텍스트로서의 가독성 — 로 국한하였다는 뜻이다. 이 요건들

6

과 그 적용의 정당성은 궁극적으로 독자가 판단할 일이지만, 우리로서는 최대한 공정한 평가가 되도록 최선을 다했다는 말은 할 수 있겠다.

이 작업을 수행한 영미문학연구회는 1995년 창립 이래 번역문제에 꾸준히 관심을 기울여왔으며, 일찍부터 번역평가위원회를 구성하여 영미문학의 번역현황을 총체적으로 점검하는 기획을 모색해왔다. 이 숙원사업을 실행에 옮길 기회를 마련해준 학술진흥재단에 감사드리며, 이번 연구의 후속작업이 현재 진행중임도 알려드린다. 또한 이 연구에 깊은 관심을 가지고 단행본 출간이라는 어려운 일을 흔쾌히 맡아 편집에서 교열까지 꼼꼼하게 살펴준 창비에 감사의 마음을 전한다. 이 책의 출간을 계기로 우리 작업의 결과가 좀더 많은 독자들에게 전달되고 번역문제에 대한 관심이 좀더 높아지기를 기대한다. 그리고 무엇보다도 오랜 기간 진정한 협업의 정신을 보여준 연구진을 비롯한 영미문학연구회의 여러분들과 이 작은 보람을 나누고 싶다.

2005년 4월
영미문학연구회 번역평가사업단

차례

1. 작품의 배열은 미국문학, 영국문학으로 나누어 출간연도순으로 하되, 같은 작가의 작품일 경우는 잇따라 배열한다. (서술분량이 많은 셰익스피어의 '4대비극'은 맨 뒤로 돌린다.)

2. 개별 번역본 평가는 '추천본'(보고서의 6등급 기준으로 1, 2등급)을 대상으로 하고, 1등급은 ★★★으로 2등급은 ★★☆으로 표기한다. 추천본이 없는 경우에는 나머지 가운데 가장 높은 등급의 번역본을 '참조본'으로 제시한다.

3. 검토본 목록은 등급별로 열거하며, 동일 등급 내에서는 초판본 출판연도순으로, 출간연도가 같을 경우에는 역자명의 가나다순으로 한다. 추천본과 참조본 서술 순서도 이에 따른다. 검토본 목록에서 같은 역자의 번역서 서지사항은 집중검토본을 먼저 쓰고 다른 출판사 발행본을 병기한다. 괄호 안의 숫자는 검토본의 초판연도를 가리키되, 검토한 판본의 연도가 이와 다를 경우는 뒤에 병기한다. 기타본은 초판연도만 표시한다.

   예) 정성환 『오만과 편견』 금성출판사(1987, 1992) 중앙문화사(1987)

4. 개별 번역본의 제목은 번역본에 표기된 대로 따른다. (다만 한자제목은 특별한 경우를 제외하고는 한글로 바꾸어 표기한다.)

5. 구체적 분석에서 인용일 경우 큰따옴표로 표시하고 괄호 안에 인용 면수(영어 원문일 경우 원전 텍스트의 면수, 번역본일 경우 번역본 면수)를 밝힌다. 원문에 대한 평가자의 대안번역은 작은따옴표로 표시한다.

   예) "[It smelled] like someone'd just tossed his cookies in it"(81면) / "누군가 그 안에 쿠키를 던져버린 것같이"(111면)/대안번역: '방금 누군가 그 안에다 토해 놓은 듯한'

6. 고유명사의 표기는 번역본에서 직접 인용할 때는 해당 번역본의 표기에 따르나, 그밖에는 원칙에 따라 하나로 통일해 표기한다. 외국어·외래어의 표기는 현지음에 가깝게 적는 것을 원칙으로 하되 현행 외래어표기법을 존중했다.

7. 원문과 번역문을 이어서 독립인용할 때는 원문을 앞에 제시하고 번역문을 뒤에 둔다.

8. 인용한 번역문의 맞춤법 표기는 원문 그대로 적되, 다만 띄어쓰기는 일관된 원칙 하에 통일한다.

9. 인용문 중 볼드체로 강조한 부분은 특별한 언급이 없을 경우 인용자의 것이다.

총론

1. 성격과 취지

우리 근대문화의 형성과 발전에서 외국문학·문화와의 교섭이 차지하는 비중은 가히 압도적이라 할 수 있으며, 번역은 이같은 교섭의 주된 매개 역할을 해왔다. 근대적 제도와 사상, 문물의 유입은 그 자체로 번역을 동반할 수밖에 없었으며, 현재 우리가 사용하는 많은 개념어 나아가 우리의 문어(文語)체계 자체가 어떤 면에서는 번역의 소산이기도 하다. 그런 점에서 번역의 문제는 우리의 문화와 삶을 반추하는 데서도 깊은 관심의 대상으로 떠올라 마땅하다. 그중 외국의 삶과 제도, 문화를 개개인의 구체적인 삶 속에 담아내고 자리매김하는 문학작품의 번역은 그 내밀하고 깊은 감화력으로 인해 특별히 관심의 대상이 될 만하다. 특히 영미문학은 외국문학 번역에서 차지하는 비중에서나 연구되고 읽히는 정도에서나 각별한 의미가 있다. 영미의 고전적인 작품들은 대부분 되풀이 번역되어 우리의 문화와 교육에 큰 영향을 미쳐왔으며, 영어의 세계 패권이 전면화되는 마당에 이제 영어는 단순히 영미국가를 넘어선

문학의 매체로서 그 자리를 더욱 확대해나가고 있다.

번역이 우리 문화를 형성하는 데 핵심적인 역할을 해왔음에도 불구하고 번역문제에 대한 관심과 인식은 학계에서나 문화계 일반에서 그다지 높지 않았다. 번역은 수없이 행해져왔으나 번역결과물에 대한 정리와 평가는 산발적이고 부분적이었으며, 출판의 규모에 비추어서는 지극히 빈약한 것이 현실이다. 서구문학 번역의 서지적 연구는 김병철이 『한국근대번역문학사연구』(을유문화사 1975), 『한국근대서양문학이입사연구』(을유문화사 1980), 『한국현대번역문학사연구』 상·하(을유문화사 1998), 『세계문학번역서지목록총람』(국학자료원 2002) 등 일련의 노작을 통해 선도적으로 수행한 바 있다. 그러나 그의 작업은 1987년까지의 자료를 대상으로 한 것인 만큼, 그 이후 발간된 번역물에 관한 후속연구의 보충이 필요한 상황이다. 또한 단순한 서지적 정리를 넘어서 중복출간이나 표절이 아닌 독자적인 번역본은 얼마나 되며, 각각의 질적 수준과 특징은 어떠한지 짐작할 수 있게 해주는 자료는 거의 전무하다.

우리의 기본적인 목표는 바로 상당수의 문학작품들을 대상으로 이같은 질적 평가자료를 제시하는 데 있다. 이런 작업은 물론 서지적 조사와 정리를 수반하며, 그런 점에서 김병철의 선행작업을 보완하고 갱신하는 작업도 겸하게 될 것이다. 이 연구는 해방 이후 남한에서 현재(2003년 7월 31일 기준)까지 발간된 영미문학작품 36편의 완역본을 대상으로, 각 작품의 전반적인 번역현황을 정리하는 한편 각 번역본의 번역 수준과 특성을 상세히 분석·평가한다. 대상작품은 영미문학에서 주요작으로 평가받고 한국 독자에게도 비교적 널리 읽혀온 소설작품들을 중심으로 하되, 초써의 『캔터베리 이야기』, 셰익스피어의 4대비극, 밀턴의 『실락원』 등의 비소설 고전도 포함한다. 소설에는 디포우의 『로빈슨 크루쏘우』에서 쌜린저의 『호밀밭의 파수꾼』에 이르는 주요 영미소설 30편이 망라되어 있다.

그사이 열악한 번역풍토에 대한 개탄이나 번역의 수준에 대한 산발적인 토론과 문제제기가 없지 않았지만, 실제로 번역물들의 수준을 종합적으로 평가하고 공개하는 일은 영미문학은 물론이고 어떤 분야에서도 전례가 없던 일이다. 우리의 연구는 한 분야의 번역물 혹은 번역문학을 총체적이고 엄정한 평가의 대상으로 삼는 첫번째 사례가 될 것이다. 이런 작업을 통해서 우선 영미문학 분야에서 좋은 번역과 그렇지 않은 번역이 분별되지 않고 혼재함으로써 빚어지는 혼란을 부분적으로나마 정리할 수 있을 것이다. 우리 연구의 취지 역시 여러 번역본 사이에서 상대적으로 나은 번역본을 선별할 수 있게 하는 동시에, 번역실상을 진단할 실증적인 자료를 제공함으로써 번역풍토를 개선하고 좋은 번역을 고무하는 데 있다.

우리의 연구결과는 일반독자들에게, 그리고 각급 교육현장과 연구현장에서 좋은 번역본을 선택하는 '길잡이'로 활용될 수 있을 것이다. 영미권 고전작품은 '세계문학'의 일부로, 그리고 '교양'의 일부로서 우리의 독서경험에서 중요한 비중을 차지하고 있다. 또한 우리 교육은 많은 부분 번역서에 의존하고 있다. 원서를 스스로 읽어낼 능력이 부족한 중등과정 교육에서 영미고전문학의 독서는 번역본에 의존할 수밖에 없으며, 원서를 다루는 대학 강의에서조차 많은 학생들이 번역서를 참조하는 것이 현실이다. 영미문학에 관한 연구와 논의도 마찬가지이다. 외국문학을 연구하더라도 한국의 연구자와 독자를 염두에 두는 한 번역서에 관심을 갖지 않을 수 없다. 이처럼 독서에서 교육, 연구에 이르기까지 번역본은 중요한 역할을 하는데, 그에 비해 우리의 현실은 무분별하고 부실한 번역서를 포함한 다양한 번역본들의 홍수 속에 (연구자를 포함한) 독자가 아무런 지침 없이 내던져진 형국이다. 번역본을 활용하는 교육이든 독서든 연구든, 내실있는 것이 되려면 충실하고 신뢰할 만한 텍스트를 사용하는 일이 필수적이다. 이같은 번역서 선별의 필요성과 어려움은 독서 및 교육과 연구의 현장에서 일상적으로 절감하는 사안이다. 그러나 이를 개별적인 차원에서 그때그때 해결해나가기에는 시간과 노력의 낭비가 너무 크다. 이번 연구는 집단적 작업을 통해 최대한 객관적인 자료를 제공함으로써 이러한 어려움을 덜고, 독서와 교육·연구의 현장에 유용한 지침을 마련해줄 것이다.

영미의 고전적인 문학작품들에 국한되기는 하나, 이 연구는 번역이 객관적으로 평가되고 그 결과가 공개되는 중요한 선례가 될 것이다. 영미문학 분야뿐 아니라 전반적으로 우리 번역풍토가 열악하다는 소문은 무성하지만 그 실상을 정확하게 파악하기란 쉽지 않았다. 또한 어려움 가운데서도 이룩한 귀중한 결과물들에 대한 응분의 평가도 그간 제대로 이루어지지 못했다. 이번 연구결과는 우리 번역 현실을 좀더 객관적으로 진단하고 개선해나가는 데 좋은 자료가 될 것이다. 추천본들을 따로 선별해내는 작업부터가 과거와 미래의 좋은 번역을 고무하는 데 상당한 기여를 할 수 있을 것이다.

우리는 이번 검토에서 좋은 번역본들의 존재를 확인할 수 있었지만 동시에 번역의 전반적인 상황에 대한 소문이 근거없는 것이 아님을 알 수 있었다. 뒤의 결과 분석에서 좀더 자세히 이야기하겠지만, 우선 전체 번역본에서 표절본이 매우 높은 비중을 차지하고 있다. 또한 표절을 제외하고도 번역의 정확성이나 가독성 면에서 믿고 추천할 만한 번역본이 매우 부족하다. 번역의 부실함이 우리 학문이나 문화에 끼치는 악영향은 심각하다고 할 수 있다. 서구를 비롯한 외국의 지적·문화적 산물이 우리 문화에서 차지하는 비중을 감안할 때 양산되는 부실번역은 학문적·문화적 부실공사로 이어지기 때문이다.

번역의 부실함을 번역자 개개인의 책임으로만 돌릴 수 없는 열악한 번역여건이 구조적으로 존재해온 것이 사실이다. 매우 낮은 경제적 보상에서 드러나는 번역에 대한 인식의 부족에서부터 전문적이고 유능한 번역자의 부족, 졸속하고 불성실한 번역관행, 편집과 교열에 대한 소홀함 등 여러 요소들이 서로 맞물리며 열악한 번역을 만들어내는 데 기여하고 있다. 부실한 번역이 양산되고 유통되는 관행이 오랫동안 지속되어온 데는 번역물의 수준과 성과를 평가하는 학문적·사회적 기제가 제대로 자리잡지 못한 우리 학계와 문화계의 현실도 큰 몫을 하였다.

번역은 하나의 산업이라고 해도 좋을 만큼 엄청난 규모의 사업이며, 그런 만큼 부실번역을 실질적으로 용인하는 이같은 상황은 시급히 바로잡아야 한다. 특히 한국이 1987년 국제저작권 협약에 가입한 후 신간 번역물의 중복간행이라는 오랜 폐습은 막을 수 있게 되었지만, 판권을 확보한 출판사가 부실번역을 내놓는 경우 이를 시정할 기회 또한 사라지게 되었다. 이같은 상황에서 번역의 질에 대한 논의의 공론화는 더욱 절실해지며, 이 연구를 통해 이같은 공론화가 본격적으로 이루어지기를 기대한다. 이번 번역평가 연구결과가 학계 혹은 출판계나 일반독자들의 진지한 진단과 토론을 이끌어낼 수 있다면, 번역에 대한 관심을 제고하고 번역문화의 혁신을 위한 토론을 활성화하는 데 중요한 계기가 될 수 있을 것이다.

2. 수행방법과 과정

이 연구는 그 성격상 언어와 문학에 대한 고도의 독해력과 감각을 갖춘 전문가집단의 조직적인 협동작업을 필요로 한다. 이같은 협동은 연구대상의 방대한 규모 때문이기도 하지만, 집단적인 토론과 검토를 통해 평가의 신뢰성과 객관성을 높이기 위해서도 필요하다. 물론 단순한 분업이 아닌 진정한 '협업'이 이루어져야 하며, 대규모 연구진 내부의 통일성이 확보될 때 내실있는 집단작업이 이루어질 수 있을 것이다.

통일성과 '협업'의 확보를 위해 우리는 ① 연구 및 집필의 방법과 과정에 대한 전체적인 토론을 거쳐 상세한 지침과 원칙 들을 미리 마련하고, 또한 작업과정에서 토론을 통해 지속적으로 수정·보완해나갔다. ② 개별작품에 대한 1차적 검토는 2명 이상의 연구자가 한 팀이 되어서 진행했다. 연구의 첫단계부터 팀 단위의 공동작업을 함으로써 개개인의 편향과 차이를 줄이고자 한 것이다. ③ 각 팀의 공동작업을 통해 작성된 평가보고서는 검토위원회에서 수차례의 검토와 논평, 수정을 거쳤다. 이같은 다각적인 검토와 토론의 절차를 통해 평가작업에 필수적인 공정성과 신뢰성을 극대화하고자 했다.

이 연구는 크게 그간 출간된 번역본의 자료정리작업과 평가분석작업으로 구성된다. 작업과정은 ① 출간된 번역본의 현황조사 ② 번역본 수집과 데이터베이스 작성 ③ 중복출판본 가려내기 ④ 표절본 가려내기 ⑤ 비표절본인 '독자번역본'의 분석과 평가 등 다섯 단계로 이루어졌다. 데이터베이스 자료는 현황조사와 수집, 그리고 각 번역본 평가작업에서 실물과의 대조 등 연구과정 내내 계속적인 수정을 통해 최종 확정했다. 평가분석작업은 작품별 전체 번역상황의 총괄적 정리와 개별 번역본들에 대한 총평과 분석, 평가로 구성된다.

각 판본은 편의상 역자 이름을 사용하여 표기한다. 그러나 출판현황을 조사하는 과정에서 이미 작고한 역자의 번역본이 사후에 새로 출간되었으나 그 경위를 전혀 알 수 없는 경우도 있고, 본인도 모르게 이름을 도용당한 경우도 일부 확인되었다. 그런 만큼 '아무개의 번역본'은 "어떤 과정을 거쳐서든 '아무개' 이름으로 '아무' 출판사에서 나온 번역 출간물"의 약칭으로 이해하는 것이 더 정확하겠다. 그리고 작품 사이에 있을 수 있는 번역의 난이도를 평가에서 배려하지는 않았다. 이 두가지 점에서도 우리의 평가는 역자 개개인의 능력에 대한 평가라기보다 생산된 최종 결과물에 대한 평가라 할 수 있다. 또 하나 밝혀둘 것은, 영어 원본이 아닌 일역본 등을 번역한 중역 여부는 필요한 경우 서술에 포함할 수는 있으나, 번역수준의 판정에는 고려하지 않았다는 점이다.

구체적인 연구과정을 상술하면 다음과 같다.

(1) 현황조사와 수집, 데이터베이스 작성

해방 이후부터 연구기간 종료싯점인 2003년 7월까지 출간된 모든 번역본을 대상으로 현황조사를 하고, 그 자료에 근거하여 수집작업을 진행했다. 가능한 모든 통로를 통해 출간상황을 조사하여 데이터베이스를 정리하고, 그중 시판중이거나 각급 도서관에 비치되어 현재 입수 가능한 모든 판본을 수집하고자 했다. 수집과 데이터베이스 작성과정을 좀더 자세히 서술하면 다음과 같다.

● 번역본 자료조사: 자료조사는 주요 서점, 국립중앙도서관, 국회도서관, 대학도서관 등 각급 도서관의 도서목록을 직접 조사하는 한편, 『출판연감』과 김병철의 서지연구를 토대로 빠진 것을 보완했다. 대학도서관 자료는 국내 대부분의 대학도서관 데이터베이스를 통합하여 제공하는 한국교육학술정보원(www.riss4u.net)의 통합검색 써비스를 활용했으나, 각 대학도서관 싸이트에서 확인하거나 도서관을 직접 방문하여 도서를 확인해야 하는 경우도 적지 않았다.

● 번역본 수집의 원칙과 경로: 여러해에 걸쳐서 발간된 번역본은 구할 수 있는 최신 연도본을 수집하는 것을 원칙으로 삼았다. 다만 번역본의 판이 달라진다거나 수정판임이 명시되어 있는 경우, 그리고 판을 달리하지 않더라도 10년 이상에 걸쳐 계속 출판된 경우에는 초판본도 수집하기로 했다. 같은 판으로 되어 있더라도 실질적인 수정이 이루어진 경우를 감안해서이다. 또한 표절본 판별에 필요한 경우에는 반드시 초판본을 수집하는 것으로 했다. 이같은 원칙에 따라 주요 서점과 인터넷서점, 중고서적상에서 구할 수 있는 것은 구입하고, 나머지 번역본은 소장처를 확인하여 직접 방문하거나 원문복사를 통해 입수하는 방식을 취했다. 원문복사 써비스도 없고 직접 방문하기도 어려울 때에는 동료 연구자들의 도움을 받는 등 최대한 자료를 입수하려고 노력했다. 그러

나 일부 수집하지 못한 자료도 있으며, 연감 등에는 나와 있으나 소장처가 확인되지 않은 판본들도 있었다.

● 초판본 확정: 번역현황을 정리하는 데 초판본 확정은 중요하다. 선행 번역본(들)에 대한 상호참조와 표절이 있는 경우 이같은 상호관계를 밝히는 데도 초판본 발간연도는 중요한 자료가 된다. 초판본 확정에 활용한 자료는 수집된 번역본의 출판 관련 서지사항, 『출판연감』과 선행 서지연구, 각급 도서관 서지목록이다. 이들을 대조함으로써 최대한 정확한 초판연도를 확정하되, 확정이 불가능한 경우에는 추정연도를 적는 것으로 대신했다.

수집된 번역본에 표시된 출판 관련 서지사항이 초판본 확정의 1차자료가 되는 것이 당연하겠으나, 이 방법은 한계가 많은 것으로 드러났다. 초판본의 연도라든가 해당 판본의 판쇄 등이 적혀 있지 않은 경우가 대부분이었기 때문이다. 최근에는 서지사항을 정확히 밝히는 것이 관례로 자리잡아가고 있지만, 1980년대까지만 하더라도 초판본 연도나 판쇄를 밝혀놓지 않거나 설사 밝혔더라도 신뢰하기 힘든 것이 많았다. 가령 여러해에 걸쳐 여러쇄를 출판하면서도 매번 '초판 1쇄' 식으로 적는다든가, '판'과 '쇄'를 구분하지 않고 쓰는 식이다.

상·하 두권으로 나온 김병철의 『한국현대번역문학사연구』는 1950년부터 1985년 사이에 출판된 번역본들을 『출판연감』을 토대로 시대별·국가별·장르별로 정리해놓았으며, 『세계문학번역서지목록총람』은 1895년부터 1987년까지 세계문학 번역본을 연도순으로 정리했다. 이 두 저작은 초판본 확정에 큰 도움이 되었다. 그렇지만 이 저작들이 1987년 자료까지로 제한되어 있기도 하고, 1987년 이전 자료의 경우에도 누락되거나 부정확한 부분이 있는지 확인하고 보완·정정할 필요가 있는 만큼 1950년 이후의 『출판연감』을 모두 조사했다. 서울대학교도서관, 국립중앙도서관, 국회도서관 등에 소장된 『출판연감』은 1950년 이후 매

년 출간된 저작물의 출판정보를 학문분야별로 정리한 자료이다. 『출판
연감』 자료와 김병철 자료를 대조함으로써 초판연도 확인작업을 보완
할 수 있었다. 또한 연도에 차이가 나거나 확인되지 않는 경우에는 각급
도서관 도서목록 서지 등을 참고했다.

● 데이터베이스의 성격과 범위: 각 번역평가대상 작품의 번역본 목
록을 담은 데이터베이스는 앞에서 기술한 자료조사과정을 통해 만들어
졌다. 통합검색 써비스나 각 도서관 데이터베이스의 내용이 다른 것도
많았기 때문에 자료수집과정과 각 팀의 번역본 평가작업의 과정에서 여
러번 갱신을 거쳐 오류를 최대한 바로잡고자 노력했다. 그러나 판본을
입수하지 못하고 또한 기본자료로 삼은 도서관 서지사항이 부정확한 경
우 오류의 가능성이 있음을 밝혀둔다. 데이터베이스에는 각 번역본의
역자, 출판사, 전집류의 경우 전집번호, 출판연도, 초판본연도, 수집본
연도, 수집본판쇄, 대표적 소장처 등을 기입했다. (데이터베이스는 이번
단행본에는 포함시키지 않았다.)

(2) 검토본 선별

검토대상은 해방 이후부터 2003년 7월까지 남한에서 출간된 완역본
이다. 우선 수집본 가운데 해방 전이나 북한에서 출간된 판본, 축약본,
부분번역본, 아동용 판본 등을 검토대상 판본에서 원칙적으로 제외했
다. 또한 각기 다른 출판사에서 나왔지만 실질적으로 같은 역자의 동일
본이라고 판단되는 중복출간된 판본들은 한 본만 대표적으로 검토했
다. 번역본들 가운데 동일 역자의 동일 번역본이 출판사만 달리하여 나
온 것이 상당히 많아서 이들 사이의 계보를 파악하고 정리하는 것도 만
만한 작업이 아니었다. 대부분 완전 동일본의 중복출간이지만 소소한
수정을 거치거나 판본의 일부만 수정한 경우도 있기 때문에, 텍스트의
앞, 중간, 뒷부분에서 고루 발췌하여 일일이 대조하는 작업을 거쳤다.

(3) 표절본 판정

일단 검토대상을 확정한 다음에는 그중 표절본을 가려내는 작업을 진행했다. 표절본에 대해서는 표절의 정도와 계보를 밝히는 데 주안점을 두고, 표절본의 번역수준은 표절원본과 대개 동일하기 때문에 따로 평가하지 않았다. 표절본 판정에서도 신중을 기하기 위해 중복본을 판정할 때와 마찬가지로 고른 발췌와 대조의 과정을 거쳤다. 100% 그대로 베낀 판본은 물론이지만, 그밖에 ① 단어나 어휘의 일부 변형이 있다 하더라도 문장구조와 배열이 그대로인 '윤문'에 그친 경우 ② 표절과 윤문으로 확인된 대목이 전체 텍스트 중 상당부분(대략 1/3~1/2 이상)을 차지하는 경우에 표절본으로 판정했다.

(4) 집중검토본 확정

앞의 작업을 거쳐 표절본·중복본·축약본 등을 제외한 나머지가 번역수준에 대한 본격적인 검토의 대상인 '집중검토본'이 된다. 여러 판본이 있을 경우에는 최신 출간본을 대상으로 삼는 것을 원칙으로 하되, 필요하면 초판본과 비교하여 동일본인지 확인하는 작업을 거쳤다. 한 역자의 번역본이라도 상당한 개정작업을 거쳐 새로 나온 것은 새 번역본으로 취급했다.

(5) 분석과 평가

집중검토는 원작의 면수를 기준으로 전체의 10% 이상 원문과 대조하는 것을 원칙으로 정했다. 또한 내용상 핵심적이거나 번역에서 특히 유의할 대목들이 있으면 그것을 10% 비교부분에 포함시키거나 혹은 추가했다. 원문과 번역본의 비교는 한줄 한줄 철저히 대조하는 것을 원칙으로 하며, 이같은 작업을 통한 분석결과를 토대로 충실성과 가독성 등을 전체적으로 고려하여 해당 번역본의 수준을 종합 평가하고 등급을 부여했다.

3. 평가의 원칙과 등급

(1) 평가의 범주와 기준

번역작품도 그 자체로 하나의 문학작품인 만큼 질적 수준을 평가하는 일은 단순하지 않다. 어떤 번역이 좋은 번역인가에 대한 시각은 다양할 수 있고, 학문적으로도 번역의 이념에 대한 논의가 활발하다. 그러나 이 연구에서는 번역본으로서 갖추어야 할 최소한의 요건을 중심으로 우선 믿고 추천할 만한 판본을 골라내는 수준의 평가에 주안점을 두기로 했다. 평가기준에 대해서는 국내외의 번역학 연구작업을 참조하고 전체 연구자의 토론을 거쳐 확정했다. 그 결과 원작에 대한 기본적인 충실성과 우리말 문장으로서의 기본요건 충족을 중심으로 하는 몇가지 기준을 세울 수 있었다. 번역의 문체 등 좀더 고차원의 분석이나 평가는 가령 추천본 등의 서술에 포함할 수는 있으되, 등급을 나누는 기준으로 삼지는 않았다.

번역의 질을 판별하는 기본범주는 크게 나누어 충실성의 영역, 가독성의 영역으로 분류하여 각 범주에서 심각한 오류의 빈도를 기준으로 각 번역본에 등급을 부여했다. 두 영역 모두에서 높은 수준일 때 추천할 수 있는 번역서, 즉 '추천본'이 된다. 평가기준에 대해 좀더 상술하면 다음과 같다.

● **충실성**(faithfulness) : 번역문이 원문을 정확하게 이해하고 적절하게 번역했는가를 판단하는 영역으로, 단어·구절·문장 등에서 부정확하거나 부적절한 번역의 빈도나 정도를 판별한다.

● **가독성**(readability) : 번역문의 우리말 구사 수준을 판단하는 영역으로, 대개 문장 차원에서 어색하거나 생경하거나 비문인 정도가 어떠한지를 판별한다. 다만 번역자가 의도적으로 낯선 역어나 구문을 선택

했다고 보이는 경우에는 역자의 선택을 존중한다.

　두 범주의 구별은 방법적인 것으로서, 좋은 번역에는 이 두가지가 동시에 충족되어 있기 때문에 구태여 구별하는 것이 의미가 없을 수 있다. 또한 우리가 말하는 가독성이 떨어지는 사례들이란 우리말로 의미가 통하지 않아 그 자체로 '오역'에 해당하는 경우가 대다수이다. 그러나 이 두 범주가 서로 상충되는 경우도 있다. 다시 말해 가독성은 높은데 상대적으로 충실하지 않다거나, 충실성은 확인되나 가독성이 부족한 경우도 있는 것이다. 우리말로는 술술 읽히지만 원문과 대조하면 원문과는 무관한 창작을 했거나 대충 얼버무린 것으로 드러나는 번역이 전자에 해당한다면, 원문에 충실하고자 했으나 적절한 우리말 문장으로 변용시키지 못하여 의미전달에 실패하는 번역은 후자에 해당한다.
　구체적으로 원문대조를 통해 번역에서 나타나는 문제를 지적할 때에는 ① 정확성 ② 적절성 ③ 적합성이라는 용어를 사용했다. 가령 부정확·부적절·부적합이라는 표현은 이들에서 각기 문제가 있는 경우이다. 이 가운데 ①과 ②는 충실성의 범주에 해당하며 ③은 가독성의 범주에 해당하는 것이다. 부정확은 원문의 단어나 구절, 문장의 원의와 동떨어진 번역을 말하며, 부적절은 대강의 의미는 전달되나 적절하지 못한 단어나 표현을 사용하여 적확한 의미전달에는 실패한 경우이다. 부정확하거나 부적절한 대목이 자주 발견되는 번역본은 충실성이 떨어지는 것으로 기술했다. 한편 부적합은 도착지(target)인 한국의 언어와 문화로 변환하는 데 문제가 있는 경우를 말한다. 예컨대 비문, 오문, 생경한 번역투 문장, 문화변환의 오류, 시대착오 등이 이에 포함된다. 부적합한 대목이 많은 번역본은 가독성이 떨어지는 번역본이 되겠다. 물론 부정확·부적절·부적합이라는 세부범주들의 경계가 모호한 경우도 있다. 우리는 각 세부범주의 구체적인 사례를 놓고 공동토론을 통해 합의에 도달함으로써 통일되고 신중하게 범주를 적용하고자 노력했다.

충실성과 가독성이 번역본의 신뢰도를 판정하는 가장 기본적인 기준이 되지만, 그밖에도 다음 몇가지 사항을 평가 및 서술에서 유의했다.

• **문장 차원의 누락이나 첨가**: 특별한 이유 없이 문장이나 문단 등을 누락하거나 첨가하여 문제가 생긴 경우는 '누락' '첨가' 등으로 서술하고 평가에 반영했다. 다만 역자의 의도적인 선택에 따른 것으로 이해되면 그것을 존중하되, 그 선택의 결과에 대해서는 따로 판단하고자 했다.

• **필요한 추가정보 제공 여부**: 문화적 차이로 우리나라 독자에게 추가정보를 제공할 필요가 있는 경우 원문 삽입이나 역주 등 적절한 방식으로 정보 격차를 보완했는지를 살펴보았다.

• **표기법과 단락 구분의 정확성**: 표기법과 단락 구분의 정확성도 검토대상으로 삼았다. 번역할 때 원전의 단락 구분을 반드시 따라야 하는 것은 아니나, 지나치게 자의적으로 구분하는 것은 문제로 지적할 수 있다.

• **변용이 많은 번역본 평가**: 번역자가 원문을 임의로 축약·첨가·부연하는 등 적극적이고 자유롭게 변용한 번역본도 일부 있었다. 이런 경우 원문을 그대로 옮긴 부분은 다른 번역본과 같은 기준으로 평가하되, 변용된 부분은 변용의 적절성에 주안점을 두어 평가했다.

또한 평가에는 반영하지 않았지만 검토와 서술에 포함한 사항은 다음과 같다.

• **구식(舊式)어투**: 해방 이후의 번역본 전체를 대상으로 하므로 현재 사용하는 어투와 다른 것들도 적지 않은데, 구식어투 자체는 등급판정에서 문제삼지 않았다. 다만 현재 활용할 수 있는 추천번역본을 판별하는 것이 이번 번역평가사업의 주요 목표이므로, 판정과 무관하게 서

술에는 포함했다.

● **원전 명기와 해설 여부**: 번역의 텍스트로 삼은 원전의 명기 여부와 역자의 해설, 연보 등의 유무나 내용을 살폈다. 이 사항은 등급 판정에 영향을 미치지는 않으나, 중요한 정보로서 서술에는 포함시켰다.

(2) 평가의 등급

이상의 기준에 따라 각 번역본들을 원본과 대조 검토하고, 그 결과를 토대로 최종적인 등급을 부여했다. 등급은 총 6등급이며 표절본은 등급 외로 했다. 등급 판정에서는 경중의 구분 없이 모든 오역 건수를 기계적으로 세서 판정을 내리는 것이 아니라 부정확이든 부적절이든 누락이든 그 오류의 정도가 심각한 경우의 수를 기본적으로 고려하고 거기에 기타 사항들을 종합적으로 감안하여 최종 판정하였다. 또한 모든 작품의 번역본들에 대한 판정결과가 나온 후 전체적인 비교 검토를 통해 필요한 경우 재검토와 조정을 거쳐, 최대한 공평한 평가가 되도록 노력했다. 6개 등급 중 1~2등급이 추천본, 3~4등급은 신뢰성이 높지 않은 번역본, 5~6등급은 전혀 신뢰할 수 없는 번역본이라 하겠다. 이 단행본에서 서술에 포함시킨 경우는 그중 1~2등급에 포함되는 추천본들이며 1등급은 ★★★, 2등급은 ★★☆으로 표기했다. 추천본이 없는 경우에는 차선의 판본들을 참조본으로 제시했다. 각 등급별 수준과 내용은 다음과 같다.

● **1등급**: 충실성이 아주 높고 가독성도 뛰어나 독자적인 번역작품으로 읽기에 손색이 없는 거의 완벽한 번역본. 심각한 문제가 있는 번역을 찾기 어려운 경우.

● **2등급**: 오류가 아주 드물지는 않으나 충실성과 가독성이 상당히 높아 신뢰할 수 있는 추천 가능한 번역본. 원문 기준으로 대략 5면당 1개 정도의 비율로 심각한 오류가 발견되는 것을 기준으로 하나 다른 요소도 종합적으로 고려하여 판정.

● 3등급: 줄거리 파악에는 지장이 없으나 오류가 일관되게 나타나 신뢰성에서 얼마간 문제가 있으며 번역본만으로 작품을 이해하는 데 장애가 있기 때문에 추천하기에는 미흡한 번역본. 1면당 1개 정도의 심각한 오류가 1차적 기준.

● 4등급: 심각한 오류의 빈도가 높아 신뢰성이 낮고 번역만으로 원작을 이해하기에는 매우 미흡한 번역본. 1면당 2~3개의 심각한 오류가 1차적 기준.

● 5등급: 충실성이나 가독성 모두에서 혹은 그중 하나에서 심각한 오류의 빈도가 매우 높아 전혀 신뢰할 수 없는 번역본.

● 6등급: 신뢰성 여부를 따질 여지가 없는 번역본. 원문을 이유 없이 축약하거나 생략하고 번역한다든가 기본적인 오류가 너무 많아 원문의 대강의 취지와도 동떨어진 번역이 매우 빈번하게 나타나는 경우.

4. 결과 총괄

(1) 통계와 개요

이번 조사와 평가작업의 결과를 정리하면 다음과 같다. (상세한 수치는 권말부록 '연구결과통계표' 참조)

(가) 확인본과 검토본의 본 및 종의 규모

동일 역자의 번역본이지만 출판사나 책제목을 달리하여 출간된 모든 경우를 개별 '본'으로 산정한다. 그러나 여기서 실질적으로 같은 중복판본은 모두 하나의 '종'으로 처리한다.

전체 작품수 : 36편

	확인본	검토본
전체 본수	1,808	980
작품별 평균 본수	50.2	27.2
전체 역자수	990	579
작품별 평균 역자수	27.5	16.1
검토본 전체 종수		572
검토본 작품별 평균 종수		15.9

확인본에 대한 검토본 비율: 본수 기준 54% 역자수 기준 58%

번역평가의 대상인 영미문학 작품 36편의 번역본이자 2003년 7월 현재까지 출간된 것으로 조사된 '확인본'의 전체 본수는 총 1,808본이다. 동일 역자의 이름으로 나온 번역본들은 동일본인 경우가 대부분이므로 실질적으로 얼마나 다양한 종의 번역본이 나왔는지는 출간본의 수보다는 역자수로 추정하는 것이 실제에 더 가까울 것이다. 출간이 확인된 전체 판본의 총 역자는 990명이다.

확인된 판본자료를 기반으로 수집작업에 들어갔으며, 입수된 판본을 점검하여 검토대상이 될 번역본을 추려내었다. '해방후 현재까지 남한에서 출간된 완역본'이 연구대상이므로 해방전 출간본, 북한 출간본을 우선 검토본에서 제외했으며, 또한 완역본이 아닌 부분번역본, 축약본, 아동용 판본 등도 제외했다. 이런 판본들은 모두 실제로 검토는 했으나 평가결과에서는 제외하는 것을 원칙으로 했으므로 통계수치에도 포함하지 않았다. 다만 작품의 특성상 필요하다고 판단되어 서술에 포함시킨 경우도 있다. 그러나 이 경우에도 물론 통계에서는 제외했다.

이런 과정을 거쳐 검토본으로 추려진 판본의 총 본수는 980본이며, 역자는 579명, 종수로는 총 572종이다. 한 작품당 평균 약 16종이 서로 다른 독자적인 번역본으로 출간되었다. 물론 작품당 번역된 종의 편차는 매우 크다. 검토본 종수가 가장 많은 것은 『주홍글자』로 52종이며, 이에 반해 『여인의 초상』과 『플로스 강의 물방앗간』은 1종뿐이었다. 자료를 통해 출간이 확인된 전체 판본에 대한 검토본의 비율은 본수로는 54%이고, 역자수로는 58%이다(비율은 반올림하여 정수로 표시).

(나) 평가등급에 따른 수치와 비율

최종 검토본으로 추려진 총 572종 번역본의 평가등급에 따른 수치와 비율은 다음과 같다.

> ● 1~2등급(추천본)
> 총 종수: 62 작품별 평균 종수: 1.7 검토본 대비 비율: 11%
> 비표절본 대비 비율: 24%

6개 등급 중 상위 두 등급에 해당하며 신뢰성이 높아 추천 가능한 번역본이다. 추천본은 총 62종인데, 그중에서도 신뢰도가 매우 높아 거의 오류를 찾아보기 힘들고 원작의 작품성을 잘 살려낸 번역본으로 최고등급을 받은 종수는 단 6종에 불과하다. 또한 작품 및 장르별로 편차가 상당한 것으로 나타났다. 추천본이 있는 작품은 총 36개 작품 가운데 23편이며, 추천본이 한 종도 없는 작품은 13편이다. 추천본이 가장 많은 작품은 『햄릿』(10종)이며, 검토본 대비 비율로는 검토본 2종이 모두 추천 판정을 받은 『토박이』(100%)가 가장 높다. 그러나 이 작품은 이것이 출간본의 전부이며 역자도 한 사람인 예외적인 경우이다. 이를 제외하고 검토본 대비 비율이 가장 높은 경우는 『캔터베리 이야기』(4종 중 2종, 50%)이다. 검토본의 종수가 많으면서 추천본의 비율이 전반적으로 높은 경우는 셰익스피어의 4대비극으로 25%에서 32%에 이른다.

표절본을 포함한 전체 검토본의 종수에서 추천본이 차지하는 비율은 11%이며, 표절본을 제외한 집중검토본에서 추천본이 차지하는 비율은

24%로 더 높아진다. 결국 서점이나 도서관에서 구할 수 있는 완역본 가운데 10권 중 1권 정도가 믿을 만한 번역이며 나머지 9권 가량은 표절본이거나 신뢰할 수 없는 판본인 셈이다. 특히 이번 연구의 대다수를 차지하는 소설작품(36편 중 30편)의 경우 추천본 비율은 훨씬 더 낮은 6%에 불과하다. 반면 셰익스피어의 4대비극과 『실락원』 『캔터베리 이야기』 등 비소설 장르의 경우 추천본 비율이 29%에 달한다. 작품당 추천본 종수 평균을 보면 이같은 편차가 더 실감나는데, 소설 장르가 0.8종에 불과한 데 비해 비소설 장르는 평균 6종의 추천본이 나온 것으로 드러났다.

추천본의 비율도 그렇지만 표절본의 비율을 포함해 전반적인 번역상태에서 이처럼 장르별 차이가 두드러진다. 추천본이 단 1종도 없는 13개 작품의 경우는 모두 소설로서, 특히 『무기여 잘 있거라』는 총 38종 가운데 추천본이 하나도 없는 것으로 나타났으며, 검토본이 22종인 『오만과 편견』도 마찬가지이다. 검토본 종수가 가장 많은 『주홍글자』는 52종 가운데 추천본은 2종에 불과하며, 검토본이 49종인 『노인과 바다』는 단 1종이다.

● 3~4등급(신뢰성이 높지 않은 번역본)

총 종수: 138 작품별 평균 종수: 3.9 검토본 대비 비율: 24%

비표절본 대비 비율: 53%

줄거리 파악은 가능하지만 심각한 번역상의 오류가 지속적으로 나타나고 가독성에서도 문제가 있어 추천하기 힘든 번역본들이다. 6개 등급에서 3~4등급에 해당한다. 이 번역본은 총 138종으로, 세 부류 가운데 가장 많은 수와 비중을 차지한다. 이들이 표절본을 포함한 전체 검토본에서 차지하는 비율은 24%이며 표절본을 제외한 판본에서 차지하는 비율은 53%이다. 현재 독자들이 입수할 수 있는 판본 가운데 대략 10권 중 2~3권에 해당하는 비율이다. 작품당 이 등급 번역본은 평균 3.8종이

다. 소설의 경우 이들이 전체 검토본에서 차지하는 비율은 27%, 비소설
은 14%로 나타났다. 이 등급에 포함되는 번역본의 절대적인 수나 비율
이 상대적으로 큰 작품은 『위대한 개츠비』『포우 단편집』『허클베리 핀
의 모험』『호밀밭의 파수꾼』인데, 공교롭게도 모두 미국소설들이다. 비
율로나 수치에서 가장 두드러진 것은 『위대한 개츠비』로 총 24종 가운
데 15종이 이 등급으로 평가되었다. 나머지는 표절본 8종, 추천본 1종이
다. 또 하나 특기할 점은 전체적으로는 이 등급 번역본의 비율이 가장
높으나, 장르별로 나누어보면 비소설 장르의 경우 상황이 달라진다는
사실이다. 비소설 장르에서는 추천본의 비율(전체 검토본 기준 29%)이
가장 높아 다른 두 등급(각기 14%, 15%)의 약 2배에 달한다. 여기서도
역시 비소설 고전작품의 번역상황이 상대적으로 훨씬 양호함을 확인할
수 있다.

> ● 5~6등급(신뢰할 수 없는 번역본)
> 총 종수: 60 작품별 평균 종수: 1.7 검토본 대비 비율: 10%
> 비표절본 대비 비율: 23%

번역의 정확성·적절성·적합성 면에서 문제가 심각하여 전혀 신뢰
할 수 없는 번역본들로 6개 등급 중 하위 두 등급에 해당한다. 이 번역본
은 총 60종으로, 표절본을 포함한 전체 검토본에서 차지하는 비율은
10%이며 표절본을 제외한 판본에서 차지하는 비율은 23%이다. 현재 독
자들이 입수할 수 있는 판본 가운데 10권 중 1권에 해당하는 셈이며, 추
천본의 비율과 거의 차이가 없다는 점도 주목된다. 이 등급에 속하는 작
품당 평균 번역본은 1.7종이다. 특기할 점은 이 등급에서는 오히려 비소
설 장르의 경우가 소설들보다 더 높은 비율로 나타난다는 것이다. 소설
의 경우 이들이 전체 검토본에서 차지하는 비율은 9%인 데 비해 비소설
이 15%로 오히려 더 높게 나타났다. 상대적으로 번역의 수준이 높은 편

인 비소설 장르에서도 번역문제의 심각성은 여전함을 말해준다. 그러나 소설 장르의 결과도 고무적으로만 여기기는 힘들다. 등급 외로 처리된 표절본의 비중이 그만큼 더 높다는 뜻이기 때문이기도 하다.

이 등급의 번역본이 하나도 없는 작품은 13편이다. 대개 검토본 자체가 많지 않은 작품들이나, 비교적 종수가 많은 경우는 『노인과 바다』 『위대한 개츠비』 정도이다. 전체 검토본 대비 비율이 가장 높은 작품은 『미국의 비극』(2종, 67%)이나, 검토본이 3종밖에 안되기 때문에 의미있는 수치라고는 할 수 없다. 종수가 비교적 많으면서 비율도 높은 경우는 『오만과 편견』(21종 가운데 5종, 24%)으로 비표절본 기준으로 따지면 비율이 63%에 달한다.

● **표절본**(윤문한 경우 포함)
총 종수: 310 작품별 평균 종수: 8.6 검토본 대비 비율: 54%

이번 번역평가사업에서 작업한 작품들의 전체 검토본 572종 가운데 표절본이 310종(54%)으로, 절대적인 수치와 비율에서 비표절본(262종, 46%)을 상회하는 것으로 나타났다. 전체의 절반이 넘는 번역본들이 남의 번역을 그대로 베끼거나 단어나 표현 등을 약간 손질한 것으로 밝혀졌다. 번역의 질이나 수준을 논의하기 이전에 표절의 관행이 우리 번역문화의 가장 심각한 병폐임이 드러난 셈이다. 이 경우에도 장르간 편차를 볼 수 있다. 소설의 경우 표절본이 전체 검토본에서 차지하는 비율이 57%인 데 비해 비소설 장르의 경우는 43%이다. 후자의 비율도 물론 낮은 것은 아니지만, 표절에서도 역시 비소설 고전작품이 소설보다 상대적으로 번역상황이 낮다는 것을 보여준다.

표절본이 가장 많은 작품은 『주홍글자』로 검토본 52종 가운데 39종(75%)으로 드러났다. 그 다음은 『노인과 바다』(49종 가운데 27종), 『무기여 잘 있거라』(38종 가운데 25종)가 많았다. 비율로 보면 『귀향』이

80%(4종)로 가장 높지만 검토본이 5종밖에 안되는 경우이고, 다음 순위는『모비 딕』(18종 가운데 14종, 78%)이다. 그밖에『테스』『워더링 하이츠』『주홍글자』가 표절본의 절대적인 종수가 많거나 비율이 높았다.

(2) 평가결과와 의미

앞의 통계에서도 드러나듯이 국내 영미문학 번역의 전반적인 상황은 매우 열악하다. 수많은 번역본들이 존재하는 양적인 풍요 속에서 번역의 전반적인 질적 수준은 그다지 높지 않다. 물론 장르별로는 상대적으로 양호한 경우도 있고, 전체 작품의 약 2/3 가량에서 많든 적든 추천할 수 있는 번역본이 나왔으며, 특히 비표절본 가운데 1/4에 가까운 번역본이 추천본으로 판정된 점 등 보기에 따라서는 고무적으로 볼 만한 점도 없지 않다. 그러나 번역이 가장 활발하게 이루어져왔고 또 이번 연구의 대부분을 차지하는 소설작품에서는 믿고 추천할 수 있는 번역본이 전체 번역본의 6%밖에 안된다는 것은 심각한 현상이다. 영미소설 번역본 가운데 신뢰할 수 있는 번역이 열 중 하나에도 미치지 못하고, 아홉 이상이 번역서로 읽기에는 신뢰성이 부족하거나 아예 신뢰할 수 없는 번역본 혹은 표절본으로 드러난 것이다. 특히 영국문학의『로빈슨 크루쏘

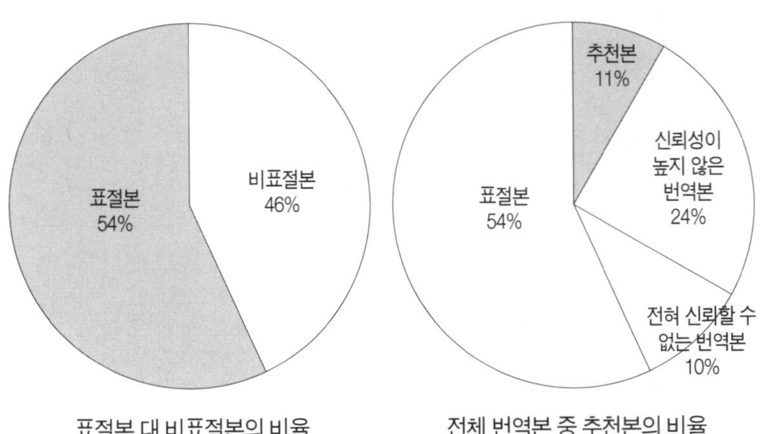

표절본 대 비표절본의 비율　　　　전체 번역본 중 추천본의 비율

우』『오만과 편견』『막대한 유산』, 미국문학의 『모비 딕』『무기여 잘 있거라』『허클베리 핀의 모험』『소리와 분노』 등 영미문학을 대표하는 작품들을 포함한 13편(전체 연구대상 작품의 1/3 이상)에서 추천할 만한 번역본이 전무하다는 것은 무척 아쉬운 일이다. 반면 초써의 『캔터베리 이야기』, 셰익스피어의 4대비극, 밀턴의 『실락원』 등은 대개 추천본이 검토본수의 1/4 이상, 비표절본수로는 반에 가까워, 소설의 경우와 현격한 대조를 이루었다.

물론 여기에는 단순한 장르상의 차이만이 아니라 비소설의 경우 상대적으로 시대가 앞선, 따라서 사용된 언어가 현대어와 상당히 차이가 나는 작품들만 이번 검토대상으로 포함되었다는 점도 작용했을 것이다. 가령 셰익스피어 작품의 경우 그 언어구사의 특성상 일정한 전문적 소양을 갖춘 역자가 아니면 번역을 시도할 엄두를 내기 어려운 것이 사실이다. 또한 이런 작품들의 경우 주석적 연구가 방대하게 축적되어 있는 것도 번역의 오류를 줄이는 데 기여했을 것이다. 반면 소설에서는 이런 전문성의 요구에 대한 인식이 상대적으로 떨어지며, 특히 대중적인 인기를 얻고 되풀이 번역되어온 작품일수록 대체로 번역본 종류가 많은 만큼이나 표절도 잦고 번역의 수준도 더 문제가 많은 것으로 나타난다. 문학의 번역이 단순히 기계적으로 언어를 변환하는 작업이 아니라 넓은 의미의 연구를 바탕으로 할 때 좋은 결과물이 나올 수 있음을 말해주는 대목이다. 물론 바람직한 번역자가 곧 전문연구자라는 말은 아니다. 전문번역자가 하든 전문연구자가 하든, 성실한 번역이란 작품의 이해와 연구, 해석의 작업을 수반하며, 그럴 때만이 좋은 결과물이 나올 수 있다는 뜻이다.

한편 번역의 수준을 논하기 이전에 표절본이 전체 검토본의 절반을 넘는다는 점도 유의해야 한다. 실제로 역자 이름과 출판사만 바꾸어 출간한 완전한 표절에서부터 일부 자구 수정이나 윤문 차원의 표절 혹은 여러 번역본 짜깁기식 표절, 그리고 표절본을 또다시 표절한 경우 등 다양한 방식의 표절관행이 존재하고 있음을 확인했다. 번역과 번역출판의 관행에 심각한 문제가 있음은 어제오늘의 일이 아니지만, 이번의 구체적인 점검을 통해 확인된 결과는 다시 한번 우리 번역문화의 현실을 충격적으로 환기시킨다. 추천할 만한 번역본이 태부족일뿐더러 이처럼 표절이 일상적으로 이루어지고 있었다는 사실 앞에서 출판계나 번역계는 물론이고 번역평가사업 시행에 참여한 우리들을 포함한 한국의 영미문학 전공자들의 깊은 반성 역시 절실하다고 하겠다. 물론 근대 이후 번역이라는 관행이 자리잡는 과정에서 불가피하게 생겨난 어려움이나 부작용을 감안해야 할 것이며, 표절본까지 포함하여 추천본으로 평가받지 못한 번역본들이 우리 문화에 기여해온 역할 또한 간단히 무시할 수만은 없을 것이다.

그러나 문제는 비교적 최근에 출간된 번역들에서도 이같은 과거의 관행이 근절되고 있지 않다는 사실이다. 표절본의 수와 비율은 1990년대 이후에도 전혀 줄지 않았을 뿐 아니라 작품에 따라서는 현격하게 증가하고 있다는 것이 확인되었다. 가령 셰익스피어의 『맥베스』의 경우 표절본 14종 가운데 8종이 1990년대 이후 출간되었으며, 『햄릿』은 표절본 13종 중 1995년 이후 출간본만 6종에 달했다. 소설의 경우에도 표절본의 반수 이상이 1990년대 이후 출간된 사례가 적지 않고, 『제인 에어』 『테스』 『주홍글자』 등 표절본수가 많은 작품은 대개 유사한 현상을 보이고 있음이 확인되었다. 이보다 더 심각한 경우도 있어서, 가령 『오만과 편견』의 경우 표절본 14종 중 무려 12종이 1990년대 이후 처음으로 혹은 다시 출간되었으며, 2000년대 들어와서 출간된 종만도 6종에 달한다. 이처럼 오히려 표절본수가 최근에 증가한 현상은 출판이 양적으로 팽창한 현상과도 관계가 있겠다. 그러나 표절본수에서도 보이듯이 양적 팽창에 걸맞은 출판현실의 질적 발전을 논하기는 아직 이른 셈이다.

번역의 수준이라는 각도에서 보아도 상황은 크게 다르지 않다. 물론 최근의 번역본들이 같은 작품의 번역본들 가운데 가장 높은 수준을 보이는 경우도 있고, 특히 새로운 세대의 전문연구자들이 1980~90년대 이후 번역에 가담하여 기왕의 번역수준보다 한단계 높은 결과물을 낸 사례들은 고무적이기도 하다. 영국문학의 『싸일러스 마너』『테스』『더블린 사람들』『아들과 연인』 등과 미국문학의 『포우 단편집』『위대한 개츠비』『토박이』 등이 그 예라 할 것이다. 이같은 사례들이 많아진다면 향후 영미문학 번역이 질적으로 한단계 도약하는 일도 기대해볼 수 있을 것이다. 그러나 전체적으로는 여전히 저조한 수준이라고 해야 할 것이며, 시간이 지나면서 번역에서 개선과 발전이 이루어져왔다고 간단히 말할 수 있는 상황도 아니다. 이는 표절 관행과 관련해서도 이미 지적한 바로, 최근 번역서들 가운데는 기존 번역서를 개악하거나 그보다 수준이 떨어지는 경우도 빈발하고 있으며, 작품에 따라서는 초기에 나온 번역이 가장 높은 등급을 받은 경우도 적지 않다. 대표적인 예가 『햄릿』으로 이 작품의 가장 나은 번역은 1954년에 나온 최재서 역본으로 밝혀졌다. 이밖에 『제인 에어』는 1970년 유종호 역본, 『젊은 예술가의 초상』은 1976년 이상옥 역본, 『노인과 바다』는 1975년 황동규 역본을 넘어서는 번역이 이후 나오지 않았다. 최근본까지 포함하여 이후의 번역서들은 새로 번역되었을지라도 정확성이나 가독성에서 이보다 떨어지거나 이전본들을 표절한 경우가 많은 것이다.

　해방 이후만 따져도 50년을 넘는 영미문학연구의 역사와 그간 축적되어온 영미문학 연구자들의 역량에 비추어볼 때 이는 매우 문제적인 현상이라고 할 수 있다. 물론 앞에서도 말했듯이 꼭 영미문학을 전공하는 연구자가 번역을 해야 뛰어난 번역이 나오는 것은 아니다. 연구자가 아닌 전문번역자의 역할은 매우 중요하다. 그러나 영미문학의 경우 번역자 중 연구자가 차지하는 비중이 상당히 높을 뿐 아니라, 문학작품 번역에 소양을 갖춘 전문번역자를 배출하고 좋은 번역의 바탕이 되는 튼실한 연구를 축적하고, 또한 번역물에 대한 적극적인 평가와 비평을 포함하여 번역을 직간접적으로 지원하는 것은 영미문학계의 중요한 소임이다. 또한 좋은 번역은 한국에서 한국어를 사용하여 한국의 독자와 연구자를 대상으로 수행되는 영문학연구의 내실을 튼튼히하는 데도 필수적이다. 주지하다시피 부실번역의 양산은 왜곡된 정보를 낳고, 그것은 결국 학문적·문화적 부실공사로 이어진다는 점에서 이와같은 번역현실에 대한 영미문학계 전반의 맹성(猛省)이 필요한 싯점이다.

번역결과물에 대한 비평적 관심과 지원은 좋은 번역을 살려나가는 데서도 필수적인 요건이다. 우리의 연구결과는 전체적으로 열악한 가운데서도 좋은 번역들이 실제로 상당수 나왔음을 확인해준다. 어쩌면 문제는 이같은 번역들이 힘을 발휘하기 힘든 상황에 있는지도 모른다. 실제로 연구를 진행하면서 좋은 번역물은 금방 사라져버리고 오히려 문제가 많은 번역본이 판을 거듭하여 계속 출간되어 심지어 이후의 다수 번역본의 표절대상이 되는 경우도 적지 않게 확인할 수 있었다.

결국 번역자 개개인의 윤리나 자질에 호소하는 것만으로 문제가 해결되지 않는다. 그보다는 양식있는 번역자가 최선의 노력을 경주할 수 있게끔 고무하는 경제적·사회적·문화적 조건을 구축해나가는 일이 더 근본적인 과제라 하겠다. 경제적인 차원에서만 보아도 전문번역가의 경우 이러한 여건이 조성되어 있지 않다. 한 작품을 공들여 번역하자면 1년 혹은 그 이상의 긴 시간이 소요되는데, 현재의 보상체계로는 생업을 유지하기란 불가능하다. 또한 번역의 의미와 중요성에 대한 인식 제고 및 관행 개선도 시급하다. 이는 번역작업을 학술작업의 하나로 인정을 해주느냐 마느냐 하는 차원만은 아니다. 번역을 직접 수행하는 번역자는 물론이고, 출판계와 독서계 전반에서 번역의 중요성과 의미를 중하게 여기는 분위기가 조성되어야 한다. 이번의 연구과정에서 비문 차원의 오류, 앞뒤 맥락이 맞지 않는 오류 등 교열 차원에서 바로잡을 수 있는 오류도 상당한 비중을 차지하는 것으로 드러났다. 편집과 교열에 대한 출판계의 인식과 관행에도 개선할 점이 많은 것이다. 결국 이런 것들이 전문적이고 유능한 번역자가 부족할뿐더러 유능한 번역자라 해도 최선의 결과물을 내기 어려운 여건을 빚어내며, 결과적으로 번역의 부실화에 한몫하고 있다. 번역물의 수준을 점검하는 우리의 연구가 번역의 의미를 다시 환기할 뿐 아니라 과거의 좋은 번역을 살려내고 미래의 충실한 번역을 고무하고 지원하는 데 중요한 계기이자 자극제가 되기를 기대해본다.

제1부

미국문학

포우 단편집 · 주홍글자 · 일곱 박공의 집 · 모비 딕 · 여인의 초상 · 허클베리 핀의 모험 · 미국의 비극 · 위대한 개츠비 · 무기여 잘 있거라 · 노인과 바다 · 소리와 분노 · 분노의 포도 · 토박이 · 호밀밭의 파수꾼

포우 단편집

에드거 앨런 포우 Edgar Allan Poe

Selected Tales of Poe

출간현황 현재까지 확인된 출간현황에 따르면 총 81판본이며 역자는 총 60명이다. 역자미상인 경우도 10여종에 이른다. 청소년 대상의 흥미있는 추리소설로도 읽힐 수 있는 포우 문학의 대중적 인기 탓인지 매우 많은 역자들이 번역에 참여했다. 뿐만 아니라 다른 작가들의 추리소설과 함께 묶은 추리소설선이나 영어학습용 대역본 등 다양한 형태로 출간된 것이 특징이다. 그중 입수된 것은 34명 번역자의 53개 판본이며, 출판사가 다르더라도 내용이 같은 19개 판본을 뺀 34종을 검토했다. 여기서 거의 창작에 가까울 정도로 원문을 무시하고 번안한 경우나 역자가 밝혀져 있지 않아 본격적인 평가대상으로서 가치를 지니지 못한다고 판단한 8종은 검토에서 배제했다. 따라서 26종이 최종적인 검토대상본이 되었다.

확인된 해방후 최초의 번역서는 1955년 한일문화사에서 출간된 최재서의 『Edgar Allan Poe: Prose Tales』로, 포우의 단편 3편을 옮겼다. 그 다음이 1958년 신양사에서 출간된 김병철 역 『포우 단편선집』이다. 김병철의 번역본은 첫 판본이 나온 이후 최근에 이르기까지 번역된 단

편들의 목록만 조금씩 달리하면서 여러 출판사에서 수차례에 걸쳐 출간
되었다. 가장 많은 작품을 번역한 경우는 58편을 번역한 홍성영 역본
(2002)이며, 주요 역본들은 포우의 대표 단편들을 10~15편 정도 옮기고
있다.

34명의 역자가 번역한 번역본 중 독자적인 번역으로 인정되어 집중
검토대상이 된 판본은 12종으로 압축되었다. 나머지 역서들은 선행 번
역본 중 하나 혹은 그 이상을 저본으로 삼아 윤문하는 데 그치거나 상당
부분 그대로 표절한 혐의가 있다.

검토대상

- 김진경 『도둑맞은 편지』 문학과지성사(1997)
- 최재서 『Edgar Allan Poe: Prose Tales』 문원사(1960, 1973) 한일문화사(1955)
- 김병철 『포우 단편선』 삼중당(1990) 범우사(1985, 1993) 신양사(1958)
  삼중당 문고(1975) 동서문화사(1977)
- 조용만·전제옥 『검정 고양이 외·칠박공의 집』 정음사(1960, 1978)
- 오국근 『주홍글씨·검은 고양이 외·매기의 선물 외』 동화출판공사(1971)
- 조성규 『포우 단편집』 범조사(1977)
- 김기철 『포우단편집』 문예출판사(1978, 1986)
- 이희춘 『검은 고양이·황금충 외, 낸터켓 태생의 아서 고든 핌의 이야기』 금성출판사(1981, 1990)
- 홍성영 『우울과 몽상: 에드거 앨런 포 소설 전집』 하늘연못(2002)
- 이정기 『Poe's Short Stories: 검은 고양이·황금충/도난당한 편지』 계원출판사(1974)
- 현재훈 『바스커빌가의 개·검은 고양이 외』 하서출판사(1974, 1982)
- 문혜송 『세계단편문학선』 하서출판사(2000)
- 김병호 『포우단편집』 상서각(1970, 1973)
- 허천택 『주홍글자 외』 삼진사(1976, 1979)
- 홍윤기 『포우단편선』 『포우걸작단편선』 여학생사(1976) 서문당(1977)
- 김면오 『O. 헨리 A. 포우』 미도문화사(1978) 『황금풍뎅이』 삼덕출판사(1981)
- 심재언 『세계대표단편문학선집』 문인출판사(1983, 1984)
- 박경렬·오국근 『검은 고양이·주홍글씨 외』 삼성출판사(1984, 1985)
- 김태성 『포 단편선』 삼성당(1984, 1997)
- 허문순 『포우 단편선』 학원출판공사(1987) 일신서적출판사(1992) 하서(1994, 2002)
- 이혜초 『세계명단편선』 덕성문화사(1990, 1993)

**평가개요** 검토의 기준으로 삼은 원전은 Edgar Allan Poe, *Selected Poetry and Prose of Poe*, ed. T.O. Mabbott (New York: Modern Library 1959)이며, 필요한 경우 *The Complete Tales and Poems of Edgar Allan Poe* (Harmondsworth: Penguin 1982)를 참조했다.*

김병철 역본이 앞의 모던 라이브러리판, 김진경 역본이 뒤의 펭귄판을 번역 텍스트로 밝히고 있다. 그밖의 판본들은 원전을 밝히지 않았는데, 홍성영 역본은 *Complete Stories of Edgar Allan Poe* (Doubleday)와 프랑스어판 *Oeuvres Complètes — Poe Edgar Allan* (Laffont Robert)을 원전으로 삼았다고 밝히고 있으나 출간연도는 밝히지 않았다. (전자의 정확한 제목은 *The Complete Stories and Poems of Edgar Allan Poe*이다.)

한가지 지적할 점은 펭귄판은 『황금충』의 경우 1843년에 처음 발표된 텍스트를 판본으로 삼았다는 사실이다. 포우는 이 작품을 1845년에 다시 출간할 때 자신이 왜 해골을 극적 전개의 소도구로 선택했는지 분명히 하기 위해 작품 끝부분에 두 단락을 추가했다고 한다(Arthur Hobson Quinn, *Edgar Allan Poe: A Critical Biography*, New York: D. Appleton-Century Company

---

*각 판본에서 번역한 단편들을 전체적으로 검토하되, 공통적으로 가장 많이 번역한 작품인 「검은 고양이」 「황금충」 「어셔 가의 몰락」 「도둑맞은 편지」 「라이지아」 「아몬틸라도의 술통」 「모르그 가의 살인」 「고자질하는 심장」의 8편을 우선적으로 검토했다. 앞의 4편이 번역되었을 경우는 각 단편의 앞, 중간, 뒷부분에서 원문의 10% 이상의 분량을 선정하여 집중적으로 검토했으며, 뒤의 4편의 경우 「고자질하는 심장」은 전체를, 다른 3편은 각각 내용상 중요한 대목을 하나 골라 해당 단편의 10% 이상의 분량을 검토했다. 또 앞의 8편 외에 다른 작품들이 번역된 경우에는 각 작품의 한 대목을 골라 10% 이상을 검토했다.

1941 참조). 가장 권위있는 포우 텍스트는 토머스 올리브 마봇(Thomas Ollive Mabbott)의 *The Collected Works of Edgar Allan Poe* (Cambridge: Belknap Press of Harvard University Press 1969)로 알려져 있는데, 어찌 된 일인지 펭귄판은 마봇(Mabbott)판과 달리 초간본을 텍스트로 삼았다. 따라서 가장 우수한 역본인 김진경 역본은 해당 대목의 번역이 누락된 아쉬움이 남는다. 추가된 두 단락을 번역한 판본은 오국근 역본과 홍성영 역본이다.

포우의 단편들이 다른 작품보다 번역하기에 더 난해하다고 말하기는 어렵지만, 짧은 분량에다 강렬하고 단일한 효과를 노린 내용상의 특성 때문에 그리 쉬운 작품이라고 볼 수 없으며, 치밀하게 계산된 문학적 효과를 잘 살리기 위해서는 그만큼 세심하고 정확한 번역작업이 필요하다. 해방후 최초의 역본으로 확인된 최재서본(1955)의 경우 이러한 요구를 어느정도 충족시킨다고 할 수 있다. 그러나 두번째 역본인 김병철본(1958)은 이후 여러 출판사를 거치며 가장 많은 판본을 내놓았지만 만족스럽다고 말하기 어렵다. 뒤에 낸 판본에서 앞선 판본의 번역을 전면적으로 세심하게 개정하는 작업이 이루어진 적이 없는 점도 아쉽다. 게다가 다양한 역자들이 표절 원본으로 김병철본을 택함으로써 결과적으로 불만족스러운 번역상황이 더욱 악화되었다.

최재서와 김병철의 뒤를 이은 번역자들인 조용만·전제옥(1960), 조성규(1977), 김기철(1978), 이희춘(1981) 등은 비교적 고른 수준의 번역성과를 거두었지만, 앞선 역본들을 뚜렷하게 넘어서는 성과를 이루지는 못했다. 특정한 대목들의 번역에서 다양한 판본들이 거의 모두 불만족스러운 결과에 머물고 있으며, 이것은 작품의 정확한 이해에 적지 않은 장애가 된다. 특히 독립적인 번역으로 인정하기 어려운 번역본들은 김병철 역본을 지나치게 참고함으로써 동일한 대목에서 동일한 오류를 내거나 아예 윤문 차원의 손질을 한 것에 불과한 경우가 많았다.

1990년대 이후에 나온 판본의 경우 김진경(1997)이 5편을 옮겼을 뿐

이나 역대 번역본 중 가장 높은 수준을 보이며, 홍성영은 제목에 '전집'
이라는 말을 달 만큼 많은 단편을 번역했으나 역대 번역본에 비해 확연
히 향상된 번역은 아니며, 우리말 문장도 거칠고 어색한 부분이 많다.

추천본 1

김진경 역 『도둑맞은 편지』* ★★★

최근에 번역된 판본으로 가장 우수한 번역에 속하며, 가독성과 정확
성에서 검토대상이 된 번역본들 중에서 가장 뛰어나다. 원문의 단락 구
분을 정확히 지키고 있으며, 원문에서 이탤릭체로 강조한 단어나 어구
도 빠짐없이 번역에 반영하고 있다. 문장이 자연스러우며, 작품 이해에
장애를 초래하는 오역이나 부적절한 번역은 거의 없는 가운데 소소한
오류들이 가끔 눈에 띄는 정도이다. 책 뒤에 해설이나 작가연보도 깔끔
하게 첨부되어 독자에게 큰 도움이 되리라 본다.

집중검토대상이 된 나머지 11종의 판본이 대부분 선행 번역본이 실
수를 범한 대목에서 불만스러운 번역에 머물거나 같은 오류를 되풀이하
는 데 비해, 김진경 역본은 그러한 문제점을 드러내지 않고 요즘 독자들
의 언어감각에 맞는 산뜻한 번역을 선보였다. 굳이 아쉬움을 말하라면
번역된 작품이 5편에 불과하다는 점이지만 이는 분량이 제한된 문고본
으로 기획되어 나온 이상 불가피한 일이겠다.

김진경 역본의 뛰어난 점은 원작에 대한 철저한 존중이다. 다른 역본
들이 원작의 단락 구분이나 이탤릭체 강조부분을 너무 쉽게 무시하는
것을 고려할 때 이 강점은 한층 두드러진다. 또한 다른 역본들이 자주

---

* 문학과지성사(1997). 「도둑맞은 편지」 등 총 5편을 번역하고 있으며, 역자해설과 작가연보가 수
록되어 있다.

실수를 범한 대목에서 정확하게 원작을 옮기고 있다.

　김진경 역본의 우수성을 좀더 구체적으로 이해하기 위해서 「어셔 가의 몰락」의 도입부분을, 1960년에 초역되었으며 나름대로 훌륭한 번역이라 할 조용만·전제옥 역본과 비교해보자.

> I know not how it was — but, with the first glimpse of the building, a sense of insufferable gloom pervaded my spirit. I say insufferable; for the feeling was **unrelieved by any of that half-pleasurable, because poetic, sentiment,** with which the mind usually receives even the sternest natural images of the desolate or terrible. ⋯ I was forced to fall back upon the unsatisfactory conclusion, that while, beyond doubt, there are **combinations of very simple natural objects which have the power of thus affecting us,** still the analysis of this power lies among considerations beyond our depth. (115면)

　어찌 된 까닭인지 알 수 없지만, 내가 이 집을 처음 봤을 때에, 내 마음 속에는 참을 수 없는 우울한 기분이 퍼져왔다. 견딜 수 없다고 내가 말했는데, 그것은 아무리 거칠고 무서운 자연의 영상을 볼 때라도, **마음은 시적(詩的) 감정을 가진 반쯤 유쾌한 기분을 느끼는 것이 보통인데,** 그것이 없었기 때문이다. ⋯ 나는 불만족하나마 이같은 결론에 도달할 수밖에 없었다. 즉 그것은 틀림없이 **우리들을 괴롭히는 힘을 가진 몹시 단순한 자연물이 결합된 것**이라고 할지라도, 오히려 그것의 해부는 도저히 우리들의 생각이 미치지 않는 것이다. (조용만·전제옥 183면)

　어찌 된 영문인지는 모르겠지만, 그 건물을 처음 보자마자 단박에 어떤 견딜 수 없는 우울함이 내 정신 속으로 스며들었다. 나는 그 우울함을 견딜 수 없다고 표현할 도리밖에는 없는데, 왜냐하면 황량하거나 끔찍한 어떤 자연의 이미지에서조차도 **대개 인간의 마음은 어떤 시적인 요소를 찾아내 기쁨을 느낄 수 있는 데 반해** 그 건물을 보면서 느껴지는 우울함은 그런 유의 감정으로 전혀 완화되지 않았기 때문이다. … 어쩔 수 없이 나는 불만족스러운 결론에 의존할 수밖에 없었다. 즉 **아주 단순한 자연 사물들이 함께 작용하여 우리에게 영향력을 가질 수 있는 경우가 있다는 것은** 분명하지만, 그러한 힘을 분석하는 것에까지는 인간의 역량이 미치지 못한다는 결론이었다. (김진경 57~58면)

조용만·전제옥 역본은 전체적으로 미흡하다. 가령 "마음은 시적(詩的) 감정을 가진 반쯤 유쾌한 기분을 느끼는 것이 보통인데"라는 대목은 어색하며, 원문에 조응하는 정확한 우리말 표현을 제대로 하지 못하여 (예컨대 "우리들을 괴롭히는 힘을 가진 몹시 단순한 자연물이 결합된 것" 같은 대목) 가독성이 떨어진다. 그에 반해 김진경 역본은 흠을 잡기 쉽지 않다. 한 대목에 국한된 비교이지만, 작품 첫 대목의 중요한 장면이므로 김진경 역본의 우수성을 입증하기에 충분하다고 본다.

김진경 역본에서 작품 이해를 가로막는 오류가 없지는 않다. 가령 「고자질하는 심장」에서 "내가 그것을 꺼낸 까닭은 아주 가는 불빛 하나라도 그 독수리 같은 탐욕스러운 눈에 비칠까봐서이다"(92면)라는 대목은 "I undid it just so much that a single thin ray fell upon the vulture eye"(245면)의 번역으로, '그 독수리 같은 눈에 아주 가는 불빛 하나가 비칠 만큼만 등불 덮개를 벗겼다'는 뜻이다. 이 문장의 오역은 작품의 맥락 이해에 혼란을 초래하고 있으며, 다른 판본들에서 동일한 오류가 드물다는 점에서 더욱 아쉽다. 그러나 이 단편 전체에서 오역을 찾기 힘들었다.

집중검토한 대목에서 발견된 또 하나의 문제는 누락된 문장이 눈에 띈다는 점이지만, 이 경우 작품 이해에 큰 장애가 되거나 번역의 성실도를 의심할 정도는 아니다. 누락의 사례를 살펴보자. 「어서 가의 몰락」에서 번역본 72면의 시가 나오기 직전에 "The verses, which were entitled "The Haunted Palace," ran very nearly, if not accurately, thus: ─"(122면)의 번역이 누락되었다. '「유령의 궁전」이라는 제목의 그 시는 정확하지는 않아도 대략 다음과 같은 내용이었다' 정도로 옮겨야 한다. 「황금충」의 번역본 126면에서는 "some of which still faintly illumined the eminence upon which we stood"(261면)가 누락되었다. '그 햇살의 일부는 우리가 서 있던 높은 곳을 아직 희미하게 비추고 있었다'로 옮겨 "석양의 마지막 햇살을 받아 윤을 낸 황금공같이 보였다"는 구절 앞이나 뒤에 적절하게 삽입해야 한다. 그밖에 문제들을 살피면 다음과 같다.

「도둑맞은 편지」에서 번역상 부정확하거나 부적절한 사례를 들어보자. "you will be the death of me"(294면)의 번역으로 경시총감이 뒤팽의 수수께끼 같은 말에 도저히 수긍하지 못하면서 내뱉는 말이므로 "오 뒤팽 씨, 우스워서 죽을 지경이에요"(15면)는 다소 어색하다. '당신 때문에 내가 미칠 지경이오' 혹은 '당신 때문에 내가 제 명에 못 죽을 거요' 정도가 더 적절하다. 또 "a topic which I knew well I had never failed to interest and excite him"(307면)의 번역인 "그가 항상 흥미를 가지고 흥분해대는 주제라고 생각되는 것에 대하여"(41면)는 '그가 항상 흥미를 가지고 흥분하는 주제임을 내가 잘 알고 있던 것에 대해'가 옳다. "at least no pity"(309면)를 "최소한의 연민조차도 없어"(43면)로 옮기고 있으나 이는 '최소한 연민은 없어'가 정확하다.

「어서 가의 몰락」에서 "The result was discoverable, he added, in that silent yet importunate and terrible influence which for centuries had moulded the destinies of his family, and which made him what I now saw him"(124면)을 옮긴 대목인 "바로 수세기 동안 말없이 그의 가문의 운명을 좌우하여왔고 지금 내가 보는 대로 자신을 그 모양으로 만든 그 불가항력적인 영향력에서 찾아볼 수 있다고"(76면)에서 "말없이"

가 뒤의 "영향력"을 꾸며야 하며, 또 '끔찍한'이라는 형용사가 빠졌다. 따라서 '저 말없고 불가항력적이며 끔찍한 영향력에서' 정도가 되어야 한다. "in her violent and now final death-agonies"(131면)를 옮긴 "격렬한 죽음의 고통 속에서"(88면)는 '격렬하고 이제 마지막 숨을 거두는 죽음의 고통 속에서'라고 해야 원문의 의미가 축약 없이 제대로 살아난다. 또 공포에 질린 상황을 묘사하는 "나는 놀라서 도망쳤다"(88면)는 "I fled aghast"(131면)라는 원문을 고려할 때, '나는 기겁해서 도망쳤다' 등으로 강하게 옮기는 것이 낫다.

「황금충」의 경우는 "a little bit of sober mystification"(53면)을 "그래서 다소 건전한 방식으로 자네를 혼동시켜"(162면)라고 옮겼지만, "다소 건전한 방식으로"는 '과히 심하게는 아니더라도'가 더 적절하다. 「아몬틸라도 술통」의 경우는 검토한 부분에서 오류를 발견할 수 없었다.

추천본 2

최재서 『Edgar Allan Poe: Prose Tales』* ★★☆

지금의 싯점에서 볼 때는 한자어투 등 낡은 표현과 철자법의 차이 등으로 인해 독자들이 읽기에는 다소 어려움이 있으며, 1면당 평균 1개 정도의 이런저런 오류가 발견된다. 그러나 이후에 쏟아져나온 부실한 판본들과 비교할 때 작품 이해를 가로막는 중대한 오역이 별로 없고 원문

* 문원사(1960, 1973) 한일문화사(1955). 1955년 한일문화사에서 출간된 최재서 역본은 현재까지 확인된 바로는 해방후 국내 최초의 포우 단편집 번역본이다. 여기에는 「금딱정이」 「검정괭이」 「몰 그로의 살인사건」의 3편이 영한대역의 형식으로 번역되어 있으며, 역자서문과 작가에 대한 해설 그리고 영문에 대한 보주(補註)가 수록되어 있다. 문원사판은 서문을 약간 고치고 한자로 표기된 어휘들을 한글로 바꾼 것 외에는 한일문화사와 면수까지 일치하는 동일 판본이다. 여기서는 문원사 1973년본을 검토했다.

에 충실하다는 강점을 지니고 있다.

포우 단편집 검토과정에서 최재서본은 이후 다른 번역자들이 많이 참고했음을 확인할 수 있었다. 안타까운 점은 최재서 번역의 오류를 이후 다른 판본들이 거듭 되풀이하는 경우가 적지 않다는 사실이다.

우선 이후의 판본들과 비교할 때 최재서 역본은 적절한 우리말을 사용하고 있다. 「금딱정이」의 경우 "my valet proposed to give me a flogging"(279면)에서 "flogging"을 이후의 번역본들 대다수가 "매질" "몽둥이질"이라고 옮기고 있으나 최재서는 "회차리찜질"(회초리찜질)(105면)로 옮김으로써 문맥상으로나 입말의 자연스러움으로나 더 나은 역어를 채택하고 있다. 또 「검정괭이」에서 "gossamer fidelity of mere Man"(281면)을 "하루살이 같은 信義"(113면)로 옮겼는데, "gossamer"의 번역으로서 "하루살이"는 이후의 번역본들이 택한 "백지장 같은" 등의 모호한 어휘에 비할 때 훨씬 적절하다.

최재서 역본의 우수함을 입증하기 위해 김병철의 최근판인 범우사본(1994, 2판)과 「황금충」의 한 대목을 비교해보자.

> The lanterns having been lit, we all fell to work **with a zeal worthy a more rational cause**; and, as the glare fell upon **our persons and implements**, I could not help thinking how picturesque a group we composed, and how **strange** and suspicious our labors must have appeared to any interloper who, by chance, might have stumbled upon our whereabouts. (262면)

초롱에 불을 켜고 우리들은 일을 시작했는데 그 열성이란 **좀더 조리있는 목적에다 바쳤으면 알맞을 만한 정도였다**. 환한 등불이 우리들의 **신체와 연장들** 위에 비쳐질 때에 우리들의 일단은 완연히 일폭의 그림이 되어, 만약 우연히 그때에 우리들 근처에 오는 사람이 있었다면 우리들이 하고

있는 일이 얼마나 **괴의하고** 수상스러워 보였을까 하고 생각해보지 않을 수 없었다. (최재서 49면)

등에 불을 켜고, **목적을 알고 하는 일이라도 되는 것처럼** 우리들은 흥이 나서 일을 하기 시작했다. 등불의 광선이 구덩이를 파고 있는 우리들의 모습을 비추었을 때, **나는 우리들의 모습이 얼마나 아름다울 것이며** 또 우연히 이곳을 지나는 사람이 있어 이 꼴을 보았다면 얼마나 **우습고도** 의아해 했을 것인가 하고 생각하지 않을 수 없었다. (김병철 132면)

여기서 최재서 역본은 별다른 흠을 잡기 어려우나, 김병철 역본에는 여러 문제가 있다. 우선 "목적을 알고 하는 일이라도 되는 것처럼"은 원문과 거리가 있는 번역으로서 독자를 오도한다. 또 "나는 우리들의 모습이 얼마나 아름다울 것이며"는 문맥에 맞지 않는 부적절한 번역이다. 그 밖에 "strange"를 "우습고도"라고 번역한 것은 오역이며, 최재서가 "신체와 연장들"이라고 원문에 충실하게 옮긴 것을 "우리들의 모습"이라고 축약한 것도 눈에 거슬린다. 바로 이어지는 구절을 하나만 더 살펴보자.

The noise was, at length, very effectually silenced by Jupiter, who, getting out of the hole **with a dogged air of deliberation**, tied the brute's mouth up with one of his suspenders, and then returned, with a grave chuckle, to his task. (262면)

개짖는 소리는 마침내 쥬피터의 손으로 유효적절하게 침묵시켜버리고 말았다. 쥬피터는 **단단히 결심을 한 표정으로** 굴에서 나와서 이 짐승의 아가리를 멜빵으로 묶어놓고 껄껄대며 일터로 돌아왔다. (최재서 49면)

주피터가 **성가신 듯이** 구멍 밖으로 뛰어나가 바지 멜빵을 풀어 개의 입을 꽉 잡아매버렸으므로 개 짖는 소리도 고요해졌다. 그러고 나서 주피터는 킥킥 웃으며 구멍 속으로 다시 돌아왔다. (김병철 133면)

한눈에 보기에도 김병철의 경우는 원문에 대한 충실성이 최재서보다 떨어져서 원문과 거리가 멀어질 위험성이 엿보인다. 특히 "with a dogged air of deliberation"을 "성가신 듯이"로 옮긴 것은 오역이다. 한 대목에 국한된 비교작업이지만, 이를 통해 우리는 최재서 역본의 충실성을 이해할 수 있다. 다음으로 최재서 역본의 아쉬운 점을 살펴보자.

「금딱정이」에서 소소한 오류를 지적하면 "[a creek] oozing its way through a wilderness of reeds and slime"(249면)을 "물은 갈때숲과 지질 편편한 모래밭 속을 실며나오드시 흘러간다"(4면)고 번역했으나 '갈대숲과 진흙창으로 이루어진 황야'라고 해야 정확할 것이다. 또 "a little bit of sober mystification"(279면)을 "약간 沈着한 요술을 부려서"(107면)로 했지만 "sober"는 '과히 심하지 않은' 정도로 새겨야 하며, "요술"도 부적절한 감을 풍긴다. 오늘의 언어감각에 비추어볼 때 "innumerable Southern superstitions"(262면)를 "南部아메리카에 無數히 떠돌고 있는"(47면)이라고 번역함으로써 '미국 남부'라는 뜻이 쉽게 들어오지 않는 점이 눈에 거슬리나 시대적 차이를 고려할 때 크게 문제삼기는 어렵다.

「검정괭이」의 경우 "in a den of more than infamy"(284면)를 "처참한 廢墟 속에서"(123면)로 옮긴 것은 작품 이해를 해치는 중요한 오역이며, '형편없는 술집'이라는 뜻이다. 그밖의 소소한 오류를 보면 "But at length reflection came to my aid"(283면)를 "그러나 마츰내 도리켜 생각해봄으로써 구원을 받았다"(121면)라고 했지만, '그러나 마침내 지난 일을 돌이켜본 것이 도움이 되어 안심이 되었다'는 정도가 적절하다. 또 "Swooning, I staggered to the opposite wall"(288면)을 "氣絶을 해서 마즌편 壁에 쓰러졌다"라고 옮긴 것도 적절하지 못하며, '정신이 아득해지면서 맞은편 벽으로 비틀거렸다'가 더 온당하다.

주홍글자

너새니얼 호손 Nathaniel Hawthorne

The Scarlet Letter

출간현황 현재까지 확인된 번역본 출간현황은 다음과 같다. 역자는 총 77명이며, 같은 역자가 다른 출판사에서 낸 경우와 실질적인 개정본을 모두 포함하면 총 판본은 128개이다. 그중 역자 60명의 70개 판본을 입수하여 조사한 결과 축약 각색본이 7본이다. 이를 제외한 53명 역자(2명 공역 1본)의 63본을 검토본으로 삼았으며 중복출간된 판본을 1종으로 계산하면 종수로는 52종이다. 윤문한 것을 포함해 표절은 39종(41본)이며, 이를 제외한 22개 판본 가운데 같은 내용을 출판사를 달리하여 낸 경우를 제외한 판본 13종을 집중검토했다.

　해방후 최초의 번역서는 1953년 을유문화사에서 출간된 최재서 역 『주홍글씨』이다. 최재서 다음으로 새 번역본을 낸 역자는 이장환이다. 이장환 역본은 1961년 양문사에서 출간된 이후 출판사를 달리하며 2차례에 걸쳐 개정판이 나왔다. 최재서와 이장환에 이어 이 작품을 새로 번역한 사람은 시인 김수영이다. 김수영은 1967년 새 번역본을 냈는데 김수영 사후 수많은 역자들이 김수영 역본을 부분적으로 혹은 통째로 표절하는 현상이 일어났다. 1970년대부터 『주홍글자』 번역에 관한 한 표절현상이 난무하여 가히 '표절의 시대'라고 불릴 만했다. 양병탁(1971), 김병철(1973), 조승국(1974), 김종운(1975), 오국근(1976)의 번역본도 표절의 원본으로 자주 사용된다. 1980년대 이후 새로 번역본을 낸 역자로 김승희(1983), 정문영(2001) 등을 꼽을 수 있으나 앞의 역본들과 질적인 차별을 확보하지는 못했으며, 1970년대의 표절 풍토는 계속 이어지고 있다.

입수한 자료를 분석한 결과 역자 32명이 출간한 총 37개 판본이 기왕의 판본을 표절한 것으로 판단된다. 표절의 계보가 꽤 복잡하지만 '원조'에 따라 구분한 표절본 현황은 최재서본 1명, 이장환본 1명, 김수영본(김수영본을 군데군데 윤문한 표절본이 다시 표절의 원본 노릇을 함) 6명(8본), 양병탁본을 두루 윤문한 표절본의 재표절이 2명(3본), 김병철본 9명(10본), 조승국본 6명(7본), 김종운본 3명, 오국근본 2명, 윤영춘본 1명, 김승희본 1명이다. 번역 원전의 일부를 자기 나름의 수정을 통해 개선한 경우도 없지 않으나 대부분은 기왕의 판본을 그대로 베끼거나 자의적인 윤문으로 개악시켜놓거나 아니면 단어나 구문을 약간 바꾸는 가필작업을 했을 따름이다. 후자의 경우 (특히 장 첫머리의) 어구와 표현을 바꿈으로써 표절 사실을 가리려 한 혐의가 있는 역본들도 상당수 나왔다. 심지어 이렇게 위장된 표절을 통째로 베낌으로써 '표절의 표절'을 낳기도 했고 여러 군데서 베껴서 '잡종의 표절'을 낳기도 했다. 이보다 좀 나은 경우는 원전의 어색한 부분을 좀더 매끄럽게 다듬은 역본들인데, 이 경우에도 독해하기가 까다로운 대목들을 아예 누락하거나 자의적으로 적당히 메움으로써 원문의 의미를 훼손하기 십상이었다.

『주홍글자』의 번역에서 또하나의 문제는 "letter"가 여기서는 여주인공의 가슴에 새겨진 글자를 의미하는데도 대다수 역자들이 제목을 '주홍글씨'로 잘못 번역한 점과 서문격인 「세관」(The Custom-House)을 번역하지 않은 점이다. 이는 완역을 원칙으로 하는 고전번역에서 결함인 것은 분명하나 '주홍글씨'가 하나의 굳어진 표현이 되었다는 점, 그리고 본격적인 작품의 서문으로서 「세관」은 너무 길고 일반독자들이 이해하기 어렵다는 것을 감안하여 이번 검토와 평가의 항목에서는 제외하고 향후의 과제로 남겨두기로 한다.

검토대상

- 최재서 『주홍글씨』 을유문화사(1953, 1958)
- 이장환 『주홍글씨』 범우사(1984, 1985) 양문사(1961) 서문당(1972)
- 양병탁 『주홍글씨』 동화출판공사(1971, 1973)
- 김종운 『주홍글자』 삼중당(1975) 삼진사(1976) 대양서적(『진홍글자』, 1980) 교육문화사(『주홍글씨』, 1989)
- 김수영 『주홍글씨』 창우사(1967)
- 김병철 『주홍글씨』 동서문화사(1973, 1981) 학원출판공사(1993)
- 오국근 『주홍글씨』 삼성출판사(1976, 1977)
- 정문영 『주홍글자』 계명대출판부(2001)
- 유정 『주홍글씨』 대양출판사(1972, 1973) 평범사(1974)
- 조승국 『주홍글씨』 문예출판사(1974, 1977)
- 윤영춘 『주홍글씨』 휘문출판사(1978, 1983) 신원문화사(1996)
- 김승희 『주홍글자』 학원사(1983, 1985)
- 양붕철 『스칼렛레터』 풍생문화사(1988)
- 정동수 『주홍글씨』 덕수출판사(1960)
- 김문배 『주홍글씨』 장원문화사(1971)
- 유영수 『주홍글씨』 학원사(1972) 대현문화사(1983)
- 황용하 『주홍글씨』 개선문출판사(1975)
- 강인성·이영숙 『주홍글씨』 예서각(1976)
- 정월용 『주홍글씨』 대동문화사(1976)
- 김재현 『주홍글씨』 금성출판사(1978)
- 김태성 『주홍글씨』 문학당(1978) 삼성당(1984)
- 최준기 『주홍글씨』 글방문고(1980)
- 강인성 『주홍글씨』 한국독서문화원(1981)
- 이정기 『주홍글씨』 금성출판사(1981)
- 김기덕 『주홍글씨』 마당문고사(1982)
- 정보석 『주홍글씨』 시대문화사(1982)
- 황오현 『주홍글씨』 도서출판 영(1984)
- 강무학 『주홍글씨』 청화(1985)

- 김종건 『주홍글씨』 청목사(1985)
- 김계덕 『주홍글씨』 범한출판사(1986)
- 김계동 『주홍글씨』 양우당(1986)
- 김선영 『주홍글씨』 일신서적공사(1986)
- 김인수 『주홍글씨』 고려출판문화공사(1989)
- 김지원 『주홍글씨』 삼원출판사(1989)
- 민동선 『주홍글씨』 청목사(1989)
- 윤승태 『주홍글씨』 을지출판사(1990)
- 오정환 『주홍글씨』 계몽사(1991)
- 강혜숙 『주홍글씨』 홍신문화사(1992)
- 박용철 『주홍글씨』 소담출판사(1992)
- 정영일 『주홍글씨』 선영사(1992)
- 신현미 『주홍글씨』 덕우출판사(1993)
- 원응순 『주홍글씨』 일종문화사(1993)
- 박경미 『주홍글씨』 혜원출판사(1994)
- 반광식 『주홍글씨』 일신서적출판사(1994)
- 이가형 『주홍글씨』 여명출판사(1994)
- 차영은 『주홍글씨』 삼성기획(1994)
- 유석 『주홍글씨』 학영사(1995)
- 이기연 『주홍글씨』 맑은소리출판사(1995)
- 이종한 『주홍글씨』 교육문화연구회(1996)
- 지경수 『주홍글씨』 한국파스퇴르(2001)
- 김희동 『주홍글씨』 푸른나무(2002)
- 황종호 『주홍글씨』 하서(2002)

 **평가개요** 검토의 기준으로 삼은 원전은 Nathaniel Hawthorne, *The Scarlet Letter, A Romance*, 3rd edition (Norton Critical Edition 1988)이며,* 이 작품의 경우 판본에 따른 차이는 거의 없다. 번역에 사용한 텍스트를 밝힌 역본은 최재서(The Heritage Press 1935), 이장환(Modern Library 1950), 김수영(New

---

* 전체적으로 번역상황을 검토하되, 특히 전체 24장 중 1~2, 13, 24장(총 4개장 20면으로 전체의 15% 가량)을 일일이 대조 검토했다.

American Library) 정도이다.

번역서 13종을 상세히 검토한 결과 원문의 구체적인 대목들을 어법과 정황에 맞게 적절하게 옮기는 동시에 문체적 특성에 걸맞은 우리말 어법을 구사하여 원작의 작품성을 살려낸 믿을 만한 번역서는 해방후 최초 번역본인 최재서본과 두번째 번역본인 이장환본뿐이라고 평가할 수 있다. 거의 모든 역서들이 잦은 실수와 누락 그리고 심심찮게 치명적인 문제점들을 갖고 있어, 고전번역에서 기본적으로 요구되는 충실성과 엄정성에 미달된다. 게다가 간결하고 적실한 호손 문장의 묘미를 제대로 전달하려면 우리말 역어에 군더더기가 없어야 하는데, 대다수 역자들이 이런저런 설명적 어구를 덧붙임으로써 원문의 맛을 제대로 살리지 못했다. 그런대로 호손의 정치(精緻)한 언어적 성격을 가장 잘 전달한 것은 최재서 역본과 이장환 역본이다. 1950년대와 60년대 초에 나온 이 두 역본이 각각의 결함에도 불구하고 원작의 뛰어난 언어적 성취를 그 중 가장 성공적으로 되살리고 있다는 것은, 이들 이후의 숱한 번역들이 이들의 성과를 제대로 소화하고 발전시키지 못했음을 뜻한다.

그렇지만 1970년대의 역본들이 기여한 바가 전혀 없는 것은 아니다. 양병탁, 김종운, 김병철, 오국근의 역본들은 초기의 역자들인 최재서와 이장환이 피할 수 없었던 번역상의 크고작은 실수들을 더러 바로잡기도 했고, 애매모호한 대목들을 명확하게 밝힘으로써 독자들에게 좀더 분명한 의미가 전달되도록 노력했다. 그러나 전반적으로 평가하면 득보다 실이 훨씬 많아서 최재서와 이장환이 훌륭하게 번역한 부분에서 치명적인 오역을 범하는 경우가 빈번하고, 우리말 문장 수준 역시 퇴보했다. 새로운 역자들이 선행 번역본을 제대로 검토하거나 참조하지도 않아 번역의 질이 떨어진 것이다. 위대한 고전작품의 번역이란 한 개인의 업적만이 아니라 우리 학자들과 역자들의 협업으로 이루어지는 집단적인 과업임을 고려하면 『주홍글자』 번역의 경우는 새로운 역자가 선배가 성취한 것을 제대로 물려받지 못한 안타까운 경우이다. 선행 역자들의 노고를 되살리지 못한 이런 과오는 『주홍글자』 번역에서 표절본이 난무하는 현상 못지않게 심각한 문제로, 집단적인 과업의 측면에서 볼 때 이 불행한 두 현상은 동전의 양면처럼 짝을 이루고 있다.

최재서의 미덕은 호손처럼 간결·정확한 문체를 구사하려고 노력한 점이다. 정확성과 충실성을 추구하려는 노력이 때로는 어색한 구문을 낳기도 하지만, 대체로 상황에 맞는 어법을 구사하며 구어체 부분의 번역에서도 실감이 느껴진다. 이장환의 경우 한두 차례의 손질을 통해 최재서보다 매끄러운 번역을 내놓은 것이 성과라면 성과이다. 어색한 느낌이 들지 않도록 어휘를 선택하고 표현을 우리말 어법에 익숙하게 다듬은 흔적이 엿보이는데, 지나치게 다듬는 바람에 번역이 껄끄러운 어휘들이 종종 누락되는 경향을 보인다. 가독성은 높은데, 전반적으로 정확성이나 충실성은 최재서에 비해 약간 떨어진다.

김수영 역본은 번역의 질이 고르지 못하다는 점, 그리고 자기만의 독특한 문장구조를 가지고 있어 일반적으로 이해하기 힘든 대목들이 자주 등장한다는 점, 그리고 무엇보다 심각한 것은 원문의 뜻을 전달하려고 문장을 풀어쓰는 과정에서 군더더기가 붙고 중복과 실수가 자주 나와 신뢰도가 떨어진다는 점 등을 지적할 수 있겠다. 양병탁 역본은 가독성을 높이기 위해 그랬는지 조금이라도 길고 복잡한 구문들은 몇개의 문장으로 나누어 번역했는데, 그 과정에서 원문과 차이가 날 뿐 아니라 나뉜 문장들의 연결관계가 잘못되는 경우가 빈번한 것이 문제이다. 김종운 역본은 일반독자들이 읽기에 가장 무난한 번역으로 평가할 수 있으나 엄정함이 부족하여 누락과 축약, 실수가 자주 일어나서 완전히 신뢰하기는 힘들다. 김병철과 오국근 역본은 원작에 대한 충실도나 어구에 대한 정확도에서 양병탁이나 김종운 역본보다 더 떨어진다. 물론 김병철과 오국근이 양병탁이나 김종운의 잘못된 부분을 바로잡은 경우가 없지는 않지만 그들보다 훨씬 더 많은 실수를 했다고 평가할 수 있다. 오국근의 경우 우리말 문장도 만족스럽지 못하다. 조승국 역본은 정확성이나 충실도에서 김병철과 오국근보다 더 떨어진다. 조승국이 오국근과 비슷한 수준을 보여주는 것은 가독성뿐인데, 부정확한 번역에 덧댄 이런 가독성은 결코 미덕이 아니다. 유정과 양붕철은 선행 판본의 일부를 개선하기도 했으나 그 잘못까지 답습하거나 새로운 실수를 추가하기도 했다. 흥미로운 점은 최재서나 이장환의 역본보다는 김수영, 양병탁, 유정, 김종운, 김병철, 오국근, 조승국의 역본들이 훨씬 많은 표절본을 낳았다는 점이다. 1980년대 이후에는 이 작품의 새로운 번역이 드물어졌는데, 김승희와 정문영은 선행 역본들을 참조하여 각각 개성이 뚜렷한 역본들을 내놓았다. 그러나 참조한 선행본들이 그다지 훌륭하지 않았고, 게다가 두 역자가 작품의 여주인공 헤스터에 대한 공감이 너무 앞서 오류를 범하는 경우가 잦았다. 김승희 역본은 독특한 언어감각과 감수성이 반영되어 있으나 원작에 대한 정확도와 충실도와 거리가 먼 번역을 낳는 경우가 너무 빈번하다. 정문영은 작품 초반에 신선한 번역을 보여주었으나 뒤로 갈수록 선행본의 오류에 말려드는 현상을 보였다.

추천본 1

최재서 역 『주홍글씨』[*] ★★☆

최재서 역본은 초역이지만 지금까지 출간된 여타 번역본들 가운데 가장 정확하고 충실하여 신뢰할 만한 판본으로 평가된다. 특히 원작 문체의 특성을 살리려는 노력이 이 번역본의 가장 빛나는 대목이다. 이런

---

[*] 을유문화사(1953, 1958). 1958년 4판을 검토본으로 삼았다. 번역대본에 대한 서지정보는 따로 명시되어 있지 않으나 우리말 속표지 다음 면에 원전의 서지사항을 인쇄해둠으로써 번역대본이 'New York: The Heritage Press 1935'임을 짐작케 한다. 말미에 붙은 해설은 작품 이해를 돕기 위해 '호손의 생애와 작품' '사상적 배경' '뉴잉글랜드의 사회생활' 『주홍글씨』의 의미' 등의 소절로 나눠 비교적 알차게 소개하고 있다. 소설의 서문격인 「세관」은 번역되어 있지 않다.

성취를 가능케 한 요인은 역자가 번역의 경험이 많다는 사실 외에도 당대 최고급의 영문학자로서 호손의 정교한 문장과 빼어난 심리묘사에 대해 최고의 존경심을 갖고 매우 진지한 자세로 번역에 임했기 때문인 듯하다. 이는 역자 「머리말」의 다음 구절에서 엿볼 수 있다.

> 호손의 영어는 한 시대 이전의 고전영어에 속한다. 영어학연구로 공부하기에는 좋을는지 모르나 이렇게 대중 상대로 번역하는 데는 아무리 쳐도 만만한 물건이 아니다. 두 째로 호손의 소설은 세밀한 심리묘사에 있어 세계 제1류일 뿐 아니라, 영혼의 미묘한 동태를 추구함에 있어 실로 독보이다. 시대가 다르고 틀이 다른 우리의 말을 가지고 어느 정도로 호손의 예술을 살릴 수 있을는지 참으로 아득한 일이었다. (1면)

호손 문학과 호손의 영어에 대한 역자의 이런 정당한 평가와 인식이 진지한 자세와 어우러져 상당한 성과를 낼 수 있었던 것이다. 역자가 이 번역에 얼마나 공을 들였는지는 한국전쟁의 와중인 1952년 여름 혹서의 대구에서 더위를 자극제 삼아 번역에 몰두했다는 역자의 발언(「머리말」 참조)에서도 실감할 수 있다.

이 번역본은 꽤 심각한 오역과 누락이 있고(대략 원문 3면당 1개 정도), 이런 오류들이 이 뜻깊은 역서의 — 치명적인 결함은 아니더라도 — 적지 않은 결함임을 부인하기는 힘들다. 그러나 이는 초역이라는 점을 감안하면 이해할 만하고, 또 이후의 역본들과 비교할 때 상당히 양호한 수준이다.

이 번역본의 가독성은 최고 수준은 아니지만 평균 이상을 유지하고 있다. 1950년대에 출간되었기에 우리말 고어투나 일본어의 영향이 남아 있고, 또 흥미롭게도 러시아어식의 경음 발음(이를테면 '보스턴'을 '뽀스톤'이라고 발음)이 간간이 등장하여 요즘의 젊은 독자가 읽기에는 어려움이 없지 않을 것이다. 그러나 출간연도만큼 언어가 낡았다는 느낌은 주지 않고, 대화체를 포함한 몇몇 대목에서는 최근의 역자들보다 효과적으로 원문의 실감을 전달하고 있다는 느낌을 준다. 그렇기에 이 번역본을 공들여 읽으면 원작의 간결하고 정치한 언어구사를 어느정도 는 맛볼 수 있다. 호손 특유의 애매모호한 어법과 상징적인 언어의 묘미 를 충분히 전달했다고 말하기는 힘들지만, 이 점에서도 이후의 역본들 과 비교하면 훨씬 낫다고 평가할 수 있다.

결론적으로 이 번역본은 약간의 문제점과 결함이 있음에도 꽤 신뢰 성있고 미덕이 있는 번역으로 추천할 수 있다. 원문을 정확하고 충실하 게 옮기면서 동시에 호손의 문체적 특성까지 고려하는 역자의 노력이 때로는 어색한 어법과 표현을 낳기도 하지만 전반적으로는 뜻깊은 성과 를 거두었다. 적절한 역주와 말미에 붙어 있는 논문 분량의 풍부한 해설 또한 이 번역본의 미덕 가운데 하나이다.

이 번역본의 충실성과 적절성 그리고 가독성의 정도를 몇몇 특징적 인 대목들을 통해 살펴보기로 한다. 이 과정에서 이후의 몇몇 대표적 인 판본들과 비교하여 분석한다. 우선 제1장 첫 면의 다음 대목을 살펴 보자.

> The founders of a new colony, **whatever Utopia of human virtue and happiness they might originally project, have invariably recognized it** among their earliest practical necessities **to allot a portion of the virgin soil as a cemetery, and another portion as the site of a prison.** In accordance with this rule, it may safely be assumed that the forefathers of Boston had built the first prison-house, somewhere in the vicinity of Cornhill, almost as seasonably as they marked out the first burial-ground, on Isaac Johnson's lot … (35면)

새 식민지의 건설자들은 **비록 처음에는 인류(人倫)과 행복의 낙천지를**

계획했었을는지 모르나, 실제 일을 해나가는 데 있어서 위선 그 **처녀지(處 女地)의 일부를 떼어서 공동묘지를 만들고, 또 일부를 떼어서 감옥의 터로 정하는 것**이 건설 초기의 필요사항의 한 가지라는 것을 으례히 인정하고들 있었다. 뽀스톤의 조상들도 이러한 관례에 따라서 아이잭 죤슨의 토지의 일부를 택하여 묘지를 정할 무렵에 시기를 놓지지 않고 콘 힐 근처에 감옥 을 지었었다고 추측해도 과히 틀림이 없을 것이다. (1장 1면)

이 대목의 번역이 완벽하지는 않고 잘못된 맞춤법을 포함하여 몇군데 다듬었으면 하는 곳이 있음은 사실이다. 가령 첫 문장의 "whatever"의 의미를 충실하게 반영하려면 '새 식민지의 창건자들은 애초에 어떤 인 간적인 덕성과 행복의 이상향을 계획했던 간에'로 옮겨야 마땅하다. 또 한 "처녀지의 일부를 떼어서 공동묘지를 만들고, 또 일부를 떼어서 감 옥의 터로 정하는 것"은 '처녀지의 일부를 떼어서 공동묘지로, 또 일부 를 떼어서 감옥의 터로 정하는 것' 정도로 옮겨야 한다(원문에는 '만들 고'의 뜻이 없다). 이처럼 개선의 여지가 있음에도 다른 판본들과 비교 하면 원문의 뜻을 빠뜨리지 않되 군더더기 설명을 덧붙이지 않고 옮기 는 충실도 면에서 이 번역본이 한결 낫다는 것이 확실하게 드러난다. 가 령 가장 많은 판본을 자랑하고 가장 많은 표절본을 낳은 김종운, 양병 탁, 김병철의 번역은 이러하다.

새 식민지의 개척자들은 처음에 인간 미풍(美風)과 행복의 이상향을 **계 획했었을지 모른다.** 그러나 실제 일을 해나가는 데 있어서는 우선 그 **황무 지**의 일부를 떼어 공동묘지를 만들고, 또 일부를 떼어서 감옥터로 정하는 것이 건설 초기의 필요사항이었다. 보스턴의 선조들도 이런 관례에 따라 아 이작 존슨의 일부 토지를 택하여 공동묘지를 지을 즈음 콘온 힐 근처에다 최 초의 감옥을 지었다고 추측하는 것도 과히 틀림이 없을 것이다. (김종운 5면)

　　새 식민지의 창시자들은 **인간의 도덕과 행복에 대해서 어떤 유토피아를 원래 그리고 있었던**, 그들이 맨 처음 실제로 할 필요가 있었던 것 중에는 처녀지의 일부를 공동묘지로, 또 일부는 형무소의 부지로 할당하는 것을 **불가불** 인정해온 것이다. 이 원칙에 따라 보스턴의 조상들도 코온 히일 근처에다 최초의 형무소를 세웠던 것이라고 짐작해도 괜찮을 것이다. 형무소가 생긴 것은 아이작 존슨의 소유지에 … 최초의 묘지가 정해졌을 때와 거의 같은 무렵의 일이었다. (양병탁 59면)

　　새 식민지의 개척자들은 **새로 계획한 유토피아가 아무리 인간적인 미덕과 행복에 넘쳐 있다 하더라도 처녀지의 일부를 공동묘지와 감옥터로 할당하는 일**을, 무엇보다 우선 첫단계에서 하여야 할 실제적인 필요사항 중의 하나로 여겼다. 이런 관례에 따라 보스턴의 선대들도 코온힐 근처에 최초의 감옥을 세웠고, 이를 전후하여 아이작 존슨의 땅에 … 최초의 묘지를 설정한 것이라고 보아도 무방할 것이다. (김병철 203면)

“whatever”의 의미를 조금이라도 더 살린 경우는 양병탁의 역본이라 할 수 있는데, 안타깝게도 “인간의 도덕과 행복에 대해서 어떤 유토피아를 원래 그리고 있었던”에서 “대해서”라는 상투적인 어법과 양보어미 ‘~든’을 과거형 어미 “~던”으로 잘못 표기하여 원문의 뜻에 멀어지면서 양보적인 뜻도 불안해지는 결과를 낳았다. 김종운의 경우는 “whatever”의 뜻을 살리지 못했을 뿐 아니라 문장을 “계획했었을지 모른다”로 종결하여 양보적인 뜻을 오히려 감소시켰다. 그밖에도 김종운은 원문의 “have invariably recognized it”에 해당하는 ‘어김없이 인정했다’를 빠뜨리는 실책을 범했으며 김병철도 “invariably”에 해당하는 역어를 빠뜨렸으며 양병탁은 “불가불”이라는, 최재서보다 덜 만족스러운 역어를 선택했다. 또한 김병철의 경우 “새로 계획한 유토피아가 아무리 인간적인 미덕과 행복에 넘쳐 있다 하더라도”라고 뉘앙스가 달라지는 번역을 했는데, 이는 원문이 지닌 양보의 포인트를 바꾸는 결과를 낳는다.

김종운은 최재서의 번역을 따르면서 최재서의 "처녀지"라는 정확한 표현을 "황무지"라는 부정확한 표현으로 괜스레 바꿔놓았으며, 양병탁의 경우는 문장의 구조 면에서 개선을 이루면서도 '감옥'을 "형무소"라는 불만족스런 역어로 바꿈으로써 개선의 효과가 무화되고 만다. 김병철의 경우는 "처녀지의 일부를 공동묘지와 감옥터로 할당하는 일"로 축약해버리는데 의미 면에서는 거의 같지만 표현을 자의적으로 바꾸는 이런 축약은 바람직하지 못하다.

요컨대 작품의 서두에서 최재서 역본이 이런저런 개선의 여지가 있음에도 그후의 가장 널리 읽히는 번역본들에 비해 충실도가 높은데, 이런 실정은 거의 어느 곳에서나 마찬가지이다. 앞서 거론한 대목의 조금 뒤에 "Before this ugly edifice, and between it and the wheel-track of the street, was a grass-plot"(35면)의 번역으로 "이 추악한 건물 앞에 풀밭이 있고, 또 건물과 수레 다니는 길 사이에도 풀밭이 있는데"(최재서 2면)라는 대목이 나오는데, 김종운은 "이 흉측한 건물 앞에서 마차 바퀴자국이 나 있는 한길까지 사이에는 풀밭이 있었다"(삼중당 6면)로, 양병탁은 "이 추악한 건물 앞의 건물과 차가 다니는 큰 길 사이에는, … 풀밭이 있었다"(59면)로, 김병철은 "이 우중충한 건물 앞에서 큰길까지의 사이에는 풀이 우거져 있었는데"(동서문화사 203면)로 모두 하나같이 정확히 옮기지 않고 있다. 말하자면 "Before this ugly edifice, and between it and the wheel-track of the street"이라는 원문을 'Between this ugly edifice and the wheel-track of the street'으로 자의적으로 바꾸어 옮긴 것이다. 이 역자들의 번역을 표절한 역서는 말할 것도 없고 이들 이후의 거의 모든 판본들이 이런 오역을 답습하고 있다.

최재서 역본의 또다른 미덕은 오래 전에 번역되었음에도 불구하고 지금 읽어봐도 꽤 실감나게 번역된 대목들이 많다는 것인데, 특히 대화체 번역에서 그렇다. 2장 가운데 아낙네들의 대화를 살펴보자.

62

"At the very least, they should have put the brand of a hot iron on Hester Prynne's forehead. Madame Hester would have winced at that, I warrant me. But she, — the naughty baggage, — little will she care what they put upon the bodice of her gown! Why, look you, she may cover it with a brooch, or such like, heathenish adornment, and so walk the streets as brave as ever!" (38면)

"적어도 헤스터 프린 이마빼기에다 화인(火印) 하나쯤은 찍어주어야 하는 거야요. 그랬더라면 그 화냥년두 조금 따끔 했겠지. 정녕 그랬을 겁니다. 그렇지만 옷가슴에다 헝겊때기나 한장 붙여준댓자, 그 못된년 코방구나 꾸어요? 두구보세요, 그년이 인제 뿌로오치나 무슨 그런 이교도(異教徒)들의 패물(佩物)루다 그것을 가리구서는, 여전히 뻔뻔스럽게 길거리를 걸어다닐 터이니까요." (최재서 62면)

"화냥년"이라는 표현이나 "헝겊때기나 한장" 같은 표현은 좀 과도한 의역이 아닌가 하지만, 이 대목은 마을 아낙네들의 헤스터에 대한 질시와 앙심이 잘 드러나게 번역되어 있다. 가령 이 대목을 양병탁의 번역과 비교해보자.

"아무리 가볍다고 하더라도 시뻘겋게 단 쇠로 낙인을 찍었어야 했어요, 헤스터 프린의 이마빼기에다 말이에요. 그렇게 했더라면 헤스터 부인도 좀 따끔했을 텐데, 틀림없이. 그런데 그년은 그처럼 뻔뻔스러운 년이니까, 저고리 가슴에다 무엇을 붙이건 조금도 아랑곳하지 않을 거야. 그래, 이봐요. 그년은 부로우치나 무슨 이교도의 패물로 그것을 가릴 수 있을 테지. 그리고는 여전히 뻔뻔스럽게 길거리를 나다닐 거야."(62면)

양병탁의 번역이 구문을 꽉 조여주지 못해 어딘지 느슨하여 아낙네의 앙심과 시기심의 실감이 떨어지는 것이다.

원문이 어려운 대목일수록 최재서 역본과 나머지 역본들의 차이가 크게 느껴지는 것도 우연한 일은 아니다. 24장의 다음 부분을 보자.

> After exhausting life in his efforts for mankind's spiritual good, he had **made the manner of his death a parable**, in order to **impress** on his admirers the mighty and mournful lesson, that, in the view of Infinite Purity, we are sinners all alike. **It was to teach them, that the holiest amongst us has but attained so far above his fellows as to discern more clearly the Mercy which looks down, and repudiate more utterly the phantom of human merit, which would look aspiringly upward.** (174~75면)

인류의 정신적 행복을 위하여 일평생을 바친 뒤에, 그는 **자기의 죽는 모양을 일종의 비유담(比喩譚)으로 삼아** 영원히 순결한 하느님의 눈으로 볼 때에 우리들은 다 같이 죄인이라는 위대하고도 슬픈 교훈을 그의 숭배자들에게 **감명시키고저** 했다. **우리들 중에서 가장 신성하다고 하는 사람이 그 동포 인간들보다 좀 높은 지위에 도달한다고 했자, 그것은 천상에서 지하를 굽어보시는 하느님의 자비를 좀더 분명히 인식하는 정도였고, 따라서 지상에서 갈망하는 눈으로 천상을 우럴어보는 인간 속에 가치가 있다고 생각하는 것은 터무니없는 망상이라는 것을 그들에게 가리켜주자는 목적이었다.** (202면)

앞서도 그랬지만 이 대목에서 개선의 여지가 없는 것은 아니다. 가령 "자기의 죽는 모양을 일종의 비유담으로 삼아"보다는 '자기의 죽음의 방식을 하나의 우화로 만들어'로 글자 그대로 옮겨주는 것이 나을 듯하다. 또한 "감명시키고저"보다는 '각인시키고자' 혹은 '아로새기고자'가 나을 것이다. 그리고 다음 문장에서는 "so as … to"에 걸리는 동사를

"discern"뿐 아니라 "repudiate"까지 포괄하는 것으로 파악하여 '우리들 중에서 가장 신성한 사람이 동포 인간들보다 높은 경지에 도달한다고 해봤자, 그것은 지상을 내려다보시는 하느님의 자비를 좀더 분명히 식별하고, 하늘을 갈망하듯 쳐다보는 인간의 미덕이라는 환상을 좀더 철저히 떨쳐버리는 정도임을 가르치려는 것이었다' 정도로 고쳐야 한다. 그러나 전체적으로 이 대목이 원문의 꽤나 어려운 구문과 발상을 훌륭하게 전달하고 있다고 볼 수 있다. 이 대목을 김종운, 양병탁, 김병철의 역본과 비교하면 다음과 같다.

인류 영혼의 행복을 위하여 평생의 노력을 다한 다음, **그러나** 하나님의 무한한 순결에 비하면, 인간은 모두 죄인이라는 강력하고도 슬픈 교훈을 그의 찬미자에게 남겨주기 위해서 자신의 죽음을 하나의 **우화**로 만들었다는 것이다. 우리 인간 중에서 가장 신성하다는 사람이 다른 사람들보다도 좀더 높은 위치에 도달해봤댔자, 그것은 하늘에서 지상을 굽어보시는 하나님의 자비를 좀더 뚜렷이 알아보는 정도에 불과하고, 따라서 땅 위에서 갈망하는 눈으로 하늘을 쳐다보는 인간에게 어떤 가치가 있다고 생각하는 것은 전혀 망상에 불과하다는 것을 사람들에게 가르쳐주자는 것이었다는 말이다. (김종운 248면)

인류의 정신적인 행복을 위해 노력하노라고 생명을 소모한 끝에 그도 자기의 죽음의 모습을 하나의 우화로 삼았던 것이다. 즉 영원한 순결이라는 관점에서 볼 때 인간은 모두가 똑같은 죄인이라는 위대하고도 가슴 아픈 교훈을 자기의 찬양자들 가슴속에 인상 깊게 아로새겨주기 위해서였다는 것이다. 우리들 가운데서 가장 성스러운 사람일지라도 그의 동포들보다 조금 뛰어났을 정도이며, **인간을 내려다보시는 하나님의 자비를 좀더 명백히 인식하는 야심에 넘쳐, 높은 곳을 우러러보는 환영과도 같은 인간의 가치를 더욱 철저히 부정할 따름이라는 것**을 사람들에게 가르쳐주기 위해

서였다는 것이다. (양병탁 219면)

　　인류의 정신적인 행복을 위하여 노력을 다한 다음 생애를 마친 목사는, 영원히 더러움을 모르는 하느님의 눈으로 본다면 어떤 인간이라도 모두 죄인이라는 슬프고도 위대한 교훈을 숭배자들의 가슴에 명기(銘記)시키기 위해 자신의 죽음을 하나의 우화로 만들었다는 것이다. **아무리 덕망있는 인간이라 할지라도** 지상을 내려다보고 계신 하느님의 자비를 좀더 확실히 인식하는 데 불과하고, 하늘 위를 동경하고 있는 인간의 선행(善行)이란 환영(幻影)을 동배(同輩)들보다 좀더 철저히 거부할 수 있을 **정도로 우수한 데 불과다는 것**을 가르쳐주기 위해서였다. (김병철 338~39면)

이 대목에서 김종운 역본이 최재서 역본을 참조했음이 드러나는데, 전체적으로는 좀더 읽히기 쉽게 손질하고 "비유담"을 "우화"라는 더 적절한 어휘로 고치기도 했지만, 중요한 곳에서는 실책을 추가한다. 즉 김종운 역본은 첫 문장의 문맥을 잘못 짚어 "그러나"라는 역접 부사를 사용함으로써 이 대목의 의미를 혼란케 하고 있다. 양병탁의 경우는 "so … as to do" 구문을 잘못 파악하여 이를 "… 야심에 넘쳐 …"라는 엉뚱한 해석을 하고 만다. 김병철 역본에서는 의미 파악이 완전히 틀린 것은 아니나 우리말 번역이 원문의 비유법을 제대로 전달하지 못해 이해를 가로막고 있다. 이 대목의 기본적인 비유법은 지상과 천상의 높낮이이다. 어떤 인간이 매우 경건하고 미덕이 있어 인간의 눈으로는 높이 올라간 것처럼 보인다 해도 하느님의 천상의 눈으로 보면 별것이 아니므로 인간의 자리를 넘어서 하늘의 높이를 탐하는 것은 환상에 불과하다는 것이 요지이다. 그러므로 "아무리 덕망있는 인간이라 할지라도"는 '우리들 중에 가장 신성한 사람이 동포 인간들보다 높은 경지에 도달한다고 해봤자' 식으로 옮겨주어야 문장의 맥이 통하는 것이다. 그런데 이것을 김병철은 "… 정도로 우수한 데"로 표현하여 원문을 보지 않고서는 무슨 뜻인지 짐작하기 어렵게 만들었다.

지금까지 살펴본 대로 최재서 역본은 이후 대표적인 역본들에 비해 원문을 정확하고 충실하게 옮기면서 원문의 문체적 특성까지 일부 살리는 데 성공한다. 그러나 상당히 심각한 오류나 누락 등의 실수들도 없지 않는데, 한두가지 예를 들어보기로 하자. 가령 13장 서두의 "His moral force was abased into more than childish weakness. It grovelled helpless on the ground, even while his intellectual faculties retained their pristine strength, or had perhaps acquired a morbid energy, which disease only could have given them"(109면)을 "그의 도덕적 의지력은 아주 타락해서 어린애의 그것보다 더 약했었다. 비록 그의 **의지력**은 아직도 원래의 근력을 보존하고 있지만, 혹은 병으로 인하여 자연히 병적인 정력이 생기기도 했겠지만 **의지력**은 힘없이 땅 위를 기어다니고 있었다"(155면)로 옮겼는데, 여기서 앞의 "의지력"은 '지적 능력'(intellectual faculties)으로, 뒤의 "의지력"은 '도덕적 힘'(moral force)으로 구분해주어야 하는데도 양자를 모두 "의지력"으로 번역하여 심각한 혼란을 초래한다. 또한 13장에서 "A woman never overcomes these problems by any exercise of thought. They are not to be solved, or only in one way. If her heart chance to come uppermost, they vanish"(113면)라는 중요한 대목을 누락하여 텍스트 이해에 심각한 문제를 유발한다. 실수로 누락한 듯하지만 상당히 유감스럽다.

추천본 2

이장환 역 『주홍글씨』* ★★☆

이장환 역본은 비교적 이른 시기에 번역되었지만 최재서 역본을 제외한 여타 번역본들에 비해 충실도·적절성·가독성의 기준에서 가장 나은 판본으로 평가된다. 중대한 오류는 원문 3면당 1개 정도이다. 정확도나 원작의 문체적 특성을 전달하는 점에서는 최재서 역본보다는 떨어지지만 원만한 번역으로 가독성은 매우 높다. 이장환 역본이 원문을 정확하고 적절하게 옮기면서 이런 원만함을 구사할 때 그의 번역은 『주홍글자』 번역에서 최고의 수준에 이른다.

이장환의 판본은 모두 큰 차이는 없으나 출판사가 바뀌고 개정판을 내면서 약간의 변화를 겪었다. 1961년 양문사에서 나온 초판본은 상당히 정확하지만 고어투의 어법이 있었는데, 이것이 1984년 이후의 범우사본에서는 현대적 어법으로 고쳐졌고 어려운 부분은 풀어쓰기 작업을 거친 것으로 보인다. 널리 보급된 범우사본의 가독성이 높은 것은 이 때문이다. 그러나 이 과정에서 초판본에서 정확하게 번역된 대목들이 잘못 번역된다든지 오식과 누락이 생겨나는 경우가 적지 않았기에 이런 교정의 효과는 반감되거나 후퇴하기도 했다. 그러다가 1997년 서문당에서 개정판을 내면서 다시 한차례 교정작업을 거쳐 범우사본의 오류를 바로잡았는데, 그 결과 고어투의 어법을 현대적 어법으로 고친 것을 제외하면 흥미롭게도 개정판이 초판과 비슷해진 것이다. 이런 변화를 설명하기 위해 한가지 예를 들어보자.

> The women, who were now standing about the prison-door,
> stood within less than half a century of the period when the man-

---

*양문사(1961) 서문당(1972, 1997 개정판) 범우사(1984, 1985). 이장환 번역 『주홍글씨』는 최재서 역본에 이어 해방후 두번째의 번역본이며, 1961년 양문사에서 문고본으로 출간되었다. 이 초판본은 고어투를 좀더 현대어로 고치는 등 손질을 하여 1972년에는 서문당, 1984년에는 범우사로 옮겨 새로 출간되었다. 1997년 서문당에서 개정판을 냈다. 검토본으로는 가장 많이 읽히는 것으로 판단되는 범우사본(1985년)을 택하되 이를 서문당의 개정판(1997)과 대조 검토하여 개선 여부를 점검했다. 역자해설에 번역대본의 출처를 명시했다. 서두에 붙은 「해설」도 비교적 충실한 편이며, 「세관」은 번역되어 있지 않다.

like Elizabeth had been **the not altogether unsuitable representative of the sex**. They were her countrywomen; and the beef and ale of their native land, with a moral diet not a whit more refined, **entered largely into their composition**. (37면)

지금 **옥문 가에 섰는** 여인네들은 저 사내 대장부와 같은 **엘리자베드** 여왕이 그 당시 **여성 대표로 알맞지 않은 바 아니었던** 때로부터 반 세기도 지나지 못한 시대에 속하는 **사람들이었다**. 이 여인네들은 엘리자베드 여왕과 같은 나라의 태생으로 고국의 **쇠고기며 맥주며** 그보다 별로 세련된 것도 없는 **정신의 양식이 주로 그들의 몸체를 이루었다**. (양문사 초판본 16면)

지금 **옥문 앞에 서 있는** 여인네들은, 저 사내 대장부와 같은 **엘리자베드** 여왕이 그 당시 **여성들의 대표로 여겨졌던** 때로부터 반세기도 채 **지나지 않은** 시대에 속하는 **여자들이었다**. 이 여인네들은 엘리자베드 여왕과 같은 나라의 태생으로, 고국의 **쇠고기며 브랜디며** 그보다 별로 세련된 것도 아닌 **정신 문화가 그들의 생활의 대부분을 이루고 있었다**. (범우사 1985, 18면)

지금 **옥문 가에 서 있는** 여인네들은 저 사내 대장부와 같은 **엘리자베스** 여왕이 그 당시 **여성 대표로서 손색이 없었던** 때로부터 반 세기도 채 **지나지 못한** 시대에 속하는 **사람들이었다**. 이 여인네들은 엘리자베스 여왕과 같은 나라의 태생으로 고국의 **쇠고기며 맥주**, 그보다 별로 세련된 것도 없는 **정신의 양식이 그들의 몸체를 이루고 있었다**. (서문당 개정판 19면)

이장환의 역본들이 근래로 오면서 고어투의 표현과 표기법을 현대 어법에 맞게 다듬는 노력을 했다는 것은 평가해줄 만하다. 앞의 인용들에서도 "옥문 가에 섰는"을 "옥문 앞에 서 있는" 혹은 "옥문 가에 서 있는"으로, "엘리자베드"를 "엘리자베스"로 고친 점이 눈에 띈다. 흥미로운 것은 35년 이상의 시대를 격한 1961년 초판과 1997년 개정판이 서로 비슷하고 중간(1985년)의 범우사본이 이 두 판본과 꽤 다르다는 점이다. 어쩌면 역자가 범우사본을 그냥 제쳐두고 초판본을 대본으로 삼아 교정작업을 한 것 같기도 하다. 좀더 구체적으로 살펴보면 ① 초판본에서 "여성 대표로 알맞지 않은 바 아니었던"(the not altogether unsuitable representative of the sex)으로 축자적으로 번역되어 어색하지만 부정확성은 덜한 대목이 범우사본에서 "여성들의 대표로 여겨졌던"으로 단순화되면서 매끄럽지만 부정확한 번역으로 바뀌었다가 다시 개정판에서는 "여성 대표로서 손색이 없었던"으로 가독성을 유지하면서 좀더 나은 역어를 택한 것이다. ② 초판본에서 "쇠고기며 맥주며"가 범우사본에서는 "쇠고기며 브랜디며"로 개악되었다가 개정판에서 다시 초판과 동일하게 "쇠고기며 맥주"로 바로잡아졌다. ③ 초판본에서 "정신의 양식이 주로 그들의 몸체를 이루었다"고 번역된 것이 범우사본에서는 "정신 문화가 그들의 생활의 대부분을 이루고 있었다"로 개악되었고, 개정판에서 다시 초판과 거의 동일하게 "정신의 양식이 그들의 몸체를 이루고 있었다"로 바로잡아졌다. 물론 여기서 "몸체를 이루고 있었다"라는 표현은 불충분하다. "composition"이 신체와 정신 양자를 포괄하는 개념이기 때문에 '존재를 구성하고 있었다'가 좀더 정확한 표현이겠지만 문맥상 '몸체'나 '체질'로 번역해도 그런 뜻으로 해석될 수 있을 것이다. 하여튼 전체적으로 보면 초판본과 개정판본이 범우사본보다 비교적 정확하며 가독성에서는 범우사본과 개정판본이 초판본보다 나은 것으로 평가할 수 있겠다.

이런 우여곡절의 변화는 그 연유를 해명하기가 힘들지만 어쨌든 역자가 작품의 번역과 수용에 그만큼 신경을 썼다는 의미로 받아들일 수 있으며, 한번 번역한 것을 거의 손보지 않고 수십년간 방치하는 경우에 비하면 높이 평가할 수 있다. 다만 아직도 꾸준히 가장 많이 읽히는 범우사본(2002년 1월 현재 3판 1쇄)은 범우사 초판(1984)과 크게 달라진 것이 없어 앞의 인용문에서 보듯 번역상의 잘못들이 남아 있다. 또한 범우사본의 오류를 상당히 바로잡은 서문당 개정판도 교정과정에서 새로 오자가 생긴 대목들이 간간이 눈에 띈다.

이렇게 아직 개선할 점들이 있음에도 불구하고 이장환의 역본들, 특히 개정판본은 대체로 충실도와 가독성 양면에서 그후 다른 역자들의 판본들보다 우수하며, 특히 매끄러운 번역과 정확성이 겸비된 경우에는 최고의 수준을 보여주고 있어 추천할 만한 역본으로 평가된다.

이 번역본의 충실성과 적절성 그리고 가독성의 정도를 몇몇 특징적인 대목들을 거론하여 살펴보기로 한다. 이 과정에서 필요하다면 선행본인 최재서 역본과 이후의 몇몇 대표적인 판본들과 비교하여 분석하기로 한다. 2장의 한 대목을 살펴보자.

> In our nature, however, there is a provision, alike marvellous and merciful, that the sufferer should never know the intensity of what he endures by its present torture, but **chiefly by the pang that rankles after it**. (40면)

그러나 인간의 천성 속에는 신기하고도 자비로운 하나의 섭리가 마련되어 있으니 그것은 즉 고통을 받는 자는 자기가 지금 당하는 고통이 얼마나 괴로운가를, 그 당장의 고통으로선 측정할 수 없고 **주로 뒤늦게 저려오는 아픔으로 짐작한다**는 사실이다. (이장환 1985, 23면)

인간의 천성 속에는 불가사의하고도 자비로운 하느님의 섭리가 있어 형벌을 받을 때에는 그 아픈 것을 모르고 **나중에 가슴을 쑤시는 고통으로써 비로소 자기가 받은 형벌을 깨닫게 된다**. (최재서 14면)

그러나 우리 인간의 천성 속에는 불가사의하고도 자비로운 하나님의 배려가 있게 마련이다. 따라서 아무리 고통을 겪고 있는 자일지라도 현재 가기가 어느 정도의 고통을 견디고 있는지를 모르는 법이다. 다만 **그 일이 지난 다음에 밀려드는 고뇌에 의하여 짐작하게끔 되어 있는 것이다.** (김종운 14면)

그러나 우리들의 성질에는 신기하고도 자비로운 하나님의 섭리가 마련되고 있어서, 고통을 받는 자도 자기가 지금 당하고 있는 고통이 얼마나 괴로운가를 그 당시의 고통으로선 측정할 수 없고 **주로 뒤미처 쑤시는 아픔으로 짐작한다는 것이다.** (양병탁 65면)

그러나 인간의 성정에는 **고마웁게도 신의 자비**가 있어서 고통을 당하고 있는 자가 그것이 얼마나 심한가를 깨닫게 되는 것은 **결코 그 당장이 아닌 훨씬 뒤의 일이다.** (김병철 208면)

앞서 열거한 다섯 판본 가운데 김병철 역본은 축약이 심하고 부적절한 대목("고마웁게도 신의 자비" 운운은 부적절하고 충분하지 못하다)이 있으며, 김종운 역본의 경우에는 "그 일이 지난 다음에 밀려드는 고뇌에 의하여 짐작하게끔 되어 있는 것이다"에서 "고뇌"는 원문의 "pang"과는 전혀 어울리지 않는 어휘이다. 나머지 세 판본은 모두 어느정도의 수준을 유지하고 있지만, 최재서 역본의 경우 "나중에 가슴을 쑤시는 고통으로써 비로소 자기가 받은 형벌을 깨닫게 된다"에서 "형벌"이라는 어휘가 적절하지 않으며, 그 단어를 사용하더라도 그냥 "형벌"이 아니라 '형벌의 강도'라고 해주어야 문장의 의미가 온전해진다. 이장환과 양병탁의 번역은 이 대목에서 대동소이한데 문장구조와 어휘가 거의 비슷해 양병탁이 이장환본을 참조로 했을 가능성이 있다. 요컨대 이 대목에서 이장환의 번역이 개선의 여지가 없는 것은 아니지만(가령 "마련되어 있으니 그것은 즉"의 부분에서 군더더기를 걷어내고 그냥 '있으니'로 하면 좀더 간결할 것이고, 원문의 "know"에 해당하는 동사를 "측정할"과

"짐작한다"로 문맥에 따라 변용하는데, "측정할"은 원문대로 '알'이라고 하는 것이 낫다), 정확성과 적절성 그리고 가독성을 종합해서 평가할 때 양병탁 역본과 함께 가장 낫다고 하겠다.

이장환의 최고의 미덕은 그의 적절하고 유려한 번역이 정확한 이해와 결합되었을 때이다. 2장의 다음 대목을 살펴보자.

> The witnesses of Hester Prynne's disgrace **had not yet passed beyond their simplicity.** They were stern enough to look upon her death, had that been the sentence, without a murmur at its severity, **but had none of the heartlessness of another social state, which would find only a theme for jest in an exhibition like the present.**
>
> (41면)

헤스터 프린의 봉욕(逢辱)을 지켜보는 사람들은 **아직도 순박한 바탕을 잃지 않았다.** 설령 그녀가 받은 판결이 사형일지라도 그들은 가혹한 판결에 단 한마디의 불평도 할 줄 모르고 처형 장면을 묵묵히 구경할 만큼 준엄한 사람들이었으나, **지금과 같은 처형 장면을 한갓 조소거리로 여기는, 다른 사회에서 흔히 보는 냉혹함은 티끌만큼도 없었다.** (이장환 1997, 27면)

헤스터 프린의 수형(受刑)을 목격하는 이 사회는 **아직도 단순하고 소박한 단계를 지나지는 않았었다.** 설혹 헤스터의 판결이 사형이었다 할지라도 그들은 그 사형집행의 광경을 그대로 보고 있을 만큼 엄숙한 사람들이었다. **그러나, 이러한 광경을 보고 그저 농담거리로 삼는 그러한 몰인정한 사회는 아니었다.** (최재서 15~16면)

헤스터 프린의 이런 치욕을 목격하던 사람들도 **아직 이런 소박한 성품을 그대로 지닌 사람들이었다.** 그 여인에게 내려진 판결이 사형이었던들 그 가혹함에 대해 한마디도 중얼거리지 않고 이 여인의 죽는 모습을 구경할 만큼 준엄한 사람들이었다. **그러나 사정이 다른 사회(청교도사회가 아닌 딴 사회)였다면 이런 구경은 웃음거리 취급을 당했겠지만, 이 사람들에겐 그런 무참한 성격이 전혀 없었다.** (김종운 15면)

헤스터 프린의 치욕을 지켜보는 사람들은 **아직도 소박 순진한 마음씨를 전연 잃고 있지는 않았다.** 만일 그녀가 받은 판결이 사형일지라도 그들은 가혹한 판결에 단 한마디의 불평도 없이 그녀의 죽음을 직시할 만큼 냉엄한 사람들이었다. **그러나 다른 사회, 즉 지금과 같은 처형 장면을 한갓 조소거리로 여기는 다른 사회에서는 흔히 보는 냉혹 무정은 티끌만큼도 없었다.** (양병탁 66면)

역자 4명 가운데 이 대목에서 ① "had not yet passed beyond their simplicity"의 번역에 해당하는 부분을 축자적으로 가장 정확하게 옮긴 사람은 최재서지만 문맥에 비추어보면 이장환의 번역이 좀더 적절하다. 이 작품의 화자는 여기서 미국의 초기 청교도시대의 거친 사람들의 순박함을 비난하는 것이 아니라 옹호하는 입장이기 때문이다. 김종운과 양병탁 역본의 경우 문맥은 통하지만 깔끔하지 않다("사람들"이 주어와 보어로 두번 등장하여 반복된다). ② "but had none of the heartlessness of another social state, which would find only a theme for jest in an exhibition like the present"에 대한 번역에서 최재서의 번역은 틀린 것은 아니지만 축약이 심하다. 김종운과 양병탁의 번역은 원문을 풀어쓴 것이지만 간결함을 희생한 만큼 뜻이 선명해진 것도 아니다. 오히려 양병탁의 경우는 오해의 소지가 더 늘어난 듯하다. 요컨대 이 대목에서 이장환의 번역이 완벽한 것은 아니지만 원문에 대한 정확한 이해와 우리말의 적절하고 원만한 구사가 어우러져 네 역자들 가운데서 가장 낫다고 하겠다. 13장에서도 이와 비슷한 경우를 발견할 수 있다.

> Knowing what this poor, fallen man had once been, **her whole soul was moved** by the shuddering terror with which he had appealed to her, — the outcast woman, — for support against his instinctively discovered enemy. (110면)

가엾게도 타락한 이 사나이의 과거를 잘 아는 **헤스터의 마음은** 사나이가 본능적으로 눈치챈 원수의 마수로부터 지켜달라고 자기 — 버림받은 여인 — 에게 애걸할 때의 소름 끼치는 공포의 빛을 보고 **여지없이 뒤흔들렸다**. (이장환 1997, 165면)

이 가엾은 타락한 목사의 과거를 잘 알고 있는 만큼, 그가 본능적으로 발견한 원수를 막아달라고 자기 — 세상에 버림받은 여자 — 에 구원을 청할 때에 벌벌 떨고 있는 모양을 보고 **헤스터의 영혼은 완전히 감동되고 말았었다**. (최재서 155면)

불쌍하고 타락한 목사의 과거를 잘 알고 있는 헤스터이니만큼, 목사가 본능적으로 발견한 원수를 막아달라고 세상에서 버림받은 자기에게 애원하면서 부들부들 떨고 있는 모습을 보고 **그녀는 완전히 감동되었다**.

(김종운 132면)

헤스터는 이런 가련하게 타락한 사나이의 과거의 생활을 알고 있었기 때문에, **그녀의 영혼은** 그가 호소하는 무서운 전율에 **진정 동정하게 되었다**. 말하자면 세상에서 버림받은 여자한테, 그가 본능적으로 발견한 적으로부터 자기를 지켜주도록 호소해오는 그런 두려움에 떠는 그의 모습이었던 것이다. (양병탁 128면)

앞서도 그랬듯이 여기서도 단어 하나하나 번역의 정확도는 최재서 역본이 가장 믿을 만하다. 그러나 이 문장의 문맥을 감안하면 "her whole soul was moved"의 번역으로 "헤스터의 영혼은 완전히 감동되고 말았었다"는 부적절하다. 부정적인 모습에서도 마음이 움직이기는 하나 이때에는 '감동'이라는 표현을 사용하지 않기 때문이다. 그렇기에 이장환의 번역처럼 "헤스터의 마음"이 "여지없이 뒤흔들렸다"가 (완벽하진 않더라도) 좀더 적절한 것이다. 양병탁의 "진정 동정하게 되었다"는 지나친 의역으로, 결과적으로 그렇게 되더라도 이 문장의 뜻은 '헤스터의 영혼 전체의 동요'에 있다. 양병탁의 경우는 이것 외에 한 문장으로 번역해도 무난한 것을 굳이 두 문장으로 나누고 이 양자를 이어붙이는 과정에서 군더더기가 붙었고 그 이음매도 매끄럽지 못하다.

이처럼 이장환의 역본, 특히 개정판의 경우 원문의 문맥에 대한 정확성과 적절한 언어감각이 결합될 때 최재서 역본에 못지않은 훌륭한 번역이 나온다. 하지만 종종 언어의 매끄러움을 위해 정확성을 희생하는 경우가 잦다는 것이 약점이다. 가령 13장 "She came, not as a guest, but as a rightful inmate, into the household that was darkened by trouble; as if its gloomy twilight were a medium in which she was entitled to hold intercourse with her fellow-creatures"(110면)에 대한 번역으로 "그녀는 불행으로 암담해진 집안의 문을 손님으로서가 아니라 어엿한 가족으로서 두드렸다. 컴컴한 어둠이야말로 그녀가 이웃들과 이야길 나누는 데 **알맞은 분위기**라고 생각되는 성싶었다"(범우사 1985, 137~38면)라고 번역한 대목은 매끄럽지만 따져보면 지나친 의역에다 부정확한 번역까지 겹쳐 있는 셈이다. "어엿한 가족"이나 "집안의 문을 … 두드렸다"는 지나친 의역이며, "이웃들과 이야길 나누는 데 알맞은 분위기"는 명백한 오류이다("medium"은 이때 "분위기"의 문제가 아니다). 이 대목은 김종운의 번역 "그녀는 걱정거리로 침울해 있는 집에, 손님으로서가 아니라 당연한 동거자의 한 사람으로 찾아왔다. 마치 그 침울한 빛이 매개체가 되어 사람들과 관계를 맺을 권리가 생기기나 한

것 같았다"(134면)가 정확하다. 이런 약점에도 불구하고 이장환 역본은
대체로 원만하고 적절한 번역수준을 유지하고 있어 신뢰할 만하다고 볼
수 있다.

일곱 박공의 집

너새니얼 호손 Nathaniel Hawthorne

The House of the Seven Gables

 **출간현황**　이 작품의 번역본은 출판사에서 출간되었으며 역자 역시 2명이다. 현재까지 확인된 해방후 최초의 번역본은 1960년 정음사에서 출간된 전제옥 역 『칠박공의 집』으로 현재 절판되었고, 세계문학사에서 출간된 박경선 역 『일곱박공의 집』(1995)은 시중에서 구할 수 있다. 두 번역본 모두 초판을 발행하고 이후 재판을 내지는 않은 것으로 보인다.

검토대상

● 전제옥 『칠박공의 집』 정음사(1960)
● 박경선 『일곱박공의 집』 세계문학사(1995)

평가개요　검토 기준으로 삼은 원전은 Nathaniel Hawthorne, *The House of the Seven Gables* (Norton Critical

Edition 1967)이다.* 두 번역본 모두 원전을 밝히지 않았다.

번역된 두 종 모두 상당히 많은 번역상의 잘못과 원문이 누락된 대목이 많았다. 1960년 발간된 전제옥 역본은 호손의 문체를 대체로 잘 살리고 있으나 원작에 대한 충실도는 그리 높은 편이 아니다. 줄거리를 파악하는 데는 큰 문제가 없지만 일부 장에서는 오역이 별로 없다가도 어떤 장에서는 1면당 3~4개나 되는 많은 오역이 발견되어 신뢰성이 별로 높지 않다. 박경선 역본은 최근에 나온 번역본답게 표현이 상당히 현대화되어 있으며 작품의 일부라고 할 수 있고 호손 연구에 중요한 「서문」이 번역되어 있다. 그러나 「서문」 번역은 뜻이 제대로 전달되지 않을 정도로 부실하며, 단락을 원문과 달리 임의적으로 나누거나 긴 문장을 읽기 편하게 만든다는 목적으로 자의적으로 끊어 번역함으로써 문제가 생긴 경우도 있었다. 본문 번역에서도 거의 모든 면마다 오역이 있고 문체상의 일관성이 지켜지지 않아 번역의 신뢰도가 매우 떨어진다.

참조본

전제옥 역 『칠박공의 집』**

이 번역본은 호손의 대표작 중 하나인 *The House of the Seven Gables*를 최초로 번역했다는 점에 큰 의의가 있다. 1960년에 나온 번역이기 때문이겠지만, 지금은 자주 사용하지 않는 한자 어휘들을 사용하고 있는데 번역으로 읽으면 시대적 배경이 2세기에 걸친 작품의 분위기

---

* 번역본을 전체적으로 검토하되 원문 기준으로 총 319면에 전제옥 역본은 「서문」을 번역하지 않았기 때문에 1장, 8장, 20장, 21장 총 60면을, 박경선 역본은 동일한 대목에다 「서문」을 덧붙여 총 64면을 원문과 세밀히 대조 검토했다.
** 정음사(1960). 정음사에서 초판 발행되었고 이후 재출간되지는 않았다.

를 오히려 잘 살려내는 효과가 있다. 그러나 오역이 상당히 많고 번역하기 까다로운 부분에서는 일부를 누락하거나 대충대충 번역한 경우도 적지 않다. 또 원문에는 없는 부분을 임의로 삽입한 곳도 여러 군데 발견된다. 전반적으로 평가할 때 전제옥 역본은 줄거리를 전달하는 데 별 무리가 없으나 정확성에서는 많이 떨어진다. 어떤 대목은 3~4면당 1개 정도의 오역이 발견되는 양호한 곳도 있지만, 수준이 일정치가 않아서 특히 결말부인 20, 21장에서는 오역이 많은 곳은 1면당 3~4개나 발견되기도 한다.

매슈 몰과 핀천 대령의 갈등을 다루는 첫장에서 결정적인 오역의 사례를 2가지만 들어보자. 하나는 매슈 몰의 죽음을 다루는 장면에서 "he declared himself hunted to death for his spoil"(8면)을 핀천 대령에게 억울한 죽음을 당하면서 "그는 핍박자를 끝끝내 저주하고 파멸시키겠노라고 선언했다는 것이다"(233면)라고 원문과 다르게 번역했다. '그는 자신의 땅 때문에 자기가 죽임을 당하게 되었다고 주장했다' 정도로 옮겨야 한다. 또 칠박공의 집을 지을 때 매슈 몰의 아들을 목수로 썼다는 대목에서도 의미전달이 분명하지 않다. "Not improbably, he was the best workman of his time; or, perhaps, the Colonel thought it expedient, or was impelled by some better feeling, thus openly to cast aside all animosity against the race of his fallen antagonist"(10면)를 "또한 그 아들이 당시의 으뜸가는 목수도 아니었을 것이며, 대령 역시 그를 쓰는 것이 득책이라든지, 또는 그를 씀으로써 패배당한 적의 가족을 미워하지 않는다는 너그러움을 공표하기 위한 조치도 아니었을 것이다"(234면)라고 원문과 거의 정반대로 번역했다. '아마도 그 아들이 당시의 최고의 목수였을 것이다. 혹은 필시 대령은 패배당한 적의 가족에 대한 모든 적의를 던져버리는 게 상책이라고 생각했거나 호의로 그렇게 했는지도 모른다' 정도로 번역해야 한다.

1면당 1~2개의 오역이 있는 다른 면에 비해 오류가 많이 나타나는 곳의 예로 243면을 들 수 있는데, 부정확한 번역이 3군데나 된다. "재판관의 번창에 비해 핀촌 일가의 자손은 너무도 초라했다"로 번역한 부분의 원문은 "There were few of the Pyncheons left, to sun themselves in the glow of the Judge's prosperity"(24면)로 '판사의 번창한 재산의 덕을 볼 수 있는 핀천 일가는 몇명 남지 않았다'라는 뜻이다. 또 "his single surviving son"(24면)은 '단 하나 남아 있는 아들'인데 "고아가 된 그의 아들"로 번역하여 쓸데없는 혼란을 주기도 한다.

복잡하고 긴 문장의 번역에서는 꼼꼼하지 않게 대략의 의미만을 전달하는 경우가 적지 않은데, 예를 들어보자.

> ··· although Judge Pyncheon's glowing benignity might not be absolutely unpleasant to the feminine beholder, with the width of a street or even an ordinary sized room interposed between, yet it became quite too intense, when this dark, full-fed physiognomy (so roughly bearded, too, that no razor could ever make it smooth) sought to bring itself into actual contact with the object of its regards. The man, the sex, somehow or other, was entirely too prominent in the Judge's demonstrations of that sort. (118면)

설혹 핀촌 판사의 열을 띄워가도, 친절이 그것을 보는 여인에게 꼭 불쾌한 것이 아니었다고 하더라도, 이 시커멓고 살진 상판대기로 게다가 (한번도 면도기를 대본 적이 없었는지 텁수룩한 수염하며) 인사하는 상대에게 실질적인 접촉을 하려고 할 때에는, 중간에 거리의 폭이 있거나 혹은 보통 넓이의 방이 끼어 있다고 해도 그 불쾌감은 아주 강력해지는 것이다. 어떻게 됐든 그런 종류의 판사의 시위에 있어서 그 남성은 아주 지독하게 유별난 것이었다. (307면)

이는 핀천 판사의 됨됨이를 보여주는 문장인데, 우리말로 읽기에도 가
독성이 매우 떨어질 뿐 아니라 원문에 대한 정확하고 세심한 번역이 아
니어서 뜻을 많이 손상시켰다. 이 대목의 원래 의미를 살리면 '설혹 핀
천 판사의 번쩍거리는 자애로운 얼굴이 길 하나를 사이에 두거나 보통
크기의 방을 사이에 둔다면 그것을 대하는 여자에게 썩 불쾌할 것은 아
니겠지만, 이 시커멓고 살진 (어떤 면도날도 매끄럽게 만들 수 없을 정
도로 거친 수염이 난) 얼굴이 인사하는 상대와 직접 얼굴을 마주하려고
하면 그 번쩍거리는 얼굴은 너무 강렬해졌다. 그의 인간됨이나 남성적
인 면이 그런 유의 판사의 행동에서 정말 너무나 두드러졌다' 정도로 되
어야 할 것이다.

그의 외모와 핀천 대령을 비교하는 부분 역시 그 뜻이 부정확하게 옮
겨졌을 뿐 아니라 가독성에서도 떨어지는 문장이다.

> Though looked upon as a weighty man among his
> contemporaries, in respect of animal substance; and as favored with
> a remarkable degree of fundamental deveolopment, well adapting
> him for the judicial bench, we conceive that the modern Judge
> Pyncheon, if weighed in the same balance with his ancestor, would
> have required at least an **old-fashioned fifty-six**, to keep the scale in
> equilibrio. (121면)

동물적인 면에서 본다면 그들 동료들 사이에서 무게있는 사람으로 간
주되지만, 근본적인 생장의 뚜렷한 정도나 재판석에 대한 그의 훌륭한 적
응을 즐기려 한다면, 오늘의 핀촌 판사는 만약 그를 그의 조상과 동일한 중
량으로 다루어본다고 한다면 그는 동등한 폭을 유지하기 위하여는 적어도
**케케묵은 식으로 오십육 (반 이상, 백을 일로 여긴다면 오십이 절반이 된다)
반 이상이** 있어야 할 것이었다. (309면)

이 번역은 읽기에도 어렵고 내용상으로도 부정확하다. 무엇보다도 "an old-fashioned fifty-six"는 1832년 당시 미국의 세관에서 쓰던 저울의 추를 가리키는 것으로 "fifty-six"는 '56파운드'를 가리키는 것인데 요령부득으로 해석했다.

전제옥 역본은 마지막 20장, 21장의 거의 모든 면에서 3~4개의 오역이 발견되어, 특히 뒷부분의 번역이 상당히 허술함을 보여준다. 핀천 판사의 시체를 발견하고 망연해 있던 홀그레이브가 고향에서 돌아온 피비를 발견하고 반가워하는 장면을 예로 들어보자.

> ··· shining out of **the New England reserve** with which Holgrave habitually masked whatever lay near his heart. It was the look wherewith a man, brooding alone over some fearful object, in a dreary forest or illimitable desert, would recognize the familiar aspect of his dearest friend, bringing up all the peaceful ideas that belong to home, and the gentle current of every-day affairs ··· (301면)

그것은 노상 홀그레이브가 그의 마음 언저리에 있는 것을 모조리 가리고 있던 **뉴우잉글랜드의 은신처**로부터 비쳐나온 것이었다. 그것은 마치 어떤 무서운 일만을 생각하고 있다가, 가장 사랑하는 친구의 친근한 얼굴을 보고 가정에 속하는 평화로운 생각과 부드러운 일상 생활의 일들을 회상하는 듯한 표정이었다. (450면)

이 번역문에서 '뉴잉글랜드적인 조심스러움'(the New England reserve)을 "뉴우잉글랜드의 은신처"라고 엉뚱하게 번역한 것에서부터 전체적으로 원뜻을 제대로 살리지도 못했고 읽기도 어렵다. 원문을 어느정도 있는 그대로 전하자면 '그것은 홀그레이브가 습관처럼 그의 속마음을 가리고 있는 뉴잉글랜드 특유의 조심스러움을 뚫고 환하게 웃는 웃음이었

다. 그것은 무시무시한 숲속에서 혹은 끝없는 사막에서 홀로 두려운 대
상을 생각하다가 가장 친한 친구의 친근한 얼굴, 고향의 모든 평화스런
생각과 부드러운 일상의 흐름을 생각나게 하는 얼굴을 알아본 사람의
표정이었다'라는 내용이 살아야 할 것이다.

453면에서는 부정확하거나 부적합한 번역이 4군데이다.

① "이런 죽음은 보통판사의 생애에 걸쳐 그의 신변에 있는 사람들
을 소스라치게 하는 따위의 일이거든요"는 "This mode of death …
usually attacking individuals of about the Judge's time of life"(304면)를
옮긴 것으로 '판사 정도의 나이의 사람들에게 발생하는 … 그런 죽음'이
라는 의미로 새겨져야 하는 곳이다.

② "분명히 어떤 사정의 획일성이 있는 것이 사실이지요"는 "there is
a minute and almost exact similarity in the appearances"(304면)를 옮긴
것인데, '정황이 딱 들어맞을 정도로 아주 비슷하군요' 정도가 좋을 것
이다.

③ "모든 것이 정돈된 것이지요"는 "They were arranged"(304면)라는
문장으로 '모든 게 꾸며졌지요'의 뜻이다.

④ "반대로 그는 야성적인 쾌락을 수확했다"는 "On the contrary, he
gathered a wild enjoyment"(305면)를 부적절하게 옮긴 것이다. 이 경우
에는 '반대로 그는 격렬한 즐거움을 얻었다' 정도로 옮기는 것이 어울
린다.

가독성에 문제가 있는 부적합한 부분들은 이 다음 454면에서도 여러
번 나타난다. 피비와 홀그레이브가 판사의 시신을 발견하고 난 뒤 그들
이 급속도로 가까워지는 장면에서 다음 대목을 보자.

It separated Phoebe and himself from the world and bound them
to each other, by their exclusive knowledge of Judge Pyncheon's
mysterious death, and the counsel which they were forced to hold

그것은 핀촌 판사의 신비로운 죽음에 대한 그들의 독점적인 지식과, 그것에 관해서 그들이 갖지 않을 수 없었던 논의에 의해서 퓌이뷔와 그 자신을 속세로부터 격리도 시키고 피차를 얽매어놓기도 하였다. (454면)

이 번역은 명백한 오역이라고 하기는 어렵겠지만, 우리말 구사가 어색하고 미숙하여 원뜻에 접근하는 것을 막는 사례이다. 제대로 하자면 '판사의 수수께끼 같은 죽음을 둘만이 알고 있다는 것과 그 죽음에 관한 비밀을 지킬 수밖에 없다는 사실이 그 두 사람을 세상과 분리시켜 서로 묶어주었다' 정도가 될 것이다. 같은 면에서 "These influences hastened the development of emotions, that might not otherwise have flowered so soon"(305면)을 옮긴 "이러한 영향들은 달리는 그렇게 빨리 흐를 도리가 없는 서정의 발전을 재촉하였다"는 대목도 '이러한 영향들은 다른 상황이었으면 그렇게 빨리 꽃피지 않았을지도 모르는 감정의 발전을 촉진했다' 정도로 옮겨져야 할 내용이다.

마지막으로 번역을 누락하거나 원문에 없는 말을 삽입한 예를 들어보자. 241면의 "The sudden death of a Pyncheon about a hundred years ago, **with circumstances very similar to what have been related of the Colonel's exit**, was held as giving additional probability to the received opinion on this topic"(21면)에서는 강조한 부분의 번역이 빠진 채 "핀촌 대령이 백년 전에 횡사함으로써 세상의 풍설은 더 한층 사람들에게 받아들이게 되었으며"(241면)로 되어 있다.

뿐만 아니라 번역해야 하는 부분은 생략하고 원문에는 없는 표현을 삽입한 예도 있다. "**그 다음으로 들려주고 싶은 이야기는** 꼭 묵상하고 있는 것 같은 그 집이다"(245면)라고 번역한 부분의 원문은 "**The deep projection of the second story** gave the house such meditative look"으로서, 원문의 강조부분의 번역은 누락되고 "그 다음으로 들려주고 싶은 이야기는"이 첨가되었는데, 이는 원래 '2층이 앞으로 쑥 튀어나와 있어서 그 집이 생각에 잠겨 있는 것처럼 보였다'라는 내용이다.

모비 딕

허먼 멜빌 Herman Melville

Moby-Dick, or the Whale

출간현황   현재까지 확인된 번역본은 73본이며, 역자는 27명이다. 그중 아동물, 영한대역, 영화장면 삽입본 등 완역이 아니거나 전체 장을 마음대로 줄인 축약본, 장을 줄였을 뿐 아니라 그 장의 내용도 자의적으로 생략한 번역본을 빼고 검토대상으로 삼은 것은 총 37본이다. 여기서 출판사는 다르나 내용은 큰 변화가 없는 경우가 19본이고 이를 뺀 판본 18종을 검토대상으로 삼았다. 이 가운데 명백한 표절본이거나 기존의 번역본을 대본으로 아주 약간의 윤문을 했으나 표절본으로 보아야 한다고 판단되는 판본도 상당히 많았다. 결국 양병탁, 이가형, 오국근, 장갑상 4명이 출간한 번역본 4종을 집중적으로 검토했다.

우리나라에 멜빌과 그의 작품을 처음 소개한 사람은 노희엽이다. 노희엽은 1954년 을유문화사에서 『백경』이라는 제목으로 『모비 딕』을 국내 최초로 소개했다. 그러나 역자가 밝히고 있듯이 이 번역본은 멜빌 원작의 『모비 딕』 완역이 아니라 로버트 딕슨(Robert J. Dixson)이 편집한 축약본과 가필본을 우리말로 번역한 책이다. 이 축약본의 번역을 제외하고 국내 최초로 완역본을 낸 사람은 양병탁이다. 양병탁의 번역은 1960년 을유문화사의 '세계문학전집'에 포함되어 제23권 『백경』이란 제목으로 출간되었으며, 이후 출판사를 달리하면서 1998년까지 출간되었다. 을유문화사 번역본과 비교하면 1998년 중앙출판사 번역본은 한자어투를 우리말로 고치고 문맥을 바로잡은 정도에 그친다. 양병탁 이후 『모비 딕』을 번역한 사람은 이가형이다. 이가형의 번역은 1973년 동서문화사에서 『백경』이란 제목으로 출간된다. 이후 이가형의 번역은 여러 출판사를 바꿔 출간되는데 1994년 학원출판공사가 펴낸 번역본이 마지막이다. 그러나 약간의 어구 수정이 있었을 뿐 질적으로 개선된 번역이 아니다. 이가형 이후 『모비 딕』을 번역한 사람은 오국근이다. 오국근의 번역은 『백경』이란 제목으로 1974년 삼성출판사 '세계문학전집' 제7권으로 출간되었다. 오국근의 번역본 역시 출판사를 바꿔 계속 출간되었고, 마지막으로 삼성출판사의 '세계문학전집' 12권(초판 1984년, 검토본은 마지막 판본인 1991년도 34판) 『모비 딕』으로 출간된다. 오국근의 번역 역시 첫 번역 이후 내용이 거의 고쳐치지 않았다. 1984년부터 오국근의 번역은 제목만 『백경』에서 『모비 딕』이란 제 이름으로 출간된 셈이다. 양병탁, 이가형, 오국근의 번역 이후 『모비 딕』은 여러명의 역자를 통해 최근까지 출간되었다. 장갑상의 번역본은 『백경』이란 제목으로 휘문출판사(1977, 1981)에서 출간된다. 이후 국내의 『모비 딕』 번역은 이 4명의 번역본을 크게 참조하고 있다.

집중검토대상이 된 네 역자의 번역본의 경우 어원부·문헌부·해설·연보는 모두 포함되어 있다. 그러나 몇몇 역자는 『모비 딕』의 특징적인 장인 어원부와 문헌부를 생략한 경우도 있다. 역자해설은 대부분 있었으며, 연보는 빠진 경우도 많았다.

- 양병탁 『백경』 중앙출판사(1998) 을유문화사(1960, 1979) 삼중당(1977) 신영출판사(1984) 중앙미디어(1995)
- 이가형 『백경』 학원출판사(1994) 동서문화사(1973) 범한출판사(1982) 학원출판공사(1983)
- 오국근 『백경』 삼성출판사(1974) 『모비 딕』 삼성출판사(1984, 1991) 삼진사(1976) 태극출판사(1980)
- 장갑상 『백경』 휘문출판사(1977, 1981) 홍신문화사(1993)
- 이영재 『백경』 신문출판사(1977) 박문서관(1982)
- 이상은 『백경』 고려출판사(1979)
- 박철희 『백경』 삼금출판사(1981)
- 구중서 『백경』 시대문화사(1982)
- 윤두현 『백경』 삼성당(1982)
- 김준민 『백경』 학원사(1983, 1984)
- 장성환 『백경』 영(1983)
- 백승철 『백경』 범한출판사(1986) 교육서관(1988) 한국도서출판중앙회(2001) 하서출판사(2001)
- 김정근 『백경』 금성출판사(1990)
- 강영길 『백경』 일신서적출판사(1991)
- 박영식 『백경』 계몽사(1992 중판) 도서출판 마당(1994) 어문각(1994)
- 봉현선 『백경』 혜원출판사(1993)
- 정광섭 『백경』 홍신문화사(1993, 2002)
- 현영민 『백경』 신원문화사(1993)

 **평가개요** 검토의 기준으로 삼는 원전은 MLA(Modern Language Association)에서 공인한 이른바 NN판(*Moby-Dick, or The Whale*, ed. Harrison Hayford, Hershel Parker, G. Thomas Tanselle, Evanston and Chicago: Northwestern University Press and The Newberry Library 1988)이다.*

국내 번역본 가운데 양병탁 역본과 오국근 역본만이 원전의 서지사

---

*이 작품은 멜빌 작품의 표준판 전집인 NN판을 기준으로 했을 때 본문은 총 573면이고, 편집부록을 합치면 총 1043면에 이른다. 이 가운데 검토대상으로는 원작의 중요 대목을 포함하고 있는 11개 장(1, 2, 3, 4, 9, 28, 41, 42, 99, 106, 132장)을 선정했다. 이는 본문의 약 14%에 해당하는 분량이다.

항을 밝히고 있으며, 나머지 수십종의 번역은 그 어떤 번역본도 원전의 서지사항을 밝히고 있지 않다. 양병탁의 경우 영어본 서지사항은 "맥스웰 가이스마 편집, 포케트 판(1955년판)"이라고 밝히고 있고, 오국근의 경우 다른 서지사항에 관한 언급 없이 "Macmillan(1966년판)"이라고만 적고 있다. 검토작업에서 사용한 판본과는 원전이 다르지만, 검토에는 문제가 없었다.

『모비 딕』의 국내 초역이 이루어진 것은 1960년이다. 미국에서 멜빌이 재평가를 받기 시작한 것이 1920~40년대라는 점을 감안하면 국내 소개는 시기적으로 과히 늦은 편은 아니다. 그러나 초창기에 세계문학전집 형태로 출간되면서(1960년대에서 80년대 중반까지) 표절이 표절로 이어져 『모비 딕』은 충실성과 엄밀성의 관점에서 아직 만족할 만한 번역본이 없는 실정이다. 집중검토대상이 된 4권의 번역본 역시 이번 번역평가사업의 기본취지인 좋은 번역본의 추천이라는 측면에서 보자면 모두 신뢰성이 낮아 안심하고 추천할 만한 수준이 아니다. 최초의 번역본인 양병탁 역 을유문화사본은 줄거리를 파악하기에는 큰 무리가 없으나 생경한 해양용어를 포함한 어색한 표현이 많아 가독성이 낮고, 부정확하고 부적절한 번역도 적지 않다. 같은 역자가 낸 1977년의 삼중당 문고본이나 1984년의 신영출판사본은 어색한 표현은 다소 고쳐졌으나 질적으로 개선된 번역이라고 보기 어렵다. 1995년에 나온 양병탁의 중앙미디어본과 1998년의 중앙출판사본은 좀더 자연스런 표현으로 수정되어 가독성은 약간 높아졌으나, 종래의 부정확한 사례나 부적절한 번역은 그대로 남아 있다. 이 두 번역본은 수정과정에서 오히려 오자·탈자·누락이 늘고 경우에 따라서는 제대로 되어 있던 번역이 잘못 개정되었으며 다른 번역본의 부정확한 오류를 답습하기도 한다.

두번째로 『모비 딕』을 완역한 이가형의 번역도 사정은 마찬가지이다. 1973년 동서문화사 '세계문학전집'의 하나로 출간된 이가형의 번역본은 양병탁 역본과 마찬가지로 줄거리를 따라가는 데는 큰 어려움이 없으나 부정확하거나 부적절한 번역이 거의 모든 면에서 발견되고 있다. 1982년에 나온 같은 역자의 범한출판사본이나 1983년 학원출판공사본은 동서문화사본을 약간 수정했으나, 오역이나 어색한 표현이 바로잡힌 경우는 별로 없다. 1974년에 삼성출판사에서 나온 오국근의 번역도 가독성이나 충실성 면에서 앞선 두 번역본과 대동소이하다. 오국근의 번역에서는 어색한 표현은 상대적으로 많지 않으나 부정확한 번역과 적절하지 못한 번역사례는 앞선 두 번역본 못지않게 빈발하고 있다. 원문에 대한 엄밀성, 문장구사력, 적절한 문체와 톤의 일관성 면에서 모두 미흡하기 때문에 이 번역본만으로 작품의 심층적 이해에 이르기는 거의 불가능하다. 1977년과 1981년에 휘문출판사 '세계문학전집'의 일환으로 발간된 장갑상의 번역은 앞선 세 번역본보다 가독성이나 엄밀성 모두 뒤떨어진다. 장갑상의 번역은 우선 우리말 구사력의 부족으로 혼란스런 문장이 빈번히 끼여들어 글의 흐름을 끊어놓는다. 원문의 누락과 첨가도 가끔 발견되어 신뢰성이 떨어지고, 교정도 부실하여 탈자와 오식이 상당히 많다.

특기할 사항은 이상의 모든 번역본에 일본어 번역본의 영향이 짙게 드리워져 있다는 점이다. 이는 등급판정과는 무관하며, 일본어 번역을 참고하는 것 자체가 나쁘다고 할 수 없지만, 문제는 우리말 어법에 맞지 않는 일본식 용어와 오역이 그대로 수용되고 있다는 데 있다. 가령 제9장 매플 목사의 설교중에 나오는 "How billow-like and boisterously grand!"(42면)라는 단순한 문장을 이가형은 "어쩌면 그다지도 거친 파도처럼 남자답고 훌륭하겠습니까!"(46면)라고 옮기고 있는데, 확인 결과 이 구절의 일본어 번역 또한 "남자답고"라는 불필요한 표현이 들어 있었다 ('男らしく立派なものではないか', 阿部知二 譯 『白鯨』 岩波文庫 1956, 85면). 그런데 오국근 역본과 장갑상 역본에도 이 불필요한 표현이 첨가되어 있었다.

참으로 사나운 파도인 양 사나이답고 훌륭한 것이 아닌가! (장갑상 42면)

얼마나 노도와 같고 사내답고 훌륭합니까. (오국근 61면)

이 경우 양병탁만은 "마치 성난 파도와 같은 그 가락은 얼마나 장대한 것이겠습니까"(72면)라고 원문에 충실한 번역을 내놓고 있다. 그렇지만 일본어 오역을 네 번역본이 모두 그대로 답습하고 있는 부분도 더러 발견할 수 있었다.

6백면에 이르는 방대한 분량에 소재가 낯설고 내용이 난해하다고 하더라도 19세기 미국문학을 대표하는 고전작품인 『모비 딕』에 대한 권장 번역서가 없다는 것은 안타까운 일이다. 1988년 멜빌의 『모비 딕』 영문 표준판이 정해진 만큼 국내에서도 그것을 원전으로 한 충실한 번역이 나오길 기대한다.

참조본 1

양병탁 역 『백경』[*]

최초의 우리말 완역본인 을유문화사의 『백경』은 난삽하기로 정평이 나 있는 원작을 처음으로 우리말로 옮기면서 부딪쳤을 어려움의 자취가 역력하게 배어 있는 텍스트이다. 특히 암유(暗喩)와 인용이 내포된 구절이나 낯선 해양용어와 포경용어의 번역에서 그 점이 두드러지게 표출되

---

[*] 중앙출판사(1998) 을유문화사(1960, 1979) 삼중당(1977) 신영출판사(1984) 중앙미디어(1995). 이 다섯 출판사에서 나온 양병탁 번역본 중 삼중당본과 신영출판사본, 그리고 중앙미디어본과 중앙출판사본이 각기 동일한 번역본이다. 삼중당본과 신영출판사본은 한국 최초의 『모비 딕』 완역본인 1960년 을유문화사본의 한문투 문장을 한글식 문장으로 다소 수정한 것이고, 중앙미디어본과 중앙출판사본은 이를 다시 수정한 것이다. 1979년의 을유문화사본은 1960년의 을유문화사본과 동일하다. 검토 결과 이 3종의 번역본은 단어와 토씨만 조금씩 바뀌었을 뿐 문장구조나 내용의 변화가 거의 없고 번역상의 오류도 그대로 남아 있었다. 그래서 가장 최근에 나온 1998년의 중앙출판사본을 검토본으로 삼고 필요할 때마다 이전 번역본을 참고했다.

어 이해를 가로막는 경우가 잦다. 검토본으로 삼은 중앙출판사 번역본에서는 어색한 표현들이 더러 고쳐졌지만, 수정과정에서 원문을 세심히 살피지 않아서 오히려 오역이 되어버린 경우가 상당수 있었고, 또 적지 않은 대목에서 원문이 누락되거나 오자와 탈자를 발견할 수 있었다. 다시 말해 중앙출판사본이 가독성은 약간 높아졌다고 할 수 있으나 을유문화사본의 오역을 바로잡고 어색한 표현을 다듬은 개선본이라고 말하기는 어렵다는 것이다.

검토본인 중앙출판사본을 기준으로 볼 때 양병탁의 번역본은 원문을 누락시키지 않고 충실하게 번역하고자 한 노력은 엿보이나, 거의 모든 면에서 오역이나 부적절한 번역이 발견된다. 오역은 원문을 제대로 파악하지 못하거나 문장의 전후사정과 문맥을 자세하게 살피지 않은 데서도 야기되는 경우가 상당수 있었다. 상당히 빈번한 오역에도 불구하고 중앙출판사본은 전반적으로 줄거리를 파악하기에는 큰 지장이 없다고 할 수 있다. 그러나 원작의 심층적 이해에 필수적인 분위기나 톤에 대한 고려, 적절한 문체의 선택과 일관성의 유지, 원문의 아이러니, 페이소스 혹은 뉘앙스에 대한 주의 등에서 수준 이하의 미흡함을 드러내고 있다. 을유문화사본을 시대감각에 맞는 우리말로 가다듬고자 노력했음에도 불구하고 중앙출판사본은 여전히 어구의 호응이나 일치가 적절하지 못한 어색한 문장, 구문이 혼란스런 비문 혹은 오문이 산재해서 정확한 의미전달에 실패하고 있다.

구체적으로 번역상황을 살펴보자. 『모비 딕』의 첫장은 화자 이스마엘이 험난한 고래잡이 여행에서 혼자 살아남아 그 여정을 회고하면서 자신이 고래잡이 배를 타게 된 동기를 밝히고 그와 함께 인간의 불가해한 운명에 대해 사색하는 것을 포함하여 소설의 핵심적인 주제가 드러나 있는 중요한 대목이다. 양병탁의 번역본은 이 중요한 첫장에서 오역을 포함하여 부적절한 번역이 17개, 부적합한 번역이 3개 발견된다. 문제가 있는 번역이 원문 기준으로 1면당 평균 4개나 되는 셈이다.

우선 의미파악이 미흡하여 부정확한 번역이 된 경우를 살펴보자. 이스마엘은 첫 문단에서 자신이 고래잡이 배를 타게 된 동기를 말하면서, "Whenever I find growing grim about the mouth"(3면)란 말로 운을 떼고 있다. 이 대목은 이스마엘이 자살의 유혹을 받을 정도로 삶이 고달프고 괴로운 처지에 있어서 자살하느니 차라리 고깃배라도 타자는 자포자기의 심정으로 고래잡이에 나섰음을 밝히는 유명한 대목의 시작인데, 이 문장을 양병탁은 "입언저리가 근질근질해지거나"(25면)라고 맥없이 번역하여 작품의 이해를 저해하고 있다. 여기서 "grim"은 'stern or serious; harsh or repellent of aspect or uninviting'이란 뜻으로 문맥상 (괴로운 일 등으로) 입을 굳게 다물어 다른 사람이 말붙일 수 없을 정도로 험악한 표정이라는 뜻이다. 따라서 '삶이 고달파서 입을 험악하게 다물지 않을 수 없을 때마다' 정도로 번역해야 의미가 전달될 수 있을 것이다. 이스마엘은 몇 문단 뒤에 자신이 배를 탄 이유를 다시 한번 되풀이하면서 "whenever I … begin to be over conscious of my lungs"(5면)란 표현을 쓰는데, '가슴이 답답해지기 시작할 때'라고 번역해야 할 이 문장을 양병탁은 "나는 … 폐를 지나치게 의식하게 될 때"(5면)라고 어색하게 직역하여 의미전달에 실패하고 있다. 이스마엘이 시골학교에서 교사생활을 하다가 하급선원으로 배를 타는 경우의 어려움을 말하는 대목은 "The transition is a keen one, I assure you, from a schoolmaster to a sailor, and requires a strong decoction of Seneca and the Stoics to enable you to grin and bear it"(6면)으로 되어 있다. 양병탁은 이를 "학교선생에서 선원으로의 변화는 확실히 격렬한 것이며, 여러분이 웃으며 참을 수 있기 위해서는 세네카나 스토아 철학자들이 터득한 것처럼 정신적 고통을 필요로 한다"(29면)로 부정확하게 직역하여 역시 뜻이 모호해지고 말았다. 원문의 "enable you to grin"에서 "you"는 일반인칭이니 이에 구애되지 말고 '학교교사에서 선원으로의 변모는 고통스러운 것이어서 이를 웃으며 감내하기 위해서는 세네카나 스토아 철학자들의 강력한 가르침을 필요로 한다'는 정도로 번역해야 뜻이 분명해진다.

이런 식으로 의미와 문맥을 제대로 파악하지 못해 생겨난 부정확한 번역은 거의 모든 면에서 나타나는데, 가령 2장 끝에 나오는 "But no more of this blubbering now, we are going a-whaling, and there is a plenty of that yet to come"(11면)을 "그러나 이제 우는소리는 그만 하자, 우리는 고래를 잡으러 갈 거고, 고래 기름이라면 앞으로 얼마든지 얻을 수 있다"(36면)로 옮긴 것도 또다른 예다. 물론 멜빌은 여기서 "blubbering"과 "blubber"(고래의 지방살)를 동음이의어를 통한 말장난으로 사용하고 있다. 그러나 앞부분의 "blubbering"을 우는소리라고 했으면, 뒷부분에서도 일관성있게 '앞으로도 우는소리를 할 기회는 얼마든지 있을 것이다' 정도로 번역해야 하는데 "고래 기름이라면 앞으로 얼마든지 얻을 수 있다"고 번역하여 뜻이 통하지 않게 되고 말았다.

우리말 어법이 서툴러서 어색하게 옮겨진 사례도 눈에 띈다. 가령 양병탁은 "all honorable respectable toils, trials, and tribulations of every kind whatsoever"(5면)를 "온갖 종류의 고상하고 존귀한 노고, 시련, 고난 따위"로 번역했는데, 우리말 어법에서는 "고상하고 존귀한" 같은 형용사는 사람에게 쓰지 "노고"나 "시련" 같은 말을 형용하는 데 사용하지 않는다. 따라서 '명예를 얻고 남의 존경을 받을 수 있는 온갖 종류의 노고, 시련 혹은 고난 따위'로 풀어 번역해야 한다. 2장의 싼 여관을 찾는 대목에서도 원문 "for there, doubtless, were the cheapest, if not the cheeriest inns"(9면)를 "그쪽에는 가장 유쾌하지는 않더라도 가장 싸구려 여관이"(34면)라고 옮기는데, 우리말에서 여관을 "유쾌하다"고 형용하는 것은 어색하다. 따라서 '그쪽에는 쾌적하진 않겠지만 제일 싼 여관이' 정도로 번역하는 것이 적절하다. 9장 매플 목사의 설교 가운데 "take heed to repent of it like Jonah"(47면)을 "요나처럼 후회하시기 바라는 바입니다"(47면)라고 번역했는데 "후회"가 아니라 '참회'라고 해야 문맥상 자연스럽다. 우리말 어법이나 상황에 맞지 않는 이런 식의 어색한 표현이 번역본 전체에 걸쳐 허다하게 발견된다.

또한 묘사대상에 대한 작가의 심리적 거리, 곧 문장의 톤이나 분위기를 일관성있게 전달하지 못해 오해를 불러일으킬 소지가 있는 번역이 종종 눈에 띈다. 가령 1장에서 이스마엘은 바다에 나갈 때 설령 기회가 주어지더라도 선장이나 제독, 고급선원으로서가 아니라 평범한 선원으로 배를 타고 싶다는 의견을 피력한다. "No, when I go to sea, I go as a simple sailor, right before the mast"(5면)이라는 유명한 대목을 양병탁은 "요컨대 내가 바다로 나갈 때는 하찮은 뱃사람으로 나가는 것이다"(26면)로 옮기고 있으나, 작품의 도처에서 강조되고 있는 민주적 평등사상에 비추어볼 때 "하찮은 뱃사람으로"라는 번역은 부적절하다. '그저 한 사람의 평선원으로 나가는 것이다' 정도가 무난한 번역이다.

을유문화사본을 한글세대의 감각에 맞게 수정한 중앙출판사본에서 오히려 오역을 범한 경우도 더러 있다. 예컨대 2장의 제목 "The Carpet-Bag"이 을유문화사본에는 "여행 가방"으로, 중앙출판사본에는 "낡은 가방"으로 번역되어 있는데, 이는 오히려 원제에서 멀어진 것이다. 28장 끝부분의 "so that there was little or nothing, out of himself, to employ or excite Ahab, now; **and thus** chase away, for that interval, the clouds that layer upon layer were piled upon his brow, as ever all clouds choose the loftiest peaks to pile themselves upon"(125면)을 을유문화사본은 "그리고 감독을 요하는 포경의 준비작업은 운전사들이 훌륭하게 다 마련해놓았기에, 일부러 에이허브를 성가시고 흥분하게 하는 일은 거의, 아니 전연 없었다. **그리하여** 모든 구름이 제일 높은 봉우리를 택하여 첩첩히 싸오르는 것과 같이, 그의 이마에 첩첩히 쌓인 그림자의 구름을 쫓아낼 기회는 당분간 없었다"(157면)로, 중앙출판사본은 "그리고 감독을 요하는 포경의 준비작업은 항해사들이 훌륭하게 다 마련하여 놓았으므로, 굳이 에이허브의 힘을 빌고 그를 괴롭힐 만한 일은 전혀 없었다. **그렇다고** 가장 높은 산봉우리를 택하여 에워싸는 구름과 같이, 그의 미간을 덮은 구름을 쫓아낼 기회도 한동안 없었다"(170면)로 수정 번역했다. 앞 문장과 연관하여 이 문장의 의미를 살피면 원뜻은 피쿼드 호의 간부선원들이 고래잡이 준비작업을 훌륭하게 마쳤고, 배 역시 별 탈 없이 목적지를 향해 항해하고 있었기 때문에 에이협의 이마에 어린 우울한 기색을 쫓아낼 기회가 없었다는 뜻이다. 따라서 중앙출판사본의 "그렇다고"라는 접속사는 앞 문장과의 상관성을 도외시한 잘못된 번역이다. 흥미로운 것은 중앙출판사본은 을유문화사본을 개역하면서 다른 번역본의 오역을 그대로 수용하고 있는 경우가 종종 발견된다는 점이다.

이처럼 양병탁의 번역본은 문의파악의 미흡으로 인한 오역, 문장의 전후 상관관계를 도외시하여 문의파악에 혼란을 초래한 부적절한 번역, 우리말 어법에 맞지 않는 어색한 표현이나 구문의 혼란으로 인한 비문 등이 적지 않게 눈에 띌 뿐만 아니라 인물이나 대상 묘사에서 원작의 톤을 살리지 못하고 문체 또한 일관성의 유지를 소홀히하여 가독성을 떨어뜨리는 문제점을 노정하고 있다.

참조본 2

이가형 역 『백경』[*]

양병탁의 을유문화사본보다 10여년 늦은 1973년에 출간된 이가형의 번역본은 양병탁의 번역이 안고 있는 문제점을 거의 그대로 안고 있다. 『모비 딕』 번역의 가장 큰 난제라 할 수 있는 전문적인 해양용어의 번역

[*] 학원출판사(1994) 동서문화사(1973) 범한출판사(1982) 학원출판공사(1983). 1973년 동서문화사에서 첫 출간된 이가형 번역 『백경』은 그후 3종이 더 나왔는데, 나중에 나온 3종, 즉 범한출판사본, 학원출판공사본, 학원출판사본은 모두 동일한 번역이다. 이들은 동서문화사본을 아주 경미하게 수정했으나 부정확한 번역이나 어색한 표현은 그대로 남아 있다. 검토본으로는 1994년 학원출판사본을 사용했다.

에서 이가형은 대부분 일본어 번역에 의존하고 있는데, 바로 이 점이 가독성을 해치는 한 요인이 되었다. 예컨대 이가형은 "포루"(21면), "현장(舷牆)"(22면), "교사에서 선원으로의 전변(轉變)"(23면), "단장범선(單檣帆船)"(25면), "검어(劍魚) 여인숙"(25면), "선거(船渠)"(26면), "백상(白象)의 왕자"(137면), "기관(奇觀)"(175면) 같은 생경한 용어를 쓰고 있는데, 이는 모두 일본어 역어이다(阿部知二 역 『白鯨』 참조). 이가형은 이런 전문적인 용어는 물론이려니와 거의 모든 번역에서 일본어 번역을 참고하고 있는데, 문제는 앞에서 지적한 대로 일본어판의 오역을 빈번히 그대로 수용하고 있다는 데 있다.

생경하고 어색한 표현이 종종 눈에 띄긴 하지만 이가형의 번역은 줄거리를 파악하는 데는 큰 무리가 없다. 원전의 누락은 거의 없으나 거의 모든 면에서 오역이나 부적절한 번역이 발견될 정도로 정확성에는 문제가 있다. 또한 작품의 톤이나 분위기를 별반 고려하지 않고 있으며, 문체도 일관성을 유지하고 있다고 말하기 어렵다. 이런 점에서 이가형의 번역은 원전을 참고하지 않고 번역본만으로 작품의 심층적 이해에 도달하기는 어렵다.

이가형 번역의 질을 가늠하기 위해 문제의 흰 고래 모비 딕의 이모저모를 설명하는 『모비 딕』 41장을 살펴보자. 번역본으로 7면에 달하는 이 장에서 부정확하거나 부적절한 번역이 모두 29개가 발견되고(그중 오역이라고 볼 수 있는 것은 15개다), 그밖에 부적합하거나 어색한 대목도 몇 군데 눈에 띈다. 『모비 딕』을 이해하는 데 중요한 장인 이곳에서 1면당 평균 4개 이상의 오류가 발견되고 있으니, 이런 번역본으로 작품을 제대로 이해하는 것은 어려운 일일 것이다. 이 장은 특히 추상적이고 난해한 대목이 많아 소설 전체를 통틀어서 가장 어려운 곳이긴 하다. 그렇더라도 이런 오류빈도는 번역의 문제가 심각하다는 것을 말해준다.

우선 문장의 의미파악을 제대로 못한 부정확한 번역사례를 보자. 고래잡이 선원들 사이에 알려진 모비 딕의 불가해성을 말하는 대목 중에

98

"Nor is it to be gainsaid, that in some of these instances it has been declared that the interval of time between the two assaults could not have exceeded very many days"(182면)라는 구절이 나오는데, 이가형은 이를 "더구나 이럴 경우, 이들이 투쟁하던 시간이 결코 긴 세월이 아니었다는 것을 비난할 수도 없다"(133면)라고 요령부득의 번역을 하고 있다. 이 문장은 태평양 끝에서 잡힌 고래 중에는 대서양 쪽인 그린랜드 근해에서 찔린 작살이 꽂혀 있는 경우도 있다는 것을 말한 다음에 이어지는 것으로, 고래의 놀라운 활동범위를 언급하는 것이다. 따라서 '게다가 이 경우 그 고래를 각기 공격한 시간 간격이 수일을 넘지 않는다고 주장되었는데, 이를 부정할 도리가 없는 것이다' 정도로 번역해야 의미가 통한다. 모비 딕에게 다리를 잘린 후 상처난 마음을 애써 감추고 세상사람을 대했던 에이헙을 묘사하는 중에 "he likewise knew that to mankind he did long dissemble"(186면)이라는 구절이 나오는데, 이를 이가형은 "그는 오래 전부터 오늘에 이르기까지 일반적인 사람에 대해서 가장해서 서 있다고 자각해왔는데"(186면)라고 옮기고 있다. 원문의 바른 의미는 '그는 오랫동안 세상사람을 속여왔다는 것을 자각하고 있었다'는 것이다. 또 모비 딕과 에이헙의 관계를 말하는 대목 중에 나오는 "That before living agent, now became the living instrument"(185면)라는 구절을 이가형은 "전에는 팔팔한 행위자가 이제는 삶의 도구가 되었다"(135면)라고 번역하고 있으나, 이것만으로 무슨 뜻인지 이해하기 어렵다. 화자는 에이헙이 모비 딕에게 다리를 잘린 후 복수의 일념에 불타면서 모비 딕을 추적하는 데 그의 온 지성을 다 동원하고 있음을 말하고 있는 것이니, '그의 지성이 전에는 삶을 통어하는 주체였으나 이제는 삶의 도구가 되었다' 정도로 번역해야 의미가 전달된다. 에이헙의 광기를 제지하지 못한 피쿼드 호의 고급선원들에 대해 말하는 대목에서 스타벅을 언급하면서 "by the incompetence of mere unaided virtue or rightmindedness in Starbuck"(186면)이란 구절이 나오는데, 이가형 번역본은 이를 "스타벅의 덕성이나 상식도 외토리여서 도와주는 사람도 없었으며"(136면)라고 옮기고 있다. 이는 구문을 잘못 파악한 오역이다. '스타벅의 덕성이나 올곧음만으로는 무력했고'라고 해야 정확한 번역이다.

이가형의 번역에서도 문장의 전후관계를 살피지 않음으로써 의미가 제대로 전달되지 않는 경우도 자주 눈에 띈다. 가령 모비 딕에게 한쪽 다리를 잘린 후 발광했던 에이협이 시간이 흐르면서 차츰 진정되는 듯하여 선원들이 신에게 감사를 드렸다는 대목을 보자. 원문은 "his mates thanked God the direful madness was now gone; even then, Ahab, in his hidden self, raved on"(185면)이다. 이가형은 이를 "그래서 항해사들은 이제 광기도 진정이 된 줄 알고 신에게 감사를 드렸는데, 뜻밖에도 에이허브의 심신의 깊은 곳에서는 여전히 계속 광기가 일고 있었다"(185면)라고 옮겼다. 여기서 두 문장을 "뜻밖에도"라는 부사로 연결하고 있는데, 이는 원문에 충실하게 '그러나 그 순간에조차도'라고 번역해야 뜻이 제대로 전달된다. 요나에 대한 매플 목사의 설교 중에 "we sound with him to the kelpy bottom of the waters; sea-weed and all the slime of the sea is about us!"(46면)라는 구절이 나오는데, 이가형은 이를 "우리는 … 해초 찌꺼기투성이인 바다 밑으로 그와 함께 끌려 들어가 해초며 그밖의 미끈한 것들이 몸에 잠겨오는 듯합니다"(46면)라고 옮겼다. 이 번역은 언뜻 문제가 없는 듯 보이지만, 해초 다음에 "찌꺼기투성이"라는 불필요한 말을 첨가하여 「요나서」의 교훈이 심오하고 깊음을 강조하고자 하는 비유의 참뜻을 훼손하는 부주의한 번역이다. 다음은 문장의 톤을 고려하지 않아서 부적절한 번역이 된 또다른 경우이다.

… and when resuming his walk, he again paused before the mainmast, then, as the same riveted glance fastened upon the riveted gold coin there, he still wore the same aspect of nailed firmness, only dashed with a certain wild longing, if not

그리고 다시 걸음을 옮겨 큰 돛대 앞으로 가서 또 한번 걸음을 멈추고 거기에 못박혀 있는 더블룬에다 그의 시선을 던졌을 때, 그는 여전히 그 자리에 못박혀버린 듯이 조금도 움직이지 않는 모습을 드러냈는데, 그러한 그의 모습에는 희망은 아닐지언정 어떤 간절한 염원의 빛이 깃들어 있을 따름이었다. (172면)

비교적 무난한 번역임에도 불구하고 톤을 고려하지 않은 끝부분(“… 있을 따름이었다”) 때문에 문장의 의미가 제대로 전달되지 않는 결과를 낳고 말았다. 이 대목은 모비 딕을 추적하려는 에이헙의 집념과 강렬한 의지를 강조하는 유명한 99장(“The Doubloon”)의 서두부분이다. 이 문장 역시 독자들에게 에이헙의 그런 점을 강조하기 위한 의도를 담고 있다. 그러나 부정적 어감을 내포한 “… 있을 따름이었다”는 번역문의 술부는 더블룬을 응시하는 에이헙의 시선에 깃들어 있는 집념과 강렬한 염원을 제대로 전달하지 못하고 있다. 따라서 ‘어떤 간절한 염원의 빛이 깃들어 있었다’ 정도로 옮겨야 할 것이다. 이가형의 번역은 이처럼 언어의 미묘한 차이나 뉘앙스에는 거의 관심을 기울이지 않는다. 사건이나 인물들의 행동을 묘사한 부분에서는 이런 거친 번역들이 크게 문제되지 않을 수 있지만, 인물의 내면심리 묘사나 사변적인 대목에서 그런 부주의는 자칫 독자를 오도할 수 있다.

요컨대 이가형의 번역은 일본어식의 생경한 용어와 어투의 차용, 우리말 어법에 대한 부주의와 구문 구성의 미숙, 어색한 직역 등으로 인해 가독성을 떨어뜨리는 문장들이 많고, 문의파악과 문맥이해가 미흡하거나 문장의 전후사정을 고려하지 않은 부분도 많다.

참조본 3

오국근 역 『모비 딕』*

서지적 정보는 부정확한 경우가 많지만 오국근의 1991년 삼성출판 사본을 34쇄나 찍은 것을 토대로 추정할 때, 오국근의 번역은 양병탁과 이가형의 번역 이후에 나왔지만 이 번역본들보다 훨씬 많이 보급된 것으로 추측된다.

오국근의 번역은 앞서 출간된 번역을 어느정도 참조했을 것으로 보이는데, 곳에 따라 양병탁의 번역보다 오히려 못한 경우도 없지 않지만 앞선 두 역자의 구어투나 한자투는 많이 개선되었다. 그러나 여전히 생경한 어투와 누락과 첨가, 앞선 역자들이 보이는 실수, 오역 등이 이 번역본에서도 눈에 띈다. 그 결과 전체적인 줄거리를 파악할 수는 있지만, 원문이 복잡하거나 추상적인 감정표현이 나오는 대목은 예외없이 오역과 부실한 번역이 많다. 오국근의 번역은 가독성이 어느정도 있는 편이라 내용을 파악하는 데는 도움이 되지만 그 이상의 것을 기대하기는 어렵다. 사소한 생략(어구 단위)은 거의 모든 면에서 발견할 수 있다.

구체적으로 번역상태를 살펴보자. 이번 『모비 딕』의 번역점검(집중 검토본 4권)에서 가장 큰 문제로 드러난 것은 과연 역자들이 영어 원문을 얼마나 충실히 파악하고 번역을 했는가 하는 점이다. 복잡하고 긴 문장(특히 41장 「모비 딕」, 42장 「고래의 흰 색깔」)이 등장하고, 문장구조가 난삽한 경우에는 예외없이 부적절한 번역이 등장한다. 원문의 충실

---

* 삼성출판사(1974 초판은 『백경』, 1984, 1991) 삼진사(1976) 태극출판사(1980). 오국근의 『모비 딕』 번역의 초판은 1974년 삼성출판사에서 『백경』이란 제목으로 출간된 이후 내용의 변동 없이 여러 출판사에게 간행된다. 그러다 『모비 딕』으로 제목을 바꿔 달고 1984년 삼성출판사에서 다시 간행되는데, 이 판본의 경우 토씨 정도의 아주 경미한 수정을 거치기는 했지만 이전 번역본과 완전히 동일한 판본이다. 이 판본은 1991년까지 무려 34쇄를 거듭해 계속 출간된다. 구입 가능한 판본인 34쇄까지 내용의 변화 없이 동일본이 계속 출간되었다. 10년이 채 안되는 기간에 무려 34쇄를 찍었다는 사실은 『모비 딕』이 고전으로서 독자들에게 사랑을 받았으며, 국내 독자들의 상당수가 오국근의 번역으로 『모비 딕』을 읽었다는 말이 된다. 검토본은 1991년 삼성출판사본이다.

한 전달이라는 측면에서 보면 추천본으로 분류하기 어려운 것이 사실이다.

우선 41장은 이 작품의 이해에 중요한 모비 딕에 관한 장이다. 문제가 되는 곳의 원문은 다음과 같다.

> No wonder, then, that ever gathering volume from the mere transit over the widest watery spaces, the outblown rumors of the White Whale did in the end incorporate with themselves all manner of morbid hints, and half formed fœtal suggestions of supernatural agencies, **which eventually invested Moby Dick with new terrors unborrowed from anything that visibly appears**. So that in many cases such a panic did he finally strike, that few who by those rumors, at least, had heard of the Whit Whale, few of those hunters were willing to encounter the peril of his jaws. (181면)

이렇듯 이 백경에 대한 소문 역시 광막한 바다를 이곳저곳으로 돌아다니고 있는 동안에 점차 늘어나 마지막에는 온갖 병적인 망상과 초자연적인 힘에 대한 불온전한 육감 따위가 거기에 혼합되고, **그 결과로서 〈모비 딕〉에 따르는 공포감이라는 것은 세상에 존재하는 온갖 것 중에서도 그 유래를 찾아볼 수 없는 무서운 것이 되고 말았다.** 따라서 이토록 공포어린 전율이 미치고 있는 한 조금이나마 백경에 대한 이야기를 들은 적이 있는 고래잡이들은 그토록 위험한 턱을 향해서 덤벼들 용기를 거의 상실하고 말았던 것이다. (185~86면)

문장의 구조를 세밀하게 살피지 않은 번역이다. 특히 강조한 부분은 원문의 뜻이 '결과적으로 모비 딕에게 따라붙는 공포감에는 가시적인 외양에서 생겨나는 것과는 무관한 새로운 공포가 덧씌워지게 마련이었다' 정도이나, 번역문은 이를 대충 옮겨서 결국 매우 다른 의미를 전달하고 있다. 그리고 두번째 문장은 '따라서 많은 경우 결국 모비 딕은 극도의 공포심을 떠올리게 만들었으며 그 소문을 들은 선원들 가운데 감히 고래의 턱이 주는 공포와 대면할 사람은 거의 없었다' 정도의 번역이 되어야 한다.

오국근의 번역은 많은 경우 원문에 충실한 번역이라기보다는 죽 읽어 내려가기 무난한 정도의 작문이다. 41장과 더불어 42장 역시 고래 모비 딕의 흰 색깔에 대한 묘사로, 문장이 복잡하고 뜻은 추상적이다. 이런 대목에서 부정확한 번역은 거의 매번 등장한다. 예를 들어 42장의 193면 하단에서 195면 상단의 번역문은 영어 원문(188~89면)으로는 단 하나의 문장이다. 문제는 하나의 영어 문장을 하나의 우리말 문장으로 옮기지 않았다는 것이 아니다. 문장은 끊어서 번역이 가능하다. 문장의 기본구조는 수십개의 종속절이 나온 다음 주절이 나오는 구조로 되어 있다. 종속절의 각 문장을 문장 단위별로 매끄럽게 번역하는 것도 중요하지만 더욱 중요한 것은 맨 마지막에 나오는 주절을 처리할 때 앞선 종속절과의 관계를 고려한 번역방식이다.

오국근의 번역문에는 문장의 뜻을 꼼꼼히 옮기기보다 대충 축약해서 적당히 문장을 연결한 경우도 여러 군데 발견된다. 하나의 사례를 꼽는다면 "필레그 선장이 이 일에 대하여 부연한 설명도 결코 적절한 것 같지는 않았다. 에이허브의 깊은 속마음을 밝혀보려는 모든 설명은 **의미심장하긴 했지만 여전히 모호했다**" 같은 경우이다(106장 435면). 이 장면은 에이헙이 모비 딕에게 다리를 잃고 난 후의 은둔생활과 여러 기행(奇行)에 관해 사람들이 호기심을 보이지만 그 누구도 에이헙의 속마음을 알 수 없었다는 것을 설명하는 대목이다. 원문은 다음과 같다. "Captain Peleg's bruited reason for this thing appeared by no means adequate; though, indeed, as touching all Ahab's deeper part, every revelation **partook more of significant darkness than of explanatory light**"(464면).

이 문장의 취지는 펠레그 선장의 설명도 부적절하지만 다른 설명도 마찬가지라는 데 있다. 즉 에이헙이 워낙 신비감에 싸인 인물이라 마음속 깊은 곳을 알려주는 무엇인가 찾아냈다고 해서 그것이 속 시원히 에이헙이란 인물의 신비감을 설명해주는 것은 아니며, 오히려 그런 것들이 더욱 어두운 구석을 암시한다는 것이다. 번역문은 쎄미콜론으로 이어진 앞뒤 부분의 연관관계를 모호하게 처리하고 있으며, "의미심장하긴 했지만 여전히 모호했다"는 강조부분은 좀더 꼼꼼히 번역해야 하는 부분이다. "〔partook less〕 of explanatory light"에 해당하는 내용을 "모호했다"라고 한마디로 처리한 것은 너무 데면데면한 번역으로, 원문의 취지를 독자에게 전하는 데 도움을 주는 번역이 아니다. 이처럼 대충 축약하여 처리하는 사례는 번역 전체에서 자주 발견된다.

결과적으로 오국근의 번역은 어려운 원문을 다듬어 독자에게 대강의 줄거리를 파악하게 해주는 점이 있지만, 엄밀하고 정확한 문장구조 분석에 이은 원문에 충실한 번역은 아니다. 사소한 어구의 누락, 첨가, 문장구조 분석의 결함 등이 많은 편이다.

여인의 초상

헨리 제임스 Henry James

The Portrait of a Lady

 **출간현황**   현재 확인된 바로는 1997년 도서출판 인화에서 『여인의 초상』이란 제목으로 나온 여경우의 번역이 유일하다. 3권으로 나누어 출판되었으며 마지막권의 말미에 「의식의 드라마」라는 제목의 상세한 작품해설이 붙어 있다.

검토대상

- 여경우 『여인의 초상』 인화(1997)

평가개요   검토의 기준으로 삼은 원전은 Henry James, *The Portrait of a Lady* (Norton Critical Second Edition 1995)이다.* 역자는 1975년 노튼(Norton)판을 사용했다고 밝히

---

* 전체 55장 중 1장, 3장, 26장, 42장, 54장(총 474면 중 47면)을 일일이 대조 검토했다.

고 있다.

　헨리 제임스의 『여인의 초상』을 국내에서 초역한 이 번역은 줄거리를 전달하는 데는 문제가 없다고 볼 수 있지만, 부정확하거나 부적합하게 번역된 부분이 1면당 평균적으로 2~3개 정도로 계속 나타나고 있고 때로는 번역이 누락된 부분도 보인다. 어려운 문장을 세심하게 잘 처리한 부분도 없진 않지만, 전반적으로 보면 가독성·충실성·정확성이 뛰어난 편이 아니며 문장도 투박한 경우가 많다.

참조본

여경우 역 『여인의 초상』[*]

　검토된 부분에서 첫번째 언급할 점은 단어를 부정확하게 옮긴 경우가 종종 발견된다는 것이다. 소설은 가든코트 잔디에서 터체트 씨와 아들 랄프 그리고 친구 워버튼 경이 대화를 나누는 장면으로 시작되는데, "shrewd American banker"(18면)로 묘사된 터체트 씨가 "예민한 미국 은행가"(1권 14면)로 부정확하게 옮겨져 있다. 여기에서 "shrewd"는 '빈틈이 없는'으로 고쳐야 한다. 또 병든 랄프와 관련하여 "his lean, spacious cheek"(19면)을 "살이 약간 빠져 갸름한 그의 뺨"(1권 15면)으로 옮기고 있지만 "spacious"의 의미는 "갸름한"과는 거리가 먼 '넓은'의 의미이기 때문에 이 번역은 '살이 빠진 넓적한 뺨'이 되어야 한다. 오스몬드에 대해 부정적인 생각을 갖고 있는 터체트 부인은 그에 대해 "a middle aged widower with an uncanny child and an ambiguous income"(234면)으로 언급하고 있다. 이것이 "중년의 홀아비에, 다 큰 딸이 있고, 수입도 하찮

[*] 인화(1997).

으며"(2권 100면)로 옮겨져 있지만 "uncanny child"는 '이상스런 딸'로, "ambiguous income"은 '분명치 않는 수입'으로 번역해야 한다. "rather aggressive"(237면)의 경우 "때로는 공격적"(2권 105면)으로 옮겨져 있는데 이 말은 '꽤 공격적'이 되어야 한다. 터체트 씨를 묘사하는 글, "And the old man looked down at his green shawl and smoothed it over his knee"(20면)를 "노인은 초록빛 어깨걸이를 내려다보며 무릎 부분을 주물렀다"(1권 17면)로 번역하고 있다. 그러나 "smoothed it over"는 "무릎 부분을 주물렀다"가 아니라 '무릎 위 솔을 매만져 폈다'는 뜻이다. "He took it almost gaily"(244면)를 "그는 이 말을 웃음으로 받아넘겼다"(2권 116면)로 옮기고 있는데 "gaily"는 "웃음으로"의 뜻이 아닌 '유쾌하게, 즐겁게'의 의미이다. 오스몬드가 이사벨을 좋게 평가한 "The girl's not disagreeable"(244면)이 "그녀는 그렇게 불쾌한 표정은 아니던데요"(2권 115면)로 번역되어 있지만 이것도 '그녀가 마음에 들지 않은 것은 아니오', 즉 그녀가 자기 마음에 든다는 의미로 고쳐야 한다.

문장 차원에서도 부정확한 번역이 발견된다. 다음 번역은 남편과 별거하고 있는 터체트 부인의 성격을 왜곡하고 있다.

> Mrs. Touchett was a certainly a person of many oddities, of which her behavior on returning to her husband's house after many months was a noticeable specimen. (30면)

터체트 부인은 성격이 확실히 괴팍해서 몇개월이나 집을 비운 뒤, 다시 남편 곁으로 돌아올 때마다 그녀의 태도는 눈에 뜨일 정도로 달라져 있었다. (1권 35면)

이 번역에서는 남편 곁으로 돌아올 때마다 터체트 부인의 태도가 눈에 띌 정도로 변해간다는 의미로 옮겨져 있다. 그러나 원문의 정확한 의미

108

는 독특한 성격을 지닌 부인이 몇개월 동안 미국을 방문한 후 보인 행동이 그녀의 성격을 분명하게 드러내는 예가 된다는 뜻이다. 이 번역은 '터체트 부인은 성격이 확실히 여러가지로 독특해서, 몇개월이나 집을 비운 뒤 다시 남편 집으로 돌아왔을 때 그녀가 보인 행동이 그 두드러진 예가 된다' 정도로 고칠 수 있다.

이사벨이 다른 아이들처럼 학교를 다니지 않았던 데에서 느낀 감정을 묘사한 대목에서도 부정확한 번역을 찾아볼 수 있다. 근처 학교의 학생들이 외우는 구구단 소리가 들려오는 상황, "an incident in which the elation of liberty and the pain of exclusion were indistinguishably mingled"(33면)를 "자유로움에서 느끼는 우쭐됨과 갇혀 있기 때문에 느끼는 고통이 묘하게 뒤섞인 기분을 그녀는 맛보았다"(1권 39면)로 번역하고 있다. 여기서 "the pain of exclusion"을 "갇혀 있기 때문에 느끼는 고통"으로 옮기고 있지만 원문의 의미는 이사벨이 그 학생 무리에 속하지 못한 데에서 오는 고통을 뜻한다. 그래서 이 문장은 '자유로움에서 느끼는 우쭐함과 배제되는 데서 느끼는 고통이 구분할 수 없게 뒤엉킨 사건'으로 고쳐야 한다.

때로 부주의로 인한 부정확한 번역도 보이는데 이것은 원작의 분량이 많고 문장의 호흡이 상당히 길기 때문에 일어나는 현상인 듯하다. 같은 병자이긴 하지만 낙관적인 삶의 태도를 지닌 아들에 대한 터체트 씨의 언급, "I've hardly ever seen him when he wasn't cheerful — about as he is at present"(21면)가 "우리집 아이가 기분이 쾌활한 때를 본 적이 없어 — 늘 지금과 같은 형편이지"(1권 19면)로 부정확하게 번역되어 있다. 이 번역은 '내 아들이 쾌활하지 않은 것을 본 적이 거의 없어 — 항상 지금처럼 쾌활하지'로 고쳐야 한다. 오스몬드가 로마로 여행을 가겠다고 언급할 때 이사벨이 보이는 반응, "She scarcely faltered"(242면)가 "그녀는 약간 망설였다"(2권 113면)로 옮겨져 있다. 그러나 이 문장은 '그녀는 거의 망설이지 않았다'의 뜻이며 그래야만 오스몬드를 호의적으로 생각하는 그녀의 마음과 어울린다.

이런 오류말고도 문장을 충실하게 옮기지 않고 대충 처리해서 의미를 단순화한 경우도 적지 않다. 마담 멀을 묘사한 대목인 "who was not such a fool as to irritate people by always agreeing with them"(238면)을 "언제나 솔직하게 자신의 의견을 피력했다"(2권 106면)로 번역하는 것을 예로 들 수 있다. 전적으로 왜곡된 번역이라고 하기는 어렵지만 원문에 충실하게 '항상 다른 이들의 의견에 동의해서 짜증나게 할 정도로 멍청하지 않은'이라고 했을 때의 느낌과는 분명 거리가 있다. 또 오스몬드가 마담 멀이 떠나지 못하게 이야기를 하는 문장, "[H]e stood there detaining her"(244면)를 "잠시 그곳에 서 있었다"(2권 116면)로 대충 번역하고 있지만, '그녀가 가지 못하게 말을 걸며 그곳에 서 있었다'로 고쳐야 충실한 번역이다.

이 역본의 또다른 문제는 누락이 자주 보이는 점이다. 단어를 빠뜨리는 것말고도 문장 전체를 번역하지 않고 넘어간 곳도 있다. 다음 같은 경우에는 단어를 빠뜨린 문장이다. 오스몬드가 이사벨을 좋아하는지에 대해 염려하는 터체트 부인이 마담 멀에게 하는 말, "whether that curious creature's really making love to my niece"(235면)를 "그 남자가 이사벨을 사랑하고 있는지 어떤지를"(2권 102면)로 번역하여 오스몬드에 대한 터체트 부인의 부정적 생각이 담겨 있는 "curious"를 누락하고 있다. 여기서 이 단어를 놓치지 말아야 작품내용이 정확히 전달된다. 랄프가 임종을 맞이할 때 플로렌스에서 가든코트에 온 이사벨에게 터체트 부인이 키스를 하는 장면도 누락과 더불어 부정확하게 번역된 경우이다. "Her lips felt very thin indeed on Isabel's hot cheek"(472면)이 "그녀의 입술은 이사벨이 키스를 했을 때 진짜 아주 엷게 느껴졌다"(3권 246면)로 옮겨져 있다. 여기에서 "hot cheek"이 누락되어 있으며 더구나 이사벨이 터체트 부인의 입에 키스를 한 것으로 잘못 번역되어 있다.

서사전개상 결정적 전환국면을 맞게 되는 42장은 이사벨이 오스몬드와 마담 멀의 실체에 대해 처음으로 뚜렷하게 인식하게 되는 상황을 다루고 있다. 이 장에서 이사벨은 새벽녘까지 오스몬드와 그녀 사이에 일어났던 일을 곰곰이 되씹어보면서 자신이 오스몬드란 인물을 정확하게 '읽지' 못했음을 알게 된다. 이사벨은 결혼이 실패했음을 인정하고 오스몬드를 만족시키기 위해 결코 자신이 변할 수는 없기 때문에 앞으로도 갈등이 지속될 것임을 인식하게 된다. 사건과 인물을 직접적으로 단순하게 묘사하기보다 은유적으로 표현하여 더 많은 함축적인 의미를 담으려 하고, 문장들이 중첩되어 문장의 호흡이 상당히 긴 헨리 제임스 문체의 일반적 특징과 더불어 이 장에서는 가정법 문장이 많이 사용되어 이사벨의 복잡한 사고와 심리적 갈등을 잘 드러낸다. 이 중요한 장에서도 앞서 언급한 여러 유형의 번역 오류가 자주 반복되며, 특히 가정법 문장들이 제대로 번역되지 못해 이사벨과 오스몬드 사이의 미묘한 감정과 대립에 대한 정확한 이해를 어렵게 하고 있다.

42장 번역에서 부정확한 번역으로 문제를 일으킨 예는 가령 "Had he not had the courage to say he was glad she was rich?"(358면)의 번역이다. 이 문장을 이 역본처럼 "그에게는 그녀가 부자여서 기쁘다고 말할 용기가 있지 않았을까?"(3권 46면)로 번역하면 마치 오스몬드가 이사벨에게 부자여서 좋았다는 말을 한 적이 없는 것으로 보인다. 그러나 그가 실제 그런 말을 했기 때문에 이 문장은 '그에게는 그녀가 부자여서 기쁘다고 말할 용기가 있지 않았던가?'로 옮기는 것이 정확하다. "He believed he should have regulated her emotions before she came to it"(362권)의 경우는 가정법 문장을 제대로 전달하지 못하고 있다. "그는 그녀가 이런 행동을 취하기 전에 그녀의 감정을 다스렸다고 믿었던 것이었다"(3권 53면)라는 번역은 오스몬드가 이사벨의 감정을 지배했다고 믿었다는 의미로 전달되지만 원문의 의미는 '지배해야 했는데 그렇게 하지 못했다'는 뜻이다. 따라서 이 번역은 '그는 그녀가 이런 행동을 취하기 전에 그녀의 정서를 다스려야 했다고 생각했다' 정도로 고쳐야 한다.

비교적 단순한 문장의 의미가 부정확하게 번역된 곳도 42장에서 찾아볼 수 있다. 오스몬드가 나가버린 조용한 거실에서 이사벨라가 골똘하게 생각에 잠겨 있는 장면, "She sat in the still drawing-room"(354면)을 "쥐 죽은 듯 조용히 거실에 앉아 있었다"(3권 39면)로 옮기고 있는데 이 번역은 '쥐 죽은 듯 조용한 거실에 앉아 있었다'가 되어야 한다. 오스몬드는 모든 여인들을 진실하지 못하거나 부정한 존재로 바라보는데 이 왜곡된 시선은 제미니 백작부인의 행위와 관련이 있다. "There was the taint of her sister-in-law: did her husband judge only by the Countess Gemini?"(62면)에서 "did" 이하를 "남편을 제미니 부인만으로 기준해서 판단할 것인가?"(3권 52면)로 부정확하게 옮기고 있다. 이 번역은 '남편은 제미니 백작부인만을 기준으로 해서 판단하는 것인가?'로 고쳐야 한다. 문장의 의미가 중첩된 약간 복잡한 문장에서도 비슷한 오류를 찾아볼 수 있다. "[B]ut the feeling had taken the form of a tenderness which was the very flower of respect"(357면)를 "이 감정은 존경심으로 변하여 애정으로 발전하게 되었다"(3권 44면)로 부정확하게 옮기고 있다. 이 번역은 '이 감정은 존경의 꽃 자체라 할 수 있는 애정의 형태를 취하게 되었다' 정도가 되어야 한다.

누락으로 인해 대충 옮겨진 번역도 많이 발견된다. 앞서 언급한 대로 작가는 될 수 있는 대로 정확하게 인물들의 감정이나 생각을 전달하려고 문장과 단어를 중첩시키면서 길고 복잡한 문장을 전개하고 있다. 이 장에서 이사벨은 자신의 결혼 결정이 과연 정당했는지, 자신의 실수는 무엇이었는지를 깊이 생각해본다.

> She had more wondrous vision of him, fed through charmed senses and oh such a stirred fancy! — she had not read him right.
>
> (357면)

그녀는 그에 대한 상상을 하며 그를 올바르게 판단하지 않았다 (3권 44면)

이 문장은 대강 번역되어 그 의미가 제대로 전달되지 않는다. 그러나 누락시킨 부분을 보충해서 '그녀는 황홀감에 의해 부추겨져 그를 더 멋지게 상상했다. 아 그 흥분된 환상! 그녀는 그를 올바르게 읽지 못했던 것이었다'라고 번역하면 이사벨이 느꼈던 감정이 훨씬 정확하고 강렬하게 독자에게 다가온다. 다음의 번역도 누락 때문에 이사벨의 생각을 독자가 충분히 맛보지 못하는 경우이다. "which was filled with the desire to transfer the weight of it to some other conscience, to some more prepared receptacle"(358면)이 "그 무거움을 누군가 다른 사람의 마음에 넘겨주고 싶은 생각이 그녀의 가슴에 가득 찼었다"(3권 45면)로 옮겨져 있다. 이사벨은 터체트 씨에게 상속받은 돈으로 인해 심적인 부담을 느끼고 있지만 그냥 다른 사람에게 그 돈을 넘겨주고자 함은 아니다. 그 돈을 '우아하게' 잘 쓸 수 있는 사람에게 넘기는 것이 그녀가 바라는 것이고 결국 그 대상으로 오스몬드를 선택했다. 그래서 이 문장도 누락된 곳을 보충하여 '그 무거움을 누군가 다른 사람의 마음, 좀더 잘 준비된 그릇에 넘겨주고 싶은 바람으로 가득 찼었다' 정도로 번역하면 그녀의 의도가 한층 잘 전달된다.

이외에도 원문의 은유가 번역에서 무시되어 그 맛이 사라진 경우도 있는데, 26장의 다음 번역들을 예로 들 수 있다. 이 장에서 랄프는 이사벨이 쉽게 오스몬드의 구혼을 받아들이지 않을 것이라는 생각을 터체트 부인에게 은유적으로 나타내고 있다.

[H]e found much entertainment in the idea that in these few months of his knowing her he should observe a fresh suitor at her gate. (234면)

그녀를 만난 지 수개월 동안 세 사람이나 되는 구혼자가 그녀 앞에 나타
난 것은 참으로 흥미진진하다고 생각했다. (2권 101면)

Ralph looked forward to a fourth, a fifth, a tenth besieger. (235면)

랄프는 세번째, 네번째 다섯번째, 아니면 열번째의 구혼자가 나타나기
를 기다리고 있었기 때문에 (2권 101면)

She would keep the gate ajar and open a parley; she would
certainly not allow number three to come in. (235면)

그녀는 항상 출입문을 조금 열어놓겠지만 세번째 구혼자를 실내로 맞
이하지는 않을 것이다. (2권 101면)

여기서 랄프는 "gate" "besieger" "parley" 같은 말로 이사벨을 성을 방
어하는 여인으로, 구혼자들을 성을 함락하기 위해 에워싼 남성들로 은
유적인 표현을 사용한다. 그러나 앞의 번역에서는 이 말들이 누락되거
나 부정확하게 옮겨져서 그 맛을 찾을 수 없다. 앞의 번역은 각기 다음
과 같이 고칠 수 있다.

그녀를 알게 된 지난 몇달 사이에 그녀의 성문 앞에 나타난 새로운 구혼
자를 그가 관찰할 수 있게 되었다는 생각이 매우 즐거웠다.

랄프는 네번째, 다섯번째, 열번째 포위 공격자를 기대하고 있었기 때
문에

그녀는 성문을 약간 열어놓고 회담을 벌이겠지만 세번째 남자를 성 안

에 들어오게 하지는 않을 것이다.

　전체적으로 여경우의 번역은 줄거리 전달에는 무리가 없지만 앞에
언급한 여러 오류로 인해 작품의 의미를 독자가 충분히 새기며 이해하
기에는 부족한 면이 적지 않은 것으로 평가된다. 그럼에도 불구하고 원
문의 난이도와 분량, 또 국내 초역이라는 점을 감안하면 이 번역에 들인
역자의 노고는 충분히 치하되어야 할 것이다.

허클베리 핀의 모험

마크 트웨인 Mark Twain

Adventures of Huckleberry Finn

출간현황 현재까지 확인된 번역본의 출간현황은 다음과 같다. 역자는 총 27명(확인된 번역자는 19명, 출판사 역 2종과 역자미상 6종)이며, 같은 역자가 다른 출판사에서 낸 번역본과 실질적인 개정본을 다른 판본으로 계산할 때 총 판본은 32개이다. 여기서 입수한 완역본은 역자 12명의 15개 판본이다. 그중 출판사는 다르나 내용은 같은 3본을 제외한 12종을 검토대상으로 삼았다. 기왕의 번역을 참조했든 아니든 새로운 번역본이라고 판단할 수 있는 번역본은 총 8종이다. 이 8종의 번역본을 집중검토했다.

검토대상

- 김욱동 『허클베리 핀의 모험』 민음사(1998)
- 최익환 『허클베리 핀의 모험』 대양출판사(1973)
- 오정환 『허클베리 핀의 모험』 동서문화사(1975) 문공사(1982)
- 오석규 『헉클베리 핀의 모험』 휘문출판사(1980)
- 김병철 『허클베리 핀의 모험』 범우사(1989)
- 현준만 『허클베리 핀의 모험』 미래사(1995)

- 양병탁 『학클베리 핀의 모험』 정음사(1962, 1971)
- 곽경수 『허클베리 핀의 모험』 금성출판사(1982, 1990)
- 강영길 『허클베리 핀의 모험』 일신서적공사(1986)
- 이해윤 『허클베리 핀의 모험』 홍신문화사(1994)
- 전봉룡 『허클베리 핀의 모험』 신원문화사(1994, 1997)
- 태혜숙 『허클베리 핀의 모험』 중명(1999, 2002)

 **평가개요** 검토의 기준으로 삼은 원전은 Samuel Langhorne Clemens, *Adventures of Huckleberry Finn* (Norton 1961, rpt. 1977)이다.* 번역본 가운데 원전 텍스트를 밝힌 경우는 김욱동, 현준만, 양병탁의 번역본이다. 김욱동은 Mark Twain, *Adventures of Huckleberry Finn*, ed. Vitor Doyno (Random House 1996)를 사용했으며, 현준만은 아웃렛북(Outlet Book)판, 양병탁은 모던라이브러리(The Modern Library)판을 번역원전으로 사용했다고 밝혔다.

8종의 번역서를 상세히 검토한 결과 원작의 작품성을 충분히 전달하면서 가독성이 뛰어난 번역본을 찾기는 어려웠다. 번역작품으로 추천할 만한 수준을 보여주지는 못하지만 어느정도 신뢰할 만한 번역서는 1종으로 나타났다. 그밖에 5종의 번역서는 전체적인 줄거리를 전달하기에는 별 문제가 없지만, 세부적인 부분에서는 원작의 작품성을 충분하게 살리는 데에는 크게 미흡했다. 작품에 대한 충분한 이해가 부족하기 때문에 생기는 부정확한 번역이 지속적으로 나타났으며 번역문장 역시 작품의 세세한 어감의 차이나 의미를 정교하게 전달하지 못하고 있다. 나머지 2종은 번역본으로 갖추어야 할 기본적인 사항조차 만족시키지 못한 경우이다. 번역의 신뢰성은 물론 가독성에서도 심각한 수준으로

---

* 원서는 총 43장으로 구성되어 있으며 총 222면이다. 전체적으로 검토하되, 특히 1장, 9장, 15장, 31장, 42장, 43장으로 총 여섯 장 26면을 대조 검토했다.

판단된다.

　검토한 번역서 중에서 어느정도 신뢰성을 갖춘 번역서는 김욱동의 역본이다. 이 번역본은 이전에 나온 번역서의 오류를 상당부분 교정하고 있으며, 소설의 작품성을 충분히 전달하고 번역의 완성도를 높이기 위해 노력하고 있다. 하지만 작품을 이해하는 데 결정적으로 중요한 대목에서 번역이 부정확하여 추천본이라고는 할 수 없다. 나머지 7종의 번역서 중 1990년대 이후에 출간된 현준만의 역본은 그 이전의 번역본과는 달리 원전이 되고 있는 판본을 밝히면서 새로운 번역을 시도하고 있기는 하지만, 지속적인 오역과 곳곳에서 이유 없는 누락이 발견되어 번역의 신뢰성을 상당부분 훼손하고 있다. 오석규와 최익환의 역본은 오정환, 양병탁, 곽경수, 김병철의 번역본에 비해서 가독성이 좋고 부정확한 번역의 빈도 역시 상대적으로 낮지만, 심각한 오류가 지속적으로 발견되기 때문에 번역본만으로 원작을 이해하기에는 미흡하다. 김병철, 오정환, 양병탁, 곽경수의 번역본은 부정확한 번역의 빈도가 매우 높고 번역문 역시 자연스럽게 읽어내기 어려울 정도로 어색하다.

참조본

김욱동 역 『허클베리 핀의 모험』[*]

　김욱동의 번역본은 미발표 원고에 기반해서 번역의 완성도를 높이기 위해 여러 측면에서 고심한 흔적이 역력하다. 상대적으로 이전 번역본

---

[*] 민음사(1998). '민음사 세계문학전집' 가운데 한권으로 출간되었다. 이 번역본은 새로 발굴된 작가의 미발표 원고 전문을 수록한 국내 유일의 번역본이다. 작품에 대한 해설을 붙여 작품을 이해하는 데 도움을 주고 있으며, 작가연보와 번역원전에 대한 서지정보를 비교적 충실하게 제공하고 있다.

에서 발견되는 부정확한 번역의 빈도를 줄였고, 『허클베리 핀의 모험』을 번역하면서 부딪치는 문제들을 고민하면서 작가의 의도를 정확하고 적절하게 옮기기 위해서 이전 번역본과는 다른 여러 시도들을 하고 있다. 하지만 원문의 의도를 심각하게 왜곡할 수 있는 오류가 1면당 1개 정도 발견된다.

번역자는 작품해설 말미에서 『허클베리 핀의 모험』이 내용 못지않게 형식을 중시하는 작품이기 때문에 작가의 의도를 충분히 전달하기 위해서는 내용뿐 아니라 내용을 전달하는 방식에 주목할 필요가 있다는 점을 지적하면서, 특히 1인칭화법과 미국 남부지역의 사투리에 주목한다. 이것은 번역자가 단순히 줄거리를 전달하는 것에 그치지 않고 원작의 작품성을 적절하게 전달하기 위해 분위기와 어조를 살리는 데 많은 정성을 쏟고 있음을 보여준다. 하지만 이런 시도가 실제 번역과정에서 애초의 목적을 충분히 전달하는 데 성공했는지는 의문이다. 우선 1인칭화법으로 진행되는 고백체 소설을 전달하기 위해 다른 번역본과는 달리 경어체를 쓰고 있는 점이 두드러지는데, 오히려 이런 말투가 번역자의 의도와는 달리 허크에 대한 잘못된 이해를 유도할 수 있다. 허크의 경우 제도교육을 받지 못한 상태이고 공식적으로 요구되는 '사회적 예법'에 얽매이지 않는 인물인데 경어체의 말투는 사회적 예법을 내재화한 예의 바른 소년을 상기시키기 때문이다.

사투리의 경우도 사정은 비슷하다. 많은 번역본에서 짐의 사투리를 전달하기 위해서 우리나라 특정지역의 사투리를 사용하는 경향이 있다. 이것은 짐이 사투리를 사용하고 있다는 점을 환기시키는 효과는 있지만 짐의 성격이나 작중 위치 혹은 사투리가 작품 내에서 지니는 의미를 전달하기보다는 우리나라 사투리가 환기하는 효과를 더 부각시키는 역효과가 있다. 미국 남부지역의 사투리를 번역하는 문제가 '사투리'라는 언어적 측면만의 문제가 아니라 '사투리'에 들어 있는 사회적·도덕적 문제까지 포함한다면, 짐의 언어 속에 담긴 태도나 사고를 적절히 담아낼 수 있는 번역이 어떤 것일까를 고민해야겠다.

　다른 번역본의 경우에도 적용될 수 있는 사항이지만, 원전의 작품성을 진지하게 고려하고 있는 이 번역본에서 허크와 기독교적 세계관의 관계에 대한 충분한 검토가 부족한 점은 특히 아쉽다. 31장에서 도망노예로 붙잡힌 짐을 두고 자기정체성의 위기를 맞는 장면 이전에서의 허크는 기독교적 세계관이나 교육방법을 '거부'하지만, 자신의 의식에 내재한 기독교적 사고체계 자체에 대한 심각한 고민이나 성찰을 보여주지 않는다. 그 결과 허크의 사고방식은 여러 사람들이 '문명'이란 이름으로 허크에게 강요하는 공식적인 기독교적 태도에 대해서 반항하지만, 뚜렷하게 공식적인 기독교적 언어로는 아니더라도 기독교적 세계관에 기반한 판단들을 꾸준하게 드러낸다. 허크의 이런 태도가 결정적인 자기결단에 의해서 변화하는 장면이 31장인데, 이런 점들에 대한 섬세한 고려가 있었다면 좀더 신뢰성이 높은 번역본이 되지 않았을까 한다.

　번역본 전체에서 발견되는 문제점이기도 한데 작가의 의도, 특히 기독교에 대한 비판적 성찰을 제대로 살려내지 못한 점은 김욱동 역본에서 가장 아쉬운 부분이다. 그 예로 다음 문장을 살펴보자.

> I would take up **wickedness** again, which was in my line, being brung up to it, and the other warn't. And for a starter I would go to work and **steal Jim out of slavery again**; and if I could think up anything worse, I would do that, too; because as long as I was in, and in for good, I might as well go the whole hog. (170면)

　다시 **나쁜 짓을** 하기로 하자고 했습니다. 나란 놈은 자라나기를 그런 식으로 자라났으니 나쁜 짓이 내 천성에 맞고, 착한 일은 그렇지 않다고 말입니다. 맨 첫번째 일로 나는 **짐을 다시 한번 노예상태에서 훔쳐내자**, 아니 그보다 더 나쁜 일을 생각해낼 수 있다면 그것도 하겠다고 다짐했지요. 나

뻔 짓을 하기로 한 이상, 더구나 끝까지 하기로 한 이상, 철저하게 해내는 것이 좋을 테니까요. (451~52면)

31장에 나오는 앞의 문장은 자기정체성의 심각한 위기에 직면한 허크가 지금까지 자신의 사고를 규정했던 기독교적 죄란 개념을 떨쳐버리는 자기결단의 순간을 묘사하고 있다. 또한 이 대목에서 작가는 양심과 유혹이란 기독교적 수사학을 그대로 차용해서 허크가 새로운 결단에 이르는 모습을 보여준다. 이런 서술방식을 통해서 작가는 역으로 기독교적 죄의식의 편협함을 비판적으로 조명한다. 이런 맥락에서 볼 때 김욱동의 번역에서 "wickedness"를 단순히 도덕적 의미를 지닌 "나쁜 짓"으로 번역한 것은 작가의 의도를 제대로 짚어내기 어렵게 할뿐더러 허크가 하는 결심의 성격을 모호하게 할 여지가 있다. 더욱이 1장의 "나쁜 곳"(지옥)에 대한 설교장면에서 허크가 지옥에 갔으면 한다는 말을 "사악한"(wicked) 것으로 치부하는 대목이 있는데, 이런 정황을 고려한다면 "wickedness"라는 말에 담긴 작가의 의도, 즉 종교적 맥락을 좀더 분명하게 강조할 필요가 있다고 볼 수 있다.

또한 "짐을 다시 한번 노예상태에서 훔쳐내자"는 번역 역시 좀더 세밀한 고려가 필요한 대목이다. 허크의 '사악한' 선택이 갇혀 있는 짐을 '훔쳐내는' 것일 뿐만 아니라 원문에서 암시하듯이 '노예제'에서 해방시키는 것이기도 하기 때문이다. 이렇게 볼 때 '짐을 빼내서 노예상태에서 벗어나게 하자'로 번역하는 것이 '갇혀 있는' 짐과 '노예상태'에 있는 짐을 동시에 해방시킨다(out of slavery)는 다층적 의미를 살리는 번역이 되겠다.

작품 이해에 결정적인 요소는 아니지만 의미를 정확하게 파악하기 위해서는 묘사의 세밀한 번역 역시 중요하다. 이런 부분에서도 김욱동 번역본에는 부정확한 번역이 꽤 발견된다.

I had little dim **glimpses of them** on both sides of me — sometimes just a narrow **channel** between, and some that I couldn't see, I knowed was there because I'd hear the wash of the current against the old dead brush and trash that hung over the banks. (69면)

때로 그 사이에 좁은 **수로**도 있고 내 양쪽편에 모래톱의 모습이 희미하게 여기저기 보였기 때문입니다. 강둑에 걸려 있는 낡고 썩은 나뭇가지와 쓰레기에 부딪히는 물소리가 들려온 탓에 어떤 **수로**는 내 눈엔 보이지 않았지만 거기에 수로가 있다는 것을 알 수 있었지요. (178면)

번역문에서 "수로"는 원문의 "dim glimpses of them"과 "channel"을 모두 지칭하고 있다. 하지만 "them"은 다음에 나온 "channel"을 받는 말이 아니라 앞 문장에 나온 "a nest of towheads"를 받는 말이고, 더구나 "channel"은 비유적인 표현일 뿐 실제의 수로를 의미하는 것은 아니다. 그러므로 첫 문장은 '나는 안개 때문에 양편에 있는 수많은 사주(모래톱)들이 희미해서 거의 볼 수 없었다'로, "narrow channel"은 사주 사이로 난 '좁은 물길'로 옮기는 것이 무난하다. 그리고 "some that I couldn't see"는 수로를 지칭하는 것이 아니라 보이지는 않지만 물이 부딪치는 소리를 통해서 거기에 있다는 것을 알 수 있는 사주를 의미한다.

부정확한 번역을 좀더 살펴보자. 15장의 경우가 한 예인데, 이 장은 원서 기준으로 4.5면이고 번역문으로 보면 11면에 해당하는 분량이다. 이 부분에서 부정확한 번역이 8군데, 그리고 틀린 번역이라고 하기는 어렵지만 원문의 의미를 충분하게 전달하지 못한 부분이 5군데에 이른다. "I was floating along, of course, four or five miles an hour; but you don't ever think of that. No, you feel like you are laying dead still on the water"(69면)의 번역은 "물론 그 사이에도 계속 시속 4, 5마일의 속력으로 떠내려가고 있었지요. 그러나 나 자신한테는 그렇게는 느껴지지 않았습니다. 나로서는 죽은 듯이 물 위에 고요히 누워 있는 것만 같았습니다"(177면)이다. 이 문장에서 "나 자신한테는 그렇게는 느껴지지 않았습니다"는 명백한 오역이다. "think"와 "feel"의 대조나 주어의 변화를 통해 독자의 자연스런 참여를 유도함으로써 허크의 절박함을 강조하려는 작가의 의도를 충분히 살리지 못한 결과이다.

또한 김욱동의 번역본에서는 비록 명백한 오역은 아니더라도 작품의 의미를 제대로 전달하지 못하는 부적절한 번역들이 나타난다. 몇가지 예를 들면 "막무가내였습니다"(18면, 결코 허락하지 않았다), "몸을 비틀고 있는 것"(107면, 바람에 나무들이 세차게 흔들리는 모습), "깎아내린 듯한 절벽"(175면, 물살에 제방의 일부분이 유실되어 절벽처럼 된 곳), "그 보복을 받기 싫어한다"(448면, 그에 따른 책임을 지고 싶어하지 않는다) 등과 같은 경우이다. 이런 것들은 좀더 원문의 의미를 적절하게 살릴 수 있는 번역이 필요한 대목들이다.

이외에도 김욱동의 번역본에서 지적할 필요가 있는 대목은 허크의 말에서 눈에 띄게 비속어를 많이 사용한다는 점이다. "토껴버렸지요"(16면), "골로 가는 게 아닌가 싶을 만큼"(18면), "미친 소리"(181면), "대갈통이 어떻게 된 바보 멍텅구리"(181면), "기똥찼던"(183면) 등과 같이 번역본의 여러곳에서 발견되는 허크의 말투는 번역자가 의도적으로 비속어를 사용한 경우인데, 이런 비속어들의 사용은 허크의 교육수준을 고려한 번역이기는 하지만 '사회적 예법'과는 다른 차원의 인간적 품격 혹은 순수성을 유지하는 허크의 전체적인 인상과는 어울리지 않는 과도한 표현이라 판단된다. 또한 "대갈통이 어떻게 된 바보 멍텅구리"의 경우는 문맥상으로 볼 때 머릿속이 뒤죽박죽되어서 사태를 정확하게 인식하지 못하는 짐의 모습을 놀리는 말이기는 하지만 번역문에서와 같이 짐을 비하하는 태도는 아니기 때문에 전체적인 흐름에 어울리지 않는다.

미국의 비극

시오도어 드라이저 Theodore Dreiser

An American Tragedy

출간현황 출간이 확인된 번역본의 역자는 총 4명이며 같은 역자가 다른 출판사에서 낸 것과 실질적인 개정본을 다른 판본으로 계산하면 총 판본은 6개이다. 모두 입수했으며, 그중 출판은 다르나 내용이 같은 경우가 2본으로 이를 뺀 서로 다른 판본은 4종이다. 여기서 축약본을 번역한 1종(2본)을 제외하고 3종(4본)을 검토대상으로 삼았다. 최초의 국내 번역서는 1952년 백영사에서 출간된 최재서 역 『아메리카의 비극』으로 확인되나 이 본이 축약본임을 감안하면, 최초의 국내 완역본은 1965년 을유문화사에서 출간된 김병철 역 『아메리카의 비극』이라 할 수 있다. 김병철 역본은 이후 같은 출판사와 범우사에서 출간되었다.

검토대상

- 문일영 『아메리카의 비극』 금성출판사(1990)
- 김병철 『미국의 비극』 범우사(1989, 1999) 『아메리카의 비극』 을유문화사(1965)
- 반광식 『아메리카의 비극』 일신서적출판사(1995)

평가개요 　검토의 기준으로 삼은 원전은 Theodore Dreiser, *An American Tragedy* (The World Publishing Company: Cleveland and New York 1948)이다.* 이 작품의 경우 판본에 따른 차이는 없지만, 번역본 가운데 번역에 사용한 텍스트를 밝힌 경우는 전무하다.

이상 총 3종의 번역서를 상세히 검토한 결과 정확하고 읽기 쉽게 번역하면서 원작의 작품성까지 살려낸 신뢰할 만한 번역서는 없는 것으로 드러났다. 3종의 번역서 중 2종은 원작의 작품성은 고사하고 기본이라 할 수 있는 정확성에서도 심각하게 기준 미달인 것으로 드러났다. 김병철 역 범우사본, 반광식 역 일신서적출판사본은 검토한 모든 면에 걸쳐 오역이 일관되게 많이 나타나고 있어 부정확성이 상당히 높다. 번역서 3종 가운데 문일영 역 금성출판사본만이 만족스럽지는 않지만 정확성 면에서 최소한의 신뢰도를 보여주고 있다.

문일영 역본의 원문에 대한 이해도는 다른 번역본에 비해서 훨씬 우월하다. 그러나 이 역시 검토한 면마다 2~3개씩의 크고작은 부정확한 번역이 발견되는 점으로 미루어보아 정확성 면에서 상대적으로 나을 뿐 전반적으로는 만족할 만한 수준이 아니다. 또한 가독성 면에서 문제가 있다. 다른 판본에 비해서 원문에 충실하다보니 번역투 문장이나 비문이 많이 발견되므로 가독성에서는 다른 번역본보다 크게 나을 것이 없다고 할 수 있다. 그러나 번역본을 읽고 원작의 기본은 이해할 수 있는 것은 문일영본밖에 없다고 판단된다.

김병철 역 범우사본은 가독성 면에서는 줄거리를 파악하는 데 큰 지장이 없다. 그러나 1965년에 최초 번역된 것을 1989년에도 개정 없이

---

*다음을 표본검토했다. 1권 1장(15~21면), 1권 19장(151~61면), 2권 1장(165~72면), 2권 15장(279~88면), 2권 20장(315~21면), 2권 43장(479~88면), 2권 47장(517~33면), 3권 26장(789~97면), 3권 34장(860~74면).

재출간하다보니 오래된 문어투의 문장이 상당히 많이 눈에 띈다. 정확성 면에서는 1면당 4~5개 이상의 부정확한 번역이 나오는 실정이라 문제가 많으며, 따라서 이 번역본을 읽고서는 원작을 제대로 이해하기 어렵다고 판단된다.

반광식 역 일신서적출판사본은 정확성과 가독성에서 모두 심각한 문제가 있는 번역본이다. 정확성에서는 영어문장의 근본적인 구문관계를 오해한 번역이 정기적으로 나타나며, 부정확한 번역이 1면당 6~7개 이상씩 나오고, 까다로운 문장의 경우 번역에서 누락하거나 뜻만 통하게 대충 번역한 부분도 상당히 많다. 비문이 눈에 많이 띄며 부정확한 번역으로 이해가 쉽게 되지 않는 문장이 많아 가독성의 문제도 심각하다고 판단한다.

참조본

문일영 역 『아메리카의 비극』*

문일영 역본은 가장 원작에 충실한 번역이며 번역자의 영어에 대한 이해도도 가장 높다고 할 수 있다. 그러나 1면당 2~3개씩의 부정확한 번역이 발견된다. 이 번역으로 줄거리나 사건의 진행, 작품의 전반적인 분위기 등을 이해하는 데에는 지장이 없다고 판단하나, 그렇다고 이 번역이 원작의 작품성까지 재현한다고는 볼 수 없다.

정확성과 가독성의 기준으로 볼 때 문일영 역본에서 상대적으로 후

---

*금성출판사(1990). '금성판 세계문학대전집'의 한권으로 발간되었다. 원전에 대한 서지정보는 따로 없다. 작품에 대한 해설은 없으나 번역본 뒤에 제공된 상세한 연보는 드라이저의 생애를 이해하는 데 많은 도움이 된다.

한 점수를 받는 쪽은 정확성이다. 정확성에서는 다른 두 번역본과는 달리 문장의 의미를 심각하게 왜곡하는 오역이 많지는 않다. 그래도 크고 작은 부정확한 번역이 빈발하며 딱히 원뜻을 제대로 살렸다고 보기 어려운 부적절한 번역은 이보다 더 많다.

부정확한 번역의 예로 다음 문장을 들 수 있다. 클라이드의 유죄가 확정된 후 그의 형을 사형에서 무기징역으로 감형해달라는 클라이드의 모친과 맥밀런 목사의 청을 받고 월덤 지사가 고민하는 대목이다.

> But on what grounds could he — David Waltham, and **without any new or varying data of any kind** — just a re-interpretation of the evidence as already passed upon — venture to change Clyde's death sentence to life imprisonment? (861면)

> 그러나 새로운 자료라고는 아무것도 없는데, **이미 채택된 증거를 새로운 각도에서 해석하지 않는 한** 무슨 근거로 클라이드의 형량을 사형에서 무기징역으로 감형할 수 있단 말인가? (2권 431면)

"이미 채택된 증거를 새로운 각도에서 해석하지 않는 한"이 부정확한 번역인데 이것은 월덤 지사가 앞으로 할 것이 아니라 클라이드의 변호인인 벨크냅과 제프슨이 재심 청구와 감형의 근거로 이미 제출한 것이기 때문이다. 따라서 올바른 번역은 '그러나 이미 채택된 증거를 새로운 각도에서 해석한 것밖에 없고 새로운 자료라고는 아무것도 없는데 무슨 근거로 클라이드의 형량을 사형에서 무기징역으로 감형할 수 있단 말인가?'가 되어야 한다.

또한 클라이드가 라이커거스로 이사온 후의 생활묘사를 번역한 부분에서도 다음과 같은 부정확한 번역이 등장한다.

There were **evasive** and yet strained and feverish eye-flashes between them. And after such in his case — **a quick and furtive glance on her part some times** — **by no means to be seen by him,** he found himself weak and then feverish. (280면)

두 사람들 사이에는 **걷잡을 수 없으면서도** 긴장된 열띤 눈짓이 오고 갔다. 그런 일이 있고 나면 — **그녀는 그가 모르게 그를 슬쩍 훔쳐보기도 했다** — 그는 힘이 빠지고 열이 올랐다. (1권 284면)

"그녀는 그가 모르게 그를 슬쩍 훔쳐보기도 했다"는 대강의 뜻은 전달되나 정확성에서 미흡하다. "by no means to be seen"을 "그가 모르게"라고 번역했지만, 실제 내용은 로버타로서는 클라이드가 모르게 훔쳐본 것이지만 클라이드는 그녀가 자기를 훔쳐보는 것을 알고 흥분했다는 내용이므로, 이같은 번역은 오해의 소지가 큰 부정확한 번역이다. 또한 "evasive"는 "걷잡을 수 없으면서도"로 번역하지 말고, 이 단어의 또다른 뜻인 '회피하는'의 뜻으로, 즉 '마주치는 것을 피하는' 식으로 옮겨야 남녀 사이의 사랑 탐색과정을 제대로 전할 수 있다.

역시 같은 면에 나오는 부적절한 번역의 예로 "Day after day and because so much alone … and further more because of so strong chemic"의 번역을 들 수 있다. "매일매일이 너무 고독하고"로 시작하는데 "Day after day"는 "because so much alone"뿐만 아니라 "and further because of"에도 걸리기 때문에 '매일매일 그는 너무 고독했고 … 했기 때문에' 식으로 번역해야 올바른 번역이 된다.

가독성 측면에서 이 번역본은 정확성보다 더 문제가 많다. 특별히 틀린 번역은 아니지만 잘 읽히지 않는 문장이 여럿 나오는데, 영어 구문구조를 적당히 바꾸어가면서 번역해야 함에도 지나치게 구문구조에 얽매인 탓이다. 작품 도입부에서 클라이드의 어머니를 묘사하는 구절의 번

128

역을 예로 들어보자.

> Of the group the mother alone stood out as having that force and determination which, **however blind or erroneous**, makes for self-preservation, if not success in life. (16면)

일행 가운데 오직 모친 한 사람만이 아무리 맹목적이거나 빗나가든간에, **또한 성공까지는 누릴 수 없다 해도,** 자기를 지킬 수 있는 힘과 결의를 가진 사람으로서 돋보였다. (1권 6~7면)

이 번역은 "또한 성공까지는 누릴 수 없다 해도" 구절을 문장 중간에 넣어 수식관계가 불명확해지고 읽기에도 자연스럽지 않다. '일행 가운데 오직 모친 한 사람만이 돋보였다. 그것이 아무리 맹목적이거나 빗나가든 간에, 성공은 보장하지 못한다 하더라도 자기는 지킬 수 있는 힘과 결의를 가진 사람으로' 정도로 번역하는 편이 나을 듯하다.

하나 더 예를 들면 클라이드가 상류층이 되는 것을 꿈꾸는 다음의 묘사를 들 수 있다.

> And so his mind indulged itself as day dreams as to how it would feel to be a member of one of the wealthy groups that frequented the more noted resorts of the north — Racquette Lake — Schroon Lake — Lake George and Champlain — dance, golf, tennis, canoe with those who could afford to go to such places — the rich of Lycurgus. (281면)

그래서 그는 라퀫 호, 슈룬 호, 조지 호와 샴플레인 호 같은 보다 이름난 북쪽의 휴양지를 자주 찾는 부유층의 일원이 되어 그런 장소에 갈 수 있을 여유가 있는 라이커거스의 부자들과 댄스, 골프, 테니스, 카누를 즐길 수 있으면 어떤 기분일까 하고 백일몽에 탐닉하곤 했다. (1권 285면)

이 번역에 특별한 오류는 없다. 그러나 "부유층의 일원" 앞의 수식어와 "라이커거스의 부자" 앞의 수식어가 동시에 길어 한달음에 읽기에는 아무래도 어색하다. 문장을 2개로 나누어 '그래서 그는 라켓 호, 슈룬 호, 조지 호와 샴플레인 호 같은 좀더 이름난 북쪽의 휴양지를 자주 찾는 부유층의 일원이 되면 얼마나 좋을까, 그래서 그런 장소에 갈 수 있을 여유가 있는 라이커거스의 부자들과 댄스, 골프, 테니스, 카누를 즐길 수 있으면 어떤 기분일까 하는 백일몽에 탐닉하곤 했다' 정도로 번역하면 훨씬 가독성을 높일 수 있다.

위대한 개츠비

F. 스콧 피츠제럴드 F. Scott Fitzgerald

The Great Gatsby

출간현황   현재까지 확인된 번역본의 출간현황은 다음과 같다. 역자는 총 24명이며, 같은 역자가 다른 출판사에서 낸 것과 실질적인 개정본을 다른 판본으로 계산할 때 총 판본은 52개이다. 그중 역자 23명의 37개 판본을 입수했으며 출판사는 다르나 내용은 같은 13종을 뺀 24종을 검토대상으로 삼았다. 최초 번역서는 1959년 신양사에서 출간된 권응호 역『위대한 개츠비』로 확인되었다. 이 책은 김병철의『출판연감』목록에는 1958년에 출간된 것으로 되어 있으나 번역본 서지에는 1959년으로 표기되어 있다. 가장 최근에 출간된 것은 2003년 7월 도로시에서 초판이 간행된 봉현선 역본이다.

이 24종 가운데 상당수는 기왕의 판본을 표절한 것으로 판명되었으며, 면밀히 검토할 가치가 있는 번역본은 총 16종이다. 그중 한 역자가 다른 출판사에서 거의 새로운 번역으로 출간한 번역본이 2종이므로 집중검토대상은 15명이 번역한 16종의 번역본이다.

 **평가개요**　　　검토의 기준으로 삼은 원전은 F. Scott Fitzgerald, *The Great Gatsby* (Harmondsworth: Penguin 1990)이며,* 이 작품의 경우 판본에 따른 차이는 없다. 번역에 사용된 텍

---

* 이 작품은 총 9장으로 구성되어 있으며 총 172면이다. 평가는 전체적인 번역상황을 검토하되 특히 다음을 표본검토했으며 그 분량은 총 24면이다. 1장(7~8면), 2장(26~27면), 3장(41~44면), 4장(60~62면), 5장(92~93면), 6장(94~97면), 8장(141~144면), 9장(170~72면).

스트를 밝힌 경우는 김욱동 역본이 유일한데, 여기서 원전으로 삼은 것
은 1991년 케임브리지대학에서 출간된 텍스트인 F. Scott Fitzgerald,
The Great Gatsby, ed. Matthew J. Bruccoli (Cambridge: Cambridge UP
1991)이다

　표절이 아닌 것으로 판명된 16종의 번역서를 상세히 검토한 결과 원
작의 작품성을 살려낸 추천할 만한 번역서는 김욱동 역본 1종이다. 번
역작품으로 추천할 정도는 아니라고 판단되지만 어느정도 신뢰성을 갖
춘 번역본은 모두 6종이다. 줄거리는 파악할 수 있지만 정확성과 가독
성 면에서 신뢰하기 힘든 번역본이 9종으로 판정되었다.

　김욱동 역본은 여타 번역본들에 비해서 충실성과 가독성 양면에서
탁월하다. 또한 모든 검토대상 번역본들 중에서 이 번역본만이 유일하
게 원전 텍스트를 밝히고 있으며 친절한 역주와 해설이 붙어 있다. 나머
지 15종의 번역서들은 거의 비슷한 수준의 번역을 보여주고 있다. 나름
대로 훌륭하고 참신하게 번역된 부분들이 있긴 하지만 15종의 번역서
들이 거의 같은 부분, 특히 1장에서 거의 비슷한 오역을 범하고 있다. 1
장을 얼마나 정확하게 번역했는지가 『위대한 개츠비』에 대한 번역의 수
준을 가늠하는 기준이 될 수 있다. 부정확한 번역은 원문의 추상적인 표
현들을 정확하게 옮기지 못하는 경우가 대부분이다. 어느정도 신뢰할
만한 번역서로 판정된 권응호, 양병탁, 정현종, 이가형, 송관식, 김연희
의 역본에서는 1장 번역이 상당히 정확하게 이루어졌지만 그밖의 번역
서들에서는 거의 예외없이 부정확한 번역이 많다. 전반적으로 이 번역
본들은 가독성 면에서는 상당히 높은 수준의 번역이지만 정확성에서 심
각한 오역이 1면당 1개 이상 발견되면서 신뢰성을 떨어뜨리고 있다.

　봉현선, 정자봉, 황성식, 김영희, 방대수, 나송주, 정성원, 김의승의
역본은 가독성 면에서는 비교적 양호하지만 번역의 정확성에서 신뢰하
기 힘들다. 이 번역서들은 원문의 문장이나 단어 등 세목을 누락하는 경
우도 많고 부정확한 번역이 지속적으로 나오며 까다로운 부분에서는 거

의 예외없이 오류를 범하고 있다.

추천본

김욱동 역 『위대한 개츠비』[*] ★★☆

김욱동은 원문에 대한 첨가나 누락 없이 원문의 의미를 매우 정확하게 살려서 깔끔하게 번역했다. 충실성과 가독성이라는 기준에서 볼 때도 이 번역본은 여타 번역본들에 비해서 탁월하며 정확하면서도 쉽게 읽히는 장점이 있다. 이 번역본에서는 부정확한 번역이 2~3면당 1개 정도 나타나지만 가독성 면에서 다른 번역본들보다 탁월하다는 점에서 추천할 만한 번역본이다.

김욱동 번역의 우수성을 살펴보기 위해 검토부분 중에서 다른 대부분의 번역본들이 부정확의 오류를 범한 부분을 살펴보자.

> If personality is an unbroken series of successful gestures, then there was something gorgeous about him, some heightened sensitivity to the promises of life, as if he were related to one of those intricate machines that register earthquakes ten thousand miles away. (8면)

만약 개성이라는 것이 성공적인 행위의 전체라고 한다면, 개츠비에게는 찬란한 것이 있어서 인생이 약속하는 것들에 대한 고도의 감수성 같은 것이 있었다. 이러한 의미에서 개츠비는 1만 마일 밖의 지진을 측정할 수

[*] 민음사(2003). 짧은 역자해설과 작가연보가 있다.

있는 복잡한 지진계와도 연결되어 있는 것처럼 보인다. (봉현선 6~7면)

만약 끊임없이 연출되는 (다양한) 몸가짐이 개성이라고 한다면 개츠비는 화려한 개성과 앞날에 대한 예민한 감수성 같은 것을 지니고 있었다고 할 수 있다. 그의 감수성은 마치 1만 마일 밖에서 발생한 지진까지도 알아내는 복잡한 기계처럼 뛰어난 성능과 우수성을 자랑할 만했던 것이다.

(김의승 7면)

개성이라는 것이 멋진 몸가짐을 말하는 것이라면 개츠비에게는 뭔가 현란한 개성이 있었다. 인생의 희망에 대해 예민한 감수성을 가지고 있다고나 할까. (김영희 7면)

만약 개성이 일련의 성공적인 몸짓이라면 그는 뭔가 멋진 것을, 마치 1만 마일 밖에서 일어나는 지진을 감지하는 복잡한 기계와 연결되어 있기라도 한 것처럼 삶의 가능성에 예민한 감수성을 지니고 있었다. (김욱동 11면)

앞의 세 번역은 부정확할 뿐만 아니라 삽입 혹은 누락의 오류를 범하고 있다. 반면에 김욱동은 명확하고 간결한 번역을 하고 있다. 부정확의 오류가 많이 발견되는 또다른 번역의 예는 다음과 같다.

… it is what preyed on Gatsby, what foul dust floated in the wake of his dreams that temporarily closed out my interest in the abortive sorrows and shortwinded elations of men. (8면)

내가 사람들의 심각하지 않은 슬픔이나 숨막힐 정도로 우쭐거리는 모습에 일시적으로나마 관심을 보이지 않게 된 것은 개츠비가 나의 먹이가 되었고, 그의 꿈이었던 자리에 지저분한 먼지가 나풀거리게 했기 때문이

다. (김의승 8~9면)

　　나는 인간의 의기양양함이나 슬픔에 홍미를 잃었는데, 그것은 개츠비를
이용한 자들과 개츠비의 꿈을 무너뜨린 더러운 먼지 때문이다. (나송주 10면)

　　내가 잠시나마 인간의 짧은 슬픔이나 숨가쁜 환희에 대해 홍미를 잃어
버렸던 것은 개츠비를 희생물로 이용한 것들, 개츠비의 꿈이 지나간 자리
에 떠도는 더러운 먼지 때문이었다. (김욱동 11면)

김욱동 번역의 우수성이 엿보이는 또다른 예를 들어보자.

> … the vague contour of Jay Gatsby had filled out to the
> substantiality of a man. (97면)

이 부분을 김영희는 "그리하여 제이 개츠비는 강인한 한 남자로서 성숙
해갔던 것이다"(147면)라고, 김연희는 "이전까지 윤곽이 희미하던 제이
개츠비는 그 이후 내적으로 튼튼한 남자가 되어 있었다"(128면)라고, 봉
현선은 "그 전까지 흐릿하기만 하던 제이 개츠비는 그렇게 한 남자에
의해 내적으로 강직한 사람이 된 것이다"(131면)라고 번역했다. 반면 김
욱동은 "제이 개츠비의 모호한 윤곽이 한 인간의 실체로 채워졌다"(145
면)라고 간결하고 명확하게 번역했다.
　　사소한 부분이라 할 수 있지만 거의 모든 번역자들이 "Contemporary
legends such as the 'underground pipe-line to Canada' attached
themselves to him"(94면)에서 "underground pipe-line to Canada" 부분
을 "캐나다와 관련이 있는 지하 정보 루트"로 번역했다. 김욱동은 친절
하게 주석을 달아서 이것을 "캐나다로 연결되어 있는 지하 파이프라인
(금주법이 시행되던 기간 동안 지하 파이프를 통해 캐나다에서 미국으

로 술을 밀수한다는 소문이 나돌았다)"(141면)라고 번역했다.

그러나 김욱동 역본에서도 드물긴 하지만 부정확하거나 부적절한 번역이 발견된다. 예를 들어 2장에서는 "a sort of compact Main Street ministering to it"(27면)을 "그곳이 일종의 중심가인 셈이었다"(41면)라고 번역함으로써 '압축된'이라는 단어를 누락했다. 3장에서는 "now the orchestra is playing yellow cocktail music"(42면) 부분을 "오케스트라가 노란 칵테일 음악을 연주하기 시작하자"(62면)라고 번역함으로써 '선정적인 칵테일 음악'이라는 의미를 제대로 전달하지 못했다. 그리고 4장에서는 "he was nephew to Von Hindenberg and second cousin to the devil"(60면)을 "그는 폰 힌덴부르크의 조카이자 악마와 육촌지간이다"(89면)라고 번역했다. 이것은 틀린 번역은 아니지만 문맥상 악마와 육촌지간인 것으로 오해할 수 있는 여지가 있기 때문에 '그는 폰 힌덴부르크 조카이자 그 악마(1차대전의 도발자로 알려진 독일 황제 빌헬름 2세)와 육촌지간이다'라고 주석을 달아주는 것이 좋았을 것이다.

부정확한 번역의 예로는 다음과 같은 것을 들 수 있다.

> ··· a hint of bedrooms upstairs more beautiful and cool than other bedrooms, of gay and radiant activities taking place through its corridors, and of romances that were not musty and laid away already in lavender but fresh and breathing and redolent of this year's shining motor-cars and of dances whose flowers were scarcely withered. (141면)

이 부분을 김욱동은 "라벤더 속에 소중하게 보관해놓은 곰팡내 나는 로맨스가 아니라 금년에 출시된 최신형의 번쩍거리는 자동차 냄새를 풍기는 신선하고 생기 넘치는 로맨스가 있을 것만 같았고, 시들지 않는 꽃들이 춤을 추고 있을 것만 같았다"(209면)라고 번역했다. 그러나 이 부분은

'라벤더 속에 소중하게 보관해놓은 곰팡내 나는 로맨스가 아니라 금년에 출시된 최신형의 번쩍거리는 자동차와 아직 꽃들이 시들지 않은 무도회 냄새가 나는 신선하고 생기 넘치는 로맨스가 있을 것만 같았다'라고 번역하는 것이 정확할 것이다. "of dances"가 "hint"에 연결되는 것이 아니라 "redolent"에 연결되기 때문이다. 또다른 예는 다음과 같다.

> For Daisy was young and her artificial world was redolent of orchids and pleasant, cheerful snobbery and orchestras which set the rhythm of the year, summing up the sadness and suggestiveness of life in new tunes. (143면)

김욱동은 이 부분을 "데이지는 나이가 어렸고 그녀의 부자연스러운 세계는 난초 향기와 쾌활하고 명랑한 속물근성과 오케스트라의 냄새를 풍겼으며, 이런 것들이 슬픔과 암시로 가득 찬 인생을 새로운 곡조에 담아 그해의 리듬을 결정했다"(213면)라고 번역했다. 그러나 여기서 "which"의 선행사는 "orchestras" 하나인데 김욱동은 "which"를 계속적 용법으로 보고 선행사를 "orchids, snobbery, orchestras" 3가지 모두로 파악하는 오류를 범했다. 이 부분은 '데이지는 나이가 어렸고 그녀의 부자연스러운 세계는 난초 향기와 쾌활하고 명랑한 속물근성과 삶의 슬픔과 암시를 새로운 곡조로 압축해서 그해에 유행하는 곡조를 정하는 오케스트라의 냄새를 풍겼다' 정도로 번역해야 할 것이다.

무기여 잘 있거라

어니스트 헤밍웨이 Ernest Hemingway

A Farewell to Arms

출간현황　　현재까지 확인된 번역본의 출간현황은 다음과 같다. 자료에 따르면 역자는 총 55명이며, 같은 역자가 출판사를 바꿔 낸 것과 실질적인 개정본을 다른 판본으로 계산할 때 총 판본은 93개이다. 그중 입수한 것은 역자 38명의 49개 판본(역자 2명 공역본 2건, 역자미상 판본 1건 포함)이다. 여기서 출판사는 다르나 내용은 같은 경우가 11본이며 이를 제외한 38종을 검토대상으로 삼았다.

　『무기여 잘 있거라』는 해방후 최초로 번역된 헤밍웨이의 장편소설로서,『노인과 바다』『누구를 위하여 종은 울리나』와 더불어 단연 자주 번역된 작품이다. 장편소설치고 그리 길지 않은 탓인지 한두 편의 다른 중·단편들과 함께 묶인 경우가 허다하다. 이 작품의 최초 번역인 1952년 권응호 역 동서문화사본『전쟁과 사랑』이래 '무기여 잘 있거라'라는 제목으로 수십년간 꾸준히 번역되어왔다. 가장 최근에 출간된 것은 2000년 육문사 김현수의 번역이다.

　기왕의 번역을 참조했든 아니든 새로운 번역본이라 판단되는 것은 총 13종이며, 그중 역자 2명 공역본이 1종, 그리고 같은 역자가 전면 개역본을 낸 경우가 1종 있으므로 참여한 역자는 13명이다. 이 번역본 13종을 집중검토대상으로 했는데 그중 2종은 축약본이다.

<table>
<tr><td>검토대상</td></tr>
</table>

- 김병철 『무기여 잘 있거라』 동아출판사(1957, 1959) 범우사(1987)
- 정병조 『무기여 잘 있거라』 을유문화사(1964) 삼중당(1975) 글방문고(1993)
- 오국근 『무기여 잘 있거라』 금성출판사(1981, 1995)
- 이가형 『무기여 잘 있거라』 고려출판사(1971, 1979)
- 오국근 『무기여 잘 있거라』 학원사(1974) 주부생활사(1974)
- 윤종혁 『무기여 잘 있거라』 삼성출판사(1974, 1975)
- 설순봉 『무기여 잘 있거라』 주우(1982) 학원사(1984)
- 이인석·최기선 『무기여 잘 있거라』 범문각(1958)
- 박영의 『무기여 잘 있거라』 신원문화사(1994)
- 박기준 『무기여 잘 있거라』 문호사(1958) 송인출판사(1971)
- 정병설 『무기여 잘 있거라』 대호출판문화사(1975)
- 김용우 『무기여 잘 있거라』 향우사(1971)
- 박종호 『무기여 잘 있거라』 개선문출판사(1973, 1975)
- 양병탁 『무기여 잘 있거라』 동서문화사(1973) 학원출판공사(1983, 1984)
- 이기영 『무기여 잘 있거라』 신문출판사(1973) 박문서관(1982)
- 현상걸 『무기여 잘 있거라』 영흥문화사(1973) 창일출판사(1981)
- 홍순범 『무기여 잘 있거라』 보경출판사(1975) 양지당(1978)
- 함희준 『무기여 잘 있거라』 대양출판사(1976) 평범사(1978)
- 홍사중 『무기여 잘 있거라』 한영출판사(1976) 한미출판사(1980)
- 김종운 『무기여 잘 있거라』 대양서적(1977)
- 김원근 『무기여 잘 있거라』 정통사(1979)
- 최인성 『무기여 잘 있거라』 민중도서(1981)
- 김윤태 『무기여 잘 있거라』 동서출판사(1982)
- 강영길 『무기여 잘 있거라』 양우당(1986)
- 김기덕 『무기여 잘 있거라』 삼성문화사(1986) 세명문화사(1990, 1994)
- 이종수 『무기여 잘 있거라』 일신서적출판사(1986, 1990, 1992)
- 김종운 『무기여 잘 있거라』 교육문화사(1988)
- 박영식 『무기여 잘 있거라』 계몽사(1988, 1991, 1994) 어문각(1991, 1994)
- 김종철 『무기여 잘 있거라』 청목사(1989, 1993, 1999)

- 임성달 『무기여 잘 있거라』 홍진문화(1990, 1992, 1994)
- 역자 미상 『무기여 잘 있거라』 한국중앙문화공사(1990)
- 이승재 『무기여 잘 있거라』 홍신문화사(1992, 1995, 1996, 2001)
- 황종호 『무기여 잘 있거라』 하서출판사(1992)
- 박영한 『무기여 잘 있거라』 한얼(1994)
- 이진희 『무기여 잘 있거라』 문화광장(1994)
- 김현수 『무기여 잘 있거라』 육문사(1995, 1996, 2000)

 **평가개요** 검토 기준으로 삼은 원전은 Ernest Hemingway, *A Farewell to Arms* (New York: Charles Scribner's Sons 1995)이다.*

면밀히 검토한 결과 원작의 작품성을 살려낸 믿고 추천할 만한 번역서는 한 편도 없는 것으로 드러났다. 추천할 만한 수준은 아니지만 어느정도 신뢰할 만한 번역본은 모두 7종으로 나타났다. 헤밍웨이의 소설들이 대개 그렇지만 이 작품도 원문으로 읽을 때는 얼핏 별다른 어려움을 못 느끼기 쉽고 번역본의 경우도 '어느정도의 신뢰성'만 갖추었다면 내용 파악에는 큰 지장이 없다. 그러나 꼼꼼히 들여다보면 모호한 대목들이 적지 않을뿐더러 겉으로 나타난 구문이나 내용의 '단순함'이 도리어 모호함을 더하기도 한다. 따라서 '어느정도의 신뢰성'을 갖추는 것만으로는 원문의 실감을 적절히 살릴 수 없음은 물론이고 특히 문장이 조금 길어지는 지점이나 내용상 중요한 대목에서 심각한 오류를 피할 수도 없다. 그밖에 4종은 원작에 대한 충실도가 현저히 떨어지고 정확성이 크게 부족하며 어떤 경우는 누락된 부분도 많아서 신뢰성이 거의 없다고 판단된다. 나머지 2종은 아예 내용을 대폭 줄인 축약본이었다.

*이 작품은 총 41장으로 구성되어 있으며 원서 기준으로 총 330면이다. 전체적인 번역상황을 검토하되 특히 다음을 표본검토했으며 그 분량은 대략 35면에 해당한다. 1~3장 전체(3~14면), 9장(46~47, 54~56면), 19장(117~18면), 27장(181~87면), 32장 전체(231~33면), 34장(240면), 37장(270~71면), 41장(320~21, 327~28면).

김병철 역본은 비교적 원문을 충실히 옮기려 한 노력이 엿보이고 그런대로 이야기를 파악할 수 있다. 그러나 정확치 않은 번역이 1면당 1~2개 정도는 지속적으로 발견될뿐더러 적절치 못한 단어를 사용하거나 원문에 없는 표현을 덧붙인 대목도 더러 있어서 신뢰도가 높은 번역이라 보기는 힘들다. 또한 동아출판사본과 범우사본 사이에 부분적인 수정은 있었으나 전체적으로는 개선의 정도가 매우 미흡하다.

정병조의 번역도 이와 비슷하다. 많은 다른 번역본들이 오역을 한 대목을 제대로 번역한 경우도 있지만 역시 오역이 지속적으로 눈에 띄며 특히 작품을 이해하는 데 매우 중요한 대목들에서 오역이 더 자주 나타난다는 점은 문제라 하겠다. 또 아주 많다고는 할 수 없지만 우리말 사용이 매끄럽지 못한 대목도 계속 발견된다. 윤종혁의 번역 또한 그냥 읽기에는 크게 거슬리지 않는 듯하나 원문과 대조해보면 잘못된 번역이나 정확치 않은 번역이 김병철과 정병조의 경우보다도 좀더 많았다. 특히 그다지 난삽하지도 않은 대목을 잘못 옮긴 경우도 더러 있어 무성의하다는 느낌을 주기도 한다. 또한 이 작품에 등장하는 대화가 크게 복잡하지 않음에도 불구하고 읽기에 거슬리는 어색한 말투가 흔히 눈에 띈다.

오국근 번역은 2종인데 학원사와 주부생활사에서 나온 1974년본은 앞의 사례들과 대동소이하다. 반면 금성출판사본은 충실성이나 가독성 면에서 상대적으로 높은 평가를 받을 만하다. 그러나 분명한 오역이 1면당 평균 1개 정도는 계속 나타나고 주요 대목에서 원문의 리듬이나 느낌을 충분히 전달하지 못해 안심하고 추천하기에는 모자란다. 그에 비해 이가형의 번역은 앞부분에서는 다른 번역과 비교하여 나은 경우도 아주 없지 않지만 주요 대목에서 작문에 가까운 오류가 종종 나타나며 특히 쉬운 대목을 너무 허술하게 다룬 경우가 많았다. 다른 번역들처럼 길게 이어지는 문장을 별다른 이유 없이 끊어서 번역할 때도 많았다.

문장을 토막내는 경향이 가장 두드러진 경우로는 설순봉의 역본을 꼽을 수 있다. 어쩌면 의도적으로 그렇게 처리한 것일지도 모르겠으나 그저 짧고 단순하게 만드는 것으로는 이 작품의 특징을 제대로 살릴 수 없다. 더구나 화자의 느낌과 생각이 전달되는 주요 대목을 이렇듯 끊어 번역하면 원문의 리듬이 크게 훼손될 뿐 아니라 독자의 호흡에까지 영향을 미치기 때문에 원문을 생각지 않더라도 읽기가 매우 거북해진다. 원문을 정확히 옮기고도 이런 이유 때문에 거슬릴 때가 많았고, 이와 관련된 것이지만 어색한 우리말 표현들도 빈번히 발견된다.

제목에 관하여 한마디 덧붙여두자. 『전쟁과 사랑』으로 나온 권응호의 번역을 제외하고는, 모두 '무기여 잘 있거라'라는 제목을 사용하고 있다. '있거라'는 맞춤법에 어긋난 말이지만 그렇다고 맞춤법대로 '있어라'라고 하면 다정한 작별인사처럼 들리는 흠이 있다. 직역을 하자면 '무기에 고하는 작별' 정도가 되겠으나, 제목으로는 썩 적당하지는 않은 만큼, 여기서는 관례를 그대로 따르기로 한다.

참조본 1

김병철 역 『무기여 잘 있거라』[*]

김병철의 동아출판사본은 원문에 충실하게 번역하려고 노력한 흔적이 엿보이고 전체적으로 사건의 줄거리를 전달하는 데는 성공하고 있

[*] 동아출판사(1957, 1959) 범우사(1987). 1957년 동아출판사에서 처음 출간된 김병철의 번역본(1961년 출간본까지 확인됨)은 1950년대에 나온 초기 번역본들 가운데 원문에 충실하려는 노력이 돋보이는 번역본으로서 향후 이 작품의 역자들에게 참조본으로 활용된다. 1987년 출간되어 판을 거듭한 범우사본(1999년 출간본까지 확인됨)은 동아출판사본의 오류를 부분적으로 바로잡고 문장을 시대에 맞게 다듬기도 한 개역본이다. 동아출판사본에는 번역대본이 *A Farewell to Arms*(Charles Scribner's Sons 1953)로 밝혀두었고, 비교적 충실한 해설과 연표도 붙어 있어 작품 이해를 돕고 있다. 범우사본에는 번역대본은 밝히고 있지 않지만 새로 작성된 것으로 보이는 역자의 작품론과 연표가 달려 있다. 여기서는 동아출판사의 1959년본과 범우사의 1987년본을 대비하면서 주로 범우사본의 번역상태를 집중적으로 검토하기로 한다.

다. 원문의 문장이나 단어들이 누락된 경우도 극히 드물다. 그러나 번역의 정확성이 높지 못하여 원문 기준으로 1면당 평균 1~2개 정도의 부정확한 번역이 발견된다. 좁은 의미의 오역이라고 보기는 어렵지만 역어의 선택이 부적절한 부분들도 1면당 평균 1~2개 정도 나온다. 또한 원문에 없는 표현을 덧붙여 각색투로 옮긴 대목도 더러 발견된다. 그 결과 줄거리 파악에는 크게 무리가 없지만, 섬세한 취급이 필요한 대목을 옮기거나 뉘앙스를 전달하는 데는 매우 미흡하여 신뢰성이 떨어진다.

범우사본은 동아출판사본의 문제점을 부분적으로 개선하고 있지만, 여전히 부정확한 번역이 1면당 평균 1~2개 정도 지속적으로 발견되고 부적절한 표현도 1면당 1개 정도로 나오는가 하면 누락이나 불필요한 첨가도 눈에 띈다. 따라서 범우사본은 동아출판사본의 개역이기는 하나 개선의 정도가 미흡하다. 원문 기준으로 30면 정도 표본추출한 부분에서 부정확한 대목이 동아출판사본에서는 대략 60개 정도 발견되는데, 범우사본은 그 가운데 20개 정도를 수정했다. 부적절한 대목은 동아출판사본이 60개 정도이고, 범우사본은 그 가운데 40개 정도를 수정했다. 누락이나 첨가는 동아출판사본이 10개 정도이고 범우사본은 그 가운데 3개 정도를 수정했다. 부적합한 번역은 동아출판사본이 8개 정도이고, 범우사본은 그중 6개 정도를 수정했다.

범우사본이 동아출판사본을 개선한 내역을 일부나마 구체적으로 살펴보자. "The plain was rich with crops; there were many orchards of fruit trees"(3면)를 동아출판사본은 "사방에 과수원도 많았지만 들판에는 온통 오곡이 익어 있었고"(257면)로 잘못 번역했으며, 범우사본은 "들판에는 오곡이 풍성했고 산기슭엔 과수원도 많았으며"(11면)로 수정했다. "there was an officer on the seat with the driver"(4면)를 동아출판사본은 "운전대에는 장교 한 사람과 운전수 한 사람이 타고 있었고"(258면)로 부정확하게 번역했는데, 범우사본은 "장교 한 사람과 운전병 한 사람이 앞에 타고"(12면)로 고쳤다.

　범우사본이 동아출판사본의 부적절한 부분을 수정한 경우도 있다. 작품의 뒷부분에서 예를 들어보자. "Doctors did things to you and then it was not your body any more"(231면)가 동아출판사본에서는 "의사가 처치해준 것은 벌써 그것은 내 것은 아니다"(437면)라는 어색한 문장으로 부적절하게 번역되었는데, 범우사본은 "의사의 손이 간 것은 더 이상 내 것이 아니다"(208면)로 좀더 자연스럽게 옮겼다. "I could feel it turn over on itself"(231면)를 동아출판사본은 "내 위가 휭 도는 것을 느낄 수 있었다"(437면)라고 억지스럽게 옮겼는데, 범우사본은 "내 위가 뒤집어지는 것 같았다"(208면)로 수정했다. "waking in the night to find the other one there, and not gone away"(249면)를 동아출판사본은 "잠을 깨도 상대가 거기 있어 아무데도 가 있지 않은 것을 깨닫고"(450면)라고 옮겼는데, 범우사본은 "잠에서 깨어나도 상대가 아무데도 가지 않고 옆에 있음을 확인하곤"(222면)으로 개선했다.

　이처럼 범우사본이 동아출판사본의 문제점들을 일정하게 개선한 것은 분명하나 상당수는 그대로 남아 번역의 충실성을 심각하게 훼손하고 있다. 작품의 도입부에서부터 부정확하거나 원문을 일부 누락한 번역의 예들이 여전히 적지 않게 발견된다. "the water was clear and swiftly moving and blue in the channels"(3면)는 "강물은 맑고 흐름이 빨랐다"(11면)로 번역했는데, '물길에서는' 정도로 옮겼어야 할 "in the channels"가 누락되었다. 강이 말라서 강바닥이 많이 드러나 있지만 '물길에서는 물이 맑고 빠르게 흘렀으며 푸른빛이었다'는 맥락인데, '물길에서는'이 빠져 강이 말랐다는 이야기와 앞뒤가 맞지 않게 되어버렸다. 또한 "two leather cartridge-boxes on the front of the belts, gray leather boxes heavy with the packs of clips of thin, long 6.5mm. cartridges"(4면) 부분은 "두 개의 가죽 탄약 상자와 가늘고 길쭉한 6.5밀리의 삽탄자가 여러 개 차곡차곡 들어 있는 회색 가죽 상자"(12면)로 번역했는데, "two leather cartridge-boxes"와 "gray leather boxes"가 같은 대상을 지칭하는 것인데 마치 별개의 것인 양 부정확하게 번역되었다.

> … if one of the officers in the back was very small and sitting between two generals, he himself so small that you could not see his face but only the top of his cap and his narrow back, and if the car went especially fast it was probably the King. (4면)

> 뒷자리에 탄 장교 하나가 두 명의 장군 사이에 앉아 있었는데, 몸집이 워낙 작아서 본인의 얼굴은 보이지 않고 모자 꼭대기와 좁은 잔등만이 보일 뿐이었다. 더욱이 그 속력이 빠를 때는 십중팔구 국왕이 타고 있는 차라고 단정을 내려도 좋았다. (12면)

여기서는 "if one of"에서 "narrow back"으로 이어지는 조건절을 평서문으로 처리한 것이 문제이며, 그 결과 뒷부분과의 연결도 어색해진다.

이같은 부정확한 번역은 작품 전체에 일관되게 분포할뿐더러 어떤 경우에는 특정한 대목에 집중적으로 나타나서 그 대목의 본래 뜻이 심각하게 훼손되기도 한다. 작품의 후반 가까운 부분에서 예를 들어보자.

> "…It is bad for the soldiers to be short of food. Have you ever noticed **the difference it makes in the way you think?**"
>
> "Yes," I said. **"It can't win a war but it can lose one."**
>
> "We won't talk about losing. There is enough talk about losing. What has been done this summer cannot have been done in vain."
>
> I did not say anything. I was always embarrassed by the words sacred, glorious, and sacrifice and the **expression in vain.** (184면)

"군인들에게 식량 부족만큼 나쁜 게 없어. 양식문제가 **군인들에게 끼치**

는 영향에 대해 생각해본 적이 있나?"

"그렇지. **식량이 부족해서 전쟁에 이길 수 없지, 질 뿐이지.**"

"지는 얘기 따윈 집어치워. 지는 얘기엔 그만 진력이 났어. 우리들이 이번 여름에 한 것이 헛되이 될 리는 만무하지."

나는 아무 말도 하지 않았다. 신성이니, 영광이니, 희생이니 **하는 실속도 없는 말** 따위에는, 나는 언제는 어찌할 바를 몰랐다. (167면)

이 대목에서 강조부분은 부정확한 번역이다. 이것을 좀더 정확하게 옮겨보면 다음과 같을 것이다.

"군인에게 식량이 부족하면 좋지 않아. 양식문제가 **군인들의 생각에 미치는 영향**에 대해 생각해본 적이 있나?"

"그렇지. **식량이 넉넉하다고 전쟁에 이긴다는 법은 없지만 부족하면 지기 십상이지.**"

"지는 얘기 따윈 집어치워. 지는 얘기엔 그만 진력이 났어. 우리들이 이번 여름에 한 것이 헛된 것일 리는 없지."

나는 아무 말도 하지 않았다. 신성이니, 영광이니, 희생이니 하는 말과 **헛되다는 표현 따위에** 나는 늘 어찌할 바를 몰랐다.

이번에는 긴 문장의 호흡과 리듬을 적절히 살려내지 못함으로써 원문의 느낌에서 멀어져버린 예를 들어보자.

> ··· with the end of the summer, the cool nights, the fighting in the mountains beyond the town, the shell-marked iron of the railway bridge, the smashed tunnel by the river where the fighting had been, the trees around the square and the long avenue of trees that led to the square; **these** with there being girls in the town, the King passing

in his motor car, sometimes now seeing his face and little long necked body and gray beard like a goat's chin tuft; **all these** with the sudden interiors of houses that had lost a wall through shelling, with plaster and rubble in their garden and sometimes in the street, and the whole thing going well on the Carso made the fall very different from the last fall when we had been in the country. (5~6면)

여름이 지나자 밤은 한결 서늘해졌고 마을 저쪽 산에선 여전히 전투가 계속되었다. 폭격당한 흔적이 역력한 기차 철교, 전투가 벌어졌던 강가의 파괴된 터널, 광장 주위의 나무들, 그 광장으로 통하는 긴 가로수 길 등이 눈에 띄었다. 이와 더불어 거리에는 여자들이 있었고, 국왕이 자동차를 타고 지나갈 때는 가끔 그의 얼굴이며 목이 긴 자그만 몸집, 염소 수염처럼 생긴 회색 턱수염도 보였다. 그밖에 포탄을 맞아 담이 무너진 집들의 내부가 갑자기 보이기도 했고, 마당과 따로는 길거리에까지 흩어진 석고 부스러기며 기왓장 조각 등이 눈에 띄기도 했다. 카르소 지방에서는 전황이 유리하게 전개되었기 때문에 그해 가을은 우리들이 시골서 보내던 지난해 가을과는 전혀 달랐다. (13면)

헤밍웨이의 문장이 간명하고 건조하기만 한 것은 아니라는 사실을 잘 보여주는 이 대목의 묘미는 첫번째 "these"가 그 앞에서 길게 이어진 명사적 표현들을 뭉뚱거리는 한편 또다른 명사적 표현들을 덧붙여 나가고, 그것을 "all these"가 다시 이어받으면서 또다른 명사적 표현을 덧붙여 그 누적된 명사들의 무게를 "made the fall very different"라는 서술어에 부려놓은 점증적인 문장구조와 리듬이라고 할 수 있다. 이 대목은 번역문만 읽으면 비교적 잘 읽히지만, 명사적 표현 가운데 다수를 서술적 표현으로 풀어버림으로써 원문의 독특한 문장구조와 리듬을 제대로 살려내지 못하고 있다. 문장을 쉽게 읽히도록 푸는 데에만 치중한 나머지 "made the fall very different"의 주어가 구문으로나 뜻으로나 앞에 길게 제시된 명사적 표현들 전체임에도 불구하고, "the whole thing going well on the Carso"만이 주어인 것처럼 부정확하게 번역되는 결과를 낳기도 했다. 이처럼 호흡이 긴 문장을 부적절하게 옮긴 사례는 32장 "기억해낼 수 있는 것은"(208면)으로 시작되는 대목에서도 발견된다.

마지막으로 범우사본에서 새롭게 발생한 문제들을 일부 살펴보자.

"the long barrels of the guns covered with green branches and green leafy branches and vines laid over the tractors"(4면) 부분은 "그 긴 포신은 푸른 잎사귀가 달린 나뭇가지로 가려져 있었고, 트랙터 위에는 덩굴풀이 덮여 있었다"(12면)로 번역했는데, 이는 부정확한 번역이다. '그 긴 포신은 푸른 나뭇가지로 가려져 있었고, 포차 위에는 푸른 잎이 무성한 가지며 덩굴풀이 덮여 있었다' 정도로 옮겼어야 한다. 동아출판 사본에는 "그 긴 총신은 푸른 잎사귀가 달린 나무가지로 가려져 있었고, 트랙터 위에도 푸른 잎사귀가 달린 나무가지와 등줄기가 덮여 있었다"로 되어 있어 정확한 번역은 아니나 범우사본에서 부정확의 정도가 심해졌다. "shallows up above at the bend of the river"(47면)는 "강 상류의 흐름이 완만한 곳"(49면)으로 되어 있는데, 이는 부정확한 번역이며 '상류의 강굽이 물이 얕은 곳' 정도의 뜻이다. 동아출판사본은 "상류 꾸부러진 곳에 있는 여울"(29면)로 되어 있다. "When daylight came the storm was still blowing but the snow had stopped. It had melted as it fell on the wet ground"(186면) 부분은 "날이 밝아도 폭풍은 여전히 몰아치고 있었다. 눈은 젖은 대지에 떨어지는 동시에 녹았다"(169면)로 번역되어 있어 일부가 누락되었다. '날이 밝아도 폭풍은 여전히 몰아치고 있었지만 눈은 그쳤다. 눈은 젖은 땅에 떨어지는 동시에 녹았다' 정도가 되어야 한다. 동아출판사본은 "밤은 밝아도 폭풍은 아직 몰아치고 있었는데 눈은 그쳐 있었다. 눈은 젖은 대지에 떨어지는 동시에 녹아"(401면)로 되어 있다.

참조본 2

정병조 역 『무기여 잘 있거라』[*]

원전에 충실하게 번역하려고 노력한 흔적이 엿보이고 특히 많은 다른 번역본들이 오역을 한 대목을 제대로 번역한 경우도 더러 있다. 이 번역본만으로도 줄거리를 대강 파악할 수는 있으나, 원문과 대조해볼 때 부정확한 부분이 1면당 적게는 1~2개, 많게는 4~5개씩 일관되게 발견되므로 전체적으로 정확성이 높다고 말하기 힘들다. 원문의 35면, 그리고 번역본의 약 25면에 해당하는 검토대목 가운데 결정적인 오역에 속하는 '부정확'과 '누락'이 60여개에 달하므로 평균 원문 1면당 약 1.7개의 오역이 있는 셈이다. 작품을 이해하는 데 매우 중요한 대목이라 할 주인공의 내면의 생각과 느낌을 서술하는 대목에서 이런 오역들이 더 자주 발견된다. 부적절한 번역도 마찬가지로 면마다 볼 수 있었으며 때로 어색한 말투도 눈에 띈다.

특히 번역본 16면에서 원문의 13행 가량이 누락된 것은 심각한 오류라 할 수 있다. 누락된 부분은 이딸리아어가 들어 있는 대목으로, 농담하는 장면이라 이야기 전개에 지장을 주지는 않지만 무슨 뜻인지 알아내기가 그리 힘들지 않고 다른 번역서들 대부분이 별문제 없이 번역했다는 점을 감안할 때 성의가 부족한 탓으로 돌릴 수밖에 없다.

첫 세 장에 나오는 부정확한 번역의 예를 몇개 살펴보자. 먼저 첫 면에서 나오는 "the water was clear and swiftly moving and blue in the

---

[*] 을유문화사(1964) 삼중당(1975) 글방문고(1993). 정병조 역 『무기여 잘 있거라』의 최초 판본은 1959년 을유문화사로 되어 있으나 구하지 못해 대신 1964년본을 검토했고, 1975년(삼중당), 1977년(을유문화사), 1988년(을유문화사)본은 검토 결과 1993년(글방문고)판과 동일본으로 판단된다. 1964년 번역과 1993년 번역을 주요 검토본으로 살펴보았는데 둘 사이에 중요한 차이는 없었으며 오류를 극히 일부 바로잡았을 뿐이다. 1964년 을유문화사본은 『노인과 바다』『해는 또다시 떠오른다』와 한권에 묶여 있고 헤밍웨이의 생애와 작품에 대한 간략한 해설을 싣고 있다. 1993년 글방문고는 『무기여 잘 있거라』만 따로 묶었으나 한자를 한글로 바꾸었을 뿐 1964년본과 동일한 내용의 해설이 붙어 있다.

channels"(3면)에서 "in the channels"를 무시한 채 그저 "강물은 맑고 푸르고 물살이 빨랐다"(13면)로 옮겼는데, 이는 앞의 김병철 역본과 동일한 오류이다.

경관에 대한 묘사와 관련된 또하나의 부적절한 번역의 예는 구문이 연이어 나열되어 어디까지 한 묶음으로 볼지 결정해야 하는 3장의 "I saw the town with the hill and the old castle above it in a cup in the hills with the mountains beyond, brown mountains with a little green on their slopes"(10면)를 "나는 구름(구릉의 오자인 듯하나 개정판에서도 고쳐지지 않음—인용자)이 있고 그 위에 옛 성이 있고, 그 너머로 산들이 둘러선 읍을 바라보았다. 산은 갈색이었으나 산허리에는 약간 푸른색도 있었다"(17면)로 번역한 부분이다. 원문이 별다른 구조 없이 그저 "with"로 이어진 단순한 문장이지만 바로 그 단순함 때문에 번역은 까다로워지는데 우리말로 옮길 때 원문처럼 늘어놓으면 아무래도 어색해지므로 성가신 대목을 모두 생략해버린 것이다. 또 너무 길기 때문에 한번 끊어서 번역하는 것이 불가피해 보이지만 이렇게 '산'에 대한 설명을 따로 떼면 마치 시선이 그쪽에 더 오래 머문 듯한 효과를 낳는다. 그러나 원문을 보면 '마을'에서 출발하여 시선이 계속 더 멀리까지 한번 죽 훑어 지나가는 대목이지 특별히 '산'에 무게중심을 놓는 것이라 보기는 어려우므로 차라리 '나는 언덕이 있는 마을을 보았다. 그 언덕 위로는 구릉에 둘러싸인 분지에 자리잡은 고성이 보이고 그 너머로 산들이, 비탈 여기저기 약간 초록빛을 띤 갈색의 산들이 이어졌다'는 식으로 앞에서 끊어주는 편이 더 적절할 것이다.

한가지 흥미로운 사실은 김병철 역본을 비롯하여 많은 번역본들이 오역을 했으나 정병조의 1964년 번역만은 대체로 정확히 옮긴 대목을 1993년본에서는 오히려 개악을 한 사례가 있었다는 점이다.

They splashed more mud than the camions even and **if one of**

강조한 부분은 전체적으로 두개의 if절이 병렬되어 주절에 해당하는 "it was probably the King"을 수식한다. 이런 식으로 옮겨보면 '뒷자리에 앉은 장교 중 한 사람이 매우 작았고 두 장군 사이에 끼여 앉았는데 너무 작아서 그의 얼굴은 보이지 않고 모자 꼭대기와 좁은 등만 보인다면, 그리고 그 차가 특히 빨리 달린다면 그건 아마도 국왕일 것이었다'가 될 것이다. 그런데 정병조의 1964년 을유문화사본은 이를 그런대로 맞게 옮겼으나 1993년 글방문고본은 다른 번역의 오류를 답습하여 마치 현재 지나가는 어떤 차를 보고 묘사하는 내용으로 만들어놓았다.

> 뒷자리에 앉은 장교 한 사람이 유난히 몸집이 작고 두 장군 사이에 끼어 앉아서 얼굴은 안 보이고 군모 꼭대기랑 그의 좁은 등만이 보이며, 자동차가 특별히 속력을 낼 때는 그게 대개는 국왕이었다. (을유문화사 14면)

> 뒷자리에 앉은 장교 한 사람이 유난히 몸집이 작았다. 두 장군 사이에 끼어 앉아서 얼굴은 안 보이고 군모 꼭대기랑 좁은 등만이 보였는데 자동차가 특별히 속력을 낼 때는, 그게 대개는 국왕이었다. (글방문고 6면)

서두부분에서 특히 많은 오역이 발견된 곳은, 3장에서 주인공이 휴가 때 정작 하고 싶은 일은 못하고 술과 여자로 대부분의 시간을 몽롱하게 보냈다며 술취한 상태에서 신부에게 약간 횡설수설 얘기하는 장면 전후로, 원문으로 1면 가량 되는 대목이다. 화자의 의식이 일상적인 상태와 사뭇 달라서 원문 자체의 의미가 벌써 정상적으로 연결되지 않을 때도 있기 때문에 번역이 다소간 힘들 수밖에 없는데 이 부분의 오류는 다음과 같다. 우선 부정확한 번역의 예를 보자.

"나도 신부에 못지 않게 미안했으며"(19면)로 번역했는데, "I myself felt as badly as he did"(13면)는 애초의 약속대로 휴가중에 신부의 고향을 방문하지 않아서 신부의 기분이 상한 데 이어 '나도 그에 못지않게 마음이 상했다'는 내용이므로 번역이 잘못되었다.

"nights in bed, drunk, when you knew that that was all there was"(13면)는 "술에 취하여 다른 것은 아무것도 모르고 침대에 기어들어가는 밤"(19면)으로 번역했는데, '밤이면 그것으로 끝이라는 사실을 알면서도 술이 취한 채 여자와 잠자리에 들었다는 것'이 정확한 의미이다.

"unknowing and not caring"은 "아무것도 모르고 아무 걱정도 없이"(19면)보다는 '상대가 누군지도 모른 채 아무것도 개의치 않으며'로 옮기는 게 더 좋다.

다음은 부적절한 번역의 예들을 보자. "It was what I had wanted to do and I tried to explain how one thing had led to another"(13면)의 번역문은 "나도 사실은 가고 싶었는데 연달아 일이 생기는 바람에 질질 끌려다니다 보니까 그렇게 됐다고 설명을 하려고 애를 썼고"(19면)이다. 굳이 오역이라고 할 수는 없지만 '그건 정말로 내가 하고 싶었던 일이었고 그래서 나는 이런저런 일이 잇따라 생기는 바람에 가지 못했다고 설명하려 했고' 정도로 옮겼다면 더 나았을 것이다.

"we were still friends, with many tastes alike, but with the difference between us"(14면)의 번역은 "우리는 두 사람 사이에 차이점이 있기는 하지만 여러가지 취미가 같고 여전히 친구였다"(20면)인데, 이 역시 대충의 의미는 전달되고 있으나 제대로 하자면 '우리는 여전히 친구였고 비슷한 취향을 많이 갖고 있지만 둘 사이에는 다른 점이 있었다'는 식으로 옮겨야 한다.

이런 대목들은 원문 자체가 상당부분 복잡하게 꼬여 있기 때문에 번역이 쉽지는 않지만 그럼에도 불구하고 전체적인 감을 잡지 못하고 번역한 점은 문제가 아닐 수 없다. 그런데 정병조의 번역은 비단 이런 대목뿐 아니라 느낌이나 생각 등 주인공의 내면을 보여주는 대목들에서 번번이 오역을 저지른다. '전쟁문학'에 속하는 작품들이 대개 그렇겠지만, 『무기여 잘 있거라』의 경우도 객관적 전황이나 사건의 전개보다 전쟁을 경험하는 한 인간이 무엇을 실감하고 깨닫느냐에 독자로서는 더 큰 관심을 보이게 된다. 더구나 이 작품에서는 주인공 헨리가 애초부터 승리냐 패배냐 또는 참전이냐 반전이냐 하는 문제에 관해 지극히 건조한 태도로 임하고 있기 때문에, 다시 말해 이 작품의 주된 대립구도가 전쟁이라는 현실과 그에 마주한 개인으로 이루어져 있기 때문에, 주인공의 내면을 보여주는 장면들은 핵심적인 관건이 된다. 따라서 이런 장면들의 번역이 매끄럽지 않다는 것은 작품을 이해하는 데 큰 걸림돌이 될 수 있다.

그런 예를 몇군데 들어보면 27장에서 주인공은 지노라는 이딸리아 군인과 이야기를 나누던 중 그의 '애국주의적' 발언을 듣고 영광이니 뭐니 하는 말들이 다 헛되고 그에 비하면 차라리 지명이나 숫자 같은 것이 그나마 의미가 있다는 생각을 하는데, 이 부분은 전쟁에 관한 주인공의 생각의 중요한 일단을 보여주는 대목임에도 불구하고 정병조의 번역에서 몇가지 오류를 발견할 수 있다. "I was always embarrassed by the words sacred, glorious, and sacrifice and **the expression in vain**"(184면)에서 강조한 부분은 앞에 나오는 "the words sacred, glorious, and sacrifice"와 같은 위치에 놓이는 것으로 '헛되다는 표현'을 뜻하며, 화자가 여기서 유독 "in vain"이라는 표현을 따로 언급한 이유는 바로 앞에서 지노가 바로 이 표현을 썼기 때문이다("What has been done this summer cannot have been done in vain" 184면). 그런데 정병조는 이를 "공허한 표현"(139면)으로 옮겼고, 뒤이어 나오는 "now for a long time"(185면)이란 부사구도 문장 전체의 동사들과 연결하여 '오랫동안 듣고 보았다'로 번역해야 하는데 바로 앞의 명사와 연결하여 "벌써 오래 전에 덧붙인 포고문"(139면)이라 잘못 옮겼다.

그리고 "the sacrifices were like the stockyards at Chicago if nothing was done with the meat except to bury it"(185면)을 "희생이란 것도 고깃덩이를 매장하는 것 이외에 별 뾰족한 수가 없다면 시카고의 도살장과 다를 것이 없겠다"(139면)로 번역했는데, 이렇게 되면 희생에 대한 근본적인 회의가 아니라 마치 희생이 의미를 갖게 하기 위해 매장말고 다른 무언가가 더 필요하다는 주장에 가까워진다. 이는 희생이란 시카고의 도살장과 진배없이 무의미한 죽음을 낳는데 다만 도살장에서는 대개 고기를 파묻지 않고 판다는 점만 다르다는 원문의 내용을 정확히 살린 번역이라 보기도 힘들다.

32장은 어처구니없는 즉결재판으로 위기에 처한 주인공이 부득이 탈영하여 간신히 무개화차에 숨어 타서 기진한 채 이런저런 생각을 이어가는 장면으로, 그가 '무기와 작별'을 고하는 분기점을 이루는 지점이라 할 수 있다. 그런데 여기서도 캐서린에 관한 생각과 현재의 처지가 겹쳐져서 진술되는 다음 대목, "Hard as the floor of the car to lie not thinking only feeling, having been away too long, the clothes wet and the floor moving only a little each time and lonesome inside and alone with wet clothing and hard floor for a wife"(231~32면)는 주인공의 두서없는 느낌을 실감나게 전달해야 하는 대목인데, '너무 오랫동안 떨어져 있었는데다 옷은 젖고 바닥은 매번 조금씩만 움직일 뿐이며 마음속은 쓸쓸하고 홀로 젖은 옷과 딱딱한 바닥을 아내 삼은 채로 생각은 하지 않고 느끼기만 하면서 누워 있기란 딱딱한 화차 바닥만큼이나 견디기 힘든 노릇이다' 정도로 옮길 수 있겠다. 그런데 정병조 번역의 경우 "헤어진 지 너무 오래된 캐더린을 생각하는 게 아니라 느끼면서 누워 있기에는 바닥이 너무나 딱딱했고 옷은 젖어 있었고, 바닥은 너무 조금씩 움직였고 너무 쓸쓸했고 외로왔고, 아내를 맞기에는 너무 젖은 옷, 너무 딱

딱한 바닥이었다"(173면)로 옮겨서 정확성은 물론이고 우리말로 읽기에
도 도무지 의미가 성립하기 힘들게 만들어놓았다.

또 탈영한 주인공이 캐서린과 다시 만나 오랜만에 평온을 맛보는 34
장에서도 "all other things were unreal"(249면), 즉 '그밖의 모든 것은 현
실 같지가 않았다'를 "그밖에도 모든 것이 현실 같지가 않았다"(184면)라
고 한다거나, "We could feel alone when we were together, alone
against the others"(249면)에서 "we"는 주인공 자신과 캐서린을 말하며
"alone"은 뒤에 나오는 "lonely"와 달리 이 문맥에서는 '고독하다'는 뜻
이 아니라 사람이 때로 혼자 있고 싶다고 느낄 때의 그 '홀로 있음'을 지
칭하는데, 이를 "사람은 남과 함께 있을 때 고독하다는 기분, 즉 남들과
떨어져서 고독하다는 기분을 느끼는 것이다"(184면)로 오역했다.

마지막으로 캐서린이 아기를 낳다가 죽는 마지막 장에서도 '그러다
이제 마지막 고개에서 그만 걸려든 것이다'에 해당하는 "So now they
got her in the end"(320면)를 "그러나 이제 캐서린을 목적지까지 데려온
것이다"(232면)로 잘못 옮겼고, 아기가 이미 질식해 숨진 채로 태어난 것
을 알고 난 뒤 "I wished the hell I'd been choked like that. No I didn't.
Still there would not be all this dying to go through"(327면)는 '나도 그렇
게 (죽은 아이처럼) 질식해버렸다면 좋았을걸. 아니, 그건 싫다. 그래도
질식해 죽었다면 이 온갖 죽음을 견디지 않아도 될 테지'라는 의미인데
이를 "나도 그렇게 질식하길 얼마나 바랐던가. 천만에 그런 일은 없었
지. 그러나 질식은 이렇게 고생을 하다가 죽지는 않으니까"(237면)로 옮
겨서 제대로 뜻을 전달하지 못했다.

이렇듯 정병조의 번역은 주요 대목에서 상당부분 부적절한 번역이
나타난다는 점이 가장 큰 문제이며, 앞에서 언급한 예에서도 얼마간 드
러나지만 우리말 어투가 어색하거나 매끄럽지 못한 대목들이 종종 발견
된다.

156

오국근 역 『무기여 잘 있거라』*

금성출판사본은 여러 번역본들 가운데 충실성이나 가독성 면에서 가장 높은 평가를 받을 만하다. 학원사본에서 자주 발견되는 부정확하거나 부적절·부적합한 번역 및 누락과 첨가 등을 대다수 바로잡았을뿐더러 문장도 좀더 현대적으로 손질함으로써 가독성도 높아졌다. 그 결과 이 역본을 통해 작품의 줄거리와 느낌을 파악하는 데는 무리가 없다. 하지만 명백한 오역이 1면당 평균 1개꼴로 나타날 뿐만 아니라 작품의 섬세한 뉘앙스나 문장의 리듬을 온전하게 전달하지 못하는 부적절한 대목들도 상당수 남아 있다.

금성출판사본은 학원사본을 개역하는 과정에서 1975년 삼성출판사의 윤종혁 역본을 크게 참조한 것으로 보이지만, 원문에 상당히 밀착하여 윤종혁의 오역을 상당수 바로잡았을뿐더러 1974년 역자의 학원사본에 일정하게 기반하고 있다는 것이 인정된다. 원문 기준으로 30면 정도 표본추출된 부분에서 부정확한 대목이 학원사본에서는 대략 65개 정도 발견되는데, 금성출판사본은 그 가운데 40여개를 수정했다. 부적절한 대목은 학원사본이 50여개이고, 금성출판사본은 그 가운데 40개 정도를 수정했다. 누락이나 첨가는 학원사본이 10개 남짓이고 금성출판사본은 그 대부분을 수정했다. 이같은 수치에서 알 수 있듯 금성출판사본은 학원사본의 문제점을 현저하게 개선하고 있다. 그런 점에서 금성출판사본은 『무기여 잘 있거라』 번역본 가운데 유일하게 실질적인 개선이 이루어진 개역본이라 할 수 있다.

* 금성출판사(1981, 1995). 오국근 역본은 1974년 학원사(같은 해 주부생활사에서 나온 것은 동일본)에서 처음 나온 다음 1981년 금성출판사에서 개역본이 나왔고 이 개역본은 그후 추가개역 없이 같은 출판사에서 여러차례 출간되었다. 금성출판사본은 학원사본의 전면적인 개역이라고 할 만하다. 검토본은 1995년본이며 짤막한 역자해설과 연표가 달려 있지만 번역대본은 밝혀져 있지 않다.

금성출판사본이 학원사본을 개선한 내역을 구체적으로 살펴보자. 먼저 부정확한 부분이 수정된 것은 작품 시작부분 "In the bed of the river"(3면)가 "강가에는"(7면)이라고 오역되었다가 "강바닥에는"(5면)으로 바로잡혔고 "담장이 덩굴"로 오역된 "vines"(4면)가 "덩굴풀"로 개선되었다. 학원사본 13면의 경우 명백한 오역들이 연이어 나와 가독성을 크게 떨어뜨리는데, 이 대부분이 금성출판사본에서 바로잡혀 있다. "염려도 하지 않고"(13면)로 오역된 "not caring"(13면)은 "그런 건 아랑곳하지 않고"(14면)로 수정되었고, "무척 염려가 되기도"로 오역된 "to care very much"(13면)는 "몹시 마음에 걸리기도"(14면)로 수정되었다. "목사님, 즐겁지 않으세요. 목사님, 색시가 없어서 즐겁지 않으세요"로 부정확하고 부적절하게 번역된 "Priest not happy. Priest not happy without girls"(14면)도 "신부님은 즐겁지 않아, 여자가 없어서 즐겁지 않아"(14면)로 수정되었다.

다음에는 학원사본의 부적절한 표현이 적절히 개선된 예를 살펴보자. 학원사본 156면에는 부적절한 번역이 잇따라 나오는데 이 대부분은 금성출판사본에서 개선되고 있다. 학원사본에서 "행운스러울 값어치가 있다"(156면)로 어색하게 옮겨진 "they deserved it"(232면)은 "행복을 누릴 만한 자격이 있다"(216면)로 개선되었고, "이 똥차"(156면)로 옮겨진 "this bloody train"(232면)은 "이 살벌한 기차"(216면)로 개선되었으며, "나는 생각하도록 되어 있지 않은 것이다"라는 어색한 문장으로 번역된 "I was not made to think"(232면)는 "나는 생각하게끔 돼먹지를 않았다"(217면)로 개선되었다.

금성출판사본이 학원사본의 문제점들을 현저히 개선한 것은 분명하나 상당수는 그대로 남아 있다. 1면당 평균 1개 정도의 부정확한 번역이 발견되고 부적절하거나 부적합한 표현도 2면당 1개 정도는 발견된다. 수정과정에서 추가로 발생한 문제도 간혹 눈에 띈다. 우선 개선되지 않은 부정확한 번역의 예를 들어보자.

158

53면의 경우는 부정확한 번역이 잇따라 나온다. '내 몸뚱이 전체가 나 자신의 바같으로 급하게 빠져나가는 것을 느꼈다. 밖으로, 밖으로, 바람 속에 계속, 몸뚱이 전체가' 정도로 옮겨야 할 "I felt myself rush bodily out of myself and out and out and out and all the time bodily in the wind"(54면)가 "내가 있는 곳으로부터 몸뚱이가 휙휙 바람에 휘말리며 빨려나가는 것 같았다"로 부정확하게 번역되어 있는가 하면, '몸뚱이 전체가 빠르게 밖으로 날려 나왔다'로 옮겨야 할 "I went out swiftly, all of myself"(54면)는 "순식간에 정신이 희미해졌다"로 잘못 옮겨졌다. 죽는 과정에 대한 의식이 없이 그냥 죽을 뿐이라는 생각이 잘못이라는 정도의 뜻이 담긴 "it had all been a mistake to think you just died"(54면)는 "내가 이젠 죽었구나 생각하다니, 전연 착각이었으리라는 생각이 들었다"라고 오역되었다. 이처럼 한 대목에서 연이어 부정확한 번역이 발생하여 이 단락의 전반적인 상황을 제대로 파악하는 것이 어려워지고 있다.

그런가 하면 긴 문장의 호흡과 리듬을 적절히 살려내지 못하여 원문의 느낌에서 멀어져버린 경우도 보인다. 한 예를 보자.

> Hard as the floor of the car to lie not thinking only feeling, having been away too long, the clothes wet and the floor moving only a little each time and **lonesome inside** and alone with wet clothing and hard floor for wife. (231~32면)

너무 오랫동안 떨어져 있었는데다, 옷은 젖고 차량의 바닥은 조금씩밖에는 움직이지 않고, **그 안에서** 혼자 쓸쓸히 젖은 옷을 걸친 채, 아내치고는 딱딱한 바닥 위에, 생각할 일도 없이 다만 느끼기만 하면서 누워 있다는 것은 딱딱한 차량 바닥처럼 참기 어려운 노릇이다. (215면)

이 대목은 이 작품 전체에서 번역하기 상당히 까다로운 부분 가운데 하나로서 이 정도로 원문의 뜻을 살려낸 역본도 많지 않지만, 금성출판사본 역시 개선의 여지가 여전히 적지 않다. 특히 "lonesome inside"를 "그 안에서"라고 한 것은 명백한 오역이다.

다음과 같은 대목은 부적절한 번역이 개선되지 않은 채 간간이 남아 있는 예들 가운데 하나다.

> There was **no wire to speak of and no place to fall back** to if there should be an Austrian attack. (182면)

> 오스트리아군의 공격이 있으면 우리는 **이렇다 할 철조망도, 후퇴해서 지킬 지점도** 없다. (169면)

"fall back to"는 "place"에만 연결된 것으로 보아야 하므로 '이렇다 할 철조망도 없고 오스트리아군의 공격이 있으면 후퇴해서 지킬 지점도 없다' 정도로 옮겨야 좋을 것이다.

마지막으로 개역과정에서 드물게나마 새로 문제가 발생하는 사례들을 보자.

""Priest to-day with girls," the captain said looking at the priest and at me"(6면)는 "「신부님, 오늘 여자하고 함께 잤죠?」 하고 대위는 신부와 나를 보면서 말했다"(8면)로 번역되어 있다. 학원사본이 "목사님, 오늘 색시하고 같이"(9면)라고 옮김으로써 대위가 일부러 사용하는 어색한 이딸리아어의 느낌을 살리고 있지만, 금성출판사본은 이 대목 전체에서 시종 대위가 사용하는 "pidgin Italian"의 뉘앙스를 죽이고 있다. 원문의 뉘앙스가 가독성 때문에 희생된 사례라 하겠다.

"And this was the price you paid for sleeping together"(320면)는 "그래, 이것이 함께 잔 탓으로 당신이 치러야 하는 대가야"(294면)로 번역되

어 있다. 학원사본도 "그런데 이것이 당신과 함께 잤기 때문에 치러야
하는 대가인 것이다"(210면)으로 되어 있어 적절하다고 보기는 어렵지만
"you"를 캐서린으로 보지는 않았는데, 금성출판사본은 "you"를 캐서린
으로 보는 오류를 범하고 있다. 바로 이어서 "This was what people got
for loving each other"라는 문장이 나오고, 이 단락에서 캐서린은 일관
되게 3인칭(she)으로 지칭되고 있으므로 "you"는 바로 자기 자신을 지
칭하는 것으로 보아야 할 것이다.

노인과 바다

어니스트 헤밍웨이 Ernest Hemingway

The Old Man and the Sea

출간현황　현재까지 확인된 번역본의 출간현황은 다음과 같다. 이름이 밝혀진 역자가 70명이고, 편집부 등의 이름으로 되어 있는 것이 8종, 역자가 드러나지 않은 책이 8종이다. 이 책들은 동일 역자의 중복출간 등으로 총 128개 출판사에서 나왔다. 역자가 밝혀진 책 가운데 입수 가능한 책은 66본이었고, 역자는 49명, 동일 역자의 중복출간을 뺀 번역종은 49종이다. 그런데 그중 27명의 번역자는 기왕에 나온 번역을 표절한 것으로 판단된다. 이들은 기존의 번역을 그대로 베끼거나 약간 수정 가필하였는데, 박진석의 번역을 표절한 것이 8종, 김병철 표절 6종, 황찬호 표절 3종, 한영순 표절 2종, 조성규 표절 2종, 강정선 표절 2종, 정봉화 표절 1종, 설순봉 표절 1종, 정병조 표절 1종으로 드러났다. 다른 번역을 표절한 번역본이 또 표절되기도 했으며 어떤 역자의 번역본은 1972년에는 김병철의 번역을 1977년부터는 박진석의 번역을 표절했다. 표절이 아니더라도 기왕에 나왔던 번역본을 과도하게 활용하여 번역한 경우가 많고, 새로운 번역이라고 판단할 수 있는 번역은 22명 역자의 번역 22종뿐이다.

입수한 책 중에서 최초의 번역서는 1955년 대신문화사에서 출간된 정봉화 역본으로, 가독성은 있으나 원문에 없는 군말이 많이 덧붙여져 있고 부정확한 번역이 적지 않게 눈에 띈다. 줄거리 전달에는 문제가 없지만 번역을 빠뜨린 부분도 어렵지 않게 발견된다. 이 번역을 참고한 것이 1959년 황찬호의 번역이다. 이 번역은 1964년 정병조, 1967년 김병철의 번역으로 연결된다. 황찬호, 정병조의 영향을 받은 김병철의 번역에서 나타나는 오류는 대부분 다른 번역에서 그대로 나타날 정도로 이 번역의 영향력은 거의 절대적이다. 1970년대에 나온 번역들은 김병철의 영향으로 비교적 고른 수준을 보인다. 흥미로운 점은 1975년 김병철 번역을 뛰어넘는 황동규의 번역이 나왔지만 이 번역의 영향력은 미미하다는 사실이다. 1980년대의 번역도 70년대의 번역과 별 차이가 없고 김병철과 황동규의 번역수준을 뛰어넘는 번역을 찾기 어렵다. 1990년대와 2000년에 출간된 번역들은 오히려 7, 80년대 번역보다 그 충실성과 정확성이 떨어지는 점이 주목된다. 읽기에 부담이 없는 세련된 우리말로 번역되어 있지만 원문과 거리가 있는 부정확한 번역이 자주 발견된다.

검토대상

- 황동규 『노인과 바다』 샘터사(1975)
- 정병조 『노인과 바다』 을유문화사(1964, 1995)
- 김병철 『노인과 바다』 휘문출판사(1967) 박영사(1983)
- 이종구 『노인과 바다』 태극출판사(1969, 1980)
- 박진석 『노인과 바다』 동서문화사(1974, 1981)
- 오국근 『노인과 바다』 학원사(1974) 금성출판사(1987, 1990)
- 강정선 『노인과 바다』 여학생사(1975)
- 조성규 『노인과 바다』 대양서적(1977)
- 김회진 『노인과 바다』 범우사(1978, 1999)
- 이경식 『노인과 바다』 문예출판사(1979, 1999)
- 설순봉 『노인과 바다』 주우(1982)
- 윤종혁 『노인과 바다』 삼성출판사(1982, 1983)
- 한영순 『노인과 바다』 마당문고사(1983) 세명문화사(1993)

- 이세열 『노인과 바다』 범한출판사(1984)

- 민우영 『노인과 바다』 책향기(2000)

- 정봉화 『노인과 바다』 대신문화사(1955) 정음사(1979)

- 황찬호 『노인과 바다』 신양사(1959) 한진출판사(1980)

- 이가형 『노인과 바다』 고려출판사(1971, 1977) 『바다와 노인』 문장사(1986)

- 윤용성 『노인과 바다』 금성출판사(1978)

- 김욱 『노인과 바다』 풍림출판사(1993)

- 홍미숙 『노인과 바다』 덕우출판사(1994)

- 황종호 『노인과 바다』 하서출판사(2001)

- 김재붕 『노인과 바다』 청산문화사(1959)

- 양병탁 『노인과 바다』 동화출판사(1972) 학원출판사(1990) 삼중당(1975) 동서문화사(1977)

  문공사(1982) 동서문화(1987)

- 전광진 『노인과 바다』 대한출판사(1972) 현문사(1975) 대현문화사(1979)

- 정병설 『노인과 바다』 대호출판문화사(1975)

- 김영일 『노인과 바다』 신원(1978)

- 조용만 『노인과 바다』 문광당(1978)

- 한점수 『노인과 바다』 유림당(1978)

- 함희준 『노인과 바다』 평범사(1978)

- 김원근 『노인과 바다』 정통출판사(1979)

- 김종운 『노인과 바다』 범조사(1983)

- 이병철 『노인과 바다』 박문서관(1983)

- 이혜리 『노인과 바다』 청자각(1983) 청목사(2002)

- 윤삼하 『노인과 바다』 어문각(1986)

- 신인수 『노인과 바다 외』 청화(출판연도 미상)

- 박민경 『노인과 바다』 율곡문화사(1987)

- 박영식 『노인과 바다』 계몽사(1988)

- 이종수 『노인과 바다』 일신서적공사(1989) 일신서적출판사(1998)

- 임채영 『노인과 바다』 도서출판 우래(1992)

- 김남택 『노인과 바다』 청림출판(1993)

- 강인원 『노인과 바다』 고려문학사(1994)

- 김현수 『노인과 바다』 삼성기획(1994) 『무기여 잘 있거라 · 노인과 바다』 육문사(2000)

- 이진희 『노인과 바다』 문화광장(1994)

- 이해윤 『노인과 바다』 홍신문화사(1995)

- 조신권 『노인과 바다』 신원문화사(1998)

- 이종한 『노인과 바다』 책동네(1999) 한아름문고(2000)

- 정홍택 『노인과 바다』 소담출판사(2002)

- 최윤영 『노인과 바다』 혜원출판사(2002)

 **평가개요**   검토의 기준으로 삼은 원전은 Ernest Hemingway, *The Old Man and the Sea* (Scribner Paperback Edition 1995)이며* 이 작품의 경우 원전의 판본에 따른 텍스트의 차이는 없다. 번역본 가운데 원전을 밝힌 경우는 드물다. 이종구가 1952년 찰스 스크리브너스 썬즈(Charles Scribner's Sons)판을, 윤종혁이 1965년 밴탐(Bantam)판을 사용했음을 밝히고 있다.

검토 결과 원작의 작품성을 살려낸 추천할 수 있는 번역은 황동규의 역본이다. 헤밍웨이의 문장은 언뜻 보기에는 비교적 단순한 어휘와 구조로 구성되어 있어서 쉽게 이해될 수 있을 것 같지만, 꼼꼼히 읽으면 그 의미가 함축적이어서 정확히 번역하기에 여간 까다롭지 않다. 1975년 간행된 황동규 역본은 이런 문장의 함축적인 의미를 정확하게 파악하여 옮기고 있다. 『노인과 바다』 번역의 원전이라 부를 수 있는 김병철 역본의 영향에서 자유롭지는 못하지만 김병철 역본에서 발견되는 오역을 대부분 바로잡고 있으면서 자연스러운 우리말로 옮겨져 있어서 가독성도 매우 높은 편이다. 그러나 누락이나 부정확한 번역도 이따금 눈에 띈다.

김병철 역본은 추천할 정도는 아니지만 어느정도 신뢰성은 있는 편이다. 전반적으로 큰 오류는 없으나 세밀한 번역이 필요한 문장을 정확하게 옮기지는 못하고 있다. 그러나 앞선 황찬호나 정병조 역본에서 부정확하게 옮겨진 곳을 상당부분 바로잡아 『노인과 바다』 번역의 수준을 이전보다 높였다. 김병철 역본의 영향력은 이후 거의 절대적이라 할 수 있어 이후의 번역본들은 거의 이 번역에 직간접적으로 의존하고 있다. 1964년에 처음 선보인 정병조 역본의 특징은 원작의 문체와 문장구조

---

* 전체 127면 중에서 집중검토한 부분은 9~11면, 18~19면, 86~89면, 92~93면, 95면, 110면, 115면, 120면, 125면으로 총 16면이지만 9~27면, 86~127면도 개별 번역본 평가에서 다루었다.

를 살리려고 애쓰고 있는 점이다. 헤밍웨이의 문체는 형용사가 절제된 단문 여러개가 "and"로 결합되어 있는 형태인데, 역자는 이를 살리려 노력하고 있다. 원문에 충실한 반면 가독성과 정확성은 상대적으로 떨어진다. 따라서 성실하게 번역했지만 추천하기는 어렵다. 1969년에 나온 이종구의 역본은 김병철의 영향이 여러곳에서 발견되지만 김병철의 역본보다 정확성이나 충실성이 떨어진다. 때로는 김병철 역본의 어순을 따라 수정 가필한 문장도 발견되는데 더 낫게 고친 경우도 있지만 개악된 문장도 있다.

1972년 출간된 박진석의 역본은 정병조 역본을 많이 참조한 듯한데, 이는 정병조 역본에서만 볼 수 있는 오류가 되풀이된다는 점에서도 확인된다. 이 박진석 역본 역시 이후 많은 표절의 원본 역할을 했다. 『노인과 바다』는 이와같이 이전의 번역본을 참조하면서 계속 번역되었지만, 이후의 번역이 앞서의 번역보다 질적으로 크게 향상된 바는 없다.

최근의 예로 2000년 출간된 민우영의 역본은 매끄러운 우리말로 되어 있고 정확성은 높은 편이지만 창작 수준의 첨가가 자주 보여 충실성에 문제가 있다. 2001년 황종호의 역본 또한 창작 수준의 과도한 첨가가 나타나는데 이것이 때로는 원문의 의미를 왜곡시키기도 한다. 부정확한 번역도 반복되며 원문에 충실하지 않고 대충 처리한 곳도 발견된다.

추천본

황동규 역 『노인과 바다』* ★★☆

현존하는 『노인과 바다』 번역본 중에서 정확성·충실성·가독성 등 여러 면에서 가장 뛰어난 추천할 만한 번역으로 판단된다. 특히 영문에 대한 이해력이 높아 섬세한 의미까지 정확하게 잘 포착해서 자연스런 우리말로 표현하고 있다. 이 번역은 김병철의 영향을 많이 받았지만 김병철의 번역에서 발견되는 오역을 거의 바로잡았다. 그러나 누락이나 부정확한 번역도 5면당 1개 정도로 눈에 띈다. 직역투의 문장도 없지 않지만 그것은 원문에 대한 충실성을 추구하기 위한 방편으로 판단된다. 때때로 원문의 애매모호한 의미까지 정확하게 밝히려 애쓴 흔적도 보인다.

황동규 역본이 김병철의 영향을 상당히 받고 있음은 다음의 번역을 비교하면 알 수 있다. 갈라노 상어가 노인이 잡은 고기를 뜯어먹기 위해 덤벼드는 장면이다.

> He had seen the second fin now coming up behind the first and had identified them as shovel-nosed sharks by the brown, triangular fin and the sweeping movements of the tail. (107면)

첫놈 바로 뒤에 둘째놈이 바싹 따라오는 것이 보였고, 세모진 갈색 지느러미와 휩쓸 듯이 움직이는 꼬리로 보아 놈들이 귀상어라는 것을 알았다.

(황동규 226면)

첫놈 바로 뒤에 둘째놈이 바싹 따라오는 것을 보았고, 세모진 누런 지느러미와 바다를 쓸 듯이 움직이는 꼬리로 보아 그것들이 귀상어라는 것을 알았다. (김병철 박영사 125면)

이처럼 김병철 역본의 영향을 받았지만 황동규 역본은 높은 충실성과 가독성을 보여주는데, 이는 다른 번역본의 '원본'처럼 사용되는 황찬호(한진출판사 80면), 김병철(박영사 83면), 정병조(을유문화사 95면)의 번역과 비

---

* 샘터사(1975). '샘터문고 헤밍웨이 걸작선'이라는 제목에 포함되어 있으며 여기에는 이 작품 외에도 「프란시스 맥코우머의 짧고 행복한 생애」 「킬리만자로의 산」 「살인자들」이 실려 있다. 간단한 작품해설과 작가연보가 붙어 있다.

교 검토하면 알 수 있다. 노인이 미끼에 걸린 큰 고기와 사투를 벌이고 있는 장면을 묘사하는 부분에서 다른 역자들의 경우 오역을 하든지 혹은 그 의미를 정확하게 전달하지 못하고 있다. 노인이 바다에 나온 지 사흘째가 되는 날, 고기가 선회하기 시작하면서 사투가 절정으로 치닫는 장면의 문단 하나를 검토해보자.

> He could not see by the slant of the line that the fish was circling. **It was too early for that**. He just felt slackening of the pressure of the line and he commenced to pull on it gently with his right hand. It tightened, as always, but just when he reached the point where it would break, line began to come in. **He slipped his shoulders and head from under the line** and began to pull in line steadily and gently. He used both of his hands **in a swinging motion** and tried to do the pulling as much as he could with his body and his legs. His old legs and shoulders **pivoted** with the swinging of the pulling. (86면)

고기가 돌고 있다는 것을 줄이 기운 각도로는 알 수 없었다. **아직도 너무 이른 것 같았다.** 다만 줄이 당기는 힘이 좀 늦추어진 것이 느껴질 따름이었다. 그래서 그는 오른손으로 살며시 당기기 시작했다. 줄이 여전히 팽팽했지만 바로 끊어질 정도로 되었을 때에 늦추어지기 시작했다. **그는 어깨와 머리에서 줄을 벗겨가지고는** 차근차근 가만가만히 당기기 시작했다. 그는 그의 두 손을 다 쓰고 **몸을 흔드는 자세로** 될수록 당기는 힘이 몸과 다리에 가도록 했다. 그의 늙은 다리와 어깨가 당길 때마다 **몸을 중심으로 움직였다.** (황찬호 83면)

그는 줄의 각도로 고기가 회전하고 있음을 알 수 있었다. **너무 빨리 온 셈이다.** 그는 줄의 끄는 힘이 약간 약해진 것을 느끼고 오른손으로 가만히 당기기 시작했다. 여전히 줄이 팽팽하게 켕겼으나 곧 끊어질 듯할 때까지 당기자 줄이 들어오기 시작했다. 그는 **줄 밑에서 어깨와 머리를 빼고** 꾸준히 그리고 가만가만 당기기 시작했다. **그는 두 손을 젓는 듯한 동작으로** 될 수 있는 대로 몸과 다리를 써서 끌려고 했다. 그의 늙은 다리와 몸이 줄을 끌어들이는 동작의 **추축이 되었다.** (정병조 260면)

고기가 돌고 있다는 것이 줄이 기운 각도로는 알 수 없었다. **너무 빨리 온 셈이었다.** 다만 줄을 당기는 힘이 늦추어진 것을 느끼고 오른손으로 가만히 당기기 시작했다. 여전히 줄은 팽하게 켕겼으나, 바로 끊어질 정도에 이를 때까지 당기자 줄이 들어오기 시작했다. **그는 어깨와 머리에서 줄을 벗기어,** 꾸준히 그리고 가만가만 당기기 시작했다. 그는 두 손을 다 쓰고, **몸을 흔드는 동작으로** 될 수 있는 대로 몸과 다리를 써서 끌려고 했다. 그의 늙은 다리와 어깨가 줄을 끌어당기는 동작이 **주축이 되어 움직였다.**

(김병철 100면)

줄이 기운 각도를 가지고 고기가 선회하고 있다는 것을 알 수 없었다. **그것으로 알기에는 아직 일렀다.** 다만 줄을 당기는 힘이 희미하게 늦추어진 것을 느꼈을 뿐이었다. 그는 오른손으로 줄을 가만히 당기기 시작했다. 여전히 줄은 팽팽했다. 그러나 바로 끊어질 정도에 이르자 줄이 끌려오기 시작했다. **그는 어깨와 머리를 숙여 줄을 벗기고** 꾸준히 그리고 천천히 줄을 끌어들이기 시작했다. 그는 두 손을 쓰며 **몸을 좌우로 돌렸다.** 할 수 있는 한 몸과 다리의 힘으로 줄을 당겼다. 그의 늙은 다리는 줄을 끌며 몸이 좌우로 움직일 때마다 **좌우로 돌려지곤 했다.** (황동규 206면)

황찬호나 김병철 모두 "It was too early for that"을 잘못 이해하고 있고 정병조의 경우는 앞 문장의 "could not see"까지도 "알 수 있었다"로 부주의하게 옮기고 있다. 황찬호는 "that"에 대한 번역을 누락시켜서 의미가 완전하게 전달되고 있지 않고, 김병철과 정병조는 "that"을 고기가 돌기 시작하는 시기가 너무 빠르다는 것으로 이해하고 있다. 그러나 이 지시어는 문맥상 '줄의 각도로만 판단하는 것'을 가리키고 있기 때문에 황동규의 번역 "그것으로 알기에는 아직 일렀다"(206면)가 그 의미를 정확하게 전달한다. 황찬호의 경우 다음 문장 "line began to come in"을 "늦추어지기 시작했다"로 부정확하게 번역하고 있다.

동사의 쓰임에 대한 이해도를 보자. "He slipped his shoulders and head from under the line"의 경우 어깨 위에 낚싯줄을 걸치고 있었던 노인이 고기가 선회하기 시작하자 어깨에서 줄을 내려 당기기 시작하는 모습인데 앞의 경우 정병조의 번역 "줄 밑에서 어깨와 머리를 빼고"로 옮겨 딱히 틀렸다고 할 수 없지만 "slip"의 의미를 정확하게 전달하고 있지 못하다. 황찬호나 김병철의 경우 "어깨와 머리에서 줄을 벗긴다"로 번역하여 부자연스럽다. 황동규만이 "그는 어깨와 머리를 숙여 줄을 벗기고"로 번역하여 그 의미를 제대로 살리고 있다.

번역에서는 원문에 대한 정확한 이해가 관건인데, 노인이 낚시에 걸린 고기를 줄로 당기고 있는 마지막 문장을 다른 역자들의 번역과 비교해보자. 여기서 문제가 되는 것은 "in a swinging motion"과 "pivoted"의 정확한 의미다. "in a swinging motion"은 노인이 몸을 좌우로 흔들면서 두 손을 사용하여 줄을 잡아당기는 모습이고 "pivoted"는 이에 따라서 다리와 어깨가 좌우로 움직이게 되는 상황을 가리킨다. 황동규는 이 두 의미를 정확하게 파악하며 번역하여 다른 역자들과 구별된다. 다만 착오겠지만 "어깨"를 누락시키고 있다.

다음 대목도 좋은 비교의 예가 된다.

> But when **the strain** showed the fish had turned to come toward the boat, the old man rose to his feet and started the pivoting and the weaving pulling that brought in all the line he gained. (89면)

170

그러나 **줄이 당기는 것**으로 보아 고기가 돌아서 배 쪽으로 다가오는 것이 분명하였다. 그래서 노인은 일어나서 몸의 중심을 잡고 팔을 앞뒤로 놀리며 끌어들일 수 있는 대로 줄을 끌어들였다. (황찬호 86면)

그러나 **줄의 팽팽한 정도**로 보아 고기가 배 가까이로 다가오는 것을 알자 노인은 일어서서 몸을 중심삼아 베를 날듯이 줄을 사려들여서 고기가 가져갔던 줄을 모두 되찾아왔다. (정병조 262면)

그러나 **줄이 팽팽하게 당겨지는 것**으로 보아서 고기가 배 가까이로 다가오는 것을 알자, 노인은 일어나서 몸을 중심삼아 팔을 앞뒤로 놀리며 끌어들일 수 있는 대로 줄을 끌어들였다. (김병철 103면)

그러나 **당기는 힘이 늦추어지는 것**으로 미루어보아 고기가 배 쪽으로 몸을 돌린 것을 알자 노인은 일어서서 몸을 좌우로 돌리면서 끌어들일 수 있는 데까지 줄을 끌어들이기 시작했다. (황동규 209면)

이 문장에서 문제가 되는 것은 “strain”인데 황찬호와 김병철 모두 “줄이 당기는 것” 혹은 “줄이 팽팽하게 당겨지는 것”으로 번역하고 있다. 정병조는 “줄의 팽팽한 정도”로 번역하여 “strain”의 말뜻에 충실하나 우리말로 읽기에는 모호하게 읽힐 가능성이 있다. 그러나 이 문장의 맥락에서 보면 고기가 노인 쪽으로 오기 때문에 '줄의 팽팽한 정도가 떨어졌음'을 말하므로 황동규처럼 “당기는 힘이 늦추어지는 것으로 미루어보아”로 옮긴 것이 의미를 가장 잘 전달해준다. “pivoting” “weaving”은 앞 문장에서 노인이 고기를 끌어당길 때의 상황과 같다.

글의 맥을 잡아 번역하는 솜씨도 이 번역본이 우월하다.

[H]e sank down into the bow with the pull of the line as he felt

> the fish turn. You work now, fish, he thought. I'll take you at the
> turn. (89면)

이 문장을 세 역자들은 각각 다음과 같이 번역했다.

그는 이물에 주저앉아 고기가 돌며 당기는 줄의 힘을 손으로 조정하고 있었다. 잘도 돈다. 돌아오며 알아본다, 하고 그는 생각했다. (황찬호 86~87면)

이물에 나직이 주저앉아 고기가 회전하는 것을 느낄 때마다 줄을 끌어들였다. 잘도 온다 고기야 그는 생각했다. 회전하는 기회를 타서 내가 너를 잡겠다. (김병철 104면)

이물에 자세를 나직하게 숙이고 고기가 회전할 때 줄을 끌어들였다. 고기야 너는 지금 일하고 있구나, 하고 그는 생각했다. 회전하는 기회를 타서 내가 너를 잡을 것이다. (정병조 262면)

이 장면 바로 앞에서 고기가 배 쪽으로 몸을 돌리자 노인이 일어서서 줄을 끌어들이고 있는데, 고기가 배에서 멀어지면서 방향이 바뀌게 되어 줄이 당겨지며 노인이 뱃머리에 털썩 주저앉게 된 상황이다. 그리고 노인은 고기가 선회하는 것에 대해 약간은 냉소적으로 생각하면서 돌아온 후에 고기를 잡겠다는 전의를 불태운다. 황동규는 이 상황을 살려서 다음과 같이 번역한다.

고기가 방향을 돌려 배에서 멀어지는 것을 느낌과 동시에 줄이 당겨지며 노인은 이물에 주저앉았다. 고기야 잘해봐, 그는 생각했다. 돌고 올 때 너를 잡을 터이니. (209면)

172

헤밍웨이의 문장이 이처럼 간결하면서도 함축된 문장이기 때문에 번역자로선 매우 세심한 주의와 문맥에 대한 철저한 파악이 요구된다. 다음의 문장도 같은 맥락에서 번역자를 곤혹스럽게 한다. 고기를 잡은 노인은 고기를 어떻게 항구까지 끌고 가는가에 대해 생각한다.

Even if we were two and swamped her to load him and bailed her out, this skiff would never hold him. (95면)

이 문장에서 까다로운 것은 "Even if we were two"의 처리이다. 황찬호는 "비록 배에 탈 사람은 나와 고기밖에 없지만"(93면)으로 번역하며, 김병철도 "비록 배에 탈 사람은 우리들 둘(고기와 나)밖에 없지만"(110면)으로 번역한다. 정병조는 "설령 사람들 둘이 있어"(265면)로 번역하고, 같은 맥락에서 황동규도 "설사 사람이 둘 있어서"(215면)로 옮기고 있다. 여기서 "her"가 배를, "him"은 고기를 가리키기 때문에 "we"는 '어부와 고기'는 될 수 없고 '사람이 둘'로 되어야 하지만 정확한 것은 아니다. "we"는 말할 상대가 없는 노인이 "Get to work, old man"(95면) 또 "'Don't think, old man, he said aloud. 'Sail on this course and take it when it comes'"(103면)처럼 끊임없이 자신에게 말을 하는 데에서 알 수 있듯이 '자신'과 '또다른 자신'을 가리키는 것이다. 그래서 "사람이 둘이 있어서"는 딱히 틀린 번역은 아니지만 원문의 함축된 맛을 제대로 전달하지 못한 듯하다. '만일 우리 둘이 있어서'로 번역하고 '우리'에 대한 해석은 독자에게 맡기는 것이 좋을 듯하다.

다음의 경우는 황동규가 김병철과 황찬호의 견해에 동조한 번역의 예인데 다른 해석의 여지도 있는 대목이다.

He was too simple to wonder when he had attained **humility**. But he knew he had attained it and he knew it was not disgraceful

그는 단순한 사람이어서 **양보**를 할 때 이것저것 생각하는 일이 없었다. 그러나 이번에는 자기가 양보했다는 것을 알았다. 그렇다고 해서 그것이 수치스러운 일이 아니고 진정한 자부심이 손상되는 일도 아님을 알고 있었다. (140면)

여기서의 논란은 "humility"의 의미를 과연 "양보"로까지 확장할 수 있는지이다. 황찬호와 김병철의 경우도 같은 맥락으로 번역하고 있다.

그는 마음이 단순한 사람이었다. 그래서 자기가 한번 **양보**를 하고 나면 이러니 저러니 생각을 하지 않았다. 그렇지만 이번에는 자기가 꺾이었다. 그렇다고 해서 무슨 불명예가 될 것도 아니고 또 그의 참된 자부심이 손상되는 것도 아니라고 생각하고 있었다. (황찬호 8면)

노인은 본시부터 마음이 단순한 사람이어서 일단 **양보**를 하면 이러니 저러니 하고 지나간 일을 생각해보는 일은 없었다. 그러나 그는 이번에는 자기가 양보했다는 것을 알았고, 그렇다고 해서 그것이 부끄러운 일도 아니고, 그의 참된 자부심이 손상되는 것도 아니라고 하는 것을 알고 있었다.

(김병철 13면)

이렇게 역자들이 "humility"를 "양보"로 번역한 것은 앞서 정어리를 가져오겠다는 소년의 계속되는 주장을 노인이 수락했기 때문에 그 연장선상에서 그 의미를 파악한 듯하다. 이는 작품해석과 관련된 문제여서 논란의 여지도 있고 이 번역이 꼭 틀렸다고 하기는 어렵지만 달리 해석하는 수도 있다고 본다. 노인이 고기를 잡지 못하는 것을 다른 어부들이 놀릴 때 화를 내지 않는 그의 모습과 소년을 대하는 태도는 분명 그의

'겸허함'과 관련이 있기 때문에, "humility"를 '겸허'로 그대로 살려 다음과 같이 번역하는 것은 어떨까 제안해본다.

그는 단순해서 언제 자신이 겸허해졌는지 의아해하지 않았다. 그러나 자신이 겸허해진 것을 알았으며, 그렇다고 해서 이것이 수치스러운 일이 아니며 또 진정한 자부심이 손상되는 일도 아님을 알고 있었다.

앞의 예와는 달리 원문에 충실한 나머지 그 뜻을 제한하고 있는 경우도 있다. "I'll keep yours and mine together on ice and we can share them in the morning"(17면)을 "할아버지 것과 제 것을 함께 얼음 위에 놓아두렵니다. 내일 아침 나누지요"(143면)로 옮기고 있는데 "on ice"의 경우는 '얼음에 닿는다'의 의미이기 때문에 이처럼 "얼음 위"도 될 수 있지만 다른 번역들처럼 "얼음에 채워두다"(황찬호 11면)가 더 적절하다.

이 번역에서의 또다른 문제점은 "dolphin"을 그대로 "돌고래"로 번역한 점이다. 그러나 이 "돌고래"가 포유동물 '돌고래'가 아님이 원문에 나와 있다.

Then too, remember he hasn't eaten since he took the bait and he is huge and needs much food. I have eaten the whole bonito. Tomorrow I will eat the dolphin. **He called it dorado.** (74면)

마지막 문장을 "그는 돌고래를 스페인 말인 〈도라도〉라고 불렀다"(195면)로 옮기고 있다. 그러나 "dolphin"은 흔히 알고 있는 '돌고래'가 아니라 'dorado'(만새기)라는 물고기이며 흔히 'dolphin'과 혼용해서 불리고 있다. 노인은 정확하게 이를 구분하고 있다. 윤종혁과 이세열의 경우 정확하게 "만새기"로 번역했다.

소리와 분노

윌리엄 포크너 William Faulkner

The Sound and the Fury

출간현황　이 작품의 번역본은 총 11개 출판사에서 17본이 출간된 것으로 자료조사에서 확인되었으나 역자는 모두 5명에 불과하다. 입수한 것은 정인섭, 곽동벽, 전호종, 김택남 네 역자에 의한 12본이다. 그중에서 1990년 출판된 전호종 역본 1본과 1976년에 각각 대양서적과 세종출판사에서 초판된 곽동벽의 2가지 판본, 1990년 교육문화사에서 나온 김택남의 판본을 제외한 나머지 8본이 모두 정인섭 번역이다. 해방후 최초의 번역본은 1958년 정음사에서 출간된 정인섭 역 『음향과 분노』로 확인되었으며, 정인섭의 번역본은 이후 여러차례에 걸쳐 다시 출간되었다. 입수한 판본을 검토한 결과 특정한 역자의 번역본이 전면적이고 철저한 개역을 통해 개정판을 낸 경우는 보이지 않았다. 같은 역자의 번역본이 출판사만 달리하여 동시에 출간되거나 시간의 간격을 두고 판쇄를 바꾸어 재출간된 것이다. 따라서 최종적으로 집중검토대상이 된 번역본은 4명 역자의 4종이다.

평가개요 검토의 기준으로 삼은 원전은 William Faulkner, *The Sound and the Fury* (New York: Random House 1946)이며,* 정인섭과 곽동벽이 앞의 원전이 번역에 사용한 텍스트임을 밝히고 있다.

번역본을 상세히 검토한 결과 정확하고 충실한 번역으로 믿고 추천할 만한 번역서는 한권도 없는 것으로 드러났다. 특히 벤지와 퀜틴의 의식의 흐름을 따라가는 1부와 2부의 경우 모두 오역이 잦을 뿐 아니라 동일한 오역을 되풀이하고 있다. 특히 백치인 벤지의 독특한 언어 사용이나 의도적으로 반복 사용되는 어휘나 표현들, 생략이 많고 비문법적인 구두점의 사용 등 원작의 특성을 충분하게 살려 번역하지 못한 점이 공통으로 드러났다. 3부와 4부의 경우에는 앞부분에 비하면 비교적 오역이 적긴 하지만, 전후문맥을 고려하지 않은 부정확하고 부적절한 오류로 인해 원전에 충실하면서도 가독성이 좋은 번역으로 추천할 만한 수준에 이르지는 못하고 있다.

한편 출간현황에서 알 수 있듯이 정인섭 역본은 이 작품에 대해 가장

---

* 전체 314면 중 35면 분량을 집중검토했다. 특히 이 작품이 4부로 이루어져 있으므로 각각에서 내용상 중요하다고 판단되는 부분을 선택했다. 따라서 원전에 근거하여 1부의 첫 대목인 23~33면, 2부의 105~14면, 3부의 236~42면, 4부의 294~300면을 면밀히 검토했다. 이렇게 1~4부에서 한 대목씩 골라 6~10면에 걸쳐 길게 검토한 것은 작품의 난해성 때문에 조금씩 여러곳을 검토하는 것보다 번역의 수준을 점검하기에 적절하다는 판단 때문이었다. 이럴 경우 검토대목 외의 부분에서 갑자기 번역의 질에 큰 변화가 있음을 파악하지 못할 가능성에 대비하여 2부에서 두 대목, 3부에서 한 대목을 더 골라 각 1~2면 정도씩을 더 검토했으며, 전체적으로 번역본을 점검하는 일에 유의했다.

잘 알려진, 인정된 번역본으로 통용되는 것으로 보인다. 실제로 곽동벽 역본은 여러곳에서 정인섭 역본을 참고한 흔적이 있다. 아마도 선행 번역본인 정인섭 역본을 참고하면서 가필과 수정이 이루어진 듯싶다. 전호종 역본 역시 개별적인 번역작업으로 보이지만, 때로는 정인섭 역본과 동일한 오류를 반복하기도 한다. 그러나 번역수준에서 정인섭본이 가장 나은 것도 아니어서 우열을 가리기는 곤란하다.

이 작품은 난해한 20세기 모더니즘 소설이다. 설령 영어를 모국어로 하는 교양있는 독자라 하더라도 상당한 사전지식과 일정한 독서법을 전제하지 않으면 제대로 읽어내기가 불가능하다. 가령 어떤 대목은 적절한 역주 없이는 도저히 이해하기 힘들다. 사실주의 소설이라면 책 뒤의 해설로 충분하고 역주가 필요없는 경우가 대부분이겠지만, 이 작품의 1, 2장, 특히 하바드 대학생인 퀜틴의 내면을 그리는 2장의 경우 체계적이면서도 요점을 찌르는 역주의 존재를 평가 잣대로 삼지 않을 수 없다. 이 한가지 점에서만 보더라도 검토대상이 된 판본은 모두 합격선을 넘었다고 말하기 어렵다. 역자들은 난해한 장면이나 어구를 독자들에게 설명하기 위한 역주를 거의 제공하지 않기 때문이다. 더욱 곤란한 것은 역주가 필수적인 난해한 대목의 경우 부정확하고 부적절한 번역이 겹쳐져 독자들을 두 손 들게 만들 소지가 크다는 점이다. 이것이 검토대상본 가운데 추천본이 없는 결정적 이유이다.

노엘 폴크(Noel Polk)가 주도하여 원문비평을 거쳐 1984년에 랜덤하우스(Random House)에서 새로이 출판한 결정판 텍스트를 채택한 새 번역이 아직 나오지 못했음도 아쉬운 점 가운데 하나이다. 1984년 이후에 출간된 판본들 중 어느 하나도 이 최신결정판을 참조하거나 원전으로 채택하지 않았다. 검토과정에서는 결정판인 William Faulkner, *The Sound and the Fury, The Corrected Text* (New York: Vintage International 1990)를 참조했으며, 이 판본을 텍스트로 한 주석서인 리딩 포크너(Reading Faulkner) 씨리즈 중의 *Reading Faulkner: The*

Sound and the Fury (Jackson: UP of Mississippi 1996)도 활용했다.

마지막으로 제목에 대하여 한마디. *The Sound and the Fury*라는 원제를 국내 번역본들은 모두 '음향과 분노'로 옮기고 있으나, 적절한 선택은 아니겠다. 물론, 셰익스피어의 『맥베스』 5막 5장에 나오는 맥베스의 유명한 독백 중 "full of sound and fury"이라는 구절에서 따온 이 제목을 우리말로 옮기기란 쉽지 않다. 'sound'는 주요 인물이자 정신지체자인 벤지의 신음소리를 주로 연상시키지만, 여러 인물들이 내는 갖가지 목소리를 지칭하기도 한다. 따라서 그냥 '소리'로 옮기는 편이 낫겠다. 'fury' 역시 딱히 '분노'만이 아니라 억눌렸다가도 솟구칠 수밖에 없는 격하고 강렬한 감정을 뜻한다. 따라서 미흡한대로 '소리와 격정'이라고 부르는 것도 방법이겠으나, '음향과 분노'라는 이미 친숙해진 제목과 'fury'의 경우 분노라는 역어가 아주 동떨어진 것은 아니라는 점을 고려하여, 여기서는 '소리와 분노'로 표기하기로 한다.

참조본 1

정인섭 역 『음향과 분노』[*]

번역이 무척 어려운 작품에 대한 최초의 역본이라는 큰 의의를 지닌

---

[*] 민족문화사(2000) 정음사(1958) 삼중당(1975) 자유교양사(1989). 정인섭 역 『음향과 분노』는 1958년 정음사의 '세계문학전집' 27권으로 출판된 이후, 정음사에서만도 다양한 전집에 포함되어서 1960, 70년대에 여러차례에 걸쳐 출판되었다. 또 삼중당 등에서 문고판 등으로 출간되었으며, 다시 1989년 자유교양사, 2000년 1월 민족문화사에서 재출간되었다. 이와같이 여러 출판사에서 다양한 판본으로 출간되었지만 철저하고 전면적인 점검과 개역이 이루어지지 않았고 소소한 수정과 윤문에 그치고 말았다. 따라서 검토원칙에 따라 가장 최근본인 민족문화사본(2000)을 집중검토본으로 사용했다. 자유교양사의 『음향과 분노』(1989)와 민족문화사에서 출판된 최신판본(2000)의 특징은 각·부의 도입부에 1면 정도의 간단한 줄거리 요약과 해설을 붙인 것인데, 참고로 이 두 판본은 면수까지 완전히 동일한 판본이다.

다. 그러나 원작의 맛을 충분히 살리지는 못하고 있다. 특히 1부와 2부의 경우에는 1면당 2~3개 이상의 (왕왕 심각한) 오류가 드러나며, 3부와 4부에도 1면당 2~6개에 이르기까지 빈번하게 오류가 나타나고 있다. 1958년부터 2000년까지 40여년에 걸쳐 여러번 재출간되는 과정에서 소소한 수정이나 윤문을 제외하고는 별로 개선된 바가 없다. 번역의 질에서도 원작에 독자가 쉽게 접근할 수 없게 만드는 수준에 머물고 있다. 원문의 단락 바꾸기나 구두점 사용 등을 번역과정에서 불성실하게 처리함으로써 신뢰도를 떨어뜨리는 경우도 많으며, 원문의 이탤릭체 대목도 제대로 옮기지 못한 경우가 발견된다.

작품 전체를 놓고 일관된 역어를 선택하여 번역해야 할 어휘들에 대해 그때그때 다른 말을 사용한 경우도 아쉽게 느껴진다. 또 집중검토한 대목에서 드러나듯이 작품 이해에 결정적이라 할 대목들이 부정확하고 부적절하게 번역되어 이해하기 어려운 경우가 잦다. 마지막으로 적절하고 체계적인 역주 없이는 사실상 이해할 수 없는 난해한 작품이라는 점에 대해 아무런 대응이 없어 번역의 신뢰도에 흠집을 내고 만다. 그러나 다른 번역본과는 달리 작품의 원전을 *The Sound and the Fury* (Random House 1946)로 밝히고 있고, 또한 모든 판본에 간략한 작품해설과 작가 연보를 실어 충실한 체제를 갖추려 했음은 인정해야 할 것이다.

1장의 첫 대목에서 주인공 벤지가 골프치는 사람들을 바라보며 우는 모습에서부터 소소한 오역들이 상황을 구체적으로 이해하지 못하게 한다. 몇가지만 예를 들면 "흙이 소복한 쪽"(14면)은 "the table"(23면)의 번역으로는 곤란하며 '흙이 평평한 곳' 정도가 정확하다. "한 사람이 공을 치고 또 상대방이 공을 받아쳤다"(14면)도 "and he hit and the other hit"(23면)의 오역이니 '한 사람이 친 후 상대방이 쳤다'가 적절하다. "라스터가 풀밭에서 공을 찾고 있는 동안"(14면)은 명백한 오역으로 문맥 전체의 이해를 가로막는다. 여기서 라스터는 골프공이 아니라 25쎈트 동전을 찾고 있는 것이다. "'자아, 캐디.' 하고 그 사람이 공을 쳤다"(14면)의 경우는 ""Here caddie." He hit"이므로 원문에 충실하게 '"자아, 캐디" 그가 공을 쳤다'로 문장을 분리해야 옳다. "그들은 목장을 지나갔다"(14면)는 "pasture"(23면)를 고려할 때 '풀밭' 정도가 정확하며, 이후 "pasture"를 "목장"으로 여러번 옮긴 것은 모두 정정해야 한다. 10여면 뒤에는 "목장"이 아니라 '헛간'(barn)인데도 "우리는 목장 안을 지나갔다. 마굿간들은 모두 열려 있었다"(24면)라고 되어 있어 더욱 혼란스럽다. "마굿간들은"은 '마굿간은 칸칸이'가 정확하다.

이 정도의 오역을 지적하는 것만으로도 이 난해한 소설의 첫 대목을 독자가 이해하기 어려움을 충분히 짐작할 수 있다. 한가지 더 지적하면 골프 치는 이들을 보면서 벤지가 우는 이유를 반드시 역주로 달아주었어야 했다. 골퍼들이 '캐디'를 부를 때 벤지는 자신이 따랐던 누이인 '캐디'를 상기하며 어린애처럼 운다는 사실은 번역만으로는 도저히 알 수 없다. 이 점에 대한 역주는 작품 이해를 돕는 최소한의 장치라고 봐야 한다.

정신장애인인 벤지의 인물됨 역시 번역문으로는 잘 들어오지 않는다. "Aint you something, thirty-three years old"(23면)를 "나이 서른셋인가 되면서부터 그 모양이여"(14면)라고 옮겨놓으면 독자들은 벤지가 서른세살에 정신장애자가 되었다고 생각할 수도 있다. 당연히 '서른셋이나 먹었는데도 그 모양이여' 정도가 되어야 한다. 또 "They were hitting little"(23면)은 "〔목장 건너편에서〕 그들은 별로 공을 치고 있지는 않았다"(23면)가 아니라 '그들이 작아진 채 공을 치고 있었다' 정도가 맞다. 이 문장의 번역은, 이제 멀리 떨어진 골퍼들의 모습이 백치인 벤지의 눈에 비친 것이라는 점에서 1장의 독특한 서술기법과 분위기 이해에 관건이 되는 사항 중 하나이다.

기술적인 오역들 외에도 작품 전체를 놓고 신중하게 역어를 선택해야 하는 경우도 존재한다. "It flapped on the bright grass and the trees"(23면)를 "기는 생생한 풀과 나무 위에서 펄럭거렸다"(14면)라고 옮긴 것은 얼핏 보기에 문제가 없다. 그러나 벤지의 의식을 그대로 모사(模寫)하는 이 장에서 주인공이 "bright"라는 형용사를 다양하게 사용하는 점을 세심하게 고려해야만 옳다. 벤지가 정상인이 볼 때는 엉뚱하게도 여러가지 사물과 상황에 동일한 형용사를 사용하기 때문에 가능한 한 동일한 역어를 채택하는 것이 원작을 살리는 길이다. 검토자들이 판단할 때 다양한 경우들을 감안한다면 '반짝이는' 정도가 가장 나은 듯하다. 참고로 역자는 "The sun was cold and bright"(25면)를 "햇볕은 싸늘하고 반짝였다"(16면)로 적절하게 옮기고 있다. 다른 사례를 검토하자면 "나는 전연 문간이 어떤 줄은 몰랐어도 신선한 냉기를 맡을 수 있었다"(17면)에서 원문인 "the bright cold"(26면)를 "신선한 냉기"가 아닌 '반짝이는 추위'로 번역할 수 있겠다. "말쑥한 한기(寒氣) 속에서 나와, 침침한 한기 속으로"(18면) 역시 "the bright cold"(27면)가 원문이므로 '반짝이는 추위'로 하고, 뒤는 '어두운 추위'로 하면 더 낫다.

알코올중독에 걸린 모리 아저씨의 모습도 잘 드러나지 않는다. "모리 아저씨는 식당 찬장에서 병을 꺼내고 있었다"(16면)는 병을 꺼내는 것이 아니라 찬장에다 치우는 것이다. 또 문맥상 '술병'이라고 분명하게 해야 한다. "모리 아저씨는 찬장에 병을 집어넣고 있었다"(18면) 역시 '찬장에 술병을 다시 집어넣고 있었다'가 정확하다. 특히 원문의 "back"을 정확히 살려야 16면의 술병 언급과 함께 모리의 알코올중독에 대한 암시가 독자에게 전달될 수 있는 것이다.

등장인물의 호칭에서 빚어지는 혼란은 자못 심각하다. 벤지의 어머니인 콤슨 부인이 서른세살의 벤지를 "baby"라고 거듭 부르는데, 이것을 '애기' 정도로 통일해서 번역해야 원작의 반복효과를 살릴 수 있다. 그 점에서 "너 저 **애** 덧신도 없이"(19면), "저 **어린 것**을 데리구서 말야"(20면), "그래 저런 사람을 **어린애**라고 부르시는군요"(같은 면) 등 "baby"의 번역에 일관성이 없다. 또 벤지 아닌 미스 퀜틴을 가리키는 대명사 "she"를 "그 애긴 저 아래 집에서"("She down to the house playing with Luster” 30면)처럼 ‘애기’라고 번역하고 있어 혼란이 가중된다. 인물간의 관계를 무시한 잘못된 번역의 절정은 2장의 “가당찮은 소릴. 당신은 … 아가씨같이 보이고”(114면)라는 대목이다. 이 대목은 허버트가 장모가 될 뻔한 콤슨 부인에게 하는 말이므로 경어체가 되어야 한다.

구두점 사용 문제나 이탤릭체로 처리된 원문을 정확히 번역하는 것도 허술한 정도가 심각하다. 부주의한 구두점 사용의 단적인 예로 “넌 여기서도 돌 수 없다는 거냐?”(22면)는 물음표를 쓰고 있지만, 1장에서 작가가 의문문이더라도 물음표를 전혀 사용하지 않은 점을 무시하고 있다. 113면의 “아버지께선 … 다 콤프슨 씨 집안을 닮고”는 무려 한 면에 가까운 분량에서 마침표가 전혀 사용되지 않은 원문을 번역에서는 전혀 반영하지 않았다. 단락 바꾸기에서도 자의적인 불성실은 확연하다. 2장의 집중검토대목 중에서 “그러나 그 다리미는 공중에”(104면)부터 새 단락이 되어야 하며, 다음 면의 “그러나 나는 처음에”(105면)부터 새로운 단락이 시작되지만 원문과 다르다(105면).

자살한 하바드 대학생 퀜틴의 내면을 그린 2장에서 가장 거슬리는 대목의 하나는 흑인을 지칭하는 용어의 역어 선택이다. “그 사람들이 흑인이 아니고 유색인종이라고”(104면)라는 구절은 “nigger”와 “colored people”이라는 단어를 감안할 때 전자는 ‘검둥이’가 되어야 할 듯하고, 더구나 이 당시 어법으로 ‘nigger’와 ‘Negro’의 어감 차이도 의식한다면 ‘깜둥이’가 더 나을 수도 있겠다. 마찬가지로 “흑인은 내 무릎을 건드렸다”(108면) 역시 ‘검둥이’ 혹은 ‘깜둥이’가 되어야 남부에서는 있을 수 없는 일을 퀜틴이 북부에서 당한다는 점이 살아난다. 110면에서는 “nigger”를 “검둥이”로 옮긴 경우도 있기 때문에 일관성도 잃은 셈이다. 인종문제가 핵심적인 주제라 할 포크너 문학 번역에서 이러한 부실함은 가장 초보적이자 치명적인 문제라고 해야겠다.

흑인의 존재와 연관하여 매우 까다로운 문장이 “그래서 내가 흑인이란 사람이라기보다는 일종의 행동의 형태, 즉 그 안에서만 살고 있는 백인들의 표면적 반사물에 불과하다는 것을 깨달은 것은 그 때문이었다" (105면)는 구절이다. 원문은 "That was when I realised that a nigger is not a person so much as a form of behaviour; a sort of obverse reflection of the white people he lives among"(105면)이다. 원문의 "a sort of obverse reflection"은 번역하기 매우 까다로운 구절이지만, "표면적 반사물"로 옮기는 것은 오역이다. 여기에는 복잡하고 다의적인 내용이 포함되어 있다. 우선 "obverse"가 동전의 앞면 내지 주된 면을 뜻하기도 하지만, 동시에 논리학에서 말하는 '환질명제'(the obverse of a proposition)의 의미도 담겨 있다. 또 "reflection"은 이차적인 것이라는 점을 주목해야 한다. 환질명제의 예를 들면 '모든 인간은 죽는다'에 대해 이중부정을 담은 '불멸의 인간은 없다'이며 두 명제의 내용은 동일하다. 그 점에서 흑인은 백인의 '부정적인' 이미지지만 동시에 똑같은 인간이라는 의미가 담긴다고 하겠다. '검둥이란 인격체라기보다는 하나의 행동양식, 즉 검둥이 자신이 섞여 사는 백인들의 역상(逆像)의 일종' 정도로 해석하는 것이 비교적 근사하다(Stephen M. Ross & Noel Polk, *Reading Faulkner: The Sound and the Fury*, UP of Mississippi 1996, 57면 참조).

흑인에 대한 퀜틴의 생각에서 매우 중요하면서도 까다로운 대목들도 번역이 부실하다. 우선 "and they passed smoothly from sight that way, with that quality about them of shabby and timeless patience, of static serenity"(106면)를 "그리고 초라하고 언제까지나 인내성 있는, 그리고 고요하며 침착성 있는 기질을 가진 그들은 시야에서 슬슬 사라져갔다"(106면)라고 옮겼는데, 미흡한 대로 '초라하고 끝없는 인내심을 지닌, 정적이고 차분한 성품을 가진 그들은' 정도가 나을 듯하다. 어쨌든 번역문의 "언제까지나" "침착성 있는 기질"은 정확하지도 않고 뉘앙스를 살리지도 못한다. 바로 이어지는 긴 대목은 좀 복잡하므로 원문과 번역문과 병기한 후 따져보자.

184

> **... that blending of childlike and ready incompetence and paradoxical reliability** that tends and protects them it loves out of all reason and robs them steadily and evades responsibility and obligations by means too barefaced to be called subterfuge even and is **taken in theft or evasion** with only that frank and spontaneous admiration for the victor which a gentleman feels for anyone who beats him in a fair contest, and withal **a fond and unflagging tolerance** for white-folks' vagaries like that of a grandparent for unpredictable and troublesome children, which I had forgotten.
>
> (106~107면)

… 즉 그들의 기질이란 어린애와 같은, **애당초 아무것에도 개의치 않는 무능과 역설적인 믿음성을 혼합한 것이며**, 그것은 그것이 무조건 사랑하는 흑인들을 돌봐주며 방어해주는 것이고, 또한 흑인들을 점점 궁핍시키고, 구실이라고 하기엔 너무나도 철면피하다는 것으로 책임과 의무를 회피하게 하고, 또한 신사란 사람이 공정한 결투에서 자기를 친 사람에 대해서 느끼는 바와 같은 그러한 승리자에 대한 솔직하고 자발적인 찬사와 함께, 또한 백인의 변덕스런 것에 대해서 마치 할아버지가 까닭모를 말성꾸러기 어린 손자에 대하여 가지는 바와 같은 **다정함과 끊임없는 관대함**과 함께, **도둑질이나 회피행위에서 나타나는 것이지만**, 그것을 나는 다 잊어버렸다.

(106면)

번역이 매우 어려운 대목임은 분명하지만 현재의 번역상태로는 독자가 원작을 소화하기 어렵다. 전체적으로 원문이 불완전한 문장으로 이어지는 내면적 독백임을 감안할 때, 그 측면을 살리면서도 독자가 우리말로 이해하기 쉬워야 하나 번역문은 그렇지 못하다. 우선 마지막 줄의 "도둑질이나 회피행위에서 나타나는 것이지만"을 앞으로 돌려 "신사란 사람이 공정한 결투에서 자신을 친('이긴'이라고 고쳐야 함) 사람에 대해서 느끼는 바와 같은 그러한 승리자에 대한 솔직하고 자발적인 찬사"를 수식하게 해야 한다. 또 "다정함과 끊임없는 관대함"은 '분별없고 변함없는 관대함' 정도가 되어야 하며, 마지막에 내가 다 잊은 것은 이 대목 전체에서 퀜틴이 논하는 흑인의 기질이므로, 차라리 독립된 문장으로 만들어 '그런 것들은 나는 다 잊었다'라고 해야 옳다. 또 첫 두줄인 "즉 그들의 기질이란 어린애와 같은, 애당초 아무것에도 개의치 않는 무능과 역설적인 믿음성을 혼합한 것이며"는 '어린애 같고 언제나 무능력하지만 그래서 역설적으로 신뢰할 만한 면이 함께 존재한다'는 뜻으로 새겨지도록 다듬어야 한다.

2장의 가장 중요한 장면의 하나인, 퀜틴이 강가에서 내적 독백에 잠기는 대목에서도 어이없는 실수가 잦다. 두드러진 것은 하바드대 조정 경기팀원들을 두고 "선원들은"(108면)이라고 옮긴 것이다. "그리고 만약 내가 그 그림자가 물 속에 가라앉을 때까지 떨어지지 않게 하고 있으면서, 그것을 물 속에 가라앉게 해버릴 무엇을 가지고 있었다면"(108면)은 퀜틴이 '자기 그림자를 물 속에 넣어 없애버릴 수단이 있고, 그 그림자가 익사할 때까지 붙잡아둘 수 있었다면'의 뜻이어서 그가 강물에 투신 자살하는 것에 관한 암시가 살아나도록 번역하면서 가능하면 역주도 달아야 한다. "수위(水位) 변화는 무엇의 그 무엇에 동등하다는데"(109면)라는 번역만으로는 이해하기 어렵다. 이 구절은 액체에 잠긴 물체는 자신의 부피와 동일한 액체의 무게만큼 가벼워진다는 아르키메데스의 부력의 원리를 말하면서 퀜틴이 자기가 강에 투신하면 익사하지 않고 물에 뜰 가능성에 대해 조롱조로 말하는 대목이므로 이를 살려 번역해야 한다.

이 장에서 중요한 위치를 차지하는 누이 캐디를 회상하는 대목에서도 문제를 지적할 수 있다. 가령 "아무도 청동제라곤 하지 못해"(111면)는 '청동(조각)에는 못 미쳐'의 뜻이고, "그녀〔캐디〕도 역시 여자들의 판단에 따라 무슨 일이든 하는 거지"(111면)는 '그녀가 어떤 일을 하든 이유는 여자들이 으레 내세우는 이유와 같다'라는 뜻이 살아나야 한다. 또 "무시무시하게 캄캄한"(111면)은 원문이 "hot hidden furious"(111면)이므로 '뜨겁고 은밀하고 격렬한' 정도가 되어야 옳다.

2장과 관련하여 마지막으로 오역 지적과 동시에 역주의 필요성을 언급할 대목을 살펴보자. "빈 트렁크를 … 마치 관처럼 들렸다. 프렌치 릭크 염기(鹽氣)가 있는 땅에선 죽음을 볼 수 없다"(114면)에서 "French Lick"은 남부 귀족들이 즐겨 가던 인디애나주의 유명한 휴양지 이름이다. 또 "the salt lick"은 "염기가 있는 땅"이 아니라 목장주가 소들이 핥아 먹도록 소금을 쌓아둔 것을 뜻하며, 경우에 따라서는 야생 사슴들이 몰려와 소금을 핥으며 방심할 때 손쉽게 사냥하기 위해 사냥꾼들이 만들기도 했다 한다. 이런 대목은 역주 없이는 도저히 이해할 수 없는 경우이며, 어떤 면에서는 아무리 절묘하게 번역한다 한들 역주와 설명이 없는 한 부정확하고 부적절한 번역이 될 수밖에 없기도 하다.

3장의 경우 1장, 2장과 비교하면 오류의 빈도나 정도가 훨씬 적어짐을 알 수 있다. 하지만 부정확·부적절한 오류는 여전히 드러난다. 예를 들면 "대단한 돈을 태우는 것은 낮이 뜨거운 일 같기만 한걸"(250면)에서 "good money"(238면)는 액수를 말한다기보다는 '쓸 수 있는 돈'이라는 뜻이다.

특히 정인섭의 오역은 후에 다른 역자들이 똑같이 반복하는 오류의 선례를 제공하기도 한다. 대표적으로 몇가지 사례를 들어보자. "난 아직 어머니를 양로원에 보낸 일은 없는데"(248면)의 경우 "I haven't seen you in the poorhouse yet"(237면)을 옮긴 것이므로 '아직까지 어머니가 빈민구제원의 덕을 본 일은 없잖아요' 정도로 옮겨야 할 것이다. "Thank God you will never know what a mother feels"를 "어머니가 어떤 기분인지 네가 절대로 모르는 것은 참 고마운 일이야"(249면)로 옮겼는데 "Thank God"을 '더 고마워'가 아니라 '다행이군'으로, 또 "a mother"는

‘어미된 심정’ 또는 ‘어미된 사람이 무엇을 느끼는지’ 정도가 더 나은 번역일 것이다. “퀜틴이나 라스터나 혹은 다른 누굴 기다리고 있는 모양이군요”(250면)에서 “wait on”(238면)은 기다리는 것이 아니라 ‘시중 든다’는 뜻이다. 또한 “난 너를 상급학교에 보내고 싶어했지”(250면)의 경우 “I wanted you to get ahead”(239면)를 오역한 것으로 ‘난 네가 출세하기를 원했단다’로 옮겨야 할 것이다. “난 너의 아버지가 너만이 사업에 재능이 있는 것을 깨닫지 못한 걸 알고 있었다”(250면)의 경우 시제를 고려하면 “깨닫지 못한” 것이 아니라 ‘깨닫지 못할’ 것이므로 그 앞에 ‘결코’를 넣어주어야 더 정확한 번역이다.

작품 전체의 문맥을 소화하지 못하고 번역한 결과 미묘한 어감을 살리지 못해서 생긴 오류의 예는 삼촌 모리가 제이슨에게 쓴 편지에서 집중적으로 드러난다. “이렇게 얘기하는 것은 나는 사업상의 경험에 의하여 무엇이나 비밀적인 성질을 띤 것이면 언어 이외의 어떠한 유형적인 방법에 의하여 서로 약속하는 것은 극히 삼가야 된다는 것을 배웠어요”(252면)라는 부분은 문장 자체로서도 알쏭달쏭한데다가, 삼촌이 조카에게 경어를 쓰는 것으로 번역하여 어색하다. 이 문장은 ‘사업상의 경험으로 배운 것은 비밀을 지켜야 할 것이며 직접 말을 나누는 방법 외의 수단을 사용하는 것은 극히 삼가야 한다’는 뜻이다. 또 “내 최후의 투자액”(253면)은 “my own initial investment”(241면)가 원문이므로 ‘최초의 투자액’ 또는 “창업자금”(전호종 231면) 정도로 옮기는 것이 좋을 것이다. “물론 그 돈은 내 돈인 양 맘대로 사용하게 될 것이고”(253면)는 “For naturally I shall employ this sum as though it were my own”(241면)을 옮긴 것으로서 문맥을 고려하면 ‘마치 내 돈인 것처럼 소중하게 사용할 것이고’라고 옮겨야 할 것이다. “우리들도 우리들의 포도밭을 추수하게 되지 않겠소?”(253면)의 경우 편지의 말투가 지닌 미묘한 어조를 살려야 하는데 “우리도 한번 우리들만의 포도밭에서 수확을 거둬보지 않겠느냐”(전호종 231면)가 더 나은 번역이다.

188

4장의 경우에 대명사를 부정확하게 지칭하여 혼란을 초래한 경우가 두드러진다. 가령 "할멈은 그 사람이 하란 대로 하는 게 좋아요"(311면)에서 "그 사람"(294면)은 아들을 지칭하므로 '그애'라고 하는 편이 적절하다. "그 계집앤 제가 열쇠를 가지고 다니는 거야?"(314면)에서 여기서의 "she"(297면)는 퀜틴이 아닌 콤슨 부인을 가리킨다. 이후에도 계속 두 인물을 혼동함으로써 반 면 정도에 걸쳐 혼란을 초래하고 있다. "그러자 그는 콤프슨 부인을 보고 층계를 내려가 자기 어머니와 마주쳤다"(314면)의 경우도 '콤슨 부인'과 '자기 어머니'가 동일인임을 감안할 때 곤란한 번역이 되었다. "이 사람 어디 갔어?"(316면)에서도 여기서 "이 사람"은 아들 제이슨을 지칭하므로 '이애' 정도로 옮기는 것이 적절할 것이다.

문법적으로 정확하지 않은 오류도 드러나서 "내가 튼튼하다면 이렇게는 되지 않았겠지만"(312면)의 경우 "It's not as if I were strong"(295면)을 옮긴 것인데, 가정법 표현의 의미를 정확히 짚어 옮기면 '내가 튼튼한 것이 아니지 않니'라고 옮겨야 나을 것이다. "마치 문 바로 뒤쪽에 있는 방보다도 훨씬 먼 곳에 있는 것에 귀를 기울이고 있는 듯했는데, 그는 이미 다 알고 있었다"(314면)의 경우 "as if he were listening to something much further away than the dimensioned room beyond the door, and which he already heard"(296면)를 옮긴 것인데, "그는 이미 다 알고 있었다"는 앞 문장과 연결해서 옮겨야 한다. '그는 마치 문 바로 뒤쪽에 있는 방보다도 훨씬 먼 곳에 있는 어떤 것, 그러나 이미 들었던 어떤 것에 귀를 기울이고 있는 듯했다'가 나은 번역이 될 것이다. 그밖에도 4장에서 소소한 오류가 여럿 있는데, 이는 다른 역본에서도 유사하게 반복되고 있다.

참조본 2

곽동벽 역 『음향과 분노』[*]

적어도 1장과 3장에서는 선행본인 정인섭 역본을 참조한 흔적이 있다. 그러나 그대로 베끼고 있는 것은 아니며, 선행 역본을 참고로 일정한 가필과 수정을 한 것으로 보인다. 그러나 정인섭과 동일한 오류를 자주 반복함으로써 번역의 질에서 개선되었다고 보기 어렵다. 실수나 부주의에서 비롯되었다 할 소소한 오역들이 1면당 1~2개씩 쌓여 문맥을 해독하기 어렵게 만드는 경우가 많다. 원문의 단락 바꾸기나 구두점 사용 등을 불성실하게 처리하여 신뢰를 떨어뜨리는 경우도 많다.

3부와 4부는 1면당 평균 1~2개의 오류를 찾아볼 수 있으나 다른 번역본과 마찬가지로 1부와 2부의 경우 오류의 빈도가 더 높다. 집중검토대목에서 드러나듯이 작품 이해에 결정적이라 할 대목들이 부정확하고 부적절하게 번역되어 이해하기 어려운 경우가 잦다. 마지막으로 적절하고 체계적인 역주 없이는 사실상 이해할 수 없는 난해한 작품이라는 점에 대해 아무런 대응이 없다.

적어도 1장에서 선행본인 정인섭 역본과 동일한 오류를 자주 범하고 있다. 따라서 선행본을 참조했으되 번역의 질을 획기적으로 개선했다고 말할 수 없는 아쉬움이 있다. 문장의 자연스러움이나 오역의 빈도에서는 정인섭보다 일정하게 낫다고 할 수 있으나 원작 이해에 분명하게 더 가까이 갔다고 말할 수 있는지는 의문이다.

정인섭과 동일한 오류를 몇가지 지적하면 "그가 흙모롱으로 가 공을 쳤다"(11면)에서 '흙모롱'은 "the table"(23면)의 번역으로는 어색하다. "나는 라스터가 풀 속에서 공을 찾고 있는 동안"(11면)은 골프공이 아닌 동전을 찾는 것임을 잘못 파악한 것이고, "그들은 목장 건너에서 거의 골프를 치지 않고 있었다"(11면)라는 문장은 벤지의 눈에 비친 멀리 떨어진 골퍼들의 모습에 대한 묘사이므로 '그들이 작아진 채 공을 치고 있었다'(They were hitting little) 정도가 되어야 한다. "우리는 목장을 돌아갔다"(18면)에서 '헛간'이 아니라 "목장"이라고 한 점도 정인섭 역본의 잘못과 동일하다.

그밖에도 모리 아저씨의 알코올중독이 쉽게 이해될 수 없음은 정인섭본과 마찬가지이다. "Uncle Maury was putting the bottle away in the sideboard in the dining-room"(25면)의 번역인 "모오리 아저씨는 식당의 그릇장에서 병을 내려놓고 있었다"(12면)는 정인섭과 동일한 오류이며, '술병'이라는 점이 분명하지 않기도 마찬가지이다. "모오리 아저씨가 그릇장에 병을 넣고 있었다"(13면)에서 원문의 "back"을 정확히 살려야 모리의 알코올중독에 대한 암시가 독자에게 전달될 수 있음은 정인섭 역본 분석에서 이미 지적한 바이다.

그밖에도 작품내용에 혼선을 일으킬 오역이 적지 않다. "로스카스는 오늘 팔을 쳐들지 못했습니다"(15면)는 류머티즘를 앓고 있는 로스카스가 오늘은 '팔을 들어올릴 수 없다'고 해야 하며, 콤슨 부인이 "일주일에 한번쯤이야 말꾼을 대주실 수 있으련만"(15면)은 아들인 제이슨을 두고 딜지에게 하는 말이므로 경어를 쓴 것은 어불성설이다. 또 "말꾼"은 "driver"를 옮긴 것이므로 '말몰이꾼'이 정확하다. "「퀜틴을」 어머니가 말했다. 「뒤집히지 않도록」"(16면)은 ""Quentin." Mother said. "Don't let""(30면)을 정확히 옮기지 못했다. 불완전한 문장인 "Don't let"은 '퀜틴에게 무슨 일이 생기지 않게'의 뜻임을 살려야 한다.

2장에 들어오면 정인섭과 동일한 오류는 별로 눈에 띄지 않는다. 그러나 여기서도 흑인에 대한 퀜틴의 생각은 정확히 살아나지 않는다. "나는 사람들이 그들을 검둥이가 아니라 유색인으로 생각할 것을 기억해야 된다고 생각했다. 그리고 만일 내가 많은 흑인들과 같이 살았더라면 흑인이고 백인이고 간에"(71면)를 두고 볼 때 "nigger"와 "colored people"을 "검둥이"와 "유색인"으로 적절하게 옮겼다고 할 수 있으나, 일관성을 위해서는 뒷부분을 '그래서 만일 그들 사이에 끼여들게 되었더라면 검든 희든' 정도로 번역하여 '흑인' '백인'이라는 표현을 모두 피해 나갔어야 옳다. 또 "내가 많은 흑인들과 같이 살았더라면" 부분은 부정확하다. '내가 만일 흑인들과 살 기회가 없었더라면'(if it hadn't happened that I wasn't thrown with many of them, 105면)이 되어야 옳다. "흑인이 내 무릎을 건드렸다"(73면)에서 "nigger"를 흑인으로 옮긴 것도 거슬린다. 72면의 "그리고 내가, 검둥이란 사람으로서보다 더 행위의 한 형식, 곧 흑인과 같이 사는 백인들의 표면적 반응의 한가지 뜻임을 알게 된 것도 그때였다"는 작품 이해를 결정적으로 어렵게 만든다 (이 부분은 정인섭 분석 참조).

앞서도 역주의 필요성을 말했지만 여기서도 마찬가지이다. 한 예로 72면에서 기차를 타고 가던 퀜틴과 낯선 흑인 노인과의 일화에서 「크리스마스 선물이야!」 내가 말했다" 이하는 미국 남부의 풍속인 크리스마스 선물놀이에 대한 설명 없이는 이해될 길이 없다.

퀜틴이 강가에서 생각하는 장면에서도 하바드대 조정 경기팀원을 "선원"(74면)이라고 옮기거나, "수위(水位)의 변화는 무엇의 무엇과 같다든가"(74면)라는 대목에서 원문인 "The displacement of water is equal to the something of something"(109면)이 아르키메데스의 부력의 원리를 말하면서 퀜틴이 자기가 강에 투신하면 익사하지 않고 물에 뜰 가능성에 대해 조롱조로 말한다는 사실이 살아나지 않기는 정인섭본과 대동소이하다. "모든 인간체험의 귀유법"(74면)의 경우 원문의 라틴어 표현(Reducto absurdum of all human experience, 109면)을 문맥상 '결국 부질없다' 또는 '결국은 무의미하다'라고 옮겨야 할 것이다. .

하바드대에 입학한 남부 출신 학생과 학부모의 모습 역시 번역으로는 혼란스럽다. 가령 "그들은 프란넬 바지와 빳빳한 밀짚모자를 쓰고 강에 나오게 되었다"(74면), "그들은 출발하고 말았다"(75면)에서 주어는 "he"로서 Gerald를 지칭하므로 복수가 아닌 단수 '그'로 옮겨야 한다. 또 "스포오츠맨일 뿐 아니라"(75면)는 "sport"의 번역으로는 부적절하고 '멋진 사람'이라는 뜻이다. "something else the rest of his class couldn't or wouldn't do"(110면)를 "다른 학생들이 할 수 없고, 또 하지 않는 일"(75면)이라고 옮긴 것은 부주의한 번역이다. 퀜틴이 캐디를 회상하는 대목에도 오류가 많다. "Dalton Ames. It just missed gentility"(75면)를 볼 때 "달튼 에임즈. 하마터면 귀족이 될 뻔한 이름이었다"(76면)는 문맥상 '이름이 품위가 없을 따름이었다'라는 뜻이다. "Not quite bronze" "She must do things for women's reasons, too"를 옮긴 "구리붙이는 아니군"(76면), "그녀도 역시 여자라는 표준에 따라 무슨 일을 하지 않으면 안돼"(76면) 등도 정인섭 역본과 마찬가지로 오역인데, 각각 '청동조각상에는 못 미친다' '그녀가 어떤 일을 하든 이유는 여자들이 으레 내세우는 이유와 같다'는 뜻이다. "이분이 하아버어드예요"라는 문장 이하에서는 줄곧 "Herbert"를 'Harvard'와 동일하게 표기함으로써 불필요한 혼란을 초래한다.

2장의 검토대목 중 마지막 몇줄의 문제점을 원문과 번역문을 통해 살펴보자.

> Hats not unbleached and not hats. **In three years I can not wear a hat. I could not. Was.** Will there be hats then since I was not and not Harvard then. Where the best of thought Father said clings like dead ivy vines upon old dead brick. Not Harvard then. Not to me, anyway. Again. **Sadder than was. Again. Saddest of all. Again.** (114면)

바래지 않은 모자와 모자도 쓰지 않은 민머리. **三년간 나는 모자를 쓸 수 없다. 쓸 수가 없는 것이다. 가버린 사람.** 그때도 밀짚모자를 쓸까. 나는 없다. 하아버어드대학도 없으니까. 아버지 말대로 가장 좋은 사상이 말라빠진 담쟁이처럼 헐어서 생기없는 벽돌에 붙어 있는 꼴일 것이다. 그 무렵엔 하아버어드도 없다. 어쨌든 나에겐 없다. **다시 과거보다도 더 슬픈 것. 다시 모든 것보다도 더 슬픈 것. 다시.** (78면)

먼저 분명히할 점은 이처럼 어려운 대목은 번역도 어렵기 짝이 없고, 적절한 역주나 심지어 주석서의 도움 없이는 독자가 원작에 다가가기 거의 불가능하다는 사실이다. 그러나 역자의 노력에도 불구하고 현재의 번역으로는 원문의 내용이 부실하게 전달될 뿐이고, 개선의 여지가 너무 크다고 본다.

우선 당시 하버드대에서는 4학년이 되면 모자를 쓰지 않을 수 있었다고 한다. 따라서 원문의 두번째 문장은 이중적 의미를 지니는데, 즉 신입생인 퀜틴이 '3년이 지나면 모자를 쓰지 않을 수 있다'는 의미와 자신이 자살하고 나면 '3년 후에 모자를 쓸 수 없다'는 뜻이다. 또 다음 문장인 "I could not" 역시 3년이 지난 후 죽어 없어진 자신이 하바드대 모자를 쓸 수 없다는 것과, 전후문맥상으로 누이인 캐디와 근친상간을 할 수 없었다는 뜻이 모두 있다고 할 수 있다. 그 점에서 본다면 "三년간"이라는 역어는 명백한 잘못이고, 두 문장의 번역이 모두 매우 불만스럽다. 또 "Was"의 번역이 매우 난감한 문제인데, 이 장의 마지막에 나오듯이 근친상간과 죽음에 대해 아버지와 나눈 대화 중에서 퀜틴의 아버지는 "was"가 가장 슬픈 단어라고 주장하는데, 이에 대해 퀜틴은 과거의 고통을 잊지 못하고 기억하며 "다시" 겪는 것이 가장 슬픈 것이라고 사색하고 있는 것이다. 따라서 "가버린 사람"은 문맥을 생각한다면 '(가버린) 과거' 정도가 그나마 가까우며, 그래야 뒤의 "Sadder than was"를 '과거보다 더 슬픈' 정도로 옮기는 것이 가능해진다. 또 마지막에 세번 반복되는 "다시"는 원문대로 번역해야지 "다시 과거보다도 더 슬픈 것" 식으로 뭉뚱그려 옮겨서는 곤란하다. 마지막으로 "아버지 말대로"에서는 원문의 "Where"를 살리지 않고 번역하여 독자가 읽기에 혼선을 빚게 만든다(Stephen M. Ross & Noel Polk, 앞의 책, 71면 참조).

3장에는 정인섭 역본과 동일한 오류를 반복하는 예가 종종 눈에 띈다. "퀜틴이랑 라스터랑, 또다른 누굴 기다리구 있는가 본대요"(170면)의 경우에 "wait on"(238면)은 기다리는 것이 아니라 '시중 든다'는 뜻이고, 또한 "난 너를 상급학교에 보내고 싶어했지"(170면)의 경우 "I wanted you to get ahead"(239면)를 오역한 것으로 '난 네가 출세하기를 원했단다' 정도로 옮겨야 할 것이다.

작품 전체의 문맥을 소화하지 못하고 번역한 결과 미묘한 어감을 살리지 못해서 생긴 오류의 예는 삼촌 모리가 제이슨에게 쓴 편지에서 집중적으로 드러난다. "내 최후의 투자액"(171면)이나 "물론 그 돈은 나도 내 돈과 다름없이 쓰겠지만"(171면)은 앞서 정인섭 역본과 유사한 오류를 보이고 있다. "우리도 우리들의 포도밭을 거둬들여야 하지 않겠소?"(171~72면) 역시 편지의 말투가 지닌 미묘한 어조를 살리자면 "우리도 한 번 우리들만의 포도밭에서 수확을 거둬보지 않겠느냐"(전호종 231면)가 더 나은 번역이다.

4장에서는 다른 번역본들에서 드러난 것과 마찬가지로 대명사를 작품 문맥에 어긋나게 전혀 엉뚱하게 해석한 오류를 주목할 만하다. 예를 들어 "제 생각을 존중하라는 건 당연해. 나도 될 수 있는 대로 그 사람 말을 존중하려구 해"(210면)의 경우에는 "제"나 "그 사람"은 모두 아들 제이슨을 가리키므로 '그 아이' 정도로 옮기는 것이 나을 것이며, 역시 같은 면에서 "때때로 나두 그 사람이 그르다고는 생각하지만"(210면)의 경우도 아들을 지칭하므로 "그 사람"은 '그애'가 더 적절한 표현이다. 특히 "「그 계집앤 제가 열쇠를 가지고 다니나요?」 제이슨이 말했다. 「정말 그 계집애가 지금 열쇠를 가지고 있어요, 아니면 앞으로 가지려구……」"(212면)의 경우 여기서의 "she"(297면)는 퀜틴이 아닌 콤슨 부인을 가리킨다. 이후에도 계속 두 인물을 혼동함으로써 반 면 정도에 걸쳐 혼란을 초

래하고 있다. 따라서 "「열쇠를」 제이슨이 말했다. 「저 방의 열쇠를 그 계
집애가 늘 가지구 다니냐 말예요, 어머니?」"(212면) 역시 '저 방의 열쇠를
어머니가 늘 가지고 다니시지 않느냐 말이야' 정도로 옮겨야 할 것이다.

참조본 3

전호종 역 『음향과 분노』[*]

　선행본인 정인섭과 곽동벽 역본에 비할 때 면당 오역의 빈도가 약간
낮으며, 전체적으로 문장도 더 자연스럽고 잘 읽힌다. 그러나 다른 번역
서와 비슷하게 3, 4부의 경우 1면당 1~2개 정도의 소소한 오류를 범하
는 데 비해 1, 2부의 경우 오류의 빈도가 더 높고, 선행본들이 오류를 저
지른 중요한 대목에서 자주 부정확하고 부적절한 번역을 하여 번역의
질이 뚜렷하게 개선되었다고 판정하기는 곤란하다. 실수나 부주의에서
비롯되었다 할 소소한 오역들이 쌓여 문맥을 해독하기 어렵게 만드는
경우가 많다. 원문의 단락 바꾸기나 구두점 사용 등을 불성실하게 처리
하여 신뢰를 떨어뜨리는 경우도 많다. 작품 전체를 놓고 일관된 역어를
선택하여 번역해야 할 어휘들에 대해 그때그때 다른 말을 사용한 경우
도 아쉽게 느껴진다. 또 집중검토대목에서 드러나듯이 작품 이해에 결
정적이라 할 대목들에서 부실한 번역이 나온다거나 적절하고 체계적인
역주가 없다는 점 등이 번역의 신뢰도에 흠집을 낸다.
　1장 첫 장면에서 우선 "러스터가 풀숲을 뒤지고 있는 동안"(5면)에서
선행본들처럼 공을 찾는다는 부정확한 말이 덧붙여지지 않아 혼란을 초

---

[*] 금성출판사(1981, 1990). 전호종 역 『음향과 분노』는 김병철 연감에 따르면 1981년에 금성출판사
에서 출판되었고, 이후 1990년에 다시 '세계문학대전집'의 91권으로 초판 발행된 것으로 되어 있
다. 검토본으로 1990년본을 사용했다.

래하지 않는다. 그러나 역시 적지 않은 빈도의 오역과 부적절한 표현들이 발견된다. "왜 못에 걸리지 않고 여길 기어서 들어오지 못해"(6면)는 '못에 걸리지 않고는 여기 기어들지를 못하는구나'라고 좀 어감을 분명히해야 하며, "그런 걸 마시면 기분이 더 이상해지지"(7면)는 원문의 동사 "unsettles"를 제대로 옮기면 '기분이 더 불안해진다' 정도가 낫겠다.

앞의 두 번역본과 마찬가지로 모리 아저씨의 알코올중독을 암시하는 대목의 번역은 미흡하다. 즉 "모리 아저씨가 식당의 식기 시렁에서 병을 내려놓고 있었다"(7면)는 병을 꺼내는 것이 아니라 찬장에다 치우는 것이며, 또 문맥상 '술병'이라고 분명하게 해줘야 한다. "모리 아저씨가 식기 시렁에 병을 올려놓고 있었다"(9면)는 '찬장에 술병을 다시 집어넣고 있었다'는 식으로 원문의 "back"을 정확히 살려야 모리의 알코올중독에 대한 암시가 전달된다. 벤지가 자주 쓰는 형용사인 "bright"의 번역을 살펴보면 "나는 문은 어떻게도 느껴지지 않았지만 밝게 빛나는 추위를 냄새맡을 수 있었다"(8면), "밝은 추위에서 어두운 추위 속으로"(9면) 등 비교적 일관되게 옮기고 있다.

2장에서 흑인에 대한 퀜틴의 생각을 드러내는 대목들의 번역도 다른 번역본처럼 흡족하지 않다. "그 작자들을 반드시 흑인으로 생각하도록 하고 검둥이로 생각해선 안된다고 끊임없이 스스로를 타이르고 있었다. 그래서 만일 많은 흑인들 속에 끼여들게 되었더라면, 흑인이건 백인이건"(89면) 같은 대목의 경우에 '유색인'(colored people), '검둥이'(nigger, Negro) 등의 어휘의 용법에 대한 세심한 배려가 없다. 역본의 다른 대목에서도 이 점은 마찬가지이다. 같은 면의 "그리고 내가 검둥이는 하나의 인격이라기보다도 오히려 일종의 반응의 형태임을, 즉 그가 그 속에서 생활하고 있는 백인의 태도를 뒤집어서 반영한 것임을 깨달은 것은 바로 그때였다"의 경우 "일종의 반응의 형태" 등의 구절은 이해하기 매우 어렵다. 앞서 말했듯이 '검둥이란 인격체라기보다는 하나의 행동양식, 즉 검둥이 자신이 섞여 사는 백인들의 역상(逆像)의 일종'

정도로 해석하는 것이 나을 듯하다.

혹인에 대한 언급과 관련된 이런저런 오역들도 적지 않은데, "만일 많은 혹인들 속에 끼여들게 되었더라면"(89면)은 '만일 많은 혹인들 속에 끼여 살지 않았더라면'의 뜻이어서 거꾸로 되어 있고, "내 주위에 많은 혹인이 없는 것을 쓸쓸하게 여겨야 한다고 생각했다"(89면)는 어색한 번역이어서 '쓸쓸하게 여기다' 대신에 '아쉬워해야 한다' 정도가 이해하기 쉽다.

앞서의 번역본들과 마찬가지로 다음 대목 역시 번역만으로는 원작에 용이하게 접근할 수 없다. 원문과 번역문을 병기한 후 좀더 자세히 살펴보자.

> … 그런데 그런 성질은 그 어린애 같은 조금도 걱정하지 않는 무능(無能)과 **이치에 닿지 않는 의뢰심**이 뒤섞인 것이며, 무슨 까닭에서인지 그 성질 자체가 사랑하고 있는 혹인들을 돌보거나 지키거나 하는 것이지만, 동시에 그것은 혹인들을 점점 가난하게 하거나, 변명이라고도 할 수 없을 듯싶은 뻔뻔스런 방법으로 책임과 의무를 회피하게 하거나, 또 도둑질과 속임수를 쓰는 경우에 그것이 위장(僞裝)되기도 한다. 다만 그런 경우에는 신사라고 할 만한 사람이 공정한 경쟁으로 자기를 이긴 사람에 대해 느끼는 것 같은 승리자에의 그 솔직한 자발적인 칭찬과 함께, 그리고 백인의 변덕에 대해, 할아버지가 영문을 알 수 없는 손자들의 장난에 대해 품는 것 같은 부드럽고 느긋한 관대함과 함께 위장되지만, 그런 모든 것들을 나는 잊고 있었던 것이다. (90~91면, 원문은 본서 185면, 정인섭 편 참조)

우선 둘째줄의 "이치에 닿지 않는 의뢰심"은 완전한 오역으로 '무능력하기에 생기는 역설적인 믿을 만함'의 뜻이 살아나야 하며, 그밖에도 어휘나 구절의 해석에서 개선의 여지가 많다. 그런데 이 대목에서 가장 큰 문제는 전체적인 구문의 구조가 제대로 옮겨지지 않았다는 사실이다.

198

'(검둥이들의) 무능함과 그에서 생겨나는 역설적인 믿을 만함이 뒤섞인 어떤 특성이 절도나 회피적 태도에서 드러나는데, 이때 그것이 신사가 공정한 결투에서 진 후에 상대방에 대해 느끼는 솔직하고 자발적인 찬탄과 버릇없는 손자에게 할아버지가 보이는 너그러움과 함께 표출된다'는 것이 문장의 얼개에 따른 대강의 뜻인데, "위장되기도 한다" "위장되지만"이라는 술어가 반복되면서 뭐가 뭔지 알 수 없게 되고 말았다.

집중검토대목의 마지막에서도 번역본은 다른 판본에 비해 별로 개선된 바가 없다. 원문과 번역문을 살펴보자.

3년 동안 나는 모자를 쓰지 못한다. 쓰지 못했다. 이미 과거가 되어 있었다. 그러나 그후에도 모자는 있을까? 왜냐하면 나는 이미 없고, 그렇게 되면 하버드도 없어지므로. 거기서는 제일 좋은 생각은 시든 담쟁이덩굴처럼 낡아빠진 벽돌에 매달리고 있는 일이라고 아버지는 말했다. 하지만 그렇게 되면 하버드는 없어지는 것이다. 여하튼 나에게 있어서는 존재하지 않게 된다. **게다가. 더욱 슬픈 일인 것이다.** 게다가 무엇보다도 슬픈 일인 것이다. **게다가.** (98~99면, 원문은 본서 193면 곽동벽 편 참조)

이 부분은 포크너의 의식의 흐름기법이 단적으로 드러나는 예로, 문맥에 대한 역주 없이 번역을 이해하기 어려움을 보여주는 대표적인 대목이기도 하다. 이 부분에서 퀜틴의 생각은 미래에 자신이 자살하고 난 후의 추측이 현재와 뒤섞여 있을 뿐만 아니라 과거에 아버지와 나눈 대화가 울리고 있기도 하다. 즉 근친상간과 죽음에 대해 아버지와 나눈 대화 중에서 퀜틴의 아버지는 "was"가 가장 슬픈 단어라고 주장하는데, 이에 대해 퀜틴은 과거의 고통을 잊지 못하고 기억하며 "다시" 겪는 것이 가장 슬픈 것이라고 사색하고 있는 것이다. "3년 동안 나는 모자를 쓰지 못한다"는 '3년 후〔내가 죽고 나면〕 나는 모자를 쓸 수 없다'로, "쓰지 못했다"는 '쓰지 못할 것이다'로 옮겨야 한다. "이미 과거가 되어 있었다"는 원문이 "Was"이므로 '(가버린) 과거' 정도로 옮겨야 할 것이다. "더욱 슬픈 일인 것이다"는 '과거보다 더욱 슬픈 일인 것이다'로 옮겨야 뜻이 분명해진다. "게다가"는 "Again"을 옮긴 것으로 '다시'라고 하는 편이 좋다. 이때 3번 반복되고 있는 이 단어 뒤에 매번 마침표를 찍어주어야만 원작의 분위기가 살아난다.

3장의 경우 작품 이해를 결정적으로 방해하지 않는다 하더라도 소소한 부정확·부적절의 오류가 심심치 않게 드러나고 있다. 예컨대 "하지만 여자라도 그 정도의 일은 할 수 있지 않겠어요"(226면)는 "Women are allowed to do that too"(236면)를 옮긴 것이므로 '여자들이 그런 일을 하도록 허용된다'가 더 나은 번역일 것이다. 또한 "나는 아버지를 생각하면 그렇게 하지 않으면 안되겠다고 생각하는 거야"(227면)의 경우에도 '아버지 생각을 하면 그래선 안된다고 생각한다'가 더 정확한 번역이다. "어머니도 그 정도의 일은 알고 계시잖아요"(226면)의 경우 "You know you wouldn't"(237면)를 옮긴 것인데 그대로는 다소 모호하다. 앞 문장 "You'd never be satisfied"에 이어지는 문장인 것을 고려하여 '만족하지 못할 거라는 걸 어머니도 아시잖아요' 정도로 명확히하는 것이 더 적절할 것이다. "나는 이제 곧 없어진다"(229면)라고 옮긴 부분은 '죽을 것이다'라는 뜻을 분명하게 전해야 할 것이다. 한편 단순한 오역이 발생한 경우로는 '5만 달러'가 "5천 달러"(227면)로 된 경우이다.

한편 다른 번역본에서 공통으로 드러나는 동일 오류를 반복한 사례도 찾아볼 수 있다. 예를 들어 "I haven't seen you in the poorhouse yet"(237면)은 "난 아직 어머니를 양로원에 보낸 적은 없어요"(227면)보다 '아직까지 어머니가 빈민구제원의 덕을 본 일은 없잖아요' 정도로 옮겨야 할 것이며, "하지만 네가 어미의 심정을 모르는 게 더 고마워"(227면)의 경우도 "Thank God"은 "더 고마워"가 아니라 '다행이군'으로, "a mother"는 '어미된 심정' 정도로 옮겨야 할 것이다. 또 "물론 나는 그 돈을 내 것처럼 마음대로 사용할 것이며"(231면)의 경우에도 마음대로 사용

200

하겠다는 것이 아니고 소중하게 사용한다는 의미가 명확해지도록 '내 돈인 것처럼 소중하게 사용할 것이고'라고 옮기는 것이 정확하다.

오역과 부자연스러운 문장의 경계에 있는 오류들도 눈에 띈다. "Get the fun over"(236면)를 "빨리 즐거움을 끝내버리세요"(226면)라고 하는 것보다는 '재미를 느끼는 일을 어서 해치우세요'라고 하는 편이 정확할 것이다. 시제나 가정법 등 문법적으로 부정확함으로써 발생한 오류도 있다. 예를 들어 "정말 그렇게 하면 아무도 퀜틴을 못살게 굴지는 못하게 될 거라고 나는 말해주고 싶었다"(227면)는 가정법 표현이므로 '지금인들 누가 퀜틴을 해치려고 하는 것은 아니잖냐고 말하고 싶었다'(곽동벽 편 참조)로 옮기는 편이 적절하며, "「그리고 너를 위해서이기도 해.」 하고 어머니는 말했다"(227면)의 경우에는 '어머니는 말한다'라고 현재시제로 되어 있음을 정확히 표현해주어야 한다. 이후에도 제이슨이든 콤슨 부인이든 '말한다'라고 현재로 번역할 대목을 과거로 한 경우가 많음은, 그만큼 이 번역본이 원문에 충실하지 못함을 보여준다.

4장에서도 문법적인 의미를 살리지 못한 예가 종종 드러난다. "내가 튼튼하다면 이렇게는 되지 않았겠지만"(287면)의 경우 "It's not as if I were strong"(295면)을 옮긴 것인데, 가정법 표현의 의미를 정확히 짚어 옮기면 '내가 튼튼한 것이 아니지 않니'라고 옮기는 것이 낫다. "「아니면 아예 점심은 먹지 않을 거예요?」"(288면)의 경우 ""Which means we'll eat cold dinner," Jason said, "or none at all""(295면)의 뒷부분이므로 '아니면 아예 점심을 못 먹거나'라고 옮겨야 한다.

이 번역본에서도 4장에는 다른 번역본과 마찬가지로 대명사를 혼란스럽게 번역한 예가 두드러진다. "마님은 왜 이 분을 그렇게 뽐내게 하고 있어요?"(287면)의 경우 "이 분"은 딜지가 제이슨을 지칭하는 것임을 살려 '마님은 왜 도련님이 제 멋대로 하게 내버려두나요?' 정도가 정확한 번역이 될 것이다. 다른 번역본들과 마찬가지로 "「그 계집애는 열쇠를 직접 갖고 다니나?」 하고 그는 말했다. 「지금 갖고 있는지, 아니면 가진 적이 있는지……」"(290면)에서 여기서의 "she"(297면)는 퀜틴이 아닌 콤슨 부인을 가리킨다. 이후에도 계속 두 인물을 혼동함으로써 반 면 정도에 걸쳐 혼란을 초래하고 있다.

또한 포크너 특유의 어법을 살리지 못하여 부자연한 어법의 문장이 되어버린 오역의 예도 찾아볼 수 있다. 예를 들어 "한편 어머니는 그를 보고 있는 동안 얼굴은 느슨해지고 한탄스러워져서 갈피를 잡을 수가 없어, 어디까지고 꿰뚫어보고 있는 것 같으면서도 어쩐지 얼빠진 기색이었다"(289면)의 경우 "his mother looked at him, her face flaccid and querulous, interminable, clairvoyant yet obtuse"(296면)라는 원문 자체가 모순되는 형용사를 동원하는 포크너 특유의 매우 어려운 대목임을 감안하더라도 앞의 해석으로는 도무지 의미전달이 되지 않는다. '한편 어머니는 그를 바라보는데, 얼굴이 축 늘어지고 불평에 가득 차 있고, 끝이 보이지 않으며, 통찰력이 있어 보이면서도 우둔해 보였다' 정도로 옮겨야 할 것이다. "interminable"은 얼굴 묘사로서 표정의 의미가 분명하지 않고 딱히 규정할 수 없었다는 뜻으로 보이는데, 차라리 '끝이 보이지 않으며'라는 모호한 액면 그대로의 해석이 의미가 있어 보인다.

분노의 포도

존 스타인벡 John Steinbeck

The Grapes of Wrath

출간현황　이 작품의 번역본은 모두 40본, 동일본의 중복 출간 등을 빼면 24종이 출간되었으며, 역자는 24명이다. 그중 17본, 동일역자의 중복출간을 빼면 16종을 구하여 검토했으며 역자는 16명이다. 이 가운데 작품의 새로운 번역을 내놓은 경우는 6명에 불과하다. 현재까지 확인된 해방후 국내 최초의 번역서는 1960년 을유문화사에서 출간된 강봉식 역 『분노의 포도』이다. 이후 수십년간 이 작품의 번역서는 여러 역자들에 의해 꾸준히 출간되고 있다. 비교적 초기 번역본인 백송하, 이송광, 박경일, 이가형, 최달식 등의 번역본들은 원전과 전혀 다른 임의 편집 번역본으로 참고할 가치가 없다.

검토대상

● 김병철 『분노의 포도』 삼성출판사(1975, 1992)
● 노희엽 『분노의 포도』 학원출판공사(1983, 1999)
● 강봉식 『분노의 포도』 중앙출판사(1982, 1998) 을유문화사(1960)
● 정병조 『분노의 포도』 동화출판공사(1970, 1971)
● 전형기 『분노의 포도』 범우출판사(1975, 1997)

- 김정숙 『분노의 포도』 금성출판사(1981, 1996)
- 윤두현 『분노의 포도』 문학당(1977)
- 김영옥 『분노의 포도』 삼성당(1986)
- 소화섭 『분노의 포도』 하서출판사(1986)
- 맹은빈 『분노의 포도』 일신서적공사(1988)
- 김원식 『분노의 포도』 교육문화사(1989)
- 최달식 『분노의 포도』 어문각(1990)
- 김현영 『분노의 포도』 청담문화사(1993)
- 맹후빈 『분노의 포도』 홍신문화사(1993)
- 김유순 『분노의 포도』 육문사(2001)
- 최윤영 『분노의 포도』 혜원출판사(2002)

 **평가개요** 검토의 기준으로 삼은 원전은 John Steinbeck, *The Grapes of Wrath* (Penguin Classic 1992)이며,* 이 작품의 경우 판본에 따라 약간의 차이가 있을 뿐이다. 번역본 가운데 번역에 사용한 텍스트를 밝힌 경우는 김병철 역본으로서 '1957년 펭귄판'을 원전으로 했다고 되어 있다.

검토대상 번역서를 면밀히 검토한 결과 김병철과 노희엽의 번역본이 원작의 작품성을 살려낸 믿고 추천할 만한 번역서로 드러났다. 미국소설사에서 『분노의 포도』의 가치는 문체의 수준보다는 사회적 현실을 자연주의적 전통과 사회주의 리얼리즘에 근접한 형식으로 재현한 것에 있다고 할 수 있다. 따라서 번역에서도 문체상의 문학적 표현보다는 오히려 투박한 원전을 우리말로 정확하게 옮겼는지가 주된 평가의 기준이다. 김병철의 번역은 역자의 감정적 언어 사용과 부정확한 번역이 부분적으로 발견되지만, 다른 역서들에 비하면 원전에 대한 충실성에서 상대적으로 우위를 보인다. 노희엽 역본의 경우 오역과 부정확한 부분이 없는 것은 아니지만 전체적으로 자연스럽고 호흡이 짧아 오늘날의 독자

* 전체 30장 중 1, 2, 11, 19, 23, 29, 30장 등 총 7장을 대조 검토했다.

204

들이 가장 선호할 법한 번역본으로 평가된다. 강봉식 역본은 원문과 불일치하거나 임의생략 등 결정적인 오류를 범하고 있다. 정병조 역본은 문학성을 살린 번역이며 부분적으로 전문가다운 솜씨가 눈에 띄지만 전체적으로 가독성과 정확성, 적절성에서 기대 이하의 번역본이다. 전형기 역본과 김정숙 역본은 역자 나름의 해석을 첨가하는 등 장점이 있으나 기본적으로 원문에 대한 충실성에서 대단히 심각한 문제를 가지고 있다. 원문의 상황을 대충 짐작하고 이에 기초하여 문장구조를 자의적으로 변경하거나 원문에 없는 말을 첨가하고 누락하는 등 오역을 범하는 경우가 허다하여 신빙성이 없다.

추천본 1

김병철 역 『분노의 포도』* ★★☆

김병철 번역은 『분노의 포도』의 우리말 번역 가운데 누락과 첨가가 거의 없는 번역이다. 총 7장을 원문과 정밀하게 대조 검토한 결과 5면당 1개 정도의 번역상 문제점을 노출하고 있어 다른 번역본에 비해 번역의 정확성·가독성 등에서 상당히 우수한 번역으로 추천할 만하다. 특히 1992년 번역본은 가독성 면에서 이전 판본보다는 훨씬 나은 번역이다. 그럼에도 불구하고 아주 간혹 눈에 띄는 역자의 감정적 언어의 사용이 흠이라면 흠이다. 그리고 상황을 잘못 전달하거나 호칭을 잘못 사용하여 인물들의 관계 파악에 혼선을 야기하는 경우도 가끔 있다. 그 결과

---

* 삼성출판사(1975, 1992). 1975년에 삼성출판사에서 '세계의 문학' 전집 가운데 한권으로 발간된 이후 중쇄를 거듭했으며 1992년에 초판을 상당부분 개역한 30쇄 판본을 출판했다. 말미에 붙어 있는 스타인벡의 작품세계에 대한 소개는 작가의 생애, 작품의 주제, 형식 등에 이르기까지 상당히 충실하여 독자의 작품 이해에 도움을 주고 있다. 끝에 연보와 역자소개가 붙어 있다.

상황의 미묘함이나 인물들의 성격, 아이러니를 비롯한 작가의 어조가 충분히 전달되지 않는다. 원문과 비교하면 딱히 오류라고 말하기 어렵지만, 번역에서 한국어와 영어의 문장구조의 차이를 제대로 반영하지 못한 결과 독자의 오해를 야기하는 부분도 있다.

김병철 번역의 섬세함은 1장 두번째 문단 첫 구절에서도 발견된다. 사실 이 짧은 대목의 번역에서 이 번역서에 대한 평가가 거의 결정된다고 해도 과언이 아니다. 이 부분은 얼핏 보면 아무것도 아닌 것 같지만, 영어의 언어적 질감을 그대로 살리면서 원문의 의미를 다른 언어로 재현하는 번역가의 솜씨를 확인할 수 있는 대목이다. 원문은 "In the water-cut gullies the earth dusted down in dry little streams"(3면)로 되어 있다. 김병철은 이 부분을 "흐르는 물이 뚫어놓은 물도랑으로 흙탕물이 졸졸 흘러내렸다"(13면)라고 번역하고 있다. 김병철의 탁월함을 입증하기 위해 이 부분에 대한 다른 번역을 비교해보자. 최초 번역자 강봉식은 "도랑에는 흙탕물이 졸졸 흘러내렸다"(5면)로 축약번역하여 비교적 원문의 의미를 살리고 있지만, "water-cut"이란 수식어의 번역이 빠져 있어 원전에 대한 충실성에서 미흡하다. 정병조는 "물줄기가 판 도랑에는 메마른 한줄기 물에 흙탕물이 구정물을 이루고 내려갔다"(25면)로 번역하여 만연체적으로 동어반복을 하고 있다. 노희엽은 "메마른 도랑은 말라붙은 개울처럼 흙만 패어 있었다"(835면)로 번역하고 있는데, 원문의 "water-cut"을 "메마른"으로 오역하고 있으며, 물이 흐른다는 내용이 전혀 들어 있지 않다. 이에 비해 김병철은 원문을 충실히 반영하고 있으며, "the earth"와 "dust down" "dry streams" 같은 단어와 단어 사이의 관계를 잘 연결하여 번역하고 있다. 서로 다른 단어를 조합해서 "흙탕물이 흐르는" 새로운 상황을 재현하는 원작자의 관찰을 그대로 옮기고 있다. 또한 사소하게 스쳐지나갈 수 있는 "little"의 의미를 "졸졸"이란 의성어를 사용하여 살려내는 솜씨는 역자의 섬세한 손길을 느끼게 한다.

김병철 번역은 원작의 뜻에 충실하기 위해서 짧은 문장 하나에도 공들인 흔적이 있는데, 가령 "Pa wasn't no hand to write for pretty, or to write for writing"(34면) 같은 경우이다. 이를 "우리 아버진 귀여운 자식에게 편지를 쓴다거나 편지를 받기 위하여 쓴다는 걸 죽기보다도 싫어하시는 분이란 말입니다"(39면)라고 풀어써서 "pretty"(귀여운)나 "no hand"(죽기보다) 같은 단어를 살리려고 노력하고 있다. 원문에 비해 좀 길어진 흠은 있지만 "아버진 글을 잘 못 쓰고, 편지도 잘 안하는 사람이죠"(강봉식 27면)나 "아버지는 자식에게 편지를 내기 위해 글을 쓰거나 할 분이 아니라서요"(노희엽 870면) 같은 번역보다 원작에 충실하게 접근하려 한 노력의 결과라고 이해해도 좋을 듯하다.

번역의 충실성은 또한 19장에서도 나타난다. "Once California belonged to Mexico and its land to Mexicans; and a horde of tattered feverish Americans poured in ⋯ The Mexicans were weak and fed"(315면)를 강봉식의 번역과 비교해보자. 강봉식은 "옛날 캘리포니아는 멕시코의 영토요, 그 땅은 멕시코인들의 소유였다. 그러다가 열에 들떠오른 남루한 미국인들이 떼를 지어 흘러들어왔다. ⋯ 당시의 멕시코인들은 힘이 없는데다 충족된 생활을 했었다"(287면)로 번역했으나, 김병철은 소유욕에 사로잡힌 미국인들을 "넝마를 걸친 열에 들뜬"이라 번역했으며, 멕시코인들을 "힘이 없어서 무력하게 물러섰다"로 번역한 점이 돋보인다. 사실 "tattered feverish"의 "열에 들떠오른 남루한"이란 해석은 부적절한 해석이다. 오히려 '가난에 찌든' 혹은 '남루한 차림의 광분(광포)한'으로 해석하는 것이 문맥상 더 적절할 것이다. 이같은 번역은 후에 반복적으로 나오는 미국인들에 대한 수식어 "frantic"과도 상통하는 것이다. 검토를 위해 사용한 펭귄 클래식판의 "fed"가 이 작품의 초판본인 1939년 바이킹판에는 "fled"로 되어 있다. "fed"는 구어적 표현 'fed-up'의 줄임말로서 앞의 단어 "weak"와 의미적 병치를 이루는 "tired at, disgusted"의 의미로 보는 것이 옳을 듯하다. 김병철의 "무력하게 물러섰다”는 “fled”의 직역이며, 강봉식의 “충족된 생활을 했었다”는 어느 쪽이든 부정확한 번역이다.

구어적인 표현에서도 김병철의 번역은 자연스럽다. 예컨대 18장 캘리포니아에 진입하는 조드 일가의 대화부분에서 다음 대목을 보자. “When Grampa was havin’ the most fun, he come closest to gettin’ kil’t”(281면)를 전형기는 “할아버지는 당신이 가장 즐기시는 일을 하실 때에는 거의 붙잡혀 죽을 일만 하셨어요”(226면)로 번역했는데, 김병철은 “할아버지가 제일 신이 나실 때는 죽는 것쯤은 예사로 여기셨지 뭐예요”(257면)로 번역하여 자연스럽고 정확한 의미전달에 성공한다. 물론 이 대목은 ‘거의 죽어도 모를 지경으로까지 즐겼다’는 정도의 의미를 완벽하게 살려냈다고 하기는 힘들고 그 자체로 약간 과한 번역이기는 하나 다른 번역에 비해서는 상대적으로 정확하고 훌륭한 번역이다.

김병철 역본에서 간혹 발견되는 부정확한 번역의 한 예로 원문과 다른 시제의 사용을 들 수 있다. 예컨대 3장 도입부에서 고속도로 주변의 정경을 11줄의 한 문장으로 장황하게 묘사하는데, 원문에서는 과거시제로 되어 있다. 그런데 김병철 역본에서는 과거로 시작하여 중간에 갑자기 현재로 시제가 바뀌며, 또한 가독성을 고려해서인지 5문장으로 나누어 번역하고 있다. 어려운 원문을 전체적으로 자연스럽게 번역했으나 말미의 번역은 다소 어색하다.

The concrete highway was edged with a mat of tangled broken, dry grass, and the grass heads were heavy with oat beards to catch on a dog’s coat, and foxtails to tangle in a horse’s fetlocks, and clover burrs to fasten in sheep’s wool; sleeping life waiting to be spread and dispersed, every seed armed with an appliance of dispersal, twisting darts and parachutes for the wind, little spears and balls of tiny thorns, and all waiting for animals and for the wind, for a man's trouser cuff or the hem of a woman's skirt, **all passive but armed with appliances of activity, still, but each possessed of the analge of movement**. (20면)

콘크리트 포장 도로 가장자리에는 서로 얽힌 갈기갈기 찢긴 마른 풀이 보료를 깔아놓은 듯이 자라 있었다. 개털에 묻어 다니려는 귀리의 까끄라기, 말의 발굽 뒤에 난 털에 얽혀 다니려는 뚝새풀, 그밖에 양털에 묻어 다니려는 클로버의 가시가 풀 이삭에 잔뜩 달라붙어 있었다. 널리 흩어지기를 기다리고 있는, 잠을 자고 있는 생명, 종자 하나 하나가 흩어지기 위한 장비, 비틀어진 투창과 바람을 타기 위한 낙하산, 조그만 가시가 달린 창과 탄알을 가지고 모두 짐승과 바람과 남자의 바지의 접어올린 아랫단이나 여자의 치맛자락을 기다리고 있는 것이다. **모두가 수동적인 자세긴 하지만 활동의 장비만은 갖추고 있다. 그리고 가만히 움직이지 않지만 각기 운동의 근본만은 갖추고 있다.** (27면)

마지막 두 문장의 번역은 가독성을 위해서 '모두가 수동적이지만 활동할 자세를 갖추고 있었으며, 가만히 있는 것처럼 보여도 각기 움직일 채비를 하고 있었다'로 하는 것이 좋다. 이러한 사소한 실수들을 제외하면, 김병철의 번역은 전체적으로 원작자의 의도와 작품의 분위기를 전달하는 데 성공한 좋은 번역이라 평가할 수 있다.

추천본 2

노희엽 역 『분노의 포도』* ★★☆

이 번역본은 지금까지 출간된 여타 번역본들에 비해서 충실성과 가독성 양면에서 상대적으로 우월하다. 부정확한 번역이 아주 없지는 않으나 매우 간헐적으로 나타나고 전체적으로 5면당 1개 정도의 오류가 발견된다. 또한 대체적인 내용파악의 수준을 넘어서 작가가 의도했던 상황의 미묘한 차이와 언어적 아이러니까지 번역본을 통해 파악하는 것이 어느정도 가능한 번역본이다. 가독성도 높은 수준으로, 특히 미국 노동자들의 구어체 어투와 관용적 표현, 속어 등을 무리없이 매끄럽게 번역하여 신세대 독자들에게 훨씬 친근감을 주고 있다. 결론적으로 이 번역본은 신뢰할 만한 번역으로 추천할 수 있다. 하지만 가독성을 위해 원문의 문장 단위를 무시하는 잘못이나 이와 반대로 가끔씩 드러나는 번역투의 문장 등은 개선되어야 할 것이다.

노희엽의 번역은 기존의 다른 번역과 비교할 때 가독성 면에서 탁월하다. 예컨대 소설 도입부의 번역을 살펴보자. 노희엽은 비교적 원문에 충실하면서도 현대 독자들이 읽기에 부담없는 우리말 표현을 적극 활용하여 자연스럽게 읽히는 번역을 시도했다.

> To the red country and part of the gray country of Oklahoma, the last rains came gently, and they did not cut the scarred earth. The **plows** crossed and recrossed the rivulet marks. The last rains lifted the corn quickly and scattered weed colonies and grass along the sides of the roads so that the gray country and the dark red country began to disappear under a green **cover**. (3면)

오클라호마의 적토지대와 흑토지대 일부에 마지막 비가 부드럽게 내렸다. 그것은 상처투성이의 대지를 더 파헤치지는 못했다. 빗물이 흘러간 자

---

* 학원출판공사(1983, 1999). 노희엽의 번역은 동서문화사에서 1975년 처음으로 출간되었다. 그후 1982년에 범한출판사에서 다시 출판되었으며, 1983년부터는 학원출판공사의 '세계문학선'으로 1999년까지 출간되었다. 검토본은 1999년 학원출판공사본으로 했다.

리를 **쟁기**가 몇번 왔다갔다했다. 이 비는 옥수수를 부쩍 자라게 하고, 잡초
더미와 풀을 길 양쪽 여기저기에 우거지게 해 잿빛 땅과 검붉은 땅이 푸른
덮개 밑에 가려지기 시작했다. (835면)

이 첫부분의 번역은 다른 역서들과 비교해볼 때 자연스럽게 읽히는 장
점이 있다. "상처투성이의 대지를 더 파헤치지는 못했다"라는 번역은
"상처투성이의 대지" 대신에 '갈라진 땅' 정도가 적절하지 않나 싶지만
전체적으로 원문을 제대로 전달하고 있다고 여겨지며, 강봉식, 김병철
이 "보습" 혹은 "보삽"과 "보료" 등으로 번역한 "plows"와 "cover"를
"쟁기"와 "덮개"란 익숙한 표현으로 옮긴 것도 이 번역본의 가독성을 높
여준다.

2장의 다음 예도 이 번역본이 자연스럽게 읽힐 수 있다는 것을 말해
준다. 주인공 조드가 무임승차를 위해 서 있는 도로변 간이휴게소의 풍
경을 묘사한 문장이다.

> Joints is the only place you can pull up, an' when you stop you
> got to buy somepin so you can **sling the bull** with the broad behind
> the counters. So you get a cup a coffee and a piece pie. (15면)

싸구려 식당은 차를 세울 수 있는 유일한 장소지. 차를 세우면서 카운
터에 있는 계집애하고 **농지거리라도 하기** 위해서 뭐든 주문해야 하잖아.
그래서 커피와 파이를 주문한다 이 말씀이야. (838면)

작중인물의 어투라든가 말을 내용 등을 수월하게 살려내고 있다. '잡담
을 하다, 허풍을 떨다'의 속어적 표현인 "sling the bull"을 시골 식당에서
일하는 '헤픈 여자'(the broad)와의 관계를 살리기 위해 "농지거리하"다
로 번역한 것이 돋보인다.

또한 3장의 한 문장으로 구성된 첫문단의 경우 작가의 자연에 대한 미시적 관찰이 돋보이는 부분으로서 만연체로 이어지는 묘사이기 때문에 우리말로 자연스럽게 번역하기 어렵다고 할 수 있다. 그런데 노희엽은 (물론 아래 인용문 넷째줄의 "clover burrs to fasten in sheep's wool"을 번역에서 누락시킨 것은 아쉽지만) 한 문장을 적절히 나누어서 번역하면서 자연스러운 우리말을 살리고 있다.

> The concrete highway was edged with a mat of tangled broken, dry grass, and the grass heads were heavy with oat beards to catch on a dog's coat, and foxtails to tangle in a horse's fetlocks, and clover burrs to fasten in sheep's wool; sleeping life waiting to be spread and dispersed, every seed armed with an appliance of dispersal, twisting darts and parachutes for the wind, little spears and balls of tiny thorns, and all waiting for aniamls and for the wind, for a man's trouser cuff or the hem of a woman's skirt, all passive but armed with appliances of activity, still, but each possessed of the analge of movement. (17면)

콘크리트 포장도로 양쪽 가장자리에는 헝클어지고 뜯기고 메마른 잡초가 방석처럼 깔려 있었다. 잡초에는 개의 몸뚱이에 곧잘 붙는 귀리꺼럭, 말의 발톱 털에 엉겨붙기 쉬운 강아지풀, 양의 털에 달라붙기 쉬운 클로버 꽃들이 잔뜩 엉겨붙어 있었다. 그것은 사방에 뿌려지기를 기다리며 자고 있는 생명이었다. 종자라는 종자는 모두 널리 흩어지기 위한 장치, 즉 휘어진 투창이나 바람을 타는 낙하산, 조그만 가시가 돋친 창이나 공을 몸에 지닌 채, 동물이나 바람이나 남자의 바짓부리나 여자의 치맛자락을 기다리고 있었다. 수동적이지만 활동장치를 지니고 있었다. (843면)

그러나 이 번역본에는 개선되어야 할 점이 여기저기 눈에 띄기도 한
다. 19장에서는 영어의 구어체적 표현을 제대로 옮기지 못했고, 23장의
경우에는 명백한 오역도 발견된다. 가령 "Them Injuns was cute —
slick as snake"(444면)라는 대목을 노희엽은 "인디언놈들은 상당히 영리
했다구. 매처럼 미끄러워서"(1100면)로 번역하고 있는데, "snake"를 "매"
로 번역한 것은 단순한 실수라 치부한다 하더라도 "slick"은 '미끄러운'
이라는 의미보다는 '능란하다' 혹은 '교활하다'는 의미로 번역해야 문맥
상 의미가 통한다. 그리고 "slick as snakes"는 앞의 "cute"에 걸리는 부
가적 표현이기 때문에, '인디언들은 참 영리했어. 뱀처럼 능란했지' 정
도로 번역하는 것이 좋을 것이다.

결론적으로 노희엽 역본에서는 간헐적인 오류도 보이고 부적절한 역
어도 나타나지만, 다른 번역과 비교해볼 때 가독성이 높은 점이 특히 장
점이라고 할 수 있다.

토박이

리처드 라이트 Richard Wright

Native Son

 **출간현황** 현재까지 두 출판사에서 출간되었는데 역자는 동일하다. 최초의 번역본은 1981년 한길사에서 출간된 김영희 역 『토박이』이다. 두번째 번역본은 1993년에 동일 역자에 의해 창작과비평사에서 간행되었다. 창작과비평사본은 첫번째 판본을 거의 새로 개역한 것이다. 따라서 두 판본을 모두 집중검토대상으로 삼았다.

검토대상

- 김영희 『토박이』 한길사(1981)
- 김영희 『토박이』 창작과비평사(1993)

평가개요 검토의 기준으로 삼은 원전은 Richard Wright, *Native Son* (Harper & Row: New York 1966)이

다.* 이는 번역자가 이 책을 대본으로 사용했기 때문이다.

　김영희의 두 역본은 공히 오역이 거의 없는 정확한 번역이며 전체적으로 가독성과 충실성 양면에서 추천할 만한 좋은 번역본으로 평가된다. 특히 『토박이』는 사실주의적인 작품으로 사실묘사가 중심적인 부분을 차지하기 때문에, 번역의 정확성 여부가 이 작품의 작품성을 살리는 데 필수적이라고 할 것이다. 그중 한길사본은 하퍼 앤드 로우(Harper & Row) 출판사의 1940년본을 사용했으며, 「흑인문학에 있어서 『토박이』의 위치」라는 긴 해설을 첨부하여 미국 흑인문학의 흐름과 그 안에서 라이트라는 작가와 『토박이』라는 텍스트가 갖는 위상을 상세하게 소개하고 있다. 리처드 라이트의 짧은 연보와 그에 대한 국내외 연구문헌도 간단히 소개하고 있다. 창작과비평사본은 하퍼 앤드 로우 출판사의 1966년본을 대본으로 사용했으며, 해설이 작가와 작품 위주로 짧아진 대신 상당히 길고 자세한 작가연보를 실었다. 두번째 번역서는 첫번째 번역본을 (역자의 표현을 빌리면) "거의 새로 번역하다시피 손을" 보아서인지 첫번째에 비해 좀더 세련된 번역을 보여준다. 그러나 두 번역이 현격한 수준차를 보이는 것은 아니다. 첫번째 번역 역시 오역이 거의 없으며, 다만 두번째 번역이 원문에 대한 충실성과 가독성의 양면에서 약간 더 우수하다고 보면 될 것이다. 또한 개역한 두번째 번역의 어떤 부분은 첫번째 번역이 더 훌륭한 경우도 더러 있다. 『토박이』 번역은 우수한 번역임에도 역자 스스로 새롭게 개역 출간하여 완성도를 높인 사례로 꼽을 만하다.

　참고로 『토박이』에 대한 충분한 이해를 위해 역자가 번역대본으로 삼은 판본 외에 라이브러리 오브 아메리카(Library of America)에서 1991년에 출판한 새 판본(편집교정을 거치기 이전의 원고 복원본)도 새

---

* 번역서 평가는 각 장의 서두, 중간, 말미를 위주로 했다. 그리하여 원전 제1장의 7~10면, 49~50면, 89~92면과, 제2장의 93~97면, 175~80면, 249~53면, 제32장의 254~58면, 323~26면, 388~92면을 집중적으로 검토하되, 그밖에 무작위적으로 추출된 부분도 검토대상에 추가했다.

로이 참조해볼 필요가 있다. 이 새 판본에는 기왕의 판본에는 나오지 않는, 초반부의 영화관에서의 자위 장면, 메어리 달톤에 대한 성적 욕망에 관련된 부분, 그리고 후반부의 비거 토마스에 대한 검사의 기소부분 등이 추가로 들어가 있다. 이 판본에 의거한 새로운 번역 내지 보충은 앞으로 남은 과제이다.

추천본 1

김영희 역 『토박이』* ★★★

이 책은 번역의 가독성이나 충실성 면에서 볼 때 우수한 번역이다. 따라서 번역서를 통해 작품의 의미나 묘미를 감상하기에 충분하다고 보인다. 평가를 위해 각 장의 서두, 중간, 말미 부분, 그밖에 무작위로 채택된 부분을 집중검토했으나 결정적인 오역들을 발견하기가 힘들었다. 다만 동일 역자가 번역한 이후의 창작과비평사본에 비해 상대적으로 조심스러운 번역이며, 그래서 가독성보다는 번역의 충실성에 더 주의를 기울인 번역이라고 할 수 있다. 간혹 부적합한 번역이 발견되고 드물게 번역이 누락된 부분도 있으나, 원작의 묘미를 이해하는 데 방해가 될 정도는 아니다.

이 책과 창작과비평사본의 번역수준 자체가 크게 차이가 나는 것은 아니다. 가령 제1장의 앞부분을 집중적으로 비교해보자.

"Goddamn!" Bigger whispered fiercely, whirling and kicking out

*한길사(1981). 1991년 국내 최초로 번역되었으며, 상세한 작품해설과 리처드 라이트의 주요 작품 연보 그리고 리처드 라이트에 관한 국내외 주요 연구문헌이 간략히 소개되어 있다.

216

his leg with all the strength of his body. (9면)

"빌어먹을!" 비거는 낮지만 격한 소리를 내뱉으며 온 힘을 다하여 다리를 **휘둘러 걷어찼다**. (한길사 49면)

"빌어먹을!" 비거는 낮고 격하게 내뱉으며 온 힘을 다하여 다리를 **이리저리 털며 내둘렀다**. (창작과비평사 상권 54면)

The rat squeaked and turned and ran in a narrow circle. (9면)

쥐는 찍찍거리며 돌아서서 숨을 곳을 찾아 작은 원을 그리며 **달렸다**. (한길사 49면)

쥐는 찍찍거리며 돌아서서 숨을 곳을 찾아 작은 원을 그리며 **빙글 돌았다**. (창작과비평사 상권 54면)

"Gimme that skillet, Buddy," he asked quietly not taking his eyes from the rat. (10면)

"버디, 그 프라이팬 이리 줘." 그는 쥐에게서 눈을 떼지 않으며 **낮은 목소리로 말했다**. (한길사 50면)

"버디, 그 프라이팬 이리 줘." 그는 쥐에게서 눈을 떼지 않으며 **침착하게 속삭였다**. (창작과비평사 상권 55면)

Vera whimpered, bending to her. (10면)

베라가 그녀에게 몸을 **숙이고 훌쩍거리며 말했다**. (한길사 50면)
베라가 그녀에게 몸을 **기울이며 훌쩍거렸다**. (창작과비평사 상권 56면)

이상에서 보이듯 한길사본에 결정적인 오역이 있어서 창작과비평사본이 그것을 새로 수정한 것은 아니다.

물론 다음과 같이 번역의 차이를 보이는 대목도 보인다.

The rat's belly pulsed with fear. (9면)

쥐의 배는 공포로 **팽팽하게 부풀어 올랐다.** (한길사 49면)

쥐의 배는 공포로 **헐떡거렸다.** (창작과비평사 상권 55면)

이 경우에는 한길사본이 원전의 "pulsed"를 잘못 번역했고, 창작과비평사본이 원전 단어의 어감을 더욱 정확하게 살려내고 있음을 알 수 있다.

또한 한길사본에서 다소 설명조의 긴 문장이 창작과비평사본에서 더욱 말끔하게 다듬어져 있는 경우도 있다.

··· emitted a long thin song of defiance, (9면)

길고 가늘면서도 도전적인 소리를 냈다. (한길사 49면)

대들 듯이 길고 가는 소리를 냈다. (창작과비평사 상권 55면)

전체적으로 볼 때 한길사본이 창작과비평사본에 비해 번역수준이 약간 떨어지는 부분은 어디까지나 상대적인 것이다. 가령 창작과비평사본은 한길사본에 비해 의성어 등을 의도적으로 살림으로써 표현의 구체성을 더욱 확보하는 것 등이 눈에 띈다.

Bigger dodged and the rat landed against a table leg. (9면)

비거가 살짝 피하자 쥐는 **탁자의 다리에 부딪혀 떨어졌다.** (한길사 49면)

비거가 살짝 피하자 쥐는 **탁자의 다리에 쾅 부딪혔다.**

(창작과비평사 상권 54면)

그것은 빗나가 바닥 위로 미끄러지며 벽에 부딪혀 **요란한 소리와 함께 멈췄다.** (한길사 50면)

그것은 빗나가 바닥 위로 미끄러지며 벽에 부딪혀 **쨍그렁 소리를 내며 멈췄다.** (창작과비평사 상권 55면)

그러나 전체적으로 볼 때 한길사본 역시 원작의 묘미를 살려내는 데서 큰 지장이 없는 훌륭한 번역이라고 할 것이다.

다만 원전에 나와 있는 부분을 누락한 대목이 2군데 발견되었다. 가령 원전 68면(번역본 112면)의 "희미하게 빛나며 잔잔하게 펼쳐진 광활한 수면이 스쳐 지나갔다" 다음에 나오는 "The sky was heavy with snow clouds and the wind was blowing strong"이라는 문장은 번역이 누락되었다. 또한 원전 94면(번역본 140면)의 "그러나 그것만으론 그다지 위험스러워 보이지 않았다"와 "더 넘겨보니 한 책자 아래쪽에" 사이에 나오는 "He looked at the bottom of a pamphlet and saw a black and white picture of a hammer and a curving knife. Below it he read a line that said: *Issued by the Communist Party of the United States*" 역시 번역이 누락되었다. 그런데 역자 후기를 보면 당시 시대상황으로 인해 일부 표현 등을 생략했다고 적혀 있는데, 미국 공산당에 대한 언급이 나오는 이 대목도 그런 정황(즉 반공주의적인 당시 풍토) 때문에 출판과정에서 편집되었을 가능성이 커 보인다.

추천본 2

김영희 역 『토박이』* ★★★

이 책은 충실성과 가독성 양면에서 매우 훌륭하다. 번역의 오류를 살펴보기 위해 각 장의 서두, 중간, 말미 부분을 집중검토했고 또한 무작위로 이곳저곳을 발췌해서 보았으나 결정적인 오역은 찾아내기 어려웠다. 이 책은 원문의 표현들을 왜곡하거나 단순화하지 않으면서도 표현의 자연스러움을 성취해내는 번역의 묘미를 잘 보여주고 있어 훌륭한 번역본으로 적극 추천할 만하다. 무엇보다 정확한 사실묘사가 핵심을 이루는 이 작품에서 번역의 정확도가 매우 높다는 것은 중요한 미덕이다. 그러나 간혹 부적합한 표현이 눈에 띄며, 착오로 여겨지지만 드물게는 번역이 누락된 부분도 있다.

창작과비평사본은 전체적으로 한길사본에 비해 훨씬 더 정확해지거나 자연스러운 표현의 수준을 보여준다.

> Then, like and electric switch being clicked on, (93면)

그러다가 전기 스위치가 **올려지듯** (한길사 138면)

그러다가 전기 스위치가 **찰깍 켜지듯** (창작과비평사 상권 190면)

이같은 예에서 보이듯 한길사본이 특별히 오역은 아니지만, 창작과비평사본의 번역이 의성어 등을 이용하여 더욱 구체적이고도 생생한 표현의 묘미를 살려내는 것을 알 수 있다.

> Would there be coal enough to burn the body? (91면)

* 창작과비평사(1993). 이 책은 1981년 한길사에서 최초 간행된 것을 동일 역자가 전체적으로 손질한 역본으로 거의 개역이라고 해도 좋은 정도로 대폭 수정했다.

시체를 **태워버리는 데** 충분한 석탄이 있을까? (한길사 137면)

시체가 **다 타버릴 만큼** 석탄이 충분할까? (창작과비평사 상권 187면)

이 경우에도 미세한 차이지만 창작과비평사본이 더 정확하게 어감을 살리고 있음을 알 수 있다. 같은 단어일지라도 각 단어가 갖고 있는 다양한 의미를 각각의 문맥에 맞도록 자연스럽게 해석한 부분들도 돋보인다.

전체적으로 볼 때 오역이 거의 없는 매우 훌륭한 번역이기는 하지만 간혹 부적절·부적합하다고 여겨지는 대목이 없지는 않고, 드물게는 일부 누락된 경우도 발견된다.

먼저 부적절한 번역의 예를 보면 "'Lick it', Bigger said, his body **tingling** with elation"(40면)을 "핥아, 비거의 몸은 흥분으로 **따끔거렸다**"(상권 104면)라고 번역했는데, "tingle"이 "따끔거리다"라는 의미가 있지만 문맥상 어색하다. 흥분으로 '꿈틀거렸다' 혹은 '움찔거렸다'가 남성적인 흥분상태에 대한 좀더 적절한 표현일 것이다.

"Lynch him!"(253면)은 '사형'(私刑)이라는 표현을 그대로 살려 "사형시키자"(하권 80면)라고 했는데, 이렇게 곧이곧대로 옮기기보다는 '때려죽여라' 정도로 풀어 번역하는 편이 나았을 것이다.

> Was she laughing at him? Were they making fun of him? What was it that they wanted? Why didn't they leave him alone? (67면)

> 지금 날 비웃고 있는 건가? 이치들이 날 놀리고 있는 것인가? 도대체 뭘 바라고 이러는 걸까? 왜 그냥 내버려두지 않을까? (상권 148면)

이 대목은 원문이 3인칭 화자의 발언으로 되어 있음에도 불구하고 소설 속 비거의 1인칭으로 바꾸어 번역되어 있다. 이에 대해서는 크게 두가지 의견이 가능할 것 같다. 첫째, 이런 번역이 번역의 충실성이라는 점에서 문제가 될 수 있다는 것이다. 둘째, 묘출화법(혹은 간접화법)의 특징을 잘 살린 번역이라는 견해 역시 가능할 것이다. 즉 이러한 번역을 오역이라기보다는 이 번역서의 독특한 전략 혹은 특징이라고 생각해볼 수도 있겠다. 사실 원문에 지나치게 매달릴 경우보다 때로 이같은 과감한 번역이 원문의 의도를 더욱 효과적으로 살려내는 경우도 빈번하기 때문이다. 앞의 경우에도 원문의 3인칭을 그대로 지키며 번역을 할 경우 비거의 분노가 간접화되는 경향이 있다. 그러나 이 대목은 비거가 매우 화가 나 있는 상태이므로 1인칭으로 번역하여 비거가 처해 있는 복잡한 상황, 즉 적개심, 울분, 짜증으로 가득 찬 그의 심리상태를 더 효과적이고도 직접적으로 전할 수도 있는 것이다.

원전에 나와 있는 부분을 누락한 대목도 드물게나마 확인되는데, 이는 한길사본에서 지적한 그대로이다. 역자 후기를 보면 한길사본에서 반공주의에 지배되던 당시 출판사정상 뺄 수밖에 없었던 대목들을 창작과비평사본에서는 원작대로 되살렸다고 하는데, 이 대목은 역자가 제대로 시정하지 못한 것으로 보인다. 원전 162면(번역본 305면)의 "그는 자기가 어디에 있는지 완전히 잊어버리고 있었다"와 "내부의 긴장이 누그러지자" 사이의 "his eyes were still riveted on that point in space where he had last seen Jan's retreating form" 역시 누락되어 있다.

222

호밀밭의 파수꾼

J. D. 쌜린저 Jerome David Salinger

The Catcher in the Rye

출간현황　현재까지 확인된 역자는 총 23명이며, 같은 역자가 다른 출판사에서 낸 것과 실질적인 개정본을 다른 판본으로 계산할 때 총 판본은 35개이다. 그중 입수한 것은 역자 18명의 28개 판본이다. 여기서 출판사는 다르나 내용은 같은 경우가 11본으로, 이를 제외한 17종을 검토대상으로 삼았다. 『호밀밭의 파수꾼』의 최초 국역본은 1963년에 나왔다. 그해 2월 평화출판사에서 유경환·노빈의 공역본이 발간되고 이어서 5월에는 한명석 번역본이 태문당에서 발간되었다. 한 해에 초역본 2개가 등장한 것이다. 이후 유경환은 같은 평화출판사에서 단독 번역본을 내는데, 이는 그전 공역본과는 전혀 다른 판본이다. 한 역자가 다른 판본을 낸 것은 유경환이 유일하며, 그밖에는 이덕형이 문예출판사에서 2판을 내면서 1판의 번역을 일부 개정했다. 그러나 이 경우는 새로운 번역이라 할 만한 변화는 없으므로 1종으로 취급한다. 가장 최근에 출간된 것은 2001년 민음사에서 초판간행된 공경희 번역본이다. 기왕의 번역을 참조하였든 아니든 간에 새로운 번역본이라고 판단할 수 있는 번역본은 총 9종이며, 그중 2명 역자의 공역본이 2종이므로 여기에 참여한 역자는 총 11명이 된다.

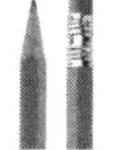 **평가개요**　　　검토의 기준으로 삼은 원전은 J. D. Salinger, *The Catcher in the Rye* (Little Brown Books 1996)이며,* 이 작품의 경우 판본에 따른 차이는 없다. 번역본 가운데 원전 텍스트를 밝힌 경우는 한명석의 태문당본 하나로 여기서 원전으로 삼은 것은 씨그넷(Signet)판이다.

집중검토대상인 9종을 상세히 검토한 결과 원작의 작품성을 살려냈

---

*이 작품은 총 26장으로 구성되어 있으며 총 214면이다. 평가는 전체적인 번역상황을 검토하되, 특히 다음을 표본 검토대상으로 삼았다. 1장(1~6면), 5장(35~37면), 10장(66~71면), 12장(81~83면), 18장(139~41면), 20장(153~57면), 22장(171~74면), 25~26장(211~14면).

으며 비교적 완벽한 번역이라고 추천할 만한 번역서는 한 종도 없었다. 추천할 정도까지는 아니라고 판단되지만 어느정도의 신뢰성을 가진 번역본은 모두 3종이다. 줄거리 파악은 가능하나 정확성과 가독성 양면에서 신뢰하기 힘든 번역본이 3종, 그밖에 문제가 심각하거나 전혀 읽을 수 없을 정도로 조야한 번역서도 3종으로 판정되었다.

이덕형의 문예출판사본, 윤용성의 문학사상사본, 김욱동·염경숙의 현암사본은 어느정도 신뢰할 만한 번역본들이다. 이 번역본들은 모두 가독성을 높이는 데 노력을 많이 한 것으로 보인다. 그러면서도 단어와 구절, 문장 등 세목을 누락하고 넘어가는 경우는 상대적으로 적은 편이다. 정확성이나 누락 등에서 비교적 심각한 문제가 있는 번역의 빈도도 낮은 편이다. 그러나 윤용성과 이덕형 역본의 경우 문단과 문장의 임의적 구분은 문제다. 원문과도 상관없고 단락 구분의 원칙이나 기준과도 무관하게, 그저 읽기 편하게 만든다는 목적 하나로 모든 단락을 매우 짧게 끊어놓았으며, 내용상 나누어서는 곤란한 대목까지 임의로 끊어놓은 경우도 많다. 문장도 긴 문장을 임의로 몇개로 나누어서 옮기는 경우가 적지 않다. 이에 비해 현암사본은 단락 구분은 원문에 비교적 충실한 편이다. 많은 다른 번역본들이 단락을 임의로 나누거나 합치는 경향을 보이는 데 비해서 현암사본은 원작의 문단 구분을 비교적 충실하게 따른다. 그러나 이 경우에도 길게 이어지는 구어체 문장을 짧게 끊어 번역하거나, 원문과는 다르게 문장을 끊는 경우가 더러 발견된다. 현암사본의 미덕은 원작에서 빈번하게 등장하는 속어와 비어의 적절한 번역에 많은 공을 들인 점이다. 그러나 정확성에서는 심각한 오역이 1면당 1개 정도 발견되면서 신뢰성을 떨어뜨리는 것이 문제다.

양병탁, 이훈일, 조용남, 공경희 역본은 줄거리 파악은 가능한 수준이나 세부적인 번역의 정확성에서 신뢰하기 힘들다. 양병탁 역본은 직역에 가까운 번역을 한 탓에 정확성과 적절성 등에서 꽤 많은 오류가 발견되나 대신 자의적인 첨가나 누락은 적은 편이다. 이훈일 역본은 번역

의 정확성 면에서는 충실한 편이며 화자이자 주인공인 홀든의 어투를
비교적 잘 살려 번역했다. 1970년대 말이라는 출간싯점을 고려해보면
기왕의 번역들에 비해 대폭적인 개선이 이루어진 셈이다. 그러나 원문
의 문장이나 단어 등 세목을 누락하고 취지의 전달에만 치중하는 번역
들이 많이 발견되며 누락된 단락이 적지 않은 것이 문제이다. 조용남 역
본은 기존 번역본들의 오류를 바로잡은 곳이 꽤 있고 가독성 면에서도
괜찮은 수준이다. 그러나 여전히 상당한 오역이 발견되며 무엇보다 윤
용성 역본에 매우 흡사한 대목이 적지 않게 발견되는 것이 큰 흠이다.
공경희 역본은 대체로 무난한 번역이다. 단락 구분은 비교적 원문을 충
실히 따른 편이고 문장을 나누거나 합치는 변용의 정도도 상대적으로
심한 편이 아니다. 그러나 단어와 구절 등 세목을 세심하게 일일이 담아
내기보다 축약해서 옮기거나 대충 넘어가는 경향이 없지 않다. 부정확
한 번역도 지속적으로 나오며 번역이 까다로운 부분에서는 적지 않게
오류를 범하고 있다.

참조본 1

이덕형 역 『호밀밭의 파수꾼』*

이 번역본의 눈에 띄는 특징은 문단과 문장을 임의로 나눠서 번역한

---

*문예출판사(1985, 1998). 1980년에 같은 역자가 태극출판사에서 번역본을 낸 것으로 『출판연감』
에 나와 있으나 구하지 못했다. 문예출판사본은 1993년에 초판 11쇄가 나왔으며, 1998년에 2판 1
쇄가 발간되었다. 검토본은 1998년에 나온 2판 1쇄본이다. 짧은 역자해설이 있으며, 번역 원전의
서지사항은 기록되어 있지 않다. 1998년에 나온 2판 1쇄본은 1993년 초판 11쇄본의 표현 등을 손
본 정도로 개역이라고 보기 힘들다. 2판에서 초판의 오류를 잡은 경우도 있으나 반대로 초판의 올
바른 번역을 2판에서 틀리게 바꾼 부분도 눈에 띈다. 그러나 대부분 초판의 오류가 그대로 2판에
서도 확인된다. 문단 구분의 경우는 오히려 초판이 원문에 충실한 편이며, 2판에서는 임의로 나누
고 있다.

것이다. 이런 문제는 윤용성 역본과 유사한데 가독성을 높이려는 시도로 보인다. 그러나 비단 이 번역본만의 문제는 아니지만 원문과도 상관없고 단락 구분의 원칙이나 기준과도 무관하게 임의로 문단을 구분하는 경우가 눈에 많이 띈다(대표적인 예로 5장). 문장 구분에서 긴 문장을 임의로 몇개로 나누어서 옮기는 경우가 적지 않으며, 원문의 "and"로 이어지는 문장은 대개 끊어서 번역하고 있다. 이런 것도 가독성을 높이려는 시도인 듯하나 가급적이면 원문의 문체를 살리면서 가독성을 함께 확보하려고 노력하는 것이 원칙이겠다. 특히 이 작품의 경우는 자신의 생각을 길게 연결하면서 서술하는 주인공 홀든의 내적 독백의 어감을 전달하는 것이 번역의 정확성만큼이나 중요한데 단지 가독성만을 높이기 위해 이런 작품의 고유한 서술방식을 무시하는 것은 문제이다. 문장의 어미는 공경희 역본처럼 '~이다'체를 쓰고 있다. 이덕형 역본은 정확성·적절성·적합성에서 눈에 띄는 결정적인 실수가 상대적으로 적고 무난하게 읽힌다. 비교적 심각한 문제가 있는 번역의 빈도도 낮아 1면당 1개에 약간 미달하는 정도다. 몇몇 부분에서 양병탁 역본을 참조한 느낌이 들지만 표절이라고 보기는 힘들며 참조라고 보는 게 타당하겠다.

이 번역본은 다른 역본에서 잘못 옮긴 부분을 제대로 번역한 대목이 꽤 눈에 띈다. 가령 "The Cab I had was a real old one that smelled like someone'd just tossed his cookies in it"(81면)을 "내가 탄 차는 방금 누군가 그 안에다 토해놓은 듯한 냄새가 나는 몹시 낡은 차였다"(125면)라고 제대로 옮겼다. 이덕형의 초판본에서는 "tossed his cookies"가 '토하다'를 뜻하는 속어인 것을 파악 못하고 "누군가가 그 안에서 쿠키를 던져버린 것같이"라고 엉뚱하게 옮겼다. 그것을 재판에서 바로잡은 예이다. 그러나 이런 부정확한 번역의 개선은 많지 않고 초판본에서 나타나는 부정확한 번역들이 재판에서도 대부분 반복된다. 그리고 부정확한 번역의 예는 아니지만 초판본에서는 제대로 한 번역이 오히려 재판본에서 누락되거나 잘못 번역된 부분도 간혹 발견된다. 예컨대 이런 대목이다.

"But I was too afraid my parents would answer, and they'd find out **I was in New York** and kicked out of Pencey and all"(68면). 이 부분을 초판에서는 "그러나 아버지나 어머니가 전화를 받을 것 같았고 그렇게 되면 내가 뉴욕에 와 있으니 펜시에서 쫓겨났다는 것을 알게 될까 봐 겁이 났다"(87면)라고 제대로 번역했다. 그러나 재판에서는 "하지만 아버지나 엄마가 전화를 받을 것 같았고 그렇게 되면 내가 펜시에서 쫓겨났다는 것을 알게 될까 봐 겁이 났다"(107면)라고 옮기면서 강조부분을 빼먹는다.

『호밀밭의 파수꾼』의 번역상 어려움이 잘 드러나는 전형적인 경우가 1장의 시작부분과 10장의 나이트클럽 장면이다. 이덕형 역본도 이 두 장의 까다로운 대목 번역에서 부정확하거나 부적절한 경우가 적지 않다. 가령 1장에서 홀든이 부모님에 관해 언급하는 대목이 그렇다. 여기서 홀든이 "how my parents were occupied and all before they had me"(1면)라고 부모님을 설명한 부분에서 "were occupied"를 "직업"으로 잘못 번역하는 경우가 많다. 이덕형 역본에서는 이 대목을 "내가 태어나기 전 우리 부모는 무슨 일을 했는지"(7면)라고 옮겼다. 물론 "무슨 일"이라는 표현이 "직업"보다는 나은 번역어 선택이기는 하나 의미의 정확한 전달에는 역시 미흡하다. 왜냐하면 "were occupied"는 단지 직업이나 일만이 아니라 부모님이 어떻게 만나서 교제하게 되었는지 등 두 분의 결혼 전 삶의 내력을 포괄하기 때문이다.

홀든이 자신의 형 D. B.를 소개하는 대목도 부정확하다. "He wrote this terrific book of short stories, *The Secret Goldfish*, **in case you never heard of him**"(2면)이라는 대목이 한 예이다. 이 문장의 강조부분은 '형에 관해 들어본 적이 없을까봐' 정도로 옮겨야 무난한 번역이다. 이덕형 역본에서는 "굉장한 단편집을 출간한 적이 있는데, 아마 들어보지 못했을 것이다"(8면)라고 옮겨 형이 아니라 단편집에 관해 들어보지 못했을 거라는 뜻으로 읽힌다. 그리고 사소한 예이지만 홀든이 스펜써 선생댁으로 뛰어간 뒤의 장면 묘사에서 '숨이 쉽게 찬다' 혹은 '숨이 짧다' 정도로 옮겨야 할 문장인 "I have no wind"(5면)를 "사실은 숨이 막혀 나올 숨도 없었다"(13면)로 번역하여 전에 담배를 많이 피워서 지금 쉽게 숨이 찬다는 맥락을 제대로 전달하지 못한다. 이런 경우는 다른 번역본이 비슷하게 범하는 오류를 반복하는 예인데, 단지 의미의 정확한 전달만이 아니라 시제의 표현에도 주의해야 하는 이 작품의 특성에 둔감한 경우이다. 앞의 예에서도 시제가 잘못 번역되고 뜻이 부정확하게 전달되어 마치 홀든이 과거 그때 뛰는 것이 힘들어 숨이 막혔다는 맥락으로 읽힌다. 그러나 이 표현은 시제가 현재로 되어 있듯이 과거 그때 일에 대한 묘사가 아니라 이어지는 내용, 즉 자기가 지금은 끊었지만 과거에 담배를 많이 피워서 숨이 쉽게 찬다는 현재상황에 대한 묘사이다. 현재시제와 과거시제의 구분을 통해 과거의 사건을 현재싯점에서 회상하는 홀든의 시각이 제대로 전달되지 않는 경우이다.

나이트클럽 장면을 다룬 10장에서도 다른 번역본에서 발견되는 부정확한 번역들이 바로잡히지 않은 예가 꽤 눈에 띈다. 홀든이 나이트클럽에서 옆에 앉은 세 여자 중 한 여자에게 눈길을 주는 다음의 장면에서도 역시 부정확한 표현이 보인다.

> I started giving the three witches at the next table the eye again. That is, the blonde one. The other two were strictly from hunger. I didn't do it crudely, though. I just gave all three of them **this very cool glance** and all. (70면)

나는 옆자리에 있는 그 무당 같은 세 여자들에게 다시 눈길을 보내기 시작했다. 다시 말해서 금발의 여자에게 그랬다는 뜻이다. 나머지들은 전혀 입맛을 돋우지 못했다. 그러나 눈길을 준다고 해서 노골적으로 그러지는 않는다. **지극히 냉정한 시선**을 보냈을 뿐이다. (109면)

이 문장의 취지는 홀든의 관심이 실상 세 여자 중 금발머리 여자에게만 있지만, 그런 마음을 노골적으로 드러내는 어린애 같은 짓을 하기보다 세 여자 모두에게 고루 눈길을 주었다는 것이다. 그런데 "very cool glance"를 "냉정한 시선"으로 옮기는 다른 번역본들에서도 흔히 범한 오류 때문에 이런 홀든의 속마음이 제대로 전달되지 못한다. 여기서 "very cool glance"는 '은근한 눈길' 혹은 '추파' 정도로 옮기는 게 문장의 취지 전달에 어울린다. 같은 나이트클럽 장면에서 홀든이 금발머리 여자와 춤을 추러 나가자 다른 두 여자가 발작이라도 일으킨 듯 정신없이 킬킬거리더라는 대목에서 "hysteric"이란 말을 곧이곧대로 옮겨서 "두 바보들은 히스테리를 일으켰다"(110면)라고 번역한 것도 문제이다. 이 문장은 여자들이 어린 홀든이 자신들한테 눈길을 주는 것을 보고 우스워 죽겠다는 듯 킬킬거렸다는 취지이고 이 문장의 앞뒤 맥락을 보면 이 점이 분명하다. 그런데 이덕형 역본은 마치 나머지 두 여자가 홀든과 춤을 추고 싶어했고 그래서 홀든이 고른 금발머리 친구한테 화가 나서 히스테리를 일으키는 양 원래의 의미를 비틀어 전달한다. "다른 두 여자들은 거의 발작에 가까울 정도로 웃어댔습니다"라고 옮긴 김욱동 역본이 대안번역으로 추천할 만하다. 10장 나이트클럽 장면 중에서 까다로운 대목 중 하나가, 똑똑한 여자들보다 바보같은 여자들이 댄스 상대로는 더 나은 경우가 많다는 이야기를 하는 다음 대목이다. "I'm not kidding, some of these very stupid girls can really **knock you out** on a dance floor"(70면). 이 부분을 "병신 같은 여자하고 나왔다가는 바닥에 **곤두박질하기** 십상인 법이다"(110면)라고 옮기는데, 이렇게 되면 마치 여자가 너무 춤을 못춰서 상대방이 피곤해진다는 반대의 뜻으로 읽힐 소지가 있다. 여기서 "knock you out"은 멍청한 여자들이 춤은 너무 잘 추어서 감탄하게 만드는 경우가 있다는 뜻이다.

  이 작품은 청소년인 홀든이 구사하는 표현, 특히 속어나 비어 등의 어감 전달에도 신경을 써야 한다. 이덕형 번역본은 번역의 적절성이나

적합성에서 심각한 문제점을 보이지는 않고 대체로 무난히 읽히는 수준
을 유지한다. 그러나 표현이 조금 더 세심했으면 싶은 대목도 있다. 5장
의 첫머리에서 학교에서 제공하는 식사에 관해 홀든이 회상하는 대목을
보자.

> We always had the same meal on Saturday nights at Pencey. **It
> was supposed to be a big deal**, because they gave you steak. **I'll bet
> a thousand bucks** the reason they did that was because a lot of
> guys' parents came up to school on Sunday, and old Thurmer
> probably figured everybody's mother would ask their darling boy
> what he had for dinner last night, and he'd say, "Steak." (35면)

펜시의 토요일밤 메뉴는 언제나 똑같았다. 저녁식사로 스테이크가 나
오는데 **그건 성찬이다**. 학교측에서 그런 성찬을 베푸는 이유는 일요일에
학교로 찾아오는 많은 학부모들이 **틀림없이** 사랑하는 아들에게 "어젯밤에
는 무엇을 먹었니?" 하고 물을 것이고, 아들들은 "스테이크를 먹었어요" 하
고 대답할 것을 서머 교장이 미리 계산에 넣었기 때문이다. (58면)

이 단락의 번역은 생각의 흐름에 따라 말을 잇달아 하는 홀든의 말투에
충실하다. 또한 여기서 벌어지는 어머니와 아들과의 대화가 실제 상황
이 아니라 교장의 머릿속 생각임도 웬만큼 전달하고 있다. 그러나 정확
성에서 문제가 있는 대목들도 있다. 가령 첫줄의 "It was supposed to
be a big deal"이 그런 예인데 이 문장을 그냥 "성찬이다"라고 옮김으로
써 이 문장에서 드러나는 홀든의 냉소와 거리감이 잘 살아나지 못한다.
이 부분은 '대단한 식사인 양 생각되었다' 정도로 옮겨야 한다. 뿐만 아
니라 "I'll bet a thousand bucks" 부분을 그냥 "틀림없이"라고 옮긴다든
지, 학교로 찾아온 것은 "parents"지만 아이들에게 식사에 대해 물어본

것은 "mother"임에도 그걸 구분하지 않고 그냥 학부모들이라고 옮긴 것은 부정확한 번역으로, 당시 미국의 사회적·문화적 관행을 잘못 전할 위험도 있다.

이 작품의 제목이자 주제와도 직결되는 '호밀밭의 파수꾼' 이야기가 나오는 부분도 취지를 잘못 전달하면서 작품 이해에 장애가 된다. 홀든은 '호밀밭의 파수꾼'이라는 이미지를 상기시킨 번즈의 시를 기억한다. 그러나 그가 기억한 노랫말은 번즈 시의 한 대목을 잘못 기억한 것이다. 원래 노래말은 "If a body meet a boy coming through the rye"(173면)인데 홀든은 이걸 "If a body catch a body"로 잘못 기억한다. 그러나 오히려 이런 잘못된 기억으로 이 작품의 제목인 '호밀밭의 파수꾼'(the catcher in the rye)이라는 발상이 가능해진 것이다. 피비는 홀든이 기억하는 가사가 틀렸음을 지적하고, 홀든은 나중에서야 피비의 말이 정확했다는 것을 깨닫게 된다. 그런데 이렇게 나중에 깨달았다는 이야기를 전하는 대목 "She was right, though. It is 'If a body meet a body coming through the rye.' **I didn't know it then, though**"(173면)에서 강조한 부분이 "사실 그때는 그 시를 잘 몰랐다"(256면)로 옮겨져 있다. 그러나 여기서 홀든이 몰랐던 것은 시 자체라기보다는 자기가 틀렸다는 사실이다. 물론 홀든이 정확하게 가사를 다 기억했던 것은 아니지만, 그렇다고 그 시 자체를 잘 모르고 있었다고 하면 홀든이 여기서 하는 이야기 전체가 우스워져버린다. 공경회 역본에서도 비슷한 오류가 나오며 그 번역표현이 이덕형과 매우 유사하다. 그리고 다른 번역본들에서도 대부분 비슷한 잘못을 저지른다.

윤용성 역 『호밀밭의 파수꾼』[*]

이 번역본은 가독성을 높이는 데 많은 노력을 기울인 것으로 보인다. 그러면서도 단어와 구절, 문장 등 세목을 누락하고 넘어가는 경우는 상대적으로 적은 편이다. 정확성이나 누락 등에서 비교적 심각한 문제가 있는 번역의 빈도도 낮은 편으로, 1면당 1개에 약간 미달하는 정도이다. 문체에서도 문장을 자유롭게 변형하면서 자연스러운 구어체의 느낌을 살리려고 한 점이 특징이다. 그런 면에서 문체와 내용 모두 대체로 무난하게 전달해주는 편이라고 할 수 있다.

그러나 가독성을 높이기 위해 번역 및 편집상 원문을 지나치게 자의적으로 변용하는 경향이 있다. 우선 임의로 장별 제목을 달았는데 이는 편집부에서 추가한 것임을 밝혀놓았고, 본문은 원문에 따라 장 표기를 그대로 한 만큼 문제라 하기는 힘들다. 그러나 단락 구분의 경우는 문제이다. 원문과도 상관없고 단락 구분의 원칙이나 기준과도 무관하게, 그저 읽기 편하게 만든다는 목적 하나로 모든 단락을 매우 짧게 끊어놓았으며, 내용상 나누어서는 곤란한 대목까지 임의로 끊어놓은 경우도 많다. 문장 차원에서도 마찬가지이다. 이훈일 역본이 여러 문장을 합쳐놓는 경우가 많다면 윤용성 역본은 긴 문장을 임의로 몇개로 나누어서 처리하는 경우가 많다. 원문에서 일부러 중복하여 표현한 부분들을 하나로 통합하여 매끈한 문장으로 바꾸는 경향이 있는 것은 이훈일 역본과 마찬가지이다. 경우에 따라 변용은 가능하나 가급적이면 원문의 문체를 살리면서 가독성을 함께 확보하려고 노력하는 것이 원칙이라고 하겠다. 문장의 어미는 대화체 어미를 택했으며 다만 '내적 독백'보다는 '이

---

[*] 문학사상사(1993, 2002). 윤용성 번역은 문학사상사의 '현대세계문학선집'의 하나로 1993년 처음 발간되었으며, 여기서 검토본으로 삼은 것은 2002년 발간본(초판 11쇄)이다. '옮긴이의 말'과 이태동이 쓴 작품해설이 붙어 있으나 둘 다 매우 소략한 편이다.

야기하기'(storytelling)에 더 적절한 '~단다' '~구나' 식의 어투가 이따금 눈에 띄는데, 최선의 선택으로 보이지는 않는다. 독백투에 크게 어긋나지 않는 어미로 일관된 처리를 하는 편이 더 나았을 것이다.

윤용성 역본은 이덕형의 문예출판사 2판을 부분적으로 참조해가면서 새로 번역한 판본으로 보인다. 이 번역본은 문장을 짧게 끊어 처리하는 특징을 갖고 있다. 가령 1장에서 홀든이 펜씨 학교의 홍보사업을 평가하는 대목을 보자. 펜씨 학교가 마치 이 학교에서는 날마다 말을 타고 폴로경기라도 하는 듯이 말 타고 울타리를 넘는 학생의 사진을 잡지에 광고하고 있다고 말하면서, 홀든은 이런 학교의 홍보에 대해 다음과 같은 냉소적인 평가를 한다. "I never even once saw a horse anywhere near the place"(2면)라고 말한다. 번역본에서는 홀든의 말을 세 문장으로 나누어 "말이라니. 나는 이제껏 한번도 본 적이 없다구. 교내 어디를 뒤져봐도 말이라곤 한마리도 없었어"(15면)라고 처리한다. 5장 첫머리에서 토요일의 식당 메뉴를 빈정거리는 대목도 마찬가지이다. 여기서는 하나의 문장이 5개의 문장으로 나뉘어 있다.

> I'll bet a thousand bucks the reason they did that was because a lot of guys' parents came up to school on Sunday, and old Thurmer probably figured everybody's mother would ask their darling boy what he had for dinner last night, and he'd say, "Steak." (35면)

어째서 그 학교가 그렇게 했느냐 하면 말이야, 일요일에는 많은 학생들의 부모가 학교에 오기 때문이었다구. 천 달러를 걸어도 좋아, 그 때문이었다구. 모든 부모가 사랑하는 자식에게 어제 저녁에는 뭘 먹었느냐고 묻잖아? 그러면 애들은 「스테이크」 하고 대답하지. 서머 놈은 그걸 노린 게 틀림없어. (62면)

그런데 이렇게 나누어 처리해서 가독성을 높일 수는 있겠으나 최선의 선택이라고 하기는 힘들 것이다. '말' 이야기가 나오는 첫번째 예에서는 간결한 원문의 문장을 오히려 좀 장황하게 만든 느낌이다. 두번째 예에서는 줄줄 잇달아서 말을 이어가는 홀든의 말투를 살리지 못할 뿐 아니라 어머니와 아들과의 대화가 실제로 있었던 것이 아니라 교장이 아마도 그럴 것이라고 상상했을 것이라는 '가정'의 뜻이 제대로 전달되지 못해 번역의 정확성에서도 약간의 문제가 생겨난다. 홀든의 말투와 '가정'의 의미를 두루 살리면서 우리말로도 자연스럽게 번역하기란 물론 쉽지는 않겠으나 이 번역본에서는 문장을 나누고 변용하는 방식으로 이런 어려운 문제를 피해가는 경향이 있다.

10장 나이트클럽 장면 중에서 까다로운 대목 중 하나가, 똑똑한 여자들보다 바보 같은 여자들이 댄스 상대로는 더 나은 경우가 많다는 이야기를 하는 대목인데, 여러 번역본이 여기에서 오류를 범하고 있지만 윤용성 역본은—이훈일 역본과 함께—이 대목의 의미를 비교적 정확히 전하는 드문 경우 중 하나이다.

> I'm not kidding, some of these very stupid girls can really knock you out on a dance floor. You take a really smart girl, and half the time she's trying to lead you around the dance floor, or else she's such a lousy dancer, the best thing to do is stay at the table and just get drunk with her. (70~71면)

거짓말이 아니야. 아주 바보 같은 여자 중에도 댄스 플로어에 세워두기만 하면 정말로 감탄할 만한 여자가 있거든. 머리가 좋은 여자의 경우는 춤을 추고 있는 동안 반 정도는 상대방을 리드하려고 하든가, 그렇지 않으면 아예 형편없이 춤이 서투르든가 하잖니. 그런 상대일 때는 테이블에서 일어나지 말고, 같이 술이나 퍼마시면서 곤드레가 되는 게 상책이지. (111면)

속어나 비어를 빈번히 사용하는 것도 이 작품을 옮기는 데서 유의해야 할 점인데, 대체로 무난하게 번역하고 있으나 까다로운 경우에는 윤용성 역본도 역시 오류를 범하고 있다. 몇가지 예를 살펴보자.

홀든이 나이트클럽에서 옆에 앉은 세 여자 중 한 여자에게 눈길을 주는 다음의 장면에서 이 번역본 역시 오류를 범하고 있다.

> 나는 옆자리에 앉은 세명의 마귀 할멈들에게 또 윙크를 보내기 시작했어. 실은 금발이 목표였지만. 다른 두명은 밥맛이 떨어졌다구. 하지만 노골적으로 윙크를 했던 건 아냐. 셋 모두에게 **지극히 냉정한 시선**을 보냈을 뿐이라구. (110면, 원문은 본서 229면 이덕형 편 참조)

생각은 한 사람한테만 있지만, 그런 마음을 노골적으로 드러내는 촌스런 짓을 하기보다 세 여자 모두에게 눈길을 주었다는 취지인데, "very cool glance"를 "냉정한 시선"으로 옮겨 다른 번역본들이 흔히 범한 오류를 여기서도 범하고 있다.

『호밀밭의 파수꾼』은 어감 전달에도 각별한 신경을 써야 하는 작품이다. 이 번역본은 이런 면에서 개선의 여지가 꽤 있어 보인다. 펜씨와 다른 학교의 축구시합을 이야기하면서 "The game with Saxon Hall **was supposed to** be a very big deal around Pencey. It was the last game of the year, and you **were supposed to** commit suicide or something if old Pencey didn't win"(2면)이라고 학교의 분위기를 묘사하는데 'be supposed to'라는 표현을 반복함으로써 이런 분위기에 대한 홀든의 냉소와 거리감을 전달한다. 번역본에서는 "색슨 홀과의 학교 대항 시합은 펜시에선 **커다란 행사지**. 일년을 마무리 짓는 마지막 시합이기 때문에, 만약 펜시가 진다면 목이라도 매야 할 **정도였어**"(15면)라고 처리했다. "정도였어"가 어감에 신경을 쓴 어휘 선택이라고도 할 수 있으나 앞 문장 어미가 그냥 평범한 진술처럼 처리되었기 때문에, 번역만

읽고 냉소나 거리감을 읽어내기란 쉽지 않다.

어감 처리에서는 어떻게 적절한 우리말로 담아내느냐가 매우 중요하다. 자기가 당시 펜싱팀 주장이었다고 하며 홀든은 "Very big deal"(3면)이라고 간단히 덧붙이는데, 홀든의 이 말 역시 냉소가 배어 있는 말로 보아야 한다. 그러나 이 번역본에서는 "알아달라구"(16면)라고 옮겨 이런 냉소가 전혀 전달되지 않고, 오히려 자신의 직책에 대해 '자랑스러워'하는 것처럼 읽힐 위험까지 있다.

참조본 3

김욱동·염경숙 역 『호밀밭의 파수꾼』[*]

김욱동·염경숙 역본은 적확성·적합성·적절성 등에서 고심한 흔적이 보이는 번역본이다. 특히 우리말 표현이 매끄러운 편이며, 역자들 스스로 밝혔듯이 속어와 비어를 요즘 한국의 10대들이 쓰는 비어로 전환하려는 노력이 눈에 띈다. 그러다보니 지나치다고 여겨지는 대목도 군데군데 있지만, 이런 노력과 고심 자체는 높이 평가할 수 있겠다. 그런데 이렇게 구체적인 표현에서는 청소년인 홀든의 언어습관을 살리려고 노력하면서도 어투에서는 경어체를 사용하는 것이 특징이다. 역자해설에서는 1인칭화법의 효과를 살리고, 그렇게 함으로써 "홀든의 고백을 더욱 생동감있게 옮길 수 있을 것"(296면)이라는 판단에서 이런 선택을 했다고 설명한다. 그러나 홀든의 내적 독백으로 이루어진 이 작품의 경우 홀든이라는 인물이나 그의 말투로 보아, 그가 하는 독백투 이야기의 잠재적 청중은 어른이기보다는 그의 동년배라고 보는 게 옳을 것이다.

[*] 현암사(1994, 2002). 검토본으로 삼은 것은 2002년 발간된 초판 6쇄본이다. 이 번역본에는 김욱동이 쓴 짤막한 역자해설이 있다.

따라서 어투도 경어체보다는 평어체로 처리하는 것이 더 낫겠다. 경어체 선택은 홀든의 비속어 구사와도 일정한 괴리를 보여준다.

이 작품에서 단어와 구절, 문장 등 세목을 누락하고 넘어가는 경우는 상대적으로 적은 편으로, 검토한 부분에서는 2군데 정도가 눈에 띄었다. 단락 구분 등의 편집도 원문에 비교적 충실한 편이다. 많은 다른 번역본들이 단락을 임의로 나누거나 합치는 경향을 보이는 데 비해서 이 번역본은 원작의 문단 구분을 비교적 충실하게 따른다. 그런 점에서 일단 성실한 번역본이라고 할 수 있다. 그러나 앞에 말한 누락을 포함해 정확성·적절성·적합성 등에서 볼 때 소소한 오류를 제외하고도 문제가 있는 경우가 평균 1면당 1개 정도 계속 발견된다. 문장을 옮기는 데서는 길게 이어지는 구어체 문장을 짧게 끊어 번역하여 읽기 편하게 만드는 경우들이 종종 눈에 띄는데, 줄줄 이어가며 말을 하는 홀든의 말투를 좀더 살려내려는 고심이 아쉬운 편이다.

이 번역본은 다른 번역본들에서 발견되는 부정확한 번역들을 제대로 옮긴 대목이 많다. 가령 1장의 시작부분에서 자주 오역이 발견되는 대목을 보자. 홀든이 형 D. B.를 소개하는 대목 "He wrote this terrific book of short stories, *The Secret Goldfish*, **in case you never heard of him**"(2면)을 이 번역에서는 "**혹, 형 얘기 들어보지 못한 사람이 있을까봐 노파심에서 하는 말인데요,** 형은요 『비밀 금붕어』라는 끝내주는 단편집을 냈습니다"(6면)라고 의미를 제대로 전달한다. 이런 번역은 다른 번역본들에 비해 상대적으로 나은 윤용성 역본과도 비교가 된다. 이 대목을 윤용성은 "**형에 관해선 아는 게 없겠지?**《비밀 금붕어》라는 굉장한 단편집을 출간한 적이 있다구"라고 옮겼는데 문장의 임의적인 구분도 걸리지만, 강조한 부분을 보면 원 문장의 대강의 뜻은 담고 있으나 정확하게 옮기기보다는 대충 풀어서 전하는 편이다. 이 점에서 김욱동·염경숙 역본이 가독성을 살리면서도 원문의 의미에 충실하다는 면에서 낫다. 짧은 문장이지만 많은 번역본들이 실수를 저지르는 대목인 "I have no

238

wind, if you want to know the truth"(5면)도 이 번역본에서는 "사실 난 쉽게 숨이 차거든요"(10면)라고 정확히 옮긴다.

『호밀밭의 파수꾼』은 번역의 정확성과 더불어 어감 전달의 적절성이나 우리말 표현의 적합성에도 꽤 신경을 써야 하는 작품이다. 그런 점에서 충실성과 가독성 양면에서 문제적인 지점들이 계속 나타나고 있는데 그런 대목들을 몇개 들어보자.

부정확한 번역이 드러나는 다른 예는 10장의 춤추는 대목이다. 이 장면은 대부분의 번역본들이 이런저런 부정확성을 드러내는 곳인데 이 번역본도 그런 예를 보여준다. 10장 나이트클럽 장면 중에서 까다로운 대목 중 하나가, 똑똑한 여자들보다 바보 같은 여자들이 댄스 상대로는 더 나은 경우가 많다는 이야기를 하는 대목이다.

> 정말이지, 어떤 멍청한 여자들은 무도장에서 사람을 기진맥진하게 만들거든요. **춤추려면 정말 영리한 여자를 데려가라구요**. 그러면 그 여자가 무도장에서 반 정도는 리드해서 춤추려고 한답니다. 데려간 여자가 춤에 대해선 젬병이라면 차라리 테이블에 앉아서 술만 퍼마시는게 상책이구요.
>
> (98~99면, 원문은 본서 235면 윤용성 편 참조)

멍청한 여자들이 때로는 놀라울 정도로 춤을 잘 춘다는 뜻인데, 그 대목을 "기진맥진하게" 만든다고 옮겨 마치 춤을 너무 못 춰서 상대방을 힘들게 한다는 뜻으로 읽힌다. 또한 춤 상대로서 영리한 여자들은 리드하려 드는 경우와 춤을 아주 못 추는 경우로 나뉘나 두 경우 모두 곤란하다는 뜻이다. 이 번역에서는 "영리한 여자"가 춤 상대로 좋은 것처럼 거꾸로 이해될 소지가 있게 옮겼다. 특히 "춤추려면 … 데려가라구요"라는 표현은 영리한 여자가 춤 상대로 좋다는 뜻으로 잘못 읽힐 소지가 있다. 이 대목은 오히려 윤용성본이 정확하게 뜻을 전달한 편이다.

엉뚱한 실수도 드물지만 눈에 띈다. 가령 10장에서 피비와 공원에 갔던 기억을 회상하는 부분(95~96면, 원문 68면)이 그러하다. 홀든은 동생 앨리와 함께 일요일마다 피비를 데리고 공원에 갔었다고 이야기하는데, 번역본에서는 이상하게도 '형'도 함께 간 것으로 되어 있다. 이제는 세상에 물든 형과는 거리가 있는 것처럼 보이는 홀든, 죽은 동생 앨리 그리고 피비 사이의 어떤 유대감을 회상하는 대목이라고 보면 이런 삽입도 적지 않은 문제일 테지만, '형'의 존재를 넣어서 읽다보니 급기야 다음과 같은 왜곡까지 일어나게 된다. 홀든이 피비 자랑을 하면서 하는 말이다. "앨리도 그 애에게 녹았습니다. 형도 그 아일 아주 좋아한다는 거예요"(96면). 이 대목에서 일관되게 '형'의 존재가 추가되는데, 급기야 다음 같은 변용까지 일어나게 된다. 원문은 "She killed Allie, too. I mean he liked her, too"(68면)로 되어 있어, 앨리가 피비를 매우 좋아했다는 말을 표현을 바꾸어가며 강조하는 내용이다. 그러나 번역본에서는 하나는 앨리 이야기로, 뒤의 문장은 형의 이야기로 바뀌어 있다. 번역문의 "…는 거예요"라는 어미는 앨리가 피비를 좋아하는 것과 형이 좋아하는 것 사이에 무슨 '관계'라도 있나 하고 독자들이 생각할 우려도 있다.

1장에서 홀든이 교장의 딸인 쎌마 써머를 묘사하는 대목에서도 비슷한 오류가 발견된다. 홀든은 그녀를 묘사하면서 "가슴이 불룩해 보이게 브래지어 패드를 마구 집어넣었는데도 **별로 신통치가 않았어요**"(8면)라고 말한다. 이 대목의 원문은 "… damn falsies that point all over the place, **but you felt sort of sorry for her**"(3면)로서 강조부분에서는 쎌마 써머에 대해 홀든이 느끼는 연민이 드러나야 한다. 그런데 번역문은 비아냥거리는 어조가 훨씬 강하다. 이 부분은 '불쌍해 보였다'거나 '안되어 보였다' 정도로 번역해야 무난하다.

이 작품에서는 시제의 처리가 중요하다. 작품이 현재싯점에서 과거에 있었던 사건을 회상하는 식으로 서술되기 때문에 사건에 대한 서술이 현재싯점에서 이루어진 것인지 아닌지를 구분하는 것은 작품을 이해하는 데 매우 긴요하다. 이 작품의 경우에 다른 번역본들에 비해서 이런 시제의 처리에 상대적으로 민감한 편이다. 가령 1장에서 학교를 떠나는 심경을 이야기하는 대목에서도 당시의 상황(과거시제)과 일반적 진술 (현재시제)이 뒤섞이며 피비의 외모를 이야기하는 10장에서도 마찬가지인데, 이런 대목의 시제 처리를 정확하게 구분해주는 편이다. 그러나 그렇지 않은 경우도 간혹 발견된다. 가령 1장에서 스펜서 선생댁을 방문했던 것을 기억하는 대목이 그렇다. 자신을 반겨주었던 스펜서 부인을 회상하는 대목의 원문은 "I think she was glad to see me. She liked me. At least I think she did"(5~6면)인데, 번역문은 "나를 아주 반기셨죠. 나를 좋아하셨거든요. 어쨌든 그런 기분이 들었어요"(11면)이다. 이 대목은 '내가 온 게 반가우셨던 모양이야. 나를 좋아하셨거든. 적어도 내 생각에는 그랬던 것 같아' 정도로 번역해야 과거의 사건을 회상하는 홀든의 현재 심경이 잘 드러난다.

1장에서 홀든이 일류학교인 것을 젠 체하는 펜씨 학교를 묘사하는 부분에서도 부정확한 대목이 보인다. 홀든이 학교를 묘사하는 대목의 번역문은 "펜시 학교는 툭하면 쫓아내거든요. 이 학교는 상당한 성적평가기준을 갖고 있는 겁니다"(9면)이다. 이 대목의 원문은 "They give guys the ax quite frequently at Pencey. It has a very good academic rating, Pencey. It really does"(4면)인데, 이 대목에서는 펜씨가 일류학교라는 식의 평가에 대한 홀든의 냉소적 태도가 드러나야 한다. 원래 학교가 훌륭해서 학생들을 내쫓는 게 아니라 성적이 좋지 않은 학생들을 내쫓음으로써 평판을 올리고 있다는 뉘앙스가 드러나야 하는데 그렇지 못하다. 가독성을 높이기 위해 임의로 문장을 나누는 대목이 가끔 발견되는데 이런 임의적인 문장 구분은 홀든의 생각을 전달하는 데 문제가 된다.

이 번역본에도 누락이 눈에 띄나 검토한 원문 25면에서 발견한 것은 다음 2개 정도이므로 많다고는 물론 할 수 없다. 다만 좀더 세심한 주위를 기울였으면 하는 아쉬움은 있다. 홀든과 택시운전사의 대화장면(114면, 원문 83면)에서 "그 일에 벌컥 화를 내길래 그와 말 트는 걸 집어치웠습니다"라는 문장 뒤에 "He turned all the way round again and said ⋯ What's different about it? Nothing's different about it," Horwitz said"까지 약 6행이 빠져 있다. 그리고 쎈트럴 파크에서 오리가 있는 호수를 찾는 장면(210면, 원문 154면)에서도 "호수를 찾느라고 되게 애를 먹은 겁니다"라는 문장 뒤에 "I knew right where it was — it was right near Central Park South and all — but I still couldn't find it"이라는 문장이 누락되었다.

제2부

영국문학

캔터베리 이야기 · 실락원 · 로빈슨 크루쏘우 · 오만과 편견 · 올리버 트위스트 · 막대한 유산 · 제인 에어 · 워더링 하이츠 · 플로스 강의 물방앗간 · 싸일러스 마너 · 귀향 · 테스 · 어둠의 속 · 더블린 사람들 · 젊은 예술가의 초상 · 아들과 연인 · 무지개 · 등대로 · 리어왕 · 멕베스 · 오셀로 · 햄릿

캔터베리 이야기

제프리 초서 Geoffrey Chaucer

The Canterbury Tales

출간현황 현재 『캔터베리 이야기』의 번역본은 11본이며 역자는 6명이다. 이 번역본들 중 곽장현 역본과 조용만 역본은 김병철 연감에서만 언급될 뿐 실제로 구할 수 없었고, 입수하여 검토대상이 된 판본은 4명 역자(2명 공역 1본 포함)의 9본이다. 김진만 역본은 현재 6본이 나와 있는데 이 중 정음사본이 1963년 출간된 것으로 가장 빠르다. 이후의 번역본들은 대부분 이 판본을 재출간한 것이거나 선별 출간한 것이어서 한 종으로 취급하며, 문공사 자이언트문고본(1982)은 다른 김진만의 번역본과 전혀 달라 별개의 종으로 취급한다. 따라서 최종 검토대상본은 4종이다.

김진만이 역자로 나와 있는 번역본은 현재 여러 본이 남아 있다. 그런데 문공사 자이언트문고본을 제외한 나머지 번역본들은 모두 정음사 번역본을 재출판한 것이다. 문공사 자이언트문고본은 역자가 김진만이라고 씌어 있기는 하지만 『캔터베리 이야기』 전체를 다 번역하지 않았을 뿐 아니라 어투와 번역, 원문의 이해도, 번역의 충실도 모든 면에서 정음사본과는 전혀 다른 번역본이어서 이후의 번역 점검에서는 새로운 번역본으로 취급하기로 한다.

1963년 첫 번역이 나온 이후 대부분의 번역본들은 김진만의 이름으로 번역된 것이고 이후 다른 역자가 나타난 것은 2000년대에 들어서이다. 2001년에는 한울에서 현직 소장 교수이자 중세 전공자들인 이동일·이동춘의 공역서가 출간된다. 『캔터베리 이야기』의 전체 번역이 아니라 "The General Prologue"와 6개의 이야기에 대한 번역이라는 한계를 갖고 있기는 하지만, 해당 분야 전공 교수진의 공역이라는 점에서 눈길을 끈다. 또다른 번역본은 2002년에 책이있는마을에서 출간된 송병선 역본이다. 이것은 스페인문학 전공자가 영문학 작품의 원본과 스페인어 번역본 양쪽을 참고하면서 번역을 시도했다는 점이 특이하다.

검토대상

- 김진만 『캔터베리 이야기』 정음사(1963) 동서문화사(1975, 1978) 문공사(1982)
  범한출판사(1982) 탐구당(1964, 1998) 학원출판공사(1983, 1987)
- 이동일·이동춘 『캔터베리 이야기』 한울(2001)
- 송병선 『캔터베리 이야기』 책이있는마을(2000, 2002)
- 김진만 『캔터베리 이야기』 문공사 자이언트문고(1982)

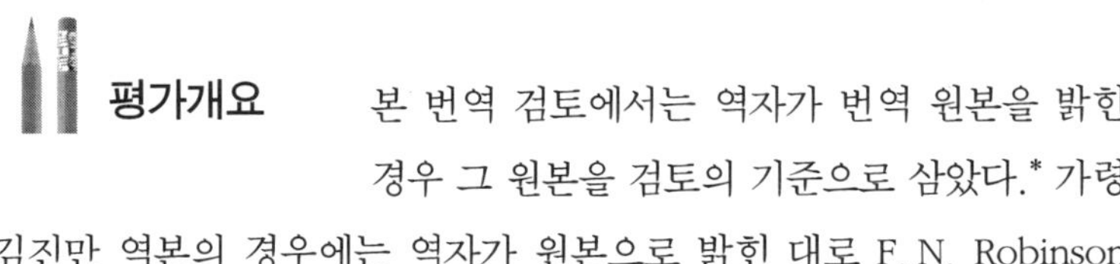 **평가개요** 본 번역 검토에서는 역자가 번역 원본을 밝힌 경우 그 원본을 검토의 기준으로 삼았다.* 가령 김진만 역본의 경우에는 역자가 원본으로 밝힌 대로 F. N. Robinson

---

*본 검토대상이 되는 번역본 4본 중 전체를 다 번역한 것은 김진만 정음사본과 송병선 역본 2본뿐이고 나머지 2본은 번역된 부분이 각기 다르다. 따라서 본 검토에서는 전체를 다 번역한 판본의 경우에는 여기에 명기한 부분을 집중적으로 검토했다. 그 분량은 원본에서 각각의 이야기(tale)의 행수 10%를 선정하되 각 이야기에서 의미상 중요하다고 생각된 부분을 주로 그 대상으로 삼았다. 번역이 선별적으로 이루어진 김진만 문공사본과 이동일·이동춘 한울본의 경우에는 각기 번역된 이야기들 중 여기서 밝힌 부분을 검토하기로 한다.

246

ed., *The Works of Geoffrey Chaucer* (Houghton Mifflin 1957)를 번역 검토의 기준으로 삼기로 하고, 이동일·이동춘 역본은 Larry D. Benson ed., *The Riverside Chaucer* (Houghton Mifflin 1987)를 기준으로 삼는다. 송병선 역본은 번역본의 원본을 John Fisher ed., *The Complete Poetry and Prose of Geoffrey Chaucer* (Holt, Rinehart and Winston 1977)와 *Cuentos de Canterbury* (Catedra 1991)로 밝히고 있는데, 이 경우에는 피셔의 판본은 참고했지만 스페인어 번역본은 검토자의 능력을 넘어서므로 참고하지 못했음을 밝혀둔다.

『캔터베리 이야기』의 번역을 검토하면서 다음의 원칙들을 염두에 두면서 평가하고자 했다. 첫째, 원문의 역사적·문화적·종교적 맥락에 대해 충분한 이해하고 있는가. 『캔터베리 이야기』는 현대와는 매우 다른 역사적 배경에서 탄생한 중세작품이기 때문에 이 시대에 대한 이해가 충분하지 않다면 현대어에서는 맞게 보이는 번역이라도 완전히 다른 의미를 가질 수 있다는 점을 유념해야 한다. 가령 'condition' 'estate' 'degree' 등 한국의 역사나 현대사회에 존재하지 않는 중세의 신분관계 등을 표현하는 단어들이 나올 때, 그 원문의 맥락과 역사적 의미를 제대로 이해하고 번역했는지를 주의깊게 살펴보았다. 둘째, 원문의 문학적 의미를 살리고 있는가. 가령 작가가 문학적 효과를 의도하여 일부러 반복하여 사용하는 단어를 그대로 살리고 있는가, 등장인물의 성격이 반

"The General Prologue"(1~39, 331~476행), "The Knight's Prologue and Tale"(1033~1186, 2987~3089행), "The Miller's Prologue and Tale"(3766~3854행), "The Reeve's Prologue and Tale" (3921~68행), "The Man of Law's Introduction, Prologue, Tale and Epilogue"(134~273행), "The Wife of Bath's Prologue and Tale"(1~134행), "The Friar's Prologue and Tale"(1301~37행), "The Summoner's Prologue and Tale"(1665~1708행), "The Clerk's Prologue and Tale"(267~392행), "The Merchant's Prologue, Tale and Epilogue"(2291~2418행), "The Squire's Introduction and Tale"(1~75행), "The Franklin's Prologue and Tale"(806~94행), "The Physician's Tale"(1~29행), "The Pardoner's Prologue and Tale"(329~420행), "The Shipman's Tale"(1~52행), "The Prioress's Prologue and Tale"(488~522행), "The Nun's Priest's Prologue, Tale and Epilogue"(2821~2939행), "The Second Nun's Prologue and Tale"(119~75행), "The Manciple's Prologue and Tale"(104~38 행), "The Retraction"(1081~92행).

영된 문체를 사용하는가 등 원문이 의도하는 문학적 효과에 충분히 주의를 기울이면서 원문의 분위기에 최대한 밀착된 번역을 했는지를 살펴보았다. 셋째, 번역본 전체에 번역에 관한 일관된 철학이나 원칙이 반영되어 있는가. 가령 원문의 의미의 충실성을 중시하는가, 혹은 자연스런 우리말 번역을 중시하는가. 그리고 이러한 원칙이 번역에서 일관되게 적용되고 있는가. 만약 그렇다고 판정되면 번역에서 발견되는 다소간의 문제점들을 이러한 원칙에 의거하여 설명할 수 있는가 등의 문제에 특히 유념했다.

앞에서 언급한 번역본 4본을 검토한 결과 다음과 같은 판단을 하게 되었다.

김진만 역 정음사본은 원문의 맥락 이해, 문학적 의미의 재생, 번역본 전체에 일관된 번역 원칙 등 모든 면에서 대단히 우수한 것으로 평가되었다. 총 2만여행 중 약 10%에 해당하는 1,800여행을 검토한 결과 명백하게 부정확하다고 판정된 것은 8개에 불과할 정도로 우수한 번역본이었다. 그리고 무엇보다도 맛깔스럽고 감칠맛나게 우리말을 구사한 솜씨가 빼어나다.

이동일·이동춘 역본 역시 원문의 맥락 이해, 문학적 의미의 재생, 번역본 전체에 일관된 번역 원칙 등 모든 면에서 우수한 것으로 평가되었다. 원문의 명백한 오역은 드물었다. 총 7,992행 중 950행, 즉 31면 가량을 검토한 결과 분명하게 부정확하다고 판정된 오역은 6개였다.

송병선은 이미 1963년에 김진만의 완역본이 나와 있는데도 본 번역본이 국내 최초 완역본이라고 책 표지에 쓰고 있다. 번역 수준 자체를 따지자면 중세영문학을 본격적으로 연구한 학자가 아닌 사람의 번역본 치고는 비교적 믿을 만하지만, 원문의 역사적·문화적·종교적 맥락에 대한 이해가 반드시 필요한 부분의 번역에서는 오역이 상당수 발견되었다. 김진만 역본과 마찬가지로 전체를 다 번역했기 때문에 같은 분량, 같은 부분을 검토했는데, 총 1,800여행(60면 분량)에서 51개의 명백한 오역이 발견되었다.

　김진만의 문공사 자이언트문고본은 헤아릴 수 없이 많은 문제와 오역을 안고 있었다. 이러한 오역본이 제대로 된 훌륭한 번역본을 만든 번역자와 동일한 이름으로 통용된다는 것은 큰 문제라고 여겨진다.

추천본 1

김진만 역 『캔터베리 이야기』* ★★★

　이 역본은 완역본이므로 총 2만여행이 번역대상이다. 본 검토에서는 약 10%에 해당하는 1,800여행을 검토했는데, 그 10%를 선택할 때에도 각각의 이야기에서 특히 중심이 되는 부분으로 많은 비평가들이 인정해 왔던 부분을 선별하여 검토해보려고 노력했다. 검토 결과 명백하게 부정확하다고 판정된 것은 8개에 불과할 정도로 우수한 번역본이었다. 부정확한 번역은 구체적으로는 "The General Prologue"에서 1개, "The Knight's Prologue and Tale"에서 2개, "The Miller's Prologue and Tale"에서 1개, "The Man of Law's Introduction, Prologue" "Tale and Epilogue"에서 1개, "The Merchant's Prologue" "Tale and Epilogue"에

---

* 정음사(1963). 이 역본은 『캔터베리 이야기』에 대한 최초의 번역본인 동시에 완역본이라는 점에서 우선 그 역사적 의의를 찾을 수 있다. 주지하다시피 14세기의 중세영어로 씌어진 초써의 『캔터베리 이야기』는 영어를 모국어로 하는 사람들조차도 원어로 이해하고 읽는 데 큰 어려움을 느끼는 작품이다. 그런데도 이미 1960년대에 완역본이 출간되었다는 것은 한국의 영문학 수용이 이 시기에 얼마나 적극적으로 이루어졌는지를 증명함과 동시에 그 당시의 학문적 수준에 대해 재평가를 하도록 만든다. 본 번역서는 정음사 출간 이후 여러 다른 출판사에서 다시 완역본 형태로, 혹은 부분 발췌 형태로 재출간되었는데 원형의 훼손 없이 출간되어 이후의 한국 영문학계에서 『캔터베리 이야기』를 수용하는 데 지속적으로 영향을 끼쳤다. 이후의 번역본 중 탐구당본이나 동서문화사본은 운문 같은 형식으로 출간되기는 했지만, 사실은 이 정음사본을 연이나 행의 구분에 맞게 적당히 배열한 것에 불과하다. 그런데 후대의 번역본에서 산문 번역을 운문처럼 배치해도 거슬리지 않을 만큼 우리말의 리듬을 잘 사용하고 있다는 점이 이 번역본에서 특히 눈에 띄는 값진 점이다.

서 1개, "The Nun's Priest's Prologue" "Tale and Epilogue"에서 2개였다.

이처럼 명확한 오역을 찾기란 매우 힘들고, 또한 부정확하다고 판별된 것들 중 상당수가 원문의 의미를 오해해서라기보다는 원문의 분위기를 우리말로 좀더 잘 전달하고자 고심했기 때문에 생긴 결과라고 생각되는 경우가 더 많았다. 그렇기 때문에 이 작품은 원문을 정확하게 이해하고 있다는 점에서 원문에 대한 충실성에서도 우수하며 우리말로 읽었을 때 의미와 분위기가 제대로 전달되고 있다는 가독성 측면에서도 매우 훌륭하다.

전반적으로 김진만 역 『캔터베리 이야기』는 ① 운문 번역의 문제 ② 번역작업에서 원문(출발어, source language)을 더 중시할 것인가, 혹은 번역문(도착어, target language)을 더 중시할 것인가 등의 번역의 근본적인 문제에 대해서 되짚어보게 하는 번역본이다. 이 번역본은 원문이 운문이건 산문이건 모두 획일적으로 산문으로 번역했는데 사실 다음의 분석에서 부적절 혹은 부적합이라고 지적되는 것들 중 대부분은 운문 원문이 산문으로 번역될 때 일어날 수 있는 여러가지 문제를 잘 보여준다고도할 수 있다. 예를 들어본 번역본에서는 원문과 다른 구조를 지닌 우리말로 운문을 번역할 때 생기는 어색함을 해결하기 위해 원문에는 없는 연결사를 집어넣는 부분들이 자주 눈에 띈다. 이러한 점들은 매끄럽고 자연스러운 우리말로 옮기는 것을 우선적 관심사로 하는가, 혹은 가능한한 원문에 근접한 번역문을 만들 것인가 하는 2가지 가능성 중 역자가어느 쪽을 택할 것인가 하는 소신의 문제라고도 할 수 있는데 이 번역본은 사실상 이 2가지 문제가 충돌할 때 전자를 택했다고 볼 수 있다.

이와같이 김진만 역본에서 가장 두드러진 특징은 매끄럽고 자연스러운 우리말로 옮기겠다는 역자의 소신이 번역서 전체에서 감지된다는 점이다. 원문의 뜻을 문자 그대로 직역하기보다는 그 내적인 의미를 강조하는 과정에서 우리말 번역에서는 과장된 것처럼 보이는 표현들이 등장하기도 한다. 그리하여 원문과 번역문 간의 일치관계만을 따지는 잣대로만 본다면 원문에 단어를 추가한 것처럼 보여서 얼핏 부정확한 것 같은 부분들도, 자세히 살펴보면 사실은 우리말 리듬과 구어체의 상용 어구를 적절히 구사하기 위한 노력의 일환인 것을 알 수 있다. 즉 원문과 번역문의 기계적인 일치관계보다는 자연스럽고 맛깔스런 우리말로 쓰인, 번역본만으로도 시적 의미를 감상할 수 있는 문학작품을 만들겠다는 역자의 소신이 시종일관 작용하고 있음을 확인하게 된다. 이러한 노력의 결과인지, 산문 번역이지만 운문 같은 느낌을 살리고 있다는 점은 이 번역의 가장 큰 특징이자 매력이다. 우리말의 적절한 리듬 구사, 원문의 성격에 따라 어려운 문자나 구어체를 적절히 배합하는 솜씨를 보고 있자면 마치 판소리 한판을 듣고 있듯이 절로 흥이 나서 우리말 번역본 자체가 하나의 훌륭한 문학작품인 것 같은 느낌을 주는 보기 드문 훌륭한 번역이다.

중세영어의 느낌을 현대 한국인 독자들에게 어떻게 전달할 것인가는 참으로 해결하기 어려운 문제인데 김진만 역본은 우리말의 고어투를 시의적절하게 활용함으로써 이러한 문제를 잘 해결하고 있다.

특히 이 역본에서 구어체의 번역은 매우 탁월하다. 예를 들어 "The Miller's Tale"에서 엡쏠론과 대장장이의 대화, "The Wife of Bath's Prologue"에서 바스의 여인의 왁살스런 분위기와 말투, "The Clerk's Prologue"에서 월터와 그리젤다의 대화부분에서 보이는 신분에 따른 적절한 어조 등 김진만 역본에서 구사하는 문체의 다양성과 그 적절성은 모두 훌륭하지만, 그중에서도 구어체의 번역은 정말로 훌륭하다. 예를 들어보자.

Herkne eek, lo, which a sharp word for the nones,

Biside a welle, jhesus, God and man,

Spak in repreeve of the Samarian:

Thou hast yhad fyve housbondes, — quod he,

그리고 또 이런 얘기도 있지 않아요. 하나님이자 인간이신 예수께서 우물가에서 사마리아의 여인을 꾸짖으며 〈너는 기왕에 다섯 사람의 남편을 가졌으니 지금 너를 데리고 사는 그 남자는 너의 남편이 아니로다〉라고, 분명히 말씀했어요. 이 얼마나 모진 말씀입니까. 그런데 그게 무슨 소리였는지 난 짐작이 가지 않는군요. (127면)

구어체를 적절히 구사했을 뿐 아니라 어문구조가 엉켜 있어서 우리말로 옮기기가 매우 어려운 부분인데 원문의 의미구조를 잘 살리면서도 앞뒤가 잘 맞는 우리말로 적절히 옮긴 예이다.

앞서 언급한 것처럼 이 번역본이 한국에서 이 작품을 수용하는 데 지대한 영향을 끼쳤고 40여년이 지난 지금의 한국의 영문학자들도 이 번역본의 영향을 크게 받고 있기 때문에 특히 더 자세히 분석해야 할 사항이 있다. 그것은 인물의 명칭에 관한 부분이다. 주지하다시피 전반적으로 중세 영국의 신분제도나 사회적 관계가 현재의 한국과는 매우 다르고, 따라서 중세 영국에서 통용되던 신분명칭은 한국에는 역사적으로 보나 현재의 사회상으로 보나 상응할 만한 어휘를 찾기 힘들다. 더구나 이러한 신분명칭에 대한 번역의 선례가 없는 상황에서 가장 근사치에 가까운 번역어를 찾아낸 김진만의 공은 치하할 만하다. 그럼에도 불구하고 현대 독자의 눈으로는 몇가지 아쉬운 점이 발견된다. 가령 "Man of Law"에 대한 번역으로는 "변호사"도 무방하나, 작품 속에서 이 인물에 대한 소개를 감안할 때 '법률가'가 더 적절해 보인다. 또 "Franklin"은 "향반"이라고 번역되어 있는데 사실상 이 영단어에 해당하는 적절한 우리말 단어가 없다는 점을 생각한다면 이러한 번역을 굳이 택한 것이 이해가 가는 것은 사실이다. 그러나 향반이라는 말을 쓴다면 한국어 독자 누구도 그 정확한 의미를 알아들을 수 없으리라 생각되므로 풀어서 쓰더라도 다른 단어를 사용하는 것이 낫지 않을까라는 생각이 들기도 한다. "Pardoner"는 "면죄승"이라고 번역되어 있는데 현대어에서는 '~승'이라는 표현을 잘 사용하지 않으므로 '면죄사'가 더 자연스럽지 않을까 하는 생각이 든다. 마찬가지로 "Canon's Yeoman"은 "성당승의 종자"라고 번역되어 있는데 이것도 현대어로는 '성당 참사의 종자'가 낫다고 생각된다. "Nun's Priest"를 "수녀시승"이라고 번역한 것도 마찬가지 경우이다. 이는 틀린 번역이라고 할 수는 없지만, 현대 한국어에서 잘 쓰지 않는 단어이므로 '수녀원 신부' 혹은 '수녀원 지도신부' 정도로 번역하는 것이 낫다.

한편 "Wife of Bath"의 명칭의 문제는 앞에서와는 다른 관점에서 접근할 필요가 있다. "Wife of Bath"는 "바쓰의 여장부"라고 번역이 되어 있고 이러한 번역은 한국 영문학계에 매우 큰 영향을 끼쳐서 현재도 많은 영문학자들이 이 명칭을 사용하고 있으나 이는 분명한 오역이다. 중세영어에서 'wife'는 부인 혹은 여성의 뜻만을 가지고 있기 때문에 이를 여장부라고 번역하는 것은 옳지 않다. 또한 이때의 "of"는 '출신'이라는 뜻에 가깝기 때문에 "Wife of Bath"는 '바스댁' 혹은 '바스에서 온 여인' 정도로 보는 것이 옳다.

그런데 "Wife of Bath"를 "바쓰의 여장부"라고 번역하는 것은, 어떤 의미에서는 오역이라기보다는 역자의 작품 해석이 번역에 반영된 흔적이라고 보인다. "Wife of Bath"를 "여장부"로 보는 작가의 의도는 "The Wife of Bath's Prologue and Tale"의 번역문 곳곳에서 발견된다. 사실상 "Wife of Bath"에 대한 이러한 해석 혹은 평가는 1960년대의 여성관을 상상해본다면 한편으로는 이해가 되는 대목이기도 한데, 어쨌든 "Wife of Bath"와 관련된 부분에서는 이왕이면 더 방종하고 과격한 여인으로 보이도록 번역한 듯한 느낌이 확연하다.

1960년대의 우리말 용례가 반영되어 현대 독자들에게 익숙하지 않게 보이는 표현들이 몇가지 등장한다는 점도 짚고 넘어갈 필요가 있다. 60년대식 말투가 사용된 것 자체를 잘못된 번역이라고 볼 수는 없다. 다만 현대 독자가 읽을 경우 좀 어렵게 느껴지거나 어색하게 보일 수 있으리라는 점은 이 번역본에 대한 온당한 평가를 위해서라도 지적할 필요가 있다고 생각된다. 가령 "Manciple"은 "조달계"로, "Summoner"는 "소환리"로 번역되어 있는데, 이러한 명칭은 이 작품이 번역되던 1963년에는 '~계'나 '~리' 등의 표현들이 하급직의 명칭으로 익숙한 것들이라는 점을 감안한다면 당시의 언어 상황에서는 잘된 번역이었다고 평가할 수도 있다. 번역상의 문제점을 하나씩 구체적으로 살펴보자.

① 현대의 한국 문화와 어휘로는 설명할 수 없는 중세문화와 관련된 문구를 옮기는 과정에서 생기는 어려움을 잘 보여주는 예

> Experience, though noon **auctoritee**
>
> Were in this world, is right ynogh for me
>
> To speke of wo that is in mariage;
>
> ("The Wife of Bath's Prologue and Tale" 1~3행)

세상 사람들은 **성경에라도 나오는 얘기**라야 곧이듣지만 나는 내 경험만 가지고도 결혼의 갖가지 어려운 문제들을 논할 충분한 자격이 있어요.

(127면)

이 경우 "auctoritee"에 성경이 포함되는 것은 사실이지만 "성경에라도 나오는 얘기"로 제한하는 것은 사실상 적합하지 않다. "auctoritee"를 성경으로 번역할 것인가, 혹은 문자 그대로 '권위'라는 의미를 살려서 번

254

역할 것인가 하는 것은 선택하기 어려운 문제이다. 이것은 중세문화에서 "auctoritee"가 갖는 독특한 의미에 기인한다. 중세문화에서 글로 씌어진 것은 저자(author)의 글로서 권위를 갖게 되고, 특히 교부나 정통적인 신학자들의 옛 글은 아주 권위(authority)있는 글로 여겨졌다. 그중에서도 성경이 가장 큰 권위를 가진 글이었음은 두말할 나위도 없다. 이런 의미에서 "auctoritee"를 성경으로 번역할 것인가, 권위있는 글로 번역할 것인가 하는 것은 판단하기 어렵다. 어떻게 보면 권위있는 글로 번역하는 것이 나은 것도 같지만, 막상 "Wife of Bath"가 본문 중에서 성경을 많이 인용하는 것을 감안한다면 성경이라고 번역하는 것도 틀리다고는 말할 수 없기 때문이다.

② 문화적 편견에 기인한 잘못된 번역의 예

> They trowe that no "Cristen prince wold fayn
> Wedden his child under **our lawe sweete**
> That us was taught by Mahous, oure prophete."
>
> ("The Man of Law's Introduction, Prologue, Tale and Epilogue" 222~24행)

그들이 말하기를 「어떤 그리스도 교인인 임금이 예언자 마호멧이 **율법**을 베푼 나라에 그의 딸을 시집보내려고 하겠읍니까.」 (107면)

이 번역에서는 "our lawe sweete"를 율법이라고만 해석하여 "sweete"를 빠뜨렸다. 그런데 이것은 단지 단어 하나를 빠뜨렸다는 의미만을 지닌 것은 아니다. 시리아 국민들이 자신들의 종교에 대해 갖는 관점이 바로 이 "sweete"라는 단어에 반영되어 있고, 그것이 작품에서는 종교적으로나 정치적으로 적대관계에 있는 그리스도교인들의 생각과 대비되기 때문에 더욱더 각별한 의미를 갖는 단어이다. 따라서 이 단어 자체는 매우 큰 함의를 갖는다고 할 수 있다. 사실상 이러한 부분들은 1980년대 이후 정치적 올바름(political correctness)에 대해 예민한 감각을 갖도록 훈련받은 독자들에게는 매우 중요하게 생각되는 문제이다. 그러나 이 번역본이 1960년대에 나왔다는 것을 생각한다면 이슬람교에 대한 무의 식적인 거리감이 작용하여 이 부분에 대한 번역을 빠뜨리게 되었다고 생각할 수도 있다.

③ 작중인물에 대한 작가의 편견 혹은 해석이 번역에 작용한 예

Housbondes at chirche dore I have had fyve, ―

("The Wife of Bath's Prologue and Tale" 6행)

나는 성당 문 앞에서 **자그마치** 다섯 사람의 남편을 맞았고 (127면)

이 번역에서는 원문에 없는 "자그마치"라는 과장된 표현을 삽입했다. 이것은 번역자가 "Wife of Bath"의 바람기를 강조하려는 의도가 있었기 때문이라고 생각된다.

④ 원문을 너무 자세하게 우리말로 풀어 설명해주는 예

Hir answere shal she have, I undertake.

("The Merchant's Tale" 2317행)

저 **여인에게 책임지고 적당히 꾸며댈 구실**을 마련해주겠어요.

(동서문화사 330면)

"Hir answere"를 "저 여인에게 책임지고 적당히 꾸며댈 구실"이라고 번

역하는데 이것은 "Hir answere"의 문맥을 고려할 때 그 구실의 내용과 성격을 적확히 집어내는 것이기는 하다. 그러나 원문보다는 지나치게 많은 설명을 붙여준 것처럼 보인다.

> An hundred thousand bodyes of mankynde
>
> Han rokkes slayn, **al be they nat in mynde,**
>
> Which mankynde is so fair part of thy werk
>
> That thou it madest lyk to thyn owene merk.
>
> Thanne semed it ye hadde a greet chiertee
>
> Toward mankynde;
>
> ("The Franklin's Prologue and Tale" 877~82행)

인간은 당신이 당신 자신의 형상만 — 그런데도 저 돌들은 수백 수천의 인간을 죽였읍니다. **저 돌의 희생자들을 일일이 기억할 수는 없읍니다만.** **처음에** 당신은 인간에게 큰 자비심을 베푸시는 것같이 보였는데, (230면)

이 번역에서 "al be they nat in mynde"를 "저 돌의 희생자들을 일일이 기억할 수는 없읍니다만"으로 해석한 것이 좋은 예이다. 이것은 '비록 그들이 기억 속에 남아 있지는 않지만' 정도의 의미이다. 그런데 "저 돌의 희생자" 운운하는 것은 문맥에 맞게 그 의미를 채워넣은 것이다. 다소간의 과장된 표현이라고 볼 수 있을지는 모르지만 이것을 굳이 틀렸다고 말하기는 어려워 보인다. 다음 문장에서는 "처음에"가 들어간 것이 문제가 되는데 이것은 다음 문장에서 과거시제와 현재시제가 교차되면서 대조적 의미를 띠게 되는 것을 분명하게 하기 위한 의도로 해석된다.

⑤ 원문의 문학적 의미를 전달할 때 어느 부분에 초점을 맞추어야 하는가의 어려움을 잘 보여주는 예

> This clerk was cleped **hende** Nicholas.
>
> **Of deerne love he koude and of solas;**
>
> ("The Miller's Tale" 3199~3200행)

이 학생의 이름은 니꼴라스, 꽤 **한량다운** 데가 있고, **남몰래 연애하는 재미를 보고 살았다.** (77면)

"The Miller's Tale"의 번역에서는 "hende Nicholas"라는 표현이 반복적으로 등장하여 "hende"가 일종의 별칭(epithet) 구실을 하고 있는데 이 번역의 경우에는 별칭으로서의 느낌을 살리지 못했다는 점에서는 부적합하다. 그러나 사실상 "hende"가 가진 여러 의미를 다 살릴 수 있는 상응하는 우리말이 없다는 점이 더 큰 문제라고도 할 수 있다. 앞의 인용문에서 "남몰래 연애하는 재미를 보고 살았다"는 번역은 별칭의 느낌을 살리지 못했다는 점만 제외한다면, 원문의 의미는 물론이요 그 맛을 제대로 살리면서 우리말의 자연스런 구어 표현을 제대로 살리는 번역이라 말할 수 있다.

그러나 앞의 단락은 번역이 야기하는 다른 종류의 어려움을 잘 드러낸다는 점에서 더욱 자세히 검토할 필요가 있다. 여기에서 중요한 것은 "The Miller's Tale"에는 "hende Nicholas"라는 표현이 작품 곳곳에서 나온다는 점이다. 원문에서는 이렇게 동일한 "hende"가 반복적으로 사용되고 있음에도 불구하고 번역문에 오면 각각의 행에서 번역을 다르게 하고 있거나 아니면 아예 번역을 생략하는 경우도 있다. 예를 들어 3199행에서는 "한량다운"이라고 번역을 했는가 하면 3272행에서는 "난봉꾼"으로, 3386행에서는 원문과는 무관하게 "한 집에 사는"으로 번역했으며, 3397행에서는 번역을 하지 않았다. 이러한 번역들은 사실상 우리말 번역문만 읽는다면 앞뒤 문맥과 잘 어울리고 3199행이나 3272행의 경우에는 번역 자체가 크게 틀렸다고 보기도 어렵다. 그러나 이 "hende

258

Nicholas"라는 어구는 초써가 니콜라스의 별칭처럼 반복적으로 사용함으로써 작품 해석이나 인물 분석의 중요한 한가지 열쇠로 작용할 수 있도록 의도하고 있는 부분이다. 'Courtly'라는 의미를 지니고 있는 "hende"를 니콜라스의 이름 앞에 붙임으로써 앞의 "The Knight's Tale"의 궁정풍의 사랑의 'courtly'와 대조되도록 하고 있고, 또한 "hende"의 의미 자체의 아이러니도 찾을 수 있게 하는 등 다면적인 의미를 갖고 있기 때문이다. 이러한 관점에서 본다면 "hende"를 이렇게 각기 다르게 풀어서 쓴다거나, 별칭이 아닌 서술어나 기타 수식어구로 처리하게 되면 원문의 의미가 살아날 수 없다는 점이 분명하다.

이러한 문제들은 사실상 이 번역이 무엇을 의도했는가의 문제를 다시금 생각하게 만든다. 번역에서 학문적 엄밀성을 더 중시하는가, 아니면 도착어의 유창성과 가독성, 그리고 도착어 문학권에서의 문학성 등을 더 중시하는가 하는 번역철학의 문제일 수도 있기 때문이다. 물론 이 두가지를 다 갖출 수만 있다면 더 바랄 나위가 없겠지만 두마리 토끼를 다 잡기 어려운 것이 현실이라면, 그리고 양자택일의 가능성 중 후자를 택했기 때문에 이와같은 번역이 나왔다고 풀이한다면 이런 번역을 흠이라고 판단하기는 어렵다.

추천본 2

이동일 · 이동춘 역 『캔터베리 이야기』* ★★☆

이 번역본은 "The General Prologue"를 비롯하여, "The Knight's

---

* 한울(2001). 이 번역본은 『캔터베리 이야기』의 전체 번역이 아니라 "The General Prologue"와 "The Knight's Tale" 등 비교적 잘 알려진 6개의 이야기에 대한 번역이다. 현재 우리나라에서 출간된 『캔터베리 이야기』 번역본 중 유일한 공역본으로서, 각 이야기를 역자들이 따로 맡아 번역했다

Tale" "The Miller's Prologue and Tale" "The Wife of Bath's Prologue and Tale" "The Clerk's Prologue and Tale" "The Franklin's Prologue and Tale" "The Pardoner's Introduction, Prologue and Tale" 등 모두 6 개의 이야기를 번역했다. 번역본이 총 7,992행이고 각각의 이야기에서 특히 중심이 되는 부분으로 많은 비평가들이 인정해왔던 부분을 중심으로 9백여행을 선별하여 검토했다.

다음의 구체적인 분석에서 몇가지 분명한 오역을 지적하기는 했지만 사실상 이 번역본에 분명한 오역의 예는 매우 적다. 또한 그외에 지적된 사항들도 원문을 완전히 잘못 이해한 것이라기보다는 표현상의 문제인 경우가 많다는 점을 먼저 밝히고 싶다. 검토부분에서 부정확한 번역의 비율은 구체적으로는 "The General Prologue"에서 2개, "The Knight's Prologue and Tale"에서 1개, "The Wife of Bath's Prologue and Tale"에서 2개, "The Franklin's Prologue and Tale"에서 1개이다. 총 943행, 검토분량 31면 중에서 6개의 오역이 확인되어 매우 신뢰도가 높은 번역이므로 추천할 수 있는 역본으로 판정한다.

이 번역본의 특징은 원문의 의미를 최대한 살리려고 했다는 점이다. 이들이 「머리말」에서도 밝히고 있듯이 단어 선택에서도 우리말로 얼마나 매끄럽게 읽힐 것인가보다는 원문에 얼마나 더 충실하게 번역할 것인가의 문제를 가지고 고심한 흔적이 여실하다. 중세 전공의 소장 교수들이 한 번역답게 중세영어나 중세문화 전반에 걸친 체계적인 이해를 바탕으로 하고 있기 때문에 전반적으로 원문에 충실하게 번역하고 있으며, 중세문화나 기독교, 사회상에 대한 정확한 인식이 필요한 부분에서 일정 수준 이상의 번역을 고르게 보여주고 있다는 것이 이 번역본의 가

는 발언이 없는 것으로 보아 번역된 작품들을 함께 번역한 것으로 보아야 할 것이다. 번역 원본은 Larry D. Benson ed., *The Riverside Chaucer* (Houghton Mifflin 1987)임을 밝히고 있다. 작가와 작품에 대한 일반적인 수준의 간단한 해설이 실려 있으며, 많지는 않지만 현대 한국어 독자들에게 익숙하지 않은 어구들에 대한 간단한 주석이 붙어 있다.

장 큰 장점이다. 따라서 이 번역본은 원문을 읽을 수 없는 독자라 하더라도 번역본만을 읽고 원문의 의미를 크게 왜곡됨이 없이 이해할 수 있는 신뢰할 만한 번역본이라고 말할 수 있다. 특히 이 번역본은 최근의 번역이기 때문인지 현대 독자들에게 비교적 익숙한 문구들을 사용하고 있어서 중세에 대한 기초지식이 없는 일반독자들이 읽어도 어렵지 않게 내용을 이해할 수 있다.

그러나 이러한 장점들은 다시금 단점이라 해석할 여지를 안고 있는 것도 사실이다. 즉 원문에 충실한 번역을 만들려다보니 오히려 원문이 가진 흥과 재미, 각 화자들에 따라 다르게 구사되는 문체적 특징들이 사장되면서 번역이 밋밋해진 것이다. 물론 번역에서 원문의 정확한 의미를 전달하면서 원문이 가진 문체적 특성이나 개성있는 말투를 고스란히 옮겨달라고 주문하는 것은 두마리 토끼를 잡는 것처럼 대단히 어려운 일이기는 하지만 전반적으로 김진만 역본이 생동감있게 화자의 특징이나 문체적 특성을 포착하는 데 비해 이 번역본은 이 부분에서 상대적으로 미흡한 느낌이 드는 것은 아쉬운 점이라 할 수 있다.

이와 관련된 문제로서 이동일·이동춘 역본의 큰 특징이자 문제점이라 할 수 있는 것은 운문과 산문 번역의 기준이 일정하지 않다는 것이다. 원래 『캔터베리 이야기』에서 산문은 "The Tale of Melibee"와 "The Parson's Tale" 이렇게 2개의 이야기밖에 없는데 이 역본에서는 "The Knight's Tale" "The Franklin's Tale"은 산문으로, "The Clerk's Tale"은 산문과 운문의 중간 형태로서 연(stanza) 정도로만 구분된 번역이 등장하고 나머지 "The General Prologue" "The Miller's Tale" "The Wife of Bath's Prologue and Tale" "The Pardoner's Tale"은 운문으로 번역이 되어 있다.

이와 관련하여 역자들은 "이야기의 특성상 운문에 가깝다고 생각되는 이야기는 운문으로, 산문에 더 적합하다고 생각되는 이야기는 산문으로 번역했다. 원 작품에 흐르는 운율의 의미와 구수한 이야기체의 깊은 맛을 운문과 산문체 혼합으로 조금이라도 느낄 수 있다면 역자로서 더없는 기쁨이겠다"(6면)라고 밝히고 있기는 하지만 그 선별의 기준이 모호하다는 점은 지적하지 않을 수 없다. 전형적인 로맨스인 "The Knight's Tale"은 산문으로 번역하고, 기존의 종교적 가르침에 반박하며 변론하고 자신의 전기적 사실을 늘어놓는 "The Wife of Bath's Prologue"는 운문으로 번역하는 것이 더 원문의 특성에 가깝다는 근거를 찾기가 아무래도 어렵기 때문이다. 영어의 운문을 우리말의 운문으로 옮기는 것이 어렵다는 것은 누구나 인정할 수 있는 일이므로, 원문의 산문/운문을 그대로 우리말의 산문/운문으로 옮기는 것이 어렵다고 판단되었다면 오히려 일관되게 산문으로 번역하는 것이 독자들의 불필요한 오해나 혼란을 피할 수 있는 방법이 아니었을까 하는 생각이 든다.

그밖에도 사소한 문제처럼 보이기는 하지만 언급하고 넘어가야 할 것은, 어떤 이야기들은 문단 구분의 원칙이 불분명하게 보인다는 점이다. 가령 "The Franklin's Tale" 같은 경우 어떤 때에는 래리 벤슨(Larry D. Benson)의 문단 구분을 따르고 있지만 어떤 곳에서는 벤슨의 문단 구분과 상관없이 문장마다 새로운 문단으로 만들고 있다. 이것은 직접적인 번역문의 정확성 여부와는 별도로 독자들에게 혼란을 일으킬 수도 있다는 점에서 시정이 필요하다. 번역의 상태를 구체적으로 살펴보자.

① 현대에는 없는, 혹은 우리나라의 역사상에는 없었던 개념의 표현

이럴 때에는 특별히 완전히 다른 개념을 말하는 경우만 오역으로 간주했지만 명백한 오역은 아니면서도 의미가 왜곡되어 전달될 소지가 있는 번역도 다수 있었다. 가령 신분에 관련된 단어들을 번역하는 경우에 이런 예가 많이 발견된다.

A **Frankeleyn** was in his compaignye. ("The General Prologue" 331행)

그와 동행한 사람 가운데 **시골 유지**가 있었다. (37면)

"시골 유지"라는 표현에는 시골에서의 지도층 인사라는 의미가 포함
되어 있는데 "franklin"이라는 신분은 귀족이 아니라는 점이 잘 드러나
지 않게 된다. '지방 소지주' 정도의 표현이 더욱 적절하다고 생각된다.

a **Persoun** of a Toun ("The General Prologue" 478행)

시골 사제 (43면)

『캔터베리 이야기』에서의 묘사나 맥락을 본다면 틀리다고 말하기는 어
렵지만 "parson"이라는 단어에 '시골'의 뜻은 포함되어 있지 않다. '교
구 신부' 혹은 '본당 신부' 정도로 해석해야 한다. 그외에도 "Clerk"를
"옥스퍼드 서생"으로 번역하는 것 등은 재고의 여지가 있으나 이를 명백
히 오역으로 볼 수 있는지는 논란의 여지가 많기 때문에 여기서는 이러
한 것들은 유보상태로 두기로 한다. 이와같이 "The General Prologue"
에 등장하는 인물들의 명칭을 제외하더라도 본문의 번역 중에서도 유사
한 문제가 나타난다. 가령 다음의 예가 그러하다.

And though he were a povre **bacheler**, ("The Knight's Tale" 3085행)

비록 그가 가진 것 없는 **수습기사**라 할지라도 (116면)

"bacheler"는 젊은 기사이다. "수습기사"라고 하면 정식 기사가 되지 못
한 'squire'로 혼동될 우려가 있다.

② 현대에는 없는 개념의 번역

가령 중세의 'gentil' 혹은 'gentility'와 같은 개념은 정확한 현대어로 옮기기가 매우 어렵다. 특히 초써가 동일한 단어를 같은 이야기 내에서 반복하여 사용하면서 이 단어가 함축하고 있는 여러 연관된 의미들을 활용하는 경우에는 이 단어를 시종일관 같은 단어로 번역해서 원문이 의도하는 바를 전달할 것인가, 아니면 우리말로는 각각의 문맥에 맞게 다르게 번역할 것인가 하는 문제가 풀기 어려운 숙제로 남아 있다. 동일한 문제가 김진만 역본 검토에서도 지적된 바 있다. 김진만 역본에서 이러한 문제가 발견된 경우에는, 특별히 잘못된 의미를 전달하는 것이 아니라면 원문의 단어가 갖고 있는 여러 함의 중 하나를 사용하여 번역하는 것은 무방한 것으로 판정했기에 이동일·이동춘 역본 검토에서도 동일한 원칙으로 판정했다. 다만 그렇다고 하더라도 원문이 가진 의미를 다소간 오해하고 있다고 판단되는 경우에는 부적합으로 판정했다.

For **gentil** mercy oghte to passen right. ("The Knight's Tale" 3089행)

숭고한 자비가 엄격한 공정을 압도하는 것이니라 (116면)

이때의 "gentil"은 "숭고한"으로 옮겨졌는데 이것은 큰 문제가 없다.

And he hire serveth so **gentilly**, ("The Knight's Tale" 3104행)

팔라몬은 에멜리를 **알뜰히** 섬겨서 (117면)

이 문장에서 "gentilly"는 신분상 귀족이며 이들의 사랑은 그 신분에 걸맞은 고결성을 지니고 있음을 함축하는 단어인데, 이것을 "알뜰히"라고 번역하면 지나치게 구어처럼 표현되어 일상생활적인 의미인 것처럼 느껴지게 될 뿐 아니라 귀족으로서의 신분과 관련된 이들의 궁정적 사랑의 특성을 정확히 전달하지 못하게 된다.

③ 동일한 단어의 다른 의미를 초써가 시에서 다양하게 활용했을 경우

이 경우에는 특별히 잘못된 의미를 전달하는 것이 아니라면 원문의 단어가 갖고 있는 여러 함의 중 하나를 사용하여 번역하는 것은 무방하다 하겠다. 다만 그렇게 여러 의미를 가졌다 하더라도 원래의 의미를 왜곡시킨 것이 분명한 경우에는 그 왜곡의 경중에 따라 오역의 여부를 판정했다. 가령 "The Genenral Prologue"의 "worthy"라거나, "The Miller's Tale"의 "hende" 같은 것은 좋은 예이다.

이렇게 동일 단어를 여러번 사용한 것들 중에서도 "The Miller's Tale"의 "hende Nicholas"처럼 "hende"가 별칭으로 사용된 것들은 판정하는 데 상당한 어려움이 있다. "hende Nicholas"는 "The Miller's Tale" 곳곳에서 나온다(3199, 3272, 3386행 등). 그런데 번역문에서는 이것이 동일한 표현임에도 불구하고 번역을 다르게 하고 있거나 아니면 아예 번역을 생략하는 경우도 있다. 이럴 경우 이것을 초써가 별칭으로 의도했다는 점을 살리지 않았기 때문에 오역으로 보아야 할 것인지는 판단하기 어렵다.

④ 우리말 사용이 잘못된 경우

Ye shul have queynte right ynogh at eve.

("The Wife of Bath's Prologue and Tale" 332행)

틀림없이 밤마다 내 음경은 고스란히 당신의 것이니 (165면)

음경은 남성의 생식기이지 여성의 생식기가 아니므로 명백한 오역이다.

실락원

존 밀턴 John Milton

Paradise Lost

출간현황　지금까지 출간 확인된 『실락원』의 번역본은 30본으로 역자는 15명이다. 그중 23본을 입수했으나 1본은 북한본이어서 제외했고 나머지 22본을 검토했다. 『실락원』의 경우에 전체 12권 가운데 1,2권만 번역한 부분역본은 있었으나 내용을 축소한 요약본은 없었다. 부분역본을 빼면 최종 검토본은 12종(역자 11명)이고, 이 가운데 표절본이 5종, 집중검토본은 모두 7종(역자 6명)이다. 역자가 11명인데 최종 검토본이 12종인 것은 이창배 역본의 경우에 집중검토를 요하는 판본이 2본이기 때문이다. 이창배 역본은 8본으로, 그 가운데 4본은 중복출간이지만 다른 경우는 조금씩 수정, 가필이 이루어졌으며, 그중 2본은 각기 특성을 달리하는 고유판본에 값한다고 생각되어 2본 모두 집중검토대상이 되었다.

　해방후 국내 최초 번역본은 1961년 동양사에서 출간된 유정식 역 『실락원』이지만, 이것은 작품의 일부인 1,2권만을 번역한 영한대역본이기 때문에 초역본으로 꼽기 어렵다. 전체를 번역한 최초 번역본은 1963년 을유문화사에서 나온 유영 역 『실락원/복락원』과 1963년 정음사에서 나온 이창배 역『실락원/투사 삼손』이다. 이 가운데서 어느 판본이 먼저인지 서지정보가 불확실하다. 유영 역 을유문화사본에는 초판일자가 9월 20일로 나와 있는데, 이창배 역 정음사본에는 초판일자가 나와 있지 않다. 다만 1976년 동서문화사에서 나온 이창배 역『실락원』의 서문에 "역자는 1963년에 한국에서 최초로『실락원』을 완역하여 출판하였던바…"라고 표기되어 있고, 김병철 편저『세계문학번역서지목록총람』(국학자료원 2002)에도 1963년에 정음사에서 이창배 역『실락원/투사 삼손』이 출간된 것으로 나와 있다. 그러므로 이 두 판본은 1963년 거의 비슷한 시기에 출간된 것으로 판단된다. 그밖에 독자적 번역본으로서 집중검토대상이 된 것은 1971년 동화출판공사 출간 박희영 역『실락원』, 1973년 신문출판사 출간 이신항 역『실락원』, 1978~80년 박영사 출간 최창호 역『실락원(전)』『실락원(후)』, 1985년 삼성출판사 출간 조신권 역『실락원·복락원』이다.

검토대상

- 이창배 『실낙원』 범우사(1989, 2002) 및 『실락원·장사 삼손』 동국대학교출판부(2000) 『실락원/투사 삼손』 정음사(1963, 1974) 동서문화사(1976) 삼중당(1982) 학원출판공사(1984) 중앙출판사(1992) 중앙미디어(1995)
- 조신권 『실락원·복락원』 삼성출판사(1976, 1985)
- 최창호 『실락원(전)』·『실락원(후)』 박영사(전권: 1978, 1982; 후권: 1980)
- 박희영 『실락원』 동화출판공사(1971, 1973)
- 유영 『실락원/복락원』 을유문화사(1963, 1979) 『낙원상실/낙원회복』 신영출판사(1986) 『실낙원/복낙원』 혜원출판사(1992)
- 이신항 『실락원』 신문출판사(1973)
- 정성국 『실락원』 제문출판사(1972) 대중문화사(1977)
- 이윤기 『실락원』 문학당(1977)
- 윤종혁 『실락원』 삼성당(1982)
- 안덕주 『실락원』 홍신문화사(1993, 2000)
- 이경애 『실락원』 일신서적출판사(1994)

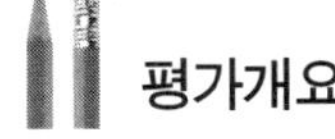 **평가개요**　　　검토의 기준으로 삼은 원전은 텍스트가 정확하고 주석이 충실하여 오랫동안 정본으로 인정받은 Merritt Y. Hughes ed., *Complete Poems and Major Prose* (Macmillan 1957)를 삼았다. 사실 『실락원』은 1667년 제1판에서 총 10권으로 나왔다가 1674년 제2판에서는 총 12권으로 재편성되어 출간되었는데, 그때 이미 텍스트는 오류 없이 거의 완벽한 상태로 인쇄되었다. 이후 출판된 판본들은 제2판을 기준으로 삼았으며 구두점과 대소문자 표기, 구식철자를 현대어로 변환한 것 등 사소한 차이 외에는 거의 같다. 따라서 어떠한 원전을 검토의 기준으로 하는가는 그렇게 중요하지 않다.

원본에 대한 언급이 있는 역서는 박희영, 유정식, 이창배, 조신권 역본이다. 그중에서 A. W. Verity ed., *Paradise Lost* 총 6권(Cambridge 1954; 유정식, 이창배), Douglas Bush ed., *The Portable Milton* (Viking 1966; 박희영, 이창배), Merrit Y. Hughes ed., *John Milton Complete Poems and Major Prose* (Macmillan 1957; 조신권, 이창배), John Carey and Alastair Fowler ed., *The Poems of John Milton* (Longman 1968; 조신권)과 참고서로 Masaru Shigeno ed., *Paradise Lost, with Introduction and Notes* (Kenkyusha 1956; 박희영, 조신권)가 언급되었다.

12종의 역본에서 7종을 집중검토했는데, 이 판본들은 모두 역자가 최선을 다해 번역한 독자적 번역본들로 평가된다. 그중 4종(이창배 동국대학교출판부본, 이창배 범우사본, 조신권본, 최창호본)이 추천할 만한 훌륭한 번역본이었고, 박희영본은 추천할 만하지는 않지만 아쉬운

---

* 전체 12권 가운데 내용상 중요한 다음 부분들을 골라 검토했다. 총 10,565행 가운데 1,116행의 분량이다.

제1권 1~124, 544~621행; 제2권 1~24, 650~73, 890~927행; 제3권 1~55, 93~134, 173~212행; 제4권 46~78, 287~324, 440~91행; 제5권 469~505행; 제7권 1~39, 276~303행; 제8권 379~436행; 제9권 1~26, 205~25, 455~72, 745~833행; 제10권 504~77행; 제11권 466~525행; 제12권 1~78, 610~49행.

대로 참고할 수 있는 번역본으로 평가되었다. 유영본과 이신항본은 문제가 많아서 권장할 수 없는 번역본들로 판단되었다.

　이창배 역본들은 모두 8본인데, 최초본은 정음사본(1963, 1974)이고, 이후 약간 수정을 거쳐 동서문화사(1976)에서 출간되었고 다시 상당한 수정을 거쳐 범우사(1989, 2002)에서 출간되었다. 이에 비해 동국대학교출판부본(2000)은 서문에도 나와 있듯이 역자 자신이 개역한 가장 최근의 판본인데, 내용상으로는 초판본인 정음사본에 많이 의지하면서 다시 세세한 수정을 가했다. 요약하면 범우사본은 동서문화사본에 기초하되 그보다 개선되었고, 동국대학교출판부본은 정음사본에 기초하되 그보다 개선되었다. 그런데 범우사본과 동국대학교출판부본은 각기 특징을 달리하면서 어느 하나가 더 낫다고 말할 수 없어 두 판본을 모두 집중검토본으로 삼았다.

　조신권 역본은 본문의 내용뿐 아니라 해설 내용과 주석 여부, 원본 언급, 원문의 행 지키기 등 전반적인 면에서 매우 신뢰할 만한 충실한 번역본인 것으로 판단된다. 이창배 역본 2종 역시 이에 버금가는 충실한 번역본들로 조신권 역본과의 우열을 가리기 어려운 훌륭한 역본들이며, 두 역자들은 각각의 특징이 있고 나름의 장점들이 있다고 판단된다. 최창호 역본은 원문의 행을 지키면서도 쉽게 읽힌다는 점에서 돋보인 판본이다. '행을 지킨다'는 점이 판단의 한 기준이 되는 것은 『실락원』이라는 작품의 특성에 기인하는데, 원문이 시작품인데도 호흡이 길어서 한 문장이 8행도 되고 10행도 되는지라 우리말로 풀어서 설명할 경우 원작의 맛을 떨어뜨리고, 행순서를 지킬 경우 우리말 뜻 전달이 어려워지는 경우가 있기 때문이다. 이런 상황에서 되도록 행을 지키면서도 쉽게 뜻을 전달하는 데 성공했다는 점에서 최창호 역본이 뛰어나다고 판단되었다. 간혹 오역이 있고 원문의 구조가 불필요하게 변경된 부분도 발견되었지만, 전반적인 번역의 질은 매우 높아서 추천할 만한 번역으로 평가하게 되었다.

박희영 역본은 아주 독특한 문체로 비교적 충실히 번역된 판본이지만, 고어체와 비문이 많고 부정확한 부분들이 많았으며 오자도 많았다. 유영 역본은 최초의 번역본 중 하나이며 독자적 완역본이지만 비문, 지나치게 기독교적인 표현들, 불필요한 감탄사의 첨가 등으로 가독성이 낮고, 특히 오역이 상당히 많았다. 이신항 역본 역시 한두 행이 누락된 경우가 적지 않게 발견되며, 원문에서 짧은 부분을 지나치게 길게 사소한 표현들을 더 집어넣어가면서 번역하거나, 원문의 단어들을 생략하면서 지나치게 짧게 번역하거나, 혹은 원문의 구조를 바꾸어 오역을 하는 경우들이 많아서 추천하기가 어려운 판본이라고 평가된다.

추천본 1

이창배 역 『실낙원』* ★★☆

이창배 역본은 범우사본, 동국대본 모두 원문의 행을 따라가면서 어휘 하나라도 놓치지 않고 충실히 번역하려 애쓴 흔적이 역력하고, 명백

---

*『실낙원』 범우사(1989, 2002) 및 『실락원·장사 삼손』 동국대학교출판부(2000) 『실락원/투사 삼손』 정음사(1963, 1974) 동서문화사(1976) 삼중당(1982) 학원출판공사(1984) 중앙출판사(1992) 중앙미디어(1995). 여기서 검토본은 범우사본(2002), 동국대학교출판부본(2000)이다.

이창배 역본들은 모두 8본인데, 최초본인 정음사본(1963, 1974) 이후 나온 동서문화사본(1976)은 정음사본을 아주 약간 수정한 것으로 판명되었다. 삼중당, 학원출판공사, 중앙출판사 역본은 동서문화사본과 거의 같다. 1989년에 다시 출간된 범우사본(1989, 2002)은 정음사본과 동서문화사본을 조금씩 참조하되 주로 후자를 많이 참조하여 조금씩 수정을 가한 판본으로, 역자 서문도 붙어 있고 뒤에 해설도 충실히 달려 있다. 마지막으로 출간된 동국대출판부본(2000)은 역자 서문에도 나와 있듯이 역자에 의한 가장 최근의 개역판인데, 내용상으로는 초판본인 정음사본에 많이 의지하고 있으면서 세세한 수정을 가했다.

이 네 판본에 해설이 각각 붙어 있는데, 조금 차이는 있으나 대체적인 내용은 유사하며 전체적으로 다 충실하다. 원문에 대한 언급은 정음사, 동서문화사, 동국대학교출판부 역본들에는 있는데 범우사본에는 없다. 원문은 A. W. Verity ed., *Paradise Lost* (Cambridge 1954)와 Merritt Y. Hughes ed., *John Milton: Complete Poems and Major Prose* (Macmillan 1957)를 토대로 삼았다.

한 오류를 범한 부분은 아주 드물다는 점에서 신뢰할 만한 훌륭한 번역본이다. 전체 12권, 모두 23개의 구역으로 발췌된 검토부분 안에서 명백한 오류는 범우사본 4개, 동국대학교출판부본 4개에 지나지 않는다(이 중 공통으로 해당되는 것이 1개이다). 물론 오류는 아니어도 부적절한 표현을 사용한 경우가 다소 있지만 이창배 역본들의 정확성과 치밀함을 알 수 있는 대목이다. 원작의 난해함, 길고도 다의적인 문체 등을 고려할 때 역자의 능력 외에도 정성과 노력이 함께한 결과물임을 능히 짐작할 수 있다.

그러나 이 가운데에서도 아쉬운 점을 찾는다면, 이창배 역본들의 경우에 어휘 사용이 느슨할 때가 있다는 점을 지적할 수 있겠다. 어떤 어휘의 실제 의미보다 좀더 광의로 쓰는 것이 아닌가 고개가 갸우뚱해질 때가 적지 않게 있었고, 오류들의 대부분이 이러한 어휘의 자의적 사용과 관련이 있었다. 또 한가지 문제는 시제의 문제이다. 이는 비단 이창배 역본에만 한정된 문제가 아니라 검토본 모두와 관련되는 문제이기도 한데, 번역본의 시제를 과거로 함이 옳은지 현재로 함이 옳은지 판단하기 어려울 때가 종종 있었다. 원문이 시인지라 'remain'd' 'bereav'd'와 같이 표현될 때 그 시제를 과거형으로 이해할 것인지 완료형으로 처리된 현재적 상황으로 볼 것인지 확실치 않은 부분들이 많았는데, 이러한 부분들을 이창배 범우사본은 줄곧 현재적 상황으로, 동국대학교출판부본은 과거 상황으로 기술했다. 현재적 상황으로 본 이유는 '생생한 표현' 혹은 '성경적 표현'을 위해서일 것이고, 과거형으로 기술한 것은 원문의 의도를 좀더 엄격히 지키려는 쪽일 것이다. 예를 들어 12권의 마지막 두 행을 보면, "They hand in hand with wand'ring steps and slow,/Through Eden took their solitary way"를 각각 "두 사람은 손에 손잡고, 방랑의 발걸음 무겁게,/에덴을 통과하여 그 쓸쓸한 길을 간다"(범우사본)와 "두 사람은 손에 손잡고, 방랑의 발도 무겁게,/에덴을 통과하여 그 쓸쓸한 길을 갔다"(동국대본)라고 번역했다. 이 경우에 본문의 시

제는 확실히 과거이므로 동국대본이 옳다고 보았다. 그런데 동국대본
을 뺀 나머지 집중검토본들(범우사본, 조신권, 최창호, 박희영, 유영, 이신항 역본)
이 모두 한결같이 "… 길을 간다"라고 번역하고 있다는 것은 문제가 그
리 간단하지 않음을 암시한다. (참고로 범우사본이 기반하고 있는 동서
문화사본, 동국대본이 기반하고 있는 정음사본도 모두 "… 길을 간다"
로 되어 있었다.) 대부분의 역자들이 이 끝의 2행을 '현재'로 기술한 것
은 그 바로 앞부분 시제들을 '생생한 현재'로 보아온 터여서 일관성을
위해 '과거' 아닌 '현재'로 기술한 것이 아닌가 짐작한다. 어쨌든 이 경
우는 본문의 시제가 확실한 과거이므로 "쓸쓸한 길을 갔다"가 옳다고
보았는데, 본문 자체가 모호하게 처리된 경우는 어느 한쪽이 옳다고 하
기 어려우며 그때그때 상황에 따라 판별할 수밖에 없다. 그러므로 '과
거'와 '현재'의 사용은 『실락원』에서는 좀 유동적일 수 있다. 그런데 이
창배 역본들의 경우 범우사본은 거의 다 현재형으로, 동국대본은 거의
다 과거시제를 엄격히 지키는 쪽으로 나가다보니 간혹 확실한 과거가
현재로 된 부분, 혹은 현재가 더 좋은데 너무 과거로만 치우친 부분들이
번갈아 나타났다. 그래서 오히려 두 시제의 적절한 혼용보다 경직된 느
낌을 받는 경우가 있었고, 어느 한쪽 판본이 더 훌륭하다고 말하기 어려
운 이유로도 작용했다.

어투의 경우는 범우사본이 고어체를 현대어투로 바꾸는 쪽으로 신경
을 썼고, 동국대본은 고어체가 살아 있는 경우가 많았다. 이러한 고어체
는 원작에 충실하려는 의도에서 나온 것이겠으나, 가독성을 떨어뜨리는
쪽으로 작용하기도 했다. 그래서 '둘 중 어느 판본이 나은가?'라는 질문
을 받는다면, 가독성 면에서는 범우사본이 낫다는 답을 할 수밖에 없지
만, 한편으로 드는 생각은 왜 이 두 판본의 장점을 결합하지 못했을까
하는 것이다. 범우사본의 오류가 동국대본에 와서 바로잡힌 경우들이
있는가 하면, 반대로 범우사본에서는 옳았는데 동국대본에 와서 (오히
려 정음사본 쪽으로 가는 바람에) 틀린 경우들도 있었던 것이다. 예를

들면 1권의 4~5행에서 "till one greater Man/Restore us, and regain the blissful seat"를 범우사본은 "한층 위대하신 한 분이/우리를 구원하여 낙원을 회복하게 되었나니"(13면)로, 동국대본은 "마침내 한 위대하신 분이/우리를 구원하고 축복의 자리에 되보내 주게 되었었나니"(28면)로 번역한다. 원문의 시제는 아직 이루어지지 않은 미래를 지칭하지만 1행부터 이어지는 우리말 번역문의 호흡을 생각하면 범우사본처럼 "되었나니" 정도로 번역하는 것은 불가피해 보인다. 그러나 동국대본의 "되었었나니"는 불필요한 과거형에 대한 집착으로 옳지 못한 부분이다. 반대로 동국대본에 와서 더 좋아진 경우로는 1권 589~90행을 들 수 있겠다. "He above the rest/In shape and gesture proudly eminent"를 범우사본은 "그는 형체와 거동이 남보다 의젓하고 뛰어나"(42면)로, 동국대본은 "그는 형체와 거동이 남들보다 자랑스럽게 뛰어나"(61면)로 옮기고 있다. "자랑스럽게 뛰어나"라는 표현이 우리말로 어색한 직역처럼 들리지만, "의젓하고 뛰어나"라는 번역보다는 원문의 뜻과 구조(부사라는 점)에 더 충실하므로 낫다고 판단한다. 이러한 점들이 두 판본 중에서 어느 한쪽을 최종적으로 신뢰하지 못하게 한 요인이다. 그러나 각각 특성을 달리하고 있지만 두 판본 다 원문에 충실하며 꼼꼼하게 번역된 훌륭한 판본이라는 점을 다시 한번 지적하고자 한다.

　앞의 평가개요에서 밝혔듯이 『실락원』의 경우는 추천할 만한 훌륭한 번역본들이 4권이나 된다. 이 가운데 최창호 역본은 더러 확실한 오류가 눈에 띄는데도 원문의 호흡을 따라 쉽게 읽히는 것이 장점인 반면, 조신권 역본이나 이창배 역본들은 확실한 오류가 무척 드물다는 것이 공통점이다. 그러면서도 각각 역자에 따른 특장점이 있어서, 이 두 판본들을 비교하는 것이 각각의 장점을 부각시키는 한 방편이 될 수 있으므로 이창배 역본의 분석에서도 조신권 역본과의 비교를, 또 반대로 조신권 역본의 분석에서는 이창배 역본들과의 비교를 시도해보고자 한다. 참잘 번역된 조신권 역본에서 미흡한 부분들이 이창배 역본들에서 더 탁월히 번역된 곳들이 있고, 이러한 점이 이창배 역본의 장점을 더욱 부각시킨다고 본 것이다. (물론 이와 반대의 경우는 조신권 역본의 치밀함을 보이는 예로서, 조신권 역본의 분석에서 소개될 것이다.) 조신권 역본에서 명백한 오류이거나 논란 가능한 부분들이 이창배 역본들에서 바로잡혀 있거나 더 낫게 번역된 경우들이 있는데, 다음은 그 몇가지 예이다.

> nor **sometimes** forget
> Those other two equall'd with me in Fate,
> **So were I equall'd** with them in renown, (3권 32~34행)

때때로 잊을 수 없는 것은
저 신세가 나와 똑같으며, **명성도**
똑같았으면 하고 그렇게도 바라는 두 사람, (조신권 82면)

그리고 **언제나** 잊을 수 없는 것은
나와 운명을 같이한 다른 두 사람,
명성도 그들과 같았으면 하고 염원하는 (이창배 범우사 105면)

그리고 **언제나** 잊을 수 없는 것은
나와 운명이 같았던 다른 두 사람,
나는 **명성도 그들과 동등했다**. (이창배 동국대학교출판부 122면)

여기에서 "sometimes"는 "때때로"라는 뜻이 아니라 'ever'와 같은 뜻으로서 '언제나'로 번역하는 것이 맞다(Christopher Ricks ed., *Paradise Lost*, Penguin 1989, 58면 주석 참조). 그런데 동국대본은 "언제나"의 번역은 잘 되었으나 다른 부분에서 오류를 범한다. "So were I equall'd"를 "명성도 그들과 동등했다"로 번역한 것이다. 그러므로 이 부분의 가장 잘된 번역

274

은 범우사본이다. 조신권 역본은 약간, 동국대본은 좀더 미흡하다.

이러한 예를 하나만 더 살펴보자.

> when themselves they vilifi'd
> To serve ungovern'd appetite, and took
> **His Image** whom they served, a brutish vice,
> Inductive mainly to the sin of Eve. (11권 516~19행)

그들이 스스로 타락하여 방자한 식욕의

노예가 되고, **그들이 섬기던 그분의 모습**을

주로 하와의 죄로 유도하는 짐승 같은 악덕을

취했을 때, (조신권 309면)

그들이 스스로 타락하여 방자한 '식욕'의

노예가 되고, **그들이 섬긴 그 주인**의

모습을 (이것은 주로 이브의 죄로

이끄는) 취했을 때 (이창배 범우사 451면)

그들이 스스로 타락하여, 방자한 〈식욕〉의

노예가 되고, **그들이 섬기는 주인**의 동물적인

악(주로 이브를 죄로 이끌었던)을 취할 때 (이창배 동국대학교출판부 473면)

여기에서 "His Image"는 517, 518행의 "serve"로 보아 '그들이 섬기던 식욕의 모습'이라고 보는 것이 옳다. 조신권 역본에서는 "His Image"가 대문자로 시작되었기 때문인지 "그들이 섬기던 그분의 모습"이라고 번역했으나 옳지 않다. 여기서 대문자는 행의 첫머리이기 때문에, 혹은 명사이기 때문에 쓰였을 것이다. 이창배 역본은 모두 "그들이 섬긴(섬기는) 주인"이라 하면서 각주 처리를 하여 이 '주인'이 '식욕'임을 분명히 하고 있다. '그들이 섬기던 식욕의 모습을 취했을 때, 이는 주로 이브를 죄로 이끌었던 악덕인바' 정도로 번역할 수 있는 문장인데, 범우사본은 '악덕'(vice)이란 표현이 생략되었으나 크게 틀린 것은 없고, 동국대본은 '주인의 모습, 즉 동물적인 악'으로 번역했더라면 더 좋았겠지만, 이것 역시 크게 틀렸다고 보기는 어렵다.

이처럼 번역하기 까다로운 부분들도 거의 대부분 제대로 의미를 전달하고 있다는 면에서 이창배 역본의 장점이 돋보인다. 그러나 이창배 역본들이 "Inductive mainly to the sin of Eve"의 번역을 괄호 안에 처리함으로써 문맥이 끊기게 되는 결과를 낳아 아쉬움이 남는다.

이창배 역본의 가장 큰 문제점은 어휘 사용의 정밀도가 떨어진다는 점이다. 다음의 예를 살펴보자.

> Of Man's First Disobedience, and the Fruit
>
> Of that Forbidden Tree, whose mortal **taste**
>
> Brought Death into the World, and all our woe, (1권 1~3행)

인간이 태초에 하느님을 거역하고 금단의

나무 열매 **맛보아** 그 치명적인 **맛** 때문에

죽음과 온갖 재앙이 세상에 들어와 (이창배 범우사 13면)

2행의 앞부분을 "맛보아"라고 처리한 것은 불필요한 첨가로 보인다. 물론 설명을 위해 불가피하다고 볼 수도 있겠지만, 뒷부분에 "그 치명적인 맛 때문에"와 겹쳐진다. 원문에 "taste"는 한번 쓰인 데 반해 번역문의 '맛'은 한 행 안에 두번이나 쓰인 것이다. 다음의 최창호 역본과 비교해보면 어느 쪽이 압축미를 잘 살리면서 원문에 충실한 번역이 되었는지 알 수 있다.

인간의 최초의 불순종과 저 금단의

나무 열매, 그 치명적인 맛이

죽음과 모든 재앙을 세상에 초래하였고, (최창호 14면)

몇행 더 내려가보자.

Sing Heav'nly Muse, that on the **secret** top

Of *Oreb*, or of Sinai, didst inspire

That Shepherd, (1권 6~8행)

노래하라 이것을, 천상의 뮤즈여, 오렙의

또는 시나이의 **호젓한** 산정에서

저 목자에게 영감 주어 (이창배 범우사 13면)

노래하라 이것을, 하늘의 뮤즈여, 오렙의

또는 시나이의 **아늑한** 산정에서

그 목자에게 영감 주어 (이창배 동국대학교출판부 28~29면)

‘은밀한’ 혹은 ‘외진’으로 번역해야 좋을 "secret"을 "호젓한"으로 번역한 것도 좀 어색하거니와, "아늑한"에 이르면 확실히 오역이다. 1권 2행의 "맛보아"와 함께 내용상 부적절한 번역의 예로 보인다. 그러나 이는 물론 아쉬운 점을 애써 지적하기 위한 것일 뿐, 평가개요에서 밝혔듯이 집중검토대상이었던 1,116행 가운데 오자를 빼고 진짜 ‘명백한 오류’라 할 부분이 4개에 지나지 않았다는 점에서 이창배 역본들의 우수성은 누구라도 부인할 수는 없을 것이다.

추천본 2

조신권 역 『실락원·복락원』* ★★☆

조신권 역본의 장점은 아주 세심하고 정확한 번역이라는 점이다. 뚜렷이 틀린 경우가 거의 없기도 하지만, 문제가 있다고 진단이 된 경우에도 아주 틀린 경우는 거의 없고, 뜻은 아는데 말을 옮기다보니 허술해진 것으로 짐작이 되는 경우들이 대부분이었다. 결정적으로 틀린 부분은 6곳이었고, 그중 하나는 오자였다. 전체적으로 한 단어도 누락시키지 않으면서 원문의 긴 호흡을 그대로 전달하려고 노력한 흔적이 역력하고, 덕분에 영문의 구조를 적절히 바꾸어서 우리말로 자연스럽게 이해되도록 옮긴 탁월한 부분들이 적지 않았다. 이러한 점은 조신권 역본을 추천할 만한 역본으로 평가한 요인들이다.

다만 여기에서도 아쉬운 점을 애써 찾아본다면, 기독교적인 표현이 더러 눈에 띔으로써 번역본 전체의 시각이 좁다는 느낌을 주는 것과, 쉽게 설명하려다보니 잘된 부분도 있는 반면 오히려 원문의 구조를 엄격히 따를 때보다 압축된 느낌이 덜한, 혹은 너무 많이 의역을 한 느낌을 주는 부분이 있다는 점 등이었다. 또 간혹 "궤계"(1권 121행)나 "불발의 용기"(1권 108행)와 같은 난해한 어휘를 사용함으로써 매끄러운 독해를 막는 점도 흠으로 지적할 수 있을 것이다. 그러나 전체적으로 볼 때 오역이 거의 없고 의미를 세심히 전달하고 있다는 면에서 신뢰할 수 있는 훌륭한 번역본임은 물론이다.

---

* 삼성출판사(1976, 1985). 검토본은 삼성출판사 1985년본으로 했다. 조신권 역본은 검토본에 명시된 바를 따르면 1984년 '삼성판 세계문학전집 11권'으로 초판이 발행되었고, 검토본은 1985년에 나온 8판으로 되어 있다. 그런데 김병철 편저 『세계문학번역서지목록총람』(국학자료원 2002)에는 이미 1976년에 삼성출판사에서 같은 제목으로 초판이 출간되었다고 기록되어 있으므로 초판연도는 그것을 따랐다. 조신권 역본은 주석과 해설, 연보 등이 충실하고 해설 말미에 번역 원본의 언급도 전체 검토본 중 가장 믿을 만하게 표기되어 있었다. 원본은 John Carey, Alastair Fowler ed., *The Poems of John Milton* (Longman 1968)과 Merritt Y. Hughes ed., *John Milton: Complete Poems and Major Prose* (Macmillan 1957)이다.

278

앞서 이창배 역본의 분석에서 밝혔듯이 뛰어난 역본들인 이창배 역본과 조신권 역본이 각각 특성을 달리하고 있기에, 각자의 특장점을 들여다보는 한 방편으로 두 역자의 역본들을 비교해보고자 한다. 조신권 역본을 이창배 역본과 비교하면서 전자를 높이 평가하게 되는 부분은, 후자가 다소 느슨한 어휘 사용을 보이기도 하는 반면 전자는 좀더 엄격하고 정확하게 어휘들을 사용하고 있다는 점이다.

> which impli'd
> Subjection, but requir'd with gentle sway,
> And by her yielded, **by him best receiv'd**,
> Yielded with coy submission, **modest pride**,
> And **sweet** reluctant amorous delay. (4권 307~11행)

이는
복종을 의미하지만, 너그러운 주권의 요구를 받아
그녀 스스로 응하는 것, 수줍으면서도 공손하게,
겸손하면서도 자랑스럽게, 달콤하면서도 마음내키지
않는 듯 망설이며 정답게 응하는 것이기에, **그는 이를
극진히 받아들인다.** (조신권 112면)

이것은
복종의 의미, 그러나 그건 점잖은 주권으로 요구되어
그녀가 스스로 응하는 것, 수줍고 공손하게,
정숙하고 떳떳이, 우아하게, 마지못해,
정은 있되 주저하며 응하면 **그에게 용납되는 것**. (이창배 범우사 155면)

이창배 역본하고 비교한다면 "modest pride"에 대한 해석에서 두 판본

이 분명 서로 다르지만 어디가 잘못되었다고까지 지적할 것이 없을 정도이다. 이창배가 성적인 면을 다소 부각시켜 "정숙하고 떳떳이"라고 옮긴 반면 조신권은 "겸손하면서도 자랑스럽게"로 옮기면서 윤리·도덕적인 면을 강조했다. "Sweet"를 "우아하게"라고 한 이창배에 비해 조신권은 "달콤하면서도"라고 번역했고, "by him best receiv'd"에 이르면 이창배의 "그에게 용납되는 것"보다 조신권의 "그는 이를 극진히 받아들인다"가 "best"의 의미까지 살린 번역임을 확인하게 된다.

이러한 예는 아주 많지만 한가지만 더 살펴보겠다.

> As when the Sun new ris'n
> Looks through the Horizontal misty Air
> Shorn of his Beams, or from behind the Moon
> In dim Eclipse disastrous twilight sheds
> On half the Nations, and with fear of change
> Perplexes Monarchs. (1권 594~99행)

마치 새로 떠오르는 태양이
안개낀 지평선의 하늘 통하여 그 햇살을 빼앗긴 채
얼굴 내밀 때 같고, 아니 어두운 월식 때에
달 뒤로부터 지구의 반쪽 세계의 백성들에게
불길한 박명을 던져 흉변에 대한 두려움으로
제왕들을 당혹케 할 때와도 같다. (조신권 31면)

흡사 솟아오르는 아침 해가
안개 낀 지평선을 통해 그 햇살 빼앗긴 채
얼굴 내밀 때 같고, 혹은 컴컴한 월식 때
달 뒤로부터 반쪽 세계의 백성들에게

여기에서 "불길한 박명을 던져 … 당혹케 할 때와도 같다"가 "불길한 어둠이 내리고 … 당황할 때 같다"보다 원문구조를 정확히 전달함을 볼 수 있다. 곧 "sheds"와 "perplexes"의 주어가 594행의 "the Sun"이라는 것을 더욱 잘 전달하는 것이다.

이처럼 조신권 역본은 감탄스런 번역본이지만 1권 첫부분은 좀 아쉽다.

> Of Man's **First Disobedience, and the Fruit**
> **Of that Forbidden Tree, whose mortal taste**
> Brought Death into the World, and all our woe,
> With loss of Eden, (1권 1~4행)

'최초의 불복종' 대신 "한 처음에 … 배신하고"는 기독교적 표현이라서 이에 익숙하지 않은 독자들에게는 어색하게 느껴질 수 있다. 또한 "죽음에 이르는 금단의 나무 열매를 먹음으로써"는 원문구조를 벗어난 의역이다. 앞에서 이창배 역본들을 분석하면서 언급한 최창호 역본과 비교해보기 바란다.

또한 어렵거나 부자연스러운 어휘 사용으로 번역문이 매끄럽지 않은 경우도 흠으로 지적할 수밖에 없는데, 8권 405~406행의 "who am alone/From all Eternity"를 "한 처음부터 지내는 나에게"로, 8권 409~11

행의 "and those/To me inferior, infinite descents/Beneath what other Creatures are to thee?"를 "나보다 열등하기가/다른 생물이 너보다 열등한 만큼 그 이하로/한없이 낮은 것"으로, 8권 425~26행의 "which requires/Collateral love, and dearest amity"를 "그러기에 부대적인/사랑과 다정한 친교가 필요하나이다"로 번역한 부분들을 예로 들 수 있겠다. 각각 '태초부터 홀로 있는' '다른 생물이 너보다 열등한 만큼보다 더' '동반자적인 사랑과'로 옮기는 것이 더 좋지 않겠는가.

조신권 역본과 이창배 역본들의 탁월함은 이미 언급한 터이므로, 이번에는 이들 안에서도 해결되지 못한 까다로운 부분들이 있다는 것도 언급하고자 한다. 원문의 난해함으로 인한 번역문의 미흡함의 예로는 8권 415~17행 안의 "But in degree"를 들 수 있다.

> Thou in thyself art perfect, and in thee
> Is no deficience found; not so is Man,
> **But in degree**, (8권 415~17행)

당신은 본래 완전하고 아무데도
부족함이 없으나 인간은 그렇지 않고
상대적인 것, (조신권 224면)

당신은 스스로 완전하시고, 몸에 하등
결핍됨이 없으시외다. 인간은 그렇지 않고,
비교적 그럴 뿐입니다.

(이창배 동국대학교출판부 333면; 범우사본에는 강조 부분이 누락)

이때의 "degree"는 'Great Chain of Being' 개념 안에서의 '등급'에 가까운 것으로, 신과 인간 간에는 엄연한 등급의 차이가 있다는 뜻이다. 그러므로 "상대적인 것"이라거나 "비교적 그럴(완전할) 뿐"이라는 표현은 틀린 것은 아니지만 다소 미흡한 점이 있다.

추천본 3

최창호 역 『실락원(전)』 『실락원(후)』* ★★☆

주지하다시피 『실락원』 번역의 난점은 원문의 문장 길이가 긴데다가 그 긴 구절들이 대개 다의적 의미를 함축하고 있다는 데에 있다. 원문의 단어 하나라도 누락시키지 않으려 애쓰다보면 시로서 압축미를 놓치기 쉽고, 압축해 시형을 유지해보려다가는 내용상 무엇인가를 빠뜨리기가 십상인 것이다. 물론 영어의 문장구조상 우리말과 어순이 반대여서 불가피하게 행 순서를 바꾸어야 하는 경우도 역자를 곤란하게 하는 대목이다. 이러한 난점들을 감안할 때 원문의 행 순서를 최대한 변경하지 않고 따라가면서 압축적으로 쉽게 읽히도록 번역한 가장 뛰어난 역본이 바로 최창호 역본이다. 앞부분에서 최창호 역본은 거의 완벽하다고 여겨질 정도로 훌륭했다. 그러나 불행히도 결정적인 오류가 (드물긴 하지만) 한번씩 발견되었고, 무슨 이유에서인지 행순서를 변경한 곳도 눈에 띄었다. 그런데 결정적인 오류부분들도 원문을 보고 한 번역임은 확실하다고 판단되었다. 원문구조가 그렇게 오독할 수 있다고 판단되었기 때문이다. 그리고 후편으로 갈수록 한자어를 너무 많이 사용해 가독성

*『실락원(전)』 박영사(1978, 1982), 『실락원(후)』 박영사(1980). 검토본은 전편은 1982년본, 후편은 1980년본으로 했다. 최창호 역본은 1978년에 박영사에서 전편이, 2년 뒤인 1980년에 같은 출판사에서 후편이 출간되었고, 2년 후인 1982년에 전편의 중판이 발행되었다. 이 중판을 전편의 검토본으로 삼았다. 시일을 두고 전·후편이 출간된 사정으로 마치 2권인 것처럼 표기가 되지만 사실은 하나로 묶이는 번역본인 셈이다. 해설은 그리 길지 않으면서도 충실하게 되어 있으나(후편에도 전편과 동일한 해설이 실려 있다) 번역 원본이나 참고서에 대한 언급이 없는 점이 아쉽다.

을 떨어뜨린다. 그러나 행을 따라가며 쉽게 읽히는 맛깔스런 번역 솜씨
는 이렇듯 뚜렷한 단점들이 있음에도 불구하고 역시 빛나는 것이어서,
그리고 오류의 빈도가 검토한 전체 1,116행 가운데 오자 하나를 포함하
여 모두 9개밖에 되지 않기에 추천할 만한 번역본으로 평가하게 되었다.
　앞에서 이창배 역본을 분석하면서 1권 1~3행을 최창호 역본과 비교
해보았거니와, 원문의 행을 따라가며 쉽게 글을 옮기는 솜씨의 탁월함
은 다음의 예에서도 확인된다.

Him the Almighty Power

Hurl'd headlong flaming from th' Ethereal Sky

With hideous ruin and combustion down

To bottomless perdition, there to dwell

In Adamantine Chains and penal Fire,

Who durst defy th' Omnipotent to Arms. (1권 44~49행)

全能하신 神은 그를

靈妙한 하늘로부터 거꾸로 내던지어서,

무참하게 불타며, 밑바닥 없는 奈落으로

떨어져, 거기에서 이 全能한 이에게

敢히 挑戰한 者 金剛의 쇠사슬에

얽매어 劫火 속에서 살게 만들었다. (최창호 16면)

그러나 전능하신 하느님은

감히 전능자에게 도전한 그를

무서운 추락과 파멸로써 쳐서 꺾고

정화천(淨火天)에서 불붙여 밑 없는 지옥으로

거꾸로 내던졌나니, (조신권 18면)

그러나 전능하신 하느님은

감히 당신께 싸움을 걸어온

그를 붙붙여 무서운 타락과 파멸을

가하여 청화천淸火天으로부터 바닥 없는

지옥으로 거꾸로 내던지셨다. (이창배 범우사 131면)

한자어가 많아서 가독성을 떨어뜨리는 요인이 되고는 있지만, 조신권과 이창배 역본들이 49행을 앞당겨 해석하고 있는 것과 달리 행을 맞추어 가면서 쉬운 번역을 낳고 있지 않은가.

다음은 아주 간단한 것인데도 조신권 역본과 이창배 역본들에서는 부적절하게 번역된, 그러나 최창호 역본에서 적절하게 번역된 한 예이다.

> For wee to him indeed all praises **owe**,
>
> And daily thanks, (4권 444~45행)

참으로 우리는 모든 讚美와 나날의 感謝를

그에게 **드려야 하나니** (최창호 149면)

우리가 누리는 모든 찬미와 매일매일의 감사는 실로

하느님 **덕분**. (조신권 115면)

우리가 누리는 일체의 찬미와 매일의 감사는 실로

하느님 **덕분**. (이창배 범우사 179면)

"owe"는 물론 '~에게 ~을 빚지다, ~덕분이다'로 해석되는 동사지만, 여기서는 '~해야 한다'로 번역하지 않을 때 문장이 좀 어색해진다. 우리가 누리는 모든 것들이 하느님 덕분이므로, '찬미와 감사를 드려야 하는' 것이다.

그러나 최창호 역본의 결정적 단점은 그다지 어렵지 않은 부분인데도 명백히 잘못 번역한 부분들이 있다는 것이다.

> What though the field be lost?
>
> All is not lost; the unconquerable Will,
>
> And study of revenge, immortal hate,
>
> And **courage never to submit or yield:**
>
> **What is else not to be overcome?** (1권 105~109행)

> 敗北했다 해서 문제인가?
>
> 모든 것에 敗한 것은 아니다 ── 屈할 수 없는 意思,
>
> 復讐의 追求, 滅하지 않는 憎惡心,
>
> 결코 **降伏도 모르고 屈할 줄도 모르는 勇氣**
>
> **그리고 달리는 征服할 수 없는 것.** (최창호 18~19면)

마지막 행은 '정복당하지 않는다는 것이 이런 것말고 무엇이겠는가?'라는 뜻의 수사의문문이다. 이것을 왜 "달리는 征服할 수 없는 것"이라 했을까? 혹시 원문의 물음표를 못 보았던 것일까? 109행의 번역은 조신권 역본에서도 다소 불만족스럽다.

> 패전인들 어떠랴?
>
> 진다고 모든 것 다 잃는 것은 아니다. 불굴의 투지,
>
> 불타는 복수심, 불멸의 증오심,
>
> **굽힐 줄 모르는 불발(不拔)의 용기,**
>
> **이밖에 또 쳐부수기 어려운 것이 무엇이겠는가?** (조신권 20면)

109행의 의미를 역자가 알고는 있었던 듯하지만, "쳐부수기 어려운 것"은 '정복당하지 않는다는 것'과는 거리가 있다. 그리고 108행의 "불발의 용기"라는 표현도 거슬린다. 왜 하필 '가만히 참고 있다'는 뜻의 '견인불발'이란 표현을 썼을까? 최창호 역본처럼 "항복도 모르고 굴할 줄도 모르는"이 더 좋다. 이 부분의 번역은 이창배 역본이 가장 잘되어 있다.

<blockquote>

패배, 그것이 문젠가.

다 패하는 건 아니다. 꺾이지 않는 의지,

불타는 복수심, 죽지 않는 증오심,

굴할 줄 모르고 항복할 줄 모르는 용기,

이밖에 정복될 수 없는 것이 또 무엇 있으랴? (이창배 범우사 18면)

</blockquote>

"증오심"과 "죽지 않는"이 다소 어울리지 않기는 하지만 틀렸다고까지 보기는 힘들고, 109행도 크게 무리없이 처리되었다.

최창호 역본에서 이렇게 명백한 오류로 판단된 부분은 오자 하나를 포함하여 모두 9곳이었다. 그런데 약 1행 정도가 누락된 곳이 발견되기도 했는데, 이것은 12권 전체 안에서 딱 한 부분뿐인 것으로 미루어 역자의 실수가 아닐까 추정한다. 바로 다음 부분이다.

<blockquote>

This second source of Men, **while yet but few,**

And while **the dread of judgment past** remains

Fresh in thir minds, fearing the Deity,

With some regard to what is just and right

Shall lead thir lives, and multiply apace, (12권 13~17행)

</blockquote>

이 人間의 第二의 根源은, 아직 그들 마음에

생생하게 남아 있는 동안은, 神을 敬畏하고,

올바르고 義로운 일에 마음을 쓰면서,

살아나갈 것이며, 급격히 繁殖할 것이다. (최창호 204면)

"while yet but few"와 "the dread of judgment past"가 누락되어 있다.
'while'이 두번 겹쳐 나오는 바람에 실수한 것이 아닐까?

　한가지 더 지적할 점은 특별한 이유 없이 문장구조가 바뀐 곳이 가끔
나온다는 점이다. 원문의 행 순서를 지키는 유려한 번역이 최창호 역본
의 특성임을 감안할 때 이는 좀 의아스럽다.

> This further consolation yet secure
>
> I carry hence; though all by mee is lost,
>
> Such favor I unworthy am voutsaf't,
>
> By mee the Promis' d Seed shall all restore. (12권 620~23행)

비록 나 때문에 모든 것 잃었어도, 나에게

값없이 恩寵 주시사, 나에 의하여 나타나실

聖約의 씨 모든 것을 回復하리라는,

이 慰安 확실히 지니고 여기 떠나겠나이다. (최창호 227면)

이런 위안을 굳게 믿고 그것을 가지고

떠나렵니다. 나로 인해 모든 것 잃었어도

나의 성약의 씨가 모든 것 회복하리라는

그런 은총을 하찮은 나에게 주셨으니. (조신권 340면)

이 부분의 번역은 조신권 역본이 매끄럽게 잘되어 있어서 최창호 역본
과 비교된다. 622행을 "값없이 은총 주시사"로 번역한 것도 부적절하지
만, 620행을 623행 밑에 붙여서 해석한 것은 불필요한 도치이다.

288

로빈슨 크루쏘우

대니얼 디포우 Daniel Defoe

Robinson Crusoe

출간현황 전국의 대학도서관, 출판연감과 앞선 연구자들의 자료를 종합하여 『로빈슨 크루쏘우』에 대해 조사한 바에 따르면, 역본은 총 41종이며 역자는 36명이다. 그리고 해방 후 최초의 번역본은 1953년 동국출판사에서 출간된 역자 미상의 『로빈슨 크루쏘우』이다. 그중 26종을 입수했으며, 같은 역자가 출판사를 바꿔 낸 2종을 제외하면 총 24종이다. 『로빈슨 크루쏘우』는 아직까지도 일반독자들에게는 본격 영문학에 속하는 작품보다 아동 및 청소년 도서로 알려져 있듯이, 이들 중 상당수는 청소년·아동용이며 일부는 영한대역본이다. 이들을 제외한 10종을 검토해본 결과 독자적으로 번역한 역본으로 검토대상이 될 만한 것은 김병익, 김용철, 이군철, 양병탁 역본 등 4종이었다. 이들 중 김병익 역본이 가장 먼저 출간되었으며, 그후 표절본의 원본으로 종종 활용되었다.

- 김병익 『로빈슨 크루소』 사단법인 한국자유교육협회(1971) 문학세계사(상, 1993)
- 김용철 『로빈슨 크루소우의 모험』 을유문화사(1973)
- 이군철 『로빈슨 크루소·걸리버 여행기』 교육문화사(1988) 대양서적(1976)
- 양병탁 『로빈슨 크루우소』 휘문출판사(1980)
- 박종일 『로빈슨 크루소』 청화(1985)
- 박석기 『해양장편소설 로빈슨 크루소』 자유교양사(1993)
- 박혜령 『로빈슨 크루소』 홍신문화사(1993)
- 임성희 『로빈슨 크루소』 청목사(1993, 2001)
- 박영의 『로빈슨 크루소』 신원문화사(1997, 2001)
- 김혜리 『로빈슨 크루소』 청목사(2001)

 **평가개요** 검토의 기준으로 삼은 원서는 Daniel Defoe, *Robinson Crusoe*, 2nd ed. (New York: W.W. Norton 1994)로 하되, Daniel Defoe, *Robinson Crusoe* (Penguin 1971)를 참고로 활용했다.*

『로빈슨 크루쏘우』는 흔히 아동문학의 고전 정도로 이해되고 있으므로 번역이 쉬울 것 같지만, 실제 텍스트는 번역하기 만만치 않다. 오히려 18세기 특유의 문어체와 긴 호흡을 가지고 있고 구문과 의미 등이 현대어와 달라진 경우가 있어 상당한 주의를 요한다. 특히 이 작품은 현대비평의 핵심 주제에 해당하는 문학과 이데올로기의 관계를 논할 때 종종 거론되는 작품으로 그 중요도가 더해지고 있는 실정이다.

하지만 20여개의 번역본을 검토한 결과는 매우 유감스럽다. 청소년용 축약본은 일단 제외하더라도 많은 번역본들이 다른 번역본을 표절한 것으로 드러났다. 게다가 집중검토한 4개의 번역본 역시 원전의 의미를 충실하게 옮겼다고 보기에는 매우 부족한 것으로 드러났다. 충실성의

---

* 작품의 전체 분량은 총 221면이다. 전체적 번역상황을 검토했으며, 특히 다음의 39면을 집중적으로 검토했다. 4~9, 27~31, 82~83, 93~97, 112~17, 123~26, 140~45, 156~60면.

기준으로 본다면, 원전의 기본 줄거리를 파악하는 데는 큰 문제가 없지만 복잡한 구문의 번역을 잘못하거나 꼭 필요한 부분을 누락한 결과 세부적 상황을 잘못 전달하는 경우가 적지 않다. 또한 일본어 직역이나 이제는 거의 사용하지 않는 단어를 선택하여 이해하기 어려운 경우도 많다. 그 결과 가독성의 수준도 별반 다르지 않게 되었다. 특히 문장이 길고 주술관계가 복잡해지는 18세기 특유의 문체로 옮겨야 할 때 주술관계를 명확하게 함으로써 가독성이 손상되는 경우가 종종 발견된다. 결론적으로 최상급에 해당하는 평가를 받은 번역본은 하나도 없으며, 비교우위를 차지하는 책을 선택하는 것도 쉽지 않았다.

개별 번역본에 대해서 개괄적으로 평을 한다면, 김병익 역본의 경우 원전을 충실하게 번역했고 누락도 많지는 않다. 문장이 상대적으로 매끄러운 점도 장점인데, 이 번역에 대한 표절이 많은 것도 아마 이런 이유 때문일 것이다. 하지만 명백한 오역이 처음부터 끝까지 일정하게 나오고 복잡한 구문을 대충 번역한 경우가 많으며 문체 면에서도 간접화법을 직접화법으로 번역하고 있어, 작가의 의도와 작품의 세밀한 의미를 충실하게 살린 번역본으로 볼 수는 없다.

김용철 역본의 경우 누락 없이 꼼꼼하게 번역하려고 노력한 점은 높이 살 수 있겠지만 역시 일정 수준의 오역이 처음부터 끝까지 계속 나온다. 특히 문장구문이 복잡한 경우에는 부적절한 단어를 사용하거나 주술관계를 매끄럽게 처리하지 못해 가독성이 떨어지는 경우가 적지 않다. 직역이 심해서 의미가 잘 들어오지 않는 부분들도 있는 등 이 번역서 역시 신뢰성이 떨어진다고 할 수 있다.

이군철 역본도 원전을 끝까지 독자적으로 번역하고 있는데, 까다로운 문장의 경우 다른 번역과 마찬가지로 오역과 누락이 일정한 정도 지속적으로 발견된다. 또한 단어의 오용이나 까다로운 구문을 대충 번역한 경우가 적지 않다.

양병탁 역본의 경우도 원전의 줄거리를 이해하는 데는 지장이 없다.

그런데 일정 정도의 오역이 처음부터 끝까지 나오기도 하지만, 무엇보다 원문에 없는 말을 첨가하거나 본문에 있는 문장을 누락한 경우가 적지 않다. 가독성 측면에서 볼 때 전반적으로 번역이 장황하고, 구문이 복잡해지면 비문이 나타나기도 한다.

오만과 편견

제인 오스틴 Jane Austen

Pride and Prejudice

출간현황 현재까지 확인된 번역본의 출간현황은 다음과 같다. 역자는 총 27명(2명 공역 1종 및 편집부역 1종 포함)이며 같은 역자가 출판사를 바꿔 낸 역본과 실질적인 개정본을 다른 판본으로 계산하면 총 판본은 36개이다. 그중 입수한 것은 역자 23명의 30개 판본이며, 출판사는 다르나 내용이 같은 8본을 제외한 22종을 검토대상으로 삼았다. 최초의 국내본 번역서는 1958년 정음사에서 출간된 오화섭 역『오만과 편견』으로 확인되었으며, 오화섭의 번역본은 1989년 범우사에서 다시 출간되면서 개정본을 냈다. 정음사본이 나온 이후 수십년간 이 작품의 번역서는 꾸준히 출간되었고 최근까지도 출간되고 있다. 그러나 22종의 번역본 가운데 고려의 대상이 되는 수준의 번역본은 7종(개정본 포함 8종)에 불과했다. 나머지 역서들은 이 번역서들 중의 어느 하나에 지나치게 의존했으며 1종 이상을 여기저기서 짜깁기를 하기도 했다. 최초 번역본인 오화섭의 정음사본, 박진석의 을유문화사본, 정성환의 금성출판사본, 정음사본을 토대로 일부 수정한 오정환의 삼성출판사본 등이 다른 번역본 발간에 큰 영향을 미쳤다.

평가개요 검토의 기준으로 삼은 원전은 Jane Austen, *Pride and Prejudice* (Norton Critical Edition 1996)이다.* 그러나 이 작품의 경우 판본에 따른 차이는 철자법을 제외하면 거의 없다. 번역본 가운데 번역에 사용한 원전을 밝힌 경우는 없었다.

앞의 번역서들을 상세히 검토한 결과 원작의 작품성을 살려낸 믿고

---

* 이 작품은 1권 23장, 2권 19장, 3권 29장으로 구성되어 있으며 총 268면이다. 전체적으로 검토하되, 특히 다음을 표본 검토했으며 그 분량은 총 40면이다. 전체 61장 중 1~5, 15, 25, 35, 45, 55장(총 10장)을 대조 검토했다. 1권 1~5장(1~13면), 1권 15장(48~52면), 2권 2장(96~99면), 2권 12장(134~40면), 3권 3장(182~85면), 3권 13장(236~41면).

추천할 만한 번역본은 없는 것으로 결론을 내렸다. 번역작품으로 추천할 만한 수준을 보여주지는 못하지만 어느정도의 신뢰성을 가진 차선의 역서조차 정하기 어려웠다. 최초의 번역본이자 많은 표절본들의 원본 역할을 한 오화섭 역 정음사본의 경우 줄거리를 전달하는 데는 큰 문제가 없지만, 적지 않은 오역과 부정확한 부분이 일관되게 나타나고 있다. 전체적으로 투박하고 부적절한 역문이 많아 가독성의 견지에서도 껄끄러운 번역이 적지 않았다. 역자는 범우사본에서는 정음사본의 일부 오류를 바로잡았다. 그러나 대부분의 부정확한 번역은 여전히 고쳐지지 않았고 미숙하고 부적절한 번역도 크게 개선되지 못하여 전체적으로는 약간 나아진 수준에 그쳤다. 그러나 오화섭 역본은 다른 역본들에 비하면 원전에 대한 충실성에서 상대적으로 우수하다.

박진석 역본은 오화섭 역본과 비슷한 정도의 신뢰성과 번역수준을 보여준다. 오화섭 역본의 일부 잘못된 부분들을 바로잡은 곳이 있고 문체 면에서도 더 나은 대목도 있으나, 그에 못지않게 새로운 오역들을 여러 군데서 범하고 있다. 나머지 번역본들은 원작에 대한 충실도가 현저히 떨어지고 정확성에서 크게 부족하여 신뢰성이 거의 없다고 판단된다.

참조본 1

오화섭 역 『오만과 편견』*

오화섭의 정음사본은 원본을 충실하게 번역하려고 한 노력이 엿보이

---

* 정음사(1958, 1981) 삼중당문고(1975) 범우사(1976, 2001). 이 세 역본은 같은 역자의 번역본을 각각 다른 출판사에서 출간한 것이다. 정음사본은 가장 먼저 나온 번역본으로 이후 많은 다른 번역본들의 원본 역할을 하여 이를 표절한 많은 번역본들이 출간되었다. 정음사본은 이 출판사에서 나온 '세계문학전집'에 포함된 것으로 1981년 출간본을 검토대상으로 했다. 삼중당문고본은 정음

는데, 전체적으로 줄거리를 전달하는 데는 무리가 없다. 원문의 문장과 단어들을 빠뜨리지 않고 일일이 번역에 반영하려고 했다. 그러나 번역의 정확성이 높지 못해 번역서 1면당 2~5개 정도의 오역이나 부정확한 번역이 일관되게 발견된다. 또한 오역으로 처리하기는 어렵지만 정확한 역어를 찾지 못해 오해를 불러일으킬 수 있는 부적절한 부분들이 많고, 생경한 문장과 때때로 생소한 옛날식 어투의 낱말들도 보인다. 그런 점에서 줄거리를 파악하는 데는 큰 지장이 없지만, 섬세한 뉘앙스를 전달하는 데는 미흡하다. 범우사본에서는 이전 역본의 오류를 고치려고 노력한 흔적이 보인다. 오역을 바로잡거나 어색한 문장이나 표현을 좀 더 다듬는 개선이 일부 이루어졌다. 그렇지만 결정적인 오역은 대개 수정되지 않고 그대로 남아 있고 전체적인 문장의 수준도 크게 나아지지는 않았다.

오화섭 역본에 나타난 오류의 정도를 확인하기 위해서 우선 작품의 서두부분인 첫 다섯장(원문 13면, 번역서 12면)을 살펴보면, 정확성에서 문제가 있는 번역이 34개(명백한 오역 13개) 정도이며, 그밖에 부적절한 번역이나 어색한 대목들도 다수 나온다. 소설에서 첫부분의 중요성을 감안하면, 문제있는 번역의 빈도가 이렇게 높다는 것은 작품을 이해하는 데 심각한 장애가 된다. 다만 정음사본에서 나온 오역이 범우사본에서 수정된 경우가 여럿 있다. 그러나 반대로 정음사본의 부적절한 번역이 범우사본에서 명백한 오역으로 바뀐 대목도 3군데 발견되었다.

우선 1~2장에 나오는 부정확한 번역의 예를 몇개 들기로 하자. 1장 첫부분의 "This was invitation enough"(1면)를 "구미가 당기는 말이었다"(13면)로 번역했다. 이 대목은 베네트 부인이 시큰둥한 남편에게 수다를 떨기 시작하는 부분으로, '그만하면 이야기를 계속하기에 충분한 반

사판과 동일한 번역이며 이에 대한 검토는 정음사본에 준한다. 한편 범우사본은 1976년 처음 나왔으며 검토대상이 된 2001년본의 초판 출판년도는 1989년이다.

응이었다'라는 정도의 뜻이다. 그밖에 빙리 씨가 베네트 부인을 환영할 것이라는 부분을 "여자들"을 환영할 것이라고 번역하거나, 엘리자베스에게 "something more of quickness"(1면)가 있다, 즉 '명민하다'는 대목을 "제일 예민한"이라고 번역했다. 이 3가지 예 가운데 앞의 두 사례는 범우사본에서도 고쳐지지 않고 있으며, 세번째 예는 범우사본에서 "제일 영리하거든"(13면)이라고 수정했다. 2장의 첫부분에서 베네트 부인의 말 "We are not in a way to know what Mr. Bingley like"(3면)라는 부분은 "빙리 씨가 뭘 좋아하건 아랑곳할 것 없어요"(15면)라고 했으나 이는 '빙리 씨가 뭘 좋아하는지 알 수도 없다'는 뜻이므로 오역이다. 범우사본에서도 이 부분은 고쳐지지 않았다. 2장의 다음 대목 "as she will think it an act of kindness, if you decline the office, I will take it on myself"(4면)를 정음사본은 "당신이 나서지 않는다면 롱 부인은 이런 고마울 데가 어디 있어 할게요. 암만해도 내가 나서야 되겠는걸"(16면)이라고 번역했다. 그러나 이 문장의 원뜻은 '롱 부인이 고마워할 행동이기 때문에 당신이 안하겠다면 내가 하겠다'라는 것이므로, 정음사본의 번역은 오역이다. 이 부분을 범우사본은 "롱 부인은 이런 고마울 데가 어디 있나 할 거요"(16면)라는 부분만 약간 문장을 다듬었을 뿐 오역은 고쳐지지 않았다.

정음사본을 수정하면서 범우사본에서 오히려 오역을 한 사례 가운데 하나를 들면, 5장 "His pride does not offend me so much as pride often does"(12면)를 정음사본에서는 "그분의 자존심은 보통때보다 그렇게 제 비위에는 거슬리지 않든데요"(25면)라고 번역하고, 범우사본에서는 "그 사람의 자존심은 흔히 있을 수 있는 오만이라서 제 비위엔 거슬리지 않던데요"(29면)라고 수정했다. 이 문장의 원뜻은 '오만한 일 당하면 대개 기분이 상하는데 그분 경우는 달라요' 정도가 된다. 정음사본 번역은 이 의미를 살리지 못하고 "보통때보다"라고 애매하게 옮겨서 혼란을 초래하는 정도의 부적절한 번역이라면, 범우사본에서는 "흔히 있을 수 있는 오만"이라고 고쳐서 오히려 명백한 오역이 되어버렸다. 또이 대목에서 "pride"는 "자존심"보다 '오만'이나 '자부심'으로 번역해야 작품의 의미를 제대로 살릴 수 있는데, 두 번역본 모두 여기에 미치지 못했다.

이 번역본은 이처럼 정확성에서 문제가 있는 번역들이 많고, 또 딱히 틀렸다고 하기는 어려울지 모르나 부적절한 표현이나 어휘를 선택하여 원뜻을 제대로 전달하지 못하는 곳도 다수 있다. 이것은 이 번역본들이 대체로 원작의 의미를 감상하기에는 정확성에서나 우리말 구사에서나 미흡한 점이 많은 번역임을 말해주는데, 5장의 경우는 그 대표적인 예로 들 만하다. 5장은 2.5면 정도의 아주 짧은 분량인데, 정음사본의 경우 이 장에서 문제있는 번역의 사례는 10개 정도에 달한다. 범우사본에서도 이런 오류들은 수정되지 않았다.

부정확한 번역의 예는 다음과 같다.

① "by an address to the King"(11면)은 "국왕에게 대한 극진한 보답으로"(24면)라고 옮겼는데, "an address"는 "보답"이 아니라 '청원' 혹은 '상소'라는 뜻이다.

② "for he is such a disagreeable man that it would be quite a misfortune to be liked by him"(12면)은 "정말 기분 나쁘거든. 그런 분이 맘에 든다면"(25면)이라고 번역했으나 '워낙 불쾌한 사람이라서 그런 사람 맘에 든다는 것은'이라는 뜻이다.

부적절한 번역의 예는 다음과 같다.

① "The distinction had perhaps been felt too strongly"(11면)를 "이러한 우대를 몹시 강하게 느껴서인지"(24면)라고 했는데, "distinction"은 "우대"가 아니라 '작위를 받은 것'이라는 뜻이다.

② "You were Mr. Bingley's first choice"(11면)는 "빙리 씨의 첫눈에 띄었지"(24면)라기보다는 정확히는 '첫 선택', 즉 '첫 파트너였지'라는 뜻이다.

③ "His pride"(12면)은 "그분의 자존심"(25면)이 아니라 '오만' 혹은 '자부심'이라고 번역해야 한다.

④ "on the score of some quality"(13면)는 "어떤 특질이 있는 것을 미끼로"(26면)라고 번역했으나 '어떤 성질에 대해'라는 뜻이다.

이같은 부정확하고 부적절한 대목들은 줄거리를 대충 이해하는 데는 큰 지장이 없을지 모르나, 지속적으로 나오면 작품에 대한 이해에 부정적인 영향을 미칠 수 있다.

개별적인 오역이나 부적절한 번역 외에도 문장구성력이 미흡하고 어투가 생경하며 어색한 직역투를 남발한 것이 전체적으로 번역의 수준에 나쁜 영향을 미쳤다. 가독성에 문제가 있는 부적합한 문장의 예를 2군데 들어보자.

> His appearance was greatly in his favour; he had all the best part of beauty, a fine countenance, a good figure, and very pleasing address. The introduction was followed by a happy readiness of conversation — a readiness at the same time perfectly correct and unassuming. (50면)

그의 풍채는 대단히 유리하였다. 그는 최선의 미의 요소, 즉 훌륭한 용모와 당당한 체격과 남을 반색할 줄 아는 품을 구비하고 있었다. 소개가 끝나자 곧 남자 쪽에서는 말을 주고받는데 어울리는 경쾌한 맛 — 온당한 동시에 겸손한 맛을 보였다. (정음사 65면)

그의 외관은 대단히 유리하였다. 그는 최선의 미의 요소, 즉 훌륭한 용모와 당당한 체격과 예의바른 친절을 구비하고 있었다. 소개가 끝나자 곧 남자들은 말을 주고받는 데 어울리는, 경쾌하고 겸손한 맛을 풍기는 어조로 이야기를 시작하였다. (범우사 84~85면)

이 대목의 대체적인 뜻은 '그의 외양이 괜찮았고, 최상의 아름다움의 조건을 갖추었으니, 즉 용모가 수려하고 몸매가 멋지며 언변이 좋았다. 소개가 끝나자 바로 기꺼이 대화에 나섰는데 아주 반듯하고 가식이 없었다'는 정도인데, "남을 반색할 줄 아는 품" "경쾌한 맛" "경쾌하고" 같은 오역은 차치하더라도 전반적으로 어색하다. 범우사본에서는 약간 수정되었으나, 위컴을 "남자들"이라고 하여 정음사본에 없는 오역을 더했고, 전체적으로 어색함을 극복하지 못했다.

> But amidst your concern for the defects of your nearest relations, and your displeasure at this representation of them, let it give you consolation to consider that, to have conducted yourselves so as to avoid any share of the like censure, is praise no less generally bestowed on you and your eldest sister, than it is honourable to the sense and disposition of both. (137면)

그러나 당신께서만은 이와같은 비난을 받지 않으시려고 행동하셨습니다. 이것은 당신과 당신 언니의 두 분의 상식과 성품에 부끄럽지 않은 칭찬할 만한 소행이었습니다. 이 점을 생각하시고, 당신의 근친의 결점을 걱정하고, 그러한 결점의 노출을 불쾌히 여기시는 가운데서도 위로를 얻으시기 바랍니다. (정음사 159~60면)

그러나 당신만은 이와같은 비난을 받지 않도록 행동하셨습니다. 이것은 당신과 당신 언니, 두 분의 교양과 인격에 부끄럽지 않을 칭찬할 만한 행동이었습니다. 이 점을 생각하시고 당신 가족의 결점을 걱정하거나 그러한 결점의 노출을 불쾌히 여기시는 가운데에서도 위안을 받으시기 바랍니다. (범우사 219면)

이 대목은 '가족의 결함 때문에 속이 상하고 또 그런 소리를 들어서 불쾌하시겠지만, 당신과 당신의 언니 두 분의 처신에는 전혀 그런 점이 없었고 그것이 두 분의 지성과 성품에 영예일 뿐 아니라 모든 사람의 칭송을 받는다는 것을 생각하신다면 위안이 되실는지요' 정도로 번역되어야 한다. 서두의 "당신께서만은" "당신만은" 식으로 복수를 단수로 처리하여 오역된 곳을 차치하면 뜻은 전달되고 있으나 전체적으로 원문의 어투나 뉘앙스를 살리지 못했다. 긴 문장을 끊어서 번역했는데, 그 자체로는 가능할 수도 있지만 그 결과 빈정대는 말투로까지 오해할 수 있게 되어 편지를 읽는 상대방의 감정을 자극할 만한 문체로 옮겨져 있다. 이것은 다씨의 편지의 취지와는 거리가 멀다.

참조본 2

박진석 역 『오만과 편견』*

박진석 역본은 누락과 첨가가 거의 없다. 그러나 총 10장을 검토한 결과 1면당 3개 이상의 번역상의 문제점을 노출하고 있다. 이 번역으로 줄거리나 사건의 진행을 이해하는 데는 무리가 없다. 그러나 까다로운 부분뿐만 아니라 상식적인 문장에서도 여러번 오류를 범하고 있다. 상황을 잘못 전달하거나 호칭을 잘못 사용함으로써 인물들의 관계 파악에 혼선을 야기하는 일도 적지 않다. 그 결과 상황의 미묘함이나 인물들의 성격, 아이러니를 비롯한 작가의 어조가 제대로 전달되지 않는다. 이 번역본은 가독성 측면에서도 상당한 문제를 지니고 있다. 원문과 비교하

* 을유문화사(1978, 1997). 번역대본에 대한 서지정보는 따로 없다. 연보와 함께 책 뒤에 붙은 해설은 영국소설의 전통에서부터 소설의 주제에 이르기까지 상당히 충실한 것으로 독자의 작품 이해에 도움을 주고 있다. 검토본은 을유문화사 1997년판으로 했다.

면 딱히 오류라고 말하기 어렵지만, 번역과정에서 우리말과 영어의 문장구조 차이를 제대로 처리하지 못해 독자의 오해를 야기하는 부분이 빈번하고, 또한 우리말 구사가 세련되지 못한 까닭에 독자가 소설 속으로 젖어들기가 쉽지 않다.

박진석 역본은 원문에 충실하려는 의도가 엿보이긴 하지만, 전체적으로 많은 오류를 범하고 있다. 거의 모든 면마다 오역이 일관되게 발견되며 그 가운데는 상황을 잘못 전달하거나 심지어 거꾸로 번역한 경우도 적지 않다. 대표적인 예 두어가지만 들어보자. 가령 제4장에서 빙리와 다씨의 성품을 비교하는 대목에서 빙리에 대해 "그렇다고 다시 자신의 기질과 거리가 먼 것은 아니었고, 더욱이 다시는 자신의 기질에 대해 크게 불만스럽게 생각하고 있지 않았다"(14면)로 번역된 부분의 원문은 "though no disposition could offer a greater contrast to his own, and though with his own he never seemed dissatisfied"(10면)이므로, 전반부는 '기질이 완전 딴판이었지만'과 같이 정반대로 번역해야 한다.

또다른 예는 35장에서 다씨가 엘리자베스에게 준 편지의 끝부분이다.

> **If** your abhorrence of me should make my assertions valueless, **you cannot be prevented by the same cause from confiding in my cousin**; and that there may be the possibility of consulting him, I shall endeavor to find some opportunity of putting this letter in your hands in the course of the morning. (140면)

만일 당신이 날 싫어하시기 때문에 내 주장을 무가치한 것으로 **여기신다면 같은 이유로 내 종제마저 불신할 수밖에 없을 겁니다**. 그리고 그 사람과 상의할 수 있는 기회가 있기를 바라는 동시에 이 편지를 아침 나절에 당신의 수중으로 넘길 수 있는 기회를 찾도록 노력하겠습니다. (176면)

302

원문과 비교하면 3개의 오류가 보인다. "you cannot be prevented …
from confiding in my cousin"은 '제 사촌과는 허심탄회한 대화를 할 수
있겠지요'의 뜻이므로 정반대로 번역했다. "if"도 "여기신다면"이 아니
라 '여기실지라도'라고 양보적 의미로 번역해야 한다. 번역본은 사촌동
생을 불신하지만 그 사람과 대화하라고 부탁함으로써 전후 내용 자체가
모순이다. "that" 이하의 문장도 '그와 말할 기회를 가질 수 있도록'이라
고 목적(in order that … may)으로 해석해야 할 것이다.

앞의 두 예만큼 큰 잘못은 아니지만 자잘한 실수도 눈에 띈다. 제55
장에서 "though she talked to Bingley of nothing else, for half an hour"
(239면)는 '베네트 부인은 빙리와 반시간 동안이나 그 이야기만 했지만'
의 의미인데, "베네트 부인은 반시간 동안이나 빙리에게 별다른 이야기
는 못했지만"(303면)으로 옮김으로써 거의 정반대의 의미가 되었다.

『오만과 편견』에서 호칭과 관련된 오류는 거의 모든 번역본에서 발
견되는데, 박진석 역본은 비교적 친족관계를 정확하게 표현하고 있다.
하지만 오해를 불러일으키는 부분도 없지 않다. 5장에서 "Miss Lucas"
(루카스 집안의 장녀를 지칭)를 대화현장에 있지도 않는 "루카스 부인"
으로 쓴 것은 착오일 수 있겠지만, 엘리자베스와 제인이 대화를 나누는
다음 대목은 혼란스럽다.

　"그러니까 언닌 그분의 누님들까지 좋아졌다 그거죠? 누님들 태도는 그
분만큼은 못했단 말예요."
　"하긴 그랬어 ― 처음엔. 하지만 말을 건네보면 퍽 상냥스럽다는 걸 알
게 돼. 빙리 양은 오빠를 모시고 살림을 하고 있나 보더라." (13면)

빙리 양이 동생인데도 "그분의 누님들"이라고 했고, 이 대화 바로 다음
에서는 "빙리의 여동생"이란 말이 나와 혼란을 준다.

오스틴의 문장은 특유의 단아함과 아이러니가 절묘하게 결합된 부분

이 많아 상황전달에 신중해야 한다. 그러나 박진석 역본은 부정확한 번역으로 문맥을 놓치거나 상황을 잘못 전달하는 경우도 적지 않다. 다음은 루카스 양이 다씨의 오만에 대해 엘리자베스에게 말하는 대목이다.

> "그분의 **자존심**은 저에게는 흔히 있는 경우처럼 그렇게 불쾌하지 않더군요. 그 나름의 이유가 있으니까요. 명문 출신으로 재산이 있고, 뭣하나 아쉬울 것이 없는 남자가 자신을 높힌다고 해서 잘못은 없는 거죠. 이렇게 말할 수 있다면, 그분은 **자존심**을 가져 마땅하다고 생각해요," 하고 루카스 양이 말하였다.
> "정말 그래요, 그분의 **자존심**이 저의 **자존심**을 건드리지만 않으면 쉬 용서해줄 수가 있어요." (17면)

앞에서 네번 반복되는 자존심은 모두 "pride"의 번역이다. 그러나 "자존심"은 이 맥락에 적합하지 않다. "pride"라는 말이 여러 뜻으로 변주되기 때문에 옮기기가 쉽지 않으나, 이 저작의 제목 『오만과 편견』과 직결되는 주제를 담는 만큼 좀 어색하더라도 '오만'으로 통일하는 선택도 가능은 하겠다. 다만 이 경우 마지막에 나오는 "자존심"은 문맥상 그대로 두는 것이 타당할 것이다. 아니면 이 대목에서만큼은 모두 '자부심'으로 처리하는 것도 방법이겠다.

루카스 양이 다씨가 한 말을 반복하는 다음의 대목도 부정확한 번역으로 문맥을 놓친 경우에 해당한다.

> "Mr. Darcy is not so well worth listening to as his friend, is he? — Poor Eliza! — to be only just *tolerable*" (12면)

> "다시 씨의 말은 빙리 씨의 말보다 들을 가치가 적거든, 안 그래? 엘리자 — 안됐구나 — 겨우 그만하면 쓸 만도 한데." (16면)

여기서 이탤릭체로 표기된 "tolerable"은 다씨가 엘리자베스를 두고 앞에서 한 말을 반복하는 것이므로 '겨우 봐줄 만하다라니'처럼 발언의 의미상 주체가 분명히 드러나도록 번역해야 한다. 여기서는 루카스 양 자신의 의견인 것처럼 번역함으로써 사실전달에도 실패하고 원문이 지닌 아이러니의 질감 전달에도 실패하고 있다.

박진석 역본은 가독성에서도 상당한 문제가 있다. 번역상 문제의 절반 가까이가 부적절하거나 부적합한 번역에 해당한다고 말할 수 있다. 이는 어투를 잘못 선택하거나, 우리말과 영어의 구조와 의미상의 차이를 충분히 의식하지 못한 결과 생겨난 것이다. 또는 영어에서 대명사로 처리된 부분을 구체적 명사로 적시하지 못한 결과일 때도 있다. 이 작품에서 중요한 역할을 하는 35장 편지의 경우를 보자. 중간에 나오는 "당신의 기분을 해칠 만한 감정을 말하지 않을 수 없는 필연성에 놓인 것을 그저 안한다고 말씀드리지 않을 수가 없습니다"(170면) 같은 부분은 우리말로 무슨 뜻인지 전달이 되지 않는 부적절한 번역이다. 원문이 "If, in the explanation of them which is due to myself, I am under the necessity of relating feelings which may be offensive to your's, I can only say that I am sorry"인데, '제 입장에서 설명을 하다보면 불가피하게 당신이 불쾌해하실 감정을 언급할 수밖에 없는데, 그에 대해서는 죄송하다고 말씀드릴 수밖에 없습니다' 정도로 번역해야 할 대목이다.

또한 "had it not been seconded by the assurance which I hesitated not in giving"(137면)을 "내가 주저하지 않고 당신 언니의 무관심을 보증함으로써 들러리를 내세우지 않았던들"(172면)이라고 옮긴 대목이나, 위컴과 완전히 결별했다고 생각하던 다씨가 지난 여름 위컴을 갑자기 만난 사건을 언급하는 대목에서 "그러다가 작년 여름 다시없이 유감스럽게도 재차 내 시야에 그 자태가 끼어들기 시작했던 것입니다"(175면)라고 번역한 부분도 번역본만으로는 의미파악이 제대로 되지 않는다.

다음은 직역의 문제점이 생긴 경우이다. 2가지 정도 예를 들어보자.

> The vicious propensities — the want of principle which he was careful to guard from the knowledge of **his best friend**, could not escape the observation of a young man of nearly the same age with himself, and who had opportunities of seeing him in unguarded moments, which Mr. Darcy could not have.

사악한 성향을 그는 **가장 친한 친구**에게까지 알리지 않으려고 조심스럽게 경계했지만 그와 그의 동년배이며, 따라서 방심한 상태의 그를 관찰할 기회가 많았던 나의 눈을 속일 수 없었습니다. (173면)

여기서 "가장 친한 친구"는 "his best friend"의 번역인데 문맥으로 보아 다씨의 아버지가 확실하므로 '그의 가장 친했던 다씨의 아버지' 정도로 옮겨주어야 독자가 이해할 수 있다. 비슷한 예로 다음은 15장에서 키티와 리디어가 위컴에게 관심이 많음을 보여주는 대목이다.

> She had been watching him the last hour, she said, as he walked up and down the street, and had Mr. Wickham appeared Kitty and Lydia would certainly have continued **the occupation**, but ⋯ (51면)

부인은 한시간 동안 그가 거리를 오르내리는 것을 보고 있었다고 말하였다. 만일 위캄 씨가 나타나기라도 했더라면 키티와 리디어는 **그러한 작업**을 계속했을지 모르겠으나 ⋯ (64면)

여기서도 "the occupation"은 "그러한 작업" 대신에 '위컴을 바라보는 일'이라고 구체적으로 적시해줄 필요가 있다.

올리버 트위스트

찰스 디킨즈 Charles Dickens

Oliver Twist

출간현황　　　현재까지 출간된 번역본은 편집부를 역자로 밝힌 판본을 포함하여 역자는 총 14명이며, 같은 역자가 다른 출판사에서 낸 것과, 같은 출판사라고 해도 씨리즈를 달리해서 낸 것까지 계산하고 아동용 출판물을 빼면 총 판본은 15개이다. 이 가운데서 완역본으로 검토대상이 될 만한 번역서는 역자 4명의 6개 판본으로 드러났다. 도서관 목록에는 있는데 해당 출판사에 문의한 결과 출간한 적이 없는 것으로 드러난 판본도 1종 있었다. 검토대상인 6본 중 같은 출판사에서 씨리즈만 달리해서 같은 역본을 출간한 2종을 빼면 총 4종이다.

검토대상

- 윤혜준 『올리버 트위스트』 창작과비평사(1996)
- 정정호 『올리버 트위스트』 금성출판사(1987, 1995)
- 오석규 『올리버 트위스트』 휘문출판사(1974, 1983)
- 박영의 『올리버 트위스트』 신원문화사(1996)

 **평가개요**　　　검토의 기준으로 삼은 원전은 일단 Charles Dickens, *Oliver Twist* (Penguin 1966)로 했다.*

'일단'이라는 단서를 단 이유는 다음과 같다. 윤혜준 역본은 펭귄판을 원전으로 밝히고 있지만, 오석규 역본과 정정호 역본은 원전을 밝히고 있지 않다. 특기할 사항은 정정호 역본의 경우 원전의 구체적인 서지는 밝히지 않으면서도 1838년 초판에 근거한 텍스트를 번역의 원전으로 삼았다는 사실은 적시하고 있다는 점이다. 1838년판을 원전으로 택한 이유에 대해 정정호는 "문학작품으로서의 매력", 특히 "문체상의 매력" 때문이라고 설명하면서 "초판에 보이는 끓어넘칠 듯한 활력, 분류와도 같은 리듬"이 후속판에서는 손상된다고 지적하고 있다.

현재 시중에 나와 있는 대부분의 텍스트가 원본으로 삼고 있는 1846년의 브래드베리 앤드 에반스(Bradbury and Evans)판 및 그후의 판들과 1838년의 초판본, 즉 벤틀리(Bentley)판 사이에 존재하는 일차적인 차이는 장(chapter) 구분의 차이이다. 구체적으로 38년판은 총 51장으로 구성되어 있는 반면, 46년 이후 판은 총 53장으로 구성되어 있다. 그 결과 집중검토한 부분에 국한해서 보더라도 46년판의 40장이 38년판에서는 독립된 장이 아니라 앞장에 연속하는 장, 즉 39장의 뒷부분을 이루고 있으며, 46년판의 49장은 38년판에서 47장에 해당한다. 이밖에 단어나 표현 등에서도 적지 않은 변화가 보이긴 하지만, 그것이 "문학작품으로서의 매력"과 "문체상의 매력"에 차이를 초래할 만큼 큰 것인지, 그리고 개선인지 개악인지에 대해서는 정정호와 생각이 다를 수도 있을 것이다. 여하튼 초판본에 근거한 텍스트는 현재 시판되지 않을 뿐만 아니라 외국대학의 도서관에서조차 쉽게 접근할 수 없는 형편이다. 그래서 여기서는 원문의 면수를 펭귄판에 의거하여 표기하되, 판본에 따른 변화

---

*펭귄판을 기준으로 2, 10, 26, 40, 49장을 자세히 검토했다.

는 Kathleen Tillotson ed., *Oliver Twist* (Oxford at the Clarendon Press 1966)에서 면마다 첨가되어 있는 각주를 참고하여, 1838년 초판본을 '복원'하는 우회로를 통해 번역의 상태를 점검했다.

오석규 역본이 총 51장으로 구성되어 있는 것을 보면 이 역시도 —번역의 원전에 대해 명기하지 않은 까닭에 추측할 따름이지만— 1838년판을 텍스트로 삼고 있는 듯하다. 여기서는 정정호 역본을 점검할 때와 마찬가지로 1838년판을 클러렌든(Clarendon)판의 각주에 의거하여 '복원'한 후 대조했고, 원문의 면수는 펭귄판에 의거하여 밝혔다.

충실성과 가독성 양면에서 모두 윤혜준 역본이 제일 추천할 만한 것으로 드러났다. 오석규 역본과 정정호 역본은 둘 다 『올리버 트위스트』의 줄거리를 파악하고 작품의 윤곽을 이해하는 데는 별다른 문제가 없을 수도 있지만, 이 장편을 '문학작품'으로 이해하고 접근하고자 하는 독자들에게는 추천하기가 어려운 상태이다. 우선 두 역본은 원전에 없는 내용이라도 독자의 이해를 돕기 위해서인지 약간씩 추가하거나 삭제한 대목이 많아서 전체적으로 넘치거나 모자란다는 인상을 주는 경우가 많다. 이밖에도 오석규 역본은 오래 전에 출간되어서 그런지 옛날식 어투가 자주 등장하며 교정상의 오류도 많은 편이다. 정정호 역본은 앞서 나온 오석규 역본에 많이 빚지고 있는 것으로 보인다. 후학이 선학의 노력을 참고하는 것은 정당한 일이고 그 자체로는 권장할 일이기도 하다. 그러나 이러한 경우에도 그 최종 결과물이 후학에게 당연히 기대되는 '개선'의 정도에 미달한다면 곤란할 터인데, 정정호 역본은 그러한 기대를 충분히 만족시켜주지 못하는 듯하다. 두 역본에서 동일하거나 유사한 오류가 심심찮게 반복되는 것이 사실이다.

윤혜준 역 『올리버 트위스트』* ★★☆

이 역본은 다른 두 역본에 비해 충실성과 가독성 양면에서 공히 우월하다. 물론 틀린 부분이나 부적당한 부분이 전혀 없는 것은 아니지만, 우리말로 옮기기 어려운 디킨즈 작품의 특성을 고려할 때 이 정도의 오류는 '불가피'한 것으로 인정해줄 수도 있겠다. 중요한 오류는 평균 7면당 1개꼴로 발견된다. 역자는 『올리버 트위스트』를 번역하면서 겪은 어려움에 대해, 「해설」부분에서 "영어와 한국어 간의 일상적인 괴리를 넘는 일에 덧붙여서, 길고 화려하게 꾸며졌으면서도 결코 난삽하지 않은 문장을 되살려야 할 뿐 아니라 그의 탁월한 문체가 지닌 '다의성'을 미미하게나마 드러내야 하는 의무"(하권 326면) 때문에 겪은 어려움을 고백하고 있다. 이러한 어려움을 극복하고 상재된 윤혜준 역본은 원작의 줄거리뿐 아니라 원문의 결과 흐름 그리고 호흡까지 전달하는 데 상당정도 성공한 것으로 판단된다. 이는 간단히 예를 들어 원작에서 따옴표 안에 있는 등장인물의 대사와 따옴표 바깥에 있는 등장인물의 생각 또는 그에 대해 서술자가 정리해주는 부분 등을 우리말에서도 정확하게 구분하여 옮기려는 노력과 수고를 치르고 도달한 성과일 것이다. 이 모든 것이 합해져서 이 역본은 작가의 언어적 재치와 풍자적 어조까지도 우리말로 전달하는 성과를 거두고 있다.

결론적으로 이 역본은 믿을 만한 번역으로 추천할 수 있다. 물론 미흡한 부분들이 없지 않고 번역하는 과정에서 실수로 누락시킨 부분이나 구문 파악을 잘못한 경우 등이 없는 것은 아니다. 그러나 이러한 부분은 다음 기회에 개선하면 될 것이다. 책 뒤에는 작품에 대한 읽을 만한 해

---

* 창작과비평사(1996). '창비교양문고' 제43·44권(상·하)으로 1996년에 처음 출판되었으며, 본 검토 역시 이 초판에 의거하여 진행했다. 번역 원전은 Charles Dickens, *Oliver Twist*, ed. Peter Fairclough (Harmondsworth: Penguin 1966)이다.

설과 찰스 디킨즈 연보도 붙어 있다.

번역상태에 대해 자세히 살펴보자. 우선 윤혜준 역본의 강점은 각 장의 제목을 우리말로 충실하게 옮긴 데서부터 확인할 수 있다. 예컨대 첫 장의 제목은 "Treats of the Place where Oliver Twist was Born, and of the Circumstances attending his Birth"(45면)인데, 이를 오석규는 "올리버 트위스트 출생의 장소와 그 경위"(15면)로, 정정호는 "올리버 트위스트가 태어난 장소와 그 경위"(5면)로 옮기고 있다. 그러나 윤혜준은 이 제목을 "올리버 트위스트가 태어난 장소와 당시의 정황을 다룬다"(상권 17면)는 식으로 원문의 구문을 존중하면서 옮기고 있다. 물론 이 부분은 제목인 만큼 술어부를 축약할 수도 있을 것이다. 그러나 윤혜준 역본이 원문의 구조를 가급적 그대로 옮기는 번역자의 기본임무에 충실하고 있음은 지적할 만하다.

원문에 대한 충실성은 꼭 단어 수준이나 문장구조에서만 중요한 게 아니다. 다음 장면은 교구로부터 1인당 약간의 돈을 받고 어린아이들을 '돌보고' 있는 맨 부인의 집에 교구의 말단 직원인 범블 씨가 예고 없이 갑자기 나타나자 맨 부인이 보이는 반응이다.

'Goodness gracious! Is that you, Mr Bumble, sir?' said Mrs Mann, thrusting her head out of the window in well-affected ecstasies of joy. '(Susan, take Oliver and them two brats up stairs, and wash 'em directly.) My heart alive! Mr Bumble, how glad I am to see you, sure-ly!' (49면)

"어머, 놀랐어요. 범블 선생님이었군요." 맨 부인은 기뻐서 어쩔 줄 모르는 척하며, 창에서 얼굴을 내밀었다. "수잔과 올리버 그리고 그 두 개구쟁이들을 풀어주고 곧 씻어줘요. 참말 범블 선생, 잘 오셨습니다."

(오석규 20면)

“웬일이세요, 범블 선생님? 이렇게 갑자기 오시다니,” 맨 부인은 무척 반갑다는 시늉을 하면서, 창에서 얼굴을 내밀었다. “(수잔, 올리버와 그 두 녀석을 빨리 데리고 나와서 몸을 씻어주어라.) 범블 선생님, 정말 잘 오셨어요.” (정정호 10면)

맨 부인은 올리버를 비롯하여 자기 밑에 있는 아이들을 제대로 먹이지도 씻기지도 않은 채 지하의 탄광에 가두어두고 있었다. 이런 상황에서 아이들의 양육상태에 관해 교구에 보고를 하는 임무를 맡고 있는 범블 씨가 예고도 없이 갑자기 나타났으니, 맨 부인으로서는 너무나 당황스러운 것이다. 그럴 가능성은 없지만 범블이 교구위원회에 사실대로 보고하면 좋은 소리를 들을 리는 만무하고 잘못하면 밥줄마저도 위태로워질 수 있는 것 아닌가.

“어머 세상에! 거기 범블씨, 당신이세요?” 맨 부인이 창밖에다 대고 짐짓 희열에 찬 척하며 말했다. “(애 쑤전, 올리버랑 나머지 두 애새끼를 위로 올려보내고 곧장 씻겨놔!) 어머나 참! 범블씨가 오셔서 이렇게 뵈니까 참 기쁘네요, 정말!” (윤혜준 상권 24면)

윤혜준은 이처럼 당황스러운 처지에서 호들갑을 떨며 범블의 환심을 사려고 애쓰는 맨 부인의 마음을 정확하고 적절하게 전달하고 있다. 뿐만 아니라 원문의 결과 호흡에 충실한 첫 인용부호 안의 번역, 괄호 속에서 하녀 쑤전에게 명령하는 대사 처리의 자연스러움, 그리고 아이들을 대하는 맨 부인의 평소 태도를 제대로 반영하는 “두 애새끼”라는 역어 선택 등이 모두 윤혜준 번역의 탁월성을 입증하는 것으로 보인다.

원문의 느낌과 속도를 전달하는 데서 세 번역본의 차이는 도처에서 확인할 수 있다. 다음은 브라운로우 씨가 몽크스의 정체를 밝히고 그를 굴복시키는 장면에서 정점에 해당하는 대목의 일부이다.

'Unworthy son, coward, liar,—you, who hold your councils with thieves and murderers in dark rooms at night,—you, whose plots and wiles have brought [1838년판은 hurled] a violent death upon the head of one worth millions such as you,—you, who from your cradle were gall and bitterness to your father's heart, and in whom all evil passions, vice, and profligacy, festered, till they found a vent in a hideous disease which has made your face an index even to your mind—you, Edward Leeford, do you still brave me? [1838 년판은 brave me still!]' (439면)

"이 못된 자식 … 비겁자, 거짓말쟁이 … 캄캄한 밤에 숨어서 도둑이나 살인자와 밀담을 나누고 … 네 녀석의 비열한 계획과 음모로 인해서 네 녀석보다 백만 배나 더 훌륭한 여인이 원통하게 죽어갔단 말이네 … 네 녀석은 출생한 바로 그날부터, 네 부친의 가슴에 아픔과 괴로움만을 심어왔고, 몸뚱이 속에 가득 찬 악의 근성·악덕·방탕·도락이 무서운 고질병이 되었고, 그것이 추한 마음을 들어내는 지울 수 없는 흉터를 네 얼굴에 남긴 것이라네. 어때, 에드워드 리포오드, 이래도 내 말을 거역하고 맞설 텐가?"

(오석규 407면)

"이 못난 녀석, 이 비겁한 거짓말쟁이야! 밤중에 캄캄한 방에서 도둑놈이나 살인자들과 밀담을 하고 … 너의 간사한 음모로 인하여, 너보다는 백만 갑절이나 훌륭한 한 여성이 비명에 죽었다. … 너는 세상에 태어나면서부터 아버지의 가슴에 슬픔과 고통을 끼치고, 몸 속에 뿌리박은 악덕과 방탕은 불치의 고질이 되어, 드디어는 마음의 추악성을 표면에 나타내는 상흔을 얼굴에까지 새기고 말았다. … 어떠냐, 에드워드 리포드, 이래도 아직 나에게 저항을 할 생각이냐?" (정정호 430면)

"그 아버지의 아들이라 하기에 부끄러운 놈, 겁쟁이, 거짓말쟁이. 밤이면 도둑놈 살인자들과 함께 어두운 방에서 계략을 꾸미는 네가, 너의 모략과 간계로 너 같은 것들 수백만 명보다 더 훌륭한 한 여인의 머리에 비참한 죽음을 쏟아부은 네가, 요람에서부터 네 부친의 가슴에 쓰디쓴 아픔이었고, 모든 악한 열정, 사악함, 방탕함이 고름이 되어 썩다가 흉측한 질병으로 터져나와 네 마음처럼 추악한 얼굴을 갖게 된 네가 ― 너, 에드워드 리포드, 네 놈이 아직도 나한테 감히 맞서느냐?" (윤혜준 하권 263면)

제시문의 전체적인 맥락은, 브라운로우 씨가 상대의 잘못을 추궁해들어가는 흐름 속에 있다. 그는 (말을 아끼거나 생략하는 게 아니라) 상대가 저지른 잘못을 하나씩 강조하여 몽크스의 심리적 부담을 가중시키고 그를 강하게 압박해들어간다. 즉 우리말 번역에서도 "you"를 문두에 놓고 강조하는 원문의 구문을 살릴 필요가 절실한 것이다. 그런데 원문의 대체적인 의미를 전달하는 데 치우친 오석규와 정정호의 역본에 의하면 이 순간 둘 사이에 전개되는 팽팽한 긴장감을 독자가 공유하기는 어렵게 된다. 이런 각도에서 보면 정정호 역본이 오석규 역본보다 단어나 문장 수준의 번역에서부터 우리말 교열에 이르기까지 많은 부분 개선되었지만 결정적인 개선을 이루었다고 보기는 어려울 듯하다. 이에 비해 윤혜준 역본은 비록 "네 마음처럼 추악한 얼굴을 갖게 된 네가" 하는 부분에서 지나치게 설명조로 흐른 아쉬움은 남지만, 전체적으로 단어 수준에서부터 원문 자체의 리듬과 호흡에 충실한 정도에 이르기까지 원문의 맛을 충실하게 전달하고 있다고 평가할 수 있을 것이다.

이상의 몇몇 예에서 보듯이 윤혜준 역본은 전반적으로 신뢰성이 높고 추천할 만한 역본이다. 그러나 정확성·적절성·적합성의 면에서 미흡한 부분이 없는 것은 아니다. 먼저 부주의로 원문을 누락시킨 사례를 들어보자. 2장에서 올리버가 범블 씨에게 처음 인사하는 장면의 일부이다. "which [a bow] was divided between the beadle on the chair and the cocked hat on the table"(52면)을 "반쯤은 말단 교구관에게 그리고 반쯤은 탁자에 놓인 삼각모자에게 한 셈이었다"(상권 28면)로 옮기고 있는데, "on the chair"에 해당하는 부분의 번역이 누락되어서 "on the table"과 대조시키는 서술자의 의도를 살리지 못하고 있다. 26장 "아니면 여성다운 흔적이 완전히 사라지고 없었다. 여자들은"(상권 293면) 식으로 진행되는 부분에서 원문은 "others with every mark and stamp of their sex utterly beaten out, and presenting but one loathsome blank of profligacy and crime; some mere girls"(237면)이다. 따라서 이 부분에 대한 우리말 번역문에는 "and presenting but one loathsome blank of profligacy and crime"이 빠져 있다. 이밖에도 49장에서 "it is because he knelt with me beside his only sister's death-bed when he was yet a boy, on the morning that would … have made her my young wife"(434면)에 대한 우리말 번역은 "자네 부친이 아직 소년일 때, 나의 어린 아내가 될 예정이었던 … 그의 유일한 누이가 죽음을 맞이하던 그날 아침 임종의 책상 옆에서 자네의 부친이"(하권 255면)이다. 그러나 이 번역은 "죽음을 맞이하던 그날 아침"이 아니라 '결혼하기로 되어 있던 그날 아침'으로 해야 정확한 번역이 된다.

적절하지 못한 우리말 구사가 눈에 거슬리는 경우도 있다. 예를 들면 2장에서 "[T]he board made periodical pilgrimages to the farm, and always sent the beadle he day before to say they were going"을 "교구 이사회는 정기적으로 분원까지 시찰을 다녀오고 그때마다 말단 교구관을 먼저 보내"(상권 23면)로 옮겼는데, '분원에 시찰을 나가면서 그때마다' 정도로 옮기는 편이 좀더 적절하다. 같은 장에서 "The master, in his cook's uniform"(56면) 부분은 원문의 "his"를 소홀히한 결과 "요리사 제복을 입고"(상권 34면)로 옮겼지만 이보다는 '배식용 앞치마를 두르고' 정도가 좀더 적절한 번역일 것이다. 26장 "'The neighbourhood was a little too hot, Lively'"(235면) 부분을 "동네가 좀 더웠다네, 라이블리"(상권

290면)로 옮겼는데 "hot"을 덥다는 뜻으로만 새겨서는 동네가 조금 위험해졌다는 뉘앙스가 살아나지 못한다.

이밖에도 교열상의 오류 때문에 생겨난 잘못도 있다. 예컨대 브라운로우 씨와 몽크스가 대화하는 장면에서 "자식이 더 많았지만 그중에서 다행히도 둘만 살아남았던 거야"(하권 257면) 하는 대목은 "둘만"이 아니라 '둘은'으로 정정해야 한다. 다행이라고 여기는 내용이 음절 하나 차이로 완전히 달라지므로, 이런 착오는 원문을 정확하게 전달하기 위해 번역자가 들여야 하는 수고가 어느 정도인지 생생히 입증한다고 하겠다.

윤혜준 역본에 대한 전체적인 평을 정리하면, 수정하거나 보완해야 할 부분이 없는 것은 아니지만 원문에 대한 충실성과 가독성의 양면에서 믿을 만하고 우리말로 읽기에도 괜찮은 번역본으로 추천할 수 있다.

막대한 유산

찰스 디킨즈 Charles Dickens

Great Expectations

출간현황　찰스 디킨즈의 *Great Expectations*의 번역본은 하나같이 제목을 '위대한 유산'으로 옮기고 있다. 그러나 주인공 핍이 받는 유산이 결코 '위대'한 것은 아니며, 소설에서 "great expectations"라는 표현은 엄청나게 많은 유산을 가리키므로 '위대한 유산'이라는 번역은 적절하지 않다. 따라서 이 평가보고서에서는 '막대한 유산'으로 부르기로 한다.

선행 연구와 국내 서점, 도서관들을 조사하여 확인한 결과 『막대한 유산』의 번역서는 16본에 이르며 역자는 10명, 출판사는 11곳이다. 이 가운데는 역자를 구체적으로 밝히지 않고 편집부로 표시한 곳도 있으므로 실제 역자는 8명에 불과하다. 이덕형 역본을 비롯한 5본은 번역서를 구할 수 없었지만, 수집한 자료를 토대로 추측하건대 번역사적으로 의미있는 완역본은 아닌 것으로 보인다. 입수하여 검토한 판본은 총 9본이며, 여기에서 축역본과 중복출간을 제외하면 완역으로 판단되는 번역서 중 입수할 수 있었던 것은 총 4종이다. 그 결과 김재천, 김태희, 박성철, 최옥영의 역본을 대상으로 『막대한 유산』의 번역현황을 검토했다.

이 가운데서 의미있는 독자번역으로 집중검토대상이 될 번역은 최옥영 역본 하나뿐임을 확인했다. 나머지는 모두 최옥영 역본에 지나치게 기대고 있어 의미있는 번역이라 보기는 힘들다.

 **평가개요**   검토의 기준으로 삼은 원전은 Charles Dickens, *Great Expectations*, ed. Angus Calder (Penguin 1965)*이다. 최옥영은 1984년 초판본에서 1965년 펭귄판을 원전으로 쓰고 있다고 밝히고 있으므로 검토 기준 원전을 펭귄판으로 했다. 나머지는 번역본의 원전을 밝히고 있지 않다.

검토를 하면서 고전의 출간현황에 대해 우려하지 않을 수 없었다. 『막대한 유산』은 영문과에서 가장 많이 다루는 소설 가운데 하나이기에 그만큼 번역서에 대한 학생들의 수요가 많은 작품이다. 그런데 번역의 질과 중역의 문제는 제쳐두더라도 직접 번역하는 수고를 했다고 볼 수 있는 최옥영 역본은 1980년대에 나온 전집판이 아니고는 쉽게 구할 수가 없었다. 반면에 번역하는 수고를 거의 하지 않은 표절본들이 최근에 단행본으로 발간되어 학생들에게 읽히는 것이 현실이다.

---

*번역의 충실성과 가독성을 가늠하기 위해 이 작품에서 주제상 중요하다고 생각되는 부분과 번역자가 소홀히 다룰 수 있는 부분을 검토했으며, 작품 전체의 번역의 질을 파악하기 위해서 작품의 처음과 중간, 끝부분을 적절히 고려하여, 전체의 약 10%에 해당하는 2, 15, 34, 38, 56장(총 59장 중 5장, 총 457면 중 47면)을 자세히 검토했다.

이와 더불어 이 작품의 경우 최옥영의 번역도 정확성이나 가독성이 많이 떨어져 번역서로 작품을 제대로 이해하기가 어렵다는 점이 문제이다. 전체적인 줄거리나 윤곽을 전달하는 데는 큰 무리가 없으나 잦은 오역을 포함해서 심각하게 문제가 있는 번역이 일관되게 발견된다. 또한 굳이 오역으로 처리하기는 어렵지만 정확한 역어를 찾지 못해 오해를 불러일으킬 수 있는 부적합하거나 부적절한 부분도 상당히 많고, 우리말 구사의 수준도 자연스럽지 못하고 생경한 부분이 적지 않아 디킨즈의 미묘한 아이러니, 특징적인 유머 등을 거의 살리지 못하고 있다. 결론적으로 이 번역서로 『막대한 유산』의 위대함을 느끼기는 힘든 것이 아닌가 한다. 이 번역서는 1975년에 초판이 나온 이후 오역이나 어색한 우리말 등이 거의 수정이 되지 않은 채 10여년이 지나도록 반복출간되었다.

참조본

최옥영 역 『위대한 유산』[*]

최옥영 역본은 『막대한 유산』 번역본 중 표절본의 원전 역할을 했다. 원전을 꼼꼼히 번역하려고 노력하면서 필요한 부분에는 역주도 달았다. 전체적으로 원작의 줄거리를 전달하는 데는 일정부분 성공하고 있다.

그러나 번역의 정확성이 높지 못하여 평균적으로 1면당 심각한 오역

[*] 삼성출판사(1975, 1989). '삼성판 세계문학전집' 14권으로 1975년에 초판 발행되었으며, 다시 '세계문학전집' 73권으로 1978년에 초판 발행, '세계문학전집' 11권으로 1978년에 초판 발행되었다. 디킨즈의 사진, 해설, 연보가 붙어 있으며 원전은 밝히고 있지 않다. 이 번역본은 다시 1984년 '삼성세계문학전집' 1권으로 새로 출간되었다. 연보에는 디킨즈의 전기적인 사실을 많이 삽입하여 개선했으나 해설 자체는 약간의 어구를 수정한 것 이외에는 이전의 것을 그대로 이용하고 있다. 1965년의 펭귄판을 번역의 원전으로 삼았다고 밝혔다.

이 2~3개 이상 지속적으로 발견되며, 굳이 오역으로 처리하기는 어렵지만 정확한 역어를 찾지 못해 오해를 불러일으킬 수 있는 부적절하거나 부적합한 번역까지 합하면 문제있는 번역의 빈도는 훨씬 높아진다. 가독성에서도 높은 점수를 주기가 힘들다. 의미를 분명하게 전달하지 못하는 생경한 직역식 번역문체를 그대로 드러내는 부분이 많기 때문이다. 또 디킨즈 특유의 길면서도 유려한 문장을 글의 호흡과 관계없이 자의적으로 절단하여 원문의 흐름과 호흡을 제대로 전달하지 못하는 등 복합적인 문체나 미묘한 뉘앙스, 아이러니, 유머 등을 전달하는 데는 큰 한계를 보인다.

부정확한 번역의 예는 단어나 문장을 누락하거나 어휘나 시제, 맥락을 잘못 이해하여 생긴 오역 등으로 다양하게 나타난다. 그중에서 한 예를 구체적으로 살펴보기로 하자. 15장에서 대장장이의 도제로 계약을 맺고 일하던 핍이 어느날 조에게 해비셤 양을 방문하고 싶다는 말을 한다. 그러자 조가 굳이 핍이 그곳을 방문할 필요가 없다고 하면서 반대하는 장면이다.

Joe felt, as I did, that he made a point there, and **he pulled hard at his pipe to keep himself from weakening it by repetition**.

"You see, Pip," Joe pursued, as soon as he was past **that danger**, 'Miss Havisham done the handsome thing by you. When Miss Havisham done the handsome thing by you, **she called me back** to say to me as **that were all**.'

'Yes, Joe. I heard her.'

'All,' Joe repeated, very emphatically.

'Yes, Joe. I tell you, I heard her.'

'Which I meantersay, Pip, it might be that her meaning were — Make a end on it! — As you was! — **Me to the North, and you to**

　나도 그랬듯이, 조우도 여기서 요점을 말했다고 여겼다. 그래서 **그는 되풀이해서 파이프를 세게 불어 꺼지지 않도록 자꾸 빨았다.**

　"핍, 너도 알지만," 조우는 **파이프의 불이 꺼질 위험**이 없어지자 계속 말했다. "미스 해비샴은 아주 너를 후하게 대접했다. **나를 다시 불러서도 모두가 네 것**이라는 얘기를 했었단다."

　"그래요, 조우 매부. 나도 들었어요."

　"모두야." 조우가 매우 강조하며 말하였다.

　"네, 나도 들었다고 그랬지요, 매부."

　"내가 말하려는 것은, 그녀가 끝장을 내려고 한 것이 아닌가 한다. **나를 북쪽에 그리고 너를 남쪽에 각각 따로 헤어지게 하려고!**" (119면)

"그는 되풀이해서 파이프를 세게 불어 꺼지지 않도록 자꾸 **빨았다**"는 "weakening it"을 잘못 파악한 데서 빚어진 오역이다. 여기서 대명사 "it"은 파이프나 파이프의 불이 아니라 "a point", 즉 조의 주장을 가리키는 것이므로 "keep himself from weakening it by repetition"은 조가 일단 자기가 하고 싶은 말을 했다고 여겼으므로 자신의 주장을 되풀이해서 말의 효과를 줄이지 않으려고 한다는 뜻이다. 따라서 '그 말을 되풀이해서 효과를 줄이지 않으려고 대신 파이프를 열심히 빨았다'로 번역해야 한다. 이 오역은 다음 문장으로 연결된다. 최옥영은 "that danger"의 이해를 돕기 위한 설명을 첨가하여 "파이프의 불이 꺼질 위험"으로 번역하고 있지만 이것은 '핵심이 흐려질 위험'으로 번역해야 한다.

　이 대목에서는 오역과 더불어 딱히 틀렸다고 하기는 어렵지만 부적절한 어휘의 선택으로 원뜻을 제대로 전달하지 못하는 부적절한 표현이 이어지고 있다. "나를 다시 불러서도"에서 "다시"는 내용상 적절하지 않다. 조는 단 한번 해비섐 양을 보러 갔을 뿐이기 때문이다. 게다가

"that were all"을 "모두가 네 것"으로 번역한 것은 오역이다. 역자는 해비섬 양이 준 돈을 염두에 두고 이런 번역을 한 듯하다. 그런데 이 장면의 배경을 살펴보면 핍은 여전히 해비섬 양이 뭔가를 해줄지도 모른다는 막연한 기대를 가지고 있는 데 반해, 조는 해비섬 양이 약간의 돈을 준 것으로 핍과는 더이상의 관계를 맺지 않기를 원하는 것으로 파악하고 있다. 핍의 은근한 기대를 감지한 조는 핍이 그런 기대를 버릴 것을 바라면서 핍의 방문을 반대하는 것이다. 그러므로 "that were all"은 해비섬 양이 돈을 주면서 '그게 전부'니 앞으로 더 기대하지 말라고 했다는 뜻이다. 그리고 "Me to the North, and you to the South! — Keep in sunders!"는 "나를 북쪽에 그리고 너를 남쪽에 각각 따로 헤어지게 하려고!"라고 번역하여 마치 해비섬 양이 조와 핍을 헤어지게 하려 했다는 뜻으로 오해하게끔 만들고 있다. 그러나 "Me"는 해비섬 양, "you"는 핍을 가리키기 때문에 핍과 이제 만나고 싶어하지 않는 해비섬 양의 의도를 조가 전달하는 것으로 바꾸어야 한다.

오역을 포함한 부정확한 번역과 부적절한 번역 등의 오류가 짧은 인용구에서 복합적으로 섞여 있는 또하나의 예를 살펴보자.

On a certain occasion when the Finches were assembled in force, and when good feeling was being promoted in the usual manner by nobody's agreeing with anybody else, the presiding Finch called **the Grove to order, forasmuch as Mr Drummle had not yet toasted a lady**; which, according to the solemn constitution of the society, it was the brute's turn to do that day…

'Do you?' said Drummle. 'Oh, Lord!'

This was the only retort — except glass or crockery — that the heavy creature was capable of making; but, I became as highly incensed by it as if it had been barbed with wit, and I immediately rose in my place and said that I could not but regard it as being like **the honourable Finch's impudence** to come down to that Grove — we always talked about coming down to that Grove, as a neat Parliamentary turn of expression — down to that Grove, proposing a lady of whom he knew nothing. (326~27면)

〈방울새 회원〉들이 대거 집합하여 기분 좋은 감정이 보통때처럼 고양되었던 어떤 기회에, 사회를 보는 〈방울새〉가 〈작은 숲 회원〉들에게 **드러믈로 하여금 건배할 숙녀를 고르도록 명령하라고 요청하는 것이었다.** 이 〈방울새 회원〉의 엄숙한 법에 따라서 그날은 드러믈이 건배할 차례였다…

"아 그래? 하느님 맙소사!" 드러믈이 말했다.

이것은 그 큰 덩치의 인물이 할 수 있는 단 하나의 말대꾸였다. 그러나 마치 이 대꾸가 기지로 가시 돋치기나 한 듯이 나는 이 대꾸에 격노하여 내 자리에서 일어나서 말했다. 작은 숲으로 내려와서, 건방지게 자기가 전혀 모르는 숙녀에게 건배를 하는 것은 **방울새의 명예를 손상시키는 건방진 행위로** 볼 수밖에 없다고 나는 말했다. (316~17면)

이 짧은 인용부분에 대한 번역에서 "by nobody's agreeing with anybody else" "except glass or crockery" "we always talked about coming down to that Grove, as a neat Parliamentary turn of expression"의 세부분이나 누락되어 있다. 이 부분은 특히 드러믈을 비롯한 신사들의 모임을 풍자한 부분인데 이렇게 누락함으로써 풍자가 살아나지 못한다. 오역과 부적절한 번역도 있다. "드러믈로 하여금 건배할 숙녀를 고르도록 명령하라고 요청하는 것이었다"는 '드러믈이 숙녀를 위해 건배를 하지 않았으므로 정숙해달라고 했다'로 옮겨야 한다. 이 회의 정식 이름이 "The Finches of the Grove" '작은 숲 속의 방울새들'이다. 그러므로 각 회원이 방울새이며, 이들이 모여 있는 장소가 "the Grove"인 셈이다. 여기서 사회자가 "the Grove"에게 한 요구에서 "the Grove"는 '회원들'을 가리킨다. 이것을 "작은 숲 회원"이라고 번역하여 마치 "방울새 회원"과 "작은 숲 회원"이라는 별개의 모임이 있는 것 같은 오해를 불러일으킨다. "the honourable Finch's impudence"를 "방울새의 명예를 손상시키는 건방진 행위"로 본 것은 부정확하다. 이 부분은 핍이 발끈해서 드러믈을 비난하는 말을 서술 속에 풀어쓴 것이다. 핍은 드러믈을 "the honourable Finch"로 칭하고 있는데, 이때 "honourable"이라는 단어는 화가 났어도 예법을 지키는 핍의 태도를 시사하면서 동시에 뒤의 "impudence"와 연결되어 드러믈에 대한 풍자를 더한다. 이 부분은 '고매한 방울새의 무례함'으로 번역하는 것이 좋다.

그밖에도 부정확한 번역의 예는 간단한 어휘의 오해, 대명사나 시제의 오해, 맥락의 오해, 상황의 오해 등 다양한 상황에서 나타난다. 이런 예를 몇가지 들어보자. 우선 간단한 어휘를 틀리게 번역한 경우가 적지 않다. '뼈대가 크다'는 뜻의 "bony"(40면)를 "살도 통통 쪘었다"(18면)로, '경대'인 "the looking-glass"(295면)를 "요강"(284면)으로 오역하고 있다. '사나우면서도 감상적인'이라는 뜻의 "At once ferocious and maudlin"(145면)을 어떻게 해서 "한번은 지독하게 과음을 하여 우는 장면이 나왔는데"(126면)로 옮겼는지는 의문이다. 또 "worthier of my society"(137면)를 "내가 살고 있는 사회에"(118면)로 번역하고 있는데 "society"가 친구, 교우관계라는 의미도 있다는 것을 간과한 부분이다.

어휘를 잘못 이해하여 부정확한 번역을 하는 바람에 논리적으로 의미가 통하지 않는 부분도 적지 않다. 예컨대 2장에서 핍이 누나의 눈치를 살피면서 죄수에게 가져다줄 빵을 급하게 숨기는 장면이 있다. 아무것도 모르는 조는 핍이 큰 빵 덩어리를 한꺼번에 삼킨 줄 알고 걱정하면서 "it's a mercy you ain't Bolted dead"(44면)라고 한다. 이것을 "네가 빗장에 죄어 죽지 않은 것이 천만다행이다"(22면)라고 번역하고 있다. 그러나 이때 "bolt"는 음식을 급하게 삼킨다는 의미이므로 '목에 걸려 죽지 않은 게 천만다행이다'라는 의미가 된다. 핍이 식탁에서 빵을 숨기려고 전전긍긍하는 상황을 고려하기만 했어도, 또 식탁에서 갑자기 빗장에 죄어 죽지 않아 다행이라는 말을 할 리가 없다는 것을 상식적으로 고려했더라도 충분히 해결될 수도 있는 대목이다.

단어의 기본적인 의미에 너무 집착해서 전체 맥락을 고려하지 못하고 오역한 경우도 있다. 누나의 부엌에서 핍이 음식을 훔치는 장면에서 "I was very much alarmed, by a hare hanging up by the heels, whom I rather thought I caught, when my back was half turned, winking"(47면)이라는 묘사가 나온다. 여기서 "I rather thought I caught, when my back was half turned, winking"을 최옥영은 "반쯤 등을 돌렸을 때, 내가 잡은 토끼라는 생각이 났다"(25면)라고 번역하고 있는데 아마도 "caught"의 기본 뜻에 집착한 듯하다. 그러나 이것은 음식을 훔치던 핍이 죄의식 때문에 마침 부엌에 거꾸로 매달려 있던 토끼가 자기를 보고 눈을 깜빡거렸다는 생각을 하면서 놀란다는 의미이다.

15장에서 해비셤 양을 찾아가 인사를 하겠다는 핍을 조가 말리는 부분에서도 이와 비슷한 오역이 있다. 조는 마치 핍이 해비셤 양에게 선물을 주러 가겠다는 말을 한 것처럼 선물에 대한 이야기를 계속한다. 이런 조에 대해 "still harping on it as though I had particularly pressed it"(139면)이라고 묘사한다. 최옥영은 "harping"을 악기 하프와 연결시킨 듯 "하아프를 세게 누르기나 한 듯이"(120면)라고 오역하고 있다. 여기서 "it"은 선물을 가리키며 "harping"은 되풀이한다는 뜻으로, 조는 핍이 선물에 대한 이야기를 강조한 것처럼 선물에 대한 말만 되풀이해서 한다는 의미를 담고 있으므로 '내가 특히 그것을 강조하기나 한 것처럼 그말을 되풀이하면서'라고 번역해야 할 것이다.

포킷 부인의 묘사에서 "taught the young idea how to shoot"(293면)이라는 표현이 나오는데, 이것을 "어린애에게 총 쏘는 법을 가르쳐준다고"(282면)라고 번역한다. 아무리 엉뚱한 부인이라 하더라도 아이들에게 총 쏘는 법을 가르쳐준다는 것은 상식 밖이므로 문맥을 고려해보면 해결될 수 있는 번역이다. 여기서 "shoot"은 총과 전혀 관계가 없는 표현임이 최옥영이 원전으로 삼은 펭귄판 주석에 나와 있다. 이것은 제임스 톰슨(James Thomson)의 시 『사계』(*The Seasons*, 1730)에 나오는 구절로 젊은이의 교육을 묘사할 때 흔히 쓰는 인용이었다. 어린이의 정신을 꽃처럼 자라는 것으로 보는 것으로 루쏘나 워즈워스가 주창한 진보된 교육관을 의미한다. 그러므로 '어떻게 정신을 꽃피우는가라는 새로 나온 사상을 가르치면서'라고 번역해야 한다.

맥락상 문학적 상상력을 발휘해야 하는 부분에서도 자주 오역이 드러난다. 예를 들면 핍이 누나의 큰 손을 묘사하면서 누나가 "to be much in the habit of laying it upon her husband as well as upon me"(39면)라고 하는데, 이때 누나가 손을 둔다는 것은 사실상 때린다는 뜻이다. 이를 "또 누나가, 나는 물론 자기 남편의 무릎 위에 손을 놓는 버릇이 있는 것을 알았을 때"(18면)라고 잘못 옮겼다. "We spent as much money as we could, and got as little for it as people could make up their minds to give us"(293면)는 "반면에 사람들은 좀처럼 우리에게 돈을 마련해주려고 하지 않았으므로, 매우 조금 밖에 돈을 받아들이지 못했다"(282면)로 번역했는데 의미가 통하지 않는 오역이다. 이 구문은 핍 등이 돈을 제대로 다 내고서도 상인들에게서 그 돈 가치만큼의 물건을 제대로 받지 못했다는 뜻이므로, '우리는 많은 돈을 썼지만 사람들이 그 돈을 받고서 간신히 줄 마음이 생긴 정도로 적게 받을 뿐이었다'로 번역해야 한다. 맥위치가 감옥에서 핍에게 하는 말인 "And what's the best of all,⋯ you've been more comfortable alonger me, since I was under a dark cloud, than when the sun shone"(469면)은 "그리고 무엇보다도, 내가 어두운 구름 밑에 있게 된 이래, 해가 비칠 때보다도 네가 나와 있는 것이 마음이 더 편한 거다"(442면)라고 번역하여 의미전달이 제대로 되지 않는다. 마음이 편한 당사자는 맥위치가 아니라 핍이며, 맥위치는 자신이 어두운 구름 아래 있게 된 이후에 핍이 자기와 함께 있으면서도 전에 자신이 잘 나갈 때 함께 있을 때보다 더 편하게 보여서 그것이 제일 좋다는 얘기를 하는 것인데 그런 의미가 전달되지 않았다.

딱히 틀린 것은 아니지만 작가의 의도를 제대로 옮기지 못한 부적절한 번역도 많다. 15장에서 핍이 휴가를 받자 올릭도 휴가를 요구하는 바람에 조 댁과 올릭 사이에 설전이 벌어지고 조는 두 사람더러 그만두라고 말한다. 이 세 사람간에 오고가는 대화를 묘사하면서 디킨즈는 조의 말을 괄호 안에 넣어서 처리한다. 그후 다음과 같은 묘사를 한다.

> What could the wretched Joe do now, after his disregarded **parenthetical interruptions**, but stand up to his journeyman, and ask him what he meant by interfering **betwixt himself and Mrs. Joe**.
>
> (142면)

이제 불쌍한 조우는 장인과 맞서서, **그와 미시즈 조우 사이에 개입하여**, 장인에게 그가 한 말이 무슨 뜻이냐고 물을 수밖에 없었다. (조우가 **괄호를 쳐가며 가로막으려던 노력**이 무시를 당했기 때문이었다). (124면)

"그와 미시즈 조우 사이에 개입하여"라는 번역에서 "그"는 '장인'인 올릭으로 읽히는데 원문의 "himself"는 조를 가리키는 것이므로 부정확한 번역이다. "parenthetical interruptions"는 조가 올릭과 조 댁의 싸움중에 끼여든 장면에 대한 언급으로 작가 디킨즈가 텍스트에서 괄호 안에 넣어 묘사한 부분을 가리키는 것이다. "괄호를 쳐가며 가로막으려던 노력"이라는 번역으로는 도무지 무슨 뜻인지 알기 어렵다. 이 대목은 '중간에 끼여들어 말리려다 무시당한 후에 불쌍한 조는, 자신의 일꾼에게 맞서서, 자신과 조 댁 사이에 끼여들어서 어쩌자는 거였냐고 묻는 수밖에 달리 무슨 도리가 있었겠는가'로 번역해야 한다.

　　틀린 번역은 아니지만 디킨즈의 유머와 아이러니를 제대로 전달하지 못하는 부적절한 번역은 상당히 많다. 핍이 해비셤 부인을 찾아가기 위해서 조에게 휴가를 부탁하는 중에 올릭도 휴가를 요구하고, 그 와중에 조 댁이 끼여들어 한판 싸움이 벌어지는 부분을 보자. 조 댁이 끼여들자 올릭은 밸이 꼴려서 "You'd be everybody's master, if you durst"(141면)라고 한다. 이 말은 항상 남자, 특히 남편을 누르고 큰소리를 내는 조 댁이 누구한테라도 주인 노릇을 하려 든다는 것을 비꼬는 말인데, "부인이 원하기만 하면 모든 사람의 주인이라도 될 수 있습니다"(123면)라는 지극히 밋밋한 번역으로 되어 있다. 올릭의 대꾸에 화가 난 조 댁이 자신은 어떤 악당이나 멍청이든 다 상대해줄 수 있다고 큰소리를 치는 것이 "I'd be a match for all noodles and all rogues"(141면)라고 표현되어 있는데, 이것을 "난 모든 바보들이나 악당들과 잘 어울리지요"(123면)라고 번역한 것도 그런 정황과는 거리가 멀다. 바로 다음에 "And I couldn't be a match for the noodles, without being a match for your master"나 "I couldn't be a match for the rogues, without being a match for you"(141면)라는 말도 조 댁이 자신이 멍청이들과 맞상대가 될 정도가 된 것은 멍청이 중의 멍청이인 자기 남편과 살아야 하기 때문이며, 또 모든 악당의 상대가 될 만한 것도 당연히 올릭, 그처럼 악당 중의 악당을 상대하다보니 그렇다면서 남편과 올릭을 싸잡아 비난하는 부분인데, "당신의 주인과 짝이 되기 전에는, 바보들과 짝이 될 수 없지요"나 "가장 악한 악당인 당신과 필적하지 않고서는 다른 악당과 필적할 수가 없겠지요"(123면)라는 번역은 그런 뉘앙스를 드러내지 못한다.

　　에스텔러에 대한 핍의 감정을 나타내는 부분에서도 번역은 두 사람의 미묘한 관계를 제대로 반영하지 못한다. "The nature of my relations with her, which placed me on terms of familiarity without placing me on terms of favour"(318면)는 "나와 그녀와의 관계가 그 성격상 나에게는 이롭지 않으면서도, 나를 가까운 자리에 놓아둔 것인데"(308면)로 번역했다. 이 부분은 에스텔러가 사내들을 '농락'하기 위해 자신에 대한 서술자 핍의 열등의식과 짝사랑을 교묘하게 이용하는 사정이 전제되어 있는데, 이러한 사정이 번역문에는 제대로 반영되어 있지 않다. 이 부분은 '내가 그녀와 맺고 있는 관계의 속성은, 나를 호의의 대상도 아니면서 스스럼없는 위치에 놓는 것이었는데' 정도로 번역해야 한다.

오역이나 부적절한 번역 이외에도 문화적 상황에 맞지 않거나 우리말 구사가 어색한 부적합한 번역을 찾아볼 수 있다. 시대적인 상황이나 문화적 배경을 염두에 두지 않아서 부적합해진 번역으로는 "She concluded by throwing me — I often served as a connubial missile — at Joe"의 구절에서 "missile"(41면)에 대한 번역이다. 화가 난 누나가 핍을 조에게로 밀쳐버리는 장면에서 핍이 자신을 "a connubial missile"이라고 묘사한다. 이것을 최옥영은 "부부 사이의 미사일 노릇"(19면)이라고 번역하여 독자들에게 최신무기인 미사일로 읽힐 수도 있으므로 '부부 사이에 집어던지는 무기 노릇' 정도로 고쳐야 한다. "admirers"(319면)는 19세기에는 사랑하는 사람을 가리키는 말인데 "존경하는 남자들"(308면)로 번역한 것은 19세기의 문화적 맥락을 이해하지 못한 표현이다. 당대의 여러 배경지식이 부족하여 오류를 범하고 있는 부분도 있다. "Lloyd's"(294면)는 선박보험에 관심이 있는 허버트가 관계하는 곳으로 '로이드 해상보험협회'로 번역해야 하는데 "로이드 은행"(283면)으로 번역하고 있다. 감옥에 갇힌 맥위치가 핍에게 친근감을 보이며 "Dear boy"(466면)라고 부르는 것을 "내 아들아"(469면)라고 한 것은 지나치다.

이처럼 최옥영 역본은 정확도나 적절성, 적합성 등에서 적지 않은 문제가 있어 번역의 충실성의 수준을 높이 평가할 수 없는데 가독성 측면에서도 비슷한 문제를 드러내고 있다. 특히 문장구성력이 다소 미흡하고 영어를 직역한 어색한 문체가 자주 쓰인다. 예를 들면 에스텔러 때문에 조를 부끄럽게 생각하는 핍의 심경을 "나는 조우가 덜 무식하고 덜 비천해짐으로써, 내가 살고 있는 사회에 보다 가치가 있게 되고, 에스텔라의 꾸중을 덜 듣게 하고 싶었기 때문이었다"(118면)라고 번역했는데, 문장 자체도 어색하거니와 어른인 조가 어린아이인 에스텔러의 꾸중을 듣는다는 표현은 우리말 구사력에 문제가 있음을 드러내는 부분이다. "그는 그에게 감옥 문이 닫힌 날로부터 쇠약해져갔고"(466면)라든지, "사형에 대한 마지막 효력을 결정하는 데에"(466면), "정당하게 그리고 명성 있게 번영해갔는가 하는 것"(466면) 등은 틀린 번역은 아니지만 자연스럽지 못하다. 특히 이 번역본은 "had been a friend"(318면)를 "친구였었던"(308면)으로 번역하는 경우처럼 대과거를 빈번하게 사용하는 것이 특징이다. 그러나 우리말에서 대과거 내지 과거완료는 어색하므로 꼭 필요할 때가 아니면 그냥 과거시제를 사용하여 '친구였던' 정도로 처리하는 것이 좋다.

제인 에어

샬롯 브론테 Charlotte Brontë

Jane Eyre

출간현황 자료조사를 통해 확인된 판본은 123본이며 역자는 67명이다. 그중 역자 39명의 66본을 검토했다. 공역은 없으므로 27본은 동일한 역자의 번역본이 출판사를 달리하여 재출간된 것이다. 그중 축약본이 14종이므로 최종 검토대상본은 25종이다. 이 가운데 새로운 번역을 내놓은 경우는 9종에 불과한데, 여기서 1종은 축약과 변용이 심한 판본이다. 나머지 16종의 번역본들은 상당부분에서 표절과 윤문의 혐의가 있다. 특히 1963년 초판이 나온 을유문화사의 이근삼 역본을 표절한 번역본들이 많이 발견되었다. 해방 후 최초의 국내본 번역서는 1958년 이화여대출판부에서 출간된 이화여대 영문과 영소설반 역 『제인 에어』로 확인되었다.

검토대상

- 유종호 『제인 에어』 동화출판공사(1970) 동화출판사(1973)
- 이군철 『제인 에어』 삼성출판사(1976, 1985)
- 윤기호 『제인 에어』 학원사(1982, 1986)

- 이화여대 영문과 영소설반 『제인 에어』 이화여대출판부(1958) 홍문사(1957)
- 이근삼 『제인 에어』 을유문화사(1963, 1982) 중앙문화사(1988) 신영출판사(1987) 중앙미디어(1994) 중앙출판사(1996)
- 윤종혁 『제인 에어』 주부생활 4월호 부록(1971) 대양출판사(1975)
- 정봉화 『제인 에어』 정음사(1971, 1984)
- 유령 『제인 에어』 휘문출판사(1974)
- 이영숙 『제인 에어』 삼성당(1982)
- 원응서 『제인 에어』 창도사(1969) 동서문화사(1976)
- 정성국 『제인 에어』 제문출판사(1972) 영흥문화사(1977) 홍신문화사(1976), 오성출판사(1979) 삼금출판사(1981)
- 이재헌 『제인 에어』 삼중당(1975)
- 배영원 『제인 에어』 범우사(1980, 2002) 휘문출판사(1984) 신원문화사(1996)
- 구중서 『제인 에어』 지성출판사(1981) 시대문화사(1983) 천호출판사(1985)
- 김순호 『제인 에어』 풍년(1982)
- 박순녀 『제인 에어』 문공사(1982) 삼성당(1982) 학원출판공사(1992)
- 김용길 『제인 에어』 청화(1986)
- 김문영 『제인 에어』 교육서관(1988) 하서(2002)
- 김수연 『제인 에어』 일신서적공사(1988, 1994)
- 장문평 『제인 에어』 계몽사(1988, 1993)
- 이정기 『제인 에어』 세명문화사(1990, 1994)
- 박종학 『제인 에어』 홍신문화사(1992, 2001)
- 김정환 『제인 에어』 삼성기획(1994) 육문사(1995, 2000)
- 김성구 『제인 에어』 청목사(1999)
- 임금선 『제인 에어』 혜원출판사(2002)

 **평가개요**　　검토의 기준으로 삼은 원전은 Charlotte Brontë, *Jane Eyre* (Norton Critical Edition 1971)이다.[*] 집중검토대상인 9종의 번역서를 검토한 결과 다른 역본들에 비해 상대

---

[*] 번역을 검토한 부분은 다음과 같다. 1장(5~6면), 2장(9~11면), 4장(30~31면), 7장(54~56면), 10장(74면), 12장(94~96면), 14장(117~18면), 17장(142~43면), 19장(172~74면), 21장(193~95면), 23장(222~23면), 25장(242~47면), 27장(261~62, 279면), 28장(283~85면), 29장(299~301, 305~307면), 30장(309~310, 314~15면), 31장(321면), 32장(328~30면), 33장(341~42면), 34장(343~45면), 35장(368~70면), 36장(376~78면), 37장(390~93면), 38장(395~97면).

적으로 충실한 번역으로는 유종호, 이군철, 윤기호 역본이 꼽힌다. 이 가운데서 가장 높은 평가를 받은 것은 유종호 역본으로, 이 번역본은 특히 정확도가 다른 어느 것보다 높은 편이다. 또한 작품의 의미를 이해하기에 적합한 어휘를 선택하는 등 다른 번역본에 비해 작품성을 잘 살리고 있다. 하지만 부정확한 부분도 가끔 나오고 가독성에서도 아쉬운 대목이 꽤 있어서 최상의 번역본으로 추천하기에는 다소 미흡하다. 윤기호의 역본은 가끔 문장 단위의 오역이 있었지만 나름대로 원문의 세세한 단어 하나하나의 뜻을 놓치지 않기 위해 노력한 흔적이 엿보인다. 대체적으로 원전에 충실하게 번역했고 전체적으로 소설로 읽히는 데는 성공하고 있다. 가독성은 높은 편이나 1면당 5개 내외의 번역상의 문제점을 노출하고 있다. 이군철 역본도 가독성은 있는 편이나 부정확하거나 부적절한 대목들이 적지 않아서 작품을 제대로 이해하기에는 미흡한 점이 있다.

그밖에 윤종혁, 이근삼, 정봉화, 이화여대 영소설반의 번역본은 충실성과 가독성 양면에서 앞의 번역들에 비해 상대적으로 처진다. 대체로 이 번역들은 정확성이 떨어져서 번역본만으로 작품을 감상하기에는 크게 미흡하다. 윤종혁 역본은 부정확한 부분이 지속적으로 나오고 대충 번역한 대목도 많아 신뢰도가 떨어진다. 이근삼 역본은 특히 한자의 사용과 생경한 우리말 표현이 빈번하여 신세대 독자가 읽기에는 힘든 번역본으로 생각된다. 정봉화 역본도 그 점에서는 비슷하거나 더 심하여 이야기를 이해하고 정서를 전달하는 데 지장을 준다. 이화여대 영소설반 역본은 해방후 처음 전문이 번역된 역서로 의미가 있는데, 여기서 발견되는 오역이 이후 번역본에서 반복되는 것을 보면 초역본의 중요성을 실감할 수 있다.

추천본

유종호 역 『제인 에어』* ★★☆

모든 번역본 가운데 원문에 가장 충실한 번역이다. 오역이 가끔 나오지만 다른 번역본과는 달리 복잡한 구문을 생략하거나 축약하지 않고 충실하게 번역하고 있다. 단어 하나하나의 의미를 살리려고 노력했으며 문장 수준에서 보았을 때도 오역 빈도가 가장 낮다. 문장을 잘못 나누거나 연결하여 문제를 일으킨 경우도 별로 없다. 무엇보다도 작품 의미의 섬세한 차이를 구별해가면서 번역하여 작가의 의도를 최대한 원래대로 전달하고 있다는 점이 다른 번역본들과 구별되는 점이다.

그렇지만 번역의 정확성 정도가 상대적으로 높기는 하지만 무시해도 좋을 정도로 오역이 적은 것은 아니다. 대개 2~4면에 걸쳐 1개 정도가 지속적으로 발견된다. 물론 오역의 정도가 심각한 것은 그다지 많지 않고, 단어 수준의 오용이나 사소한 첨가와 누락이 종종 나타난다. 또 표현에서도 생경한 부분이 나타나고 지나치게 호흡이 긴 문장을 구사하는 경우도 있어, 경우에 따라 브론테 작품의 어조에서 보이는 열정적인 분위기를 전달하는 데 걸림돌이 된다. 전체적으로 이 번역은 영어문장을 그대로 번역하고자 하는 취지에 충실한 반면, 그 때문에 문장이 복잡해져서 가독성이 떨어지는 부작용도 생긴다. 이 번역본의 장단점을 구체적으로 살펴보자.

『제인 에어』가 출판 당시부터 반감을 사면서도 거부할 수 없는 매력으로 독자에게 다가왔던 이유 중 하나는 제인의 고뇌를 생생하게 묘사하면서도 제인 자신과 거리를 둔 화자를 창조하는 데 성공했기 때문이다. 대표적인 예를 들면 제인이 존과 싸웠다는 이유로 붉은 방에 갇힌

* 동화출판공사(1970), 동화출판사(1973). 동화출판공사본은 1970년 '세계의 문학대전집'의 하나로 나왔다. 1973년 동화출판사의 '세계의 문학대전집'으로 나온 것도 같은 번역본인데, 동일 출판사가 출판사 이름을 바꾼 것으로 보인다. 검토본은 초판본인 동화출판공사본이다.

후 부당한 대우에 분노하는 부분이다. 이 대목은 당시 어린 제인이 느낀 것이 아니라 성숙한 화자가 옛일을 회상하며 서술한 것이다. 이 부분은 유종호 역본이 다른 번역들에 비해 원문에 충실하게 전달하고 있다.

> **I could not answer** the ceaseless inward question — *why* I thus suffered; now, at the distance of — I will not say how many years — **I see it** clearly.
>
> I was a discord in Gateshead Hall: I was like nobody there; I had nothing in harmony with Mrs. Reed or her children, or her chosen vassalage. If they did not love me, in fact, as little did I love them. They were not bound to regard with affection a thing that could not sympathize with one amongst them; **a heterogeneous thing**, opposed to them in temperament, in capacity, in propensities; **a useless thing**, incapable of serving their interest, or adding to their pleasure; **a noxious thing**, cherishing the germs of indignation at their treatment, of contempt of their judgement. (12면)

도대체 나는 왜 이처럼 괴로움을 당해야 한단 말인가? 나는 끊임없이 떠오르는 마음속의 물음에 **아무런 대답을 내릴 수가 없었다.** 그러나 이 제 — 그것이 몇해 만의 일이냐 하는 것은 굳이 밝히고 싶지가 않지만 — 나는 그것을 똑똑히 **알 수가 있다.**

게이츠헤드 저택에서의 나는 위화(違和)의 존재였다. 나는 그곳의 아무와도 같지가 않았다. 리이드 부인과도 그 자녀들과도 또 그녀가 좋아한 하인들과도 조화되는 면이 전혀 없었다. 그들이 나를 사랑해주지 않았다면 내 편에서도 똑같이 그들을 사랑하지 않았다. 그들 편에서도 자기들과 맞지 않는 인간을 사랑으로 대할 의무가 없었다. 사실 나는 기질에 있어서나 능력에 있어서나 성벽에 있어서나 그들과는 정반대되는 **이질적인 존재였**

다. 그들의 이익에 보익되지도 못하고 그들의 즐거움을 더해주지도 못하는 **무용지물**이었고 그들의 취급에 노여움의 싹을, 그들의 판단에 경멸의 싹을 안겨주는 **해로운 존재**였다. (33면)

유종호의 첫 문단은 "대답을 내릴 수가 없었다"와 "똑똑히 알 수가 있다" 사이의 두 싯점의 차이가 명료하게 전달되면서도 원문에 충실하다. 두번째 문단에서 성숙한 화자가 어린 시절의 제인을 "a heterogeneous thing" "a useless thing" "a noxious thing"으로 규정한 것에 대해 유종호는 병렬된 어감을 살려서 "이질적인 존재" "무용지물" "해로운 존재"로 각기 달리 옮기고 있다. 대부분의 성실치 않은 번역에서는 이 셋을 "어울리지 않는"으로 번역하고 있는 데 반해 유종호는 그 차이를 정확하게 전달하고 있다. 자연스러운 표현도 중요하지만, 작가가 조금씩 차이를 두어가며 쓴 것을 번역상 편의를 위해 한 단어로 통일해버리는 것은 문제다. 이러한 섬세한 차이를 전달하는 것은 번역자의 일차적인 의무인데 유종호 역본은 적당히 넘어가지 않는다. 다만 말미에 "싹을 안겨주는"은 '싹을 품고 있는'으로 수정해야겠다.

유종호 역본의 충실함과 정확성이 잘 드러나는 것은 묘사부분이다. 대부분의 번역에서는 묘사부분에서 상황을 정확히 파악하지 못하여 오역을 하거나 복잡한 구문은 슬쩍 생략하기 일쑤이다. 그에 비해 유종호는 누락 없이 꼼꼼하게 원문을 번역하고 있다. 대표적인 예가 2장의 붉은 방을 묘사한 부분이다. 원문 10면에서 11면에 걸친 반면 분량의 묘사부분에서 대부분의 역자들은 1~2개 정도 문장 단위의 오역을 하는 데 비해 유종호는 문장 단위의 오역이 하나도 없다. 아주 사소하지만 "carpet"을 "보료"로 번역한 것이 좀 부적절한 번역이라고 볼 수 있는 정도이다. 이 붉은 방이 어린 제인에게 얼마나 위협적이었는지를 실감하기 위해서는 일차적으로 정확한 번역이 선행되어야 하는데 이런 점에서 유종호 역본은 이런 기본적 과제를 훌륭하게 수행하고 있다.

다른 번역본에서 오역이 많이 나타나지만 유종호가 정확하게 번역한
또하나의 대표적인 예는 25장에서 로체스터가 손필드를 비운 사이에
제인이 느꼈던 불안감을 로체스터에게 말하는 장면이다.

The gale still rising seemed to my ear to **muffle a mournful
under-sound**; whether in the house or abroad I could not at first tell,
but it recurred, doubtful yet doleful at every lull: at last **I made out it
must be some dog howling** at a distance. I was glad when it ceased.

(247면)

거센 바람은 그 속에서 들려오는 **슬픈 소리를 죽이려는 것처럼** 점점 더
세게 몰아치는 것만 같았어요. 그 소리가 집안에서 나는 것인지 아니면 밖
에서 들려오는 것인지 처음에는 분간할 수가 없었지만 바람이 잠시 잘 때
마다 뚜렷하진 않지만 구슬프게 되풀이되곤 했어요. 마침내는 그 소리가
먼 곳에서 들려오는 **개 짖는 소리라는 걸 밝혀냈어요.** 그 소리가 멎자 기뻤
어요. (윤기호 63면)

바람은 점차로 거세어지고 제 귀에는 **서글픈 낮은 목소리를 감싸고 있
는 것같이** 들려왔어요. 그러나 그게 집안에서인지 밖에서인지는 처음에는
알 수가 없었어요. 그러나 바람이 문득문득 숨을 죽일 적마다 그 소리는 분
명하지 않게 구슬피 들려오는 거예요. 그러나 나중에 전 그게 어디 먼 곳에
서 **개가 짖고 있는 소리라고 판단했어요.** 그러다가 그 소리가 멎자 저는 마
음이 한결 놓였어요. (유종호 287면)

윤기호 역본과 비교해보면 유종호의 정확성을 알 수 있다. 윤기호는 첫
번째 강조한 부분을 "슬픈 소리를 죽이려는 것처럼"으로 번역하고 있는
데 여기서는 바람소리에 사이사이로 서글픈 소리가 들릴락 말락 하는

상황이므로 유종호의 "서글픈 낮은 목소리를 감싸고 있는 것같이"가 좀 어색할지언정 정확성은 더 높다. 그러나 이것보다 더 중요한 것은 두번째 강조한 부분이 지칭하는 이 소리의 정체이다. 유종호가 "개가 짖고 있는 소리라고 판단했어요"라고 번역한 이 부분을 윤기호는 "개 짖는 소리라는 걸 밝혀냈어요"로 번역하고 있다. 바람결에 들리는 슬픈 소리는 제인의 불안의 투영일 수도 있지만, 로체스터의 숨겨놓은 아내 버사가 내는 소리일 수도 있다. "개가 짖고 있는 소리라고 판단했"다는 유종호의 번역대로 여기서 슬픈 소리는 제인이 개 짖는 소리인가보다 하고 추측한 것이지 실제로 개 짖는 소리는 아니다. 작품을 읽어가다보면 이는 잠시 후 등장하게 될 버사에 대한 복선임을 알 수 있다.

유종호 역본이 원문에 충실한 꼼꼼한 번역임에도 불구하고 이 작품이 지닌 제인의 열정과 모순된 감정을 충분히 살려 전달한다고 말하기는 어렵다. 『제인 에어』에서 브론테는 순종하고 봉사하는 여성이 이상적으로 여겨지던 빅토리아시대에 당대의 상투적 여성상과는 반대로 독립적이고 열정적이며 억압에 대해 적극적으로 반항하는 여성의 모습을 보여준다. 그러나 다른 한편 제인은 기존 현실에서 인정받고 싶은 욕구를 가지고 있다. 제인에게는 모순된 두 충동이 모두 강렬하게 존재하며 이것이 그녀의 성격을 규정짓는 핵심이다. 따라서 제인의 강렬한 두 충동이 부딪쳐 폭발하는 장면은 원문의 정서를 잘 살려서 번역해야 하는 부분이다. 사실 지나치게 강렬한 감정, 특히 분노의 감정은 주관적인 것으로 읽히거나 독자에게 고통을 줄 수 있으나 『제인 에어』는 그렇지 않다. 그 이유가 무엇일까? 독자는 이미 제인이 부당한 대접을 받으면서도 참을 만큼 참았음을 충분히 알고 있고, 독자 역시 더이상 참아서는 안된다고 느끼는 지점에서 분노가 폭발하기 때문이 아닐까? 따라서 이러한 장면은 마치 무대 위에 올려진 연극처럼 정서적인 전하(電荷)가 크며 따라서 폭발적인 에너지가 느껴져야 한다. 예민하고 영리하고 열정적인 성격의 제인이 차곡차곡 쌓아두었던 분노를 일시에 폭발시키고,

그 순간 제인이 해방감을 느낄뿐더러 그녀와 함께 독자도 해방감을 느끼게 된다. 이런 점에서 번역의 문체 역시 제인의 분노하는 정서구조에 조응해야 하며, 한국의 독자 역시 해방감을 느낄 수 있도록 번역되어야 한다. 『제인 에어』에서 감정이 극적으로 분출된 장면을 살펴보자. 다음은 어린 제인이 자신을 붉은 방에 가두어놓은 처벌에 대해 리드 부인에게 항의하는 장면이다.

> 'I am glad you are no relation of mine: I will never call you aunt again as long as I live. I will never come to see you when I am grown up; and if **anyone asks me** how I liked you, and how you treated me, I will say the very thought of you makes me sick, and that **you treated me with miserable cruelty.**'
>
> 'How dare you affirm that, Jane Eyre?'
>
> 'How dare I, Mrs Reed? How dare I? Because it is the *truth*. **You think I have no feelings, and that I can do without one bit of love or kindness; but I cannot live so**: and you have no pity. I shall remember how you thrust me back — roughly and violently — into the red-room, and locked me up there, to my dying day …' (31면)

「아주머니가 제 살붙이가 아니라는 게 참 다행이에요. 이제부터는 아주머니라고 부르지 않겠어요, 평생을 두고. 다 큰 뒤에도 만나러 오지 않겠어요. **누구한테서든** 외숙모를 좋아하느냐 혹은 어떤 대접을 받았느냐 **하는 질문을 받게 되면** 생각만 해도 몸서리가 나고 **형편없는 구박을 받았다고** 대답하겠어요.」

「제인 에어, 어디다 대고 감히 그런 소리를 하는 거냐?」

「어디다 대고 감히 그러느냐고요? 어떻게 감히 그러느냐고요? 사실을 얘기하는 것뿐이에요. **제가 감정이 없기 때문에 애정이나 친절이 없어도**

살 수 있다고 생각하시는 모양이지만 전 그것 없이는 살아갈 수가 없어요.** 게다가 당신은 인정사정이 없어요. 나를 박정하게 짐짝처럼 붉은 방에 처넣어서 가두어두었던 일을 나는 평생 두고 잊지 못할 거예요.」(52면)

첫번째 강조부분은 수동태 문장이 반복되어 제인이 느끼는 흥분이 경감되어 전달된다. "누구한테서든 … 하는 질문을 받게 되면"을 '누가…라고 물으면'으로, "형편없는 구박을 받았다고"를 '날 잔인하게 구박했다고'로 능동태로 바꾸면 제인의 감정을 더 생생하게 전달할 수 있다. 원문에서 보듯이 어린 제인의 감정이 폭발한 이 장면은 호흡이 가쁠 정도로 짧은 문장으로 번역되어야 한다. 즉 극적 긴장이 폭발하는 연극 대사처럼 처리되어야 하는 것이다. 유종호는 두번째 부분을 "제가 감정이 없기 때문에 애정이나 친절이 없어도 살 수 있다고 생각하시는 모양이지만 전 그것 없이는 살아갈 수가 없어요"라고 번역하는데, 번역 자체는 틀린 곳이 없지만 어린아이가 쌓였던 분노를 폭발시키며 하는 말로는 들리지 않는다. 이렇게 정서적 전하가 줄어든 것은 원문에서 여러 문장으로 처리된 것을 하나의 문장으로 이어서 번역한 탓이라 하겠다.

유종호 역본이 집중검토대상이 된 다른 번역본들에 비해 문장을 잘못 나누거나 잘못 연결하는 대목이 적은 것은 사실이다. 그러나 여전히 대충 번역된 문장이 발견된다. 예컨대 "파도와 물보라가 휘몰아치는 바위가 쓸쓸한 바닷가에 좌초된 난파선"(26면)은 원문이 "to the rock standing up alone in a sea of billow and spray; to the broken boat stranded on a desolate coast"(6면)인데, 바위와 난파선이 혼합되어 대충 번역되어 있다. "바위가"는 '바닷속에 홀로 서 있는 바위와'가 되어야만 바위의 이미지가 정확하게 전달된다. 원문을 누락한 경우도 가끔 눈에 띈다. "전조라는 것은 아마도 인간과 자연 사이의 공감에 불과할 것이다"(226면)는 "And signs, for aught we know, may be but the sympathies of Nature with man"(193면)의 번역인데 "for aught we know", 즉 '우리

340

가 잘 알겠는가만'을 생략함으로써 원문의 어조를 충분히 살리지 못하고 있다. "질문을 고무해주기보다는 가로 막아버리는"(120면)에서는 원문의 "as were calculated"(96면), '계산이라도 한 듯이'를 빠뜨려 문장이 단순해졌다.

템플 선생의 얼굴이 점차 굳어지는 장면의 번역은 작품을 이해하는 데 지장을 주는 예이다.

템플 선생은 맨 처음 그가 말을 시작했을 때는 아래를 내려다보고 있다가 이제는 똑바로 앞을 쳐다보고 있었다. 그녀의 대리석처럼 창백한 얼굴은 마치 **대리석의 싸늘함에 굳은 막을 지니고 있는 듯했다**. 특히 꼭 다문 입은 조각사의 끌로나 열 수 있을이만큼 야무지게 닫혀졌으며 이마는 점차로 화석이나 될 듯이 굳어갔다. (76면)

이 부분에서는 대리석같이 창백하던 템플 선생의 얼굴이 색깔만 대리석을 닮은 것이 아니라 점점 대리석처럼 싸늘하게 식어 딱딱해지는 변화가 핵심이다. 그러나 "대리석의 싸늘함에 굳은 막을 지니고 있는 듯했다"라고 옮겨 이같은 변화를 포착하지 못하고 있다. "appeared to be assuming"은 대리석처럼 차갑고 딱딱해져서 점차 화석이 되는 진행의 상황인데 템플 선생이 원래 대리석처럼 싸늘하고 딱딱했던 것으로 읽히게 번역된 것이다. 이 장면의 의미는 제인에게 중요하다. 템플 선생이 역할 모델이면서 동시에 궁극적인 역할 모델이 될 수 없는 한계가 대리석이라는 이미지에 집중되어 있기 때문이다. 템플 선생의 대리석 조각 같은 얼굴은 브로클허스트에 대한 저항이며 어느정도 효과적이기도 하지만, 궁극적으로 브로클허스트의 원칙을 뒤집을 수 있는 적극적인 저항으로 나아가지는 못하는 한계를 보여준다.

단어 차원에서 오역이 일어난 예로는 집시로 분장한 로체스터가 제인의 손바닥을 들여다보며 "너무 좋군"(202면)이라고 한 부분을 들 수 있다. "It's too fine"(173면)을 옮긴 것인데, 손금이 거의 안 보인다는 다음 말로 이어지는 이 발언은 '너무 가늘군'으로 처리해야겠다. 단어 수준의 사소한 오역이지만 작품의 주제와 관련하여 중대한 오역이 되는 경우도 있다. "적어도 내게 새로운 봉사를 하도록 해주소서"(97면)는 "grant me at least a new servitude!"(74면)를 번역한 것이다. 템플 선생이 로우드를 떠나자 제인도 자신의 동경과 갈망이 그동안 억압되어 있음을 깨닫고 로우드를 떠나기로 결심하는 부분이다. 이때 제인은 처음에 막연히 '자유'를 달라고 하다가 '변화'를 달라고 기도하며 마침내 더 현실적으로 '새로운 노역'이라도 달라고 하는 것이다. 이때 "servitude"를 봉사로 번역할 경우 자유에서 변화로, 변화에서 새로운 일거리로, 한편으로 점점 구체화되면서 또 한편 얼마간의 체념도 서려 있는 마음의 추이가 제대로 포착되지 않는다.

워더링 하이츠

에밀리 브론테 Emily Brontë

Wuthering Heights

출간현황　　　흔히 『폭풍의 언덕』이라고 번역되는 『워더링 하이츠』*는 확인된 바로는 같은 출판사에서라도 씨리즈를 달리하여 출간한 것까지 포함하면 모두 241본이다. 이 가운데 같은 출판사에서 나온 동일본인데 씨리즈 번호가 바뀌거나 다른 이름의 씨리즈로 출간된 것, 같은 역자의 번역이 수정되지 않은 상태에서 출판사만 달리하여 출간된 것을 동일본으로 간주하고, 역자를 밝히지 않고 '편집부' 번역이라고 되어 있는 것을 출판사마다 각기 다른 번역본으로 간주하면 지금까지 출간된 번역본은 모두 91종이다. 영미소설 분야에서 많은 종류의 번역본이 난무하는 대표적인 작품이다.

　　해방후 최초의 번역서는 1958년 정음사에서 간행된 이봉순 역 『폭풍의 언덕』으로 확인된다. 유명숙 역 『워더링 하이츠』 서문에 의하면 『哀情』이라는 제목의 번역본이 존재한다고 하나 실제로 확인할 수 없었다. 이봉순 번역 정음사 세계문학전집은 1980년대 후반까지 간행되었다.

---

*『워더링 하이츠』라는 제목에 대해서는 유명숙 역본에 대한 평가(본서 359면)를 참조할 것.

초창기의 주요 번역본이라 할 수 있는 안동민(여원사 1959) 역본은 개정을 거쳐 최근까지 범우사의 '범우비평세계문학선' 씨리즈로 출간되고 있다. 이봉순 역본과 안동민 역본은 그후 나온 주요한 번역본들의 참조대상이 된 것으로 판단된다.

번역자 기준으로 볼 때 90여종이 넘는 수많은 번역본 가운데에서 집중검토의 대상이 된 것은 안동민, 이봉순, 김종길, 유명숙, 정금자, 오국근, 강봉식, 황용하, 이장성, 윤종혁 등의 번역본이다.

검토대상

- 김종길 『폭풍의 언덕』 학원출판공사(1988, 1993) 동서문화사(1975) 계몽사(1988) 태극출판사(1976) 삼진사(1977) 왕진사(1977) 문공사(1982) 범한(1982) 삼성출판사(1984) 계몽사(1988) 어문각(1990) 마당(1993) 신원문화사(1994, 2002)
- 정금자 『폭풍의 언덕』 삼성출판사(1975, 1992)
- 유명숙 『워더링 하이츠』 서울대학교출판부(1998)
- 이봉순 『폭풍의 언덕』 정음사(1969, 1973)
- 안동민 『폭풍의 언덕』 범우사(1982, 2002) 여원사(1959) 무등출판사(1974)
- 오국근 『폭풍의 언덕』 동화출판공사(1970, 1980)
- 송기석 『폭풍의 언덕』 춘추각(1974, 1976)
- 강봉식 『폭풍의 언덕』 중앙문화사(1988, 1996) 철문(1980) 신영출판사(1988)
- 윤종혁 『폭풍의 언덕·소녀 외』 대양서적(1977) 교육문화사(1989)
- 이장성 『폭풍의 언덕』 대양출판사(1976) 평범사(1980)
- 김안인 『폭풍의 언덕』 중앙문화사(1968, 1971)
- 전광수 『폭풍의 언덕』 동서출판사(1971)
- 김영옥 『폭풍의 언덕·카르멘』 동림출판사(1974), 삼성당(1986, 2000)
- 박기반 『폭풍의 언덕』 세일사(1974)
- 최학수 『폭풍의 언덕』 경동출판사(초판연도 미상) 학진출판사(1975) 지성출판사(1979)
- 장흥순 『폭풍의 언덕』 명문당(1976, 1978)
- 김경석 『폭풍의 언덕』 한영출판사(1977)
- 구중서 『폭풍의 언덕』 지성출판사(1981)
- 김순호 『폭풍의 언덕·노인과 바다·로미오와 쥬리엣』 도서출판 풍년(1982)
- 원응서 『폭풍의 언덕』 삼중당(1984, 1993)
- 한명남 『폭풍의 언덕』 범한출판사(초판연도 미상, 1986) 교육서관(초판연도 미상, 1988)

하서(초판연도 미상, 2001)

- 김용길 『폭풍의 언덕』 도서출판 청화(초판연도 미상, 1987)
- 김성호 『폭풍의 언덕』 삼성기획(1988) 육문사(2000)
- 정성호 번역센터 『폭풍의 언덕』 도서출판 오늘(1991, 1997)
- 장기진 『폭풍의 언덕』 홍신문화사(1992, 2001)
- 윤시원 『폭풍의 언덕』 청화출판사 산호(1993)
- 역자 미상 『폭풍의 언덕』 청화출판사(1993)
- 김진홍 『폭풍의 언덕』 문화광장(1994)
- 황상일 『폭풍의 언덕』 도서출판 한얼(1994)
- 김은정 『폭풍의 언덕』 일신서적출판사(초판연도 미상, 1998)
- 김종석 『폭풍의 언덕』 청목사(1999)
- 정승섭 『폭풍의 언덕』 혜원출판사(초판연도 미상, 1999)
- 김희동 『폭풍의 언덕』 푸른나무(2000)

 **평가개요**　　검토의 기준으로 삼은 원전은 Emily Brontë, *Wuthering Heights* (Norton Critical Edition 1972)이다.* 원전의 경우 판본에 따라 내용상 크게 다르지 않으나 사소한 철자법의 오류나 표기법 등의 차이가 있다. 번역본 가운데 원전 서지사항을 밝힌 경우는 유명숙 역본이 유일하다.

이 작품은 90여종의 번역본이 난무하고 있으나, 전체 역본수에 비하면 원작의 작품성을 잘 살려내고 오역이 적은 신뢰성 높은 번역본은 매우 적다. 집중검토대상이 된 번역본들은 줄거리를 전달하고 각 장면들의 주요 내용을 전달하는 데는 큰 무리가 없다고 판단된다. 그러나 이 경우에도 역자에 따라서는 오역이 적지 않고, 원전의 뉘앙스를 살리지 못한 대목들도 많았다. 또한 오역을 찾기가 힘든 정도로 탁월한 번역본을 찾기도 어려웠다.

*『워더링 하이츠』 번역본은 대부분 샬롯 브론테(Charlotte Brontë)가 교열·수정한 재판(1850)을 기초로 하고 있으나, 유명숙 역본만 3권 1질 소설(three-decker)의 1, 2권으로 출간된 초판본의 장 구분을 반영하고 있다. 부의 구분이 있든 없든 이 작품은 총 34장으로 구성되어 있는데, 그중에서 1, 18, 29, 34장을 대조 검토했다.

초기의 주요 번역본이라 판단되는 안동민 역본의 경우에는 오류가 많을 뿐만 아니라 군데군데 생략한 부분들이 있고, 심지어 작품 진행상 중요한 에피쏘드를 통째로 빼놓은 경우도 있었다. 시대의 격차를 감안하더라도 대화에서 옛날 문체들이 빈번하게 사용되어 독서를 방해하는 한편, 어린아이의 말을 어른의 말투로 번역하는 등 인물에 적합하게 언어를 사용하는 문제에서도 부적절한 대목들이 많았다. 그러나 집중검토대상으로 삼은 최근의 범우사본에서는 여원사본과 무등출판사본에서 누락시킨 대목들을 대부분 복원하고 오역도 바로잡은 것을 확인할 수 있었다. 그러나 여전히 누락된 부분이 있고 그사이에 출간된 다른 번역본들, 특히 정금자 역본을 참조한 흔적이 있다.

초기의 또다른 주요 번역본은 이봉순 역본이다. 이봉순 역본은 비교적 성실하고 꼼꼼하며 안동민 역본보다 오역이 적고 정확한 편이다. 그러나 오역이 여전한데다가 대목에 따라서 번역의 질적 편차가 심한 편이어서 무더기로 오역이 발견되는 대목들이 간간이 있다. 동일 역자의 번역본으로 여러 출판사에서 가장 많이 출간된 것은 김종길 역본으로, 씨리즈의 이름을 달리하여 출간된 것까지 포함하면 무려 43종에 이른다. 전반적으로 안동민 역본과 이봉순 역본보다 충실하고 정확성에서 월등하나 부분적으로 부적절한 대목들이 있어 완벽하다고 보기는 어렵다. 여러번 중판과 개정판이 나왔는데, 서로 다른 경로로 개정된 흔적이 엿보인다. 가령 계몽사본(1988)은 표기방식과 문장이 좀더 현대화되고 매끄러워졌으나 충실도라는 기준에서는 오히려 후퇴한 측면이 있다. 또한 신원문화사본(1994)은 학원출판공사본(1993)보다 출간연도는 늦으나, 학원출판공사본에서 수정되었던 내용이 반영되지 않고 오히려 1975년 초판본의 오류로 되돌아가버린 부분들이 있다. 나중에 출간되었으면서 그간의 수정작업이 왜 제대로 반영되지 않았는지는 정확하게 파악하기 어렵지만, 원래의 번역본에 대한 개정작업이 일관성있게 이루어지지 못한 예로 지적할 수 있다. 이러한 복잡한 개고작업에도 불구하

346

고 어느정도 신뢰성과 권위를 갖춘 번역본이며, 섬세한 내용 파악과 유려한 문장이 돋보인다. 특히 학원출판공사본은 동일인의 번역본 중에서 가장 신뢰도가 높다고 할 수 있다.

그밖에 최근 번역본으로서 비교적 신뢰할 만하다고 판단되는 것은 유명숙 역본과 정금자 역본이다. 두 번역본 모두 원문에 충실하고 대체로 정확한 번역을 구사하고 있어 상대적으로 신뢰도가 높다. 다만 자연스러운 화법을 구사하려고 노력한 흔적은 보이나 때로 어색하고 부적절한 표현들이 눈에 띈다. 그중에서도 유명숙 역본이 가장 최근에 나온 것이면서 오역의 빈도가 낮고 문장이 좀더 매끄러워 시중에서 구해볼 수 있는 번역본 가운데서는 비교적 신뢰도가 높다고 판단된다. 또한 김종길 역본과 정금자 역본에서 보이는 결정적인 오역들이 적지 않게 바로잡혀 정확도 면에서는 같은 등급의 다른 번역본들에 비해 뛰어나다. 특히 원문의 복잡하고 섬세한 내용을 빠뜨리지 않고 무리없이 전달하고 있다는 점이 돋보인다. 그러나 결정적인 오류는 많지 않은 반면 어색하거나 부적절한 표현들은 여전히 발견되어 세세한 대목들에 대한 개정작업이 기대된다. 유명숙 역본뿐만 아니라 다른 번역본에서도 가령 조셉 같은 인물의 특이한 사투리와 구어체는 거의 살려내지 못하는데, 이는 번역의 일반적인 한계이기도 할 것이다. 또한 사회적 지위·연령·나이에 따라 각각 알맞은 어휘와 어투를 사용하는 데서 모든 번역본이 공통적으로 취약한 면을 보였다. 이는 문화적인 차이를 넘어서서 원문의 언어를 상황과 인물의 관계에 맞게 어떻게 살려내느냐 하는 원론적인 문제와 연결되는 것이다.

나머지 번역본들은 심하게 축약이 되어 원래의 내용을 전달하는 데 문제가 있다. 가령 윤종혁 역본은 표절이나 축약의 사례는 없는 반면 번역의 질이 극히 고르지 못하고 생경한 직역투의 문장이 많으며, 이장성 역본은 전반적으로 쉽고 친근한 용어로 번역했다는 점에서는 주목할 만하지만 원문의 내용을 대강 짐작한 후에 '창작' 수준의 첨가와 각색을 거쳐 원문 충실도가 현저하게 떨어진다.

추천본 1

김종길 역 『폭풍의 언덕』*★★☆

김종길 역 『폭풍의 언덕』(1993)은 40여종이 넘는 동일 역자의 판본 가운데 가장 우수하다고 판단된다. 결정적인 누락과 첨가가 없고 원문의 세세한 내용에 충실하며 또한 우리말 구사가 자연스러워 읽기에 편안한 번역본이다. 검토 결과 명백하게 부정확한 번역은 평균 4~5면당 1개꼴로 드문 편이어서 번역의 정확도에서는 매우 우수한 편이었으며, 부정확한 대목도 내용 전체를 잘못 전달하는 명백한 오역이나 줄거리의 올바른 이해를 방해하는 경우보다는 단어 의미 파악의 오류나 관용적인 표현을 잘못 번역한 정도였다. 가독성의 측면에서는 매끄러운 우리말 구사로 읽기에 별로 불편함이 없으나, 무난한 문장을 구사하는 듯하면서도 막상 원문과 대조해보면 세밀한 뉘앙스나 디테일을 놓치고 원문의 내용을 다소 단순화해버린 경우가 종종 있었다.

번역이 부정확하다고 판단되는 경우에도 구문 전체를 잘못 파악한 사례는 그리 많지 않았다. 결정적인 오역은 드물고 세부적인 내용이 조금 누락되어 섬세한 묘사가 단순화되는 편이었다. 예를 들어 이 작품의 첫 대목은 대부분의 번역본에서 매우 어색하거나 부정확하게 옮겨져 있

*학원출판공사(1988, 1993) 동서문화사(1975) 태극출판사(1976) 삼진사(1977) 왕진사(1977) 문공사(1982) 범한(1982) 삼성출판사(1984) 계몽사(1988) 어문각(1990) 마당(1993) 신원문화사(1994, 2002). 1975년에 동서문화사의 '그레이트북스' 29권으로 처음 나왔다. 같은 출판사에서 나온 1987년본은 1975년본과 거의 동일하며, 초판을 약간 손질한 정도이다. 학원출판공사본 역시 이 1975년본을 부분개정한 판본으로서 검토대상이 된 1993년본은 '세계문학전집' 9권으로 출간되었다. 이 책에는 『제인 에어』와 『검은 고양이』가 함께 수록되어 있으며 뒤에 역자해설과 연보가 붙어 있다.

는 것이 보통인데, 이 번역본은 비교적 매끄럽고 정확한 번역했다. 그러나 완벽하지는 않아서 사소하지만 부적절한 경우들도 엿보인다.

> 1801 — I have just returned from a visit to my landlord — the solitary neighbour that I shall be troubled with. This is certainly a beautiful country! In all England I do not believe that I could have fixed on a situation so completely removed from the stir of society. A perfect misanthropist's heaven — and Mr. Heathcliff and I are such a suitable pair to divide the desolation between us. A capital fellow! He little imagined how my heart warmed towards him when I beheld his black eyes withdraw so suspiciously under their brows, as I rode up, and when his fingers sheltered themselves, **with a jealous resolution**, still further in his waistcoat, as I announced my name. (13면)

1801년.

집주인을 찾아갔다가 막 돌아오는 길이다. 이제부터 사귀어가야 될 그 외로운 이웃 친구를. 여긴 확실히 아름다운 고장이다! 영국을 통틀어도 세상의 소음으로부터 이렇게 완전히 동떨어진 곳을 찾을 수는 없을 것 같다. 사람을 싫어하는 이에겐 다시없는 천국이다. 더구나 히드클리프씨와 나는 이 쓸쓸함을 둘이서 나누어 갖기에 썩 알맞은 짝이다. 멋진 친구! 내가 말을 타고 가까이 갔을 때 그의 시꺼면 두 눈이 눈썹 아래로 미심쩍게 기어들어가는 것을 봤을 때, 그리고 내가 이름을 대자 그의 손가락들이 **심술궂게** 조끼 속으로 더욱 깊숙이 들어갔을 때, 내 가슴이 얼마나 그에 대해서 호감을 품었는지 그는 상상도 못했으리라. (351면)

"심술궂게"의 원문은 "with a jealous resolution"이다. 여기서 "jealous"는

질투심이라기보다는 의심스러워하는 성격을 뜻하며, 따라서 이 대목은 '미심쩍어하는 태도로 단호하게' 정도로 옮겨야 옳다. 혹은 상대를 믿지 않는 고집스러운 태도를 나타내는 다른 표현을 사용할 수 있을 것이다. 그러나 이 번역본에서는 이를 그냥 일상적인 말로 줄여버려서 히스클리프의 단순치 않은 첫인상을 묘사하는 데 장애를 초래한다.

또한 다음 번역도 대체로 잘 정돈이 되었으나 가령 "under-bred pride"를 "천한 자존심을 풍기는"이라고 번역해서는 비천한 신분 때문에 도리어 거만하고 뻣뻣해 보이는 히스클리프의 복잡한 인상이 잘 전달되지 않는다.

> He is a dark-skinned gipsy in aspect, in dress and manners a gentleman — that is, as much a gentleman as many a country squire; rather slovenly, perhaps, yet not looking amiss with his negligence, because he has an erect and handsome figure, and rather morose. Possibly, some people might suspect him of a degree of **under-bred pride**; I have a sympathetic chord within that tells me it is nothing of the sort. I know, by instinct, his reserve springs from an aversion to showy displays of feeling, to manifestations of mutual kindliness. (15면)

얼굴은 집시처럼 검지만 차림새와 태도는 신사이다. 신사래야 시골 유지 정도의 그런 신사로, 단정하다고는 할 수 없을지 모르나 곧고 잘 생긴 체구라 아무렇게나 하고 있어도 이상하지는 않으며, 그리고 좀 침울한 편이었다. 아마 사람에 따라서는 그를 얼마만큼은 **천한 자존심을 풍기는** 사람이라고 생각할지도 모르지만 나는 마음속에 공감하는 바가 있어서 그렇게는 생각되지 않았다. 그가 무뚝뚝한 것은 감정을 야단스럽게 드러내 보인다는 것, 이를테면 서로 친절을 보인다든가 하는 것이 싫기 때문이라는

것을 나는 직감으로 알고 있었다. (353면)

섬세하게 짚어주어야 할 내용이 단순해진 예는 또 있다. 가령 "헤어튼에게는 학대할 맛이 날 만큼 수줍은 감수성이 전혀 없다고 그는 판단을 내린 거지요"(483면)라는 번역의 원문은 "He had none of the timid susceptibility that would have given zest to ill-treatment, in Heathcliff's judgment"(161면)이다. 학대를 함으로써 '학대하는 사람이 뭔가 신이 날 만큼 소심하고 예민한 성품이 아니었다'는 판단을 설명하는 부분에서 이러한 면을 단순히 "수줍은 감수성"이라고만 번역해서는 히스클리프가 사람을 학대하면서 무엇을 즐기는지, 또한 가령 린튼의 경우와 헤어튼이 어떻게 다른 것인지 정확하게 전달되지 않는다.

그리고 "unnatural heart"(228면)를 "당신의 그 별난 심술쟁이 같은 성미"(548면)라고 번역했는데, 여기서 "unnatural"이란 말은 단순히 심술이 많다는 의미가 아니라 핏줄도 당기지 않는 인정머리 없는 성격이라는 의미로 쓰인 것이므로 이러한 의미를 살려주어야 히스클리프의 성격을 좀더 생생하게 보여줄 수 있다. 같은 면에서 린튼이 하녀 질라에게 자기가 아버지만큼 기운이 넘친다면 캐시에게 이렇게 저렇게 뜨거운 맛을 보여주겠노라고 신나서 얘기하는 장면의 "pleasant picture"(228면)라는 구절도 그냥 "유쾌한 이야기"(548면)라고 번역하여 린튼의 달뜬 모습과 비뚤어진 심성이 정확하게 전달되지 않는다. 그리고 히스클리프가 넬리에게 "우리 두 사람뿐인지 알아나 봐요"(580면)라는 대목은 문장을 부정확하게 옮긴 것은 아닌데 문장 자체는 그냥 평이한 지시문처럼 들린다. 그러나 이는 히스클리프가 이미 캐서린의 존재를 느끼면서 격앙된 상태에서 한 이야기로 '둘러보고 말해보오, 이 방에 우리 두 사람뿐인가?'라는 정도로 번역해야 할 것이다. 그밖에도 말하는 주제에 대해 '잘 알고 있다'는 정도의 의미인 "intelligent"(17면)를 "그는 매우 영리해 보였다"며 히스클리프에 대한 일반적인 서술처럼 만들어버린 것도 의미의 미세한 내용들을 빠뜨리는 부적절한 번역의 예라고 할 수 있다.

복잡한 의미를 가진 단어가 누락되면서 문장 전체의 의미가 부정확해진 경우로는 다음 예문을 들 수 있다.

> She was **the most winning thing** that ever brought sunshine into a desolate house — a real beauty in face — with the Earnshaws' handsome dark eyes, but the Lintons' fair skin, and **small features**, and yellow curling hair. Her spirit was high, though not rough, and **qualified** by a heart sensitive and lively to excess in its affections. That capacity for intense attachments reminded me of her mother; still she did not resemble her; for she could be soft and mild as a dove, and she had a gentle voice, and pensive expression: her anger was never furious; **her love never fierce**; it was deep and tender.
>
> (155면)

이 귀여운 아기는 쓸쓸한 집안에 밝은 햇빛을 비치게 한 **가장 큰 원인**이었습니다. 어언쇼우 댁의 아름다운 검은 눈에다 린튼댁의 고운 살결과 **오밀조밀한 생김새**와 노란 곱슬머리를 물려받은 정말 예쁜 아기였어요. 거칠지는 않았지만 활발한 성질로 애정에 대해서는 지나치게 민감하고 발랄한 마음씨를 가지고 있었습니다. 열렬한 애정을 가질 수 있다는 점에서는 어머님을 연상케 했지만 그러면서도 어머님을 닮지는 않았습니다. 왜냐하면 아가씨는 비둘기처럼 순하고 부드러웠으며 목소리가 상냥했을 뿐 아니라 무엇인가 생각에 잠기는 듯한 표정이었고, 화를 내도 결코 난폭하지 않았으며, **애정 면에서도 분별없이 격렬한 게 아니라** 깊고 부드러웠으니까요. (478면)

여기에서 우선 문제가 되는 것은 "the most winning thing"의 번역이다.

캐시가 그 집안에 환한 햇살을 가져오는 정말 귀엽고 매력적인 존재였다는 의미인데, 여기서는 "가장 큰 원인"이라고 부정확하게 번역했다. 셋째줄의 '오목조목한 이목구비'라는 뜻인 "small features"는 "작은 체구"라고 오역한 역본이 많은 데 비해서, 명시적으로 얼굴 모습을 말하는 것이라는 표현은 없으나 이 번역본에서는 "오밀조밀한 생김새"라는 무난한 역어를 선택했다. 또한 두번째 문장에서 "qualified"라는 단어를 빼고 번역하여 거칠지는 않으나 활달한 성격이, 애정에 대해서는 과할 정도로 민감한 성격으로 순화되어 있다는 내용을 전달하는 데 실패한다. 즉 두 성격을 그냥 나열하는 데만 그치고 있을 뿐 이 두 성질이 서로 상반되는 방향으로 작용하여 서로를 규제하고 있다는 의미를 전달하지 못한다. 그밖에도 맨 마지막줄의 경우에는 "her love never fierce"를 "애정 면에서도 분별없이 격렬한 게 아니라"라고 번역했는데, 불필요하게 "분별없이"라는 말을 첨가하여 캐시의 성격 묘사에 정확성이 떨어졌다.

전체적인 맥락에는 큰 지장이 없으나 문장의 의미를 거꾸로 새긴 경우는 "자기는 아무렇지도 않으니까"(483면)라는 대목이다. 원문은 "for he meant nought"(161면)인데 이는 헤어튼의 입장에서 자기가 캐시에게 했던 말이나 행동들이 별다른 악의를 가지고 했던 것이 아니라 별뜻없이 무심코 나온 것이라는 의미로 한 말이다. 역자는 마치 이것이 헤어튼의 심적인 상태를 설명하는 말인 것처럼 번역했다.

상황을 좀더 실감나게 전달하기 위한 의도이겠지만 앞서 478면의 예문에서와 같이 불필요하게 동작이나 형용사 등을 첨가하는 현상은 곳곳에서 발견된다. 예를 들어 "저는 거기까지 도착하기 전에 날이 저물까 봐 뛰기 시작했습니다"(480면)라는 대목은 저녁때가 다 되어도 돌아오지 않는 캐시를 찾아 넬리가 워더링 하이츠까지 허겁지겁 가는 장면인데, 바로 이 문장에서는 어두워지면 어쩌나 하고 걱정하는 내용은 있지만 걱정이 되어 뛰기 시작했다는 말은 없다. 다시 말해서 좀더 상황을 과장하고 실감나도록 만들기 위해 원문에 없는 내용이 들어간 것이다.

사소한 오역이지만 그 장면 전체의 상황을 이해할 수 없게 만든 경우도 있다. 히스클리프가 넬리에게 캐시의 무덤을 파헤친 상황을 설명하는 장면에서 "그놈의 것은 비켜놓고"(549면)라는 대목이 나오는데, 번역문만 보면 마치 자기가 죽은 후 에드가 린튼의 관을 치우고 캐시와 나란히 자기 관을 놓겠다는 의미로 보이지만, 원문은 다음과 같다.

> When I saw her face again — it is hers yet — he had hard work to stir me; but he said it would change if the air blew on it, and so I struck one side of the coffin loose, and covered it up — not Linton's side, damn him! I wish he'd been soldered in lead. And I bribed the sexton to **pull it away** when I'm laid there, and slide mine out too. I'll have it made so. And then, by the time Linton gets to us he'll not know which is which. (228면)

여기서 상황을 보면 히스클리프는 캐시의 얼굴을 보고 나서 묘지기가 관뚜껑을 열어놓으면 얼굴이 변한다고 해서 뚜껑을 열어놓는 대신 관의 옆구리, 그것도 린튼의 관과 닿아 있는 면이 아닌 반대편 면을 뜯어서 다시 느슨하게 기대놓았다. 그러고는 묘지기에게 뇌물을 주어서 자기가 죽으면 그 옆에 자신의 관을 놓고, 캐시의 관에서 뜯어놓았던 옆면과 자신의 관의 옆면을 제거해 캐시의 관과 자기의 관이 서로 통하게 만들어달라고 요구한다. 따라서 "pull it away"에서 "it"은 린튼의 관이 아니라 캐시의 관 옆판자를 말한다. 이는 대명사 "it"을 부정확하게 옮김으로써 이 단락의 전체적인 상황설명이 잘못되는 경우이다.

그러나 이러한 세부적인 오류와 부적절한 대목들에도 불구하고 이 번역본은 대체적으로 정확하고 매끄러운 번역을 보여주고 있어 추천할 만한 번역본으로 판단된다.

추천본 2

정금자 역 『폭풍의 언덕』* ★★☆

매끄러운 문장과 성실한 번역으로 신뢰도가 높은 번역본이다. 부정확한 대목이 어떤 경우에는 같은 면에 두어개씩 등장하기도 하지만, 또 어떤 경우에는 한 장(chapter) 전체에서 부정확하거나 누락된 부분이 1~2개 미만에 그칠 정도로 비교적 정확한 번역을 보여주기도 한다. 모든 장이 균등한 수준을 유지하고 있지는 않다는 점이 단점이지만, 전체적으로 부정확하거나 누락된 부분보다는 우리말 사용이 부적절 혹은 부적합한 경우가 대부분이어서, 내용을 파악하는 데는 지장이 없을 정도의 무난한 번역 수준을 보여주고 있다. 전체적으로 신뢰하고 추천할 만한 번역본이다.

부정확하게 번역된 대목들은 대체로 플롯상의 진행을 이해하는 데에는 별 무리가 없으나 세부적인 상황을 파악하는 데 오류를 범한 경우이다. 몇가지 예를 들어보자. 1장에서 록우드가 처음으로 히스클리프의 집으로 들어가 거실의 모습을 둘러보는 장면에서 "천장은 칠해져 있지 않아서"(13면)라는 대목이 나오는데, 이는 "its entire anatomy lay bare"를 옮긴 것이다. "bare"가 칠을 하지 않았다는 의미로도 해석될 수 있지만, 이 대목은 그 다음의 "except where a frame of wood laden with oatcakes and clusters of legs of beef, mutton, and ham concealed it"으로 미루어보아 칠을 하지 않은 것이 아니라 반자를 하지 않아서 서까래가 그대로 다 노출되어 있는 상황을 말하는 것이다. 또한 1장에서 히스클리프가 자리를 비운 사이 히스클리프의 개들이 록우드에게 덤벼드는

---

* 삼성출판사(1975, 1992). 정금자의 번역본은 1975년 삼성출판사에서 처음 출간되었으며 문장 교열 등의 개정을 거쳐 1992년에 새로운 판본으로 출간되었다. 그러나 검토대상이 된 1992년 삼성출판사본은 그것이 1975년본의 동일판본인지 개정판인지를 밝혀놓지 않았다. 1992년본은 '삼성 세계문학' 씨리즈로 출간되었으며, 작가·작품해설과 연보가 붙어 있다.

대목이 나오는데, 개들과 싸우는 장면에서 역자는 "**parrying off the larger combatants as effectually as I could** with the poker, I was constrained to demand, aloud, assistance from some of the household in re-establishing peace"(16면)의 강조부분을 "대군을 적절히 막아내었으나"(15면)로 번역한다. 그러나 여기서 "larger combatants"는 비교급으로 서술되었으므로 덤벼드는 개들 중에서 새끼들을 제외한 큰 놈들을 부지깽이로 적절히 막아내었다는 의미이다.

부정확하게 번역된 대목 가운데에는 단어 하나의 해석에서 오류를 범하여 그 상황 전체가 제대로 전달되지 못한 부분들이 있다. 예를 들어 29장의 다음 대목을 보자.

> "Why not let Catherine continue here," I pleaded, "and send Master Linton to her? As you hate them both, you'd not miss them. They can only be a daily plague to your **unnatural** heart." (227면)

"왜 아가씨를 여기 살게 놔두지 않나요?" 하고 저는 말했습니다. "그리고 도련님을 이리로 보내면 어떨까요? 두 사람을 미워하는 당신이니까 그들이 없다고 별로 섭섭하지도 않을 테니까요. 당신의 **부자연스러운** 마음에는 두 사람이 매일 귀찮고 짐스러울 뿐일 텐데요." (286면)

넬리의 이 말에서 역자는 "unnatural"이라는 단어를 그냥 "부자연스러운"이라고 번역하여 히스클리프에 대한 넬리의 평가가 어떤 것인가를 제대로 보여주지 못하고 만다. 물론 앞뒤 맥락을 보면 넬리의 입장을 대강은 짐작할 수 있지만 세부적인 의미들을 담아내기는 부족하다. 여기서 "unnatural"이란 가족관계나 핏줄에 이끌리지 않는 냉랭한 심성이라는 의미인데, "부자연스러운"이라는 역어는 이러한 의미를 전혀 담아내지 못한다.

히스클리프가 넬리에게 린튼 부인의 초상화를 보면서 하는 말을 인용하는 대목에서 "그는 난롯불 쪽으로 몸을 돌리고는 달리 적당한 말이 없으니 미소라도 지을 수밖에 없다는 표정으로 말을 이었습니다"(287면)라고 서술한다. 그런데 여기서 "달리 적당한 말이 없"다는 것은 히스클리프의 입장이 아니라 히스클리프의 묘한 표정을 뭐라 묘사할 말이 없어 난감해하는 넬리의 입장을 말하는 것이다. 원문을 보면 "He turned abruptly to the fire, and continued, with what, for lack of a better word, I must call a smile"(228면)이라고 서술하여, "I"라는 주어를 명시해놓아서 "for lack of a better word"는 그후에 오는 문장에 걸리는 것임을 알 수 있다.

이밖에도 표현이나 서술이 부적절 혹은 부적합하게 되어 있는 대목들이 간간이 눈에 띈다. 우리나라 독자들이 편하게 읽도록 배려한 대목이라 이해될 수 있는 부분도 없지는 않아서, 예를 들어 '귀리로 만든 케이크'를 그냥 "비스킷"(13면)이라고 번역한다든가, 나이든 히스클리프의 모습을 묘사하는 대목에서 "체중이 한두관 더 늘었을까"(285면)라고 하여 무게의 단위를 우리말 식으로 고쳐 서술하는 대목 등은 문화의 차이를 희석하려는 시도로 이해할 수도 있겠다. 그러나 굳이 '들장미'를 "가시나무"(12면)라고 번역한다든가, 록우드가 과거 자신의 여성관계를 설명하면서 "shrank icily into myself, like a snail"(15면)을 "야속하게도 달팽이처럼"이라고 번역한 것은 지나친 의역이라고 할 것이다. 앞의 대목의 경우 "icily"를 그냥 단어의 뜻 그대로 '냉랭하게' 정도로 번역하는 것이 더 나을 것이다.

그밖에도 캐시를 찾아나선 넬리가 워더링 하이츠 옆을 지나가다가 캐시가 데리고 나간 포인터 중에서 가장 사나운 찰리라는 개를 발견하는 대목에서 개의 이름을 빠뜨리고 언급하지 않았다든가(192면), 히스클리프가 린튼에 대해 언급하는 대목에서 "그런데도 그후에는 나만 보면 유령이라도 만난 듯이 벌벌 떤단 말이야"라고 말하면서 바로 앞의 "In two hours, I called Joseph to carry him up again"이라는 대목을 누락시키는 등(285면) 플롯의 주요 진행에는 별 지장이 없는 정도의 사소한 누락과 축약이 눈에 띈다.

앞서 지적했듯이 간간이 보이는 부적합한 표현들이나 누락, 부적절한 어휘들에도 불구하고 정금자 역본은 대체로 정확하고 매끄러운 번역의 질을 유지함으로써 신뢰하고 추천할 만한 번역본이라 판단된다.

추천본 3

유명숙 역 『워더링 하이츠』* ★★☆

이 번역본은 다른 번역본들에 비해 정확성 면에서 상당히 높은 수준을 보인다. 번역의 누락이 첨가가 거의 없고 구문의 파악이나 상황의 전달이 원문에 충실한 편이다. 오역이 아주 없지는 않으나 상대적으로 적은 편이며, 2~3면마다 1개씩 부적합하거나 부적절한 표현들 혹은 오역이 발견되는 수준이다. 그리하여 작가가 의도했던 세밀한 내용이 희석되지 않고 비교적 충실하게 전달된다고 할 수 있다. 또한 비교적 최근에 나온 번역본이어서 어투가 낡아 보이지 않는 것이 장점이라고 할 수

*서울대학교출판부(1998). 인문학연구소 '고전총서' 씨리즈의 서양–문학 8권으로 출간되었다. 초판은 1998년에 출간되었으며, 검토본도 이와같다. 서문 "폭풍의 언덕을 넘어서: 『워더링 하이츠』 다시 읽기"에서 역자는 번역본의 간략한 현황과 제목에 대안 언급, 그리고 작품을 읽는 데 염두에 두어야 할 몇가지 비평적 쟁점들을 소개했다. 영문 텍스트는 클러렌든판(1976)에 근거했는데, 다른 판들이 대개 에밀리 브론테의 언니인 샬롯 브론테가 에밀리의 사망 이후 교정을 보아 내놓은 재판(1850)에 기초하고 있는 반면, 오식이 많은 것으로 유명한 초판(1847)을 기초로 오식을 바로잡은 것이 클러렌든판이라고 설명하고 있다. 초판의 경우 오식은 많으나 특히 잉글랜드 북부 지역의 사투리가 재판에 비해 좀더 생생하게 살아있다고 하는데, 정작 번역본에서는 요크셔 사투리를 우리말로 살리는 데 실패하고 말았다. 물론 이는 이 번역본만의 문제는 아니며 검토대상이 된 모든 번역본의 문제이기도 하다. 뒤에는 에밀리 브론테 연보와 작품 속에서 언급되는 사건일지가 실려 있다.

358

있다.

결론적으로 이 번역본은 김종길 역본이나 정금자 역본과 비교해도 정확도와 원문에 대한 충실도에서 높은 점수를 받을 수 있다고 하겠다. 다만 결정적인 오역이 적은 대신 간간히 부적절하고 어색한 번역투의 문장들이 눈에 띄어 김종길이나 정금자 역본보다 읽기에 매끄럽지 않은 부분들이 있다.

이 번역본에서 특기할 만한 점은 흔히 『폭풍의 언덕』으로 번역되는 제목을 『워더링 하이츠』로 옮겼다는 점이다. 역자는 캐서린과 히스클리프의 폭풍같이 휘몰아치는 격정적인 사랑 이야기를 연상케 하는 '폭풍의 언덕'이라는 제목도 충분히 매력적이나, 세기적인 사랑의 대서사로만 이 작품에 접근하는 것으로는 작품에 대한 이해가 충분하지 않다고 보고 '워더링 하이츠'라는 대안을 내놓았다. 또한 이는 '워더링 하이츠'가 '언덕'이 아니라 집의 이름이며 작품의 내용도 캐서린과 히스클리프의 사랑보다는 언쇼 가와 린튼 가에 대한 히스클리프의 복수에 초점이 맞춰져 있다는 데서 비롯된 것이기도 하다. 서문 격인 작품해설과 번역에 관한 이야기는 다른 번역본들에 비해 충실한 연구와 조사의 결과로 보이며, 특히 텍스트 판본에 대한 설명과 제목을 '워더링 하이츠'로 번역한 데 대한 논의는 다른 판본에서는 찾아볼 수 없는 것이다.

기존의 번역본에 비해 이 번역본은 원문에 표현된 세밀한 부분까지 그대로 전달하려고 노력했다는 점이 특징이다. 가령 어린 캐시의 성격을 설명하는 다음 부분은 다른 많은 번역본에서는 대강 넘어간 대목이다.

언쇼 댁의 어글어글한 검은 눈에다, 린튼 댁의 흰 살결과 **오목조목한 이목구비**, 그리고 굽이치는 금발머리를 물려받았지요. 거세지는 않았지만 혈기왕성한 쪽이었는데, 한없이 섬세하고 열렬한 마음으로 사랑을 쏟아서 **혈기왕성함을 순화했답니다.** (253면, 원문은 본서 352면 김종길 부분 참조)

앞에서도 말했지만 일부 번역본들은 "small features"를 "자그마한 체구"라고 번역하고, 대부분의 번역본들이 문장 만들기가 어색하다는 이유에서인지 "qualified"를 번역하지 않았다. 그러나 여기서는 "오목조목한 이목구비"라는 말로 정확하게 옮겼으며, 다소 어색하긴 하나 "혈기왕성함을 순화했답니다"라고 하여 "qualifed"의 의미를 살려놓았다.

또한 이사벨라가 오빠인 린튼에게 자신의 아이를 부탁하는 장면에서도 "His father, she would fain convince herself, had no desire to assume the burden of his maintenance or education"을 대부분의 번역본이 "아이 아버지인 히스클리프가 양육이나 교육에 대한 부담을 질 의사가 없다고 이사벨라는 생각했다"라고 번역한 데 비해, "아이 아버지인 히스클리프가 양육이나 교육에 대한 부담을 질 의사가 없으리라고 이사벨라는 애써 믿고 싶었던 거지요"(256면)라고 제대로 번역했다.

그밖에도 넬리가 주로 서술하는 이야기들을 그녀의 신분과 성격, 교육 정도에 알맞은 말투로 서술한 것도 돋보이는 점이다. "그 당시 워더링 하이츠에서 하루하루를 어떻게 보냈는지 제가 잘 알고 있다고 할 수는 없겠네요. 직접 눈으로 본 건 거의 없으니, 소문을 듣고 이야기하는 것뿐이에요"(265면) 등 자연스러운 구어체를 사용하여 화자의 존재를 부각시키고 있다.

까다로운 구문과 내용을 간결하고 요령있게 번역한 대목들도 눈에 띈다.

I was much vexed at her and the servant for their mutual revelations, having no doubt of Linton's approaching arrival, communicated by the former, being reported to Mr. Heathcliff, and feeling as confident that Catherine's first thought on her father's return would be to seek an explanation of the latter's assertion concerning her rude-bred kindred. (161면)

"저는 캐시와 하녀 둘 다 공연한 이야기를 털어놓았다 싶어 몹시 속이 상했습니다. 캐시가 그런 말을 했으니, 린튼 씨가 런던에서 아이를 데리고 온다는 사실이 틀림없이 그녀의 입을 통해 히스클리프 씨에게 알려지게 되겠고, 아버지가 돌아오자마자 캐시는 하녀가 사촌이라고 말한 그 무례한 친척에 대해서 해명을 하라고 조를 것이 틀림없다는 생각이 들어서였지요." (263면)

> I concealed the fact of his having swallowed nothing for four days, fearing it might lead to trouble; and then I am persuaded he did not abstain on purpose — it was the consequence of his strange illness, not the cause. (264면)

"저는 문제가 생길까 싶어 그가 나흘 동안 목구멍으로 아무것도 넘긴 게 없다는 사실을 숨겼거든요. 그리고 저는 그가 일부러 아무것도 안 먹은 건 아니라고 믿었답니다. 이상스런 병의 결과였지 원인은 아니라고 제 나름대로 판단했던 거지요." (457면)

앞의 대목들에서 역자는 단일한 서술이 아닌, 같은 상황에서 상충하는 입장과 복잡한 사정들을 한 문장 안에 서술해놓은 원문의 복잡한 구문이나, 간결한 명사구로 표현되는 세세한 내용들을 요령있게 요약하여 깔끔한 우리말로 전달한다. 이러한 대목들은 다른 번역본들에 비해 특히 뛰어난 점이라고 하겠다.

그러나 종종 부적절한 어휘들이 작가가 의도한 효과를 반감시키거나 오도하는 경우가 눈에 띈다. 가령 대문의 가로막대를 굳이 "장애물"(13면)이라고 한다든가, 워더링 하이츠의 거실 모습을 설명하는데 음식들을 걸어놓은 나무선반 이야기를 누락시킴으로써 천장부분의 묘사가 제대로 전달되지 못한 점(5면), 히스클리프가 캐시에게 빨리 가서 짐을 챙

겨오라는 뜻으로 "가라"라고 말한 부분을 "비켜"(389면)라고 번역한 것 등이 그 예이다. 그밖에도 "일상의 세계로 돌아왔습니다"(450면)라는 부분은 "common sense"라는 원문을 살려 (부질없는 상상으로부터) 제정신으로 돌아왔다고 번역해야 더 적합할 것이다.

사소한 오류들 이외에 내용 파악에 지장을 주는 오류들도 눈에 띈다. 예컨대 "Its window, as I mentioned before, is wide enough for anybody to get through"(449면)가 아예 누락되어 상황설명이 잘 안된다. 또한 "사실 난 천국에 가 있는 거야"(454면)라는 대목에서는 '나는 나대로 천국에 가 있으니까'라는 의미의 원문을 잘 살리지 못했다. 원문의 "my"는 이탤릭체로 되어 있는데, 번역에서는 이러한 강조점이 살아나지 않음으로써 히스클리프의 고집과 단호함을 분명하게 살려내지 못했다.

또한 "and pressing a remembrance into the hand of Mrs. Dean, and disregarding her expostulations at my rudeness, I vanished through the kitchen as they opened the house-door"(226면)에서 "her expostulations at my rudeness"를 "그들을 만나지 않고 가는 것이 실례라고 나무라는"(459면)이라고 번역하여 내용을 잘못 전달한다. 이 장면은 록우드가 넬리에게 촌지를 억지로 쥐어주고 얼른 나가는 장면인데, 후반의 "her expostulations"는 내용상으로는 넬리가 록우드에게 이런 것을 뭣하러 주느냐고 나무라는 말을 록우드가 못 들은 척 무시하고 그대로 나가버리는 상황이다. 그러나 역자는 원문에 없는 "그들을 만나지 않고 가는 것"이라고 "rudeness"의 내용을 임의로 첨가함으로써 넬리와 록우드가 처한 상황을 원문과는 다르게 전달한다.

이렇듯 몇몇 부정확한 대목들과 부적합하고 어색한 표현들에도 불구하고, 유명숙 역본은 원문에 대한 충실도 면에서는 가장 우수하다고 평가할 수 있는 번역본이다.

플로스 강의 물방앗간

조지 엘리어트 George Eliot

The Mill on the Floss

 **출간현황** 『플로스 강의 물방앗간』은 현재까지 박춘배의 번역본이 유일하다. 이 번역본은 1984년 학원사의 '학원세계문학'으로 출간되었으며 현재까지 개정본은 없다.

검토대상

● 박춘배 『플로스 강의 물방앗간』 학원사(1984)

 **평가개요** 검토의 기준으로 삼은 원전은 George Eliot, *The Mill on the Floss* (Penguin English Library 1981)이다.*

*다음의 부분들을 원문과 대조했다. 제1부 1장(53~55면), 3장(63~65면), 5장(84~87면), 10장(161~63면), 11장(168~71면). 제2부 1장(216~19면), 6장(257~62면). 제3부 4장(303~305면), 6장(324~27면). 제5부 1장(399, 402면), 2장(411~12면), 3장(430면), 5장(440면), 6장(456면), 7장(458, 462면), 제6부 2장(482, 490~91면), 3장(497면), 4장(505면), 6장(513, 522면), 10장(562면), 11장(566~67면), 13장(582~83, 592, 594~95면).

　　박춘배 역본에서 심각한 오류는 1~2면당 1개 정도이다. 오류의 정도를 확인하기 위해 첫 10장까지의 집중검토대목(원문 10면, 번역서 13면)을 살펴보면 단어나 어구까지 포함한 넓은 의미의 부정확한 번역은 1면당 2개 가량이다. 오역은 서술에서 주로 나타나고 대화부분은 거의 정확하며 원문의 느낌을 잘 살려주고 있다. 원문에 매우 긴 영어 문장들이 많음을 고려한다면 번역본은 전체적으로 읽기에는 무리가 없는 편이다. 공동체 내의 계급관계도 잘 고려하여 존대와 하대도 잘 구분하여 쓰고 있다. 또한 누락이나 축약이 거의 없이 원문을 충실히 번역했다.

　　그러나 문제점도 적지 않아서, 특히나 어렵고 복잡한 문장을 옮기는 경우에는 어색한 번역문이 자주 나타난다. 또한 긴 문장의 경우 구문의 구조를 잘못 파악하거나 무리하게 한 문장으로 붙여서 번역하여 제대로 뜻이 전달되지 않고 독자의 이해를 방해하는 부분들도 종종 발견된다. 긴 호흡의 문장으로 번역하다보니 불필요한 쉼표가 한 문장 안에서 너무 많이 사용되는 경향이 있다.

참조본

박춘배 역 『플로스 강의 물방앗간』[*]

　　박춘배 역본은 대화부분이 매끄러운 반면, 서술부분에서는 긴 문장을 잘못 파악하여 오역한 경우가 많다. 우선 상권을 보자.

> Mr. Tulliver, not without particular reason, had abstained from a seventh recital of **the cool retort by which Riley had shown himself**

[*] 학원사(1984).

> **라일리 자신이 침착한 반박의 말로써 딕스에게 매우 많은 것을 보여준**,
> 그와같은 말로 튈리버 씨가 침착하게 일곱번째 반박하는 걸 삼가고
>
> (상권 23면)

여기서는 우선 "라일리 … 보여준"의 번역이 틀렸을 뿐더러 그것이 꾸미는 것이 "retort"인데 정확하게 지시되어 있지 않다. '라일리가 딕스를 너무 여러번 냉담하게 비꼬자, 털리버 씨는 일곱번째에는 맞장구를 치지 않았으며 거기에는 특별한 이유가 있었다'라는 정도로 해석할 수 있다. 이처럼 영어의 여러 단어들을 빠짐없이 번역하여 나열했지만 문장구조를 잘못 이해함으로써 무슨 뜻인지 알 수 없는 문장이 되었다.

다음도 문장구조를 이해하지 못해서 번역이 잘못된 경우이다.

> by determining that she would secretly send him a letter by a small gypsy who would run away **without telling where she was and just** let him know that she was well and happy, and always loved him very much (168면)

> 도망쳐왔음에 틀림없는 어린 집시 편에 아버지에게 몰래 편지를 전하여, 자기는 무사히 잘 있으며, 행복하고, 언제나 아빠를 매우 사랑하고 있다는 것을 알리겠다는 결심을 하며 (상권 119면)

여기서 어린 집시가 편지를 전해주고, 매기의 거소에 대해서는 알려주지 않는 것인데, 후자는 빠뜨리고 "도망쳐왔음에 틀림없는 어린 집시 편에"로 번역하고 있다. 잘못은 "without telling where she was and just" 부분을 누락한 데 있다. 이렇게 문장구조를 잘못 이해할 경우 전혀

다른 뜻이 되어버린다. "아버지와의 이별에 대한 생각을 단념했다"(상권 119면)도 원문은 "she reconciled herself to the idea of parting with him" (168면)인데 원문과는 반대로 이별을 하지 않기로 한 것으로 번역하고 있다. 이 부분은 '아버지와 이별하는 것을 받아들였다' 정도의 뜻이다.

이밖에도 간단한 문장인데도 반대로 오역한 경우가 있다. 매기가 스티븐의 의지에 빨려들어가면서 자신을 스티븐에게 내맡길 때의 심정을 표현한 부분 "Maggie obeyed: there was an unspeakable charm in being told what to do, and having everything decided for her"(592면)를 "무얼 할지 물어보고 매사를 자기 결정에 따라 하는 데에는 뭔가 말로 할 수 없는 매력이 있었다"(하권 190면)로 거꾸로 번역하고 있다. 이 대목은 스티븐이 시키는 대로 움직이는 것이 편했다는 의미를 살려서 매기의 심리상태를 제대로 독자들에게 전달해야 한다.

명확한 오역은 아니지만 문장배열을 잘못하여 원문의 느낌을 살리지 못한 경우도 있다.

> ··· the dark-eyed, demonstrative, rebellious girl may after all turn out to be a passive being compared with this pink and white bit of masculinity with the indeterminate features (85면)

결국 이 눈이 검고 감정을 잘 드러내고 반항적인 소녀의 용모는, 아직 자리가 잡히지 않은 용모를 한 약간의 뽀얀 장밋빛 남자다움에 비할 때 순종적인 사람이라는 사실이 드러날 뿐이다. (상권 43면)

따라서 겉보기와는 달리 소녀가 오히려 순종적이라는 역설적인 사실이 강조되어야 한다. 지금은 소녀가 더 개성이 뚜렷하고 반항적인 것처럼 보이지만 나중에는 결국 더 순종적인 사람임이 증명된다는 것이다. 이 문장은 부정확한 것은 아니지만 현재의 대조가 결국 역전된다는 의미를 충분히 전달하지 못한다. 원문의 어감을 살리자면 '검은 눈을 한 비판적이고 반항적인 소녀가 이 윤곽이 뚜렷하지 않은 발그스레한 하얀 피부의 소년보다 결국 더 수동적임이 증명된다' 정도의 의미이다.

긴 문장으로 이어진 곳에서 직역투로 번역하여 문장의 뜻이 제대로 전달되지 않는 경우도 있다.

> the impetus which had given unusual rapidity and emphasis to his speech showed itself still unexhausted for some minutes afterwards in a defiant motion of the head from side to side, and an occasional 'Nay, nay,' like a subsiding growl. (65면)

"그의 말을 이례적으로 빨라지게 하고 강한 어조를 띠게 만든 흥분은, 그후 수분 동안 지치지도 않고 오만하게 좌우로 흔드는 머리의 움직임과 이따금 내는 마치 으르렁거리는 소리와 같은 "안되지, 안되지…" 하는 소리에 나타났다." (상권 25면)

"그의 말을 이례적으로 빨라지게 하고 강한 어조를 띠게 만든 흥분은"은 우리말로는 어색하며 '그는 흥분하여 이례적으로 말이 빨라지고 어조가 강해졌다' 정도가 자연스럽다. "흥분은 … 나타났다"는 전체적인 문장구조가 부자연스러울 뿐 아니라 문장이 너무 길어져서 무슨 뜻인지 정확하게 이해할 수 없다. '그후 한동안 여전히 흥분하고 있음은 시비조로 머리를 좌우로 흔드는 것이나 이따금 으르렁거리는 소리처럼 "안되지, 안되지" 하는 것을 보면 알 수 있었다' 정도로 해석하는 게 나을 것이다.

매기가 여름철 자연 속에서 느끼는 감정을 묘사한 부분을 보자.

> **especially in summer, when she could sit** on a grassy hollow

under the shadow of a branching ash, stooping aslant from the steep above her, and listen to the hum of insects, like tiniest bells on the garment of silence, or see the sunlight piercing the distant boughs, as if to chase and drive home the truant heavenly blue of the wild hyacinths."(393면)

"**여름이면** 그녀의 머리 위 비스듬한 비탈에 뻗친 양물푸레나무 가지 그늘 밑의 풀밭 구덩이에 그녀가 **앉아 있을 때면** 그녀는 침묵의 의상에 달린 가장 작은 종의 소리처럼 들리는 벌레들의 붕붕거리는 소리를 듣거나, 멀리 떨어진 가지 사이로 뚫고 들어오는 햇빛이 마치 하늘빛 농땡이 꽃인 야생 히아신드를 쫓아 집에 보내려는 것 같다는 생각에 잠겨 있을 수 있었다." (하권 17면)

이 대목은 직역투 번역으로 인해 우리말 구문이 어색하고 호흡이 너무 길다고 볼 수 있다. "여름이면"과 "앉아 있을 때면"이 어색한 호응관계를 이루고 있어 '여름철, 그녀가 … 앉아 있을 때면'으로 바꾸면 자연스러운 구문으로 읽힌다. 또한 두 문장으로 끊어서 '여름철, 그녀가 … 소리를 듣곤 했다. 또 멀리 떨어진 … 생각에 잠겨 있을 수 있었다' 정도로 표현하면 간결하다.

"기억과 상상력에 의해 자기가 궁핍해 있다는 생각이 너무도 강렬하게 들었기 때문에, 순간적인 현재 속에서 제공되어지는 것들은 즐길 수가 없었다"(하권 93면)는 "Memory and imagination urged upon her a sense of privation too keen to let her taste what was offered in the transient present"(482면)의 번역이다. 이 부분도 영어 구문을 기계적으로 옮긴 듯한 생경한 느낌이 문제이다. '추억과 상상에 잠겨 있으니 상실감이 너무 예리하게 느껴져' 정도가 자연스럽다. "순간적인 현재"도 어색한 표현이며, '덧없이 지나가는 현재' 정도가 나을 듯하다.

368

　번역자가 관계대명사절을 잘못 해석하여 원문의 어감이 살지 않는
경우도 있다.

> ⋯ were all the more fascinating **because they were in a peculiar
> tongue of their own, which she could learn to interpret,** it was
> really very interesting — the Latin Grammar that Tom had said no
> girl could learn: and **she was proud because she found it
> interesting.**" (217면)

　　"그녀가 해석을 할 수 있게 독특한 말로 씌어져 있기 때문에 그만큼 더
사람의 마음을 사로잡았다. 톰의 말에 따르면 어떤 여자애도 배울 수 없을
것이라는 라틴어 문법은 정말이지 참으로 재미가 있었다." (상권 162면)

　여기서 화자가 강조하는 것은 '특이한 언어로 씌어 있었으나 자신이 해
석할 수 있게 되어서' 마음을 사로잡았다는 것이다. '특이한 언어'와 '해
석할 수 있는'은 서로 대조를 이루는 표현이다. 이를 "해석할 수 있게"
라고 번역할 경우 대조되는 어감이 살지 않는다. 이것은 번역자가 관계
대명사절을 잘못 번역해서 생긴 오류이다. 마지막 문장 '라틴어 문법이
재미있는 게 너무나 자랑스러웠다'는 번역에서 누락되어 있다. 이 누락
은 작품 내용상 작지 않은 실수이다. 화자는 여기서 라틴어를 재미있게
즐길 줄 아는 자신의 능력을 톰에게 보일 수 있어 자랑스럽다는 것을 강
조하고 있다. 재미가 자부심으로 확대되면서 매기의 감정이 고양되는
데, 자부심이 빠질 경우 이러한 매기의 흥분이 독자들에게 충분히 전달
되지 못한다.
　이외에도 사소하게 단어 차원의 오역과 뉘앙스를 살리지 못한 번역들
이 발견되지만, 가장 큰 문제점은 호흡이 긴 원문들을 소화해서 자연스
러운 우리말로 옮기는 작업이 미흡하다는 점이다.

싸일러스 마너

조지 엘리어트 George Eliot

Silas Marner

출간현황   현재까지 확인된 번역본의 출간현황은 다음과 같다. 역자는 총 7명이며, 같은 역자가 다른 출판사에서 낸 것을 다른 판본으로 계산할 때 총 판본은 9개이다. 최초의 국내본 번역서는 1958년 정음사에서 출간된 오화섭 역 『싸일러스 마아너』이며, 이 번역본은 을유문화사본(1959), 삼성출판사본(1984)으로 이어진다. 을유문화사본과 삼성출판사본은 이전의 정음사본을 문장의 순서를 바꾸거나 좀더 시대에 맞는 어휘로 바꾸는 등 부분적으로 수정한 개정본이다.

김승순, 오화섭, 이승근, 심규세, 황지숙 5명의 6개 판본을 입수했으나 출판사는 다르지만 내용은 동일한 경우를 제외하면 서로 다른 판본은 5종이다. 그중에서 2종은 기왕의 판본을 표절한 것으로 보인다.

평가개요 검토의 기준으로 삼은 원전은 Georg Eliot, *Silas Marner* (The New English Library 1960)이다.*
이 작품의 경우 판본에 따른 차이는 없다. 오화섭 역본은 진 앤드 컴퍼니(Ginn and Company) 출판사의 *Silas Marner* (1898)를, 김승순 역본은 펭귄판 *Silas Marner* (1967)를, 이승근 역본은 *Works of George Eliot*, 24 vols (Boston & New York, 1920)를 원전으로 밝히고 있다.

5종의 번역서를 상세히 검토한 결과 원작의 작품성을 살려내어 믿고 추천할 만한 번역서는 1종, 추천하기는 어렵지만 어느정도 내용을 파악할 수 있는 번역본이 1종이며, 나머지는 전혀 신뢰하기 어려운 번역본으로 판명되었다.

원작의 작품성을 살려내어 믿고 추천할 만한 역본은 가장 최신본인 김승순 번역의 창작과비평사본이다. 이 번역본은 정확성·적합성·적절성 등에서 추천할 만하다. 김승순 역본의 일차적인 미덕은 원작에 대한 충실성이다. 집중검토가 이루어진 부분에서 명백한 오역이나 부정확으로 판단할 수 있는 단어와 문장은 극히 일부를 제외하고는 찾아보기 힘들었다. 아울러 가독성의 측면에서도 다른 역본들보다 뛰어났을 뿐 아

---

* 이 작품은 총 22장으로 구성되어 있으며 전체 분량은 총 185면이다. 전체적으로 검토하되, 특히 원문의 10% 이상을 면밀히 조사하기로 한 원칙과 이 작품이 분량이 다소 적은 중편소설이라는 점을 고려하여 다음을 표본 검토대상으로 삼았다. 그 분량은 전체의 20%가 넘는 총 44면이다. 1장 전체(5~16면), 3장(24~35면), 19장(167~77면), 20장(177~82면), 종장 전체(183~85면).

니라, 꼭 필요한 경우에는 배경지식과 문화적 차이를 이해할 수 있도록 역주를 통해 간단한 보충설명을 해주고 있다.

오화섭 역본은 한국어 초역이라는 의의가 있다. 정음사본, 을유문화사본과 삼성출판사본을 거쳐 계속 출간되었지만 아쉽게도 본격적인 개정이 거의 없었다. 전반적인 가독성이라는 측면에서는 큰 무리가 없으나 부적절하고 부적합한 문장들과 오역이나 부정확으로 분류할 만한 대목이 적지 않게 나타났다. 1984년 삼성출판사본에 이르면 1958년 초판 당시의 한자어식 어투나 오역이 다소 개선되긴 했으나 미흡하다.

추천본

김승순 역 『싸일러스 마아너』[*] ★★☆

김승순 역본은 우리말 구사가 유창하거나 유려한 편은 아니지만 번역본 중에서 가장 원문에 충실하다. 이 역본은 이전에 출간된 오화섭 역본을 부분적으로 참조하고 있으며, 전체적으로 5면에 1개 정도의 오류가 발견된다. 이전의 번역본 가운데 가장 양질의 오화섭 역본이 1면당 평균 1개 이상의 오류를 내고 있는 것에 비하면 현저히 개선된 것이다. 따라서 대체적인 내용 파악은 물론 엘리어트 특유의 문체까지 어느정도 파악할 수 있는 번역본이다. 가령 1장 첫 문단의 문장이 원문으로 7줄 이상인데, 이를 자르지 않고 그대로 번역함으로써 엘리어트의 길고 장중한 문체를 살리고자 노력하고 있다.

가독성도 높은 편이다. 개선되어야 할 대목들이 있지만 읽는 데는 별 무리가 없다. 여타의 번역본은 우리말과 영어 구문의 차이를 고려하지

[*] 창작과비평사(1992, 1997). 가장 최신 역본에 해당하는 김승순 역본은 '창비교양문고'로 발간되었다. 검토본은 1997년 발간된 초판 5쇄이다. 작품해설과 연보가 붙어 있다.

않아 텍스트의 의미를 살리지 못한 경우가 상당히 있는데, 이 번역본에서는 이런 문제가 거의 해결되었다. 또한 가장 나중에 나온 만큼 구식 어투 대신 최근의 어법을 사용한 결과 신세대 독자들에게 훨씬 친근하게 다가갈 수 있다.

결론적으로 이 번역본은 정확성과 가독성이라는 측면에서 가장 추천할 만한 역본이다. 그러나 번역상의 명백한 오류 외에 개선해야 할 요소도 없지 않다. 원문에 충실하고자 하는 의도가 지나쳐서 부자연스러운 번역체 문장으로 옮긴 경우가 간혹 있다. 그러나 이것은 원문에 대한 충실성과 우리말의 유려함 및 자연스러움 중에서 어느 쪽을 택할 것인지를 두고 대부분의 역자가 부딪히는 문제라는 점에서 치명적인 흠이라고는 할 수 없다. 그밖에 우리말 구사가 자연스럽지 못한 곳이 더러 있다는 점이 다소 아쉽지만, 앞의 번역들에서 미진하거나 불분명한 것들을 수정하고 보완할 기회를 가진 후발주자답게 문체나 오역 등 여러면에서 진일보한 면모를 보여준다.

김승순 역본을 좀더 세부적으로 분석해보자. 우선 이 역본의 가장 큰 미덕은 원문에 충실하다는 점이다. 누락한 부분 없이 꼼꼼하게 번역하고 있으며, 상황이나 문맥을 살펴 번역함으로써 이전 번역에서 문맥을 놓쳐 저지른 오역을 대부분 교정한 것도 장점이다. 작품이 시작되는 첫 부분의 번역은 모든 번역자가 가장 신경 쓰는 대목일 텐데, 오화섭 역본이나 이승근 역본에 비해 김승순 역본이 지니는 장점은 첫 대목부터 두드러진다.

In the days when the spinning wheels hummed busily in the farmhouses — and even **great ladies**, clothed in silk and **thread lace**, had their toy spinning-wheels of polished oak — there **might be seen**, in districts far away among the lanes, or **deep in the bosom of the hills**, certain pallid undersized men who, by the side of the

농가에서 물레가 소리를 내며 바쁘게 돌아가던 시절 — 농가에서뿐만 아니라, 비단이나 **레이스**로 만든 옷을 입은 **귀부인들**까지도, 잘 다듬어서 윤이 나는 참나무로 만든 장난감 물레를 즐기던 시절 — 에는 오솔길 사이의 외딴 곳이나 **언덕의 골짜기** 같은 곳에 얼굴빛이 창백하고 몸집이 작은 사람들이 **오가곤 했다**. 몸이 건장한 시골 사람들은 이들을 폐적당한 인종의 찌꺼기**라고 생각했다**. (오화섭 317면)

방적기가 아직 발명되기 전까지만 하더라도 농가에서는 아마사(亞麻絲)를 꼬아서 그것을 방직공(紡織)에게 넘겨 아마포(亞麻布)를 짜는 것은 아낙네들이 할 일이었기 때문에 어디에서나 물레가 분주스럽게 윙윙거리며 비단이나 **실로 짠 레스**를 걸친 **지체 높은 귀부인들**까지도 덩달아서 명경알같이 닦은 반질반질한 참나무 물레를 노리개로 삼았던 것이다. 그 시절에 머나면 시골 — 오솔길에서 논밭이나 목장 사이에 끼어들거나, 혹은 **언덕 한복판**에 안겨 있는 마을에 가보면, 얼굴이 핼쑥하고 몸집이 왜소해서 근골이 뒤를 이을 자가 없어진 어느 종족과 같은 인간이 간혹 **눈에 띄었다**.

(이승근 23면)

농가들마다 물레바퀴가 윙윙거리며 바쁘게 돌아가던 시절에, 심지어 비단옷에 **아마사 레이스**로 치장한 **신분 높은 귀부인들**조차도 윤기나는 참나무로 만들어진 장난감 물레를 가지고 있던 시절에, 오솔길 사이 외딴 곳이나 **골짜기 깊숙이 자리잡은** 고장에서는 간혹 창백한 얼굴에 몸집이 작은 사람들이 **눈에 띄곤 했다**. 이들이 건장한 체구의 시골 사람들 옆에 서 있으면 마치 상속권을 박탈당한 종족의 후예**처럼 보였다**. (김승순 5면)

원문과 비교해보면 이 3개의 번역 중에서 김승순 역본이 가장 원문에 가까움을 알 수 있다. 가령 "thread lace"는 "아마사 레이스"로, "great ladies"는 "신분 높은 귀부인들"로, "deep in the bosom of the hills"에서 "deep"을 생략하지 않고 "깊숙이"를 넣어 해석했다. 그리고 "might be seen"을 "눈에 띄곤 했다"로 번역했는데, 이는 오화섭 역본의 "오가곤 했다"보다 정확한 번역이다. 마지막 문장 "looked like"의 번역인 "…처럼 보였다"도 오화섭 역본의 "…라고 생각했다"보다 정확하다. 이승근 역본에서는 "by the side of the brawny country-folk, looked like"가 아예 번역에서 빠져 있다.

앞에서 보다시피 김승순 역본은 오역과 누락, 역자의 자의적인 첨가 등이 없이 원문에 충실할 뿐 아니라 엘리어트 특유의 긴 호흡까지도 번역문에 재현하고자 노력한 흔적이 역력하다. 물론 원문구조에 충실하려는 시도가 우리말 번역에서 반드시 좋은 결과만을 내는 것은 아니다. 원문에는 충실하지만 우리말로는 무슨 의미인지 이해하기 어려운 대목도 있는데 이런 부분은 개정판을 내면서 바로잡아야 할 것이다.

1장의 다음 대목에 대해 김승순과 오화섭의 번역을 비교해보자.

··· for what dog likes a figure bent under a heavy bag? (5면)

무거운 보따리 밑에 눌려 구부리고 다니는 사람을 좋아하는 개는 없기 때문이다. (오화섭 317면)

무거운 보따리에 눌려 몸이 구부정한 사람을 좋아할 개가 어디 있겠는가? (김승순 5면)

For how was it possible to believe ···? (6면)

… 믿지 않을 수 없었기 때문이다. (오화섭 318면)

… 누가 장담한단 말인가? (김승순 8면)

이 두 인용문에서 김승순은 수사의문문은 그대로 수사의문문으로 번역했는데, 이는 오화섭 역본의 평서문보다 원문의 묘미를 그대로 살려준 번역이라 하겠다. 3장에서도 이런 예를 볼 수 있다.

> … the fall of prices had not yet come to carry the race of small squires and yeomen down that road to ruin for which extravagant habits and bad husbandry were plentifully anointing their wheels.
>
> (24면)

물가의 폭락이 아직 소지주나 자작농들의 사치스런 습관이나, 규모 없는 살림에 더 한층 박차를 가하여, 몰락의 길로 그들을 몰아넣는 지경까지는 가지 않았다. (오화섭 334면)

곡물 가격의 하락으로 소지주와 자작농들이 파멸의 길로 내몰리는 일이 일어나기 전이었다. 물론 그들의 사치스러운 습관과 규모 없는 살림살이가 그 파멸의 내리막길을 달리는 바퀴에 잔뜩 기름칠을 하고는 있었지만 말이다. (김승순 35면)

두루뭉술하게 번역된 오화섭 역본보다 김승순 역본이 원문구조와 의미를 더 정확하게 살리고 있다.

김승순 역본의 두번째 매력은 아주 좋은 한국식 표현을 만날 수 있다는 점인데, 이런 예들은 김승순이 번역자로서 지니고 있는 재치와 능력을 입증한다. 예컨대 3장의 "부자들의 잔치 끝에는 항상 떡고물이 남게

마련이었다"(35면)에서 "떡고물", 19장 "엷은 홍조가 떠올랐다가"(265면)
나 "들릴 듯 말 듯"(faintly, 266면)도 자연스럽고 좋은 우리말 번역의 예
가 될 것이다.

이밖에도 고유명사가 잘 처리되어 있다. 3장에서 "오차즈"(36면)나 캐
스 저택의 이름인 "레드하우스"(36면), 저 유명한 "레인보우"(37면) 술집
등을 원래 발음을 따라 표기했다. 이는 고유명사를 원음대로 표기하려
는 경향이 강해진 시대적 변화의 덕분이기도 하지만, 오화섭 역본의
"과수원"(335면)이나 "붉은 저택"(335면), "〈무지개〉 선술집"(335면)처럼 고
유명사를 번역하다 원래 의미를 손상할 위험을 아예 배제하는 좋은 방
법이다.

번역의 질과는 직접적인 연관은 없지만, 그밖의 미덕으로서 필요에
따라 적절한 주를 달아 독자의 이해를 도와준다는 점을 들 수 있다. 예
컨대 1장에서 "교구에 쓰러지는 것"(11면)이나 "더 많은 것을 가르쳐줄
수 있는 존재"에 대한 간략한 주는 매우 도움이 된다. 또한 3장에서 사
냥감을 둘러싼 지주와 차지농 사이의 논쟁(34면)이나 나뽈레옹 전쟁으로
인한 영국 곡물가의 상승으로 인한 호경기(35면), 19장에서 "웅얼거리는
소리에서 태어난 아름다움"(260면)이라는 시구의 출처를 워즈워스라 밝
혀준 역주도 유용한 설명이라 하겠다.

이처럼 전반적으로 정확성 면에서 김승순 역본이 신뢰성이 높고 추
천할 만한 번역본이지만, 드물긴 해도 부정확하거나 부적절한 오역도
보인다. 가령 원문 1장 11면에서 명백한 오류라고 할 만한 것은 2개다.
구체적으로 "영혼의 사업"(9면)은 '영적 관점' 또는 '영적인 면'으로, "그
로부터 한달이 채 되기 전에"(In little more than a month from that time,
22면)는 '그때부터 한달이 좀 지나서'로 고쳐야 한다.

또한 원문에는 충실하지만 우리말로는 무슨 의미인지 이해하기 어려
운 대목도 있는데, 가령 원문에 충실하게 엘리어트 특유의 장문을 끊지
않고 그대로 번역하다보니 너무 길어서 무슨 뜻인지 모를 문장들이 간

혹 있다. 19장에서 이런 예를 하나만 들어보자.

> ··· he was possessed with all-important feelings, that were to lead
> to a predetermined course of action which he had fixed on as the
> right ··· (172면)

그는 자신이 옳은 행동방향이라고 결정지은 결과를 낳기로 예정된 절대적으로 중요한 감정에 사로잡혀 있었으므로, 자신의 고귀한 결심에 반대되는 타인의 감정을 제대로 이해할 준비가 되어 있지 않았다. (267면)

이 경우는 어렵지만 중요한 대목에서 오역을 한 경우이다. 이 인용문은 너무 긴데다 정확하게 번역되지 않아 그 의미가 금방 전달되지 않는다. '그는 극히 중요한 감정에 사로잡혀 있었는데, 그것은 자신이 옳다고 마음을 굳힌 이미 정해진 행동방향으로 이끌게 되어 있는 감정이었다. 그래서 그는 자신의 고귀한 결심에 반대되는 타인의 감정을 제대로 이해할 준비가 되어 있지 않았다' 정도가 차선이나마 적절한 번역으로 보인다.

그러나 앞서 지적한 대로 충실성 면에서 볼 때 이 번역본에는 부정확하거나 부적절한 번역이 드문 편이다. 가독성 측면에서 보더라도 따로 예를 들지는 않겠지만 이전 번역들에 비해 번역서가 야기하는 저항감이 훨씬 적으며, 까다로운 독자들에게도 추천할 만하다.

귀향

토머스 하디 Thomas Hardy

The Return of the Native

출간현황 현재까지 확인된 번역본은 만화본을 제외하면 모두 7개 출판사에서 출간되었으며 역자는 6명이다. 1960년 을유문화사의 '세계문학전집'의 하나로 출간된 정병조 역 『귀향』이 해방후 최초의 번역본으로 확인된다. 이 역본은 1988년까지 같은 출판사에서 여러번 개정본이 출간되었는데, 1988년판을 집중검토했다. 정병조 역본 이후에도 『귀향』의 번역서는 꾸준히 출간되었다. 그러나 그 뒤를 이은 최처관, 허천택, 신순남, 김재천의 번역본들은 정병조 역본의 수준을 넘지 못한다. 이보영 역 형설출판사본(연대미상)은 번역본을 구하지 못해 검토대상에서 제외하고, 5명의 역자가 번역한 5종 6본을 검토했다.

검토대상

- 정병조 『귀향』 을유문화사(1960, 1988)
- 최처관 『귀향』 청산문화사(1966, 1974)
- 허천택 『귀향』 삼진사(1976) 태극출판사(1980)

● 신순남 『귀향』 배재서관(1985, 1989)
● 김재천 『귀향』 덕성문화사(1988, 1992)

 **평가개요** 검토의 기준으로 삼은 원전은 Thomas Hardy, *The Return of the Native* (The Modern Library Classics 2001)이다.* 작가는 1878년 이 작품을 잡지에 연재한 후 출간했는데, 이후 1880, 1895, 1912년 3차례에 걸쳐 개정판을 냈다. 가장 많은 수정을 가한 것은 1895년판이며, 1912년판은 1895년판과 큰 차이가 없다. 국내 독자들이 많이 읽는 펭귄클래식(Penguin Classic)본은 1878년판에 기초하여 편집한 것이고, 모던라이브러리 클래식(The Modern Library Classic)본은 1912년판을 기초로 하고 있다. 번역본 가운데 번역에 사용한 원전을 밝힌 경우는 없으나, 모두 1912년판을 사용한 것으로 보인다. 번역 점검을 위해서 1912년판을 기초로 편집한 모던라이브러리 클래식본을 사용했다.

1960년 국내에서 최초로 번역된 정병조 역본은 원작에 대한 충실도, 신뢰성 그리고 가독성 면에서 추천할 만한 수준을 보여준다. 특히 몇몇 부분의 의역은 원문의 의미를 손상시키지 않으면서 대화의 흐름과 활력을 잘 살리고 있다. 그러나 이 번역본 역시 직역투 문장, 문맥과 어울리지 않는 부적절한 한자어, 자연스러운 우리말 어법으로 전환되지 않은 불완전한 구문, 부정확한 번역 등이 종종 눈에 띈다. 역주와 책 뒤에 붙인 작품 및 작가 해설은 작품을 이해하는 데 도움을 준다.

뒤를 이은 최처관과 허천택 역본은 정병조 역본을 기초로 비슷한 어휘를 대치하는 식으로 되어 있고 번역이 까다로운 부분은 상당부분 정병조 역본에 기대고 있는데, 중요한 대목에서 눈에 띄는 부정확한 번역들이 그대로 반복된다. 이 두 번역본은, 원문이 복잡한 복문으로 되어

---

* 『귀향』은 번역본이 많지 않아 텍스트 전체를 검토했다.

380

있어 여러가지 번역이 가능한 부분에서도 정병조 역본과 동일한 문장구조를 유지하고 있으며, 독특한 표현이나 명백한 오역이 그대로 반복되고 있다. 특히 최처관 역본은 번역이 까다로운 부분을 임의로 누락시킨 부분이 많아 정병조 역본보다 오히려 개악되었다. 신순남과 김재천 역본도 전체적으로 정병조 역본에 크게 빚지고 있다.

추천본

정병조 역 『귀향』* ★★☆

이 번역본은 『귀향』의 국내 초역인데 원전에 충실하면서도 우리말 표현이 우수하다. 부정확하거나 부적절한 번역들이 간헐적으로 나타나며 심각한 오역은 10면당 1개 정도로 발견된다. 전체적으로 원문이 가진 의미를 충실히 전달하고 있고, 다른 번역본 대부분에서 흔히 나타나는 원문 누락도 없는 추천할 만한 번역이다. 하디가 역점을 두고 재현한 지역주민들의 일상대화를 그 흐름과 활력을 살리면서 자연스러운 우리말로 옮기려는 노력도 특기할 만하다.

역주도 작품을 이해하는 데 도움을 주고 있고, 책 뒤에 붙인 작가와 작품에 대한 해설 및 연보도 큰 도움이 된다. 그러나 부정확하거나 부적절한 번역, 어색한 한자어나 번역투의 어휘와 문장 등이 여전히 발견되고 있어 수정의 여지가 있다.

수정할 부분에 대한 분석을 하기 전에 이 번역본의 장점 가운데 하나라고 할 수 있는 지역주민들의 대화의 번역에 대해 언급하기로 한다. 먼

---

* 을유문화사(1960, 1988). 을유문화사 '세계문학전집' 제12권으로 1960년에 발간되었다. 1982년에 같은 출판사에서 개정된 '세계문학전집' 제30권으로 발간되었고, 1988년에는 같은 출판사의 '세계의 문학' 제11권으로 발간되었다. 검토본은 가장 최근에 발간된 1988년 번역으로 했다.

저 대화의 상황과 인물의 특징을 잘 살려낸 번역을 보자. 하디는 『귀향』에서 에그돈 히스의 자연정경을 탁월하게 묘사해놓을 뿐 아니라 그 자연 속에 사는 지역주민의 언어를 훌륭하게 재현한다. 이것은 실제 이야기의 전개와는 직접적 연관성이 없는 주민들의 대화에 하디가 의도적으로 많은 지면을 할애하고 있는 데서도 드러난다. 이 대화들은 그것이 특징적인 것만큼 자연스러운 우리말로 옮기기가 쉽지 않은데, 정병조는 원전의 의미를 손상시키지 않으면서 비교적 자연스러운 우리말로 대화의 흐름과 활기를 살려놓는다.

'A fair stave, Grandfer Cantle; but I am afraid 'tis too much for the mouldy weasand of such an old man as you,' he said to the wrinkled reveller. 'Doesn't wish th' was **three sixes** again, Grandfer, as you was when you first learnt to sing it?'

'Hey?' said Grandfer Cantle, stopping in his dance.

'Dostn't wish wast young again, I say? There's a hole in thy poor bellows nowadays seemingly.'

'But there's a good art in me? If I couldn't **make a little wind go a long ways** I should seem no longer than the most aged man, should I, Timothy?' (16~17면)

"거 좋은 노래외다. 캔틀 영감. 하지만 영감 같은 노인의 녹슨 목청으론 좀 버거울걸" 하고 그는 주름살투성이의 활량에게 말했다. "그 노래를 처음 배우던 **이팔청춘**으로 돌아가고 싶지 않소?"

"뭐라고?" 캔틀 영감은 춤을 멈추고 말했다.

"젊은 시절로 돌아가고 싶지 않느냐 말이오. 요즘엔 영감 목청에도 구멍이 뚫린 것 같거든." "그래도 내 노래엔 그럴듯한 솜씨란 게 있다네. **가는 목청을 길게 빼면서 창을 하는** 솜씨마저 없어지면야 다 된 거지, 안 그런

가 티모시?" (18면)

"three sixes"를 "이팔청춘"으로 "make a little wind go a long ways"를 "가는 목청을 길게 빼면서 창을 하는"으로 번역한 것은 대화의 정황을 잘 살려낸 번역이다.

이어지는 대화를 보자.

"아 글쎄, 그날 마침 내가 교회에 나갔댔소그려" 하며 페어웨이가 말했다. "**무슨 바람이 불어서** 거긴 갔더랬는지 모르지."

"자네가 교회에 자주 나간다면 내 이름이 **숙맥**일세" 하며 영감이 **다짐을 두듯이** 말했다. "올해 들어서 나도 가본 일이 없는걸. 겨울이 되어가지만 가볼 것 같지 않아." (20면)

이 문장 역시 대체로 대화의 자연스러운 흐름을 살리고 있을 뿐만 아니라 "무슨 바람이 불어서"나 "숙맥" 같은 의역은 대화에서 선택된 어휘들이 드러내는 인물들의 특징을 잘 살려내고 있으며, "emphatically"를 "다짐을 두듯이"로 번역한 것도 자연스럽다.

다음 같은 의역도 원문의 의미를 손상시키지 않으면서 대화에 활력을 주고 있는 예이다.

'Sure I should never thought you had the face. Well, and what did the last one say to ye? Nothing that can't be got over, perhaps, after all?'

"Get out of my sight, you **slack-twisted**, slim-looking maphrotight fool," was the woman's words to me.' (23면)

"청을 넣어봤으니깐."

"저런! 자네가 그렇게까지 할 줄은 몰랐는걸. 그래 맨 나중 여자가 뭐라던가? 아마 그렇게 지독한 소리야 안 했겠지?"

"'꺼져 없어져, 이 **반죽이 모자란**, 거지 발싸개 같은 반냄이 바보녀석아.' 이런 소리를 들었지요." (25면)

"slack-twisted"를 정확히 번역하면 '나사가 풀린' 정도가 되겠지만 '덜익은' '설익은'의 의미도 있으므로 잘못된 번역이라고 보기는 어려우며, 전체적으로 대화의 정황을 잘 재현해주고 읽는 재미도 덧붙여주는 번역이라고 할 수 있을 것이다.

이제 부적절한 번역에 대해 살펴보자. 결정적인 요소는 아니지만 정병조 역본에서 두드러지는 문제점은 한자어의 부적절한 사용이다. 우리말의 쓰임에서 한자어는 원래 영어의 어휘와는 달리 강한 추상성을 가지게 되거나 때로는 특정한 문맥에서만 사용되어 다른 문맥에서는 어색하거나 생경한 느낌을 준다. 이 경우는 대부분 사전상의 의미로는 틀리다고 할 수 없으나 부자연스러운 우리말 표현이 된다. 예를 보자.

In fact, precisely at this transitional point of its nightly roll into darkness the great and particular **glory** of the Egdon waste began, and nobody could be said to understand the heath who had not been there at such a time. It could best be felt when it could not

사실 에그돈 황야의 장엄하고 특유한 **영광**이 막을 올리는 것은 넓은 들 판이 차츰 어둠에 잠기고 낮과 밤이 바뀌는 바로 이 시각이며, 이러한 때 이곳에 있어본 일이 없는 사람은 이 황야를 안다고 할 수 없다. 똑똑히 보 이지 않는 이 시각이 가장 진미를 느낄 수 있는 시각이며, 황야의 완전한 **효과**가 나타나고 황야가 남김없이 설명되는 것이 이 시각과 다음날 여명에 앞서는 몇시간이다. (5면)

여기에서 "glory"를 "영광"으로 옮겼는데, "황야의 … 영광"은 문맥상으 로나 우리말의 쓰임으로 볼 때 부자연스럽다. '찬란한 아름다움' 정도로 번역해야 할 것이다. 다음 문장의 "진미를 느낄 수 있는"에서 "진미"라 는 역어는 명백한 오역이라고는 할 수 없지만 황야의 황량함이 주는 압 도적인 아름다움에 대한 번역어로는 적절치 않고 문장 전체가 주는 분 위기를 오히려 훼손시킨다. 또한 "effect"를 "황야의 … 효과"라고 한 것 도 우리말의 용법상 부적절하다. 이 문장은 '황야는 명확하게 보이지 않 을 때 가장 깊이 느껴질 수 있으며, 황야가 완벽하게 드러나고 설명되는 것은' 정도로 번역하는 것이 무난하겠다. 다른 예를 보자.

그것은 이 정경에 본질적으로 따르는 **침잠**이라는 특성이었다. 이것은 실제로 모든 것이 **침체**한 상태라는 침잠이 아니라 믿을 수 없을 만큼 **완만** 한 데서 오는 외면적인 침잠이었다. (12면)

에그돈 유역의 정경의 특징을 기술하는 이 부분에서 "repose"는 전체적인 문맥으로 보아 "침잠"보다는 '정적'으로 옮기는 것이 더 적절한 것으로 보인다. "stagnation" 역시 "침체"보다는 뒤의 "incredible slowness"의 대구(對句)로서 멈춰서 움직이지 않는다는 의미로 옮겨야 무난하다. "완만" 역시 같은 문제가 지적될 수 있다. 따라서 이 문장은 다음과 같이 번역하는 것이 원문의 의미를 전달하는 데 더 적절하겠다.

그것은 이 정경에 내재되어 있는 정적의 특성이었다. 그것은 실제로 모든 것이 멈춰서 움직이고 있지 않는 상태의 정적이 아니라, 믿을 수 없을 만큼 천천히 움직이기에 겉보기엔 정적이었다.

다음의 예는 명백한 오역은 아니지만 부적절한 번역어로 인해 의미의 전달이 명확하지 않게 된 경우이다.

> Towards evening Wildeve came. Since Thomasin's marriage Mrs. Yeobright had shown towards him that **grim friendliness** which at last arises in all such cases of undesired affinity. The vision of what ought have been is thrown aside in sheer weariness, and browbeaten human endeavor listlessly makes the best of the fact that is. (222면)

저녁 무렵에 와일디브가 왔다. 토머신이 결혼한 후로, 요브라이트 부인은 이런 탐탁찮은 인척관계가 성립되면 반드시 생기고야 마는 **음산한 친밀성**을 그에게 보여주었다. 완전히 지쳐서 반드시 그래야 했을 사실의 환상은 치워버리고, 현재 있는 사실을 최고도로 이용해보려고 기진맥진한 인간은 불안한 노력을 하는 법이다.

"grim friendliness"를 "음산한 친밀성"으로 번역했는데 우리말로 어떤 의미인지 가늠하기가 쉽지 않다. "grim"은 '음산한'이라는 의미보다는 '무뚝뚝한' '퉁명스러운'의 의미로, '다소 무뚝뚝한 다정함' 정도로 번역해야 할 것이다. 이어지는 문장의 번역은 우리말로 의미가 전달되지 않는 경우이다. 차선의 번역을 제시해보면 다음과 같다.

완전히 지친 나머지, 응당 되었어야 할 일이 안되었어도 희망을 포기해버리고, 기가 꺾인 인간은 주어진 현실에서 최선의 것을 건져보려고 그럭저럭 노력하게 되는 법이다.

지금까지 지적한 부적절한 번역과는 달리 우리말 표현이 적합하지 않은 경우도 있다. 영어와 우리말은 어순이 다르기 때문에 여러개의 긴 복문이 한 문장에 나오면 자연스러운 우리말의 흐름이 단절되는 경우가 많다. 정병조의 번역에도 이러한 문제점이 발견된다. 그 결과 어색한 번역투 문장이 되었다.

> The gloomy corner into which accident as much as indiscretion had brought this woman might have led even a moderate partisan to feel that she had cogent reasons for asking the Supreme Power by what right a being of such exquisite finish had been placed in circumstances calculated to make of her charms a curse rather than a blessing. (264면)

우연과 경솔한 운명이 이 여자를 이런 암울한 구석으로 몰아넣은 데 대해서, 이렇게나 절묘하게 아름다운 여자를 하늘이 무슨 권리가 있기에 매력이 은혜가 아니라 오히려 저주스러워지는 환경에 처하게 했느냐고 물어볼 확실한 이유가 있다고 젊잖은 사람들도 느꼈을 것이다. (254면)

원문이 복문들로 복잡하게 구성되어 있어 어순이 다른 우리말로 자연스럽게 옮기는 것이 매우 어려운 문장이다. 따라서 번역된 문장은 오역이라고는 할 수 없지만 어색하고 의미의 자연스러운 흐름이 단절되어 의미를 파악하기 어렵다. 차선의 번역을 제시해보면 다음과 같다.

우연과 무분별이 이 여인에게 가져다준 우울한 처지에 대해서 생각해보자면, 아무리 생각이 온건한 사람도 하늘이 무슨 권리가 있기에 이렇게 절묘한 아름다움을 가진 여자를, 그녀의 매력을 축복이 아닌 저주로 바꾸어놓은 그러한 상황 속으로 몰아넣었냐고 그녀 스스로 항변할 만한 충분한 이유가 있다는 것을 느낄 수 있을 것이다.

다음의 경우도 직역투 번역의 문제점을 보여준다.

그의 일상생활은 기묘한 **현미경의** 생활이라고 할 수 있었다. 전세계가 그에게 있어서는 자기 몸에서 불과 2~3피트 주위에 국한되어 있었으니까.

(248면)

여기에서 "microscopic"을 "현미경의"로 옮긴 것은 직역투 번역의 한 예이다. 이로 인해 첫째 문장은 의미가 전달되지 않는다. 이것은 '매우 협소한' 정도로 번역해야 한다. 따라서 첫 문장은 '그의 일상생활은 신기할 정도로 협소하다고 할 수 있는 그런 종류의 삶이었다'로 옮기는 것이 좋을 것이다.

테스

토머스 하디 Thomas Hardy

Tess of the d'Urbervilles

출간현황 지금까지의 조사에 따르면 이 작품의 번역본은 모두 140본이며 역자는 69명(역자 미상 2종)이다. 일부 역자는 동일 번역본을 여러 출판사에서 출간하기도 했다. 이 가운데 입수한 것은 출판사 기준으로는 총 85본, 역자 기준으로는 54명의 번역본이다. 여기서 31본은 같은 역자의 이름으로 된 번역본인데, 대개 중복출간이고 개정본이라고 해도 본격적인 수정이 이루어지지는 않아 모두 동일종으로 취급했다. 또한 21종 22본은 주로 초보 수준의 독자를 위해 원작을 대폭 축소한 판본이었다. 1종은 하권밖에 구하지 못해 최종분석에서 제외했다. 결국 이들을 제외하고 최종적으로 검토대상이 된 판본은 역자 32명의 62본 32종이다. 그중 상당수는 표절본이다.

현재까지 확인된 서지조사에 따르면 해방후 최초의 국내 완역본은 1956년 한국출판사에서 출간된 맹후빈 역 『테스(순결한 여인)』이며, 이 번역본은 나중에 출간된 여러 표절본의 원본이 된다. 독자적인 번역 가운데 1975년 동서문화사에서 나온 정인섭 역 『테스』는 무려 역자 7명이 표절했다. 1981년 정음사에서 출간된 이장환 역 『테스』도 여러차례 표절본의 원본이 되었다. 문제는 이 표절 원본들 또한 번역상의 오류가 적지 않았으며, 특히 정인섭 역본은 신뢰성이 매우 낮음에도 불구하고 표절되는 빈도가 가장 높았다. 앞의 표절 원본을 베끼면서 자구 차원에서 약간 수정을 가하고 출간한 경우도 다수 발견된다. 이처럼 『테스』의 경우 번역들본이 난립하는 가운데 질 낮은 표절본들이 대다수를 차지하는, 비교적 '대중성'이 있는 작품의 번역이 처한 빈곤한 현실을 보여주는 대표적인 예라 하겠다.

검토대상

- 김보원 『테스』 서울대학교출판부(2000, 2001)
- 맹후빈 『테스(순결한 여인)』 한국출판사(1956)
- 정병조 『테스』 동화출판사(1981), 중앙출판사(1987, 1992) 동화출판공사(1970, 1981) 신영출판사(1984, 1985) 글방문고(1985, 1986) 삼성출판사(1992)
- 이장환 『테스』 정음사(1963, 1981) 삼중당(1975)
- 김용철 『테스』 을유문화사(1987, 1995)
- 김회진 『테스』 영풍문고(1997) 범우사(1980, 2002)
- 이종구 『테스』 마당(1983, 1984) 마당미디어(1994, 1996) 세명출판사(1972, 1992)
- 정인섭 『테스』 동서문화사(1973, 1975) 문공사(1982) 학원출판공사 (초판연도 미상, 1985)
- 윤종혁 『더버빌가의 테스: 순결한 여인』 금성출판사(1990, 1992)
- 이대영 『테스』 주부생활사(1971) 학원사(초판연도 미상, 1971) 대양출판사(1972, 1974) 평범사(1978, 1981)
- 이가형 『테스』 주우(1981, 1982) 학원사(1977, 1987) 어문각(1991, 1995)
- 김상기 『테스』 영(1984, 1985)
- 이장호 『테스』 명지사(1970) 학진출판사(1976) 예원춘추사(1981) 대호출판사(1983)
- 황용하 『테스』 개선문출판사(1975) 예조사(1981)
- 유영수 『테스』 유정출판사(1979) 배수서적(1981) 대현문화사(1983)
- 김영열 『테스』 대경문화사(1984)
- 문이영 『테스』 신문출판사(1980) 문공사(1981) 박문서관(1982)
- 김영렬 『테스』 서한사(1977)
- 오학영 『테스』 지성출판사(1981)
- 맹은빈 『테스』 일신서적공사(1986) 일신서적출판사(1988, 출간연도 미상)
- 김수연 『테스』 동서문화사(1988) 학원출판공사(1988)

- 정성호 번역센터 『테스』 오늘(1991, 1999)
- 이호규 『테스』 혜원출판사(1991, 2001)
- 신대현 『테스』 홍신문화사(1992)
- 강혜숙 『테스』 하서출판사(2002)
- 강범우 『테스』 청록출판사(1973)
- 박기반 『테스』 세일사(1974) 한영출판사(1977) 경림출판사(1979)
- 김장경 『테스』 창일출판사(1981)
- 박종일 『테스』 도서출판 청화(1985)
- 박영주 『테스』 문학창조사(1984)
- 이동민 『테스』 소담출판사(1994, 2002)
- 김정환 『테스』 육문사(1995, 1997)

 **평가개요** 검토 기준이 된 원전은 *Tess of the d'Urbervilles*, 펭귄(Penguin Books, 1978)판과 노튼(Norton Critical Edition, 1979)판을 사용했는데* 두 판본의 내용은 동일하다. 옥스포드(Oxford)판은 수정본으로 앞의 두 판본과 다소 다른 부분이 있으나, 극히 일부분을 제외하고는 펭귄판과 내용이 같다. 번역본들 가운데 김보원과 맹후빈 역본만이 각각 펭귄판(1978) 및 포켓북(1952)으로 원전을 밝히고 있다. 두 판본간 내용상 차이는 없다. 펭귄판과 노튼판의 텍스트가 사실상 동일하기 때문에 원문 인용의 경우 노튼판의 면수를 적는다.

번역본들을 검토한 결과 작품을 제대로 감상할 수 있을 만큼 원작의 의미를 충실하게 전달하고 신뢰할 만한 해설이 있는 우수한 역본이 1종, 부정확한 번역이 일정정도 반복되기 때문에 우수한 번역으로 적극 추천할 수는 없지만 원작의 이해에 큰 무리가 없는 차선의 번역으로 볼 수 있는 역본이 2종 정도였다. 나머지 번역본은 오역이 상당한 빈도로 반복되거나, 특정 부분은 충실하게 번역되었더라도 대목에 따라서는 오

* 전체 59장 중 1, 11, 21, 31, 41, 51장을 일일이 대조 검토했다.

역이 매우 빈번하게 나타나고, 원문을 대충 번역한 경우가 대다수였다. 따라서 이 번역본들은 신뢰성이 없을뿐더러 가독성도 크게 미흡한 것으로 판명되었다.

김보원 역본은 『테스』 번역본 가운데 현재로서는 유일하게 추천할 만하다. 김보원 역본은 가장 최근의 번역답게 기존 출간본들을 꼼꼼히 참조하여 잘못 옮긴 부분을 수정했고, 특히 정확하고 세련된 우리말을 구사하여 정확성과 가독성 양면에서 과거 판본에 비해 번역상태가 현격하게 개선되었다. 정확성의 기준으로만 본다면 군데군데 기존 번역본의 오역을 답습하는 등 추천 기준에는 다소 미달되나, 가독성 면에서는 크게 개선되어 외국작품이지만 작품을 읽는 맛을 느끼게 한다.

맹후빈 역본은 지금까지 조사한 바에 따르면 국내 최초의 완역본이라는 점에서도 의미가 있거니와 신뢰성도 이후의 번역본들보다 높은 편이다. 대목에 따라서는 아주 말끔하게 옮긴 곳도 꽤 많고 맛깔스러운 용어 선택도 돋보인다. 그러나 오역이 전체적으로 일정정도 이상 일관되게 발견되는 등 정확성에서 문제가 있고, 옛날식 어투의 역어들도 많아서 추천할 수준에는 이르지 못한 것으로 판단했다. 정병조 역본도 원작에 대한 충실한 번역을 추구하여 다른 역본들에 비하면 상대적으로 높은 신뢰도를 보이고 있고 가독성도 상당히 있는 편이다. 그러나 역시 부정확한 번역이 반복적으로 나타나고 어색한 곳도 적지 않아 우수한 번역으로 추천하기에는 다소 미흡하다.

이장환, 김용철, 김회진 역본은 작품 전체를 빠진 곳 없이 번역하고 있으나 신뢰성은 그다지 높지 않다. 이 역본들은 대개 1면당 부정확한 번역이 2~3개 또는 그 이상 일관되게 나타나고, 그밖에 독자에게 오해를 야기할 수 있는 부적절한 번역이나 어색한 번역 등 넓은 의미에서의 오역은 이보다 더 많다. 줄거리를 이해하는 데는 큰 문제가 없으나 이것으로 작품의 맛을 제대로 이해하기는 어렵고 충실성과 가독성 양면에서 미흡하다.

나머지 번역서들은 전반적으로 원작에 대한 충실도가 현저히 떨어진다. 상당히 많은 오역이 일관되게 나타나고 역어 선택이 미숙하여 내용을 잘못 이해하게 만들 위험이 큰 대목도 빈번하다. 어느 경우에는 번역 수준이 장마다 현저하게 달라져 역서로서 신뢰성이 크게 떨어지기도 한다. 일부 장은 큰 문제가 없다가도 다른 장들에서는 심각한 오역들이 대거 발견되거나 대충 번역해버린 대목들이 많이 나와서 종잡을 수 없는 면이 있다. 이처럼 신뢰도가 높지 않은 일부 역본이 특히 많은 표절본들을 낳았다는 점도 주목할 만하다.

추천본

김보원 『테스』* ★★☆

가장 최근에 출간된 역본으로 선행 번역본을 꼼꼼하게 참조한 흔적을 보여주는데, 이전의 번역과 비교하면 정확성 면에서 진전되었으며 특히 가독성 면에서 매우 세련된 우리말을 구사하고 있다. 이전의 번역본 중에서 가장 뛰어난 정병조 역본과 비교해볼 때 오역은 1면당 1개 이하로 상당히 좋아졌다. 다만 이 번역본의 부정확한 번역은 과거의 오역을 답습한 것이 다수이다. 가독성 면에서는 큰 노력을 기울인 흔적이 역력한데, 그 결과 앞선 번역들에 비해 훨씬 유려한 우리말로 옮겨졌다. 전반적으로 미세한 부분을 전달하는 데 일부 실패한 경우가 있지만, 줄거리 파악은 물론 인물들의 미묘한 심리상태와 사회적 상황을 이해할 수 있어 추천할 만하다.

이처럼 김보원의 번역은 이전의 번역본에 비해 오역이 크게 줄어 충

---

*서울대학교출판부(2000, 2001). 검토본은 2001년본이다. 본문에 앞서 간단한 머리말이 있고 말미에 23면에 달하는 역자의 상세한 작품해설이 있다. 1978년 펭귄판을 대본으로 사용했다.

실성 면에서도 많은 개선이 있지만, 특히 가독성 면에서 자연스러운 우
리말로 옮기기 위해 역자가 상당한 노력을 기울였음을 알 수 있다. 이
판본은 기존의 『테스』 번역본 가운데서 가장 자연스럽게 읽힌다. 특히
스토리와 직접 연관되지 않는 자연묘사와 미묘한 심리를 다루는 부분에
상당한 공을 들였다. 예를 들어 다음 부분의 번역을 비교해보자.

> She could answer no more than a bare affirmative, so great was
> the emotion aroused in her at the thought of going through the
> world with him as his own familiar friend. Her feelings almost filled
> her ears like a babble of waves, and surged up to her eyes. She put
> the hand in his, and thus they went on, to a place where the
> reflected sun glared up from the river, under a bridge, with a
> molten-metallic glow that dazzled their eyes, though the sun itself
> was hidden by the bridge.

　　테스는 클레어의 정다운 벗이 되어 그와 더불어 세계를 돌아다닐 생각
을 하니까 너무나 가슴이 벅차서 그저 그렇다는 대답밖에는 말이 나오지
않았다. 그녀의 감정은 물결치는 파도 소리로 귀가 멍멍했고, 그것이 눈으
로 밀려들었다. 그녀는 클레어의 손을 잡고 강물 위에 번쩍이는 태양이 다
리에 가려서 안 보이면서도 다리 밑 수면은 무쇠를 녹여 흘린 듯이 눈부신
곳까지 다다랐다. (정병조 176면)

　　그의 허물없는 동반자가 되어 그와 함께 세상을 돌아다닌다는 생각을
하자 그녀는 가슴이 뭉클해졌고, 그래서 겨우 그렇다는 대답밖에 할 수가
없었다. 파도처럼 밀려오는 감정의 격랑에 그녀는 거의 아무 소리도 들리
지 않았고 눈앞이 아득해졌다. 그에게 손을 잡힌 채 그녀는 계속 걸었고,
물결에 반사된 햇빛이 다리 밑에서 눈부시게 반짝이는 곳에 이르렀다. 태

양은 다리에 가려 보이지 않았지만 용광로의 불꽃처럼 빛나는 햇빛에 그들은 거의 눈을 뜰 수 없을 정도였다. (김보원 237면)

번역의 충실성이나 그와 결합된 심리의 추이 등 전체적으로 김보원 역본이 세심하고 자연스럽다는 것을 쉬 느낄 수 있을 것이다.

전체적으로 김보원 역본은 정확성에서 우수한 편이지만 아쉬운 점들도 있다. 각 검토부분별로 몇가지 예를 들어보자.

1장의 경우 다른 역본에서도 오역의 비율은 상대적으로 낮은데, 김보원 역본의 경우 큰 오역은 없지만 원문의 의미를 충분히 살리지 못한 부적절한 번역이 몇개 있다. 예컨대 "with your effigies under Purbeck-marble canopies"(7면)를 "퍼벅 대리석으로 된 지붕 밑에 조상들 모습이 새겨져 있고"(4면)로 번역했으나 "effigies"가 반드시 "조상들 모습"이라는 법은 없고, 또한 대개 석상이므로 "새겨져 있고"는 부적절하다. "'twas a little one-eyed, blinking sort o'place"(8면)도 이전 번역본들처럼 "애꾸눈처럼 깜박거리는 형편없는 동네던걸요"(5면)로 옮겼으나 '한쪽 눈으로 단숨에 다 볼 수 있는 형편없이 작은 곳'이란 뜻이 더 적절하다.

11장에서는 부정확한 번역이 2개, 누락이 2군데가 발견되었다. 테스가 알렉에게 화가 나면서도 그것을 표현하지 못한 이유를 말하는 대목에서 테스가 "I cannot help myself here"(59면)라고 하는 부분을 다른 번역본처럼 "여기선 저 혼자 어쩔 수 없잖아요"(80면)로 옮겨서, 트란트리지의 양계장에 와 있기에 내 마음대로 할 수 없다는 뜻으로 새겼다. 그러나 여기서 "here"는 장소를 지칭하는 것이라기보다 '이런 문제에서는'의 의미로 읽는 것이 낫다. 따라서 '이 점에서는 저도 어쩔 수 없어요' 정도로 옮겨야 한다. 또한 "[Alec] touched her with his fingers, which sank into her as into down"(61면)을 "그는 손가락으로 그녀를 쓰다듬어주었고, 손가락은 솜털 속으로 들어가듯 그녀의 살 속으로 들어갔다"(84면)라고 옮겼는데, "쓰다듬어주었고"라는 표현은 이 맥락에서 매우 어색하며, 손가락이 살 속으로 들어갈 정도로 쓰다듬는다는 의미가 되어 매우 이상한 상황이 되어버린다. 그밖에 누락된 곳이 2군데 있는데, 처음 누락은 "every morning of that week"(59면)에서 "of that week"를 빼고 "그녀는 매일 다섯시에 일어나"(81면)로 옮긴 것인데 부주의로 인한 것으로 큰 문제는 아니다. 그러나 두번째 누락에 해당하는 "내가 널 사랑하고 있고 또 너를 세상에서 제일 예쁜 아가씨로 생각한다는 걸 알잖아"(82면)는 "and you know that I love you, and think you the prettiest girl in the world, which you are"(60면)에서 "which you are"를 누락했다. 우리말로 자연스럽게 옮기기 까다로운 부분이기는 하나, 알렉이 테스를 유혹하면서 테스의 내면적 성적 욕구를 은근히 부추기는 요소도 있는 만큼 '그리고 사실 그렇고'라는 의미의 누락은 의미파악에 영향을 끼칠 수 있겠다. 한편 "테스네 아버지가 오늘 새 말을 한 마리 갖게 되셨지"(84면)는 '테스, 네 아버지가…'의 오식이거나 사소한 실수이지만 결과적으로 독자들을 어리둥절하게 만들 수 있다.

21장 첫부분에서 일꾼들이 자기들이 아는 점쟁이에 대해 말하는 부분에서 '와이드 오'(Wide O)란 점쟁이가 한때는 용했지만 "But he's rotten as touchwood by now"(112면)라고 언급되는 대목을 "지금은 불쏘시개 나무처럼 형편없더라구요"(160면)라고 옮겼으나 문맥상 죽었다고 해석해야 옳다. 또한 "'Why, Maidy' (he frequently, with unconscious irony, gave her this pet name)"(114면) 부분을 "왜 그래, 아씨 (그는 별 뜻 없이 놀리는 투로 자주 그녀에게 이 애칭을 사용했다)"(162면)라고 번역하고 있다. 그러나 "with unconscious irony"는 '(테스에게) 비꼬는 말이 되는 것을 (말하는 크리크 씨 자신은) 의식하지 못하고'의 뜻이니, 놀릴 의도가 전혀 없지만 실제로는 테스에게 상처를 준다는 뜻이므로 번역은 원뜻과 정반대가 되었다.

31장에서는 오역이 많아져 작은 오역까지 합치면 거의 1면당 1개꼴이다. 테스 어머니가 테스에게 보낸 편지의 경우 과거 번역본에도 오역이 많았는데, 여기서도 예외가 아니다.

네 아버지는 **가문** 때문에 너무 잘난 체를 하셔서 네 아버지에게 모든 걸 말씀드리지 않았지만, 네 약혼자도 괜찮은 집안일 것으로 **짐작이 된다**.

(233면)

여기서 "which"는 "being so Proud"를 포함하는 것으로, 어머니가 같은 여성인 테스에게 남성 일반의 고답적인 가문관에 대해 언급하는 것으로 보아야 할 것이며, "Respectability"도 단순히 훌륭한 "가문"이라는 뜻보다 '양반답게 처신하는 것'에 가까우니, '네 약혼자도 내력있는 집안이라는 것에 자부심이 마찬가지로 대단할 것이다' 정도이다. 같은 편지에서 앞 예문 바로 다음의 "and not your Fault at all"(161면)은 '네 잘못이 결코 아니니'로 옮겨야 하는데 "또 전적으로 네 잘못만도 아닌 바에야 말이다"(233면)라고 부분부정으로 번역했다.

한편 크리크 씨가 엔절에게 테스를 두고 "게다가 점잖은 분이 농사를 짓는다면 부인으로 아주 적격이지요"(241면)라고 말할 때, 이것은 "what's more, a wonderful woman for a gentleman-farmer's wife"를 옮긴 것인데 "점잖은 분"이라는 역어는 원문의 "gentleman-farmer"에 내포된 계급적 의미를 없애버리는 결과가 된다. "테스에게 눈길도 주지 않으면서"(242면)는 원문이 "never taking eyes off Tess"(167면)이니 '테스에게 시종 눈길을 떼지 않고'로 정반대로 번역해야 한다.

41장에서 "그 미묘한 심정이나, 자존심, 그릇된 수치심, 그리고 뭐라고 말하기 힘든 바로 그 클레어를 위한 마음 때문에"(337면)로 번역한 부분은 "The same delicacy, pride, false shame, whatever it may be called, on Clare's account"(228면)가 원문인데, "whatever it may be called"는 "false shame"에 대한 추가적 해설임을 놓친 오역이다. 그밖에 이 장에서는 극도의 정신적 침체상태를 말하는 "in utter stagnation"(227면)을 "그는 정신적으로 극도의 불안상태에 있었고"(335면)라고 번역했는데, 이처럼 원문의 의미를 충분히 전달하지 못한 부적절한 사례가 몇개 있다.

51장에서는 약 3면당 1개 정도로 오류가 발견된다. 특히 이전 번역본들에서 계속 잘못 번역되었던 농촌사회의 계층적 구성에 대한 부분(435면)을 말끔히 바로잡았다. 다만 "non-descript workers"(292면)는 "정체모를 일꾼"(435면)보다는 '성격을 명확히 규정하기 어려운 일꾼'이란 뜻이고, 바로 뒤에 나오는 "But as the long holdings fell in they were seldom again let to similar tenants"(292면)의 경우 "하지만 장기간에 걸친 임대가 만료되면 그들은 다시 소작을 얻을 수가 없었다"(435면)로 처리했는데, '그와 비슷한 다른 사람에게도 빌려주지 않았다'는 뜻을 살리지는 못했다.

한편 말미의 작가해설이 매우 충실해서 알렉-테스-클레어 삼자관계에 대한 일반적 편견을 불식시키고, 세 사람의 관계와 『테스』의 역사적 의미를 심층적이면서도 독자들이 이해할 수 있는 평이한 표현으로 설명하고 있다.

어둠의 속

조지프 콘래드 Joseph Conrad

Heart of Darkness

출간현황　현재까지 확인된 이 작품의 번역본은 9본이며, 역자는 4명이다. 그중 입수 가능한 7본을 구해 검토한 결과 3본은 동일한 역자의 번역본을 부분 수정하거나 이전의 판본을 출판사만 달리하여 중복출간한 경우다. 결국 종수로는 4종이다. 현재까지 확인된 해방후 최초의 역본은 1959년 신양사에서 출간된 나영균 역『어둠의 속』이며, 나영균의 번역본은 정음사(1969), 자유교양사(1989), 민족문화사(2000)에서도 나왔다. 그중에서 정음사본과 자유교양사본은 각각 이전의 역본을 부분적으로 수정한 개정본으로 볼 수 있으며, 민족문화사본은 자유교양사본을 그대로 재출판한 것이다. 자유교양사본과 민족문화사본은 둘 다 영한대역본으로 나왔다. 장왕록 역『암흑의 오지』는 1976년 삼성출판사에서 출간되었으며, 1982년 이를 부분적으로 수정한 개정본이 나왔다. 초간본은 같은 출판사의 '세계문학전집' 42번, 개정본은 '현대문학전집' 13번으로 각각 다른 작품과 함께 묶여 있다. 이상옥 역『암흑의 핵심』은 1998년 민음사에서 출간되었으며, 최신 역본에 해당한다.

장왕록 역본과 비슷한 시기인 1977년에 범조사에서 김태성 역 『암흑의 한가운데』가 출간되었다. 하지만 이 역본은 앞의 세 역본과 본격적인 비교나 검토대상이 될 만큼의 수준을 보이지 못하고 있다. 나영균 역본의 오류 혹은 부적절한 표현을 답습한 곳이 매우 많다. 또한 작품의 끝부분이자 이 작품의 가장 핵심적인 대목에 해당하는 3부의 18면 가량을 누락했는데, 누락부분이 전체의 1/4에 해당한다. 원전의 단락 구분을 무시하고 자의적으로 단락을 나누고 붙여놓은 곳도 많았다.

검토대상

- 이상옥 『암흑의 핵심』 민음사(1998)
- 나영균 『어둠의 속』 민족문화사(2000) 신양사(1959) 정음사(1965, 1969) 자유교양사(1989)
- 장왕록 『암흑의 오지』 삼성출판사(1976, 1982)
- 김태성 『암흑의 한가운데』 범조사(1977, 1979, 1981)

 **평가개요** 검토의 기준으로 삼은 원전은 Joseph Conrad, *Heart of Darkness* (Norton Critical Edition 1988)이다.* 이 작품의 경우 판본에 따른 차이는 거의 없으며, 나영균 역본은 자유교양사본(1989)부터 1969년 밴텀(Bantam)판을 원전으로, 장왕록 역본은 1963년 노튼(Norton)판을 원전으로 사용했음을 밝혔고, 이상옥 역본은 원전을 밝히지 않고 있다. 이상의 세 역본 중에서 원작의 작품성을 살려낸 가장 믿을 만한 역본은 최신본인 이상옥 역본으로 판단되었다.

최초의 번역본인 나영균 역본은 (지금까지 확인한 바로는) 우리말 초역이라는 의의와 함께 정음사본(1969), 자유교양사본(1989)을 거치면서 일정한 개정작업이 지속적으로 이루어졌다는 미덕을 지닌다. 역서의

---

* 전체 원문의 10% 가량을 면밀히 검토하는 것이 원칙이지만, 이 작품은 중편임을 감안하여 전체의 20%를 집중검토했다. 검토범위는 다음과 같다. 1부 7~10면, 2부 48~51면, 3부 64~70면.

출간 후에는 대체로 다시 개역의 기회를 갖지 못하는 국내 번역계의 현
실을 감안할 때, 이 점은 의당 높이 평가받아야 한다. 하지만 나영균 역
본에는 부정확한 번역으로 분류할 만한 대목이 적지 않게 나타나고, 또
한 우리말 표현에서 부적절하고 부적합한 문장들을 여럿 발견할 수 있
다. 1959년 초판 당시의 한자식 어투가 1989년 자유교양사본에 이르면
많이 개선되긴 했지만 여전히 낯선 어구들이 산재하여 가독성 측면에서
도 적지 않은 문제점을 노출하고 있다.

　1976년에 처음 출간된 장왕록 역본은 앞서 나온 나영균 역본을 참조
한 것으로 보인다. 두 역본의 여러 대목에서 특정한 표현이 동일하게 사
용되는 것을 발견할 수 있기 때문이다. 하지만 이는 사실 어느정도 불가
피하고 또 당연한 측면이 없지 않다. 이 역본은 전반적인 가독성 면에서
는 큰 무리가 없지만 충실성이나 정확성 면에서는 나영균 역본에 못지
않은 오류를 포함하고 있다. 나영균 역본의 부정확한 번역을 상당부분
수정한 대목이 있음에도 불구하고, 나영균 역본에서 올바로 번역되어
있던 대목을 잘못 옮긴 경우도 있어서 적지 않은 아쉬움을 남긴다. 나중
에 출간되는 역본은 언제나 앞서 나온 역본을 참조할 권리와 의무가 있
다는 점에서, 또한 이 역본이 나영균 역본을 참조한 것이 확실해 보인다
는 점에서 더욱 그러하다.

　이상옥 역본의 1차적인 미덕은 원작에 대한 충실성이다. 본격적으로
검토한 부분에서 부정확한 번역으로 판단할 수 있는 단어와 문장은 일
부를 제외하고는 찾아보기가 힘들었다. 아울러 가독성 면에서도 앞선
역본들보다 훨씬 뛰어났다. 특히 화자 말로우의 장황한 이야기를 적절
히 잘라가며 옮겨놓는 요령은, 원문의 장황함 속에 담긴 작가의 사색의
깊이를 전하는 데 효과적이다. 아울러 배경지식의 부족이나 문화적 차
이 때문에 번역문만으로는 도저히 의미를 온전히 전달할 수 없는 대목
에서는 주석을 달아 간명하면서도 충분한 보충설명을 하고 있어서 작품
을 이해하는 데 도움을 주고 있다. 다만 번역에 있게 마련인 충실성과

가독성의 조화라는 문제를 충분히 해결하지 못한 미흡한 대목들이 있는
것이 아쉬움이다.

추천본

이상옥 역 『암흑의 핵심』[*] ★★★

이상옥 역본은 다른 역본들에 비해 원작에 대한 충실성이 돋보인다.
비교대상인 다른 두 역본에서는 부정확하거나 부적절한 번역들이 모
든 면에서 발견된 것에 비하면 엄청난 차이다. 따라서 커츠에 대한 말
로우의 진술을 통해 식민지 지배의 문제점과 그를 통해 드러나는 인간
영혼의 어두운 진실, 그리고 이를 추적하는 가운데 말로우가 자기를 발
견하게 되는 과정에 독자들이 동참하는 데는 큰 어려움이 없을 것으로
보인다.

충실성에 대한 만족만큼은 아니지만 이 역본은 가독성 면에서도 대
체로 만족스러웠다. 다른 두 역본이 때때로 생경한 직역투나 비문에 가
까운 번역으로 부적절하거나 부적합한 느낌을 주는 데 반해, 이 역본은
자연스런 우리말로 읽히는 데 큰 무리가 없다. 때때로 충실성과 가독성
이 서로 충돌하는 경우가 없지 않은데, 이 역본은 그런 경우에 대개 전
자를 더 우선시하는 경향이 있고, 이는 불가피한 것으로 보인다. 부분적
으로 다소 딱딱한 직역투의 표현이 없지 않지만 작가 콘래드 특유의 장
황하고 까다로운 만연체를 감안할 때 이 정도의 문장 구사는 일정한 수
준의 표현력이 뒷받침된 결과라 할 수 있다. 특히 1장에 집중된 길고 짧
은 각주(총 20개)는 이 작품과 관련된 여러 배경지식을 갖지 못한 독자들

[*] 민음사(1998, 2001). 검토본은 2001년 11월에 출간된 6쇄이다.

에게 작품의 의미를 파악할 수 있도록 도움을 준다. 아울러 작품 말미에 상당한 분량의 작품해설과 상세한 연보가 첨부되어 있어서 작가와 작품에 대해 좀더 깊이있는 이해에 이를 수 있다.

한가지 아쉬움이 있다면 독자들을 위해 너무 상세하고 자세하게 번역하다보니 가끔 문장이 길어지는 흠이 있다. 이는 단순히 개별 단어를 그대로 옮겨서는 도저히 의미를 제대로 전달할 수 없다고 판단된 경우로 볼 수 있는데, 그럼에도 불구하고 지나친 정황묘사나 어구의 추가는 때때로 부적합하다는 느낌을 주기도 한다.

이상옥 역본의 충실성은 첫 면에서부터 확인할 수 있다. 1장 도입부 셋째 단락의 번역은 복잡한 문장구조가 아닌 경우에도 번역문은 역본에 따라 큰 차이가 날 수 있음을 보여준다.

> **The Director of Companies** was our Captain and our **host**. We four **affectionately** watched his back as he stood in the bows looking to seaward. On the whole river there was nothing that looked half so nautical. He resembled a **pilot** which to a seaman is trustworthiness personified. (7면)

선박회사의 중역이 우리의 선장이며 **주인**이었다. 우리들 넷은 이물〔船首〕에 서서 바다 쪽을 바라다보고 있는 그의 **뒷모습**을 **물끄러미** 보고 있었다. 강을 통틀어도 그 뒷모습의 절반만큼도 선원다운 것은 없었다. 수부에게는 인격화된 믿음성을 상징하고 있는 **키잡이**의 모습, 그것이 그에게는 있었다. (나영균 25면)

선박회사의 중역은 우리 배의 선장이자 **주인**이었다. 우리들 넷은 선수에 서서 바다 쪽을 바라보고 있는 그의 뒷모습을 다정한 눈으로 바라보았다. 이 강에 사는 사람 중에서 그 사람의 반만큼이라도 뱃사람다운 사람은 찾아볼 수가 없었다. 그는 조타수 같은 풍모를 지녔는데 **조타수**라면 선원들에겐 신뢰의 상징이었다. (장왕록 207면)

    여러 회사의 중역을 겸하고 있는 이가 우리 배의 선장이요 또 **우리를 초대한 주인**이었다. 그가 뱃머리에 서서 바다 쪽을 지켜보고 있을 때 우리 네 사람은 그의 등을 정답게 바라보았다. 사방으로 강을 살펴보아도 그 사람만큼 선원다워 보이는 것이라고는 아무것도 없었다. 그는 선원들에게 신임의 화신(化身)이 되고 있는 **수로(水路) 안내원**을 연상시키는 인물이었다.

(이상옥 8면)

"The Director of Companies"는 어색하긴 하지만 이상옥 역본의 "여러 회사의 중역을 겸하고 있는 이"가 원뜻에 더 가깝고, "host"는 나영균 역본의 "우리의 … 주인"이나 장왕록 역본의 "우리 배의 … 주인"이 아니라 이상옥 역본의 "우리를 초대한 주인"으로 옮기는 것이 좀더 적절하다. 일행을 고용하고 있는 선박의 주인이라면 'owner'가 차라리 어울릴 것이다. 나영균 역본에서는 "affectionately"를 "물끄러미"로 옮겼고, "강을 통틀어도 그 뒷모습의 절반만큼도 선원다운 것은 없었다"에서는 원문에 없는 "뒷모습"을 넣는 바람에 오히려 의미가 이상해졌다. 무엇보다도 문제는 "pilot"(수로 안내원 또는 도선사導船士)의 오역인데, 나영균 역본과 장왕록 역본은 "키잡이" "조타수"로 부정확하게 번역하고 말았다. 해양소설에서 이같은 전문용어의 오역은 역본의 신뢰성에 큰 흠을 남긴다.

앞의 대목은 기본적인 이해력과 배경지식 여부와 관련된 문제라고 볼 수 있겠지만, 다음은 작품 전체의 플롯 전개와 주제에 대한 역자의 이해를 보여주는 좋은 예이다.

This **initiated** wraith from the back of Nowhere **honoured me**

404

그 알 수 없는 곳의 배후로부터 나온 **유령 쿠르츠**는 사라져버리기 전에 **놀라운 신뢰심을 내게 둔 거야**. (나영균 98면)

어디선지 모르는 곳에서 온 이 **유령은** 나에게 놀라운 **확신**을 안겨주곤, 다시 어디론가 사라져버렸어. (장왕록 266면)

어딘지 알 수 없는 오지에서 **삶의 비밀을 깨우치고 유령처럼 나타난** 그가 영영 사라지기 전에 나에게 **놀라운 말**을 몰래 전해주었던 거야.

(이상옥 112면)

2장 중반의 이 대목은 커츠와의 만남을 통해 화자가 인간 내면의 어두운 진실에 대한 깨달음을 얻었다는 고백으로 읽을 수 있으며, 특히 커츠가 죽기 전에 말로우에게 은밀하게 털어놓는 자아성찰이자 자아비판성의 발언인 "The horror! The horror!"에 대한 암시로 볼 수 있다. 죽음을 앞둔 커츠의 자기인식을 적나라하게 드러내는 이 장면은 3장 후반에 가서야 나오는데, 나영균 역본과 장왕록 역본에서는 이 이야기가 그 대목에 대한 암시라는 사실을 알 수가 없다. 그렇기 때문에 나영균 역본, 장왕록 역본 모두 "initiated"가 뜻하는 바를 살리지 못하고 번역문에서 누락하고 만 것이다.

이상옥 역본의 충실성은 문화적인 차이나 배경지식의 부족 등으로 인해 단순한 개별 어휘의 번역만으로는 이해가 어렵다고 판단될 때 보여주는 적절한 수식어구에서도 잘 드러난다. 가령 도입부에서 영국의 유구한 식민지 지배의 역사를 아이러니를 섞어 설명하면서 "the dark "interlopers" of the Eastern trade"(8면)를 "동인도회사의 무역독점권을 침해하면서 동방무역을 하던 밀수꾼들"(10면)로 옮긴 것이 대표적이다.

시간적·공간적 배경이 다른 외국소설의 번역에서는 이런 대목이 가장 어렵고, 원문의 어구와 구문을 훼손하지 않고 적절하게 옮기는 요령이야말로 훌륭한 번역의 요체라 할 수 있는데, 장황해지는 것이 흠이지만 "interlopers"에 담긴 역사적 함의만은 정확하게 전달된다.

한가지 예를 더 들면 2장에는 커츠가 처해 있던 절대적인 고립 혹은 자유의 상황을 설명하기 위해 보통사람들의 일상의 삶을 '추문, 교수대, 정신병자 수용소, 경찰관, 이웃' 등을 사용하여 설명하는 중요한 대목이 있다. 그 이야기 중에 말로우는 "These **little things** make all the great difference"(50면)라고 밝히고 있는데, 이 경우에도 이야기가 한참 장황하게 진행되어왔기 때문에 "little things"가 무엇을 가리키는지 정황상 다소 모호한 측면이 있다. 그래서 이 역본에서는 그런 혼란을 최소화하기 위해 이 문장을 "이런 **경찰관이니 이웃이니 하는 사소한 것들이 있느냐 없느냐가** 실은 큰 차이를 이루는 법일세"(111면)라고 독자들이 쉽게 이해할 수 있도록 풀어서 옮기고 있다.

훌륭한 번역의 관건 중의 하나는 비유법이나 관용적 표현의 번역이다. 원문의 어구들을 그대로 활용하면서 그 의미를 충실히 전달하기가 여간 어려운 게 아니므로 대개는 최종적인 의미만을 전하는 데 만족하고 말기 때문이다. 다음의 경우를 보자.

> And Kurtz's life was running swiftly too, ebbing, ebbing out of his heart into the sea of inexorable time. (67면)

이상옥 역본은 이 문장을 "그런데 커츠의 목숨 또한 그의 심장으로부터 냉혹한 세월의 바다 속으로 썰물처럼 재빨리 빠져나가고 있었어"(154면)라고 번역하여 강을 따라 내려가고 있는 당시의 상황과 연관지어 "바다"와 "썰물"을 활용한 비유적 표현을 적절하게 잘 옮기고 있다. 하지만 나영균 역본의 "쿠르츠의 생명도 그의 심장으로부터 빠져나와서 가혹한 시간의 바다 속으로 급속히 흘러 들어가고 있었어"(127면)나 장왕록 역본의 "쿠르츠 씨의 생명도 또한 심장으로부터 점점 쇠약해지면서, 저 냉혹한 세월의 바다로 흘러들어가고 있었어"(291면)는 원문의 풍성한 묘사적 표현을 살리지 못하여 무미건조하다. 요컨대 가능한 한 비유법은 비유법으로 옮길 수 있어야 제대로 된 번역이라 할 수 있을 것이다.

1장 서두의 "'followed' the sea"(9면)도 논의할 만하다. 정황상 이 말이 '선원이 되다' 혹은 '바다에 살다'의 뜻이라는 것은 어렵지 않게 짐작할 수 있다. 하지만 작가는 원문에서 "follow"를 따옴표 속에 넣고 또 그 앞에 "as the phrase goes"란 삽입절을 넣어 이 말이 당시에 널리 사용되던 다소 관용적인 표현임을 밝히고 있다. 따라서 이 말은 그대로 직역하여 '따라다니다'라고 하거나 아니면 이상옥 역본처럼 "좇아다니다"(11면)라고 하는 것이 가장 정확한 번역으로 보인다. 그렇기 때문에 장왕록 역본과 같이 "〈바다에 종사해온〉"이라고 하거나 나영균 역본처럼 "바다에서 살고 있는"이라고 풀어서 번역하는 것은 생생한 표현을 추구하는 작가의 의도를 충분히 살리지 못했다고 하겠다.

역자의 우리말 감각은 다음 문장에서도 재치를 발한다. 말로우의 배를 타고 콩고 강을 내려가던 커츠는 어느 한순간 말로우의 귀에 겨우 들릴락 말락 나지막하게 이렇게 중얼거린다. "Live rightly, die, die …"(68면), "올바르게 살아라. 죽을 때는, 죽을…"(156면)이다. 짧은 문장이지만 이 말은 죽음을 눈앞에 둔 커츠의 자기고백에 가까운 중요한 발언이다. 문제는 말줄임표인데, 이는 화자가 "die"에 어울리도록 "rightly"에 상응하는 부사어를 찾다가 머뭇거리고 있다는 것을 뜻하며, 연구자들에 의하면 작품의 초고에서 "die nobly"의 기록을 발견할 수 있다고 한다. 따라서 "올바르게 살아라. 죽을 때는, 죽을…"이라는 번역은 우리말과 영어의 구문상의 차이를 극복한 재치있는 번역이라 할 수 있겠다. 나영균 역본에서 "의롭게 살고 외롭게 죽다, 죽어…"(128면, '외롭게'는 '의롭게'의 오기로 보임)로 옮긴 것이나 장왕록 역본에서 "올바르게 살라. 죽는다. 죽는다···"(292면)라고 한 것은 모두 말줄임표의 의미를 제대로 파악하지 못했거나 적절한 번역어를 찾지 못한 결과로 보인다.

하지만 이 역본에도 아쉬움이 없지는 않다. 우선 독자들을 위한 부연 설명 형태의 어구가 삽입되면서 전반적으로 문장의 길이가 왕왕 길어진다. 앞에서 예로 든 문장들의 경우에도 대체로 이상옥 역본의 길이가 나영균 역본, 장왕록 역본보다 길어진 것을 쉽게 발견할 수 있다. 이해를 하자면 충실성을 확보하기 위해 가독성을 다소 양보한 결과라 인정할 수 있을 터이며, 이는 사실 어느정도 납득이 간다. 하지만 어떤 경우는 좀 지나쳐서 부정확한 번역이 되거나 독자들의 상상력 발휘를 가로막기도 한다. 로마군 점령 시기의 영국을 묘사하는 1장 서두의 두 문장을 살펴보자.

> Imagine the feelings of a commander of a fine — what d'ye call' em — **trireme** in the Mediterranean, ordered suddenly ··· (9면)

한번 상상해보라구. **노가 3단으로 달려 있던 그 배**의 이름이 뭐더라? 그 멋진 지중해 함정의 ··· (13면)

> Or think of a decent young citizen in a toga — **perhaps too much dice**, you know — coming out here in the train of some prefect, or tax-gatherer, or trader even — to mend his fortune. (10면)

또는 토가를 입은 로마의 점잖은 젊은 시민이 **아마도 놀음을 너무 좋아한 탓에 가산을 탕진한 후** 잃은 재산을 다시 모아 팔자를 고치려고 어떤 기관장이나 징세관이나 심지어는 상인을 수행하여 이곳으로 나왔을 수도 있어. (14면)

앞 문장에서 "뭐더라"라고 한 것은 배의 이름인 '고유명사'를 찾는 게 아니라 배의 종류를 가리키는 "trireme"이란 말이 생각나지 않아서다. 따라서 이 말은 원어민들에게도 쉽게 생각나지 않는 어려운 단어라는 것을 알 수 있고, 따라서 "trireme"의 의미를 풀어서 "노가 3단으로 달려 있던 그 배"로 풀어주면 오역에 가깝다. 오히려 소리나는 대로 '트라이림'으로 표기를 해주는 것이 옳다. 뒷 문장에서도 로마의 청년은 사실 가산을 탕진했을 수도 있지만, 그저 주사위놀이에 싫증이 났을 가능성도 없지 않다. 그렇다면 '주사위놀이를 너무 많이 한 끝에' 정도로 모호하게 놓아두는 것이 오히려 원래의 뜻에 가까울 수 있다. 지나친 '자상함'은 독자들의 상상력을 위축시키는 결과를 낳을 수 있기 때문이다.

그런데 그 반대의 경우도 있었다. 다시 말해 대화가 길게 늘어지는 대목에서는 의미를 명쾌하게 전하기 위해 다소 축약하는 경우가 종종 발견되는데, 그로 인해 정확한 어조와 분위기 전달이 이루어지지 못하는 문제가 발생했다. 다음의 두 문장을 살펴보자.

> ⋯ how can you imagine what particular region of the first ages a man's untrammeled feet may take him into by the way of **solitude — utter solitude** without a policeman — by the way of **silence — utter silence**, where no warning voice of a kind neighbour can be heard whispering of public opinion. (49면)

경찰관의 도움을 받지 못하는 **철저한 고독**으로 인해, 그리고 다정한 이웃이 여론이랍시고 속삭여주는 경고의 목소리를 들을 수도 없는 **철저한 침묵**으로 인해 한 인간의 자유로운 발길이 어떤 특정한 태초의 땅으로 인간을 이끌고 갈 수 있는지를 자네들은 아마 상상할 수 없을 거야. (111면)

> I am trying to account to myself **for — for — Mr. Kurtz — for**

나는 내 자신에게 **커츠 씨를 위한** 해명을 하려고 할 뿐이네. 커츠 씨의 망령을 위해서지. (112면)

앞 문장에서는 "solitude" "silence"가 반복되면서 부연하여 설명되는 어조를 무시하고 간단하게 문장을 축약하고 말았다. 강조한 어구를 전후한 대목은 '고독, 곧 경찰관 하나 없는 고독에 의해서, 그리고 침묵, 즉 친절한 이웃이 여론이랍시고 속삭여주는 경고의 목소리를 들을 수 없는 철저한 침묵에 의해서' 정도로 늘려주는 것이 원문의 분위기를 살리는 번역이다. 뒷문장 역시 전치사 "for"의 반복을 간과하고 간단히 "커츠 씨를 위한"으로 줄여놓았다. "for—for—Mr. Kurtz—for the shade of Mr. Kurtz"에는 커츠를 뭐라고 불러야 할지에 대한 망설임으로 인한 곤혹스러움이 담겨 있으나, 번역을 하면서 그 말더듬을 무시하고 말끔하게 문장을 정리한 것이다. '내 자신에게 그 … 그 … 커츠 씨 … 그 커츠 씨의 망령을 위해 해명을 하려고 할 뿐이네' 정도로 번역해야 어조가 원문에 가깝게 전달될 것이다. 앞의 두 경우는 가독성의 문제이기도 하지만 한편으로는 정확성 면에서도 문제를 야기한다.

또한 비유법과 관련한 번역에서도 역자의 선택이 항상 만족스러운 것은 아니다. 가령 아프리카 땅을 찾아온 백인들을 가리키는 "pilgrim"을 이 역본에서는 모두 "백인"으로 바꾸어놓았는데, 이는 지나친 '배려'에서 비롯된 부적합한 역어로 보인다. 작가로서는 이 말의 1차적 의미인 '순례자' 혹은 '나그네'를 염두에 두었을 것이 분명하며, 거기에는 반어적 뉘앙스까지 담겨 있을 것이 틀림없다. 그렇다면 문자 그대로 '순례자'로 옮기는 것이 좀더 원문에 충실한 번역이다. 처음 몇곳에서 이 말이 '백인'을 가리킨다는 것을 정황 묘사를 통해 분명히 확인시키고 나면 이후로는 그대로 직역해도 자연스럽게 넘어갈 수 있었을 것이다.

더블린 사람들

제임스 조이스 James Joyce

Dubliners

출간현황 현재까지 확인된 번역본은 역자 11명의 16본으로, 입수한 번역본은 11본이며 역자는 11명(공동역자인 경우 2본)이다. 그중 2본은 동일한 역자의 동일한 번역본을 출판사를 달리하여 중복출간한 경우이므로 서로 다른 판본은 9종이다. 여기서 부분역 4종을 제외하면 완역본은 총 5종이다. 최초의 완역서는 1960년 을유문화사에서 출간된 박시인 역 『따브린 사람들』로 확인되며, 1970년에 같은 출판사에서 재판이 나왔다.

이후 완역본으로서 작품 전체에 대한 고른 이해를 바탕으로 비교적 새로운 번역을 시도한 예는 1977년 문예출판사에서 출간된 김병철 역 『더블린 사람들』이다. 이 판본은 1999년에 재판이 나오는 등 아직도 대중적인 번역본으로 이용되는 것으로 추정된다. 이어서 김종건 역 범우사본이 1988년에 나왔으며, 가장 최근의 것은 1997년 창작과비평사에서 출간된 김정환·성은애 공역본이다.

완역본이 아니라 부분역까지 포함해서 보면 이 작품집에 실린 단편의 최초 번역은 이미 1930년대에 나온 것으로 보인다. 김병철 역본의 해설(305면)에 의하면 1930년대에 단편 "The Boarding House"가 『하숙집』
(최정우 역)으로 소개된 바 있고, "Counterparts"가 『샐러리맨』(양주동
역)으로 번역되었으며, 역자는 밝히지 않았지만 "A Little Cloud"도 같은
시기에 번역·소개되었다고 한다. 해방후 1960년에 여석기·나영균 공
역 『더블린 사람들』(현문사에서 1975년에 재간행)이 동아출판사에서 출간되
었는데, 이것 역시 일부 작품만 옮긴 부분 번역본이다. 이후 1990년대까
지 유사한 부분역들이 출간되었다.

완역본을 검토한다는 원칙에 따라 부분역은 개별 검토에서 제외했
다. 『더블린 사람들』은 단편집의 형태를 취하고는 있으나 독립된 단편
들을 한자리에 모아놓은 통상의 '단편집'이 아니라 전체가 하나의 유기
적 구성물을 이루고 있으므로, 부분역으로서 그 실상을 전하는 데는 한
계가 있다. 다만 여석기·나영균 역본처럼 시기적으로 앞서 나와 이후
완역본에 영향을 미쳤을 가능성이 있는 경우도 있으므로, 일부는 완역
본 검토에서 참고자료로 삼았다.

검토대상

- 김정환 · 성은애 『더블린 사람들』 창작과비평사(1997)
- 박시인 『따브린 사람들』 을유문화사(1960, 1970)
- 김병철 『더블린 사람들』 문예출판사(1977, 1999)
- 김종건 『더블린 사람들』 범우사(1988)
- 김구용 『더블린 사람들』 을유문화사(1999)

참고: 부분역본
- 여석기·나영균 『더블린 사람들』 동아출판사(1960) 현문사(1975)
- 오찬식 『더블린 사람들』 지성출판사(1981)
- 유영 『더블린 사람들』 금성출판사(1990)
- 신현규 『더블린 사람들』 중앙출판사(1992) 중앙미디어(1995)

 검토의 기준으로 삼은 원전은 James Joyce, *Dubliners*, ed. Jeri Johnson (Oxford: Oxford UP 2000)이다. 번역본 가운데 번역에 사용한 원전을 밝힌 경우는 김정환·성은애 역본이 유일하다. 펭귄 1956년본을 "주로 사용하고 바이킹판 등의 다른 판본을 부분적으로 참조"(318면)한 것으로 되어 있다. *Dubliners*의 경우 최종 출판에 이르기까지 출판사와 작가 사이에서 원고를 놓고 우여곡절이 많았던 만큼 텍스트 비평을 거친 '교정본'을 사용하는 것이 중요하다. 이러한 작업에 기초한 믿을 만한 텍스트는 스콜즈(Robert Scholes)의 1967년본과 한스 게이블러(Hans Gabler)의 1993년본이 있다. 이 검토에서는 스콜즈판을 기본으로 하고, 이후의 텍스트 비평작업을 수용한 옥스포드판을 검토의 원전으로 삼았다.*

번역서를 상세히 검토한 결과 원작의 문체와 배경에 대한 충분하고 정확한 이해에 바탕해서 작품성을 살려낸 믿고 추천할 만한 번역서는 김정환·성은애 역본이다. 이 번역본은 선행 번역본들에 대한 비판적 검토가 어느정도 이루어진 가운데 진행된 번역으로 보이고 신뢰도나 가독성이 분명 다른 번역본들에 비해 높다. 특히 자연스런 우리말 문장을 구사한 대목들이 많은 점이 가장 큰 미덕이라고 하겠다. 그러나 이 번역본도 원문의 문체를 이해·전달·표현하는 데 미흡한 점은 있으며 오류도 간간이 발견되었다.

김종건 역본과 김병철 역본은 신뢰성이나 원작 이해도, 가독성 등에서 개선할 점이 많다. 김병철 역본은 원문을 일부 누락하고 있으며, 1977년 초판에 이어 1999년에 재판이 나왔음에도 초판의 오류나 문제

---

*이 작품은 총 15편의 단편으로 구성되어 있다. 구체적인 검토부분은 다음과 같다. "The Sisters"는 전체, "An Encounter" 16~17면, "Araby" 20~26면, "Eveline" 27~28면, "After the Race" 31, 34~35면, "Two Gallants" 37~40면, "The Boarding House" 46~47면, "A Little Cloud" 64~65면, "Counterparts" 71~72면 상단, "Clay" 80면, "A Painful Case" 86~88면, "Ivy Day in the Committee Room" 93~96면, "A Mother" 115면, "Grace" 136~37면, "The Dead" 147~49, 175~76면.

점이 전혀 보완되지 않은 것도 아쉽다. 김종건 역본도 어색한 우리말 문장이 적지 않아서 가독성이 많이 떨어진다. 작품 이해에 도움이 안되는 역주가 많다는 점도 문제이다.

최초의 완역본으로 이후 번역본에 적지 않은 영향을 미친 것으로 생각되는 박시인 역본의 경우 적지 않은 오역과 원문 누락 등 부정확한 부분이 일관되게 나타나고 있어 작품 이해에 지장을 줄 정도이며, 가독성과 작품 이해도에서도 크게 미흡하다.

추천본

김정환·성은애 역 『더블린 사람들』* ★★☆

이 번역본은 가독성이 매우 우수하고 원작에 대한 충실성도 다른 번역본보다 양호하다. 번역상 오류는 2~3면에 평균 1~2개 정도 발견되나 작품 이해를 저해하는 오류는 그렇게 많지 않다. 그러나 좁은 의미의 오역은 아니더라도 아이러니를 비롯하여 간접화법, 자유간접화법, 속어, 시사적 언급, 다양한 사회적 언어의 상충 등 원작의 까다로운 언어구사를 정확하고 적절히 우리말로 재구성했다고 보기에는 미흡한 점이 발견된다. 그리고 이전 번역본들의 오류를 상당부분 시정하기는 했으나 화법 처리는 일부 퇴보한 점도 없지 않다. 작품해설과 연보가 뒤에 붙어 있으나 해설의 전문성이 떨어지는 편이다. 역주도 작품에 따라서는 좀더 자상하고 충실하게 달아줄 필요가 있으나 그렇지 못한 점이 김종건 역본과 비교할 때 미흡한 점이다.

이 번역본의 장점은 무엇보다도 가독성에 있다. 정확성에서도 이전

---

* 창작과비평사(1997). '창비교양문고' 제32권으로 나왔고, 역주와 해설, 연보가 붙어 있다.

역본들보다 많이 개선되었으며 어색한 번역투가 아닌 자연스러운 우리 말로 옮기는 데 성공한 부분들이 특히 돋보인다. 번역의 난이도가 높은 편인 "Ivy Day in the Committee Room"의 경우를 살펴보자. 이 단편은 아일랜드 자치운동의 지도자였던 찰스 스튜어트 파넬(Charles Stuart Parnell) 기념일인 아이비 데이(Ivy Day)를 시간적 배경으로 그의 정신이 이미 퇴색해버린 지역정치판을 그린 작품이다. 김정환·성은애 역본은 제목을 「선거사무실의 아이비 기념일」로 옮겼는데 "Committee Room"을 "선거사무실"로 옮긴 것은 이 번역본이 유일하다. 나머지 번역본들은 모두 "위원실"로 옮겨 작품내용에 정확하게 부합하지 못했다. 선거사무실에서 소일하며 수당을 기다리는 선거운동원들이 나누는 대화의 한 부분을 비교해보자. 대화의 처리는 말뜻의 이해뿐 아니라 속어의 번역을 포함하여 사회언어학적인 '문체의 번역'을 요구한다는 점에서 소설 번역을 평가하는 데 중요한 지표가 된다.

"Is it because Colgan's a working-man you say that? What's the difference between a good honest bricklayer and a publican — eh? Hasn't the working-man as good a right to **be in the Corporation** as anyone else — ay, and a better right than **those shoneens that are always hat in hand before any fellow with a handle to his name?** Isn't that so, Mat?" (93면)

"콜간이 노동자니까 그러시는 거요? 그 사람은 정직한 벽돌공인데, 이 사람은 뭐요? 술장수가 아니요? 노동자도 다른 누구나 마찬가지로 **시정에 참여할** 권리가 있지 않소? 그리고 **우리 표가 필요할 때에는 굽신거리는 그 따위 유지**보다는 더 한층 자격이 있지 않소? 그렇지 않은가, 이 사람?"

(박시인 280면)

"콜건이 노동자라서 그러는 겁니까? 콜건이 선량하고 정직한 벽돌공이라면 이잔 뭡니까? 술장사가 아닙니까 — 응? 노동자라고 해서 다른 누구와 마찬가지로 **시정(市政)에 참여할** 권리가 없다는 겁니까? — 어때요, 그리고 **유권자 앞에서 늘 굽신거리는 그따위 알량한 유지**보다는 한층 더 자격이 있지 않습니까? 어때, 이 사람아, 그렇지 않아, 매트?" (김병철 159면)

"콜건이 노동자라서 그렇게 얘기하는 겁니까? 착하고 정직한 벽돌공과 술집 주인과의 차이가 뭐란 말입니까 — 예? 노동자라 해서 다른 누구처럼 **시정(市政)에 참여할** 권리가 없다는 겁니까 — 아니, **그래 손에 직함이나 들고 유권자 앞에서 티를 내고 언제나 뽐내는 자칭 신사** 따위보다 더 자격이 있지 않단 말입니까? 그렇지 않아, 매트?" (김종건 148면)

"콜건이 노동자라서 그러는 거요? 착하고 정직한 벽돌공과 술집 주인이 뭐 다를 게 있남, 응? 다른 누구나 마찬가지로 노동자도 **얼마든지 의원이 될 수 있는 거 아뉴. 암, 알량한 직함만 있으면 아무한테나 굽실대는 쓸개빠진 자들**보다야 더 나은 거 아닌가? 안 그래, 매트?" (김정환·성은애 161면)

이 대목은 번역이 까다로운 편이다. 두번째 문장은 박시인 역본과 김병철 역본이 좀더 과감하게 의역을 했다면, 김종건 역본과 김정환·성은애 역본은 좀더 원문에 충실한 편이다. 후자 중에서는 김종건 역본이 영어를 그대로 직역한 번역투가 남아 있는 데 비해 김정환·성은애 역본은 한결 자연스런 우리말로 옮기는 데 성공했다. 세번째 문장의 앞부분에서 문제되는 표현은 "be in the Corporation"이다. 이것을 김정환·성은애 이전 번역본들은 모두 박시인 역본(1960)을 따라 "시정(市政)에 참여"로 옮기고 있는데, 이것은 영어를 그대로 직역한 것이긴 하나 정확한 번역은 아니다. 시정에 참여하는 것은 여러가지 방식이 될 수 있기 때문이다. 이 부분에서도 "얼마든지 의원이 될 수 있는"으로 옮긴 김정환·성은애 역본이 더 정확하다.

　관용적인 표현이 두드러지는 대목은 끝에서 두번째 문장 "those shoneens that are always hat in hand before any fellow with a handle to his name"이다. 박시인 역본은 누락과 오독이 겹쳐 있다. 그는 이 대목을 "우리 표가 필요할 때에는 굽신거리는 그따위 유지"로 옮겼으나 "shoneens"는 '영국풍을 모방하는 놈'의 뜻이지 "유지"가 아니고, "with a handle to his name"은 전혀 근거 없는 "우리 표가 필요할 때"로 고쳐놓았다. 박시인 역본을 참조하여 풀어쓴 것으로 보이는 김병철 역본도 똑같은 오류를 범하며 다만 "유지"에다 "알량한" 한 단어를 더 첨가했을 뿐이다. 김종건 역본은 "그래 손에 직함이나 들고 유권자 앞에서 티를 내고 언제나 뽐내는 자칭 신사"로 옮겨 "shoneens"의 뜻은 제대로 전달해주지만 "with a handle"이 꾸미는 주체를 오독하여 거꾸로 옮겨놓았다. "직함"을 든 것은 유권자이지 "자칭 신사"가 아니기 때문이다. 김정환·성은애 역본은 "알량한 직함만 있으면 아무한테나 굽실대는 쓸개빠진 자들"로 이 대목을 옮겼는데, 원문의 표현과 구분을 비교적 정확하게 전해주는 매우 적절한 번역이라고 하겠다.

　두번째로 살펴볼 부분은 단편 「애러비」(Araby)의 한 대목으로, 이 작품은 『더블린 사람들』 전체에서 가장 많이 읽힐 뿐 아니라 부분역을 포함한 그 어떤 번역본에서도 빠지지 않는 작품이며 김정환·성은애의 가치를 재는 좋은 척도가 된다. 또한 예술적 언어를 의도적으로 구사하는 1인칭 서술이라는 점에서 앞서 본 「선거사무실의 아이비 기념일」 대목과 대조적인 표본이 될 수 있다. 이번에는 여석기·나영균 부분역(현문사)도 대조 검토에 포함했다.

All my senses seemed to desire to veil themselves and, **feeling that I was about to slip from them,** I pressed the palms of my hands together until they trembled, murmuring: *O love! O love!* many

　나의 모든 감각은 감춰지기를 바라는 것 같았으며, **나는 내가 이런 감각을 벗어나려고 하는 것을 느끼고**, 손바닥을 마주대고 누르며, 「오 사랑! 오 사랑!」 하고 수없이 속삭이며 몸을 떨었다. (박시인 220면)

　나의 모든 감각이 너울을 쓰고 싶어하는 것 같았다. **감각에서 떨어져 나가는 것만 같아서** 나는 부들부들 떨릴 때까지 두 손을 맞대고 「오오, 사랑이여, 오오 사랑이여」 하고 여러번 중얼거렸다. (여석기·나영균 236면)

　나의 오감(五感)은 그 오감을 감춰버리려는 욕망에 사로잡힌 것만 같았고, **또 그런 감각에서 막 빠져나와야겠다고 느낀** 나는 손바닥이 부들부들 떨릴 때까지, "오 사랑! 오 사랑" 하고 몇번씩 중얼거리면서 두 손을 꼭 쥐었다. (김병철 38면)

　나의 모든 감각은 그 자체를 감추려는 욕망에 사로잡힌 듯 느껴졌고, **나 스스로 그 감각으로부터 빠져나와야겠다는 느낌이 들자**, 나는 손바닥이 부들부들 떨릴 때까지 두 손을 꽉 쥐며 "오, 사랑! 오, 사랑!" 하고 몇번이고 중얼거렸다. (김종건 45면)

　나의 모든 감각들은 스스로 베일에 가려지기를 갈망하는 것 같았다. 그리고 **내가 이제 막 그 감각들로부터 빠져나오려 한다는 것을 느끼면서**, 나는 양 손바닥을 부르르 떨 정도로 서로 꽉 맞잡았다. 몇번씩이고 이렇게 중얼대면서. "오 사랑, 오 사랑이여!" (김정환·성은애 37면)

원문의 강조부분은 예컨대 "The Dead" 마지막 부분의 "swooned slowly"처럼 감각에서 일탈하는 일종의 황홀경에 빠지는 상태에서 '사

418

랑'이라는 말을 웅얼거린다는 내용이다. 말하자면 감각이 사라지려는 느낌을 원하다가("seemed to desire to veil themselves") 그때가 오자 일종의 오르가슴을 느낀 셈이다. 김종건 역본은 "나 스스로 그 감각으로부터 빠져나와야겠다는 느낌이 들자"라는 식으로 원문과 반대로 읽히게끔 옮겨놓았다. 김병철 역본도 이 점에서 마찬가지이며 여석기·나영균 역본 역시 떨어져 나가려는 느낌이 들자 이것을 막으려고 한다는 의미로 읽히기 쉽게 번역되었다. 이에 비해 김정환·성은애 역본은 "feeling that I was" 분사구문을 "느끼면서, …했다"로 처리했는데, 이같은 단순한 처리가 오히려 원문의 뜻에 가장 근접한 이해를 가능케 한다. 박시인 역본도 "느끼고, …했다"로 단순하게 처리한 것은 마찬가지지만, '느끼면서'와 달리 '느끼고'로 처리하여 그 전후연관과 정확한 의미가 무엇인지 잘 전달되지 않으며 앞의 다른 번역들과 같은 뜻으로 읽힐 가능성도 없지 않다.

김정환·성은애 역본은 이전 본들보다 작품 이해의 정확성에서 개선된 점이 적지 않다. 특히 조이스가 더블린 사람들과 아일랜드 사람들을 한마디로 요약하여 표현한 말인 "the gratefully oppressed"(30면)를 "눌려 살면서도 고마워하는 자들"(53면)로 정확하게 옮긴 것은 이 역본뿐이며, 「진흙」(Clay)에서 "that was no play"(80면) 역시 이 역본만 "이번 판은 무효였다"(139면)라고 정확히 옮겼다. 또한 『더블린 사람들』은 표면적인 명료함에도 불구하고 상당한 배경지식을 요구하는 작품이다. 따라서 충분한 역주가 없이는 제대로 작품을 이해하고 감상하기 어렵다. 이 역본은 이 점에서도 비교적 나은 편이다. 예컨대 「죽은 사람들」(The Dead)에서 아이보스 양이 거론한 "the University question"(148면)은 이 작품의 배경을 이루는 중요한 시사적 사안 중 하나이나, 여기에 대한 역주는 (조이스 전문가로 알려진 김종건 역본을 포함하여) 다른 본들에서는 찾아볼 수 없다. 김정환·성은애 역본은 "영국 신교도 대학의 교육에 맞서 아일랜드 가톨릭 대학교육을 확립하려는 당시의 논란을 말함"(253

면)이라고 적절한 역주를 달아준다. 제목에서도 "A Painful Case"를 「가슴아픈 사건」으로 옮긴 것은, 이 표현이 나오는 원문의 맥락(의례적인 표현으로 '심심한 유감' 따위와 함께 쓰이는 표현)에도 충실한 정확한 번역이다. 이전 번역본들의 「참혹한 사고」 「끔찍한 사건」이란 제목보다 나은 선택이다. (다만 "Eveline"은 "에벌린"으로 표기했고 원문도 "Everline"으로 병기되어 있는데, 사소하지만 작품명의 표기에서 오류가 일어난 경우다.)

가독성 차원에서도 앞서 말한 대로 이 역본이 우월하다. 몇개의 예를 더 들면 「하숙집」(The Boarding House)에서 주인집 아들에 대해 "reputation of being a hard case"(46면)라고 한 표현을 "구제불능이라는 평판"(81면)으로 옮긴 것이나, 주인집 딸이 노래하는 대중가요의 선정적인 가사 "I'm a … naughtly girl./You needn't sham:/You know I am"(47면)을 "나는야 … 막가는 여자/점잔 뺄 것 없어,/자기도 알면서"(82면)라고 옮긴 것에서도 일단 "naughty girl"의 성적인 의미를 잘 살렸고 "sham"도 자연스럽게 옮긴 점이 일품이다.

그러나 이 번역본에도 개선의 여지가 없지 않다. 조이스는 『더블린 사람들』에서 서술자가 직접 개입하여 세세한 설명을 하는 대신 특정인물의 시각과 언어, 수준에 맞춰 서술을 진행하는 초점화된 서술(focalized narration, 「진흙」이 대표적인 예임), 그리고 대화를 간접화법으로 처리하며 3인칭 서술의 일부로 만드는 경우(「어떤 어머니」), 주인공의 의식을 따라가며 서술하되 그것을 3인칭으로 처리하는 자유간접화법(free indirect discourse, 「에블린」 경우) 등을 지속적으로 활용한다. 이 모든 것을 '아무개가 …했다'로만 옮길 때 조이스의 정교한 산문예술의 향취가 제대로 전달되지 못한다. 그런데 이 역본은 언제나 그런 것은 아니지만 많은 경우 이 다양한 문체를 모두 동일한 일반적인 3인칭 서술로 처리하는 경향이 있다. 물론 이런 '화법'이나 '서사'는 우리말에는 없는 표현법이므로 어떻게 옮기는가는 역자의 재량에 달린 문제이

420

다. 그러나 어떻게 처리하든 일반 3인칭 서술과의 차이를 드러내주는 방식을 모색할 필요가 있다. 이것이 이 역본만의 문제점은 아니나 경우에 따라서는 이전 번역본들의 시도에 비해서도 퇴보한 면이 있다. 각 화법 내지 서사의 경우를 살펴보자.

초점화된 서술의 경우 「진흙」이나 「에블린」은 3인칭 서술이지만 모든 것이 주인공의 제한된 시각과 생각, 싯점에서 서술되고 있고 언어도 거기에 맞춰져 있다. 따라서 번역하기도 쉬워 보이나 사실은 좀더 과감히 각 인물의 교육수준과 한계에 대응하는 우리말로 옮기는 '문체의 번역'이 요구된다. 원문에서 명백히 이러한 초점화가 드러나는 대목, 예컨대 "But wasn't Maria glad when the women had finished their tea … clear away the tea-things!"(77면) 같은 문장도 "그렇지만 여자들이 … 때 머라이어는 얼마나 기뻤던가!"(134면)라고 옮기는 대신 '머라이어는'이란 말을 빼버리면 오히려 이것이 머라이어 본인의 생각과 언어에 초점화된 효과를 낼 수 있는 법이다. 번역문처럼 '머라이어는'이라고 표기하면 오히려 서술자와 머라이어 사이의 초점 일치가 깨진다. 주인공이 '신사'에 대해 호감을 느끼며 당황해하는 대목도 "그녀는 그에게 … 그도 그녀에게 …했다"(136면) 식으로 옮길 때 원문의 수사적 효과는 사라져버린다. 오히려 "그"를 '그분'으로 바꾸고 "그녀"는 다 빼면 '초점화'의 효과를 낼 수 있을 것이다. 이러한 수사적 효과가 작품 의미의 핵심을 이룬다는 점에서 이것은 소설 번역, 적어도 조이스 번역에서는 중요한 문제이다.

자유간접화법이 명백히 드러난 대목인 「에블린」에서 주인공이 집을 떠날까 망설이는 대목에서 김정환·성은애 역본의 번역전략은 다음과 같다. 예컨대 "아버지는 그녀가 없으면 아쉬울 것이다. 어떤 때는 아버지는 제법 다정하기도 했다. 근래에는 그녀가 하루 종일 앓아누워 있을 때 그는 유령 이야기를 읽어주고 난로에다 토스트를 구워주지 않았던가"(49면)에서는 "구워주지 않았던가"로 하여 3인칭 서술의 "…했다"의 거리감을 줄이고 있다. 그러나 "아버지는" "그녀는" "그는"이 원문에 없는 거리를 만들고 있다. 인용부호 없이 때론 과감히 인칭대명사를 바꿔서 '내가 없으면 아버지가 아쉬워하시겠지. 참 다정하신 분이기도 한데, 때로는 …' 식으로 옮겨야 원문의 느낌이 제대로 전달될 것이다. 물론 서사의 특징을 살리려는 노력이 돋보이는 대목도 있다. 가령 주인공의 생각이 더 진행되다가 급기야 도주할 결심을 하는 대목을 보자.

> She stood up in a sudden impulse of terror. Escape! She must escape! Frank would save her. He would give her life, perhaps love, too. But she wanted to live. Why should she be unhappy? She had a right to happiness. Frank would take her in his arms, fold her in his arms. He would save her. (28면)

그녀는 갑작스런 공포에 이끌려 벌떡 일어났다. 도망치자! 도망쳐야 해! 프랭크가 그녀를 구원해줄 것이다. 그가 그녀에게 삶을 줄 것이다. 아마 사랑도. 참으로 그녀는 살고 싶었다. 왜 그녀가 불행해야 하나? 그녀는 행복할 권리가 있다. 프랭크가 그녀를 두 팔로 껴안고, 꼬옥 감싸줄 것이다. 그가 그녀를 구원해줄 것이다. (50면)

여기에서 첫 문장은 객관적 3인칭 서술이나 두번째는 명백히 자유간접화법으로, 이처럼 느낌표가 붙은 문장은 거리를 없애는 번역전략을 취한다. 그러다가 3인칭 서술자와 주인공이 일치된 자유간접화법으로 일관하는 이후 문장들의 경우 시제만 현재로 처리하고 인칭은 3인칭으로 처리하는 선택을 하고 있다. 이 점에서 김정환·성은애 역본은 나름의 세심한 배려를 한 셈이다. 물론 여기서도 아예 인용부호 없이 인칭대명사도 '그녀'를 '나'로 바꾸어 처리하여 거리를 좀더 줄이는 방안도 생각해볼 수 있겠다.

　그밖에도 소소한 오역이 눈에 띄는데, 그중 일부는 다음과 같다.

① 「자매들」. "『프리맨스 제너럴 지』"(17면)에 대해서는 고인의 여동생들의 낮은 교육수준을 엿보게 하는 단서로 "Freeman's Journal"을 잘못 발음한 것임을 역주로 밝혀야 한다. "그는 항상 너무 세심한 게 탈"(18면)이라는 말은 여동생이 오빠를 "그"로 부르는 꼴이 되어 부자연스럽다.

② 「두 건달」. "너 날 이겨보겠다는 거야 뭐?"(71면)에서 "이겨보겠다"의 원문은 "get inside me"(40면)로 '이겨보는' 것이 아니라 '속인다'는 뜻이다.

③ 「상대역들」. "남루한 차림의 소년들이 저녁판 신문 이름을 외치며 이리저리 뛰어다녔다"(122~23면)에서 "저녁판 신문"의 원문은 "evening editions"(71면)로 '석간신문'을 뜻한다. 오역이라고 할 수는 없으나 어색한 표현이다.

④ 「가슴아픈 사건」. "그들은 결혼한 지 22년째였고 행복하게 살았는데 2년 전부터는 그의 아내가 좀 과하게 술을 마시는 버릇이 생겼다고 했다"(152면)는 문장은 다른 번역본들과 마찬가지로 과거완료시제를 정확히 옮기지 않고 있다. 원문은 "had lived happily until about two years ago when"(87~88면)으로, '2년 전까지만 행복했고 그 다음부터는 문제가 있었다'는 원문을 단순히 'lived happily … and about two years ago'로 잘못 옮겼다.

젊은 예술가의 초상

제임스 조이스 James Joyce

*A Portrait
of the Artist as a Young Man*

출간현황　현재까지 확인된 번역본은 역자는 총 13명이며, 같은 역자가 다른 출판사에서 출판한 것을 다른 판본으로 계산하고 같은 출판사의 재판을 개정본으로 본다면 총 판본은 30개에 이른다. 입수한 판본 22권 가운데 출판사는 다르나 내용이 같고, 또 같은 출판사의 재판일 경우도 같은 내용인 경우가 9권이다. 따라서 검토본은 13종이다. 그중에서 최종적으로 집중검토대상으로 삼은 것은 역자 10명의 판본 10종이다.

이 작품의 국내 최초의 번역본은 1959년 동아출판사에서 출간된 여석기 역 『젊은 예술가의 초상』이다. 그후 이 작품은 지속적으로 번역되었으며 가장 최근에 나온 번역본은 2002년 민음사에서 나온 이상옥 역본이다. 그러나 이 번역은 1976년 박영사에서 출간되었던 것을 바탕으로 개고(改稿)한 것이기 때문에 실질적으로 가장 최근의 번역본은 1997년 문학과지성사에서 나온 홍덕선 역본이라고 할 수 있다.

 **평가개요**   검토의 기준으로 삼은 원전은 James Joyce, *A Portrait of the Artist as a Young Man* (Penguin Books, The Viking Critical Library 1977)이다.* 번역본들 중에서 원전을 밝힌 것이 없었기 때문에 국내외 조이스 학계에서 신뢰하는 이 텍스트를 원전으로 삼았다.

『젊은 예술가의 초상』의 번역사는 국내 대학의 영문학 강의 역사만큼 길고, 그동안 한국 영문학 연구의 초석을 다지는 데 큰 공헌을 한 교수들이 이 작품의 번역에 참여했다. 1959년에 여석기의 첫 번역이 나온

---

* 집중검토한 대목은 우선 번역상 난해한 부분과 작품의 주제를 표현하는 데 핵심적인 대목으로 여겨지는 부분, 그리고 조이스의 특징을 두드러지게 구현하고 있거나 특별히 문학적 상상력이 요구되는 부분을 택했다. 『젊은 예술가의 초상』은 모두 5장으로 구성되어 있고 총 247면이며 그중 약 31면을 집중적으로 검토했다. 그러나 집중검토 전에 번역자의 특징적인 어조를 감지하기 위하여 전체를 모두 읽은 후에 다시 검토부분을 재독했다. 집중검토한 부분은 다음과 같다. 1장 7~8, 18~19, 27~36면, 2장 95~96면, 4장 168~69면, 5장 174~78, 180~81면, 184~89면.

후 2002년 이상옥 번역에 이르기까지 부단히 번역작업이 이루어져왔으니 이 작품의 번역사는 국내의 영문학 연구의 역사와 보조를 같이한 셈이다. 따라서 시대별로 각 시대에서 즐겨 사용했던 용어나 표기법 등 한국어의 변천사를 관망하는 느낌도 들었다. 인쇄상태도 세로쓰기에서 가로쓰기로의 변화, 글자의 크기, 각 면의 활자 배치 모양 등 출판사의 조판형태 변화도 볼 수 있다. 집중검토한 번역서 10권은 빈도의 차이는 있지만 모두 부정확과 부적절 또는 부적합한 사례가 있었다. 하지만 내용전달에서 문제가 될 만큼 심각한 것은 아니었고 또 실수로 보이는 것 외에 원문의 내용을 상당부분 삭제하거나 심히 왜곡하는 난잡한 양상을 보이는 사례는 없었다.

번역에서 역자의 개성적인 어조는 작품내용을 전달하는 데에는 문제가 되지 않았으나 작품의 분위기나 전체적인 인상에 대해서는 불가피하게 영향을 미치고 있다고 보인다. 검토과정에서 대상작품에서 느껴지는 문학성을 우리말로 옮겼을 때 얼마나 실감나게 살려냈는지를 주의깊게 보려고 했다. 또 역서가 전달하는 전체적인 느낌이 역자의 어떠한 번역방식으로 인해 생겨난 것인지를 헤아려보고자 했다. 다시 말해서 『젊은 예술가의 초상』의 경우 역서로서 기본적으로 갖추어야 할 정확성과 가독성 외에 각 역자가 지닌 개성적인 어조가 원작의 문학적 특질을 얼마나 살려내고 있는지를 보고자 했다. 그러나 번역의 수준을 가늠하는 데 무엇보다도 중요한 관건은 작품에 대한 심층적 이해와 우리말에 대한 폭넓은 표현력이라고 생각되기 때문에 이 두가지를 판정방법의 초석으로 삼았다.

그밖에 조이스의 경우에는 언어구사에서 말장난, 리듬을 통한 청각적 효과, 시적인 이미지, 수시로 급변하는 어조를 재현해내는 유연성이 요구된다. 그리고 또하나 꼭 갖추어야 할 사항은 자세한 각주이다. 특히 『젊은 예술가의 초상』은 자서전적인 소설로 작가는 실존인물과 역사적 사건, 실제 장소를 작품에 그대로 사용하여 이들에 대한 어느정도의 지

426

식 없이는 작품의 함의를 파악할 수 없기 때문이다. 이에 따라 역서의 최종적인 등급을 판단하기 위해 고려한 사항은 이런 사항만이 아니라 오류의 빈도, 우리말 구사력, 작가와 대상텍스트에 대한 깊은 이해, 필요한 경우 전문용어의 사용 등도 포함된다. 아울러 각 역자의 특징적 서술에 대해서도 살펴보고자 했으며 이 점에 대해서는 개별 분석에서 언급했다. 역자의 특징을 보여주는 예문이라면 집중검토부분 외에도 인용했다.

『젊은 예술가의 초상』의 국내 첫 역서는 1959년 동아출판사에서 출간된 여석기의 번역인데 이 역서는 입수하지 못했고 70년대에 나온 재판본을 검토대상으로 삼았다. 이 번역본의 제일 아쉬운 점은 고어투의 우리말 사용이야 시대적인 한계에서 기인한다 하더라도 거친 어투와 엄선되지 못한 어휘가 작품 이해에 심각한 걸림돌로 작용한다는 것이다. 두번째 번역은 1960년 을유문화사에서 출간된 박시인의 번역인데 1983년에 개정판이 나왔지만 이 역서도 상당한 구식 용어와 어색한 표현 때문에 신뢰하기 힘들다. 그후 출간된 나영균과 이상옥의 번역에 이르면 상당한 정도의 현대어 구사로 바뀐다. 특히 2002년에 출간된 이상옥 역본의 개정판은 현대어 사용뿐만 아니라 자연스러운 우리말 구사가 무척 뛰어나다. 어휘 선택과 문장 하나하나에 고심하며 정성을 다했음을 느낄 수 있다. 아울러 원전에 대해 철저하게 연구한 자취를 볼 수 있다. 또한 예외적으로 자상하고 친절한 각주를 제시하고 있어 독자들에게 큰 도움이 된다. 나영균 역본에서는 여성적인 고아한 언어를 읽을 수 있다. 아울러 비교적 단순하고 쉬운 언어를 사용하여 독자들이 편안한 마음으로 조이스를 대할 수 있게 하는 번역서라고 생각된다. 김종건 역본은 각주를 통해 작품을 이해하는 데 필요한 사안들을 자세하게 설명했고 사진을 여러장 본문에 넣었는데,『젊은 예술가의 초상』의 경우 워낙 실제의 장소를 작품에 도입한 만큼 이는 작품을 이해하는 데 유용한 참고자료라고 할 수 있겠다. 홍덕선 역본은 언어구사에서 제일 현대적이고 무엇보다도 역서 전체에 흐르는 경쾌하고 발랄하며 힘있는 어조는 원문의 대목에 따라 작품 분위기를 연출해내는 데 도움이 된다. 아울러 각주가 상세하게 달려 있다.

추천본 1

이상옥 역 『젊은 예술가의 초상』,* ★★★

이상옥 역본의 특징은 탁월하다 할 만큼 자연스러운 우리말 구사와 정교하고 세심한 각주에 있다. 역자는 번역과정에서 무엇보다도 우리말 표현에 각별한 정성을 기울이고 있는 것으로 보인다. 원문에 대해 사소하게 보이는 부분까지도 소홀히 다루는 법이 없이 정확한 의미를 알아낼 때까지 연구한 흔적을 볼 수 있다. 이 역본의 각주는 낯선 어휘 풀이에 그치지 않고 마치 강의하듯이 독자들이 어려워할 대목에 대해서도 자세하게 설명하여 원문을 이해하는 데 상당한 도움이 된다.

무엇보다도 이 역본은 원문에 대한 성실한 연구와 우리말에 대한 세심한 배려의 산물이다. 번역과정에서 가장 범하기 쉬운 오류인 직역 어투에 대해 특별한 경계심을 갖고 영문에서 국문으로 전환할 때 가장 큰 문제인 문장의 어순, 그리고 친숙하게 들리는 우리말 표현에 각별한 공을 들인 것으로 보인다. 아울러 조이스의 언어유희와 같은 서술에 대해서도 어떤 식으로든 그 나름의 방안을 세워 이를 살려내려 했다. 이상옥

---

* 민음사(2001, 2002) 박영사(1976). 이상옥의 세 역본은 두 출판사에서 출간되었다. 1976년에 첫 역서가 박영사에서 '박영문고 씨리즈'로 나왔고, 2001년 이 번역서의 개정판이 민음사에서 나왔다. 개정판은 첫 번역판을 상당부분 손질했는데 기본 내용은 그대로 유지하되 우리말 표현을 가다듬는 데 정성을 많이 기울였으며 거의 모든 면에 걸쳐 수정이 가해졌다. 수정은 각주에서도 이루어졌는데 여러 각주가 첨가되었다. 용어나 영문의 고유명사 표기도 현대식으로 고쳤다. 마지막으로 개정판에서는 작가연보가 첨가되었다. 검토대상본은 2002년 민음사에서 출간된 것이다.

역본의 특징을 크게 두가지로 요약하면 자연스러운 우리말 구사와 본문 이해를 돕기 위한 각주를 들 수 있다. 이 두가지에 대해 예문을 통해 구체적으로 살펴보고 이어서 다른 사안들에 대하여 생각해보기로 한다.

이 역서가 지닌 우리말 구사의 자연스러움은 무엇보다도 문장의 어순이 완전히 우리말의 어순으로 바뀐 점에서 기인한다. 그리고 필요한 경우에는 긴 문장을 중간에 끊어서 새로운 문장으로 만들어 번역했으며, 군더더기 말은 모두 제거하여 문장을 깔끔하게 다듬었다. 문장 어순을 우리말 어순으로 번역한 예를 들어보자.

> It was queer that he would always be a brother. It was queer too that you could not call him sir because he was a brother and had a different kind of look. Was he not holy enough **or** why could he not catch up on the others? (23면)

그가 늘 수사 신분을 면치 못한다는 것은 이상한 일이었다. 그가 수사이고 또 표정이 좀 다르다고 해서 그에게 존대말을 쓰지 않는다는 것도 이상했다. 그가 아직 종교적으로 수련이 덜 되었기 때문일까? **그러지 않고야** 어찌하여 그는 다른 사람들과 지위가 같아질 수 없단 말인가? (36면)

다른 역본의 번역을 비교해보자.

언제까지나 수사 그대로 있는 것도 이상하다(평신도의 수도사). 수사인데도 얼굴 모습이 이상하다 해서 다들 존대말을 쓰지 않는 것도 이상했다. 신심(信心)이 두텁지 못해서일까, **아니면** 다른 사람보다 못한 것이 무엇이기에 그럴까. (신현규 29면)

후자의 경우 내용전달에는 크게 문제가 없지만 전자의 예와 비교할 때 우리말 표현이 매끄럽지 못하다. 특히 원문의 "or"에 대한 번역에서 전자의 경우 문맥을 정확하게 이해하고 이를 자연스럽게 우리말로 구사한 점이 돋보인다.

일반적으로 역자의 각주는 생소한 어휘나 용어에 대한 설명으로 일관하는데 이 역본의 경우는 좀 색다르다. 그것은 본 내용에 대한 설명을 각주에서 하고 있는 점이다. 한 예로 주인공은 아버지의 직업을 묻는 친구의 물음에 그저 "젠틀맨"이라고 대답한다. 중산층의 생활은 유지했지만 그의 아버지는 사회적으로 명망있는 직업을 갖지 못했고 그마저 자주 바꾸는 바람에 직업이 불확실했기 때문이다. 그러나 몇 면 지나서 사전에 아무런 설명도 없이 "아버지는 이제 원수(元帥)였다. 치안판사보다도 높았다"(33면)라는 문장이 갑자기 나온다. 모더니스트 소설에서는 흔히 있을 수 있는 경우로 이러한 기법에 익숙한 독자라면 이것은 의식의 흐름 기법에서 나온 말이라는 것을 알아채겠지만, 그렇지 않을 경우에는 불쑥 튀어나온 이 말은 독자를 혼란스럽게 한다. 이 번역에서는 앞서 먼저 나왔던 "젠틀맨"에 대해서도 각주에서 이미 당시의 한 사회계층으로 이를 설명했고, 이어서 주인공이 아버지를 "원수"라고 일컬은 까닭을 "스티븐의 의식 속에서, 징세관 사무실의 직원이었던 부친 사이먼 디덜러스는 클롱고우스 우드의 성주였던 브라운 원수와 혼동되고 있는 듯하다"(33면)라고 각주를 달아 설명한다. 이 설명으로 독자는 "원수"라는 용어가 나오는 대목을 전후하여 예기치 않게 갑자기 바뀌고 있는 장면들에 대해서도 또한 쉽게 이해할 수 있다.

『젊은 예술가의 초상』의 다른 번역서들의 각주에서는 설명하는 용어들이 대체로 일정하고 그 풀이 또한 비슷한 데 비해, 이 역본에서는 작품 이해를 위해 부연설명을 하고 있는 점이 색다르다. 몇개의 예를 들어보자.

"더욱이 푸딩 주변으로는 시퍼런 불이 흘러내릴 것이며"(47면)라는 대목도 그들의 음식을 모르는 국내의 독자라면 좀 어리둥절할 텐데 이

430

역서에서는 이 대목에 대해 "플럼 푸딩은 먹기 직전에 독한 브랜디를 부어 불을 붙임으로써 그 향미를 돋우는 풍습이 있다"(47면)라는 설명을 각주에 넣었다.

원문에서 언급된 무게의 단위 "stone of coal"(67면)을 "6킬로그램 남짓한 석탄"으로 번역했고 이에 대해 각주에서 "이렇게 소량으로 석탄을 산다는 것은 이 집이 가난하다는 것을 암시한다"(106면)라고 설명했다. "스톤"이나 "파운드"처럼 우리에게 생소한 무게 단위에 대해서도 이를 킬로그램으로 바꾸어 명기함으로써 쉽게 이해하도록 했고 무엇보다도 작가가 이 대목에서 암시하고자 하는 바가 무엇인지를 각주에서 설명한 점이 친절하게 보인다.

또하나의 예는 작품의 마지막 장인 5장의 시작에서 찾아볼 수 있다.

> He drained his third cup of watery tea to the dregs and set to chewing the crusts of fried bread that were scattered near him, staring into the dark pool of the jar. The **yellow dripping** had been scooped out like a boghole and the pool under it brought back to his memory … (174면)

본문에서는 앞의 강조한 어휘를 "누런 기름덩이"(269면)로 번역했으며, 이에 대해 각주에서 "여기서 기름덩어리는 고기를 구울 때 떨어지는 기름 방울을 모아서 굳힌 것. 버터 대신에 빵에 바르는 것이므로 가난한 살림을 암시한다"(269면)라고 밝히고 있다. 정확하게 짚어준 각주와 본문 번역으로 이 문장뿐 아니라 그 다음에 이어지는 문장에서 "greasy fingers" (174면), 즉 "기름 묻은 손가락"(269면)이 왜 나왔는지 이해할 수 있게 한다. 당시 아일랜드인들의 음식문화를 알 수 없어 여러 번역이 "yellow dripping"을 홍찻물로 잘못 번역하거나 애매모호하게 처리하여 전후 문장의 내용들이 서로 들어맞지 않았다. 작가가 작품의 마지막장을 왜 이러한 내용으로 시작했는지 암시하는 바를 고려할 때 이 대목에 대한 정확한 번역은 작품을 이해하는 데 대단히 중요하다. 어려운 집안 형편을 이런 방식으로 나타냄으로써 대학 졸업을 눈앞에 둔 장남인 주인공에게 가해지는 생활의 압박감을 나타내는 대목이기 때문이다.

이처럼 번역과 각주가 똑같이 잘되어 있는 또하나의 예는 5장에 인용된 『카슬린 백작 부인』(Countess Cathleen)이라는 예이츠 시극에 대한 각주의 설명이다. 본문에서 이 시 구절을 우리말로 번역하여 전후 문장들의 흐름과 의미에 잘 맞춰져 있어 작가가 이 시를 여기에서 인용한 이유를 알 수 있다. 그러나 각주에서 이 구절이 "백작 부인이 백성들을 기근에서 구하기 위해 자기 영혼을 악마에게 판 후 임종의 자리에서 유모 우나와 시인 친구 알리일을 상대로 고별인사를 하는 것"(347면)이라고 밝혀줌으로써 이 상황은 모국을 떠나려 하는 주인공의 의지와 그의 앞날에 대한 예시도 될 수 있다는 것을 독자는 감지할 수 있게 된다. 아울러 예이츠를 비롯한 켈트 문예부흥작가들의 목표에 대해서도 주인공이 일정한 거리를 두고 있는 것도 알 수 있다.

꼭 필요한 역자의 각주를 하나 더 예로 들어보자. 애비 극장에서 『카슬린 백작 부인』이 초연되던 날 이 극에 대해 학생들이 야유를 보내는데 그중 "독일제다!"(348면)라는 말이 왜 야유가 되는지 독자들은 알 길이 없다. 이에 대해서 각주에서 "어네스트 윌리엄의 책 『독일제』에 대해 언급한다. 이 책에서 저자는 독일 산업이 영국에 미치는 충격적 영향을 경고하면서 독일제 상품은 변변치 않다는 주장을 펴고 있다"(348면)고 설명한다. 이러한 시대적 상황을 현재의 독자들은 전혀 알 도리가 없는데 이 언급이 영국인의 저서에서 발췌된 것이라는 것을 알게 되면 이 야유를 작가가 일종의 아이러니로 쓰고 있음을 알 수 있다. 왜냐하면 당시 영국 식민지 상태에서 애국적이며 민족주의 성향을 지닌 아일랜드 대학생이 당시 산업국으로 부상하는 독일에 대해 경계심을 가졌던 영국인의 발언을 그대로 되풀이하여 말하고 있기 때문이다.

조이스의 언어유희에 대해서도 본문에서는 영문을 국문과 혼용하여 이를 독자들에게 알리고 있으며 또 한편으로 각주에서 설명함으로써 어떤 방법으로든 그 나름의 방식을 강구하여 영어 음(音)의 운율을 그냥 지나치지는 않았다. 예를 들면 5장에서 주인공이 빌라넬 형식의 시(335면)를 암송하면서 음율에 대해 음미하는 대목을 역자는 자세하게 성의껏 설명하고 있다. 그런가 하면 작품에 나오는 "Thoth"(225면, 학문과 마법의 조신)라는 단어에 대해 주인공이 동음이의어로서 또하나의 다른 의미를 생각하는 장면(346면)이 나오는데 역자는 이러한 동음이의어의 의미 유추에 대해 각주에서 상세하게 설명하고 있다. 이것은 언어의 음에 특히 민감하고, 음이 주도하고 의미가 뒤따르는 조이스의 글쓰기 특징을 알려주는 것으로 꼭 필요한 설명이라고 생각한다.

전반적으로 뛰어난 이상옥 역본도 오류가 아예 없는 것은 아니다. 극소수이기는 하지만 생소한 어휘를 사용하거나 번역이 부정확한 곳도 발견된다. 한 예로 5장 첫 문단의 "he took up idly one after another in his greasy fingers **the blue and white dockets**, scrawled and **sanded** and creased"(174면)에서 강조한 어구를 "청색과 흰색으로 인쇄된 물표"로, 그리고 "sanded"를 "모래색"(269면)으로 번역했는데 이것은 각각 '푸르고 하얀 전당포 쪽지'와 '모래가 묻은'(아마도 모래가 박힌 글자 수정도구를 사용한 흔적으로 인해)으로 번역하는 편이 정확할 것이라고 생각한다.

이상옥 역본은 앞서 지적했듯이 텍스트 원문에 대해 꼼꼼하고 성실한 연구를 바탕으로 하고 있고 또한 자연스러운 우리말 구사에 각별한 주의를 기울였다. 무엇보다도 독자들에게는 번역어의 생경함을 순치하여 누가 읽어도 쉽고 친근감이 들게 했다. 조이스의 서술기법의 특징을 되살리는 데에도 나름의 방안을 모색하여 어떠한 방식으로든 이를 표현해냈다. 번역을 하려는 사람이라면 귀감으로 삼을 만한 역서이다.

추천본 2

김종건 역 『젊은 예술가의 초상』* ★★☆

　　김종건 역본의 특징은 작가에 대한 역자의 오랜 연구를 바탕으로 하여 작가의 문학적 특질을 알고 있고 또한 많은 자료에 입각하여 번역이 되었으므로 내용의 정확성에 신뢰가 가며 무엇보다도 학구적이라는 점이다. 『젊은 예술가의 초상』이란 작품 자체가 워낙 자서전적인 소설인데다 조이스의 경우는 특히 자신의 작품 안에 실존인물과 역사적 사건, 실제의 건물·거리 이름들을 촘촘히 새겨놓고 있는데 역자는 거의 모든 지명을 다 설명하고 있다. 역자는 현지를 답사하면서 찍은 사진들을 역서의 곳곳에 넣었는데, 평소 지도에 관심이 많았던 작가가 철저하게 실재에 입각해서 글을 썼고 또한 어떠한 의도를 가지고 넣은 지명들이기 때문에 지리에 대한 세심한 설명이 역서의 큰 강점이 될 수도 있겠다. 아울러 작가의 문학적 특질을 고려하여 조이스의 언어유희 같은 서술의 특징을 간과하지 않고 어떤 방식으로든 살려내려고 고심한 것을 볼 수 있다. 정확성에서 대체로 신뢰할 수 있으며 가독성에서는 내용전달에는 문제가 되지 않지만 이따금씩 나타나는 직역체의 번역 등으로 부자연스러운 경우가 있다.

　　앞에서 말했듯이 김종건 역본의 특징은 역사적 사건이나 실제 지명, 실존인물에 대한 성실한 자료를 각주를 통해서 제공하고 있다는 점이다. 클론고우즈 우드 칼리지의 당시의 학제라든지 고성이었던 이 학교 건물의 성주에 대한 설명이 소상하게 나와 있다. 또한 작품에서 작가의 전기적 요인들이 곳곳에 나오는데 각주를 통해 이들에 대해 자세히 설

---

*고려대학교출판부(1997) 한림출판사(1981) 학원사(1982) 범우사(1999). 김종건 역본은 1981년에 첫 역서가 출간된 후 1999년에 최종본이 나왔으며 전부 역본 6종이 출판사 네곳에서 출간되었다. 검토본은 고려대학교출판부에서 나온 1997년본이다. 검토본은 초기의 역본에 약간의 수정을 했지만 전체적 내용의 흐름에서 변화는 없는 것으로 보인다.

명하고 있다. 가령 1장에서 크리스마스 만찬중에 벌어지는 격론은 종교
와 정치 문제가 결부된 당시의 아일랜드 상황을 그대로 재현하면서 작
품의 주제를 드러내는 중요한 대목인데, 논쟁을 벌이는 인물들의 대화
내용을 이해하는 데 필요한 당시의 정치적 사건과 상황 설명이 각주에
나와 있다. 그러나 드물지만 오류가 나타나기도 하여 47번 각주에서는
본문의 "빠리 재단"(The Paris Funds)이라는 단어에 대해 "미국에서 쫓
겨난 소작농들을 돕기 위해 본국에서 모금한 자금"(45면)이라고 밝혔는
데 사실 이것은 '미국으로 이민한 아일랜드인들이 모국의 소작인들을
도우려는 목적으로 모금하여 빠리의 은행에 예치한 자금'이다.

　또한 조이스의 다양한 서술체를 배려해가며 이에 보조를 맞추어 번
역하려는 시도 역시 이 번역본의 강점이다. 가령 다분히 문학적인 이미
지를 요하는 시적인 문장이나 언어의 리듬을 통한 음악적인 언어, 다
시 말해 언어를 통해서 시각적·청각적 미학을 창출하려는 작가의 발상
을 감지하고 이것에 호응하여 번역하고자 하는 노력을 볼 수 있다. 예를
들어보자.

> A veiled sunlight lit up faintly the grey sheet of water where the river was embayed. In the distance along the course of the slowflowing Liffey slender masts flecked the sky and, more distant still, the dim fabric of the city lay prone in haze. Like a scene on some vague arras, old as man's weariness, the image of the seventh city of christendom was visible to him across the timeless air, no older nor more weary nor less patient of subjection than in the days of the thingmote.

　베일에 가려진 듯한 한 줄기 햇빛이 강과 만이 서로 어울리는 곳의 수면
을 아련히 비춰주었다. 저 멀리 유유히 흐르는 리피강의 흐름을 따라 가느

다란 돛대들이 하늘에 반점을 이루고, 한층 더 먼 곳에서는, 시(市)의 아련
한 건물들이 안개 속에 엎드려 있었다. 인간의 권태처럼 오래된, 어떤 막연
한 아라스천 위에 펼쳐진 한 장면처럼, 기독교국의 제7도시(第七都市)의 이
미지가 무궁한 천공을 가로질러 그에게 모습을 드러냈으니, 그것은 북구인
들의 식민시대에 있어서보다 더 낡지도 지치지도 않았으며 더구나 굴종을
덜 견디지도 않았다. (229~30면)

앞의 예문에서는 원문에 나타난 시각적 효과를 살리며 신비로운 이미지
를 아름답고 우아한 서술로 시작하여 영웅적이며 묵시론적인 서술로 바
꾸어가는데, 이것은 마치 하늘로 날아오르는 새의 비상과 같은 느낌을
주고 있다. 작품의 주제와 주인공이 에피퍼니(epiphany)를 느끼는 순간
을 상징적으로 구현한 장면으로 보이는 이 문장은 번역하기가 쉽지 않
다. 김종건은 이 대목을 자연스럽게 우리말로 표현해내며 무엇보다도
원문에서 느껴지는 분위기를 상당부분 실감나게 살려냈다고 보인다.
　비슷한 경우를 하나 더 살펴보자.

Her image had passed into his soul for ever and no word had broken the holy silence of his ecstasy. Her eyes had called him and his soul had leaped at the call. To live, to err, to fall, to triumph, to recreate life out of life! A wild angel had appeared to him, the angel of mortal youth and beauty, an envoy from the fair courts of life, to throw open before him in an instant of ecstasy the gates of all the ways of error and glory. On and on and on and on!

　그녀의 영상은 영원히 그의 영혼 속으로 빠져 들어갔고 어떠한 말도 그
의 황홀경의 성스러운 침묵을 깨지는 못했다. 그녀의 눈이 그를 불렀고 그
의 영혼이 그 부름에 뛰었다. 살도록, 과오를 범하도록, 타락하도록, 승리하

도록, 인생에서 인생을 다시 창조하도록! 한 야성적인 천사가 그에게 나타났던 것이니, 인간의 젊음과 아름다움을 지닌 천사, 생명의 아름다운 궁전(宮殿)으로부터 온 한 특사가, 한순간에 갖가지 과오와 영광의 문을 활짝 열기 위해, 그의 앞에 나타났던 것이다. 앞으로 앞으로 앞으로 앞으로! (237면)

이 예문도 앞의 문장처럼 신비하고 아름답게 느린 어감의 서술로 시작했다가 이내 힘차고 강렬한 비전을 제시하는 영웅적 서술로 급선회한다. 아다지오로 시작하여 스타카토로 끝나는 악장과 같다. 순전히 언어의 음을 통해 주인공의 비장한 심정과 전율을 전달하려는 작가의 의지를 충분히 감지하고 이를 그대로 전달하려는 점이 높이 평가된다. 학구적인 면에서 특히 작가와 작품에 대한 충실한 연구가 뒷받침된 역서라고 생각된다.

앞서 지적했듯이 이 역본은 성실한 연구서와 같은 번역이며 우리말 구사 역시 전체적인 내용전달에도 무리는 없는 편이나 표현이 부자연스럽게 느껴지는 문장들이 이따금씩 눈에 띈다. 이상옥 역본과 대비하여 한가지 예를 들어보자.

> Had he found the true church all of a sudden in winding up to the end like a reel of cotton some finespun line of reasoning upon insufflation or the imposition of hands or the procession of the Holy Ghost? (189면)

그는 목화(木花)의 실패를 감듯 참된 교회를 호흡 흡입식(吸入式)이나 안수례(按手禮) 또는 성령의 행렬 기도에 대한 **이성의 어떤 곱게 짠 실줄을 최후까지 감는 속에서** 갑자기 발견했던가? (김종건 263면)

그는 정신적인 삶의 고취, 안수례, 성령의 발현 등에 대한 이치를 따지는 고운 실마리를 무명실감개를 감듯이 끝까지 감다가 문득 진정한 교회가 어떤 것인지 알아냈단 말인가? (이상옥 292면)

전자의 문장에서 "호흡 흡입식(吸入式)" 같은 한자어 표현도 지금의 독자들에게는 그 의미가 선뜻 머리에 떠오르지 않거니와 직역체로 번역된 강조 문구는 의미가 잘 헤아려지지 않는다.

다음의 예문도 이와 비슷한 문제를 안고 있는 것으로 보인다.

> Terror is the feeling which arrests the mind in the presence of whatsoever is grave and constant in human sufferings and unites it with the secret cause. (204면)

공포란 인간의 고통 속의 엄숙하고 한결같은 것은 무엇이든 그 면전에서 마음을 사로잡으며 그것과 비밀의 원인을 서로 결합시키는 감정이야.

(김종건 286면)

공포는 인간의 고통 속에서 볼 수 있는 엄숙하고 항구적인 것 앞에서 우리의 마음을 붙잡아 그 고통의 은밀한 원인과 결부시키는 감정이고

(이상옥 315면)

여기서 앞의 예에서 보는 직역체의 번역은 영어식의 한국어가 되어버린 경우이다. 또한 "His soul was all dewy wet"(217면)이란 문장을 이상옥은 "그의 영혼은 온통 이슬에 젖은 듯했다"(333면)라고 번역한 데 비해 김종건은 "그의 영혼은 온통 이슬처럼 흠뻑 젖어 있었다"(304면)라고 번역하여 우리말 표현이 자연스럽지 못하다.

부적절한 번역도 보인다. 가령 "미사복 차림"(36면)이란 표현은 다소 부주의한 번역이다. 여기서 주인공은 크리스마스 날 아침 미사에 참석

하기 위해 교복을 차려 입고 어머니와 함께 계단을 내려오고 있었으므로 '미사에 참석하기 위해 옷을 차려 입고'가 적절하겠다. "미사복"은 신부나 복사의 예복을 떠올리기 때문이다.

부정확한 번역도 있다. 5장의 첫 문단에 나오는 어구 "yellow dripping"을 "누르스름한 국물"(239면)로 옮겼는데 이것은 빵에 발라먹는 '기름'이다. 역자가 이 점은 잘못 알고 있는 듯하다. 그밖에 부정확한 번역을 초래하는 경우로는 편집과정에서 오자(5, 7, 76, 246, 318, 350면)와 탈자(302면), 혹은 문장이 한 줄 빠진 경우(20, 299면)가 있다.

또한 한자어 사용이나 구어투로 인해 내용전달에서 문제를 초래하지는 않지만 어조가 전체적으로 무거워 읽기에 다소 부담감이 든다.

추천본 3

홍덕선 역 『젊은 예술가의 초상』* ★★☆

홍덕선 역본에서는 완전히 현대식 언어가 자리를 잡아 이전 번역서들에서 보이는 구식 표현이나 표기, 한자어는 찾아볼 수 없다. 비교적 평이한 언어와 구어체 사용으로 읽기가 용이하다. 역자의 문체도 경쾌하면서도 간결하여 이 역본은 전체적으로 생동감있고 발랄한 힘이 느껴진다. 그러나 생기발랄한 어감과 분위기는 사색적이고 철학적인 깊이와는 다른 차원에 속하기 때문에 이 역본은 강점을 지니는 동시에 그 나름의 한계를 안고 있다고 보인다.

전체적으로는 정확하고 성실한 번역이며 이 역본에 이르러 비로소 한글세대의 역자로 세대교체가 이루어졌다는 생각이 든다. 각주에서도

---

* 문학과지성사(1997, 2002). 문학과지성사의 '외국문학선' 씨리즈의 한편으로 출간되었다. 초판은 1997년에 발간되었으며 2002년에 출간한 번역본을 검토했다.

필요한 자료를 성실하게 제공하여 작품을 이해하는 데 도움을 주고 있다. 그런데 이 번역에서 간혹 나타나는 부적절함의 주원인은 흔히 범하는 오류인 영어식 구문 사용, 특히 수동태형의 구문에 있다. 번역자가 이 문제를 특히 유념하여 수정·보완한다면 손색없는 번역이 될 것이라고 믿는다. 비록 사소한 오역이나 직역의 문제를 안고 있음에도 불구하고 현재의 젊은 대학생을 주요 독자층으로 삼는다면 홍덕선 역본은 표현방식과 언어 사용 면에서 다른 역서들에 비해 쉽고 편안하게 읽어나갈 수 있다는 점, 그리고 조이스 작품의 특징을 살려내려 했고 또한 상세한 정보를 제공함으로써 작품 이해에 도움이 되는 번역이라는 점에서 신뢰할 만하다.

홍덕선 역본은 대체로 간결한 구어체와 일상적인 표현을 사용하여 쉽고 자연스럽게 들린다. 이 번역서의 서술상 특징을 알아보기 위해 다음 예문을 다른 번역의 경우와 대조해보자.

His mind, **when wearied of its search for the essence of beauty** amid the spectral words of Aristotle or Aquinas, turned often for its pleasure to the dainty songs of the Elizabethans. His mind, in the vesture of a doubting monk, stood often in shadow under the windows of that age, to hear the grave and mocking music of the lutenists or the **frank** laughter of waistcoateers **until** a laugh too low, **a phrase**, tarnished by time, **of chambering and false honour**, stung his **monkish pride** and drove him on from his **lurkingplace**. (176면)

그의 마음이 아리스토텔레스와 아퀴나스의 유령 같은 말 사이에 스민 **미의 핵심을 탐색하다 지칠 때면** 자주 엘리자베스조의 우아한 시로 방향을 돌려 기쁨을 찾았다. 회의하는 수도사의 의상을 걸친 그의 마음은 자주 그 시대의 창문 밑 어둠 속에 서서 류트 연주자들의 엄숙하면서도 조롱기 어

린 음악이나 하급 창녀들의 **노골적인** 웃음을 들었고, **그러면** 천박한 웃음
과 세월에 때묻은 **음탕한 글귀와 거짓 명예를 내세우는 글귀**가 그의 **금욕
적인 긍지**를 찌르는 느낌을 주었고 그의 **숨은 장소**에서 그를 몰아내게 하
였다. (홍덕선 2권 58면)

　　그의 마음은 아리스토텔레스나 아퀴나스의 유령 같은 말들 사이에서
아름다움의 본질을 추구하다가 권태를 느끼면 이따금 엘리자베스조의 수
려한 노래에서 즐거움을 찾곤 했었다. 그의 마음은, 회의적인 수도사의 의
상을 걸친 채, 자주 당시의 창문 아래 그늘진 곳에 서서, 류트 연주자의 정
중하고도 조롱하는 듯한 음악이나 창녀들의 **솔직한** 웃음소리를 들었다, **그
리하여** 마침내 너무나 저속한 웃음, 시간에 때묻은, **방탕과 엉터리 명예의
글귀**가, 그의 **수도사다운 자존심**을 찌르고 그를 **은거소(隱居所)**에서 몰아내
는 것이었다. (김종건 242~43면)

두 번역의 예문에서 강조한 단어나 어구들은 서로 대조를 이루는 대목
들이다. 이 둘을 비교해보면 "미의 핵심을 탐색하다 지칠 때면"의 구절
이 후자에서는 "아름다움의 본질을 추구하다가 권태를 느끼면"으로 표
현된다. 전자가 후자에 비해 단순하며 쉽게 느껴지지만 후자가 더 깊이
있는 심상을 나타내는 듯하다. 전자의 "노골적인 웃음"이 후자에서는
"솔직한 웃음"으로 표현되었는데 전자가 후자보다 우리말 사용이 더 자
연스럽게 들린다. 접속사 사용에서는 전자의 "그러면"이 후자에서는
"그리하여"로 되었는데 후자의 특이한 이 접속사는 너무 고어체 같은
느낌을 준다. 그것은 후자의 "은거소(隱居所)" 같은 한자어 대신 전자는
"숨은 장소" 같은 일상적 구어체의 우리말 사용에서 그 원인을 찾아볼
수 있겠다. 또한 "수도사다운 자존심"보다는 "금욕적인 긍지"가, "음탕
한 글귀와 거짓 명예를 내세우는 글귀"보다는 "방탕과 엉터리 명예의
글귀"의 표현이 좀더 이해하기 쉽고 자연스럽게 들린다.

두 번역이 어감이 다른 표현을 구사하여 서로 다른 분위기를 자아냄에 따라 작품에 대한 독자의 이해도 달라지기 때문에 여기서 문제는 두 번역 중 어느 편이 더 우수한가보다는 서로 다른 번역이 작품을 어떻게 느끼게 하는가가 관건으로 생각된다. 두 번역은 각자의 강점과 한계를 지니고 있다. 전자는 후자에 비해 경쾌하며 읽기에 편하여 신선한 느낌도 들지만 대신 다소 가벼운 느낌도 피할 수 없다. 이에 비해 후자는 다소 무겁고 구식 표현, 한자어 사용 등으로 읽기에 불편하지만 문학적 깊이를 더 느낄 수 있다. 어쨌든 홍덕선 역본은 구식 표현이나 한자어 등을 배제하여 한글 번역이 완전히 정착되었다는 생각을 들게 하며 번역서 전체에서 감도는 생기발랄한 분위기로 작품이 젊어졌다는 느낌이 드는데, 이 점이 이 번역서가 『젊은 예술가의 초상』의 번역사에 공헌한 점이 아닐까 생각된다.

다른 번역서와 마찬가지로 부정확한 번역이나 부적절한 대목도 간혹 나타나는데 작품 이해에서 큰 지장을 초래할 정도는 아니다. 우리말은 대체로 자연스럽게 구사하고 있지만 부주의하거나 성급하게 번역한 느낌을 주는 대목도 있다. 직역체의 번역도 눈에 띄는데 영어구문의 방식인 수동태 문장을 쓴 경우가 주요 원인으로 보인다. 예를 들어보자.

> A soft whispering noise floated in vaporous cloudlets out of the box. It was the woman: soft whispering cloudlets, soft whispering vapour, whispering and vanishing. (142면)

가냘픈 속삭임이 고해실에서 수증기가 모인 작은 구름 속에 떠다녔다. 그것은 여자였다. 가냘프게 속삭이는 작은 구름, 부드럽게 속삭이는 수증기, 속삭이며 사라지고 있었다. (홍덕선 1권 247면)

조용히 속삭이는 소리가 수증기 구름 조각처럼 고해소 밖으로 떠돌아

나오고 있었다. 여인의 목소리였다. 조용히 속삭이는 구름 조각, 조용히 속삭이는 수중기가 속삭이다 사라졌다. (이상옥 220면)

원문의 은유적인 표현을 직역하다보니 의미가 연결이 잘 안된다. 후자의 경우처럼 독자가 이해하기 쉽도록 원문을 소화하여 번역하는 것도 필요하겠다.

간단한 예를 다시 하나 들어보면 "He had no temptations to sin mortally"(151면)를 "그는 치명적으로 죄를 지을 유혹을 갖지 않았다"(2권 16면)라고 옮겼는데 '유혹을 느끼지 않았다'가 적절한 표현일 것이다.

아주 드문 경우이지만 문화적으로 거리감이 있는 비유도 보이는데, 가령 "above her cowled head"(69면)를 "고깔처럼 숄을 걸친 머리 위로"(1권 121면)라고 옮겼다. 이 경우 한국의 고깔과 서양의 숄은 분위기가 서로 너무 다르므로 적절한 비유라고 볼 수 없다. 고깔은 쓰는 것이며 숄은 두르는 것일 뿐만 아니라 "cowl"은 '수도사의 두건 달린 겉옷'을 가리킨다.

아들과 연인

D. H. 로렌스 David Herbert Lawrence

Sons and Lovers

출간현황　　현재까지 확인된 번역본의 출간현황은 다음과 같다. 역자는 총 14명이며, 같은 역자가 다른 출판사에서 낸 것과 실질적인 개정본을 다른 판본으로 계산할 때 총 판본은 20개이다. 그중 입수한 것은 역자 14명의 19개 판본이다. 여기에서 출판사는 다르나 역자와 내용은 같은 5본을 뺀 서로 다른 판본 14종을 검토했다. 여기엔 축약본이 3종 4개 판본이며, 이를 빼면 최종 검토본은 역자 11명의 11종 15개 판본이다.

검토대상

- 정상준 『아들과 연인』 민음사(2002)
- 김재남 『아들과 연인』 세계문학(1970) 동아출판사(1958) 삼중당(1975)
- 유영 『아들과 연인』 한국출판사(1983) 동서문화사(1973)
- 김용우 『아들과 연인』 신문출판사(1975)
- 양병탁 『아들과 연인』 삼성출판사(1975, 1988)
- 김남석 『아들과 연인』 삼진사(1976, 1977) 태극출판사(1983)
- 황규식 『아들과 연인』 금성출판사(1982, 1996)

- 김인만 『아들과 연인』 나나(1993)
- 강만식 『아들과 연인』 청목사(1996)
- 이혜경 『아들과 연인』 고려원미디어(1997)
- 김정환 『아들과 연인』 육문사(2001)

 **평가개요** 검토의 기준으로 삼은 원전은 D. H. Lawrence, *Sons and Lovers* (Penguin 1913)와 *Sons and Lovers* (Cambridge UP 1992)이다.[*]

검토 결과 정상준 역본이 가독성과 충실성 양면에서 가장 뛰어났다. 김재남 역본의 경우 1950년대에 나온 초역으로서 일정 수준의 정확성이나 충실성을 확보한 번역이다. 하지만 원문이 누락된 부분이 눈에 띄었으며, 지금은 어색하게 들리는 표현이 여기저기 발견되었다. 유영의 경우 김재남 역본에서 보이는 오류를 수정하고자 애쓴 흔적이 역력했다는 점에서 가치를 부여할 만하다. 하지만 다수의 부정확한 번역이 눈에 띄었고, 임의적인 단락 구분과 원문 누락 등으로 문장의 의미를 흐리게 하여 정확성과 신뢰성 부분에서 문제점이 없지 않았다. 따라서 검토할 만한 가치가 있는 번역본은 국내 초역으로 비교적 작품의 특징을 제대로 살린 김재남 역본, 이의 문제점을 시정하고자 애쓴 흔적이 돋보이는 유영 역본, 그리고 최초로 원작품 정본을 번역 대본으로 사용하는 동시에 기존 번역이 보이는 문제점을 해결하고자 노력한 정상준 역본이다.

[*] 케임브리지대학의 정본을 사용한 정상준 역본을 제외한 나머지 번역본이 사용했다고 판단되는 펭귄판은 총 15장으로 되어 있고 전체 면수가 505면에 달한다. 제1장과 마지막 장인 15장 전체를 합하여 46면과 아래와 같이 작품에서 중요한 장면을 포함하는 부분을 중심으로 18면을 검토했다. 따라서 총 64면을 검토했고, 그 구체적 내역은 다음과 같다. 판본이 다른 정상준 역본에 대해서는 앞의 경우에 준했다(케임브리지대학 판본의 면수는 괄호 안에 표시함). 1장 7~37면(9~36면), 4장 74~78면(82~85면), 5장 121, 135면(121, 133~34면), 6장 173면(169~70면), 7장 202면(198~99면), 8장 239면(231~32면), 9장 272, 280면(260~61, 268~69면), 10장 313, 326면(298, 309~10면), 11장 350면(330~31면), 12장 369, 371, 383면(347~49, 359면), 14장 488면(445면), 15장 497~511면(454~64면).

추천본

정상준 역 『아들과 연인』[*] ★★☆

이 번역본은 어떤 의미에서 최초의 제대로 된 번역본이라 평가할 수 있다. 지금까지는 에드워드 가넷(Edward Garnett)이 전체의 10% 이상을 삭제한 판본을 대상으로 번역이 이루어졌는데, 번역은 무엇보다도 작가의 의도에 충실해야 한다는 원칙을 놓고 볼 때 정상준 역본이 지니는 의미는 지대하다. 번역의 정확성·가독성·신뢰성의 면에서 정상준 역본은 이전의 번역에 앞선다. 앞선 번역본이 보이는 여러 심각한 오류들을 수정했기 때문에 작품의 의미가 더욱 명백하게 전달된다. 여러가지 면에서 역사적인 이 번역본은 '왜 새로운 번역이 필요한가'라는 질문에 이중적으로 답함으로써 새로운 번역의 명분을 살린 것이다. 독자의 이해를 돕기 위해 친절한 설명을 부연한 것(예컨대 2권 234면)도 다른 번역서에서 인명이나 기타 고유명사에 간단한 설명만을 붙인 것에 비해 돋보인다. 일부 편집상의 문제 등 아쉬운 점이 없지 않으나 독자들에게 권장하기에 충분한 신뢰성을 갖춘 번역본이다.

정상준 역본의 충실성을 기존의 역본 가운데 검토할 만한 가치가 있는 김재남 역본(1970)과 유영 역본(1983)을 비교하는 가운데 점검해보자. 첫째, 정상준 역본은 오역이 드물다. 더구나 기존의 번역에서 보이는, 딱히 오역은 아니라 해도 원문의 의미를 충분히 살리지 못한 대목을 자연스럽게 고쳤다. 한 예로서 모렐 가족이 사는 광부의 사택 이름인 보텀스(The Bottoms)를 설명하는 부분을 들어보겠다.

> Mrs Morel was not anxious to move into the Bottoms, which was already twelve years old and **on the downward path**, when she

---

[*] 민음사(2002). 케임브리지대학 판본을 원본으로 한 최초의 번역본이다.

"보텀스"라는 이름 자체도 그렇듯이 "on the downward path"라는 구절은 언덕의 맨 아래라는 실제 위치의 의미와, 그 위치의 비유적 의미를 동시에 갖고 있다. 따라서 이러한 이중적 의미를 드러내주어야 하는데, 김재남은 "평판이 기울다"(8면)의 뜻으로 번역했고, 유영은 "낡고 지저분하다"(9면)로 옮겨 이러한 이중적 의미를 전달하지 못한다. 정상준은 이를 다음과 같이 개선했다.

> 모렐Morel 부인이 베스트우드에서 보텀스로 이사하게 되었을 때는 보텀스가 세워진 지 이미 십이 년이나 되었다. 그녀는 **내리막길에 있는** 마을로 이사하고 싶어하지 않았다. (1권 18면)

둘째, 정상준은 원문에 충실하기 위해 심지어는 문장부호에까지 세심한 주의를 기울이고 있고, 특히 작가가 인용부호를 넣어 강조한 경우에도 그 의미를 적절히 전한다. 작품의 후반부에서 모렐 부인의 장례식이 끝난 후 집안에서 벌어지는 일을 예로 들어보자.

> Paul went home and busied himself supplying the guests with drinks. His father sat in the kitchen with **Mrs Morel's relatives**, **'superior' people**, and wept, and said what a good lass she'd been, and how he'd tried to do everything he could for her — everything.
>
> (펭귄 487~88면, 케임브리지 445면)

여기서 문제는 본문의 강조부분인데, 폴의 외가식구를 일컫는 이 표현이 인용부호 속에 있기 때문에 어느정도 비아냥거리는 말로, 다소 아이러니컬하게 들린다. 김재남은 이를 "상객 격인 처가쪽 사람들"(442면)로 번역했는데, 여기서 "상객"(上客)은 "지위가 높은 사람"(이희승 『국어대사전』)이란 뜻으로 적어도 오역은 아니다. 하지만 유영의 경우처럼 "아내의 친척인 '점잖은' 사람들"(544면)로 번역할 경우 아이러니컬한 의미는 제대로 전하지 못한다. 정상준은 이를 "그의 아버지는 모렐 부인의 친척들, 〈귀하신〉 분들"(2권 372면)로 옮겨 다소 비아냥거리는 어조를 잘 살렸다.

셋째, 정상준은 이 작가에게 특유의 의미를 지닐 수 있는 어휘를 제대로 전달하고 있다. 다음의 예는 폴과 미리엄과의 관계에서 미리엄의 입장을 나타내는 장면이다.

> All his strength and energy she drew into herself through some channel which united them. **She did not want to meet him, so that there were two of them, man and woman together.** She wanted to draw all of him into her. It urged him to an intensity like madness, which fascinated him, as drug-taking might.
>
> (펭귄 239면, 케임브리지 232면)

이 인용문은 미리엄이란 인물의 근본성격과 관련된 부분으로 미리엄이 폴뿐만 아니라 주변 사람들과 사물을 대하는 태도의 일면을 보여주기 때문에 독자들이 작품을 이해하는 데 상당히 중요하다. 특히 강조한 부분에서 "meet"란 단어는 남녀관계에서 남성과 여성이 각자의 정체성을 유지하는 가운데 조화를 이루는 상태를 일컫는 말이다. 김재남은 이 대목을 "자기들 두 사람, 남자와 여자가 같이 있게 되면 미리엄은 포올을 만나고 싶다는 생각은 없었다"(215면)라고 번역했고, 유영은 이 부분을 삭제했다(260면). 문맥으로 보아 이 말은 '1대 1로 당당히 대면하다'라는 뜻이므로 "그녀는 그를 만나 남자와 여자 두 사람으로 있는 것을 원하지 않았다"(1권 432면)로 옮긴 정상준이 나은 번역이다.

넷째, 『아들과 연인』을 제대로 번역하려면 이 작품의 백미에 해당하는 묘사부분을 정확히 옮겨야 한다. 이 작품 — 특히 전반부 — 을 읽은 독자들의 기억에 선명하게 남는 것은 광부의 아들인 작가가 때로는 담담하게, 때로는 애정을 갖고 그린 탄광촌과 한 광부가족의 모습일 것이다. 특히 작가는 체험에서 나온 이같은 사실적인 부분에서 한치의 오차도 없이 사건을 진행시킨다. 이러한 부분은 작품의 도처에 보이는데, 한 예로 이 작품에서 가장 감동적인 장면 가운데 하나인 윌리엄의 운구 장면을 살펴보자.

> He [Morel] and his fellow mounted the steep garden step, heaved into the candle-light with their gleaming coffin-end. Limbs of other men were seen struggling behind. Morel and Burns, in front, staggered; the great dark weight swayed.
>
> (펭귄 173면, 케임브리지 169면)

그와 그의 짝은, 험한 뜰 층계에 올라서서 관 끝을 촛불에 번뜩이면서 올라왔다. 다른 사람들의 팔다리가 관 뒤에서 몸부림하는 것같이 움직이고 있었다. 앞에 선 모렐과 버언즈가 비틀거리자 커다란 시커먼 관이 흔들렸다. (김재남 153면)

그와 이웃집 남자는 험한 돌층계를 올라서서 촛불빛 속에 나타났다. 관 끝이 어렴풋이 빛나고 있었다. 다른 사람들이 뒤를 받치고 올라오는 것이 보였다. 앞에 선 모렐과 버언즈가 비틀거리자 커다란 시커먼 관이 흔들렸다. (유영 187~88면)

그와 그의 동료는 가파른 뜰 층계를 올라와 촛불에 모습을 드러냈다. 관의 끝이 빛났다. 뒤편에서 애쓰는 다른 사람들의 팔다리가 보였다. 앞에

선 모렐과 번즈가 비틀거렸다. 크고 검은 관이 흔들렸다.

(정상준 1권 315~16면)

작가는 마치 화가가 풍경을 사생하듯 담담한 필치로 윌리엄의 관이 운반되는 것을 그려내고 있다. 여기서 특징적인 점은 사건진행이 집안에서 밖을 내다보는 사람 —아마도 폴— 의 단일한 관점에서 이루어진다는 것이다. 관을 옮기는 사람이 거리에서 층계를 올라 집마당으로 오를 때의 모습이다. 이 집이 가파른 언덕에 있다는 사실과 촛불이 마당까지만 비추고 있음에 유의할 때 모렐 옆에 있는 사람이 번즈라는 사실이 왜 나중에야 밝혀지는지를 이해할 수 있다. 다시 말해 처음에는 모렐과 함께 관을 들고 들어오는 사람의 신원을 알 수 없고, 이후 이 사람의 모습이 불빛 안으로 들어왔을 때 그가 바로 번즈임을 알 수 있는 것이다. 그런데 김재남과 유영은 이러한 상황을 제대로 전달하지 못한다. 이에 반해 정상준은 집안에 있는 촛불에 의해 바깥의 사물과 사람이 서서히 보이기 시작하는 모습을 잘 드러낸다.

다섯째, 상징성의 문제로 로렌스의 경우 외부 사물에 대한 사실적 묘사와 그 사물이 지니는 상징적 의미의 이상적 결합은 자연을 묘사하는 과정에서 드물지 않게 이루어진다. 자연은 평소에는 인간과 초연한 상태로 존재하다가 인간이 어떤 위기를 맞을 때 홀연히 의미를 지니게 된다. 그 한 예로 모렐 부인이 술 취한 남편을 피해 집밖으로 나왔다가 자연 속에서 어떤 정신적 각성을 하게 되는 장면을 보자.

> She hurried out of the side garden to the front, where she could stand as if in an immense gulf of white light, the moon streaming high in face of her, the moonlight standing up from the hills in front, and filling the valley where the Bottoms crouched, almost blindingly. There panting and half weeping in reaction from the

stress, she murmured to herself over and over again: 'The nuisance!
the nuisance!'

**She became aware of something about her. With an effort she
roused herself to see what it was that penetrated her conscious-
ness.** The tall white lilies were reeling in the moonlight, and the air
was charged with their perfume, as with a presence.

(펭귄 34~35면, 케임브리지 34면)

앞의 인용은 모렐 부인이 자기 주변에 있는 백합의 존재를 깨닫게 되는
과정을 묘사한 부분이다. 그러나 이 부분을 번역하면서 많은 번역본들
이 자연의 역할을 잘못 전하는 심각한 오류를 범하고 있다. "문득 그녀
는 주위에서 무엇인지를 의식했다"(31면)라고 번역한 김재남을 제외하고
는 유영의 예에서 보이듯이 "자기 자신에 대한 무엇인가"(38면)를 깨닫
는 것으로 오해했다. 또한 유영은 그 다음 문장을 "의식 속에 뚫고 들어
오는 것이 무엇인가를 알아내려고, 그녀는 애써서 기분을 돋우어보았
다"라고 했는데, 정상준의 번역을 참조하면 유영이 부정확하고 부적절
하게 옮겼음을 알 수 있다.

> 그녀는 주위의 무엇인가를 의식하게 되었다. 의식적으로 자신을 일깨
> 우려고 노력하면서 그녀는 자신의 의식을 꿰뚫고 들어온 것이 무엇인지를
> 보았다. (1권 62면)

마지막으로 정상준의 번역은 로렌스 작품에 드물지 않게 등장하여 화자
의 시점과 작중인물의 시점을 뒤섞는 '자유간접화법'을 제대로 전달한
다. 이에 반해 여타의 번역은 이러한 특색을 제대로 살리지 못할 뿐만
아니라 결정적인 오역을 범하고 있다. 다음은 미리엄을 육체적으로 사
랑할 수 없다는 폴의 말에 대해 미리엄이 반응을 보이는 장면이다.

'I know,' he cried, 'you never will! You'll never believe that I can't — can't physically, any more than I can fly up like a skylark —'

'What?' she murmured. Now she dreaded.

'Love you.'

He hated her bitterly at that moment because he made her suffer. **Love her!** She knew he loved her. He really belonged to her. This about not loving her, physically, bodily, was a mere perversity on his part, **because he knew she loved him.** He was stupid like a child. He belonged to her. His soul wanted her. She guessed somebody had been influencing him. She felt upon him the hardness, the foreignness of another influence.

(펭귄 272면, 케임브리지 261면)

앞 인용의 마지막 문단에 대한 번역의 예를 하나 들어보자.

상대방에게 고민을 주고 있다고 생각하니 그 순간 포올은 미리엄이 미워졌다. **이런 여자를 사랑하다니!** 미리엄은 포올이 자기를 사랑해준다는 것을 알고 있었다. 사실 그는 미리엄의 것이었다. 지금 육체적으로 사랑하지 않는다는 말은 그가 심술이 나서 하는 말에 불과했다. **글쎄 그의 사랑을 미리엄은 잘 알고 있었다.** 미리엄 생각엔 누가 포올에게 영향을 주고 있는 상싶었다. 미리엄은 포올한테서 냉혹하고 쌀쌀한 다른 힘을 느끼었다.

(김재남 244~45면)

이때 그가 자기 말 때문에 미리엄이 괴로워하고 있음을 알 수 있었고 그 때문에 미리엄이 미워졌다. **그는 미리엄을 사랑할 수 있었다.** 미리엄은 포올이 자기를 사랑하고 있다는 것을 알고 있었다. 사실 그는 미리엄의 것이었다. 그녀를 육체적으로 사랑하고 있지 않는다는 말은 **미리엄이 자기를 사랑하고 있는 것을 알기 때문에** 생긴 옹고집에 불과했다. 그는 어린아이 같이 멍청이인 것이다. 그는 미리엄의 것이었다. 그의 영혼은 미리엄을 찾고 있었다. 미리엄은 포올이 누군가의 영향을 받고 있는 것이라고 생각했다. 포올에게는 누군가 다른 사람의 감화에서 오는 완고함과 냉정함이 있음을 미리엄은 느꼈다. (유영 296~97면)

김재남의 번역은 로렌스 특유의 자유간접화법을 제대로 살리지 못했다. 특히 첫번째 강조한 부분 "Love her!"는 완전한 오역이다. 번역대로라면 마치 폴이 미리엄과의 교제를 후회하는 것처럼 들리는데 사실은 그 반대이다. 다시 말해 미리엄은 폴이 자기를 사랑하고 있다는 사실을 조금도 의심하지 않고 있고, 이러한 미리엄의 속마음이 이 부분에서 드러나는 것으로 보아야 한다. 따라서 미리엄이 폴을 심적으로 질타하고 있음을 어떤 식으로든 드러내야 할 것이다. 또한 김재남은 여기저기 원문을 누락하여 완전한 번역이라 할 수 없다. 유영의 경우도 유사하다.

　두번째로 강조한 부분에 대해서도 김재남의 번역은 오역이다. 유영의 번역이 비교적 원뜻에 가깝지만 이 부분 역시 미리엄의 입장에서 보아 '자기가 그를 사랑한다는 사실을 그도 알고 있기 때문에'로 고쳐야 한다. 사실 다소 모호해 보이는 첫 문장도 미리엄의 의식과 관련된 것이라면 '지금 폴이 나를 몹시 미워하는 것은 자기가 나를 괴롭게 만들었기 때문이다'가 옳은 번역일 것이다. 정상준의 번역은 전반적으로 미리엄의 입장에서 서술되어 기존의 번역과 현격한 차이를 보인다.

　그녀를 고통스럽게 만들었기 때문에 그 순간 그는 그녀를 신랄하게 증오했다. **자기를 사랑하지 않는다고!** 그녀는 그가 자기를 사랑한다는 것을 알았다. 그는 진정으로 그녀에게 속했다. 육체적으로, 몸으로 자기를 사랑하지 않는다는 이 말은 심술이 나서 하는 말에 지나지 않았다. **자기가 그를**

사랑한다는 것을 그도 알고 있었기 때문이다. 그는 어린아이처럼 어리석었다. 그는 그녀에게 속했다. 그의 영혼은 그녀를 원했다. 그녀는 누군가가 그에게 영향력을 행사하고 있다고 짐작했다. 그녀는 그에게서 견고하고 이질적인 그 영향력을 느꼈다. (2권 21면)

정상준 역본이 기존의 번역보다 원문에 충실하고 작가의 특징을 제대로 전달함에도 불구하고 아쉬움이 전혀 없는 것은 아니다. 우선 오역한 곳들이 눈에 띈다. 월터와 거트루드가 처음 만나는 장면에서 춤을 청했다가 이야기하는 장면을 예로 들어보자.

> 'I never thought o' that. Tha'rt not long in **taking the curl out of** me.
>
> It was her turn to laugh quickly.
>
> 'You don't look as if you'd come much uncurled.' she said.
>
> 'I'm like a pig's tail, I curl because I canna help it,' he laughed, rather boisterously. (펭귄 18~19면, 케임브리지 18면)

「그 생각은 못했는데요. 당신 앞에서 내 어리석음이 금방 드러나는군요」
이번에는 그녀가 재빨리 웃었다.
「당신은 별로 드러난 게 없는 것 같은데요」 그녀가 말했다.
「나는 돼지 꼬리가 꼬부라지는 것처럼 어쩔 수 없이 나의 어리석음이 드러나요」 약간 떠들썩하게 그가 웃었다. (1권 33면)

앞의 대화에는 "curl"이라는 말과 이 말의 변형된 형태인 "uncurl"이 등장하여 대화를 나누는 이들의 상당히 재치를 엿볼 수 있다. 그런데 "taking the curl out of 〔me〕"는 'undermining 〔my〕 attempts at cleverness'의 의미로 이 부분은 무언가 속셈(또는 흉계)을 갖고 있었는데, 거트루드가 월터의 속셈을 알아차렸다는 뜻으로 옮겼어야 한다.

또다른 오역의 예로 탄광촌을 묘사하는 장면을 들 수 있다. 다음의 예는 복잡한 구문으로 마을을 설명하는 부분인데, 기존 번역 가운데 잘 못된 것을 바로잡는 동시에 새로운 오류를 범한다.

> [F]rom Minton across the farm-lands of the valleyside to Bunker's Hill, branching off there, and running north to Beggarlee and Selby, that **looks over** at Crich and the hills of Derbyshire; six mines like black studs on the countryside, liked by a loop of fine chain, the railway. (펭귄 8면, 케임브리지 9~10면; 원문 강조)

민턴에서는 계곡의 농경지를 가로질러 벙커즈힐로 연결되고 거기에서 두 갈래로 나누어져서 북쪽으로는 베걸리와 셀비로 이어졌다. 셀비에서는 크리치와 더비셔 언덕 너머로 들판에 박힌 검은 못처럼 여섯 개의 광산이 섬 세한 사슬 같은 철로로 둥글게 연결되어 있는 것을 볼 수 있었다. (1권 16면)

정상준은 원문 가운데 강조된 "looks"가 단수형인 것을 토대로 선행사 를 바로 앞의 "Selby"를 받는 것으로 제대로 보아, 기존 번역 가운데 선 행사는 "Beggarlee"와 "Selby"로 본 유영을 따르지 않고 "Selby"만으로 본 김재남을 따르고 있다.

민튼에서는 계곡의 경작지를 가로질러 번커 힐에 이르러, 여기서 갈라 져서 북쪽 베가리와 셀비로 향했다. 셀비에서는 크리치와 더어비 주의 산 들이 내려다보였다. (김재남 6면)

철도는 다시 계곡의 비탈에 있는 경작 지대로 빠져나가 벙커힐에 이르 러 여기서 갈라져 북쪽으로 달려 크리치와 더어비셔의 구릉지대를 내려다

보는 베가리와 셀비에까지 뻗어 있었다. (유영 8면)

하지만 문제는 그 다음 부분으로 "여섯 개의 광산"과 "크리치와 더비셔 언덕"의 위치가 바뀌었다. 다시 말해 앞에 광산이 있고 그 너머 크리치와 더비셔 언덕이 보이는 것이다.

기존 번역 가운데 제대로 된 것을 개악한 경우도 있다. 광부들이 사는 사택의 내부를 설명하는 가운데 나오는 "The dwelling-room, the kitchen, was at the back of the house"(Penguin 8면, Cambridge 10면)에 대해서도 "가족들이 머무는 거실과 부엌은 집의 뒤쪽에 있었고"(정상준 1권 17면)라고 번역했는데 이 부분은 '가족들이 주로 생활하는 곳인 부엌은 집의 뒤쪽에 있었고'로 해야 옳다. 김재남과 유영은 각각 "평소에 거처하는 부엌은"(김재남 상권 6면)과 "그녀들의 주거지인 부엌은"(유영 8면)으로 제대로 보았다. 개악의 또다른 예를 들어보자.

> ··· Mrs Morel was trying to save against her confinement.
>
> (펭귄 28면, 케임브리지 27면)

그녀는 임산부 수당을 모으려고 애쓰고 있었다. (1권 49면)

이 부분은 '모렐 부인은 해산에 대비하여 저축을 하려고 생각하고 있었다'라고 해야 한다. 케임브리지판 *Sons and Lovers*의 "Explanatory Notes"에 따르면 정부가 임산부 수당을 지급한 것은 1945년 이후의 일이다(514면 참조).

심각한 오류는 아니지만 원문의 의미를 다소 길게 설명하는 경우도 있다. 물론 이 경우 독자의 이해를 돕는 측면이 있으나 차라리 각주 등으로 처리하는 편이 나은 경우도 있다. 예컨대 축제의 여러 광경을 묘사하는 부분을 살펴보자.

456

There were two sets of horses, one going by steam, one pulled
round by a pony; three organs were grinding, and there came odd
cracks of pistol-shots, fearful screeching of the coconut man's rattle,
shouts of the Aunt Sally man, screeches from the peep-show lady.

(펭귄 10면, 케임브리지 11~12면)

그곳에는 회전목마가 두 대 있었는데 하나는 증기로 움직였고 또 하나
는 조랑말이 끌었다. 그리고 세 대의 풍금이 울리고 있었으며 이따금 들리
는 땅땅 하는 총소리와 코코넛 장수의 딸랑이가 내는 끔찍한 찍찍 소리, **여
자 목상의 입에 꽂힌 파이프를 부러뜨리는 놀이 장수가 지르는 고함소리**,
요지경 들여다보기 여자 장수의 소리가 들렸다. (1권 20면)

정상준은 '꼭두각시 장수'에 대해 독자의 이해를 돕기 위해서 본문에 풀
어서 설명하고 있지만 이를 각주 등으로 처리했으면 하는 아쉬움이 남
는다. 이와 유사한 예로, 모렐 부부의 불화를 다루는 다음 장면을 들 수
있다.

Paul never forgot coming home from **the Band of Hope** one
Monday evening and finding his mother with her eye swollen and
discoloured, his father standing on the hearthrug, feet astride, his
head down, and William, just home from work, glaring at his father.

(펭귄 76면, 케임브리지 83면)

어느 월요일 저녁 **금주를 맹세한 젊은이들의 모임인 희망의 밴드**에서
폴이 집에 돌아왔을 때 아버지가 고개를 숙인 채 다리를 벌리고 난로 앞깔
개에 서 있었다. 어머니의 눈이 붓고 멍이 들어 있었으며 직장에서 막 돌아
온 윌리엄은 자기 아버지를 노려보고 있었다. 폴은 이 장면을 결코 잊지 않

았다. (1권 155면)

앞에 나오는 설명이 "the Band of Hope"의 의미를 모르는 독자의 이해를 돕지만, 앞의 예와 마찬가지로 원문에 넣을 것이 아니라 주 처리가 필요한 곳이다. 다른 문제점으로 원문과 달리 문단을 나눈 점을 지적할 수 있다. 다음의 예를 보자.

> For no other woman looked such a lady as she did, in her little black bonnet and her cloak. She smiled when she saw women she knew. When she was tired she said to her son:
>
> (펭귄 11면, 케임브리지 12면)

왜냐하면 조그마한 검은 보닛을 쓰고 외투를 입은 자기 어머니처럼 귀부인으로 보이는 여자는 없었기 때문이었다. …
그녀는 고단해져서 아들에게 말했다. (1권 21면)

앞에서 보듯이 원문은 하나의 문단이나 번역문은 두 문단으로 처리되어 있다. 작가의 의도를 제대로 전달하기 위해서는 작가의 문단 처리를 존중해야 할 것이다.

또한 문장부호 사용도 일관성이 없어 간혹 혼동을 준다. '〈 〉'의 사용이 그렇다. 고유명사와 혼잣말 그리고 자유간접화법에 이 부호를 사용하고 있는데, 항상 그런 것도 아니어서 일관성에서 문제가 있다.

무지개

D. H. 로렌스 David Herbert Lawrence

The Rainbow

■ 출간현황　현재까지 확인된 번역본은 역자 4명(공역자 1명 포함)의 6본으로 그중 4본은 동일 역자의 번역본으로 출판사를 달리하여 중복출간되었다. 이 중복출간본 중 1본을 입수하지 못해 검토본은 5본이며, 종수로는 3종이다. 최초 번역본은 1957년 신아사에서 출간된 김재남 역 『무지개』이다. 이후 김재남 번역본은 정음사본, 을유문화사본, 삼중당본으로 출판사를 달리하여 출간되었다. 최근 번역으로는 1986년 민족문화문고간행회에서 출간된 김정매의 번역본이 있다. 그리고 1992년 황의방·진영종의 번역본이 한길사에서 출간되었다.

　로렌스의 대표작으로 꼽히는 『무지개』가 『아들과 연인』이나 『채털리 부인의 사랑』에 비해 번역본의 수가 현격하게 적은 이유가 무엇인지는 한번쯤 생각해볼 만하다. 『무지개』는 등장인물의 심리와 작가의 고유한 언어 등이 일반적이거나 피상적인 관찰로는 충분히 이해하기가 어렵고 — 이 점은 모든 훌륭한 문학작품들이 그렇겠지만 — 그런 지점들을 제대로 살리지 못할 경우 이 소설에 대한 이해가 기본적으로 불가능하기 때문이다. 정확한 번역을 통해 일반독자들이 작품을 이해하는 바탕에서만 로렌스 문학에 대한 성숙한 수용도 가능할 것이다. 특히 『채털리 부인의 사랑』 등이 외설문학의 대표작인 것처럼 우리에게 알려져 있고, 로렌스 소설의 문학적 의의가 제대로 인식되지 못한 것이 우리 영문학 번역의 현실이다. 그런 점에서 높은 대중성과 문학성을 더불어 갖춘 『무지개』가 좋은 번역을 통해 국내에 소개되는 것이 필요한 싯점이라고 하겠다.

 **평가개요**　　　검토의 기준으로 삼은 원전은 D. H. Lawrence, *The Rainbow* (Cambridge UP 1989)이다.* 번역본 가운데 김재남의 정음사본은 모던 라이브러리(1915), 김정매의 민족문화문고간행회본은 펭귄 주석본(1981), 황의방·진영종의 한길사본은 펭귄판(1961)을 각각 대본으로 사용했다고 밝히고 있다. 로렌스 소설의 경우 케임브리지대학 출판부에서 나온 판본은 자세한 역주와 엄밀한 고증을 거친 텍스트로 정본에 가깝다고 하겠는데, 이를 대본으로 한 번역 출간이 필요하다.

　　로렌스의 『무지개』가 우여곡절 끝에 출간된 것은 1915년이고, 국내

---

* 이 작품은 16장으로 구성되어 있으며 전체 분량은 원전 기준으로 총 450면이다. 이 가운데 표본 검토는 다음을 대상으로 했으며 검토분량은 총 48면이다. 1장(9~21면 상단), 7장(183~95면), 12장(310~19면 중간), 16장(448~59면).

초역이 이루어진 것은 1957년이다. 국내 초역자는 김재남으로 1980년대 말에 이르기까지 다른 역자들의 번역은 없었고, 김재남 번역본이 여러차례 중복출간된다. 이 작품의 경우 최초 번역은 비교적 일찍 이루어졌으나 이른바 '고전'이라 불리는 다른 소설들에 비해 번역본의 수가 현저히 적다는 것이 특기할 만하다.

현재까지 수합할 수 있었던 번역본은 총 5종이다. 이 번역본들을 검토한 결과 원작의 의미를 정확히 전달하면서 작품성을 살린 추천 가능한 번역은 찾기 어려웠다. 김재남의 신아사본은 줄거리를 파악하는 데는 큰 무리가 없으나, 한글세대 독자들에게 어색한 말투와 부자연스러운 대화 등으로 인해 가독성이 떨어진다. 김재남의 번역본은 이후 정음사, 을유문화사, 삼중당에서 세계문학전집의 일환으로 중복발간되었다. 하지만 정음사본과 을유문화사본은 신아사본을 출판사만 바꿔 그대로 출간한 경우로 전혀 개선된 것이 없고, 1980년에 나온 삼중당본도 맞춤법이나 인명 그리고 부사 등을 약간 손본 정도에 그치고 있다. 그것도 소설의 첫부분만 교정을 본 상태이므로 개정본이라고 볼 수는 없다.

원작의 독특한 분위기와 내용의 어려운 정도를 감안할 때 로렌스 전공자인 김정매의 1986년 민족문화문고간행회본은 일정 수준의 신뢰성을 지닌다고 여겨진다. 김정매 역본은 김재남의 번역을 참고했을 수 있으나, 자연스러운 우리말 구사에 역점을 둔 점이나 로렌스 특유의 언어를 착실히 살리려 노력했다는 점에서 인정할 만하다. 하지만 김정매 역본의 경우도 명백한 오역이 가끔 발견되고 누락된 구절도 드물게 있다는 점에서 개선의 여지는 있다. 그리고 케임브리지대학 출판부의 정본 출간 이전에 나온 번역이므로, 원문 파악과 역주 활용 면에서 일정한 제약이 있다고 생각된다.

영문대본으로 케임브리지대학 출판부의 텍스트를 쓰지 않은 것은 1992년에 번역된 황의방·진영종의 한길사본의 경우 더욱더 아쉬운 부분이다. 좀더 신경을 썼더라면 새로운 정본을 대본으로 사용할 수 있었을 싯점이기에 그러하다. 또한 한글세대에 맞춰 자연스럽고 세련된 문장으로 번역하려 노력한 점은 엿보이지만, 자의적으로 문장을 나누고 축약하여 번역한 부분들이 많다. 그리고 명백한 오역이 자주 발견되고 누락된 부분도 많다. 1990년대 초반에 나온 번역본의 수준이 이전의 두 번역본에 비해 떨어진다는 사실은 번역이 시간의 흐름에 따라 저절로 나아지는 것은 아니라는 점을 시사해준다. 여기에는 영문학을 전공한 학자들의 책임도 있을 것이고, 번역의 중요성이 정당하게 인정받지 못하는 우리의 문화적 풍토도 한몫을 했을 것으로 보인다.

참조본

김정매 역 『무지개』[*]

김정매 역본은 빠진 곳 없이 작품을 충실히 번역한 것으로 판단되고 다른 번역본에 비해 구문이나 어휘상의 정확도도 높은 편이다. 가독성과 정확성 면에서 열성을 기울여 번역한 흔적이 뚜렷이 나타난다. 가령 7장에서 성당을 여성형(she)으로 지칭하는 부분이 있는데 이를 살리지 않고 해석하면 2세대의 남녀간의 갈등을 파악하기 힘든데, 김정매 역본은 이에 대해 역주를 달아 자상히 설명하고 있다. 그리고 등장인물들과 그들의 관계에 대한 깊이있는 이해를 바탕으로 대화와 지문 등을 해석하고 있다. 또한 영어 속담이 나오는 대목은 그에 해당되는 우리 속담을 찾아 번역하는 등 세심한 노력이 엿보인다. 하지만 부정확한 번역과 어색한 표현 등이 없는 것이 아니고 1면당 중요한 오류가 1~2개씩 규칙적

---

[*] 민족문화문고간행회(1986). 펭귄 주석본(1981)을 대본으로 한 로렌스 전공자의 번역으로 연보와 역자가 쓴 작품해설이 붙어 있다.

으로 나오기 때문에 안심하고 추천하기에는 미흡하다고 판단된다. 이 작품은 브랭윈가 3세대의 남녀관계를 다루는데, 세대별로 개성적인 인물들이 등장하므로 이를 각기 반영할 만한 어조와 언어, 각 관계를 드러낼 수 있는 말투 등에서도 개선될 여지가 있다.

『무지개』에서 로렌스가 구사하는 영어가 난삽하다고 말하기는 어려우나, 막상 작품을 이해하고자 들면 연구자들 사이에 서로 불일치하거나 격차가 생기는 경우가 왕왕 발견된다. 이러한 현상은 로렌스의 소설에서 난해한 구절들이나 기발한 기교는 거의 발견되지 않지만 내용 면에서는 상식을 벗어나는 '사유의 모험'을 요구하는 측면이 있기 때문이다.

특히 『무지개』의 1장은 서문 격으로 작품의 전체 틀을 제시하는 부분인 만큼 중요도가 높다. 여기서 작가는 앞으로 3세대에 거쳐 전개될 남녀관계의 전형을 함축적으로 그린다. 근대세계에 들어서면서 전통적 방식의 남녀관계가 근본적으로 역전되었다는 것이 작가의 진단이다. 그런데 이 부분에서의 작가의 서술은 이러한 양성간의 '역전'을 단순히 부정적으로 볼 것인가 긍정적으로 볼 것인가 하는 이분법에 의거하지 않는 섬세함이 돋보이는데, 그만큼 번역하기도 조심스럽고 어렵다. 김정매 역본도 이 어려움을 충분히 이겨낸 것 같지는 않다. 이 장에서는 남자와 여자의 각기 다른 삶과 이해방식이 초점이 되기 때문에 특히 "the men"의 역어를 선택하는 일이 중요한데, 김정매의 번역에서는 '남자들'(the men)로 번역해야 하는 부분을 "인간" 혹은 "사람"(상권 9, 10면)으로 옮겨서 자칫 작품 이해의 핵심적인 부분을 오도할 위험이 있다. 또 이 장에서 중요한 것은 브랭윈가 여자들이 바깥세상에 대해 갖는 선망이 무엇인지 그 내용을 잘 전달하는 일이다. 이를 묘사하는 대목에서 역자는 "the spoken world of beyond"(10면)를 "말 많은 저 너머의 세상"(상권 9면)으로 번역하고 있다. 여기서 "spoken"을 "말 많은"이라고 옮긴 것은 그 자체로 적절한 역어도 아니지만 단순히 어구의 오역에 그치지 않는다. 이 표현에는 작가가 전달하고자 하는 작품의 전체 주제가 담겨 있기 때문이다. 작가는 브랭웬 남자들이 정서적·육체적으로 삶에 대한 생생한 느낌은 있으나 그것을 의식적이고 언어적으로 표현하지는 못하고 있으며 브랭웬 여자들은 그것이 가능한 바깥세상을 선망하고 있음을 말하고 있는데, "말 많은" 바깥세상 식의 번역으로는 이 의미가 살아나지 않는다.

7장에서는 시대와 장소가 적절히 표현되지 못한 경우들이 발견된다. 가령 성당 건물의 세부명칭을 "홍예문" "사북돌"(상권 275면) 등으로 번역한 것은 시대적 착시현상을 야기할 수 있다. 이 작품은 통념적인 남녀관계를 넘어서고자 하는 발상이 두드러지는데, 번역에서도 이런 성격을 살려주어야 할 것이다. 가령 2세대인 애너와 월의 관계는 전통적인 남녀관계에서 벗어나 이른바 근대적인 남녀관계로의 변모과정을 겪는다. 애너는 월에게 순종적인 아내가 아니며 오히려 그 반대라고 해야 어울리는 인물이다. 그러므로 두 사람 사이의 대화를 번역할 때는 이런 정황이 고려되어야 한다. 월은 반말을 쓰고 애너는 존대말을 쓰는 식으로 옮기면 둘의 실제 관계가 우스꽝스럽게 변형되어버린다(상권 277~78면 참조). 이 점은 우리말처럼 경어법이 있는 말로 번역을 할 경우 특히 유의할 사항이다.

문장의 의미가 드러나도록 번역하지 않고 축자적으로 해석하여 결과적으로 오역이 된 대목도 있다. 이런 부분은 작가의 독특한 사유방식이 배어 있는 대목이기도 하므로 세심하게 다룰 필요가 있다. 가령 "She forced him to the spirit of her laws, whilst leaving him the letter of his own"(194면)이라는 대목이 김정매 역본에서는 "아내는 남편에게 그녀의 법정신을 따르도록 강요했다. 한편 남편의 법의 문제는 남편의 일로 미루어버렸다"(상권 284면)라고 번역되고 있다. 이렇게 옮겨서는 문맥상의 의미를 독자들에게 전달하기 어렵다. 이 구절의 의미는 핵심적인 면에서 애너가 월의 뜻을 따르지 않고 오히려 그 반대지만, 외형상으로는 남편이 자신의 원칙을 고수하게 내버려둔다는 의미이다. 따라서 '남편 월

은 자신이 주장하는 원칙의 문자, 즉 겉모양에만 충실하게 두고, 아내는
자신의 원칙의 내실 혹은 정신을 남편에게 강요했다'는 뜻을 살려서 번
역해야 할 것이다. 7장에서는 성당 건물을 상징적이고 시적으로 묘사하
며 2세대 남녀간의 미묘한 갈등을 형상화하는 만큼 번역자의 고충도 커
진다. 김정매 역본은 대체로 이 문제를 무난히 해결하고 있으나 만족스
런 수준은 아니다.

　12장의 경우도 전체적으로 무난한 번역이지만 가끔 오역과 부자연스
런 표현이 발견된다. 가령 "She said passionately, sententiously"(311면)
를 "금언적으로 말했다"(하권 137면)라고 번역한 대목은 '금언을 말하듯'
이 더 낫고, "They took religion and rid it of its dogmas"를 "그들은 종
교를 택했으나, 그곳에서 허위적인 교리는 빼버렸다"(하권 145면)로 옮겼
으나 '종교를 택하여 … 빼버렸다'고 순접(順接)으로 해석하는 것이 문
장간의 호응으로 볼 때 적절한 연결이 된다. 그리고 사소한 부주의에서
비롯된 잘못된 사례도 있다. 가령 "그러나 다른 여자들과 접촉을 해보
니, 자신이 죽어 있는 것같이 무겁고 콱 막혔다는 느낌을 갖기 시작했
다"(하권 148면)는 대목에서 "다른 여자들"은 틀린 번역이다. 원문이 "But
a heavy, clogged sense of deadness began to gather upon her, from
the other woman's contact"이니 복수가 아니라 단수, 즉 '다른 여자'로
번역해야 잉거 선생을 가리키는 말임을 알 수 있게 된다.

　로렌스 소설에서의 중요한 메씨지 가운데 하나는 일상적인 삶과 그
속에서 새로운 창조적인 삶을 추구하는 일은 서로 연결되어 있으면서도
다른 차원의 것이라는 점이다. 번역에서 이 점을 간과하면 작품 이해에
중대한 차질이 빚어질 가능성이 높다. 작품 말미에 나타나는 어슐러의
내면 독백이 그러한 경우에 해당된다. 임신한 사실을 알게 된 어슐러가
여태껏 비판적으로 바라보던 스크리벤스키와의 관계를 체념적으로 수
용하려고 하는 장면은 이렇게 서술된다.

> Only the living from day to day mattered, **the beloved existence in the body**, rich, peaceful, complete, with no **beyond**, no further trouble, no further complication. (448면)

단지 매일매일의 생활이 중요한 것이지. **육체적으로 사랑받는 삶**, 풍요롭고 평화로우며 완전한 육체적 삶이 중요한 거지. **내세**라든가, 더이상의 고민이라든가, 복잡한 일은 필요가 없는 거야. (하권 345면)

김정매 역본에서 "the beloved existence in the body"는 "육체적으로 사랑받는 삶"으로, "beyond"는 "내세"로 번역되고 있다. 로렌스는 그의 여러 산문에서 삶을 나타내는 말로 'existence'와 'being'을 구별하고 후자를 일상적 삶을 넘어선 창조적 삶과 관련지었다. 또한 현세/내세라는 이분법적인 종교와 철학에 대해 줄곧 비판적인 발언을 하기도 했다. 그렇기 때문에 이 대목에서 "living" "existence" "beyond" 등을 번역할 때는 이를 고려해야 하는 어려움이 따른다. 이 대목에서 어슐러의 상태는 이때껏 그녀가 스크리벤스키를 대하던 태도에 비해 비굴할 정도로 자기기만이 심한 상태에 빠져 있다. "no beyond" 이하는 무언가 진정한 삶에 대한 추구를 포기한다는 의미를 담고 있기 때문에 "beyond"를 "내세"로 옮기는 것은 부적절하고, 물질적이고 육체적 사랑에만 국한된 일상을 넘어선 창조적 삶이라는 뜻을 담되 "내세" 같은 초월적 삶을 지칭하지는 않는 역어를 찾아야 할 것이다.

등대로

버지니어 울프 Virginia Woolf

To the Lighthouse

출간현황　현재까지 확인된 번역본은 모두 14본이다. 여기에는 동일본인데 판을 달리하면서 전집 씨리즈의 번호가 바뀌거나 다른 씨리즈로 출간한 것도 포함된다. 내용상 동일본을 1종으로 치면 확인된 번역본은 모두 8종이며, 역자는 8명이다. 그 중 이종구 역본은 구하지 못해 총 13본 7종(역자 7명)을 검토대상으로 삼았다.

김종운 역의 '삼성세계문학전집'은 1980년대 후반까지 간행되었다. 80년대 초반의 주요 번역본으로는 이경식과 정희경 역본이 있으며, 90년대에 걸쳐 강혜경, 박희진, 김진현, 최호의 역본이 나왔다.

검토대상

- 김종운 『등대로』 삼성출판사(1976, 1979)
- 박희진 『등대로』 솔(1996, 2001)
- 이경식 『등대로』 한그루(1983)
- 정희경 『등대로』 유니콘(1983, 1997)

● 강혜경 『등대로』 서원(1991, 1996)

● 김진현 『등대로』 청목사(1994)

● 최호 『등대로』 홍신문화사(1995, 1997)

 **평가개요**　　검토의 기준으로 삼은 원전은 Virginia Woolf, *To the Lighthouse* (Penguin edition 1971; 초판은 The Hogarth Press 1927)이다.* 번역본 가운데 번역 원전의 서지사항을 밝힌 경우는 김종운 역본(Hogarth Press 1927)과 박희진 역본(Harcourt, Brace & World, Inc. 1955)이다.

번역본을 상세 검토한 결과 『등대로』는 번역본의 수가 비교적 적은 편이긴 하지만 집중검토본으로 2권을 선정할 수 있었다. 2권 모두 가독성과 신뢰성 면에서 추천할 만하다. 김종운 역본의 경우 줄거리와 주요 내용을 전달하는 데는 큰 무리가 없으나 약간의 문제점이 보인다. 예컨대 생경한 역어 선택, 문장구조와 어감의 이상, 원전의 뉘앙스를 제대로 살려내지 못한 점, 함축적 문구의 의미를 전달하는 데 필요한 추가정보 부족, 대충의 요지만 전달하고 세목을 생략한 번역 등이다. 또한 번역 시기상 불가피한 면도 있겠으나 구식 문체들이 빈번하게 사용되어 가독성을 다소 떨어뜨리는 것도 문제다. 박희진 역본은 김종운 역본에 비교해볼 때 현대적 어법을 사용하고 있다. 하지만 원전을 정확하게 옮기지 않고 단어가 누락된 곳이 눈에 띈다. 이런 경우라 할지라도 전체적인 줄거리와 의미를 파악하는 데는 큰 문제가 되지 않는다. 다만 문장이 복잡하고 늘어진 경우 문장구조와 어순을 잘못 파악하여 부정확한 번역을 한 곳도 발견된다. 그러나 전반적으로 부정확한 번역은 비교적 적은 편이다. 김종운에 비하면 어감과 표현에서 현대어법을 사용하고 있어 잘 읽히는 편이다.

* 총 3부 32장으로 되어 있으며 그중에서 1부 1장, 2부 2장 및 6장, 3부 3장(총 4장)을 대조 검토했다.

468

김종운 『등대로』* ★★☆

김종운 역본은 비교적 원문을 충실하게 옮기면서도 시적이며 간결하다. 3~4면당 1개 정도의 빈도로 중대한 오류를 범하고 있으나 추천할 만한 번역본이다. 생경한 직역투, 어감 전달의 문제가 거슬리며 특히 긴 문장의 경우 문장구조를 잘못 파악하는 대목이 눈에 띈다. 부정확한 번역의 경우 내용 전체를 거꾸로 잘못 전달하는 명백한 오역보다는 의미가 모호해지는 경우가 많은 편이다. 물론 원문 특유의 함축적이고 난해한 문체를 시적이며 유려한 문체로 쉽게 풀어쓰기를 하고 있다는 점을 고려할 때 가독성 면에서 긍정적으로 평가할 수 있겠다. 하지만 원문의 함축적 표현은 최대한 살려서 번역하고 각주에 추가정보를 제공하여 이해를 돕는 방식, 즉 정확성과 가독성을 조화시키려는 노력이 더 필요하다.

김종운 번역 문체의 특징은 간결하고 시적인 문투를 살리려는 데 있다. 한가지 예를 들어보자.

> But what after all is one night? A short space, especially when the darkness dims so soon, and so soon a bird sings, a cock crows, or a faint green quickens, like a turning leaf, in the hollow of the water.
>
> (145면)

그러나 고작 하룻밤이 뭐랴? 특히 어둠이 그렇게 쉽사리 사그라지고, 그렇게 쉽사리 새들이 지저귀기 시작하고, 닭이 울고, 또는 파도가 굼니는 속에서 나뭇잎이 뒤집히듯 희미한 초록색 하늘빛이 이내 바뀌는 여름철 밤이야 지극히 짧은 시간에 불과하다. (김종운 325면)

하지만 따지고 보면 도대체 하룻밤이란 무엇인가? 짧은 시간일 뿐이니, 특히 어둠이 그렇게나 쉽사리 사그러지는 이 계절에는, 그렇게나 금방 새가 노래를 부르며, 수탉이 울고, 희미한 녹색 하늘이 파도의 움푹 패인 곳에서 흔들리는 나뭇잎처럼 되살아날 때에는 더욱 그러하다. (박희진 170면)

김종운의 경우 "A short space"를 문장 끝에 위치시킨 반면에 박희진은 문장 앞에 위치시키고 있어, 박희진의 경우 의미전달의 명확성이 장점이다. 이에 비해 김종운은 첫 문장 처리에서 그렇듯 한결 간명한 편이고, 두번째 문장도 원문의 맛과 리듬을 우리말로 가급적 살려내면서 뜻도 명확히 전달하려 노력하고 있다.

그러나 이따금 우리말 어순 처리에 좀더 유의할 대목도 발견된다. 예를 들어 "자기 핏줄이며 인생이란 험난한 것임을 어려서부터 터득해야 할 자식들에게 대해서는 더더군다나 그런 일이 없었다"(216면)의 원문은 "least of all of his own children, who, sprung from his loins, should be aware from childhood that life is difficult"(6면)이다. 이 경우 "자기 핏줄이며"의 내용을 "자식들에게" 앞으로 위치시켜야 더 자연스럽고 혼란의 여지가 없겠다. 또한 "순결성을 예리하게 지키는 처녀 같은 생생한 밝음, 순결하기에 남을 비웃는 처녀 같은 봄이 (전원을 덮었고)"(329면)로 번역된 부분의 원문은 "bare and bright like a virgin fierce in her chastity, scornful in her purity"(150면)이다. 이 대목은 '정절의식이 치열하고 순수성을 지키느라 사나워진 처녀처럼 꾸밈없고 밝은 봄은 (전원을 덮었고)' 정도로 옮겨야 자연스럽다. 정절의식과 순수성이 모두 처녀(봄의 비유)에 걸리는 것을 더 명확히해야 할 것이다. 물론 시적 문체를 살리려고 일부러 "bare and bright"를 명사로 처리했을 가능성도 있으며, "생생한 밝음"이 '생생한 밝은'의 오식일 가능성을 전혀 배제할 수는 없다.

긴 문장을 번역할 경우 제대로 끊어읽기를 하지 않아 의미가 모호해

470

진 경우도 있다.

"태양이 그 방들을 줄무늬 지고 빗장을 지르듯 비치어 노란 아지랑이로 가득 채우기 때문에 매크내크 부인이 방문을 열고 들어와 뒤뚱거리며 총채질하고 비질할 때에 그녀의 모습이 마치 햇살이 스며드는 물 속에서 헤엄치는 열대어같이 보일 그런 때에도 그 쇼올 자락은 흔들리고 있다." (330면)

이 대목은 '그녀의 모습이 열대어의 모습이었다'로 문장이 종결되는 것이 자연스러운데 불필요하게 "그 쇼올 자락은 흔들리고 있다"가 첨가되었다. 한가지 소소한 점을 지적하면 그 바로 앞 문장에서 '숄 자락이 부드럽게 흔들리고 이리저리 움직였다'로 옮겨야 할 원문 "the long streamer waved gently, swayed aimlessly"(152면) 부분도 "그 쇼올 자락은 흔들리고 있다"로 축약해서 대충 번역했다.

드문 경우지만 뜻을 정반대로 잘못 옮긴 부분도 있다. 예컨대 "그녀의 망토 자락을 열어젖히고"(329면)의 원문은 '그녀의 외투를 입고'라는 뜻의 "threw her cloak about her"(15면)이다. 원문에서 특정 단어를 빠뜨리고 번역한 부분도 있다. 이런 누락들은 소소한 것들이라도 번역의 정확성 면에서 문제가 된다. 원문 "had subdued the impertinences and irrelevances that plucked her attention and made her remember"(178면)에서 "plucked her attention"을 "집중력을 산만케 하는"(350면)으로 옮기는 것은 부정확한 번역이고 이 부분은 '집중하게 만들고 …를 기억케 하는 무례함과 엉뚱한 짓을 억제했었다'로 옮겨야 한다.

　김종운 역본의 다른 문제점은 부적절한 역어를 선택하여 어감이 이상해진 경우이다. "반항적인 생각은"(218면)의 원문은 "infidel ideas"(9면)이다. 이 부분은 '기독교적(종교적) 삶에서 탈선한' '악마적인' '자유분방한' 혹은 '불경스런' 정도로 번역해야 적절하다. "머리칼은 미풍에 흩날리고"(224면) 부분은 "미풍에"를 '바람에'로 바꾸어야 한다. 원문에 사용된 단어는 "the wind"로 미풍을 의미하는 'the mild wind or the gentle breeze'와는 다르다. 역어 선택에 좀더 신중을 기했어야 하는 대목도 눈에 띈다. 이런 문제는 "She watched the boat take its way with deliberation past the other boats out to sea"(184면) 대목에서 "with deliberation"을 "유유히"(354면)로 옮기는 것이 한 예이다. 유유자적의 의미를 지닌 "유유히"는 '신중하게'로 옮겨야 옳다. 이처럼 김종운 역본은 단어의 세세한 의미를 포착하여 적확한 역어로 전달하는 데는 다소 미흡한 편이다.

　직역을 함으로써 문제가 되는 대목도 발견된다. "기울어가는 그늘과 이따금 지나가는 봄비 속에서"(329면) 부분의 원문은 "passing shadows and flights of small rain"(151면)이다. 이 부분은 '(햇볕이 구름에 가려) 지나가는 그림자들과 (빠르게) 흩날리는 가랑비 속에서'로 옮겨야 정확하다. "자연은 인간의 비참함을 평등한 자기만족의 눈으로 보았고"(331면)에서 원문 "with equal complacence"(153면)를 "평등한 자기만족의 눈으로"라고 번역하면 무슨 뜻인지 잘 이해가 되지 않는다. 이 부분은 '(자연은 인간 못지않게) 무덤덤하게' 정도로 옮겨야 한다. 그 이유는 자연이 사람의 일을 보완하고 완성시키는 만큼이나 인간의 파괴와 불행과 고통을 무덤덤하게 지켜본다는 의미를 전달하고 있기 때문이다.

　함축적 표현으로 가득 찬 이 작품을 번역할 때는 단순히 문장의 뜻을 옮기는 차원을 넘어서 의미를 이해하는 데 필요한 추가정보를 제공해야 할 필요가 있다. 하지만 김종운 역본은 이런 고려가 미흡하다. 예컨대 "이상향으로 가는 여행은"(216면)으로 번역된 대목의 원문은 "the passage to that fabled land"(6면)이다. 이런 직역으로는 '그 전설적인 나라, 즉 죽음의 나라'라는 의미를 제대로 전달하지 못한다. "펠트 융단 조각을 사이에 두고 규칙적으로 두드리는 둔한 쇠망치 소리 같은 불길한 소리가 들려왔고"(330면) 부분의 원문은 "ominous sounds like the measured blows of hammers dulled on felt"(152면)이다. 이 대목에서도 "ominous sounds"를 그냥 직역해서 "불길한 소리"로 번역할 경우 유럽에서 벌어지는 '전쟁의 총성'이란 의미가 전달되지 못한다. 이런 함축적 표현을 우리말로 옮길 때는 번역자가 의미를 풀어서 설명하거나 혹은 각주에 추가정보를 제공하는 등의 독자에 대한 배려가 필요하다.

결론적으로 이 번역본은 현대독자가 읽기에 어감상 부자연스러운 면이 있으나 시적 표현을 잘 살려내고 있으며 추천할 만한 번역본이라 할 수 있다.

추천본 2

박희진 『등대로』* ★★☆

이 역본은 가독성과 충실성 면에서 추천할 만하다. 역자도 후기에서 "산문을 시적 경지로 끌어올린 난해한 이 작품이 주는 감동을 과연 옮긴이가 얼마나 전달할 수 있을까"라고 토로한 바 있는데, 사실 이 작품

---

* 솔(1996, 2001). '버지니아 울프 전집 간행위원회'가 기획한 '울프전집' 씨리즈 다섯권 중 첫번째 단행본에 해당된다. 비교적 원문에 충실하게 번역하고 있으며 어법과 표현도 현대식을 따르고 있다. 번역자가 사용한 원전은 1955년판 하코트, 브레이스, 월드(Harcourt, Brace & World, Inc)에서 출간한 *To the Lighthouse*이며, 1992년 스텔라 맥니콜(Stella McNichol)이 편집하고 주석을 단 맥밀런(Macmillan)판의 *Collected Novels of Virginia Woolf: Mrs Dalloway, To the Lighthouse, The Waves*를 참조한 것으로 되어 있다. 책 뒤에 '이타(利他)의 세계로의 긴 여정'이라는 제목의 자세한 해설이 실려 있다.

번역의 어려움을 고려하면 이 번역본은 추천할 만하다고 판단된다. 박희진 역본은 울프의 시적 표현과 문체를 비교적 충실하게 전달하고 있으며, 김종운 역본의 한문 병기를 가급적 절제하고 있다. 또한 김종운 역본의 구식 어투와 표현을 현대식으로 바꾸어 매끄러운 우리말을 구사하고 있어 읽기에 자연스러운 편이다. 내용 전체를 거꾸로 전달하는 명백한 오역이나 줄거리의 올바른 이해를 방해하는 경우는 드물다.

김종운 역본처럼 문장을 끊어서 옮기기보다 작품에 그려진 의식의 흐름을 연속적으로 전달하기 위해서 쉼표를 나열하여 번역하는 특징이 있다. 그러다보니 의미가 다소 불투명하고 복잡해진 곳도 있다. 하지만 심각한 오역은 비교적 드물고 전반적으로 원문에 충실한 번역을 하고 있는 편이다. 하지만 단어의 누락이 빈번한 점이 신뢰성에 흠집을 낸다. 다른 문제점으로는 단어의 뉘앙스를 섬세하게 파악하지 못한 점, 생경한 직역투, 역어 선택의 부적절, 문장의 수식관계를 잘못 파악한 점, 그리고 시적 표현에 대한 추가정보를 제공하고 있지 않은 점이 간혹 눈에 띈다.

먼저 단어를 누락한 채 번역한 경우를 살펴보자. "만약 … 움켜잡았을 것이다"(10면) 부분에서 "there and then"(6면)을 누락하고 번역을 했다. 또한 "자식들에게 더욱 가차 없었다"(10면)로 번역함으로써 '자기 몸에서 태어난 (자식들에게)'란 의미를 지닌 "sprung from his loins"(6면) 부분을 빼고 번역을 했다. 이런 문제는 문장구조가 늘어지고 복잡한 곳에서 더욱 자주 발견된다. 예컨대 "그렇게 하는 과정에서 집중력을 산만케 하는 쓸모없고 관계없는 잡념을 진정시킬 수 있었기에"(270면) 부분에 해당되는 원문은 "and in doing so had subdued the impertinences and irrelevances that plucked her attention and made her remember"(179면)이다. 그런데 이 대목에서 "집중력을 산만케 하는"은 부정확한 번역이고 '건방짐'이 누락되었다. 같은 면에서 이런 문제는 다시 발견된다. "… 것 같지만 표면에서는 여러 갈래로 갈려 있는 듯이 보이는 것과 유사하다" 부분에 해당되는 원문은 "but to the swimmer among them are divided by steep gulfs, and forming crests"(179면)이다. 그런데 "by steep gulfs, and forming crests"를 빼고 번역하여 대충의 요지만 전달하고 있다. 이 대목은 '파도 속에서 수영하는 사람에게는 그것(파도 모양)은 가파른 심연과 솟구치는 물마루에 의해 구분되어 있다' 정도로 옮기는 것이 좋다. 이런 누락의 문제는 다른 곳에서도 발견된다. "마치 일정한 시간이 지나면서 애초에 그 말을 누가 했는지 의식조차 하지 않고 그 말을 반복하여 듣게 되는 듯했다"(209면)에 해당되는 원문은 "as if she were caught up in one of those habitual currents in which after a certain time experience forms in the mind, so that one repeats words without being aware any longer who originally spoke them"(180면)이다. 그런데 여기서 "as if she were caught up in one of those habitual currents"의 번역이 누락되었다. 이 대목은 '일정한 시간이 지나면 마음속에 경험이 형성되는 그런 타성에 마치 사로잡힌 것처럼, 그녀는 누가 애당초 그 말들을 말했는지 의식조차 하지 않고 반복하여 듣게 되는 듯했다' 정도로 옮겨야 무난하다.

문장이 복잡한 경우에는 문장구조와 수식관계를 잘못 파악하여 오역한 부분도 눈에 띈다. 이런 경우 대충의 요지만 전달하고 부분을 생략해가며 번역하는 문제점이 생긴다. 예컨대 "(그 모습은) 바다에서 노를 저어가는 햇빛의 창(槍)을 맞은 열대어의 그것이었다"(177면)의 원문은 "looked like a tropical fish oaring its way through sun-lanced waters"(152면)이다. 이 대목에서 "sun-lanced"가 꾸며주는 대상이 "waters"이지 "a tropical fish"가 아니다. 따라서 '(맥냅 부인의 모습은) 햇빛의 창(槍)으로 찔린 물속을 헤치며 나아가는 열대어의 모습이었다' 정도로 옮겨야 한다.

드물지만 의미를 정반대로 옮긴 경우도 간혹 있다. 검토범위에 포함된 예는 아니지만 "It was monotony of bliss"(226면)는 긍정문인데도 "그것은 단조로운 축복이 아니었으니"(260면)로 정반대로 번역하고 있다. 부주의로 인해 생겨났을 이런 오역은 "she seemed unable to surmount the tempest calmly"(227면) 대목을 "(그녀는) 폭풍우를 침착하게 아니면 가볍게 넘길 수 있는 듯이 보였다"(261면)에서도 나타난다.

부적합한 역어 선택도 눈에 띈다. 예컨대 "무목적성 비탄의 돌풍을 일으켰는데"(169면)에 해당되는 원문은 "gave off an aimless gust of lamentation"(145면)이다. 여기서 "aimless"를 "무목적성"으로 옮기는 것보다는 '길 잃은' 정도로 옮기는 것이 무난하다. 그리고 "while the sun so striped and barred the rooms and filled them with yellow haze"(152면)에서 "with yellow haze"를 "노란 안개로"(177면)로 옮겼는데 이 표현은 태양에 의해 생겨난 '노란 아지랑이' 정도로 옮겨야 한다. "이젤 위에서 그림을 그려보기도"(169면)의 원문은 "tried the picture on the easel"(145면)인데, 이 대목은 '그림을 건드려보기도' 정도로 옮겨야 한다.

직역투 번역도 발견된다. 예컨대 봄의 속성을 묘사하고 있는 "bare"(150면)는 "단도직입적이고"가 아니고 '꾸밈없는'으로 번역하는 것이 자연스럽다. "Strife, division, difference of opinion, prejudices twisted into the very fibre of being"(11면)은 "분쟁, 분열, 이견, 편견들이 인간 존재의 섬유 속으로 뒤틀려 들어갔다"(16면)로 옮겼으나 '… 인간의 성품 속으로 뒤틀려 들어갔다'로 번역해야 좀더 자연스럽다.

이처럼 정확하게 어감을 전달하지 못하는 예는 "이 조용한 집과 어울리는 것처럼 보였으니"(212면)에서도 발견된다. 원문은 "Mrs Ramsay seemed in consonance with this quiet house"(183면)이다. 이 대목은 '(죽은) 램지 부인(의 영혼)이 조용한 집과 공명하는 것처럼 보였으니' 정도로 옮겨야 내면의식과 외면 대상물이 상호소통하고 있는 상황의 느낌이 전달된다.

김종운의 경우처럼 박희진 역본에서도 함축적 표현에 대한 세심한 주의가 부족하여 생긴 문제점이 나타난다. "그 환상의 땅으로 여행은"

(11면)으로 번역된 대목의 원문은 "the passage to that fabled land"(6면)이다. 이런 직역은 '그 전설적인 나라, 즉 죽음의 나라'라는 의미를 제대로 전달하지 못한다. 같은 면 "우리의 연약한 배들은 암흑 속에서 침몰되는데"(11면)로 번역된 대목의 원문은 "our frail barks founder in darkness"(6면)이다. 여기서도 '우리의 연약한 인생행로의 배들은 …'이라고 해야 의미가 잘 전달된다.

이런 문제들이 있기는 하지만 박희진 역본은 비교적 정확한 번역과 자연스런 문장 구사로 추천할 만하다.

리어왕

월리엄 셰익스피어 William Shakespeare

King Lear

출간현황 단행본으로 출간되었거나 '4대비극' 등의 형태로 다른 작품과 한데 묶여 나온 『리어왕』 번역본의 출간현황은 현재까지 확인된 바로는 다음과 같다. 번역본을 낸 출판사는 84곳이며, 역자는 총 46명이다. 같은 역자가 다른 출판사에서 낸 번역본과 실질적인 개정본을 다른 판본으로 계산할 때 총 판본은 117개이다. 그중 입수한 것은 55개 출판사 역자 30명의 73본이고, 여기서 출판사는 다르나 내용은 같은 중복출간을 뺀 판본은 30종이다. 같은 역자의 판본들은 모두 같은 종으로 취급했는데 이는 출판사가 다르더라도 실제 번역에서는 큰 차이가 없었기 때문이다. 이 30종 중에서 소설로 번안된 2종, 즉 한용환 역 『리어왕』(신문화사 1974, 세인문화사 1975, 정통출판사 1980, 학력개발사 1982)과 봉현선 역 『리어왕』(혜원출판사 1999)을 제외하고, 여기에 생략과 축약이 심한 정홍택 역 『리어왕』(소담출판사 2002)도 제외하여 결국 27종 67본을 최종적인 검토대상으로 삼았다. 이 27명의 역자들 가운데 독자적 번역을 내놓은 경우는 14명이며, 나머지는 선행 번역을 과도하게 참조한 탓에 독자적 번역으로 보기 어렵다.

　　최초의 국내본 번역서는 1955년 탐구당에서 출간된 최정우 역 『리어왕』으로 확인되고 있으며, 이 번역본은 1973년 정음사에서, 다시 1983년 정음문화사에서 약간의 윤색을 거쳐 재발간되었다. 최정우 역본은 이후의 번역서에서 많이 참고되어, 부정확하게 번역된 것이 다른 역서에서도 그대로 지속되었다. 『리어왕』의 번역사에서 최정우 역본보다 더 자주 원전 역할을 한 것은 김재남 역본으로, 1971년 처음으로 발간된 이래 이후의 번역서에서 가장 많이 표절한 저본이 되었으며 표절까지는 아니더라도 참고대상으로도 가장 많이 사용되었다. 김재남 역본은 워낙 많은 출판사에서 출간되었는데 일부 판본의 경우 김재남의 것이라고는 믿어지지 않을 만큼 제멋대로 윤색된 경우도 있었다.

검토대상

- 최정우 『리어왕』 탐구당(1955) 정음사(1964) 정음문화사(1983)
- 김재남 『리어왕』(출전 『셰익스피어전집』) 을지서적(1995) 을유문화사(1971, 1994) 서문당(1974) 미문출판사(1980) 동서문화사(1981) 범한출판사(1982, 1986) 학원출판공사(1989, 1993) 중앙출판사(1994) 계몽사(1994) 대광(1995) 하서(1994, 2000) 동화출판공사(출간사항 미상)
- 이경식 『리어왕』(출전 『셰익스피어 4대비극』) 서울대학교출판부(1996) 대양서적(1974) 평범사(1978)
- 신정옥 『리어왕』 전예원(1991)
- 이덕수 『리어왕』 형설출판사(1996)
- 최종철 『리어왕』 민음사(1997)
- 김우탁 『리어왕』 성균관대학교출판부(1998)
- 이종구 『리어왕』 세명문화사(1990, 1991) 삼중당(1975) 삼진사(1976) 한영출판사(1977) 태극출판사(1980) 마당문고(1983)
- 최종묵 『리어왕』(출전 『셰익스피어전집 3』) 상서각(1977) 『리어왕』(출전 『세계대표문학전집 3』) 고려출판사(1979) 성창출판사(1987)
- 이태주 『리어왕』(출전 『셰익스피어 4대비극』) 범우사(1991) 삼성출판사(1984)
- 김영목 『리어왕』(출전 『셰익스피어전집 3』) 학진출판사(1975) 삼선출판사(1978) 우성출판사(1978) 문공사(1981)
- 이상우 『King Lear』 신문출판사(1981)
- 한우정 『셰익스피어 4대비극(리어왕)』 두풍(1998)

- 박현미 『리어왕·오셀로』 일신서적출판사(1999)
- 윤두현 『리어왕』(출전 『세계문학대전집17』) 문학당(1977)
- 정인섭 『리어왕』(출전 『세계문학대전집1』) 삼성당(1982)
- 강무학 『리어왕』 청화출판사(1987)
- 이신항 『리어왕·베니스의 상인』 문공사(1983)
- 정해근 『리어왕』(출전 『4대비극』) 거암(1984)
- 신호수 『리어왕』(출전 『4대비극』) 현보문화(1997)
- 김병걸 『리어왕』 시대문화사(1983) 대호(1985)
- 강우영 『리어왕』(출전 『로미오와 줄리엣』) 청목(1989)
- 김진욱 『맥베스·리어왕』 범우사(1990)
- 김인숙 『리어왕』 청목사(1994)
- 권응호 『리어왕』(출전 『셰익스피어 4대비극』) 혜원(1992)
- 김남 『리어왕』(출전 『4대비극』) 홍신(1993)
- 이영준 『리어왕』(출전 『셰익스피어 4대비극』) 교육문화연구회(1995)

 **평가개요**　　검토의 기준으로 삼은 원전은 아래와 같다.

William Shakespeare, *King Lear: The Arden Shakespeare*, ed. Kenneth Muir (Methuen 1952); *King Lear: New Cambridge Shakespeare*, ed. Jay L. Halio (Cambridge UP 1992); *King Lear: New Shakespeare*, ed. John Dover Wilson (Cambridge UP 1962).

　셰익스피어의 경우 판본에 따라 단어나 행들이 달라지기도 해서 원전을 무엇으로 삼았는지가 상당히 중요한데, 대부분의 번역본에서 원전을 명시한 경우는 놀랍게도 아주 드물었다. 원전이 명시된 경우 아덴(Arden)판을 대부분 사용했고, 원전을 명시하지 않은 경우에도 등장인물의 소개 순서나 기타 편집된 내용 등을 볼 때 대부분 아덴판을 원전으로 삼은 듯하다. 단 김우탁 역본은 앞의 뉴 케임브리지 셰익스피어(New Cambridge Shakespeare)판을 원전으로 삼았고, 최정우 역본은 글로브(Globe)판을 원전으로 했다. 따라서 본 검토는 아덴판을 기준으로 삼되 달리 원전이 명시된 경우에는 그것과 대조했다.*

번역서를 상세히 검토한 결과 추천할 만한 번역본은 7종인 것으로 나타났다. 최정우, 김재남, 이경식, 신정옥, 이덕수, 최종철, 김우탁의 번역본들이다. 최정우의 탐구당본(1955)은 가장 먼저 번역된 것으로 보이는데 고어투이기는 하나 오역이 적으며 문맥에 맞는 유연한 해석이 돋보인다. 김재남의 을유문화사본(1971)은 원문에 충실한 번역으로 뒤에 나온 많은 번역서들의 저본 역할을 했다. 확인된 김재남 역본만 하더라도 16개에 달하는데 그중 범한출판사(1982, 1986)와 학원출판공사(1989, 1993), 계몽사(1994)의 역본은 김재남의 것으로 볼 수 없는 심한 오역을 일부 담고 있어 개정과정에서 역자와 무관한 윤색이 있었을 것으로 의심된다. 반면 을지서적(1995)에서 나온 삼정본은 을유문화사 번역의 문제점들이 많이 개선되고 어투도 자연스럽게 바뀌어 역자가 직접 개정작업을 했을 것으로 짐작된다. 이경식 역본은 직역을 위주로 자구 하나까지 놓치지 않고 번역되었지만 딱딱한 문체 때문에 가독성이 다소 떨어지고 뒷부분에서 사소한 오역이 눈에 띈다. 신정옥 역본은 무엇보다도 가독성이 가장 큰 장점이며 부정확한 번역이 거의 없다. 이덕수 역본과 김우탁 역본은 비교적 최근에 대학교재로 출간된 영한대역본인데, 부정확한 번역이 거의 없고 원문과 행을 맞추어 번역했으며 가독성도 좋았다. 또한 풍부한 주석을 통해 원문의 다의적이고 양가적인 의미들을 이해하는 데 도움을 주었다. 최종철 역본은 본격적인 운문 번역을 시도한 번역본으로 원문의 느낌을 살리기 위한 시도는 그 자체로 높이 평가할 만하다. 그러나 운문 번역과정에서 자연스럽지 못한 축약과 비틀기가 일어나서 원문의 의미전달이 충분치 못하거나 왜곡되는 경우가 왕왕 있었다.

이종구, 최종묵, 이태주의 번역본은 앞 번역본들에 비해 정확성이나

* 총 3200행에 달하는 『리어왕』에서 극의 전개상 가장 중요한 장면을 중심으로 338행을 번역본마다 행별로 일일이 대조 검토했다. 검토한 행은 아덴판 기준으로 다음과 같다. 1막 1장 35~119행, 2막 2장 1~60행, 3막 4장 6~36행, 4막 6장 108~73행, 4막 7장 60~75행, 5막 3장 256~310행.

가독성에서 다소 문제가 있는 것으로 나타났다. 이종구는 비교적 충실한 번역을 했고 고어투이기는 하지만 가독성도 괜찮은 편이다. 그러나 군데군데 부정확한 번역이 있고 어려운 부분을 주석에 기대는 문제점이 있다. 이중적인 의미를 설명하거나 어려운 부분을 해설해주는 주석은 본문을 이해하는 데 도움이 되기도 하지만, 그 대신 본문만 읽어서는 무슨 말인지 알 수 없는 경우도 있었다. 게다가 태극출판사본(1980)처럼 아예 주석 없이 출간된 역본은 본문만으로는 이해하기 힘들다. 최종묵(상서각 1977, 고려출판사 1979, 성창출판사 1987)의 경우 한 사람의 번역이라고는 볼 수 없는 전혀 다른 두가지 번역본이 있어서 의문이 생긴다. 하지만 두가지 모두 부정확한 번역이 다소 많고 가독성도 문제가 있었다. 이태주 역본은 자연스럽게 읽혀서 가독성은 우수한 편이나 부정확한 번역이 가끔 있고, 단어 하나하나를 정확하게 번역하지 않은 두루뭉술한 번역이 더러 발견된다. 또한 원문에서 생략된 부분도 있다. 이 세 번역본은 신뢰성은 어느정도 있으나 번역본만으로 원작을 이해하기에는 미흡한 번역이라고 판단된다. 검토대상인 완역본 27종 중 표절본도 상당수 있어 셰익스피어 번역에서도 표절의 문제가 심각한 것으로 드러났다.

추천본 1

최정우 역 『리어왕』[*] ★★☆

최정우 역본은 탐구당본의 경우 고어투가 걸리기는 하나 정확성이나

---

[*] 탐구당(1955) 정음사(1964) 정음문화사(1983). 탐구당본은 『리어왕』의 번역본 중 가장 오래된 번역으로 간주되며 영한대역본이다. 정음사본은 '셰익스피어전집'의 한권으로 발간되었으며 탐구당본의 고어체를 현대어로 고친 것 외에는 탐구당본과 같다. 정음문화사본은 정음사본과 같으며 '세계문학전집' 중 한권으로 발간되었다. 검토는 탐구당본을 중심으로 했다.

가독성에서 우수한 번역이다. 총 330여행을 검토한 결과 대략 40행당 1개 정도의 오역이 발견되었으며, 사소한 단어의 부정확한 번역 외에 문맥을 완전히 잘못 읽은 데서 오는 오역은 5개 정도에 불과했다. 머리말에서 글로브판으로 원전을 분명히 밝히고 주석은 윌슨(Wilson), 리들리(Ridley), 데이턴(Deighton), 체임버스(Chambers) 편집본들을 참고했음을 밝힘으로써 가장 오래된 번역본임에도 불구하고 이후의 번역본들보다 더 정확하게 원칙을 지킨 면이 있다.

최정우 역본은 이후 많은 번역에서 표절이나 참조의 저본 역할을 한 것으로 보여서 심지어 정음사본으로 개정되면서 3막 2장의 "crack your cheeks"가 '너의 뺨을 찢어라'가 아닌 "내 뺨을 찢어라"로 오역된 것이 이후 많은 역본에서 반복되는 등 여러 다른 역본들이 최정우 역본을 참조한 증거들이 허다하다. 그러나 첫째, 번역한 지 너무 오래되어 현대 독자들이 공감하기에는 구식 문체이고, 둘째, 시중에서 구할 수 없는 판본이라서 이처럼 추천할 만한 번역임에도 불구하고 결과적으로 사장되고 말았다는 아쉬움이 남는다.

최정우 역본의 장점을 보기 위해 대부분의 번역자들이 다소간 잘못 번역한 3막 2장 첫 대목을 보자.

> Blow, winds, and crack your cheeks! rage! blow!
>
> **You cataracts and hurricanoes, spout**
>
> **Till you have drench'd our steeples, drown'd the cocks!**
>
> You sulph'rous and **thought-executing** fires,
>
> Vaunt-couriers of oak-cleaving thunderbolts,
>
> Singe my white head! And thou, all-shaking thunder,
>
> Strike flat the thick rotundity o'th'world!
>
> Crack **nature's moulds**, all germens spill at once,
>
> That make ingrateful man! (1~9행)

바람아 불어라. 너의 뺨을 찢어라. 사납게 일어나라! 불어라! **폭포야, 용소슴아, 뾰족한 탑을 적시고 탑위에 있는 바람개비 수탉이 물에 잠기도록 솟아 나오너라! 생각같이 빠르게 할 일을 하는** 유황의 불이여! 참나무를 짜개는 벼락의 선구자인 번개여! 내 흰 머리를 태워라! 그리고 천지를 진동시키는 우뢰여! **두껍고 둥그런 이 지구를 때려 납작하게 맨들라! 조화(造化)의 원판**을 바수고 배은망덕하는 놈을 만드는 모든 씨를 당장에 없애라!

(135면)

이 대목은 이후의 번역가들이 많이 틀리는 부분이지만 최정우 역본에서는 오역이 거의 없다. "spout" "thought-executing" "strike flat the thick rotundity o'th'world" 같은 까다로운 부분들을 무리없이 번역했다. 비가 그냥 위에서 아래로 쏟아지는 것이 아니라 한편으로는 폭포처럼 쏟아지고 다른 한편으로는 마구 용솟음치는 것을 "폭포야, 용소슴아 … 솟아 나오너라"로 표현했다. 그리고 셰익스피어 시대에는 '생각'이 세상에서 가장 빠른 것이어서 속도의 기준으로 종종 사용되었다는 배경지식이 필요한 "thought-executing"도 "생각같이 빠르게 할 일을 하는"으로 잘 번역했다. 다만 "nature's moulds"를 "조화(造化)의 원판"이라는 어려운 한자어를 사용하여 번역한 것은, 현대 독자들이 쉽게 읽기에는 지나치게 고어투여서 시류에 맞지 않는 최정우 번역의 문제점을 보여주는 한 예이다. 그러나 1950년대에 나온 번역인 만큼 이 자체를 문제삼을 수는 없겠다.

반면 부정확한 번역인데도 아주 수많은 오역의 원전 역할을 한 예를 보자. 3막 2장의 광대의 시이다.

> **The cod-piece that will house**
> Before the head has any,
> The head and he shall louse;

머리 넣을 집도 아직 없는데

불알 넣을 바지를 만든다며는

머리나 불알에 이가 괸다오.

여러 거지 그렇게 장가갑디다.

마음을 단단하게 먹지는 않고

발구락을 딱딱하게 만든다며는

아픈 티눈 때문에 잠을 못 자고

눈을 뜬 채 긴 밤을 새워야 되오. (137면)

남녀간의 성애를 묘사한 27행("The cod-piece that will house")을 "불알 넣을 바지를 만든다며는"으로 지나치게 의역했다. 직역하기 다소 민망한 부분이기는 하나 이렇게 돌려 말해서는 원문이 무슨 뜻인지 알 수 없다. 다른 번역과 비교해보자. 예컨대 "머리 집도 구하기 전에/자지 집 찾는 놈은"으로 직역한 최종철의 번역이나 "불알 넣을 자리 가지면"으로 번역한 김재남의 을지서적본이 오히려 원작의 의미에 가깝다. 그런데도 최정우의 잘못된 번역이 이후 원전 역할을 해서 김재남의 을유문화사본을 비롯한 숱한 번역본에서 그대로 반복되었다. 또한 31, 32행도 정확한 번역은 아니다. 가장 소중해야 할 심장(코딜리어)과 가장 하찮게 취급해야 할 발가락(고너릴, 리건)이 서로 전도되어 소중한 코딜리어를 내치고 엉뚱하게 두 딸만 애지중지하다 마음 아픈 꼴을 당한다는 의

미인데, "마음을 단단하게 먹지는 않고／발구락을 딱딱하게 만든다며
는"으로 잘못 번역했다.

부적합한 번역인데도 후대의 원전 역할을 하게 된 또다른 예가 3막 2
장의 "race and a cod-piece" 번역이다.

켄트: 거기 있는 것은 누구요?

바보: 참말 여기에는 **왕관**과 **바지**가 있어. 그런데 그것은 **똑똑한 사람**
과 광대바보라는 말이야. (137면)

여기서 "grace"는 일차적으로는 'his grace'라는 의미에서 리어를 가리
키고 "a cod-piece"는 의복에서 음경가리개 부분을 유난히 강조한 광대
자신을 가리킨다. 그러나 이 두 표현은 좀더 확대된 의미로 그 사회에서
가장 높은 계급과 가장 낮은 계급의 양 극단을 나타내기도 한다. 그리고
그 다음에 이어지는 "a wise man"은 왕일 수도 있고 광대일 수도 있다.
즉 가장 높은 계급의 사람이 가장 바보일 수도 있는 역설을 담고 있는
것이다. 그런데 최정우의 번역은 일단 무슨 말인지 알 수 없을 뿐 아니
라 이같은 다의적인 의미들을 살리지 못한다. "grace"를 "왕관"으로 번
역한 것도 부정확한 번역일 뿐 아니라 "cod-piece"를 "바지"로 옮기면
무슨 의미인지 전혀 알 수 없게 된다. 그런데도 이 번역문 역시 이후 번
역본들에서 수없이 되풀이된다.

그러나 이러한 몇가지 문제에도 불구하고 전체적으로 부정확한 번역
의 분포나 가독성에서 후에 나온 어떤 번역본보다 나은 면이 많아 추천
할 만한 번역본으로 판단된다.

추천본 2

김재남 역 『리어왕』* ★★☆

김재남 역본은 부정확한 번역이 드물고 가독성도 좋은 매우 우수한 번역이다. 검토한 부분 중 단어 수준의 사소한 부정확한 번역을 제외한 중대한 오역은 7개이고 그중 상당수는 개정판에서 개선되었다. 반대로 최초 번역인 을유문화사본에서는 제대로 번역이 되었으나 개정판에서는 오히려 부정확하게 번역된 예도 있어서, 예컨대 3막 2장의 광대의 시가 범한출판사본과 학원출판공사본, 계몽사본에서는 창작 수준의 오역으로 바뀌었다. 김재남 번역은 출간된 출판사가 너무 많아 중역이 남발되었고, 번역본에 대한 역자의 저작권이 지켜지지 않은 채 무성의한 개정이 이루어진 것, 그리고 그나마 개정된 부분도 순차적이거나 체계적이지 않은 것 등의 문제가 있다.

가독성 면에서 볼 때 김재남 번역은 읽기가 수월한 편이다. 그러나 최초로 번역된 지 30여년이 지나 현대 감각에 맞지 않는 문체와 어휘가

* 을지서적(1995) 을유문화사(1971, 1994) 서문당(1974) 미문출판사(1980) 동서문화사(1981) 범한출판사(1982, 1986) 학원출판공사(1989, 1993) 중앙출판사(1994) 계몽사(1994) 대광(1995) 하서(1994, 2000) 동화출판공사(출간사항 미상). 김재남 역본은 1971년 을유문화사에서 처음 간행된 이래로 출판사를 달리하여 30종 정도 출간되었는데 그중 17종을 입수했다. 최초 번역본은 1971년 을유문화사본인 것으로 확인되었으며 이후의 번역본들은 여기서 크게 벗어나지 않는 중역본들로 고유명사의 표기를 바꾸거나(예컨대 "고너릴"이 "거너릴"로), 단어를 윤색하거나("자제분"이 "아드님"으로), 혹은 어미나 문구의 수정("같더군요"가 "같소"로) 등 사소한 개정이 이루어졌다. 단 범한출판사본(1982)과 이 판에 근거한 학원출판공사본(1989, 1993)은 상당부분 개정되었으며 이렇게 개정된 부분 중 일부는 개선이라고 할 수 있으나 일부는 오히려 개악이다. 그리고 계몽사본(1994)의 경우 일부 개악된 행들이 있으며, 고어투의 문장을 자연스럽게 대폭 수정했으나 수정된 부분이 기존의 김재남 역본과 문체가 달라서 역자가 직접 개정에 참여했는지 의문이 남는다. 반면 을지서적본(1995)은 저자가 삼정판이라고 직접 밝힌 판본으로, 이전 판의 문제점들이 일관되게 개선되고 수정되어 계몽사본이나 범한출판사의 개정판과는 달리 역자의 책임하에 이루어진 개정판으로 보인다. 그러나 이같은 개정과 수정은 연차적으로 일관되게 이루어진 것이 아니어서 하서본(2000)의 경우 가장 최근에 발행되었음에도 불구하고 삼정판인 을지서적본의 개정을 반영하지 않은 채 오히려 최초의 번역인 을유문화사본과 거의 다를 바가 없었다. 따라서 번역 검토는 삼정판인 을지서적본을 기준으로 하되 최초의 번역본인 을유문화사본을 대조하고, 범한출판사본, 학원출판공사본 그리고 계몽사본에서 문제가 되는 수정이나 개정이 있는 경우에는 이를 밝히도록 한다.

있기도 하다. 간혹 잘 쓰지 않는 어려운 한자어를 사용하여 현대 독자들이 읽기 어려운 면도 있다.

또 한가지 문제는 해설이다. 김재남의 번역이 비슷한 판본을 중복출간했듯이 번역본 말미에 붙인 해설이나 연보도 모두 거의 같다. 출판사에 따라 그 길이가 다소 달라지기는 하나 같은 해설을 놓고 편집한 것으로 보인다. 최초 번역이 이루어진 1971년 이후로 셰익스피어 연구는 질과 양에서 많은 변화가 있었으나 해설은 여전히 70년대 초의 개론적인 내용이 되풀이되므로 오히려 독자의 이해를 제한하는 문제를 낳는다.

결론적으로 김재남 역본은 가독성과 정확성이 우수하여 추천할 만하고 현재 시중에서 전집류로 구입할 수 있는 대중성도 갖추고 있지만 역자의 책임하에 체계적인 개정이 이루어지지 않은 채 다양한 출판사의 다양한 판본들이 지금도 병존하고 있어 아쉬움이 남는다.

김재남 역본의 장점과 단점을 같이 보여주는 다음 대목을 보자. 이 대목은 3막 2장의 폭풍우 장면이다. (1~7행. 원문은 본서 483면 최정우 부분 참조)

바람아, 불어라. 네 볼때기를 터지게 하라! **뒤끓어라!** 쏟아져라! 폭포수 같은 호우야, 억수 같은 폭우야, 내리 쏟아져서, 높이 솟아 있는 첨탑을 침수시키고 첨탑 꼭대기에 달린 팔랑개비를 익사시켜버려라! 순식간에 천지를 달리는 유황불이여, 참나무를 두 쪽 내는 **천둥**의 선도자인 번개여, 둥근 지구를 때려부숴서 납작하게 만들어라! (912면)

어려운 부분인데도 전체적으로 가독성이 좋다. 리어의 급박한 심리가 번역에도 반영되어 있고 원문의 호흡을 반영하면서도 우리말로도 자연스럽게 읽힌다. 그러나 원문의 6행인 "Singe my white head! And thou, all-shaking thunder"가 빠져 있다. 이 부분은 최초 번역인 을유문화사본(1971)에는 "내 백발을 지져라! 천지를 진동하는 뇌성이여"로 제대로 번역되어 있었다. 이것이 개정되는 과정에서 없어졌는데, 아마도 부주의

488

한 교열의 결과로 짐작된다. 또한 고어투로 되어 있는 "뒤끓어라"가 범한출판사본(1982)에서는 "날뛰어라"로 개선되었다가 1995년 을지서적본에서는 다시 "뒤끓어라"로 돌아갔다. 1행의 "blow"를 을유문화사본에서는 "불어라"로 제대로 해놓고 을지서적본에서는 "쏟아져라"로 잘못바꾼 것도 눈에 띈다. 반면 "thunderbolts"를 "천둥"으로 무성의하게 오역한 것은 그냥 남아 있다. 즉 전체적으로는 정확한 번역인데도 여러번의 개정과정에서 오히려 혼란스러워지고 나빠진 면이 있는 것이다.

3막 2장 광대의 시는 번역본들의 수준을 가늠할 수 있는 시금석이 될 만하다. 광대 특유의 축약과 암시가 성적인 진한 농담과 은유 속에 들어 있기 때문이다. 김재남의 번역을 보자. (27~34행. 원문은 본서 484~85면 최정우 부분 참조)

머리 넣을 집도 없이
불알 넣을 자리 가지면 (**불알 넣을 바지** 가지면.)
머리나 불알에 이가 끓지.
거지들은 그렇게 장가들지.
발가락을 자기의 가슴인 양, (마음속에 간직해 둬야 할 것을)
소중히하는 사람은, (발가락에 달고 다니면)
아픈 티눈 때문에 잠을 못 자고
눈을 뜬 채 긴 밤을 새워야 되지. (913면)

괄호 안의 부분은 을유문화사본(1971) 번역이다. 삼정판으로 개정하면서 번역이 확연하게 좋아졌음을 알 수 있다. 성행위를 의미하는 27행을 "불알 넣을 바지"로 돌려 표현했던 것을 "자리"로 바꿈으로서 원문의 성적인 의미를 살릴 수 있게 되었다. "발가락을 자신의 가슴인 양/소중히 하는 사람은"도 을유문화사본에 비하면 개선된 번역이다. 이 번역문을 "소중한 것을 발길로 차면"(김영목)이라든가 "마음속에 다져둘 단단한 것을/발가락에 붙이고 다닌다면은"(이태주)과 비교해보면 김재남 번역이 자연스러우면서도 정확한 것을 알 수 있다. 그런데 문제는 같은 김재남의 번역으로 나와 있으면서도 범한출판사본, 학원출판공사본, 계몽사본에 있는 광대의 시는 다른 번역자의 부정확한 번역과 비교해도 엉터리라는 데 있다. 이 출판사들 번역본에서는 27행에서 30행까지가 "집도 절도 없는데,/자식새끼 만들면,/부모 자식 모두가/비렁뱅이 신세 된다"로 개정되었는데, 물론 원작과 전혀 관계없는 창작 수준의 번역이다. 김재남 역본을 표절한 이후의 역본들에서 광대의 시가 하필이면 이 엉터리 개정본으로 올라 있는 것도 눈에 띄는 점이다.

이밖에 중요한 오역으로 3막 2장 59~60행의 "I am a man/More sinn'd against than sinning"을 "나는 죄를 범했다기보다 침범당한 사람이다"(304면)라고 옮긴 부분이 있다. 이 부분은 작품 전개상 중요한 부분인데, 한편으로는 리어가 자신도 죄가 많다는 것을 인정하면서 그러나 자신이 남에게 잘못한 것보다는 남이 자신에게 잘못한 것이 훨씬 많다고 강변하는 내용이다. 그런데 김재남의 번역은 "침범당"했다는 표현을 사람에게 적용한 것도 어색하거니와 리어가 자신의 죄를 전혀 인정하지 않는 듯한 어감을 주어 부적합한 번역이라고 볼 수 있다.

이외에 사소한 부정확한 번역도 다소 있다. 예컨대 1막 1장 70행에서 "my very deed of love"를 "효성"(266면)이라고 간단히 번역한 것, 82행에서 "although our last, and least"를 "막내지만 나의 사랑은 결코 막내 못이 아니다"(267면)라고 번역한 것 등이다. 70행에서 "deed"는 법률용어로서 증서나 내역서의 의미이며, 따라서 이 구절은 고너릴이 먼저 자신의 효심을 열거하면서 리건의 효성 내역서를 조목조목 그대로 들었다는 뜻인데 이것이 "효성"이라는 말로 지나치게 단순화되었다. 82행에서 "least"는 코딜리어가 막내이고 어려서 몸집이 작다는 의미인데 부정확하게 번역되었다. 아마도 흔히 쓰는 표현인 "last, but not least"의 의미가 지레 덮어 씌어진 듯하다. 사실 이 구절은 다른 번역서에서도 대부분

틀리게 번역되어 있어서 번역자들의 좀더 세심한 주의가 필요한 부분이다. 이같은 사소한 부정확한 번역은 장면을 이해하거나 문맥을 파악하는 데는 장애가 되지는 않으나 원작에 충실한 정확도에서는 다소 문제가 될 수 있는데, 이나마도 그리 많지 않았다.

추천본 3

이경식 역 『리어왕』* ★★☆

이경식의 번역은 책머리에서 밝힌 대로 "가능한 한 의역보다는 직역을 하여 학생들이 필요한 경우 원문을 읽거나 참고할 때 원문 해독에 보다 많은 도움이 되도록" 의도한 번역이다. 그 결과 원문의 자구 하나하나를 빠뜨림 없이 직역 위주로 번역을 하다보니 어색하고 부자연스런 부적합한 표현들이 더러 생겨나 가독성이 떨어지게 되고, 또한 원문의 시적인 맛을 충분히 살리지 못하는 경우가 드물지 않게 나타나는 아쉬움이 있다. 하지만 까다로운 셰익스피어의 원문을 충실하게 옮겨놓았고 부정확한 번역도 많지 않아 추천할 만한 번역이라고 하겠다.

*서울대학교출판부(1996) 대양서적(1974) 평범사(1978). 이경식 역 『리어왕』은 대양서적본(1974)으로 처음 출간된 이후 평범사본(1978)을 거쳐 서울대학교출판부 출간 『셰익스피어 4대비극』(1996, 1998)에 포함되었다. 이 번역본들은 단어나 어미의 수준에서 수정이 가해진 정도의 차이를 보이므로 기본적으로 동일본으로 간주했다. 검토본은 『셰익스피어 4대비극』에 실린 『리어왕』으로 한다. 이 번역본의 원전은 피터 알렉산더(Peter Alexander)가 편집한 *William Shakespeare: The Complete Works* (London and Glasgow: Collins 1951)이며, 자세한 해설과 참고도서 목록, 연보가 수록되어 있고, 꼭 필요한 경우에 간단한 역주가 달려 있다.

추천본 4

신정옥 역 『리어왕』* ★★☆

　　신정옥 역본의 가장 큰 장점은 가독성이다. 자연스러운 우리말로 번역되어 무리 없이 잘 읽힌다. 또한 등장인물의 신분과 계급에 따라 적절한 문체와 어투가 사용되었고, 완급과 고저를 조절하는 문장으로 각 장면의 상황을 적절하게 전달했다. 또한 운문으로 되어 있는 원문을 산문으로 번역했는데 적당한 리듬감을 살리려고 애쓴 흔적도 보인다. 그러나 이러한 자연스러움은 단점이 되기도 하는데 자연스러운 번역이 되기 위해 더러 정확성이 훼손되었고, 비속어가 사용되기도 했다. 그러나 그 정도가 심하지 않고, 검토 분량 중 심각한 오류가 아주 적어서 추천할 만한 우수한 번역으로 판단된다.

추천본 5

이덕수 역 『리어왕』** ★★☆

　　이덕수 역본은 부정확한 번역이 드물고 가독성도 좋은 번역본이다. 비교적 최근에 번역 출간되었기에 번역문도 자연스럽게 읽힌다. 또한 원문의 행과 번역문의 행을 최대한 맞추어 번역했으므로 원문과 대조해서 읽는 수업시간에는 도움이 될 것으로 보인다. 이처럼 수업시간에 교

---

* 전예원(1991). 전예원에서 총 40권으로 완역된 '셰익스피어전집'의 13권으로 발간되었으며 2002년에 중판 발행되었다. 문고판으로 얇게 발행되었으며 책 말미에 짧은 해설이 붙어 있다.
** 형설출판사(1996, 1999). 형설출판사의 '셰익스피어 씨리즈' 5권으로 출판되었다. 영한대역본이고, 집필연대·원전·주제·참고문헌 등이 상술된 30여면의 서문이 붙어 있다. 1996년에 초판이 출간되었으며 1999년판을 검토본으로 삼았다.

재로 쓰일 것을 염두에 두고 번역되었다는 점은 이 번역본의 강점이자 약점이기도 하다. 영한대역으로 되어 있어 원문과 번역문을 한눈에 비교할 수 있고, 30여면에 이르는 전문적인 내용의 서문이 붙어 있으며, 각 면에 절반에 걸친 자세한 주석이 붙어 있어서 모호한 부분이나 다의적인 내용을 잘 설명해주지만, 영어로만 되어 있는 주석은 일반독자들에게는 거의 도움이 되지 않는다. 이덕수 역본은 역동적인 드라마 장르의 대사에는 걸맞지 않은 어투와 부자연스러운 부분들이 종종 눈에 띄기도 한다. 그러나 전체적으로 보면 결정적으로 부정확한 번역이 별로 많지 않을뿐더러 가독성도 상당히 높아서 추천할 만한 번역으로 판단된다.

추천본 6

최종철 역 『리어왕』* ★★☆

최종철 역본의 가장 큰 의의는 본격적인 운문 번역이라는 것이다. 최정우, 김재남, 이경식, 신정옥 등의 기존 번역본들은 셰익스피어의 운문을 우리말 산문으로 번역했다. 최종철은 운문 번역의 장점으로 음악성과 통일성, 운문을 통한 행간의 대조 혹은 반복에서 오는 더욱 효과적인 의미전달, 그리고 "원전에 충실하려는 목적을 넘어서서 우리말의 표현 가능성을 넓히는" 것 등을 들고 있다. 구체적으로는 3·4조를 기본으로 하여 한 행을 16자 내외로 제한할 것을 제안한다.

셰익스피어의 원문이 운문과 산문으로 이루어져 있고 이때 운문의 의의와 기능이 매우 중요하므로, 운문 번역은 앞에서 든 장점들이 그대

---

* 민음사(1997). 민음사의 셰익스피어전집 중 3권으로 1997년 간행되었다. 운문 번역의 의의를 설명하는 역자서문과, 부록으로 브래들리(Bradley)와 캘더우드(Calderwood)의 논문(각각 허필숙, 권석우 번역)과 최종철의 논문이 실려 있다. 원전으로는 아덴판을 주로 사용하고 뉴 케임브리지 셰익스피어판을 참고했다고 밝혔다.

로 실현된다면 영어와 한국어의 문화 차이를 극복할 수 있는 매우 좋은 번역방식이 될 수 있다. 실제로 기존 번역본들은 정확성과 가독성에 중점을 둔 번역으로서 원문에 나오는 운문의 맛이나 의의를 살리는 데까지는 나가지 못했다. 그러므로 최종철의 야심찬 시도는, 그의 운문 번역이 기존의 산문 번역과 비슷한 수준의 가독성과 정확성을 담보하느냐와 그가 제시한 운문 번역의 장점들을 그의 번역이 제대로 구현했느냐의 여부에 그 성패가 달려 있다고 할 수 있다.

먼저 가독성과 정확성 부분을 보자면 최종철 역본에 심각한 문제가 있다고는 할 수 없지만 기존의 김재남 등의 산문 번역과 비교해서도 최종철 역본이 더 낫다고 할 수는 없다. 그가 들었던 "원전에 충실하려는 목적을 넘어서서"의 전제인 "원전에 충실"한 것, 즉 번역의 정확성이 충분히 충족되었다고 볼 수 없는 것이다. 그리고 이는 운문으로 축약하고 맞추는 과정에서 필연적으로 일어난 결과이기도 하지만 부정확한 번역이나 부주의한 번역도 있다. 다음으로 운문 번역의 장점을 그의 번역이 제대로 구현했는지는 좀더 논란의 소지가 있는 부분이다. 그가 서문에서 운문 번역의 장점으로 든 음악성과 통일성, 운문을 통한 더욱 효과적인 의미전달, 우리말의 표현 가능성을 확대하는 것 등은 쉽게 판단하거나 계량화할 수 있는 문제가 아니기 때문이다.

그럼에도 불구하고 최종철 역본은 나름대로 의의가 있다고 판단된다. 일부 어색하고 부정확한 번역들이 있고, 그의 번역이 과연 "우리말의 표현 가능성을 넓"히고 나아가 "셰익스피어 극작품의 토착화"에 기여를 했는지에 대한 판단을 내릴 계제는 아니지만, 운문으로 된 원문을 우리말 운문으로 바꿈으로써 시적이고 극적인 효과를 끌어내고자 하는 최종철의 시도는 충분히 가치가 있다고 여겨지기 때문이다. 정확성과 가독성의 면에서 보아도 최종철 역본은 추천할 만한 역본으로 판단된다.

추천본 7

김우탁 역 『리어왕』,* ★★☆

김우탁 역본은 부정확한 번역이 드물고 가독성도 좋은 우수한 역본이다. 직역을 위주로 했으면서도 자연스럽게 읽힌다. 원문의 행과 번역문의 행을 최대한 맞춤으로써 원문의 순서에 맞게 번역하고자 했고, 상황과 인물에 맞는 적절한 어투도 장점이다. 그러나 부주의한 교정으로 오자나 생략이 가끔 눈에 띈다.

김우탁 역본은 수업시간에 교재로 쓰일 것을 염두에 두고 번역되었는데, 이는 이 번역본의 강점이기도 하지만 약점이 되기도 한다. 영한대역본으로 되어 있어 원문과 번역문을 한눈에 비교할 수 있고, 15면에 이르는 전문적인 내용의 서문이 붙어 있으며, 모든 면의 절반 이상을 주석에 할애하여 모호한 부분이나 다의적인 내용을 여러 각도로 설명해준다. 그러나 전문적인 내용의 주석은 일반독자들에게는 거의 도움이 되지 않는다.

김우탁 역본의 가장 큰 장점은 정확성과 가독성이다. 검토한 분량 중 명백하게 부정확한 번역은 거의 눈에 띄지 않을 정도로 적었고 그중에서도 문맥을 잘못 이해한 심각한 오류는 거의 없었다. 또한 가독성도 우수하다. 수업시간에 교재로 쓸 수 있도록 직역 위주로 번역하고, 원문의 행과 번역문의 행을 맞추고자 노력했으면서도 문장이 자연스럽게 읽힌다. 상황과 인물에 걸맞은 역동적인 대사도 강점이다. 예컨대 1막 4장에서 본디 모습의 켄트와 변장한 켄트를 비교해보자.

---

* 성균관대학교출판부(1998). '셰익스피어 대역주석본 씨리즈' 4권으로 출판되었다. 수업시간에 교재로 쓰일 것을 염두에 두고 대학출판사에서 출판되었기에 영한대역본으로 출간되었고, 집필연대, 원전, 주제, 참고문헌 등이 상술된 15면의 서문이 붙어 있다. 원전으로는 뉴 케임브리지 셰익스피어판을 사용했고 다른 판본, 예컨대 아덴판에는 있고 뉴 케임브리지 셰익스피어판에는 없는 대목의 경우 작은 활자로 본문 중에 보충해놓았다. 주석은 다른 여러 판본들을 참고하여 다양한 해석들을 제시했고 경우에 따라 영어와 우리말을 주석에서 혼용했다.

> ⋯ Now, banished Kent,
>
> If thou canst serve where thou dost stand condemned,
>
> So may it come thy master, whom thou lov'st,
>
> Shall find thee full of labours. (4~7행)

> ⋯ 자, 추방당한 켄트여,
>
> 만일 그대가 그대에게 벌을 내린 그분에게 시중을 들 수만 있다면,
>
> 제발 그렇게 되기를 빌지만, 그대가 경애하는 주인께선
>
> 그대의 충성어린 노고를 인정해줄 날이 있을 것이다. (83면)

> **I do profess to be no less than I seem**, to serve him truly that will put me in trust, to love him that is honest, to converse with him that is wise and says little, to fear judgement, to fight when I cannot choose, and to eat no fish. (12~15행)

> **생긴 대로의 일을 하고 있는 사람**입지요. 저를 믿어주는 분에게는 충직하게 봉사하고, 정직한 분을 사랑하고, 지혜롭고 말수가 적은 분과 사귀며, 하늘의 심판을 두려워하고, 하는 수 없는 경우엔 싸우고, 생선 따윈 먹지 않는 그런 사람입죠. (85면)

앞의 두 대사는 운문과 산문이라는 차이 외에도 용어의 사용과 문장의 격에서 의도적인 신분차이를 보이는데 김우탁 역본은 이같은 차이를 번역문에 반영하고 있다. 번역에 급급하여 이런 차이를 반영하지 못한 일부 역본들에는 없는 덕목인 것이다. 그런데 12행에서 "I do profess to be no less than I seem"의 번역이 걸린다. 주석에는 "저는 보시는 바와 같다"고 해설해놓았으면서 본문에는 "생긴 대로의 일을 하고 있는 사람"이라고 번역해놓았다. 이는 정확한 번역이 아닐뿐더러 우리말로도

496

무슨 말인지 알 수 없는 비문이다.

본문과 주석의 해석이 다르고 정작 본문의 해석이 틀린 예는 이것말고도 또 있다. 4막 6장에서 눈먼 글로스터와 리어의 대화를 보자.

리어: … 그래, 눈은 구멍이 나 있고, 주머니는 비어 있다 이거지. 하지만 그래도 세상 돌아가는 물정은 보일 테지.
글로스터: 그건 **느낌으로** 알지요. (357면)

141행에서 "heavy"/"light"의 대비가, '무게가 무겁고/가벼운'이란 의미와 '상황이 심각하고/가벼운'이란 의미를 동시에 가지고 있다면 앞의 번역문은 부정확한 번역은 아니지만 원문의 재치있는 대비를 충분히 살리지 못한 셈이다. 그리고 143행의 "feelingly"는, 주석에서는 "(1) deeply, keely, (2) with my sense of touch"라고 풀어서 설명하고, 정작 본문에서는 "느낌으로"라고 번역했다. 주석대로 하자면 '(눈이 멀었어도) 오히려 절절하게' 혹은 '(눈이 멀었으므로) 더듬어서' 세상 돌아가는 것을 안다는 의미인데, "느낌으로" 안다고 번역하면 이런 의미들이 살지 않게 된다. 결국 주석에서는 기존의 판본들을 참조하여 다의적인 의미를 설명하고도 정작 본문에서는 그 의미들을 살리지 못하고 부적절한 번역을 한 셈이 되었다.

이와같은 사소한 오역 외에는 중대한 오류를 거의 찾을 수 없을 정도로 번역에 공을 들였음에도 불구하고 편집이나 교정에 소홀하여 문제가 생긴 경우도 있다. 4막 6장에서 코딜리어가 "no cause, no cause"라는 유명한 대사를 하는 장면이다.

리어: … 네가 날 원망하고 있는 것도 안다. 네 언니들은,

내 어찌 잊을 수가 있겠는가, 날 참으로 못 살게 굴었었지.

넌 날 미워할 이유가 없지만, 네 언니들은 그럴 이유가 없지.

코어딜리어: 이유라니요. 전 이유 같은 것 없사옵니다. (387면)

이 장면은 작품 전체에서도 가장 중요한 장면 중 하나인데, "You have some cause"를 "넌 날 미워할 이유가 없지만"으로 거꾸로 옮겨 어처구니없이 오역한 꼴이 되었다. 중요한 대목에서 나온 실수이기에 더욱 아쉬운 부분이다. 이밖에 1막 1장 42행("Long in our court have made their amorous sojourn")이 번역문에서 통째로 빠져 있다.

결론적으로 김우탁 역본은 부정확한 번역이 거의 없고 가독성이 뛰어난 추천할 만한 번역본으로 판단된다. 원문의 행과 번역본의 행을 맞추면서도 자연스럽게 읽히고, 극적 상황이나 등장인물들의 격에 맞는 자연스러운 대사가 돋보인다. 최근에 나온 좋은 번역본 중 하나이다.

맥베스

월리엄 셰익스피어 William Shakespeare

Macbeth

출간현황 단행본으로 출판했거나 다른 작품들과 같이 출판한 『맥베스』의 판본은 확인된 바로는 총 75본이며 출판사는 63곳, 역자(편집부 이름으로 된 것까지 포함하여)는 41명이다. 그중 입수된 완역본의 출간현황은 다음과 같다. 출판사는 총 52곳, 역자는 31명이며, 총 검토대상 판본은 62개이다. 검토대상 판본이 이처럼 많아진 것은 동일한 역자가 출판사를 달리하여 중복출간한 경우와 같은 출판사에서 여러 본을 낸 경우도 다수 있기 때문이다. 같은 역자의 판본들은 모두 같은 종으로 취급했는데 이는 출판사가 다르더라도 실제 번역에서는 큰 차이가 없었기 때문이다. 이 62개의 판본 중에서 역자 이름 옆에 '각색'이라고 표기한 박준용 역 『맥베스』(포도원 1992)와 생략과 축약이 심한 정홍택 역 『맥베스』(출전 『셰익스피어 4대비극』 소담출판사 2002), 그리고 검토본이 심하게 훼손되어 검토가 불가능한 한노단 역 『맥베쓰』(동문사 1954)를 제외한 28종 59본을 최종적인 검토대상으로 삼았다. 이 28명의 역자들 가운데 다수가 선행 역본을 전부 혹은 대부분 표절한 것으로 보이고, 새롭게 번역했다고 판단되는 경우들 중에서도 먼저 나온 번역본을 상당부분 참고하거나 일부 그대로 사용한 예들이 있었다.

최초의 번역서는 1954년 출간된 동문사의 한노단 역 『맥베쓰』인데 안타깝게도 검토본이 심하게 훼손되었기 때문에 온전한 검토가 불가능했다. 이후의 『맥베스』 번역에서 한노단보다 더 큰 영향을 미친 번역본은 이종수 역본과 김재남 역본이다. 1955년 정음사에서 출간된 이종수 역본은 이후의 번역서들이 많이 참고했으며 심지어 요즘 출간되는 역본들에서도 그 흔적을 찾을 수 있다. 그러나 후대 번역가들에게 이종수보다 더 자주 저본 역할을 한 것은 김재남의 번역으로, 1961년 처음으로 발간되어 이후의 번역서들이 가장 많이 표절한 저본이 되었으며 표절까지는 아니더라도 참고대상으로도 가장 많이 사용되었다. 김재남의 번역은 워낙 많은 출판사에서 출간되었는데 일부 판본의 경우 김재남의 것이라고는 믿어지지 않을 만큼 제멋대로 윤색된 경우가 있었다.

검토대상

- 김재남 『맥베스』(출전 『셰익스피어전집』) 을지서적(1995) 을유문화사(1961, 1979 신장판 초판)
  휘문출판사(1971, 1973 5판) 동서문화사(1973, 1974 2쇄, 1981) 서문당(1974, 1994)
  범한출판사(1982, 1986) 학원출판공사(1983, 1990) 신영출판사(1984, 1994 중판)
  중앙출판사(1987, 1996 중판) 어문각(1990, 1991 2판)
  하서출판사(1994, 2000 초판 6쇄) 대광(1995) 마당(1995, 1997)
- 김우탁 『맥베드』 성균관대학교출판부(1992, 2001 1판3쇄) 동화출판사(1970, 1975)
  고려출판사(1979)
- 이덕수 『맥베스』 형설출판사(1990)
- 신정옥 『맥베드』 전예원(1991, 2001 6판)
- 최종철 『맥베스』 민음사(1993, 1997 개정판)
- 이경식 『맥베스』 서울대학교출판부(1995) 하우(1994)
- 김종환 『맥베스』 태일사(2002)
- 이종구 『맥베드』(출전 『햄릿, 리어왕, 맥베드, 로우미오우와 쥬울리어트』)
  삼진사(1976, 1977 중판) 한영출판사(1977) 태극출판사(1980) 마당(1983)
  삼중당(1993) 글방문고(1991) 세명문화사(1991, 1993 3판)

- 이태주 『맥베스』(출전 『셰익스피어 4대비극』) 범우사(1996, 2002 2판8쇄) 삼성출판사(1984, 1987)
- 이종수 『맥베스』 민중서관(1955) 정음사(1958, 1973 중판) 정음사(1964, 1965 3판)
- 이근삼·윤종혁 『맥베스』(출전 『햄릿·멕베스·안토니와 클레오파트라·당신 뜻대로』) 금성출판사(1987)
- 김영목 『맥베드』(출전 『햄리트·맥베드』) 삼선출판사(1978)
- 한우정 『맥베스』(출전 『셰익스피어 4대비극』) 두풍(1995)
- 박현미 『맥베스』(출전 셰익스피어 4대비극) 일신서적(1998)
- 윤두현 『맥베드』(출전 『셰익스피어』) 문학당(1977)
- 김용해 『맥베드』(출전 『셰익스피어 단편』) 민중도서(1981)
- 정인섭 『맥베드』(출전 『햄릿·맥베드·리어왕·오델로·로미오와 줄리엣』) 삼성당(1982) (초판연도 미상, 2002 2판3쇄)
- 강무학 『맥베드』(『로미오와 줄리엣 외』) 청화출판사(1985, 1987 재판)
- 김병걸 『맥베드』(출저: 『로미오와 쥴리엣·맥베드·헛소동·십이야』) 지성출판사(1982)
- 정해근 『맥베드』(출전 『셰익스피어의 4대비극』) 거암(1984)
- 신호수 『맥베드』(출전 『셰익스피어의 4대비극』) 현보문화(초판연도 미상, 1997 중판 1쇄)
- 김진욱 『맥베스·리어왕』 범우사(1990, 2002 2판 2쇄) 『햄릿·맥베스』 한국뉴턴(1999)
- 김인숙 『맥베스·리어왕』 청목사(1993, 1994 1판 3쇄) 『셰익스피어 4대비극』 청목(2000, 2002 1판 3쇄)
- 권응호 『맥베드』(출전 『셰익스피어 4대비극』) 혜원(1992, 1994)
- 김인건 『맥베드』(출전 『셰익스피어 비극선』) 고려문학사(1993)
- 김남 『맥베드』(출전 『맥베드·리어왕』) 홍신(1993, 1999 중판)
- 이영준 『맥베스』(출전 『셰익스피어 4대비극』) 교육문화연구회(1995)
- 강지원 『맥베드』(출전 『말괄량이 길들이기·맥베드』) 학영사(1996)

 **평가개요** 검토의 기준으로 삼은 원전은 다음과 같다. William Shakespeare, *Macbeth: The Arden Shakespeare*, ed. Kenneth Muir (Methuen 1951); William Shakespeare, *Macbeth*, ed. John Dover Wilson (Cambridge UP 1960); William Shakespeare, *William Shakespeare: The Complete Works*, ed. Peter Alexander (Collins 1951).

원전을 명시한 번역본은 아주 드물었다. 원전이 명시된 경우 아덴(Arden)판을 사용한 경우가 대부분이었고, 원전을 명시하지 않은 경우

에도 등장인물의 소개 순서나 기타 편집된 내용 등을 볼 때 대부분 아덴판을 원전으로 삼은 듯하다. 단 김재남 역본은 뉴 케임브리지(New Cambridge)판을 원전으로 삼았고, 이경식 역본은 콜린스(Collins)에서 나온 피터 알렉산더(Peter Alexander)편을 원전으로 하였다. 따라서 본 검토는 아덴판을 기준으로 삼았고, 달리 원전이 명시된 경우에는 그것을 원전으로 삼아 대조했다.*

번역서를 상세히 검토한 결과 추천할 만한 번역본은 김재남, 김우탁, 이덕수, 신정옥, 최종철, 이경식, 김종환의 번역본 7종인 것으로 나타났다. 김재남의 을유문화사본(1961)은 원문에 충실한 번역으로 뒤에 나온 많은 번역서들의 저본 역할을 했다. 확인된 김재남 역본만 하더라도 17개에 달하는데 그중 범한출판사(1982, 1986)와 학원출판공사(1983), 어문각(1990), 마당(1995) 판본은 문제가 되는 부분들이 기존의 김재남 역본과 판이하게 다르고 오히려 김재남을 저본으로 해서 1977년에 출간된 윤두현 역본과 너무 흡사하여 역자와 무관하게 출간되었을 것으로 의심된다. 반면 을지서적(1995)에서 나온 삼정본에서는 역자가 직접 개정작업을 수행한 을유문화사본의 문제점들이 많이 개선되고 어투도 상당히 자연스럽게 바뀌었다. 성균관대학교출판부(1992)에서 출간된 김우탁 역본은 가독성이 높고 부정확한 번역이 적다. 동화출판사(1970) 역본을 토대로 한 이 번역은 역자가 직접 개정한 것으로서 영한대역본이다. 형설출판사(1990)에서 나온 이덕수 역본 역시 대학교재로 출간된 영한대역본인데, 부정확한 번역이 거의 없고 원문과 행수를 맞추어 번역했으며 가독성도 좋다. 신정옥 역본은 우리말 표현이 매끄럽고 셰익스피어를 처음 접하는 사람들이 읽기에 좋다. 그러나 자연스러운 번역을 위해 가끔 번

---

*총 2088행에 달하는 『맥베스』에서 극의 전개에서 가장 중요한 장면을 중심으로 240행을 검토대상으로 삼아 번역본마다 행별로 일일이 대조 검토했다. 검토한 행은 아덴판 기준으로 다음과 같다. 1막 2장 1~24행, 1막 3장 38~86행, 1막 5장 38~73행, 2막 2장 34~73행, 3막 4장 108~43행, 5막 1장 33~49행, 5막 5장 15~52행.

역의 정확성을 소홀히했고 비속어를 사용하기도 했다. 최종철 역본은 단순한 행바꿈에 그치지 않고 우리말의 율격을 염두에 둔 본격적인 운문 번역을 시도했는데 다소 가독성이 떨어지는 부분도 있으나 전반적으로 번역의 정확성과 충실성 면에서 우수하다. 서울대학교출판부(1995)에서 출간된 이경식 역본은 직역을 위주로 해서 자구 하나까지 놓치지 않고 번역되었지만 딱딱한 문체로 되어 있어 가독성이 다소 떨어진다. 태일사(2002)에서 출간된 김종환 역본은 오역이 드물고 가독성도 좋다. 비교적 최근에 번역되었기에 문장도 자연스럽게 읽힌다. 추천한 번역본 대부분이 1990년 이후 새로 번역되거나 개정되어 상세한 주석까지 붙여 출간되었다. 그중 무려 세 본이 영한대역본으로 대학에서 교재로 쓰일 것을 염두에 둔 번역서이다.

이종구, 이태주, 이종수의 번역본은 앞의 번역본들에 비해 정확성이나 가독성에서 다소 문제가 있는 것으로 나타났다. 이종구는 비교적 충실한 번역을 했고 고어투이기는 하지만 가독성도 괜찮은 편이다. 그러나 군데군데 부정확한 번역이 있고 원문의 누락이나 임의적인 첨가가 있었다. 이태주 역본은 자연스럽게 읽혀서 가독성은 우수한 편이나 오역이 틈틈이 나타나고, 단어 하나하나를 정확하게 번역하지 않은 두루뭉술한 번역이 더러 발견된다. 또한 원문에서 생략된 부분도 있다. 검토를 못한 한노단을 제외하고는 가장 오래된 번역본인 이종수 역본에서는 연륜이 느껴진다. 거의 모든 번역본에서 이종수의 흔적이 남아 있지만 그의 번역 자체는 그리 정확하거나 훌륭하지는 않다. 반세기 가까이 된 번역이라서 생소한 표현도 많이 있다. 이 세 번역본은 신뢰성은 어느정도 있으나 번역본만으로 원작을 이해하기에는 미흡한 번역이라고 판단된다. 검토본의 훼손이 심해 온전히 검토하지는 못했지만, 검토한 부분만으로 판단해볼 때 한노단 역본도 이들과 비슷한 판정을 받을 만한 번역인 것으로 추정된다. 오류가 아주 많지는 않지만 종종 나타나고, 특히 일본어투가 상당히 심해 읽어 내려가기가 쉽지 않다.

추천본 1

김재남 역 『맥베스』* ★★☆

김재남 역본은 심각하게 부정확한 번역이 거의 없다. 을지서적(1995) 삼정판에서 검토한 부분 중 단어 수준의 사소한 오역을 제외한 중대한 오역은 4개이다. 을지서적본은 이전의 을유문화사본에 있었던 사소한 오류들이 많이 수정된 개정본이다. 그러나 역으로 을유문화사본에서는 제대로 번역이 되었으나 삼정판인 을지서적본에서는 오히려 이상하게 된 예도 있어서 개정의 결과가 반드시 개선은 아니라는 것을 보여준다. 예컨대 1막 5장의 맥베스 부인의 독백 중 "make thick my blood"(43행)를 원래 "전신의 피를 탁하게 하여"(을유문화사 442면)로 비교적 정확하게 번역해놨던 것을 "나의 전신의 피를 텁텁하게 하여"(을지서적 944면)로 바꾸는 바람에 이 끔찍한 장면에 어울리지 않는 말이 되어버렸다.

가독성 면에서 볼 때 김재남 번역은 비교적 읽기가 수월한 편이나 처음 번역된 지 40여년이 되다보니 현대 감각에 맞지 않는 문체와 어휘가 있기도 하다. 간혹 잘 쓰지 않는 어려운 한자어를 사용하여 현대 독자들

---

* 을지서적(1995) 을유문화사(1961, 1979 신장판 초판) 휘문출판사(1971, 1973 5판) 동서문화사(1973, 1974 2쇄, 1981) 서문당(1974, 1994) 범한출판사(1982, 1986) 학원출판공사(1983, 1990) 신영출판사(1984, 1994 중판) 중앙출판사(1987, 1996 중판) 어문각(1990, 1991 2판) 하서출판사(1994, 2000 초판 6쇄) 대광(1995) 마당(1995, 1997). 김재남 역본은 1961년 이래로 출판사를 달리하여 셀 수 없을 정도로 많이 출간되었는데 그중 확인된 판본이 17종이며 15종을 입수했다. 김재남 최초의 『맥베드』 번역본은 1961년 을유문화사에서 출간되었으며 이후의 번역본들은 여기서 크게 벗어나지 않는 재탕 역본들로, 고유명사 표기를 바꾸거나(예컨대 "맥베드"를 "맥베스"로, "코올터"를 "코더"로), 단어를 윤색하거나("재화"를 "재앙"으로), 혹은 어미나 문구의 수정("청산시켜다구"를 "청산해주고"로) 등에서 사소한 개정이 이루어졌다. 단 1982년에 나온 범한출판사본과 이 판본에 근거한 학원출판공사(1983), 어문각(1990), 그리고 마당(1995) 판본들은 상당부분 개정되었으며 일부 개악된 부분도 있다. 그러나 을지서적본(1995)은 역자가 삼정판이라고 직접 밝힌 판본으로 역자의 책임하에 이루어진 개정판인 셈인데, 을유문화사 1961년 판본과 거의 같다. 따라서 어휘의 선택이나 어투 등 표현방식에서 을유문화사와 을지서적 판본과 상당히 다른 판본들은 역자의 감수하에 출판된 것이 아닐 가능성이 있다. 참고로 1980년 개선문출판사본은 역자의 이름이 나와 있지 않지만 을유문화사 1961년본과 동일하다. 원전으로는 John Dover Wilson, ed., *Macbeth* (Cambridge: Cambridge UP 1960)를 사용했다.

이 읽기 어려운 면도 있다. 예컨대 2막 2장의 "Balm of hurt minds"(38면)를 "상처난 마음에겐 향고(香膏)"(947면)로 번역한 것이 그 예이다. 최근까지도 출판된 번역서라면 이런 부분은 현대어로 바꾸는 개정을 했어야 할 것이다.

또 한가지 문제는 해설이다. 김재남 역본이 비슷한 판본을 중복 출간했듯이 번역본 말미에 붙인 해설이나 연보도 모두 거의 같다. 출판사에 따라 그 길이가 다소 다르지만 같은 해설을 놓고 편집한 것으로 보인다.

결론적으로 김재남 역본은 정확하고 가독성이 비교적 높아 추천할 만하고 현재 시중에서 구입할 수 있다는 대중성도 갖고 있지만 역자의 책임하에 체계적인 개정이 이루어지지 않은 채 여러 출판사의 여러 판본들이 병존하고 있어 아쉬움을 남긴다.

김재남 역본의 특징은 간결하면서도 상황에 어울리는 문체라고 볼 수 있다. 2막 2장을 살펴보자.

> Lady M.: My hands are of your colour; but I shame
>
> To wear a heart so white. 〔Knock.〕 I hear a knocking
>
> At the south entry: ― retire we to our chamber.
>
> A little water clears us of this deed:
>
> How easy is it then! Your constancy
>
> Has left you unattended. ― 〔Knock.〕 Hark! more knocking.
>
> Get on your night-gown, lest occasion call us,
>
> And show us to be watchers. ― Be not lost
>
> So poorly in your thoughts.
>
> Macb.: **To know my deed, 'twere best not know myself.**
>
> 〔Knock.〕
>
> Wake Duncan with thy knocking: I would thou could'st!

(2막 2장 63~73행)

맥베스 **505**

맥베드 부인: 제 손도 당신과 같은 빛이 됐어요. 하지만 당신같이 창백한 심장은 되지 않아요. 창피해서. (노크 소리) 노크 소리가 나잖아요. 남문에서. 자. 침실로 물러갑시다. 물만 조금 있으면 죄다 말끔히 씻어집니다. 문제 없어요! 당신의 저 태연한 담력은 어디다 버리셨수. (노크 소리) 아, 또 노크 소리가. 잠옷으로 갈아입으세요, 만일 불려나갈 경우, 아직 안 자고 있다고 의심받음 안되니까. 그렇게 맥없이 멍청히 서 계시지 마셔요.

맥베드: **저지른 죄를 인식하느니보다는, 자신을 멍청히 잊고 있다면 가장 좋겠군.** (노크 소리) 그 노크로 당컨을 깨워라! 제발 깨워다오!

(김재남 948면)

이 부분을 틀리게 번역한 역자는 많지 않지만 이렇듯 깔끔하게 번역한 역자 역시 드물다. 여기서 김재남의 간결한 문체가 빛을 보는데 2막 2장의 긴박한 상황을 아주 잘 소화하고 있다. 이종수의 번역을 보면 그 차이가 확연히 드러난다.

맥베드 부인: 제 손도 당신과 같이 되었오. 그러나 저의 심장만은
당신과 같이 하얗게 되지는 않았읍니다.
(안에서 문 뚜드리는 소리) 남쪽 문에서
문을 뚜드리고 있읍니다. 방으로 들어가십시다.
물만 조금 가지면 우리의 한 일을 깨끗이 씻어버릴 수 있을께야요.
아주 쉬운 일이 아닙니까! 당신은
당신의 불굴의 정신에 버림을 당하셨읍니다. (안에서 문 뚜드리는 소리) 저것! 더 뚜드리고 있읍니다.
어서 자리옷을 갈아입으세요. 혹시나 우리가 불리어 나가게 되어서
아직도 깨어 있었다는 것을 알게 되어서는 안됩니다. 그렇게 가엾게 정신없이 계시지 마세요.
맥베드: 내가 저지른 일을 생각하느니보다는 나 자신을 잊어버리는 것

이 나을 것이다.

(안에서 문 뚜드리는 소리)

그 문 뚜드리는 소리로 당컨을 깨워라! 그렇게 할 수만 있다면 좋겠다!

(이종수 56~57면)

이 번역은 살인을 저지르고 난 상황에서 밖의 문 두드리는 소리에 반응하는 사람의 말이라 하기 어렵다. 중언부언인데다가 어투도 상황에 맞지 않게 장황하다. 반면 김재남의 번역은 그러한 급박함을 점진적으로 잘 살리고 있다. 처음에는 냉정을 잃지 않고 태연하던 맥베스 부인의 말투는 이 대사 안에서 점점 호흡이 빨라지면서 급박해지는데 이것이 김재남의 번역에서는 잘 드러난다. 첫번째 노크 소리가 나기 전까지 맥베스 부인은 "[나는] 당신같이 창백한 심장이 되지 않아요"라며 맥베스의 약한 마음을 질타하고, 첫번째 노크 소리가 난 후에는 "당신의 저 태연한 담력은 어디다 버리셨수"라며 태연하게 맥베스를 비꼰다. 신분에는 그리 어울릴 것 같지 않은 말투이지만 다른 한편 그녀의 담대한 기질을 보여주는 번역이기도 하다. 그리고 두번째 노크 소리부터는 갑자기 흐름이 빨라지면서 급박한 상황을 반영한다. "아, 또 노크 소리가. 잠옷으로 갈아입으세요, 만일 불려나갈 경우, 아직 안 자고 있다고 의심받음 안되니까"에서 보듯 긴 문장을 쉼표로 끊으면서 맥베스 부인이 숨 가쁘게 명령을 내린다는 느낌을 전달한다. 또한 70~72행은 김재남의 적극적인 해석이 들어가 있는 부분이다. 맥베스 부인이 "그렇게 맥없이 멍청히 서 계시지 마셔요"라고 하는 말을 맥베스가 되받아서 "저지른 죄를 인식하느니보다는, 자신을 멍청히 잊고 있다면 가장 좋겠군"이라 말하는데, 사실 이 부분은 원문과 정확히 일치하는 번역은 아니다. 맥베스 부인의 "Be not lost/So poorly in your thoughts"에 대해 맥베스가 "To know my deed, 'twere best not know myself"라고 답하는 부분인데, 어찌 보면 원문에서 벗어난 번역일 수도 있지만 달리 보자면 맥베스가

맥베스 **507**

이 긴박한 상황에서 제대로 반응하지 못하는 이유가 자신을 "멍청히 잊고" 싶어서라고 보는 김재남의 해석이 들어 있는 번역이라고도 볼 수 있다.

비록 역자가 1990년대에 직접 수정을 했다고는 하지만 오래 전에 번역한 작품이라 읽었을 때 어색하게 느껴지는 부분도 많다. 그리고 다년간 수정을 하다보니 혼란도 생겨서 멀쩡한 부분을 고쳐 이상하게 만든 경우도 있다. 모든 번역자들을 고생시키는 부분인 1막 5장의 맥베스 부인의 독백을 살펴보자.

> Lady M.: The raven himself is hoarse,
>
> That croaks the fatal entrance of Duncan
>
> Under my battlements. Come, you **Spirits**
>
> **That tend on mortal thoughts**, unsex me here,
>
> And fill me, from the crown to the toe, top-full
>
> Of direst cruelty! **make thick my blood**,
>
> Stop up th'access and passage to remorse;
>
> That no compunctious visitings of Nature
>
> Shake my fell purpose, nor keep peace between
>
> Th'effect and it! Come to my woman's breasts,
>
> And take my milk for gall, you **murth'ring ministers**,
>
> Wherever in your sightless substances
>
> You wait on **Nature's mischief**! Come, thick Night,
>
> And pall thee in the dunnest smoke of Hell,
>
> That my keen knife see not the wound it makes,
>
> Nor Heaven peep through the blanket of the dark,
>
> To cry, 'Hold, hold!' (38~54행)

맥베드 부인: 까마귀까지도 목쉰 소리로 울어대는구나, 당컨 왕이 죽으러 이 성으로 들어온다고 말이다… 자, **악심(惡心)을 돕는 악령(惡靈)들아**, 나의 이 여자의 마음을 청산해주고, 그리고 이 머리 꼭대기에서 발끝까지 무서운 악으로 가뜩 채워다오! 그리고 나의 전신의 **피를 텁텁하게 하여**〔피를 탁하게 하여〕 회한으로의 길을 틀어막고, 연민의 정이 흉악한 계획을 동요시키지 않게 해주고, 그리고 실행과 계획 사이에 타협이 오지 않게 해다오! 자, **살인귀의 수하들아**〔살인의 악귀들아〕, 이 품안에 들어와서, 여자의 젖을 담즙(膽汁)과 바꿔다오, 너희들은 도처에서 보이지 않는 형체로 인간의 **재앙**〔재화〕을 돕는다잖는가! 짙은 밤아, 어서 와서 너 자신을 지옥의 시커먼 연기로 싸다오, 나의 예리한 칼이 낸 상처를 칼 자신이 보게 되어선 안되니까. 그리고 하늘이 암흑의 장막 사이로 들여다보면서 **'안돼!, 안돼!'**〔**'거 있어! 거 있어!'** 〕하고 소리치면 안되니까. (944면)

괄호 안에 첨가된 번역은 을유문화사본으로 개정에 따른 개선과 개악을 보여주기 위하여 을지서적 번역과 병기했다. 우선 눈에 띄는 오류부터 지적한다면 "Spirits/That tend on mortal thoughts"를 "악심(惡心)을 돕는 악령(惡靈)들"로, 그리고 "make thick my blood"를 "피를 텁텁하게 하여"로 번역한 부분들인데 전자인 "mortal thoughts"는 죽음, 살인에 대한 생각으로 좀더 구체적으로 번역했어야 한다. 그리고 이전 판본에 없었다가 을지서적본(1995)에 갑자기 나타난 "피를 텁텁하게 하여"는 이해가 안 가는 번역이다. '텁텁하다'는 말은 입안이 개운치 않을 때 쓰는 것으로 원래 "피를 탁하게 하여"로 번역했던 을유문화사본(1961)이 옳았다. 명백한 오류는 아니지만 을지서적본에 새로 고쳐져서 이상해진 곳은 "murth'ring ministers"를 "살인귀의 수하들"이라고 한 부분이다. "Ministers"에 하수인의 뜻이 있는 것은 사실이지만 "살인귀"가 따로 있고 "수하들"이 따로 있는 것이 아니므로 원래 을유문화사본에 있었던 "살인의 악귀들"이 더 적절한 듯하다. 반면 개정되면서 더 좋아진 부분도 있는데(사실 전반적으로 이러한 개선이 훨씬 많다), 가령 "Nature's mischief"를 "재화"로 번역했다가 을지서적본에서 "재앙"으로 바꾼 것과 "Hold! hold!"를 원래 "거 있어, 거 있어!"라고 했다가 "안돼! 안돼!"로 바꾼 경우가 그렇다. 재화(災禍)는 한자를 병기하지 않으면 재화(財貨)로 이해되기 십상이고, "거 있어"는 현대 감각에 맞지 않는 고어투일 뿐만 아니라 급박한 상황도 제대로 전달하지 못한다.

그밖의 오류들을 몇가지만 살펴보자. 1막 5장에서 맥베스 부인이 속마음을 그대로 드러내는 맥베스에게 주의를 주면서 "To alter favour is to fear"(72행)라고 하는데 이것을 "수상한 표정은 뭣을 두려워하는 증거가 됩니다"(944면)라고 번역한 것은 정확한 번역이 아니다. 이는 표정이 바뀐다는 것, 즉 평소의 표정이 아니라는 것은 뭔가 꿍꿍이가 있다는 것을 나타내므로 의심을 살 여지가 있다는 것이며 바로 그 점을 두려워해야 한다는 의미이지, 김재남 역본에서처럼 표정을 짓는 그 자체가 "뭣을 두려워하는 증거"는 아닌 것이다. 또 중대한 오류는 아니지만 3막 4장에서 뱅코우의 원혼을 보고 놀란 맥베스에게 "admir'd disorder"(109행)를 보여줘서 잔치의 흥이 다 깨졌다고 맥베스 부인이 걱정하는데 김재남 역본은 단순히 "광란하신 때문"(956면)이라고 되어 있다. 이 부분은 바로 앞에 언급했던 "To alter favour is to fear"와 긴밀히 연관된 부분으로 남들의 'admiration'(보고 놀라는 것, 감시의 눈)이 매우 중요한 모티프가 되는 이 작품에서는 "admir'd"라는 말의 의미가 살아야 한다. 그냥 광란을 보인 것이 아니라 그걸 사람들이 보고 놀랐다는 의미가 살아야 하는 것이다. 그밖에 사소한 오류들도 간간히 보이고 말투가 어색한 부분도 있지만 장면을 이해하거나 문맥을 파악하는 데 장애가 되지는 않았을뿐더러 그리 많지도 않았다.

결론적으로 김재남 역본은 정확도와 가독성이 비교적 우수하여 추천할 만한 번역본이라 하겠으나, 너무 많은 역본들을 남발하고 개정작업도 중구난방으로 한 것은 문제이다.

추천본 2

김우탁 역 『맥베드』* ★★☆

1992년 성균관대학교출판부에서 나온 김우탁 역본은 가독성이 높고 부정확한 번역이 많지 않은(중대 오류는 240행 중 3개) 번역본이다. 1970년 동화출판사본을 토대로 한 이 역본은 김우탁이 직접 개정한 것으로 되어 있으며, 그 과정에서 애초의 중대한 오역 6개 중에서 3개를 바로잡았다. 전체적으로 잘 다듬어진 번역이라 할 수 있으며, 원문의 행과 번역본의 행을 맞추면서도 자연스럽게 읽히고, 극적 상황이나 등장인물들의 격에 맞는 자연스러운 대사도 돋보인다. 최근에 나온 번역본들 가운데 가장 좋은 번역본이다. 다만 아덴판의 원문을 사진으로 찍어서 그대로 실은 것은 국제적 판권문제의 소지가 없지 않다.

추천본 3

이덕수 역 『맥베스』** ★★☆

이덕수 역본은 부정확한 번역이 드물고(중대한 오류는 240행 중 5개) 가독성도 좋을 뿐만 아니라 비교적 최근에 번역되었기에 문장도 자연스럽게 읽힌다. 원문의 행과 번역문의 행을 최대한 맞춤으로써 원문과 대조해서 읽는 수업시간에는 도움이 될 것으로 보인다.

---

* 성균관대학출판부(1992, 2001 1판3쇄) 동화출판사(1970, 1975) 고려출판사(1979). 김우탁 역 『맥베드』는 1970년 동화출판사에서 출간된 이후 1979년 고려출판사에서 거의 동일하게, 그리고 1992년 성균관대학출판부에서 몇군데 잘못된 부분을 수정하여 다시 출간되었다. 동화출판사본과 고려출판사본은 『맥베드』 단독으로 출판된 것이 아니라 여석기의 『햄릿』 등 다른 셰익스피어 번역들과 함께 출판되었고, 성균관대학출판부에서는 『맥베드』를 단독 영한대역본으로 출간했다. 45면에 이르는 전문적인 내용의 서문이 붙어 있으며, 모든 면마다 상세한 주석이 달려 있어서 모호한 부분이나 다의적인 내용을 잘 설명해준다. 원전은 아덴판을 사용한 것으로 밝혀져 있다.
** 형설출판사(1990). 형설출판사의 '셰익스피어 씨리즈' 3권으로 1990년에 출간되었다. 영한대역본이고, 집필연대·원전·주제·참고문헌 등이 상술된 서문이 붙어 있다. 원전으로는 아덴판을 따랐으나 케임브리지판도 참고했다.

영한대역본으로 되어 있어 원문과 번역문을 한눈에 비교할 수 있고, 20여면에 이르는 전문적인 내용의 서문이 붙어 있으며, 모든 면마다 절반에 걸친 자세한 주석이 붙어 있어서 모호한 부분이나 다의적인 내용을 잘 설명해준다. 그러나 이같은 장점들은 대중적인 번역본의 기준으로는 오히려 약점이 된다. 영어로만 되어 있는 주석은 일반독자들에게는 거의 도움이 되지 않는다. 김추탁 역본과 마찬가지로 아덴판의 원문을 사진으로 찍어서 그대로 실어놓았다.

추천본 4

신정옥 역 『맥베드』* ★★☆

신정옥 역본은 읽기가 쉽고 오류가 적어서(중대 오류는 240행 중 3개) 추천할 만한 번역이다. 서문에서 역자는 "나는 과거에 출간된 셰익스피어의 번역물들의 공통적 특성이라 할 산문투의 대사를 지양하고 될 수 있는 대로 무대언어로 옮기려고 노력했지만 뜻대로 되지 않아 아쉬움이 없지 않다"고 말한다. 이렇듯 신정옥 역본은 우리말 표현에 신경을 쓴 만큼 글이 매끄럽고 셰익스피어를 처음 접한 사람들이 읽기 좋은 역본이다. 연극답게 극적인 상황에 맞는 어투와 문체를 사용했으며, 완급과 고저를 조절하는 문장으로 각 장면의 상황을 적절하게 전달했다. 또한 운문으로 되어 있는 원문을 산문으로 번역했으되 적당한 리듬감을 살리려고 애쓴 흔적도 보인다. 그러나 이와같은 자연스러움은 또한 단점이 되기도 하는데 자연스럽게 읽히는 번역을 하기 위해 더러 번역의 정확성이 희생되었고, 비속어가 사용되기도 했다. 그러나 그 정도가 심

* 전예원(1991, 2001 6판). 전예원에서 총 40권으로 완역된 '셰익스피어전집'의 11권으로 발간되었으며 2001년에 6판 발행되었다. 책 말미에 짧은 해설이 붙어 있다.

512

하지 않아서 작품의 내용과 분위기를 파악하는 데 큰 지장은 없다.

신정옥 역본은 역자가 서문에서 밝혔듯이 "무분별한 직역과 지나친 의역을 피해서 될 수 있는 대로 원전에 충실"하려는 취지에서 "원전과 번역의 거리를 최대한 축소시켜 원전의 의미와 향취를 살리면서도 오늘의 감각과 취향에 맞도록" 노력한 번역이다. 이 역본의 특징은 검토부분의 첫머리부터 드러난다. 1막 2장 가운데 전장의 소식을 알리러 온 장교가 보고하는 부분을 살펴보자.

> Cap.: Doubtful it stood;
>
> As two spent swimmers, that do cling together
>
> And **choke their art**. The merciless **Macdonwald**
>
> (Worthy to be a rebel, for to that
>
> The multiplying villainies of nature
>
> Do swarm upon him) from the western isles
>
> **Of Kernes and Gallowglasses is supplied;**
>
> And Fortune, on his damned quarrel smiling,
>
> Show'd like a rebel's whore: (7~15행)

부대장: 승패는 실로 가늠하기 어려운 판국이었습니다. 마치 두 사람이 헤엄치다 기진맥진해지면 허우적거리다 서로를 붙잡고 늘어져 **함께 익사하려는 듯**하였습니다……. 저 잔인무도한 **맥돈월드**는 ─ 인간의 온갖 악덕을 한몸에 지닌 지옥의 야차 같은 역도인지라 ─ 서쪽의 여러 섬에서 **보병과 기병 등 군사를 조발했고**, 그 때문에 운명의 여신도 한때는 그의 간살 맞은 계책에 미소를 던지고 마치 반역도의 창녀가 된 듯 생각되었사옵니다. (22면)

원문의 과장된 수사법이 잘 살아나고 있으며 직역을 하지 않고도 의미가 정확하게 전달된다. 가령 "choke their art"를 직역에 가깝게 번역하면 "상대방으로부터 헤엄칠 자유를 빼앗고 말 듯이"(김재남 940면)가 되겠지만 그 모습이 신정옥 역본이 옮긴 대로 "함께 익사하려는 듯" 한 것임에는 틀림없다. 또한 "Of Kernes and Gallowglasses is supplied"를 "보병과 기병 등 군사를 조발했고"로 옮긴 것도 아주 자연스럽다. "Macdonwald"를 여타 번역처럼 '맥도날드'나 '맥도널드'로 하지 않고 "맥돈월드"로 표기한 점은 역자의 세심함을 보여주는 예이다.

이번에는 장점과 단점이 함께 드러나는 예를 보자.

> Macb.: She should have died hereafter:
>
> There would have been a time for such a word. —
>
> To-morrow, and to-morrow, and to-morrow,
>
> Creeps in this petty pace from day to day,
>
> To **the last syllable of recorded time**;
>
> And all our yesterdays have lighted fools
>
> The way to dusty death. Out, out, brief candle!
>
> Life's but a walking shadow; a poor player,
>
> That **struts and frets his hour upon the stage**,
>
> And then is heard no more: it is a tale
>
> Told by an idiot, full of sound and fury,
>
> Signifying nothing. (5막 5장 17~28행)

맥베드: 왕비도 언젠가는 죽어야겠지. 그러한 소식을 한번은 들어야 할 것이 아닌가. 내일이 오고, 내일이 지나가고, 또 내일이 와서 또 지나가고 시간은 하루하루를 한발 한발 거닐면서 **역사의 마지막 순간**까지 당도한다. 어제라는 날들은 모두 우매한 인간에게 티끌로 돌아가는 죽음의 길을 횃불처럼 밝혀준다. 꺼져라 꺼져, 짧은 촛불이여! 인생이란 걸어가는 그림자에

지나지 않는다. 잠시 동안 **무대 위에서 홍이 나서 덩실거리지만** 얼마 안 가서 잊혀지는 처량한 배우일 뿐이다. 바보천치들이 지껄이는 이야기에 불과해, 떠들썩하고 분노가 대단하지만 알맹이가 없는 소리야. (133~34면)

전체적으로 자연스럽게 읽히면서 원작의 느낌을 잘 전달한다. 그러나 세부적으로는 몇군데 아쉬운 점이 있는데, "the last syllable of recorded time"을 "역사의 마지막 순간"이라고 돌려 번역한 것이 그 한 예이다. 시간을 문자로 기록했을 때 그 기록의 마지막 글자, 그 마지막 음절까지 조금씩 조금씩 작은 보폭으로 걸어 당도한다는 의미인데 이렇게 대강 번역하면 그 의미가 살지 않는다. 그리고 "struts and frets his hour upon the stage"를 "무대 위에서 홍이 나서 덩실거리지만"으로 번역한 것 또한 신정옥 특유의 스타일이기는 하나 이 문맥에는 어울리지 않는다. 신정옥 역본에는 의미를 살리기 위해 과감하게 우리 정서에 맞는 표현을 쓰거나 심지어는 첨가하는 경우가 빈번하다. "덩실거리"다가 바로 그런 경우인데 우리나라 마당놀이의 축제적 분위기에는 어울리는 말이겠지만, 곧 잊혀지고 말 삼류배우가 잠시 무대 위에서 잘난 척하는 것을 표현하는 데에는 어울리지 않는다.

신정옥 역본에는 이런 식으로 이해를 돕기 위해 첨가된 말들이 많은데 몇개만 소개하면 다음과 같다. 우선 앞의 1막 2장에서 소개했던 내용 중 맥돈월드를 "지옥의 야차 같은" 반역자로 표현한 것은 원문의 내용에 없는 부분을 첨가한 것이다. 1막 3장에서 마녀들의 인사를 받고 맥베스가 잠시 넋을 잃고 있을 때 뱅코우는 "he seems rapt withal"(57행)이라 하는데 이를 신정옥 역본에서는 "아닌 밤중에 홍두깨라 영문을 몰라 어리둥절하고 있다"(27면)로 번역하면서 꼭 필요하지도 않은 "아닌 밤중에 홍두깨라"를 첨가했다.

또한 신정옥 역본에서도 문체가 말하는 사람의 지위와 상황에 맞는가의 문제가 대두되는데 1막 3장이 좋은 예가 된다.

Macb.:   the Thane of Cawdor lives,

A prosperous gentleman; and to be King

Stands not within the prospect of belief,

No more than to be Cawdor. Say from whence

You owe this strange intelligence? or why

Upon this blasted heath you stop our way

With such prophetic greeting? (72~78행)

맥베드: 코오더 영주는 **눈이 시퍼렇게** 살아계시는 권세가이시다. 더군다나 내가 보위에 오르게 된다니 코어더 영주가 된다는 말보다 더욱 믿을 수 없는 일이다. 너희들은 어디서 그와같은 해괴한 풍문을 들었는지 말을 하라. 대관절 **무슨 꿍수로** 이 적막(寂寞)한 황야에서 우리들의 길을 가로막고 그런 예언을 하며 **간살을 떠느냐**? (28면)

"너희들은 어디서 그와같은 해괴한 풍문을 들었는지 말을 하라"나 "이 적막(寂寞)한 황야에서 우리들의 길을 가로막고 그런 예언을 하며 간살을 떠느냐"는 훌륭한 번역이다. 그러나 원문에는 없는 "간살을 떠느냐"라던가, "눈이 시퍼렇게" 혹은 "무슨 꿍수로"와 같은 말들은 효과적으로 의미를 전달할 수 있을지는 모르나, 단신으로 적진에 들어가서 적장을 단칼에 벤 맥베스의 말투로는 어울리지 않을 듯하다.

많지는 않지만 몇군데에서 부정확한 번역이 발견된다. 1막 5장에서 덩컨이 인버네스에 있는 맥베스의 성으로 올 것이라는 말을 들은 맥베스 부인이 언제 왕이 떠나는지 묻는 장면이다.

Macb.: My dearest love,

Duncan comes here to night.

Lady M.: And when goes hence?

> Macb.: Tomorrow, as he purposes.
>
> Lady M.: O! never
>
> **Shall sun that morrow see!** (58~61행)

맥베드: 사랑하는 부인, 오늘밤 당컨 왕이 이 성에 납실 것이오.

맥베드 부인: 그리고 언제 떠나시구요?

맥베드: 내일이오, 예정대로라면.

맥베드 부인: 오, **태양은 눈이 멀어 결코 내일을 보지 못할 것입니다!**

(38면)

문제가 되는 것은 마지막 부분인데 "that morrow"는 "내일", 즉 '덩컨 왕이 인버네스 성을 떠나는 내일'을 의미하는 것으로 결국 이 부분은 덩컨이 내일 아침을 보지 못하고 죽을 것이라는 의미이며, '오, 태양은 결코 그 내일을 보지 못할 것입니다' 정도로 놔두어도 되었을 것이다. 그러나 신정옥 역본은 "태양은 눈이 멀어 결코 내일을 보지 못할 것입니다"로 굳이 돌려 번역함으로써 그 의미를 왜곡했다. 태양이 그 끔찍한 살인을 보다못해 "눈이 멀" 것이라는 의미로 볼 수도 있겠으나 그렇다면 역자가 자신의 해석을 첨가한 번역을 함으로써 부정확한 번역이 된 셈이다.

3막 4장에서 뱅코우의 원혼을 보고 놀란 맥베스의 대사 역시 부정확하다.

> Macb.: Can **such things** be,
>
> And overcome us like a summer's cloud,
>
> Without our special wonder? **You make me strange**
>
> **Even to the disposition that I owe,**
>
> When now I think you can behold such sights,

맥베드: 어찌 놀라지 않겠소? **그자가** 갑자기 나타나 여름 구름처럼 과인을 덮치는데 말이오. **여러분의 안색을 보니 나 자신을 모르게 되오**. 여러분도 그 광경을 보았을 텐데 과인이 공포에 질려 파랗게 질렸는 데 반해 경들은 안색 하나 변치 않고, 볼에는 생생한 혈색을 그냥 띠고 있으니, 어찌된 셈이오? (86면)

맥베스: **그와같은 것이** 실제로 있어 여름철의 먹구름처럼 덮쳐온다면 어찌 놀라지 않을 수 있겠소? **과인은 과인이 가지고 있다고 생각했던 용감한 기질마저 의심스러운 생각이 드오**, 그와같은 광경을 제경도 목격했을 것으로 생각되는바, 과인의 얼굴은 공포로 인하여 창백하게 되었는데, 제경은 태연자약, 홍안에 아무 변화도 보이지 않으니 말이오. (이덕수 163~64면)

신정옥 역본과 비교하기 위해 이덕수의 번역을 병치했다. 신정옥 역본에서 "그자"로 번역된 "such things"는 단지 뱅코우만을 지칭하는 것이 아니라 그런 악령 모두를 가리키는 말이다. 그러므로 이것을 "그자", 즉 뱅코우로 의미를 제한하면 오류가 된다. 111~12행의 "You make me strange/Even to the disposition that I owe"를 "여러분의 안색을 보니 나 자신을 모르게 되오"라고 옮긴 것도 어색하다. 번역문만 읽으면 무슨 말인지 알 수가 없다. 이 부분은 '평소에 용감하다고 생각했던 나조차도 이 광경을 보고는 창백해졌는데 여러분은 낯색 하나 변하지 않으니 내가 이상한 사람인가보군' 정도의 의미이므로 전체적으로 구문을 다시 정리하여 번역했으면 좋았을 것이다. 단어와 구문을 정확하게 번역한 이덕수의 번역과 비교하면 이 부분의 문제를 알 수 있다.

그러나 전체적으로 보아 신정옥 역본에는 이러한 부정확한 번역이 그리 많지 않고 가독성이 탁월하여 추천할 만한 판본으로 판정했다.

추천본 5

최종철 역 『맥베스』* ★★☆

　최종철 역본은 중대한 오류가 많지 않아(240행 중 3개) 추천할 만한 번역이다. 그리고 단순한 행바꿈에 그치는 것이 아닌 우리말의 율격을 염두에 둔 본격적인 운문 번역을 위해 상당히 심혈을 기울인 결과물이라는 특징을 지닌다. 그러나 3·4 내지는 4·4의 율격에 말을 맞추고, '~다'나 '~소'로 반복적으로 끝나는 것을 피하기 위해 구문의 변형을 가하는 과정에서 다소 가독성에 문제가 생기기도 한다. 즉 원문의 어순을 도치시킨다든지 말을 압축하거나 생략하고 혹은 그 반대로 첨가하는 과정에서 가독성이 떨어지는 경우가 생겨나는 것이다. 하지만 때로 우리말의 리듬을 성공적으로 살리고 그 율격을 지키면서 언어의 경제성을 극대화할 경우 생동감있는 언어가 창출되기도 한다. 가급적 원문의 맛을 살리려는 역자의 의도에도 불구하고 어색하고 부자연스런 표현이 나타나는 등의 아쉬움이 없는 것은 아니나 최종철 역본은 전반적으로 번역의 정확성이나 충실성이 좋아 추천할 만한 번역으로 판정했다.

*민음사(1993, 1997 개정판). 1993년 민음사에서 '셰익스피어전집' 1로 출간되어 1997년 개정판이 나왔다. 상세한 역주가 있으며 책 뒤의 부록에는 총 1백면에 달하는 3편의 논문이 있는데 역자의 논문과 코트(Kott)와 브래들리(Bradley)의 논문을 번역한 것이다. 원전으로는 아덴판을 사용했고 리버싸이드 셰익스피어(Riverside Shakespeare)판을 참고로 했다고 밝히고 있다. 검토본은 1997년 개정판이다.

추천본 6

이경식 역 『맥베스』* ★★☆

이경식 역본은 원문에 충실하고 부정확한 번역이 많지 않은(중대 오류는 240행 중 5개) 신뢰할 만한 번역본이다. 이 역본은 책머리에서 밝힌 대로 "가능한 한 의역보다는 직역을 하여 학생들이 필요한 경우 원문을 읽거나 참고할 때 원문 해독에 보다 많은 도움이 되도록" 의도한 번역이다. 하지만 원문의 자구 하나하나를 빠뜨림 없이 직역 위주로 번역을 하다보니 어색하고 부자연스런 부적합한 표현들이 더러 생겨나게 되고, 또한 원문의 시적인 맛도 제대로 살지 못하는 경우가 나타난다. 그러나 전체적으로 보아 까다로운 셰익스피어의 원문을 충실하게 옮겨놓았고 부정확한 번역도 거의 없어 추천할 만한 번역이라고 하겠다.

추천본 7

김종환 역 『맥베스』** ★★☆

김종환 역본은 부정확한 번역이 비교적 드물고(중대한 오류는 240행 중 6개) 가독성도 좋은 번역본이다. 비교적 최근에 번역되었기에 문장

---

* 서울대학교출판부(1995) 하우(1994). 1994년 하우에서 '셰익스피어전집' 7로 출간된 이후 1995년 서울대학교출판부에서 『서울대학교 고전총서: 셰익스피어 4대비극』으로 다시 출간되었다. 이 두 판본은 어미 수준의 사소한 차이 이외에는 동일한 판본이다. 따라서 검토본은 1995년 서울대학교출판부 판본으로 한다. 책 앞부분에 셰익스피어의 생애와 비극에 대한 설명, 4대비극에 대한 작품해설이 상세하게 나와 있다. 원전으로 피터 알렉산더가 편집한 *William Shakespeare: The Complete Works* (London and Glasgow: Collins 1951)을 선택했다.

** 태일사(2002). 영한대역본으로서 약 60면에 이르는 작가와 작품에 대한 해설이 있으며, 그 안에는 참고문헌도 포함되어 있다. 원전을 따로 밝히지는 않았으나 곳곳의 주석에서 1972년 아덴판을 주된 참고문헌으로 삼고 있는 듯하고 또한 영한대역본의 영문판이 아덴판임이 분명하므로 이를 원전으로 삼았음을 미루어 짐작할 수 있다.

도 자연스럽게 읽힌다. 이덕수 역본과 마찬가지로 원문의 행과 번역문의 행을 최대한 맞추고 있어서 원문과 대조해서 읽는 수업시간에는 도움이 될 것으로 보인다.

영한대역본으로 되어 있어 원문과 번역문을 한눈에 비교할 수 있고, 60여면에 이르는 전문적인 내용의 해설이 붙어 있으며, 모든 면마다 절반에 달하는 자세한 주석이 붙어 있어서 모호한 부분이나 다의적인 내용을 잘 설명해준다. 그러나 우리말로 된 주석도 있으나 대개 영어로만 되어 있는 주석은 일반독자들에게는 거의 도움이 되지 않는다. 또한 김우탁 역본이나 이덕수 역본과 같이 아덴판의 원문을 그대로 실어놓았다.

김종환 역본은 검토된 여러 번역본들 중에서 상당히 잘 읽히는 역본이다. 우선 특히 다른 번역본들에 비해 잘된 부분을 소개해본다.

> Macb.: Methought, I heard a voice cry, 'Sleep no more!
>
> Macbeth does murther Sleep', — the innocent Sleep;
>
> Sleep, that knits up the ravell'd sleave of care,
>
> **The death of each day's life**, sore labour's bath,
>
> Balm of hurt minds, great **Nature's second course**,
>
> Chief nourisher in life's feast; — (2막 2장 34~39행)

맥베스: 어디선가 이렇게 외치는 소리가 들렸소.

"더이상 잠들 수 없어! 맥베스는 잠을 죽여버렸어."

그 죄 없는 잠을, 명주타래처럼 얽히고 설킨 근심을 풀어주는 잠,

하루하루 삶의 종착역이고, 고달픈 노동의 피로를 씻어주는

목욕물이고, 상처난 마음을 달래주는 향유이고, **대자연이 베푸는**

맛좋은 음식이고, 인생의 향연에서 으뜸가는 자양분인 잠을… (133면)

전반적으로 정확하면서도 잘 읽히는 번역이다. 특히 "The death of

each day's life"는 거의 모든 역자들을 당혹하게 한 부분인데 김종환은 여기서 "life"가 날마다의 삶이라는 것을 제대로 포착했으며 "death"도 '죽음'으로 안이하게 번역하지 않고 풀어서 읽기 좋게 번역했다. "Nature's second course"를 "대자연이 베푸는 맛좋은 음식"이라고 의역한 것도 별 무리가 없다. 이근삼·윤종혁 역본의 "대자연이 베풀어주는 은혜로운 활력소"(171면)와 견주면 김종환의 번역이 한결 무난하다.

김종환 역본에는 많지는 않지만 더러 오류가 발견된다. 가령 1막 2장 가운데 전장의 소식을 알리러 온 장교의 말은 이렇게 시작한다.

> Captain: Doubtful it stood;
>
> As two spent **swimmers**, that do cling together
>
> And choke their art. (7~9행)

장교: 승부를 가늠할 수 없는 치열한 싸움이었습니다.
맥베스 장군과 맥도널드는 헤엄치다 지쳐버린 사람들처럼
서로를 부둥켜안고 버둥거리는 것 같았습니다. (73면)

여기서 첫줄의 "it"이 지칭하는 것은 전투상황이다. 그리고 "swimmers"는 맥베스와 맥돈월드 두 사람을 지칭한다기보다는 양쪽 진영을 그렇게 비유한 것이다. 그런데 김종환은 이를 맥베스와 맥돈월드 두 사람으로 의미를 좁혀서 번역했고, 이렇게 됨으로써 잠시 뒤에 맥베스가 홀연 등장하여 전투의 흐름을 바꾸어놓는 것을 제대로 반영하지 못하게 되었다.

본문의 번역과 주석의 설명이 맞지 않아 생겨난 오류도 있다. 이미 피의 길을 걷기 시작하여 자신의 이익을 위해 어떤 짓이라도 할 수 있는 자가 되어버린 맥베스의 모습을 보여주는 3막 4장의 다음 대사를 보자.

> Macbeth: For mine own good,

맥베스: 나를 위해서라면 **어떤 일이라도 감당해낼 것이오**. (197면)

"cause"를 정확히 번역한 것은 아니지만 대체적인 의미는 전달하고 있다. 그러나 주석에서는 "all causes: everything else give way: take second place"라고 되어 있으므로 '맥베스 자신의 이익을 위해서는 나머지 것들은 뒷전으로 물러나야 한다'는 의미가 되어야 할 텐데, 김종환 본인의 이전 뜻을 살리지 못했다. 이 부분을 이런 의미로 가장 적확하게 번역한 역자는 최종철이다.

맥베스: 내 자신의 이익을 위해서라면,
세상만사는 뒤로 물러서야 할 것이오. (최종철 103면)

김종환의 번역이 딱히 틀렸다고 말할 수는 없으나 주석을 그렇게 달아놓은 이상은 최종철과 같이 번역하는 편이 나았겠다.

다른 예를 보자. 버넘 숲이 움직이고 있다는 전령의 소식을 듣고 맥베스가 세 마녀의 진심을 의심하기 시작하는 대목이다.

Macbeth: [I] begin
To doubt th'**equivocation** of the fiend,
That lies like truth: 'Fear not, till Birnam wood
Do come to Dunsinane'; — and now a wood
Comes toward Dunsinane. (5막 5장 42~46행)

맥베스: **두 갈래 혓바닥을 가지고**
참말 같은 거짓말을 하는 그 악마들이 의심스럽다.

"겁벌 것 없다. 버남 숲이 던시네인으로 움직여 올 때까지는"

그런데 이제 그 숲이 던시네인 쪽으로 온다고. (285면)

김종환은 전문적인 지식을 담아 "equivocation"의 의미를 정확하게 번역했으나 "doubt"의 목적어를 "equivocation"이 아닌 "fiend"로 번역하는 오류를 보여준다. 가톨릭교도와 개신교도 사이의 종교적인 긴장이 고조되었던 당시에 "equivocation"은 매우 섬뜩한 단어로 표면적으로는 갑을 말하면서 실제로는 을을 뜻하는 행위를 말하는 것이다. 특히 개신교도들은 가톨릭교도가 그런 행위를 밥 먹듯 한다고 여겨왔던 터라 그것을 악마적인 것으로 보게 된 것이다. 그런데 이를 우리말로 옮기면서 대다수의 번역자들은 의미를 살리지 못하거나 아예 누락시키는 경향이 있었다. 반면 김종환은 "두 갈래 혓바닥을 가지고"라는 표현으로 악마의 혀를 암시했고 또 말의 의미가 둘로 갈라질 수 있음을 부각시킴으로써 의미를 제대로 살려냈다. 그러나 좀더 정확히 번역하면 "doubt"의 목적어를 "equivocation"으로 하여 '두 갈래 혓바닥으로 참말 같은 거짓말을 한 것이 아닌지 의심스럽다'고 하는 편이 더 좋았을 것이다.

김종환 역본은 일부 오역이 있지만 대체로 무난하며 쉽게 읽힌다. 영한대역본인데다 충실한 주석도 있어서 셰익스피어를 공부하는 학생들에게 특히 추천할 만하다.

오셀로

월리엄 셰익스피어 William Shakespeare

Othello

출간현황 『오셀로』의 확인된 번역본은 총 81본이고, 역자는 34명이다. 입수본은 단행본, 셰익스피어의 다른 작품들과 함께 수록된 것, 4대비극으로 출판된 것을 모두 합쳐서 61본으로 출판사 40곳에서 출간되었으며, 역자는 28명(공역자 4명)이다. 그중 소설 형식으로 재구성된 것, 축약본, 편자만 표기되었을 뿐 역자가 불분명한 번역본이 6본, 표절본이 8종으로 나타났다.

해방 이후 최초의 번역본은 1961년 정음사에서 출간된 최재서 외 번역의 『햄맅·리어왕·맥베스·오셀로·로미오와 쥬리엩』에 실린 오화섭 역본으로 확인되었으며, 오화섭의 『오셀로』 번역본은 처음 출간된 것이 그렇듯이 단행본으로는 출간되지 않고 셰익스피어의 다른 작품들과 한데 묶여 여러 출판사(정음사, 삼중당, 삼진사, 평범사 등)에서 거의 동일본으로 나왔다. 이처럼 셰익스피어의 『오셀로』 번역은 동일한 역자가 여러 출판사에서 개정본들로 출간하지만, 동일본인 경우가 대부분이다. 그 대표적인 경우가 김재남의 번역본들이다.

수집된 『오셀로』 번역본들 가운데 새로운 번역을 내놓은 경우는 14

종에 불과하다. 나머지 역서들은 이 번역서들 가운데 하나를 완전 표절 또는 대부분 표절하거나, 한 종 이상을 발췌하여 윤문을 한 경우가 대부분이다. 주로 표절본의 원본 역할을 한 번역본은 김재남, 오화섭, 이태주, 문상득의 번역본들이다. 본격적인 운문 번역을 한 경우는 1종이며(이경식, 이덕수, 김우탁 등은 음수율을 고려한 운문 번역은 아니나 원전의 운문 행 구분을 정확히 맞추어 번역함), 원본을 밝힌 경우는 7종(김우탁, 김재남 1964, 이덕수, 최종철, 이경식, 이태주 1984, 이태주 2002)에 그친다.

검토대상

- 김재남 『오셀로』(출전 『셰익스피어전집 4』) 휘문출판사(1964) 『셰익스피어전집』 을지서적(1964, 1995) 『셰익스피어 4대비극』 하서출판사(2000, 2001)
- 이덕수 『오셀로』 형설출판사(1986, 2001)
- 신정옥 『오델로』 전예원(1989, 1994)
- 김우탁 『오셀로』 성균관대학교출판부(1995)
- 이경식 『오셀로』(출전 『셰익스피어 4대비극』) 서울대학교출판부(1996, 1998)
- 최종철 『오셀로』 민음사(2001)
- 문상득 『오셀로』(출전 『셰익스피어』) 동화출판사(1970) 『셰익스피어』 고려출판사(1976, 1979) 『셰익스피어전집』 성창출판사(1987)
- 이태주 『오델로』(출전 『햄릿·오델로·리어왕·맥베드·로미오와 줄리에트』) 삼성출판(1976, 1977) 『햄릿·맥베드·리어왕·오델로·로미오와 줄리엣』 삼성출판사(1984, 1987) 『셰익스피어 4대비극』 범우사(1991, 2002)
- 오화섭 『오셀로』(출전 『햄맅·리어왕·맥베스·오셀로·로미오와 쥬리엩』) 정음사(1961, 1973) 『오셀로·태풍』 삼중당(1975) 『오셀로·태풍』 삼중당(1975, 1994)
- 이근삼·윤종혁·오국근·이희춘 공역(책임교열 이근삼) 『오셀로』(출전 『셰익스피어』) 금성출판사(1987, 1993)
- 김영목 『오셀로』(출전 『리어왕·오셀로』) 학진출판사(1974, 1975)
- 박현미 『오셀로』(출전 『셰익스피어 4대비극』) 일신출판사(1992, 1999)
- 이신항 『오델로』 신문출판사(1978, 1979)
- 한우정 『오셀로』(출전 『셰익스피어 4대비극』) 두풍미디어(1995, 1998)
- 이문주 『오셀로』(출전 『셰익스피어 4대비극』) 흥문도서(1972)
- 정인섭 『오셀로』(출전 『햄릿·맥베스·리어왕·오셀로·로미오와 줄리엣』) 삼성당(1982)
- 김병걸 『오셀로』(출전 『햄릿 외』) 시대문화사(1983)

● 권응호 『오셀로』(출전 『햄릿·오셀로·리어왕·맥베스』) 혜원출판사(1992, 1994)

● 김남 『오셀로』(출전 『셰익스피어 4대비극』) 홍신문화사(1993, 2002)

● 이영준 『오셀로』(출전 『셰익스피어 4대비극』) 교육문화연구회(1995)

● 신호수 『오셀로』(출전 『셰익스피어 4대비극』) 현보문화(1997)

● 김인숙 『오셀로』(출전 『셰익스피어 4대비극』) 청목사(2000)

 **평가개요**   검토의 기준으로 삼은 원전은 M. R. Ridley ed.,
*Othello: The Arden Edition of the Works of
William Shakespeare* (Methuen & Co. Ltd. 1958)이고, Norman Sanders
ed., *Othello: The New Cambridge Shakespeare* (Cambridge UP 1984)
를 참조했다.* 검토본 가운데 번역에 사용한 원전을 밝힌 경우는 7본에
불과하다.

번역본들을 상세히 검토한 결과 추천할 만한 번역본은 모두 6종으로
판정되었다. 그중에서도 원전에 대한 충실성뿐 아니라 원작의 풍부한
함축성을 비교적 잘 살리면서도 가독성이 뛰어난 번역은 김재남, 김우
탁, 이덕수의 번역본들이다. 1964년 초판으로 발간되어 1971년, 1995년
두 차례에 걸쳐 전반적인 수정작업을 한 김재남 역본은 원문에 대한 충
실도가 높고 가독성도 뛰어나 일반독자가 읽기에 가장 적절한 번역본으
로 추천할 만하다. 그러나 김재남의 번역본들의 출간 상황은 우리의 번
역과 출판 실태의 문제점을 적나라하게 드러내 보이는 전형적인 예가
될 수 있을 법하다. 확인된 김재남 역본은 10여개 출판사에서 출간된 17
여종이다. 출판사마다 다투어 세계문학전집을 펴내는 추세에 따라 휘
문출판사에 이어 많은 출판사들(을유문화사, 동서문화사, 서문당, 학원출판공사,

---

* 전체적으로 검토하되, 특히 전체 원문의 10% 이상을 표본으로 뽑아(작품 전체 3256행 중 총 350
행) 번역본마다 행별로 일일이 대조 검토했다. 검토한 행은 아덴(Arden)판 기준으로 다음과 같다.
1막 1장 40~65행, 1막 3장 76~170행, 3막 3장 137~283행, 4막 3장 70~105행, 5막 2장 1~22행,
339~62행.

을지서적, 신영출판사, 계몽사, 신원문화사, 하서출판사)이 출판한 세계문학전집
또는 셰익스피어전집에서 발견한 김재남의 번역본들은 각 출판사의 개
정과정을 통해 동일인의 번역이라는 것을 알아볼 수 없을 정도로 윤색
되었다. 이러한 출판계의 특이상황에서 김재남의 번역은 많은 표절본
의 저본 역할을 했다. 김우탁, 이덕수 역본은 영한대역본으로 자세한 주
석을 붙여 출간하여 셰익스피어를 공부하는 학생들을 독자로 한 번역이
다. 원문에 충실하고 비교적 오역이 없으며 행을 맞추는 식으로 운문 형
식을 갖추었고 가독성도 높은 편이다. 그리고 자세한 주석을 통해 번역
으로 살릴 수 없는 다의적인 의미에 대한 이해를 높이기도 하지만, 일반
독자가 읽기에 적절한 편집방식은 아닌 것 같다. 또한 영한대역을 위해
원문과 번역의 행수를 일치시키려다보니 더러 어색한 직역이 나타나고
가독성이 다소 떨어지기도 한다.

이경식 역본은 원문 충실도에서는 김재남, 김우탁, 이덕수 역본을 능
가할 정도로 매우 정확하다. 역자가 밝혔듯이 이 역본은 셰익스피어를
공부하는 학생들의 원문 이해를 위해 가능한 한 의역보다는 직역을 했
다. 그러나 원문에 지나치게 매여 부자연스러워진 직역투의 표현은 상
대적으로 가독성을 떨어뜨리고, 셰익스피어의 시적 표현의 아름다움을
제대로 드러낼 수 없게 된다. 신정옥, 최종철의 번역본은 원문 충실도는
상대적으로 떨어지는 편이나 나름대로 특색이 있는 번역들이고 전체적
으로 큰 문제가 없어 김재남, 김우탁, 이덕수, 이경식의 역본과 더불어
역시 추천할 만한 번역본들로 판정된다. 김재남 역본에 이어 1989년 단
독 전집 번역을 완성한 신정옥의 역본은 무대언어로 번역을 시도했다.
원문 충실도와 중의성의 전달 등에서는 떨어지지만 셰익스피어의 언어
가 갖는 생기와 시적 리듬감을 살리는 번역이라고 볼 수 있다. 한국에서
셰익스피어 공연을 위한 무대언어로서는 훌륭한 번역이지만 한편으로
는 윤문의 정도가 때로는 창작 수준이고 문화적 변환이 너무 두드러지
는 점도 없지 않다. 최종철 역본은 기존 산문 번역과의 완전한 차별성을

선언한 운문 번역이다. 이러한 시도는 셰익스피어의 번역사에서 획기적인 시도라고 볼 수 있다. 하지만 한 행을 3·4조의 16자 내외의 글자수로 맞추기 위해 무리하게 축약 번역하거나 또는 지나치게 함축적인 표현을 사용해 가독성이 떨어지는 대목이 적지 않다.

오화섭, 문상득, 이근삼(공역), 이태주의 번역본은 정확성과 가독성에서 다소 문제가 있는 것으로 보인다. 1961년 출간된 정음사판 오화섭 역본은 현재 확인된 바로는 해방 이후 최초의 『오셀로』 번역본이다. 처음 번역을 시도한 때문인지는 모르나 어휘 선택이 부적절하고 축약으로 원문의 의미가 제대로 전달되지 않는 부분이 적지 않다. 문상득 역본은 부정확한 번역과 누락된 부분이 여러 군데 눈에 띄고, 한문투의 어조 때문에 가독성이 떨어진다. 이근삼·윤종혁 등이 공역한 역본은 부정확한 번역이 비교적 적은 편이나 지나친 윤문이 자주 보여 가독성은 높지만 셰익스피어의 언어감각을 느낄 수 없고 정확도가 떨어진다. 이태주 역본은 가독성은 떨어지지 않고 교정과정을 통해 수정도 많이 가해져 번역의 완성도를 높이고 있지만 전반적으로 모호한 해석이 많아 정확도는 떨어진다.

검토대상 가운데 8종은 선행 역본의 표절인 것으로 나타났다. 표절의 저본으로는 김재남 역본, 그 다음으로는 오화섭 역본이 많이 사용되었다. 이 가운데는 표절은 했지만 원본의 오류를 수정하여 변형을 가한 것도 있다. 그러나 이같은 수정들은 대부분 개선이라기보다 오히려 정확도를 더욱 떨어뜨리는 부정적인 변형들이 많다. 때로는 영어 원문조차 보지 않고 표절한 것으로 판단되는 표절본들도 있다. 또한 표절본들은 1970년대나 1980년대보다도 최근에 출간된 것들 가운데 더 많이 발견된다. 셰익스피어 번역에 관한 한 번역과 출판 풍토가 개선되기보다는 오히려 악화되고 있음을 보여주는 현상이다.

추천본 1

김재남 역『오셀로』* ★★☆

김재남의 번역본 3종을 선정하여 검토한 결과 부정확한 번역 16개, 누락 또는 첨가, 단순 오기 등이 8개, 부적절하고 부적합한 번역 12개 등의 초판 오류들이 삼정판까지의 수정과 최근 2001년 하서출판사본에서의 수정을 거쳐, 여전히 부적절하게 여겨지는 10여개를 제외하고 상당 부분 수정되었음을 발견했다. 따라서 김재남 역본은 여전히 체계적인 개정작업의 필요성이 있지만 수차례의 수정과정을 통해 정확성과 가독성을 높여 신뢰성이 뛰어난 번역의 면모를 갖추게 된 추천할 만한 번역으로 평가된다.

최초 단독으로 셰익스피어전집 번역본을 출판한 김재남은 셰익스피어의 언어가 지니고 있는 시적 음악성과 함축성을 어떻게 우리말로 살려낼 것인지가 셰익스피어 번역의 주된 과제임을 누구보다도 잘 알고 있는 역자이다. 김재남의 번역과 오랜 시간을 두고 해온 수정작업은 셰

---

* 휘문출판사(1964) 을지서적(1964, 1995) 하서출판사(2000, 2001). 김재남의『오셀로』번역본은 『셰익스피어전집4』(휘문출판사 1964)에서 최근『하서명작선 87: 셰익스피어 4대비극』(하서출판사 2000)에 이르기까지 17여종이 10여개 출판사에서 출간되었다. 지난 30여년간 10여개의 출판사에 출간된 김재남의『오셀로』번역본들을 검토하는 과정에서 특이한 출판상황을 발견할 수 있었다. 휘문출판사에 이어 수많은 출판사들(을유문화사, 동서문화사, 서문당, 학원출판공사, 을지서적, 신영출판사, 계몽사, 신원문화사, 하서출판사 등)이 다투어 출간한 세계문학전집들과 셰익스피어전집에 포함된 김재남 역의『오셀로』번역본들은 연도순에 관계없이 출판사별로 약간의 수정이나 때로는 상당한 윤문을 거쳐 출판되는 양태를 보이고 있다. 순차적이고 체계적인 수정을 기대하며 출판사간의 계보를 검토한 결과 역자의 직접적인 개입이 없이 무분별한 개정이 이루어졌다는 사실만 확인할 수 있었다. 사실 김재남의 초판 셰익스피어전집에 실린 최초『오셀로』번역에 대한 역자의 본격적인 개정판으로는 전집을 전면적으로 수정한 1971년 재판과 1995년 삼정판을 꼽을 수 있을 뿐이라는 결론에 도달했다. 따라서 검토본으로는 휘문출판사 초판(1964), 을지서적 삼정판(1995), 그리고 가장 최근의 수정을 검토하기 위해 하서출판사본(2001)을 선정했다. 대부분의 번역본들이, 특히 1980년대 이전 번역본들은 모두 원전을 표기하지 않고 있는데 김재남의 초판 번역본은 원전을 케임브리지(Cambridge)판으로 삼고 있음을 밝히고 있다는 점 역시 그의 번역의 신뢰성을 높여준다. 그리고 그의 번역본들은 대부분 셰익스피어와 그의 작품에 대한 이해를 돕기 위한 해설, 연보, 사극의 계보까지 총망라하는 유익한 정보를 제공하고 있다.

익스피어의 시적인 힘을 우리말의 자연스러운 리듬 속에 담아내는 한편, 가독성과 원문 충실성을 높이려는 노력이었다고 볼 수 있다. 이러한 김 재남 역본의 장단점을 검토하기 위해 3막 3장의 다음 번역을 살펴보자.

> Othello: Why, why is this?
>
> To follow still the changes of the moon
>
> With fresh suspicions? No, to be once in doubt,
>
> Is to be resolv'd: **exchange me for a goat**,
>
> When I shall turn the business of my soul
>
> To such exsufflicate and blown surmises,
>
> Matching thy inference: 'tis not to make me jealous,
>
> To say **my wife is fair, feeds well, loves company**,
>
> Is free of speech, sings, plays, and dances well;
>
> Where virtue is, these are more virtuous:
>
> Nor from mine own weak merits will I draw
>
> The smallest fear, or doubt of her revolt,
>
> **For she had eyes, and choose me**. No Iago,
>
> I'll see before I doubt, when I doubt, prove,
>
> And on the proof, there is no more but this:
>
> Away at once with love or jealousy! (180~96행)

오셀로: 아니, 왜 그런 소릴 하나! 자네는 내가 앞으로 질투심에 사로잡혀, 달이 모양을 바꿀 때마다 새로운 의심을 품을 줄 아는가? 아냐, 나는 한 번 의심을 품으면 단번에 해결을 짓는 성격이야. 내가 자네 말대로 그런 쓸 데없고 허망한 억측에 마음을 쓴다면, **나를 염소로 취급해도 좋아.** 사람들 이 **내 처를 아름답고, 붙임성이 좋고**, 이야기를 잘하고, 노래도 음악도 춤도 잘한다고 말한다 해서 내가 질투를 할 필요는 없지. 이런 점은 정숙하기만

하다면 더욱더 빛나 보이거든. 또 나는 약점 때문에 지레 겁을 내서, 아내가 바람을 피울까봐 걱정하거나 의심하는 일은 더욱 없어. **아내는 자기 눈으로 나를 선택한 것이니까.** 아니, 이야고, 나는 의심하려면 잘 보고 의심하지. 그리고 의심한 이상은 증거를 잡지. 증거가 잡히면 방법은 하나야……즉시 애정을 포기하든가, 또는 질투심을 버리든가. (하서출판사 321면)

이 대사는 이아고의 부추김에 오셀로가 심히 동요하면서도 자신은 결코 질투와 의심의 노예가 될 사람이 아니라고 단언하는 대목이다. 감정의 동요로 인한 오셀로의 격앙된 어조를 쉼표의 적절한 사용과 함께 정확하게 번역하고 있는 이 대목은 김재남 번역의 우수성을 확인할 수 있는 대표적인 예이다. 사실 이 대목은 김재남의 초판 역본(휘문출판사 1964)에 있던 심각한 오류들을 개정과정에서 수정한 것으로, 김재남 번역의 성실성을 보여주는 대표적인 예로도 지목될 수 있다. 김재남 역본 3종을 대조해보면 3가지 중요한 수정사항들을 발견할 수 있다. 첫번째 수정은 "exchange me for a goat"의 번역이 초판에서는 누락되었는데, 삼정판(을지서적 1995)과 최근판(하서출판사 2001)에서는 "나를 염소로 취급해도 좋아"로 추가 번역된 것이다. 두번째는 "my wife is fair, feeds well, loves company"에 대한 초판 번역은 "아름답고, 건강하고, 접대가 좋고"였는데, 삼정판에서는 "아름답고, 사람 접대가 좋고"로, 최근판에서는 "아름답고, 붙임성이 좋고"로 좀더 함축적인 표현으로 고쳐졌다. 그러나 "feeds well"에 대한 번역은 누락되어 있다. 세번째 중요한 수정사항은 "For she had eyes, and choose me"가 초판에서는 "나는 내 눈으로 내가 골랐어"로 오역되었는데, 삼정판과 최근판에서는 "아내는 자기 눈으로 나를 선택한 것이니까"로 수정되었다는 점이다. 이처럼 역본 3종을 대조해보면 개정과정에서 누락된 부분을 채워넣고 오역을 수정함으로써 원전에 대한 충실성을 높이고, 함축적이면서도 매끄러운 표현으로 가독성을 높였음을 알 수 있다. 다른 어떤 역본보다도 김재남 역본이 정확성과 가독성 양면에서 뛰어난 것은 바로 이러한 개정작업의 성과임을 확인할 수 있다. 그러나 두번째 수정사항은 개선이라기보다는 개선의 여지를 남겨두는 수정에 그치고 말았다고 볼 수 있다. 원전의 "feeds well"은 '잘 먹고' 또는 '잘 먹이고'의 이중적 의미로 이해될 수 있다. 대부분의 다른 역본에서는 "잘 먹고"라는 단일한 의미로 번역되어 있는데, 김재남은 '잘 먹고'와 '잘 먹이고'의 이중적 의미를 모두 표현하는 번역을 의도했던 것 같다. 따라서 "건강하고"와 "접대가 좋고"라고 옮긴 초판의 경우에는 "건강하고"로 잘 먹는다는 의미를 전달했는가 하면 "loves company"를 "접대가 좋고"로 번역함으로써 사람들을 초대하여 잘 먹인다는 의미를 전달하고 있다. 그러나 "건강하고"가 좀 의역이라고 볼 수 있기 때문에 삼정판에서는 "사람 접대가 좋고"로 "feeds well, loves company"를 함축적으로 표현하는 것으로 수정되었다. 나아가 최근판에서는 "붙임성이 좋고"로 윤문 수정되었다.

　개정을 거쳐 발간된 김재남의 최근 수정본(2001)에서 여전히 발견되는 오류들로는 오늘날 잘 쓰이지 않는 어휘, 적절치 못한 존칭어, 옛 속어, 사투리 사용 등을 들 수 있다. 특히 현대 감각에 맞는 어휘로 고쳐쓸 필요가 있는 부분들이 적지 않게 발견된다. 예를 들면 "충애심"(268면)과 "불실하고"(320면)같이 최근 잘 쓰지 않는 단어, "제공께서"(279면) 같은 어색한 호칭, 그리고 이아고가 오셀로에게 붙이는 "각하"(을지서적 867면, 하서출판사 319면) 같은 지나친 존칭어법 등이다. 사실 존대어법의 일관성이 약하다는 점이 개선되어야 할 가장 중요한 문제이기도 하다. 특히 한 대사 안에서도 일관된 존대어법이 구사되지 않는 경우도 있다. 예컨대 브라밴쇼가 의원들과 공작에게 오셀로가 마술을 사용하여 순진한 데스데모나를 꾀었다고 고발하는 대목에서 "～습니다"와 "～하오"라는 서로 다른 존대어법이 한 대사 안에서 사용되고 있다(279면). 이렇게 개선의 필요성이 여전히 감지되지만, 오화섭의 초역(1961)에 이어 출간된 1960년대 초반의 번역본임에도 불구하고 현재까지의 어떤 번역과 비교해보아도 정확성과 가독성 양면에서 결코 뒤지지 않는 번역임에는 틀림없다.

추천본 2

이덕수 역 『오셀로』* ★★☆

이덕수 역본은 김우탁 역본과 함께 영한대역 형식으로 출간된 것으로 한 행씩 대역하는 방식으로 인해 원문에 대한 충실도가 높은 편이다. 때로는 지나친 직역으로 인해 가독성이 떨어지는 점이 없지는 않지만, 검토부분 가운데 부정확한 번역을 비롯하여 부적절하고 부적합한 번역들이 10여개 정도만 발견될 정도로 정확성은 비교적 높고, 가독성 면에서도 대체로 무난하여 추천할 수 있는 역본으로 판단된다.

추천본 3

신정옥 역 『오델로』** ★★☆

신정옥 역본은 역자서문에서 밝히고 있듯이 기존의 산문투 대사를

---

* 형설출판사(1986, 2001). 이덕수의 번역은 1986년 영한대역본으로는 최초로 형설출판사에서 출간되었다. 역자서문에는 작품해설뿐 아니라 중요 참고문헌까지 수록하고, 번역은 하지 않았지만 영문으로 자세한 각주까지 실어놓은 번역본이다. 아덴판을 주 텍스트로 하고, 앨리스 워커(Alice Walker)와 존 도버 윌슨(John Dover Wilson)이 편집한 *Othello: The New Shakespeare*를 비롯한 몇몇 편집본을 이용하여 상세한 무대지시문을 삽입했다고 역자는 밝히고 있다. 검토본으로는 2001년본을 사용했다.

** 전예원(1989, 1994). 신정옥의 번역은 전예원에서 '셰익스피어전집'(1989)의 형태로 출간된 것으로 검토본은 1994년본을 사용했다. 간략한 역자서문과 작품해설이 실려 있다.

534

지양하고 무대언어로 옮기려고 노력한 번역이다. 비교적 문화 변환이 지나치게 많은 번역이라 원문 충실성에 대해서는 논란의 여지가 있지만, 검토부분(350행) 중 명확하게 부정확한 번역이라고 할 수 있는 것은 10여개 정도일 뿐이다. 본격적 운문 번역보다 셰익스피어 언어의 생동적인 리듬을 느낄 수 있으며, 낭독해보면 가독성도 뛰어나다는 사실을 알 수 있다. 특히 공연 대본용으로 추천할 수 있는 번역으로 평가된다.

추천본 4

김우탁 역 『오셀로』* ★★☆

김우탁 역본은 이덕수 역본과 함께 영한대역 형식으로 출간된 것으로 원문 충실도가 높아 검토부분(350행) 가운데 부정확한 번역은 7~8개 정도이다. 이 역본은 원문과 번역문의 행을 맞춤으로써 원문의 운문 형식을 따르고 있는 번역본이다. 최근에 출간된 번역본임에도 불구하고 어조의 전반적인 통일과 현대적인 감각에 맞는 어투 사용에 좀더 면밀한 주의를 기울였더라면 하는 아쉬움이 생기기도 하지만, 전반적으로 가독성과 정확성이 뛰어나 추천할 수 있는 번역으로 평가된다.

---

* 성균관대학교출판부(1995). 38면에 해당하는 상세한 작품해설과 주석들까지도 꼼꼼하게 번역하여 실은 번역본이다. 원본은 명시하고 있지는 않지만 텍스트의 주를 통해 케임브리지판이 원본임을 시사하고 있다. 1995년 2판을 검토본으로 했다.

이경식 역 『오셀로』* ★★☆

이경식 역본은 서문에서 역자가 밝혔듯이 "가능한 의역보다는 직역을 하여 학생들이 필요한 경우 원문을 읽거나 참고할 때 원문 해독에 좀 더 많은 도움이 되도록 했다"(vii)고 하나 때로 지나친 직역으로 인해 가독성은 떨어지며, 셰익스피어의 시적 표현의 묘미를 잘 드러내는 데는 부족한 편이다.

이 번역본은 검토부분 중 분명한 오류라고 볼 수 있는 오역이 거의 없을 정도로 정확한 번역임에는 틀림없다. 그리고 영한대역과 본격적인 운문 번역을 시도한 번역을 제외하고는, 이 번역본이 가장 충실하게 원문의 운문 형식에 따라 내용을 담는 시행으로 구성되어 있다고 볼 수 있다. 예를 들어보자. (3막 3장 180~96행. 원문은 본서 531면 김재남 부분 참조)

오셀로: 그런데 왜 그런 말을?

자네는 내가 끊임없는 질투의 삶을 살 것으로 보는가.

달의 변화에 따라 늘 새로운 의심을 하면서 말이야?

아닐세. 일단 의심하면 즉시 해결해버린다네.

내가 염소라도 되면 모를까* 자네가 상상하고 있는 것에

해당하는 그런 허무맹랑한 억측들에 내 마음을 쏟지는

않을걸세. 나를 질투하게 만들지는 못할걸세.

내 아내가 아름답다, 잘 먹는다, **동석을 좋아한다**, 말을

거리낌없이 한다, 노래와 연주와 춤에 능하다고 누가 말해도.

---

*서울대학교출판부(1996). 서울대학교출판부의 『고전총서 서양문학 3: 셰익스피어 4대비극』(1996)과 『고전총서 1: 셰익스피어 4대비극』(1996, 1998)에 포함되어 있다. 이 두 번역본은 동일본으로 간주될 수 있으며, 검토본은 후자에 실린 번역본으로 한다. Peter Alexander ed., *William Shakespeare: The Complete Works* (London and Glasgow: Collins 1951)를 원전으로 했고, 자세한 해설과 참고문헌이 수록되어 있으며, 역주를 적절하게 활용했다.

정숙한 아내일 때는 이런 것들은 오히려 부덕들이 되지.

내 자신의 약점 때문에 그녀가 배반할 것이라는 두려움이나

염려는 추호도 없을 것이네. 그녀는 자신의 눈으로써

나를 선택했으니까. 아니네, 이아고

난 의심하기 전에 먼저 알아볼 것이며, 의심나면 증명하고,

증거가 있으면 이것만이 있을 뿐이네 —

즉각, 사랑을 버리거나 질투를 버리거나! (377면)

* 당시 염소는 원숭이와 더불어 성욕이 가장 강한 동물로 알려져 흔히 성욕의 화신으로
  비유되었음.

앞의 대사는 이아고가 질투와 의심을 불러일으키면서 오셀로를 흥분시
키자, 자신은 그런 것의 노예가 되지 않는다고 단언하는 대목이다. 이
대목을 보면 거의 직역에 가까운 이경식의 번역이 정확성이 뛰어나면서
적절한 끊어 읽기와 자연스러운 어순으로 가독성도 무난하다는 것을 알
수 있다. 기존의 산문 번역과는 달리 형식 면에서도 원문의 행 구조를
지키면서 원문과의 대조를 통해 원문의 이해를 최대한 돕는 번역을 시
도하고 있다. 또한 역주를 사용해 본문에 첨가할 수 없는 해설을 적절하
게 담아냄으로써 원문의 이해를 돕기도 한다. 그러나 원문에 충실한 번
역이라는 이 번역본의 장점은 또한 때로는 지나친 직역 탓에 오히려 원
문의 의미를 분명하게 전달하지 못하는 단점이 되기도 한다. 예컨대 여
기서 "loves company"(3막 3장 188행)를 "동석을 좋아한다"(377면)로 직역
을 하고 있는데 이러한 번역은 오히려 데스데모나가 사람들과 어울리기
를 좋아한다는 원문의 의미를 충분히 전달하지 못한다고 느껴진다. 1막
3장의 다음 대목 역시 이경식 역본의 이러한 장점과 단점을 잘 드러내
보인다.

Bra.: A maiden never bold of spirit,

브라밴쇼: 결코 대담하지 못하고,

너무 조용한 기개의 얌전한 처녀임으로 해서

그 애는 자신의 **심신의 움직임**에도 부끄러워했습니다.

그 애가 자연을 거역하여 나이, 나라, 신망, 기타 모든 것에 반하여

쳐다보기에도 두려워하는 것과 사랑에 빠지다니!

그처럼 완벽한 애가 자연의 법칙들에 위배되게

정도에서 벗어날 수 있다고 보는 것은 결함있고,

가장 불완전한 판단입니다. 제대로 된 판단이라면 이 일을

간교한 악마의 농간으로 필히 돌리게 될 것입니다.

따라서 저는 다시 단언합니다. **피에 막강한 영향력을 지닌**

어떤 혼합물로써 혹은 이런 효과를 내도록 주술로 조제한

어떤 약물로써 그자는 그 애를 홀려낸 것입니다. (325~26면)

이 대목에서 "motion"(95행)은 "심신의 움직임"으로 번역되었다. 원문의

538

이해를 위해 첨가한 "심신"과 직역의 "움직임"으로 "motion"을 번역하고 있는데, 심신은 "motion"이 담고 있는 충동과 기운을 오히려 떨어뜨리는 효과를 갖는 것 같다. 또한 "powerful o'er the blood"(104행)를 "피에 막강한 영향력을 지닌"이라고 옮긴 것 역시 너무 지나친 직역으로 "blood"가 의미하는 성적 충동을 시사하기에는 충분하지 못하다. 이어지는 대공의 대사에서도 "thin habits, and poor likelihoods/ Of modern seemings"(108~109행)를 "흔해빠진 피상적 외양의 얄팍한 의상과 빈약한/가능성"(326면)으로 번역하고 있는데, 이 역시 지나친 직역으로 원문의 의미를 제대로 전달해주지 못하는 예이다. 직역을 위주로 한 데서 비롯되는 이러한 장점과 단점에도 불구하고, 이 역본은 원문 충실도가 가장 뛰어나다고 평할 수 있다. 이경식 역본은 원문에 대한 정확한 이해를 돕는 추천할 만한 번역본임에 틀림없다.

추천본 6

최종철 역 『오셀로』* ★★☆

이 번역본은 기존의 셰익스피어 번역과는 완전히 다른 본격적인 운문 번역을 시도했다. 서문에서도 밝혔듯이 역자는 셰익스피어의 약강 오보격 무운시의 운문을 우리말 운문으로 번역하기 위해 우리말 운문 번역의 원칙 ─ 3·4조의 기본 운율을 지키면서 한 행의 글자수를 16자로 제한하는 ─ 을 정했다. 그러나 실제 작업에서 이러한 원칙을 지키

* 민음사(2001). 작품 소개와 운문 번역에 대한 소견을 밝힌 역자서문이 붙어 있고, 역자가 쓴 논문을 포함한 세편의 논문들과 작가연보도 끝부분에 수록되어 있다. 또한 이 번역본은 원전으로 리들리가 편집한 아덴판을 주로 하고, A. J. Honigman ed., *The Arden Shakespeare* (Methuen & Co Ltd. 1958)와 Norman Sanders ed., *The New Cambridge Shakespeare* (Cambridge UP 1984)를 참조했다고 밝히고 있다.

는 것이 무리가 있다는 것을 알고 이번 번역에서는 융통성을 가했지만 운문과 산문의 음악적 구별이 쉽지 않은 우리말로 셰익스피어의 운문 번역을 성공적으로 하기는 상당히 힘든 일이다. 이러한 문제점에도 불구하고 운문 번역을 강행한 최종철의 번역은 운문이 셰익스피어의 시적 언어의 효과를 살리는 데 얼마나 중요한 기능을 하는지를 보여준다. 최종철 역본의 대사들을 낭독해보면 자연스러운 호흡 단위에 맞는 음절수와 행의 길이에서 나오는 발성의 자연스러운 흐름과, 3·4조 운율이 주는 음악적 리듬감을 느낄 수 있다. 역자의 말대로 특히 이러한 음악적 리듬감은 "대사의 내용 및 화자의 신분과 심리상태"를 충분히 파악한 연출과 배우들에 의한 공연을 통해 효과적으로 전달될 수 있을 것이다(14면).

사실 운문 번역이 지니는 문제점이기도 하겠지만, 최종철 역본의 경우 운문 형식을 위한 무리한 축약이나 지나치게 함축적인 표현 때문에 가독성이 떨어진 부분이 없지 않다. 또한 우리말과 구조가 다른 영어의 어순을 그대로 살려 번역함으로써 생경한 표현이 되어버린 경우도 발견된다. 이러한 운문 번역의 문제점을 지닌 최종철 역본과 기존의 번역본들 가운데 오역이나 의역이 거의 없는 정확한 번역으로 평가되는 이경식 역본(서울대학교출판부 1996)을 비교해보면 운문 번역의 장단점을 효과적으로 살펴볼 수 있을 것이다.

> Duke.:　　　　　To vouch this is no proof,
> Without more certain and more overt test;
> **These are thin habits, and poor likelihoods**
> **Of modern seemings**, you prefer against him. (1막 3장 107~109행)

대공: 이렇게 단언하는 것은 증거가 못되오.
흔해빠진 피상적 외양의 얄팍한 의상과 빈약한
가능성보다 더 광범위하고 보다 더 명백한 검증없이

그를 견책할 수는 없지요. (이경식 326면)

공작: 단언은 증명이 못됩니다,

좀더 확실하고 명백한 증거가 없다면.

의원께서 그를 상대로 내놓은 것들은

부실한 내용과, 진부한 추측에 근거를 둔

희박한 가능성에 지나지 않소이다. (최종철 44면)

우선 이경식 역본의 경우 단어 하나하나를 직역에 가깝게 옮긴 반면, 최종철 역본은 축약적인 의미를 지니는 어휘로 옮겼다. 두 역본을 비교해보면 우리말의 자연스러운 운율을 살린 운문 연극 대사로 옮긴 최종철 역본이 가독성은 분명히 뛰어난 것을 알 수 있다. 거의 직역을 한 "흔해빠진 피상적 외양의 얄팍한 의상과 빈약한/가능성"이라는 번역보다 "부실한 내용과, 진부한 추측에 근거를 둔/희박한 가능성"이라는 축약 번역이 훨씬 간결하면서도 구체적으로 의미를 전달해준다. 그러나 아쉽게도 이러한 축약은 "흔해빠진 피상적 외양(modern seemings)의 얄팍한 의상(thin habits)"이라는 표현을 통해 브라밴쇼가 그 당시 풍조를 따라 겉으로 드러난 외양만으로 오셀로와 상황을 평가하고 있음을 감각적으로 지적하는 셰익스피어의 의도를 제대로 살리지는 못한다.

또한 최종철은 한 행의 글자수를 16자 내외로 맞추기 위해 대명사("this")의 번역을 생략하고, 원래 4행(2행과 2행)을 5행(2행과 3행)으로 번역했는데, 앞의 2행은 영어의 문장구조, 즉 영어의 어순을 살려서, 그리고 나머지 2행은 우리말의 자연스러운 어순에 따라서 번역했다. 원문의 2행을 3행으로 늘이기 위해 "you prefer against him"을 "의원께서 그를 상대로 내놓은 것들은"으로 좀 장황하게 번역한 면도 없지는 않지만, 뒤의 2행 번역은 영어의 어순을 따르지 않고 우리말 어순을 따랐고, 자연스러운 우리말 어순의 번역으로 오히려 영어 원문의 표현을 명확하게 전달하고 있다. 이처럼 4대비극 중 가장 마지막으로 번역한 『오셀로』에 이르러, 역자는 단순히 글자수의 제한에 융통성을 보일 뿐 아니라 상황에 따라서 영어의 어순과 우리말 어순을 각각 살려 번역을 하는 등 여러 면에서 운문 번역에 탄력성을 발휘하고 있다.

그러나 최종철 번역에서 문제점으로 지적되는 것들이 대부분 운문 번역의 문제와 연결된다는 것도 부정할 수 없는 사실이다. 다음 같은 번역도 한 행의 글자수를 맞추기 위해 지시대명사를 생략하고 행간의 연결어미를 부적절하게 사용하여 문맥이 잘 통하지 않게 된 경우이다.

Nor from mine own weak merits will I draw
The smallest fear, or doubt of her revolt, (3막 3장 191~92행)

또한 내게 매력이 조금밖에 없어서
털끝만큼도 두렵거나 배신을 염려 안해. (110면)

'그녀'라는 대명사는 생략하고, '없다고 해서' 대신에 "없어서"로 번역했다. 이러한 축약 번역으로 인해 '매력이 별로 없다고 해서 조금이라도 두렵거나 그녀가 배신할까 하는 염려는 하지 않는다'라는 원문의 뜻이, 그 자신 매력이 없기 때문에 전혀 두렵지도 않고 배신도 상관없다는 뜻으로 오해할 여지가 많아진다.

이러한 운문 번역 자체가 안고 있는 한계에서 발생하는 문제점들에도 불구하고, 거의 해결이 불가능하다고 간주되는 운문 번역의 문제점들을 셰익스피어 전문학자가 과감하게 직면하여 해결을 시도하고 있다는 점에서, 셰익스피어 번역에서 이 번역본은 중요한 위치를 차지한다. 결론적으로 이 역본은 추천할 수 있는 역본, 특히 셰익스피어 대사의 내용에 대한 충분한 이해를 갖춘 독자로서 셰익스피어를 공연하고자 하는 사람들에게 강력하게 추천할 수 있는 번역본이다.

햄릿

윌리엄 셰익스피어 William Shakespeare

Hamlet

출간현황　　독자적인 단행본이나 4대비극을 함께 묶는 등의 형태로 현재까지 출간이 확인된 『햄릿』 번역본의 출간현황은 다음과 같다. 『햄릿』 번역본을 낸 출판사는 112곳이며, 역자는 총 59명(공역 2명 포함)이다. 같은 역자가 다른 출판사에서 낸 번역본과 실질적인 개정본을 다른 판본으로 계산할 때 총 판본은 168개이다. 그중 현재 입수한 것은 역자 35명(공역 2명 포함)의 101개 판본이다. 이 가운데 출판사는 다르나 내용은 같은 중복출간의 경우가 67본으로, 이를 뺀 서로 다른 판본은 34종이다. 여기서 해방 이전의 번역본인 현철 역 『하믈레트』(박문서관 1923)를 제외하고, 소설로 번안된 2종, 즉 김지호 역 『햄릿, 베니스의 상인』(한국파스퇴르 2001)과 한용환 역 『함레트, 멕베드』(신문화사 1974)를 제외한 31종(역자 32명, 공역 2명 포함)을 검토대상으로 삼았다.

　해방 이후의 『햄릿』 번역으로는 백양당에서 출간한 설정식 역 『하므렡』(1949)이 가장 먼저 나온 것으로 확인되었고, 연희춘추사에서 출간한 최재서 역 『햄맅』(1954)과 동문사에서 출간한 한로단 역 『하므렡』(1954)

이 그 뒤를 잇는다. 가장 많은 표절본의 저본 역할을 한 김재남 번역의 『햄릿』은 을유문화사(1961)에서 처음 나왔는데, 이후 휘문출판사의 '셰익스피어전집' 초판(1964), 재판(1971), 그리고 을지서적의 삼정판(1995)에 수록된 『햄릿』을 거쳐 가장 최근의 하서출판사본(2002)에 이르기까지 거의 40년에 달하는 동안 무려 18개의 출판사에서 20여종이 출간되었다. 1970년대와 80년대에는 여석기(1970), 이경식(1974), 황규동(1977), 이종구(1977), 이근삼(1981), 이태주(1984) 등의 번역이 이어졌고, 김재남 다음으로 셰익스피어 작품 전체를 단독으로 번역한 신정옥의 『햄릿』(1989)이 나왔다. 90년대에 들어서면 이덕수의 영한대역본(1990), 그리고 최종철(1994)과 김종환(1997)이 각각 시도한 운문 번역 『햄릿』이 나온 이래, 2000년 이후에 새로 번역된 판본은 없는 것으로 확인되었다.

검토대상으로 선정된 31종의 번역본 가운데 13종은 기왕의 판본을 표절한 것으로 판단된다. 그중 8종이 김재남 역본을 표절했으며, 이종구 역본의 표절본이 1종, 여석기 역본의 표절본이 1종, 문일영 역본의 표절본이 1종, 황규동 역본의 표절본이 1종, 한로단 역본의 표절본이 1종이다. 김재남 역본의 표절본의 경우 구두점이나 면수까지 완전히 동일한 표절본이 있는가 하면, 단어나 어미 수준에서 약간 문장을 손질을 한 경우가 있고, 김재남 역본의 표절본을 다시 베낀 표절본마저 있는 실정이다. 다른 번역본의 경우도 기왕의 번역본을 적극 참조한 것으로 보이는 경우들이 여럿 있으나, 새로 번역을 하면서 기왕에 나와 있는 역본들을 참조하는 것 자체를 문제 삼을 필요는 없을 것이다. 기왕의 번역을 참조했든 아니든, 새로운 번역본이라고 판단할 수 있는 번역본은 총 18종이며, 그중 2명 공역본이 1종이므로 여기에 참여한 역자는 총 19명이 된다.

검토대상

- 최재서 『햄맅』 연희춘추사(1954) 『Hamlet』 한일문화사(출간사항 미상) 『햄릿 외』 정음문화사(1983)
- 설정식 『하므렡』 백양당(초판연도 미상, 1949)

검토대상

- 한로단 『하므렡』 동문사(초판연도 미상, 1954)

- 김재남 『햄릿』 을지서적(1995) 을유문화사(1961) 휘문출판사(1964) 서문당(1974)

  신원문화사(1992) 중앙출판사(출간사항 미상) 신영출판사(초판연도 미상, 1994)

  동서문화(초판연도 미상, 1981) 범한출판사(초판연도 미상, 1986) 동서문화사(초판연도 미상,

  1981) 문공사(초판연도 미상, 1982) 교육서관(초판연도 미상, 1988) 학원출판사(출간사항 미상)

  하서출판사(2000) 양우당(초판연도 미상, 1986) 학원출판공사(출간사항 미상) 어문각(1990)

  계몽사(초판연도 미상, 1994)

- 여석기 『햄릿』 동화출판공사(1970) 평범사(초판연도 미상, 1978) 고려출판사(초판연도 미상,

  1979) 정음사(출간사항 미상)

- 이경식 『햄릿』(출전 『셰익스피어 4대비극』) 서울대학교출판부(1996, 1998)

  대양서적(초판연도 미상, 1974) 하우(초판연도 미상, 1993)

- 신정옥 『햄릿』 전예원(1989, 2002)

- 이덕수 『햄리트』 형설출판사(1990, 2002)

- 최종철 『햄릿』 민음사(1994, 2002)

- 김종환 『햄릿』 계명대학교출판부(1997, 2001)

- 문일영 『햄릿』 정향사(1968)

- 황규동 『햄릿』(출전 『셰익스피어전집 3』) 상서각(1977, 1981)

  성창출판사(초판연도 미상, 1987)

- 이근삼 『햄릿』 탐구당(초판연도 미상, 1981)

- 이종구 『햄릿』 마당문고사(초판연도 미상, 1983) 삼진사(초판연도 미상, 1976) 한영출판사(1977)

  삼중당(1985, 1992) 세명문화사(1991) 글방문고(초판연도 미상, 1993)

- 이태주 『햄릿』 삼성출판사(1984) 범우사(1991)

- 김영목 『햄리트』 박문서관(1982, 1983) 삼선출판사(초판연도 미상, 1978)

  학진출판사(출간사항 미상)

- 윤종혁·이근삼 『햄릿』(출전 『햄릿·맥베드 외』) 금성출판사(1987, 1990)

- 한우정 『햄릿』(출전 『셰익스피어 4대비극』) 두풍미디어(초판연도 미상, 1998)

- 안광재 『햄릿·맥베스』 개선문출판사(초판연도 미상, 1980)

- 김병걸 『햄릿』 대호(1985) 『햄릿, 오셀로, 리어왕』 시대문화사(초판연도 미상, 1983)

  『햄릿』 지성출판사(초판연도 미상, 1981)

- 정인섭 『햄릿』 삼성당(초판연도 미상, 1982) 『햄릿』(출전 『햄릿·맥베스·리어왕·오셀로·

  로미오와 줄리엣』) 삼성당(초판연도 미상, 2000)

- 강무학 『햄릿』(출전 『로미오와 줄리엣 외』) 청화(초판연도 미상, 1987)

- 강우영 『햄릿』(출전 『셰익스피어 로미오와 줄리엣』) 청목사(1989)

- 김진욱 『햄릿』 범우사(초판연도 미상, 1989)

- 김진욱 『햄릿·맥베스』 한국뉴턴(초판연도 미상, 1999)

● 김남 『햄릿·오셀로』 홍신문화사(1993, 2000)

● 이영준 『햄릿』(출전 『셰익스피어 4대비극』) 교육문화연구회(초판연도 미상, 1995)

● 홍준희 『햄릿·로미오와 줄리엣』 현대출판사(출간사항 미상) 대산출판사(초판연도 미상, 1997)

● 신호수 『햄릿』 현보(초판연도 미상, 1997)

● 박현미 『햄릿·맥베스』 일신서적출판사(초판연도 미상, 1999)

● 권응호 『햄릿』 혜원출판사(초판연도 미상, 2000)

● 박동호 『햄릿·베니스 상인』 송인출판사(출간사항 미상)

 **평가개요**   검토의 기준이 된 원전은 William Shakespeare, *Hamlet*, ed. Harold Jenkins (London: Methuen & Co. Ltd. 1982)이며, 뉴 케임브리지(New Cambridge)판을 함께 참조했다. 『햄릿』의 경우 판본에 따라 약간의 차이가 있기는 하지만 번역을 검토하는 데서 그 차이가 크게 문제되지는 않았다. 검토대상 번역본 가운데 번역에 사용한 원전을 밝힌 경우는 설정식, 이덕수, 이경식, 최종철, 문일영, 이태주, 이상 6명의 역본이다.*

번역본들을 면밀히 검토한 결과 추천할 만한 번역본은 모두 10종으로 나타났다. 이 가운데 최재서 역본은 단연 돋보이는 것으로, 까다로운 원문을 충실하고 정확하게 번역했을 뿐 아니라 우리말 표현의 수준도 아주 높아서 가독성도 매우 뛰어나다(물론 1950년대에 번역했기 때문에 한자어라든지 고어투의 표현이 종종 눈에 띈다). 게다가 중의어(pun) 같은 거의 번역 불가능한 언어유희까지도 특별한 방법으로 살려내려고 노력했을 정도로 원작의 미묘하고 미세한 의미와 뉘앙스를 최대한 살려낸 번역으로서 독보적이라고 하겠다.

해방 이후의 『햄릿』 번역으로는 최초인 설정식 역본(1949)은 부정확한 번역이나 누락 등이 더러 나타나기는 하나 대체로 원문을 충실히 옮

* 5막 2장으로 구성된 『햄릿』은 아덴(Arden)판으로 총 3834행이다. 여기서는 1막 1, 2장, 3막 1, 2, 4장, 4막 7장, 5막 2장의 전부 또는 일부를 집중검토하였는데, 행으로는 전체의 15%에 해당하는 564행이다.

546

기고 있고 한자어가 많이 사용되었으나 가독성도 좋은 편이다. 머리말
에서 역자가 밝혔듯이 직역을 위주로 하면서도 무대 대본으로 쓰일 것
임을 잊지 않고 어운과 어조를 될 수 있는 대로 살려보려고 노력한 점이
라든지, 번역에 사용한 원전을 밝히고 필요한 경우에 간단한 주를 달아
서 독자의 편의를 도모한 점도 이 번역본의 장점이라고 할 수 있다. 최
재서 역본과 같은 해에 나온 한로단 역본도 번역의 충실성이나 가독성
면에서 대체로 양호하다. 많은 표절본의 저본 역할을 한 김재남 역본은
부정확한 번역이 적고 가독성이 좋은 번역이라고 판단된다. 특히 김재
남은 셰익스피어전집 초판(1964)을 출판한 이후 재판, 삼정판에 이르기
까지 불필요한 어려운 한자어나 고어투의 문장, 어미 등을 고치고 어색
한 표현을 손보는 등 지속적으로 자신의 번역에 대한 수정작업을 수행
해왔다는 점이 특별하다고 하겠다. 여석기 역본은 간간이 부정확한 번
역이나 누락이 눈에 띄기는 하지만 대체로 번역의 충실성이나 가독성이
좋은 편이다. 이경식 역본은 원문 충실도는 매우 높으나 아쉽게도 가독
성은 상대적으로 떨어진다. 김재남 다음으로 셰익스피어 작품 전체를
단독 번역한 신정옥 역본은 가독성이 좋고 무대언어로서 자연스럽게 읽
히는 장점이 있는 반면, 간혹 원작의 뉘앙스를 충분히 살리지 못하고 지
나치게 의역을 하거나 원문에 없는 부분을 첨가한다든지 원문에 있는
내용을 누락시키는 경우가 나타나기도 했다. 이덕수 역본은 영한대역
본인 만큼 원문 충실도는 매우 높지만 원문과 번역의 행수를 일치시키
려다보니 더러 어색한 직역이 나타나고 가독성이 다소 떨어지는 경우도
있다. 본격적으로 운문 번역을 시도한 최종철 역본은 시도 자체는 높이
평가할 만하나 한 행에 들어가는 글자수를 16자 정도로 맞추기 위해 어
색하고 부자연스런 직역투의 표현이나 종종 과도한 축약을 하여 가독
성이 더러 손상된 부분이 있고, 호흡 단위를 기준으로 운문의 원문 한
행에 18자 정도를 허용하되 다소 느슨한 형태의 운문 번역을 시도한 김
종환 역본은 충실성과 가독성 양면이 다 좋으나 간혹 어색한 표현과 누

락부분이 눈에 띈다.

문일영 역본은 대강의 뜻은 통하나 축약이나 누락이 번번이 일어나고 어색한 문장이 많다. 번역에 사용한 원전을 밝히고 간단한 해설과 주석을 붙인 점은 장점이나 전반적으로 보아 원문의 맛을 제대로 살리지 못해 추천할 만한 번역이라고는 할 수 없다. 황규동 역본은 김재남 역본과 여석기 역본을 많이 참조한 듯이 보이는데도 부정확한 번역이 종종 나타나고 부적절한 표현도 상당하여 추천할 만한 역본이라고 할 수는 없겠다. 이근삼 역본은 무대에서 쓸 수 있는 공연 대본을 염두에 둔 번역이라서 가독성은 괜찮은 편이나 번역의 정확도와 충실도가 상대적으로 떨어진다. 이종구 역본도 가독성은 괜찮은 편이나 부정확한 번역이 심심치 않게 눈에 띄고, 부자연스럽고 어색한 문장이 적지 않으며, 때로 축약이나 누락도 있다. 이태주 역본은 그런대로 잘 읽혀서 가독성은 좋은 편이나 부정확한 번역이나 부적절한 어휘 선택이 적지 않고 대충의 뜻만 전달하거나 불필요하게 첨가한 경우도 간혹 나타나 추천하기 어렵다.

추천본 1

최재서 역 『햄맅』 『Hamlet』 『햄릿 외』* ★★★

『햄맅』의 머리말에서 최재서는 셰익스피어 번역의 어려움을 이렇게 언급하고 있다. 즉 "영문학과 인연이 먼 일반독자를 상대로, 또 그것이

*『햄맅』 연희춘추사(1954), 『Hamlet』 한일문화사(출간사항 미상), 『햄릿 외』 정음문화사(1983). 최재서 역의 『햄맅』은 연희춘추사에서 1954년 처음 출간되었다. 한일문화사본은 연희춘추사본과 동일하며, 1983년 정음문화사에서 나온 '셰익스피어전집'의 일부로 실린 최재서 역 『햄릿』 역시 연희춘추사본과 동일본으로 보아 무방하다고 판단된다. 검토본은 연희춘추사본으로 한다. 이 번역본에는 셰익스피어를 우리말로 살리는 데 가장 합리적인 방법이 산문체로 번역하는 것임을 언급한 역자의 간단한 머리말이 붙어 있다. 그리고 역자가 번역문만 가지고는 의미를 이해하기 어렵다고 판단한 경우 괄호 안에 간단한 주를 달아놓았다.

무대 위에서 연출될 것을 예상하면서, 셰익스피어 원문의, 다만 의미를 번역할 뿐만 아니라 그 문체의 아름다움과 힘과, 무엇보다도 자주 나오는 언어유희를 그대로 전한다는 것은 거의 불가능에 가까운 일"이라는 것이다. 그런데 최재서의 『햄릿』은 까다로운 셰익스피어의 원문을 매우 충실하고도 정확하게 옮긴 번역본으로 문맥을 잘못 이해한 중대한 오역은 말할 것도 없고 소소한 오역조차도 찾기 힘들며, 번역하기 힘든 부분을 누락한 예 역시 찾기 힘들다. 그리고 최재서 역본은 전체적으로 호흡이 매우 긴 문장으로 되어 있고 따라서 쉼표를 자주 사용하지만(셰익스피어의 원문도 쉼표가 많은 아주 긴 문장으로 되어 있다), 비문이 없는데다가 우리말 표현의 수준이 매우 높아 명실공히 번역작품으로서 읽힐 만한 뛰어난 번역이라고 할 수 있다. 게다가 역자가 거의 번역 불가능이라고 말한 중의어 같은 언어유희까지도 특별한 방법을 써서 우리말로 살려내려고 노력하여 원문의 미묘한 의미와 뉘앙스를 최대한 살리고 있다.

물론 최재서의 번역이 1950년대에 나온 것인 만큼 지금은 잘 쓰이지 않는 한자어나 고어투가 종종 사용되고 있고, 왕비를 '정궁'이나 '중전'으로, 왕자를 '동궁'으로, 수녀원을 '암자'로, 숲의 요정을 '선녀님'으로 옮기는 등 우리식의 고풍스러운 단어로 문화적 변환을 꾀하는 번역을 하고 있는 점이 낯설게 느껴질 수도 있겠지만 이는 번역본이 나온 싯점을 고려하면 충분히 이해할 만한 일이며, 그 자체로 번역의 질을 떨어뜨리는 요인은 아니라고 여겨진다.

최재서 역본이 지닌 장점은 햄릿이 극중에 처음 등장하는 1막 2장 저 유명한 부분의 번역의 예에서 확연히 드러난다.

King: But now, my cousin Hamlet, and my son ——

Ham.: A little more than **kin**, and less than **kind**.

King: How is it that the clouds still hang on you?

Ham.: Not so, my lord, I am too much in the **sun**.

Queen: Good Hamlet, cast thy nighted colour off,

And let thine eye look like a friend on Denmark.

Do not for ever with thy vailed lids

Seek for thy noble father in the dust.

Thou know'st 'tis common: all that lives must die,

Passing through nature to eternity.

Ham.: Ay, madam, **it is common**.

Queen: If it be,

Why **seems** it so particular with thee?

Ham.: Seems, madam? Nay, it **is**. **I know not 'seems'**.

'Tis not alone my inky cloak, good mother,

Nor customary suits of solemn black,

Nor windy suspiration of forc'd breath,

No, nor the fruitful river in the eye,

Nor the dejected haviour of the visage,

Together with all forms, moods, shapes of grief,

That can denote me truly. These indeed seem,

For they are actions that a man might play;

But I have that within what passes show,

These but the trappings and the suits of woe. (64~86행)

왕: 이번에는 내 조카, 내 태자 햄릿, 네 차례다.

햄릿: (독백) 아버지가 되고 보니 **친척** 이상이다만, 소행을 보니 **도척** 이
하다.

왕: 네 얼굴에 항상 구름이 덮여 있으니 무슨 연유이냐?

햄릿: 상감마마, 천만의 말씀이외다. 저는 **태자**라, **태양**의 성덕을 너무

도 많이 받고 있읍니다.

왕비: 동궁은 착하시니 그 어둠침침한 빛을 던져버리고, 좀더 다정스러운 눈으로 덴마아크 왕을 우러러보오. 항상 그렇게 눈을 내리덮고 큰 길 떠나신 아버님을 땅 속에서 찾지만 말고. 주검이 **인간의 상사**인거 쯤이야 동궁도 아시지 않소? 생자필멸, 죽으면 이 세상에서 영원계로 가게 마련이오.

햄맅: 과연 그렇습니다, 중전마마. 주검은 **인간의 상사**올시다.

왕비: 그렇다면 무엇 때문에 그 주검이 동궁에게만은 **유별나게 보이오?**

햄맅: 「보이다」뇨? 중전마마. 아니올시다, 사실 그것은 저에게는 **유별합니다. 저는 그럴 듯이 「보인다」는 말을 모릅니다.** 저의 심정을 여실히 그려낼 수 있는 것은 중전마마, 꺼멓게 물드린 이 상복이나, 상제들이 항용 몸에 걸치는 검은 옷이나, 일부러 허파에서 쥐어짜서 나오는 한숨이나, 눈에서 개울물 흐르듯 쏟아져 나오는 눈물이나, 실망낙담한 듯한 얼굴 표정이나, 기타 비애를 표시하는 무슨 모양, 무슨 방식, 무슨 형식 같은 그따위 것들은 아닙니다. 그런 것들이야 참말 그럴 듯이 보이죠. 그런 것들이야 누구나 꾸며서 보일 수 있는 연극이니까요. **하지만 저는 겉치레를 초월하는 그 무엇이 가슴속에 있어요. 그런 슬픔의 꾸미개, 복색에 지나지 않는 것들과는 다릅니다.**

(11~12면)

이 유명한 대목은 선왕이 죽자마자 어머니와 숙부가 결혼한 것에 대한 햄릿의 복잡한 심경이 햄릿이 구사하는 교묘한 언어를 통해 드러나고 있는 부분으로 그냥 단순하게 원문의 의미를 전달하는 수준 이상의 섬세한 번역을 절실하게 요하는 부분이라고 하겠다. 최재서 역본은 바로 이러한 섬세한 번역을 충실하게 수행하고 있는 것이다.

우선 햄릿이 자신을 조카이자 아들이라고 부르는 클로디어스에게 짧은 방백(최재서가 독백이라고 옮긴 것은 옥에 티다)을 통해 자신의 생각을 표현하는 대목을 번역한 부분을 살펴보자. 최재서가 "아버지가 되고 보니 친척 이상이다만, 소행을 보니 도척 이하다"(최재서 역본에서는 '친척'과 '도척'에 각각 방점을 찍어서 처리하고 있는데, 이 글의 인용에서는 편의상 진하게 표기한다)라고 번역한 유명한 이 방백 — "A little more than kin, and less than kind." — 에서 핵심적인 단어는 물론 "kin"과 "kind"이며, 여기에 "more"와 "less"가 대조를 이루고 있다. 즉 "kin"과 "kind" 이 두 단어를 어떻게 효과적으로 대비시키는가, 그리고 "more"와 "less"의 대조를 어떻게 살려내는가가 좋은 번역의 관건이라고 하겠는데, 실제로 열이면 열의 역자들이 이 방백을 조금씩 다르게 번역하고 있다. 가령 설정식은 "親戚이라 하고 보면 좀더 될지 모르나, 人情으로는 남남間보다도 못한 사인데 —"로, 한로단은 "친척 이상으로 되였으나 청으로는 남보다도 못하지"로, 김재남은 "숙질 이상의 관계가 되고 말았지만 그렇다고 부자 취급은 싫습니다"로, 신정옥은 "핏줄은 통한다마는 마음은 구만리라"로, 이덕수는 "혈육 이상으로 가깝지만, 한 통속으로는 볼 수는 없는 일"로, 이경식은 "숙질 이상의 인척관계로 되었으나 부자지간이 될 수는 없는 법"으로, 여석기는 "친척보단 좀더 가깝지. 하지만 부자 취급은 안될 말"로, 최종철은 "동족보단 좀 가깝고 동류라긴 좀 멀구나"로, 김종환은 "숙질 이상의 관계가 되었지만 부자지간의 관계라니 말도 되지 않는 소리"로 옮기고 있다. 이 모든 예들은 각각 나름대로 "kin"과 "kind"를 대비시키면서 원문의 의미를 최대한 살리려고 노력하고 있다. 그렇지만 "kin"과 "kind"가 소리나 형태는 비슷하면서도 다른 뜻을 갖는 면을 우리말의 소리로도 재현할 뿐만 아니라 "more"와 "less"의 대조를 우리말 표현으로 살려내어 부각시킨 경우는 최재서와 최종철에 그친다.

이 방백에 바로 이어지는 "구름"과 "태양"이 대비되는 클로디어스와 햄릿의 대사에서도 마찬가지다. 클로디어스가 햄릿에게 "네 얼굴에 항상 구름이 덮여 있으니 무슨 연유이냐?"고 묻자 "I am too much in the sun"이라고 대꾸하는 햄릿의 대답을 최재서는 "저는 태자라, 태양의 성덕을 너무도 많이 받고 있읍니다"로 옮기고 있는데, 이는 영어로 "sun"과 "son"이 동음이의어라는 점을 우리말로도 적절히 살려낸 것인바, 대부분 "햇볕(태양빛)을 너무 많이 받고 있습니다" 정도로 옮긴 다른 번역들과는 차이가 난다.

그 다음 이어지는 왕비의 대사에서 죽음은 인간사에 흔히 있는 일로 지적되는데, 왕비의 대사와 바로 이어지는 햄릿의 대사에 반복되어 언급된 "it is common"이라는 표현을 일단 최재서는 똑같이 "인간의 상사"라고 충실히 옮겨주고 있다(어찌 보면 이 정도의 충실성을 요구하는 것은 비교적 간단한 주문처럼 보이지만, 실제로 여러 번역본을 검토해보니 추천할 만한 역본 가운데서도 이런 간단한 주문을 충족시키지 못한 예들이 간혹 나타난다).

그리고 왕비의 대사에 나오는 "seems"라는 단어를 받아쳐 "is"와 대비시키는 햄릿의 그 다음 대사의 경우에도 최재서는 빈틈없이 정확하고 충실하게 번역하고 있다. 사실상 "seems"와 "is"가 대비되는 햄릿의 이 대사는 '외양'과 '실재'의 차이라는 작품 전체를 관통하는 하나의 중요한 주제 내지 향후 햄릿의 행동방식과도 상관이 있는 의미심장한 대목인 만큼 특별히 세심하고 정확한 번역이 요구된다고 할 수 있다. 가령 번역의 정확성·충실성·가독성 면에서 전반적으로 우수하다고 할 수 있는 김재남 역본과 이 부분을 비교해보면 최재서 역본의 장점이 확인될 수 있을 것이다.

왕비: 그렇다면 어째서 그게 네게만은 유별나게 보이느냐?

햄릿: 보이다뇨! 아니, 사실이 그렇습니다. **그렇게 보이든 안 보이든, 그건 제가 알 바 아닙니다.** 어머님, 다만 이 새까만 외투나, 격식에 맞는 그럴 듯한 상복이나, 억지로 짓는 한숨이나, 개울 같은 눈물, 실망한 표정이나, 비애를 표시하는 기타 온갖 양식과 온갖 방법 등, 그

까짓 것들은 저의 심정을 여실히 나타내진 못합니다. 그런 것들이
야 정말 그럴 듯이 보일 테죠. 그까짓 연극쯤은 아무나 할 수 있습니
다. **그러나 이 가슴속에 있는 것은 비애의 겉치레 옷가지와는 다릅니
다.** (김재남 을지서적 798면)

김재남 역본도 이 대사의 핵심인 "seems"와 "is"의 대비를 대체로 잘 살
려내고 있기는 하다. 하지만 김재남은 "I know not 'seems'"라는 부분
을 "그렇게 보이든 안 보이든, 그건 제가 알 바 아닙니다"라고 옮겨 부정
확한 번역을 하고 말았다. 이 부분에서 햄릿이 자신의 행위가 그렇게
'보이는' 것이 아니라 '사실이 그러하다'라고 주장하고 있는 상황이기
때문에 "그렇게 보이든 안 보이든, 그건 제가 알 바 아닙니다"라고 뜻을
새기는 경우 햄릿의 생각을 제대로 반영하지 못하게 된다. 따라서 "저
는 그럴 듯이 「보인다」는 말을 모릅니다"라는 최재서의 번역이 한결 낫
다. 그리고 앞의 햄릿의 대사 중 마지막 문장을 최재서는 "하지만 저는
겉치레를 초월하는 그 무엇이 가슴속에 있어요. 그런 슬픔의 꾸미개, 복
색에 지나지 않는 것들과는 다릅니다"라고 자구 하나 빠뜨리지 않고 충
실하게 번역한 반면, 김재남은 "그러나 이 가슴속에 있는 것은 비애의
겉치레 옷가지와는 다릅니다"로 옮김으로써 뜻은 통하나 다소 축약된
형태의 번역을 하고 있다. 이 부분 역시 최재서의 번역이 원문에 더 충실
하기도 하거니와 햄릿이 내내 강조해온 바 겉으로 보이는 것이 아닌 진
실된 어떤 것, 달리 말하면 '겉치레'를 넘어서는 어떤 것이 햄릿의 가슴
속에 있다는 점이 제대로 강조되고 있어 좀더 나은 번역이라고 하겠다.

　최재서 역본은 전반적으로 산문체의 번역이지만 오필리어가 부른 노
래나 무덤을 파는 어릿광대들의 노래를 번역할 때는 또 철저하게 3자
혹은 4자씩 글자수를 맞추어 정형시의 느낌이 강하게 묻어나도록 번역
을 하고 있다. 예컨대 4막 5장에 나오는 오필리어의 노래를 보면 전체적
으로 운문 번역을 시도한 최종철 역본, 김종환 역본과 비교해서도 최재

서 역본이 빠지지 않는다.

　　　오피리이어:　내일은 봐란틴 명절날,
　　　　　　　된새벽 동트는 아침에
　　　　　　　창밑에 가서죠 님뵈러,
　　　　　　　이몸은 당신의 봐란틴.
　　　　　　　사내는 일어나 옷입고
　　　　　　　나와서 방문을 열어줘,
　　　　　　　아가씬 방으로 들어가.
　　　　　　　나갈땐 아씨가 아니야. (최재서 116면)

　　　오필리어:　내일은 발렌타인 명절날,
　　　　　　　이른 아침 때 맞춰
　　　　　　　난 그대의 창 밑에 처녀로
　　　　　　　애인되려 서 있네.
　　　　　　　그대는 일어나 옷 걸치고
　　　　　　　방문을 열었으니,
　　　　　　　들어간 처녀 몸이 나올 땐
　　　　　　　처녀 몸이 아니라네. (최종철 153면)

　　　오필리어:　내일은 성 발렌타인 날
　　　　　　　이른 아침 동이 트면
　　　　　　　사랑하는 내 님 품에 안기려고
　　　　　　　그대 창가로 달려가리.
　　　　　　　내 님은 일어나 옷을 걸치고
　　　　　　　방문을 열어 반기니,
　　　　　　　들어갈 땐 처녀인 이 몸

나와 보니 숫처녀가 아니라네. (김종환 161면)

번역의 정확성과 충실성, 가독성 면에서 매우 뛰어난 최재서 역본이 여
타의 추천할 만한 번역본들과 다른 점이 있다면, 이는 다중적인 의미를
갖는 원문의 단어들을 그저 무난하게 일차적인 의미로만 옮기는 것이
아니라 적절하게 우리말로 그 다중성을 잘 살려내는 데 있다고 하겠다.
가장 대표적인 예는 4막 2장에서 클로디어스의 지시를 받고 로즌크랜
츠와 길던스턴이 폴로니어스의 시신이 있는 곳을 알아내기 위해 햄릿과
나누는 대화이다.

> Ros.: My lord, you must tell us where the **body** is, and go
>
> with us to the king.
>
> Ham.: The **body** is with the king, but the king is not with
>
> the **body**. The king is a **thing** —
>
> Guild.: A **thing**, my lord?
>
> Hamlet.: Of **nothing**. Bring me to him. (24~29행)

로즌: 전하, **시체** 두신 곳을 빨리 말씀하시고, 그리고 저희들과 함께 상
    감 앞으로 가셔야 합니다.

햄맅: **시체**는 이미 상감 앞에 가 있다. 그러나 상감은 **실체**가 없으시다.
    상감은 **짜**시니까.

길든: 상감이 짜시라뇨?

햄맅: **가짜**란 말이다. 자 이젠 나를 상감 앞으로 모셔라. (최재서 107면)

로젠크랜스: 왕자님, **시체** 있는 곳을 알려주시고 같이 상감 앞으로 가셔
    야겠읍니다.

햄릿: **시체**는 왕한테 가 있지만, 왕은 **시체**와 같이 있지 않단 말이야. 왕

이란 건 말이야 —

길덴스턴: 이란 건?

햄릿: **시시한 물건**이야. 자 나를 임금 앞에 데려가다오. (여석기 80면)

로즌크랜츠: 전하 말씀해주십시오, **시신**이 어디 있는지. 그리고 함께 어
　　전으로 가셔야 합니다.

햄릿: **시신**은 왕과 같이 있네. 하지만 왕은 **시신**과 같이 있지 않아. 왕은
　　시시한 물건이라 — .

길든스턴: **물건**이라뇨, 전하!

햄릿: **별것** 아니라구. 자 날 데려가게. (신정옥 138면)

로젠크랜츠: 햄릿님, **시체** 두신 곳을 말씀하십시오. 그리고 같이 어전으
　　로 가시죠.

햄릿: **시체**는 이미 선왕 어전에 가 있어. 그러나 현왕은 **시체**와 같이 있
　　지 않지. 국왕 같은 것은 —

길덴스턴: 국왕 같은 것은!

햄릿: **하찮은 것**이란 말야. 자 어전으로 안내해다오. (김재남 827면)

로즌크랜츠가 햄릿에게 "body"가 어디 있느냐고 물을 때는 물론 폴로
니어스의 '시체'가 어디 있느냐는 뜻의 질문이므로, 두번 반복되는
"body"라는 단어를 "body"가 갖는 일차적인 의미인 "시체"로 옮긴 여
석기, 신정옥, 김재남 역본은 일단 무난한 번역으로 볼 수 있다. 그리고
바로 이어지는 햄릿의 말장난에 나오는 "thing"이나 "nothing"을 "것"
(혹은 물건), "하찮은 것"(혹은 시시한 물건)으로 옮긴 것도 마찬가지로
조금 어색하기는 하나 딱히 틀렸다고는 할 수 없는 번역이다. 그런데 이
역자들과는 달리 최재서는 "body"가 갖는 일차적 의미인 '시체' 외에
셰익스피어 당대에 널리 받아들여졌던 '왕권'(body politic)의 개념까지

도 고려하여 "body"를 "실체"로도 번역할 뿐 아니라, 그 다음 대사에 "thing"과 "nothing"으로 연결되는 햄릿의 말장난을 다른 역자들과는 달리 매우 독특하게 "짜"와 "가짜"로 번역함으로써 원문의 단어에 담긴 다중적인 의미를 상당히 효과적으로 전달하고 있는 것이다.

결론적으로 최재서의 『햄맅』은 명실공히 번역작품으로서 읽힐 만한 뛰어난 번역이라고 판단된다.

추천본 2

설정식 역 『하므렡』* ★ ★ ☆

설정식의 『하므렡』은 지금은 잘 쓰이지 않은 한자어가 많이 사용되고 있고 따라서 현대 독자들이 읽기에는 수월치 않은 역본이다. 하지만 번역이 된 싯점을 감안할 경우 가독성 자체가 그리 떨어지는 번역은 아니다. 그리고 설정식 역본은 부정확하거나 부적절한 번역, 누락, 첨가의 사례가 더러 발견되기는 하지만 전반적으로 원문을 충실하게 옮기고 있으며, 머리말에서 역자가 밝혔듯이 직역을 위주로 하면서도 무대 대본으로 쓸 것을 잊지 않고 어운과 어조를 될 수 있는 대로 살려보려고 노력하고 있는바 추천할 만한 번역으로 판정했다.

* 백양당(초판연도 미상, 1949). 해방 이후에 출간된 『햄릿』 번역본으로는 최초의 것으로 확인되었다. 이 역본에는 번역에 사용한 원전(W. J. Craig, *The Complete Works of Shakespeare*)과 주해와 번역에 참고한 여러 영문, 일문 텍스트들이 명시되어 있는 역자서문과 작품해설이 실려 있으며, 필요한 경우에 간단한 주를 달아 독자의 편의를 도모하고 있다. 검토본은 백양당 1949년본이다.

추천본 3

한로단 역 『하므렡』* ★★☆

한로단 역본은 한자어가 많고 고어투의 문장이 종종 사용되고 있는
데다가 맞춤법 표기나 띄어쓰기 방법이 달라서 현대 독자들이 읽기에는
수월치 않은 번역이지만, 이는 번역본이 나온 싯점을 감안한다면 큰 문
제는 아니라고 판단된다. 전반적으로 보아 한로단 역본은 원문을 충실
하게 옮긴 편이며 부정확한 번역이 많지 않고 대체로 가독성도 좋은 추
천할 만한 번역이다. 간혹 어색한 표현이나 문화적 변환이 좀 걸리는 부
적합한 표현이 나타나지만 원문의 뜻을 전달하는 데 크게 문제될 만한
정도는 아니다.

추천본 4

김재남 역 『햄릿』** ★★☆

많은 표절본의 저본 역할을 한 김재남 역본은 전반적으로 번역의 충

---

* 동문사(초판연도 미상, 1954). 『하므렡』을 비롯하여 『오셀로』, 『맥베쓰』의 번역이 함께 실려 있
으며, 역자서문이나 작품해설, 연보 등은 없다.
** 을지서적(1995) 을유문화사(1961) 휘문출판사(1964) 서문당(1974) 신원문화사(1992) 중앙출판
사(출간사항 미상) 신영출판사(초판연도 미상, 1994) 동서문화(초판연도 미상, 1981) 범한출판사
(초판연도 미상, 1986) 동서문화사(초판연도 미상, 1981) 문공사(초판연도 미상, 1982) 교육서관
(초판연도 미상, 1988) 학원출판사(출간사항 미상) 하서출판사(2000) 양우당(초판연도 미상, 1986)
학원출판공사(출간사항 미상) 어문각(1990) 계몽사(초판연도 미상, 1994). 김재남 역의 『햄릿』은
을유문화사(1961)에서 출간된 것이 최초이며, 이후 휘문출판사에서 나온 『셰익스피어전집』 초판
(1964)의 일부로 실린 『햄릿』을 거쳐 전집의 재판(1971), 그리고 을지서적의 삼정판(1965), 가장
최근에 나온 하서출판사(2002)의 『햄릿』에 이르기까지 거의 40년에 걸쳐 무려 18여개의 출판사에
서 20여종이 출간되었다. 그러나 이 역본들은 연도에 따라 순차적인 개정이 이루어진 것들이라고
볼 수 없으며, 역자의 책임하에 신뢰할 만한 수정이 어느정도 체계적으로 이루어진 것은 전집의 초
판, 재판 그리고 삼정판에 실린 『햄릿』 정도이다. 나머지 역본들은 이들 초판과 재판 그리고 삼정

실성·정확성·가독성의 면에서 양호한 추천할 만한 번역이다. 간혹 원문에 있는 단어나 문구가 번역과정에서 누락되거나 부적절한 표현이 나타나기도 하지만 전반적으로 보아 중대한 오류가 적고, 몇몇 어려운 한자어나 고어투가 사용되고 있다는 점을 제외하면 대체로 자연스럽게 잘 읽힌다. 그리고 김재남은 셰익스피어의 전체 작품을 번역한 전집 초판(1964)을 낸 이후로 삼정판(1995)에 이르기까지 불필요한 어려운 한자어나 고어투의 문장, 어미 등을 좀더 쉬운 단어로 바꾸거나 고치고, 또 어색한 표현이나 부정확한 번역을 바로잡는 등(물론 이런 수정작업이 완벽하게 이루어진 것은 아니어서 여전히 아쉬운 부분이 없지는 않다), 지속적으로 자신의 번역에 관한 수정작업을 수행해왔다. 이 점은 분명히 높이 사줄 만한 일이다.

김재남 역본의 장점과 단점은 1막 2장에 나오는 햄릿의 최초의 긴 독백을 번역한 부분에서 잘 드러난다.

> Ham.: O that this too too sulllied flesh would melt,
>
> Thaw and reslove itself into a dew,
>
> Or that the Everlasting had not fix'd
>
> His canon 'gainst self-slaughter. O God! God!
>
> How weary, stale, flat, and unprofitable
>
> Seem to me all the uses of this world!
>
> Fie on't, ah fie, 'tis an unweeded garden
>
> That grows to seed; **things rank and gross in nature**
>
> **Possess it merely.** That it should come to this!
>
> But two months dead — nay, not so much, not two —

판의 『햄릿』과 기본적으로 거의 같은 동일본으로 볼 수 있는 것들로서, 소소하게 단어나 어미 차원에서 수정을 가하거나 단어나 문구를 윤색한 정도의 차이를 보여준다. 따라서 검토본은 역자가 가장 최근에 전면적인 수정작업을 거쳐 출간한 을지서적의 삼정판으로 했다.

So excellent a king, that was to this

Hyperion to a satyr, so loving to my mother

That he might not beteem the winds of heaven

Visit her face too roughly. Heaven and earth,

Must I remember? Why, she would hang on him

As if increase of appetite had grown

By what it fed on; and yet within a month —

Let me not think on't — **Frailty, thy name is woman** —

A little month, or ere those shoes were old

With which she follow'd my poor father's body,

Like Niobe, all tears — why, she —

O God, a beast that wants discourse of reason

Would have mourn'd longer — married with my uncle,

My father's brother — but no more like my father

Than I to Hercules. Within a month,

Ere yet the salt of most unrighteous tears

Had left the flushing in her galled eyes,

She married — **O most wicked speed!** To post

With such dexterity to incestuous sheets! (129~57행)

햄릿: 아, 이 너무도 더러운 육체, 녹고 녹아 이슬이 돼줬으면! 신은 또 왜 자살을 금하는 법을 정해놓았는고! 아아, 세상사 다 귀찮다. 멋없고 진부하고 무익하다. 에라, 더러운 세상, 뜰에는 잡초만 마구 우거지고, **온통 악취가 코를 찌르는구나.** 이렇게 되고 말다니. 돌아가신 지 겨우 두 달, 아냐 두 달도 채 못되지. 참 훌륭하신 임금이셨지. 이번 왕에 비하면 태양신과 반인 반수의 괴물과의 차이만큼 천양지차다. 바깥 바람조차 너무 세게 쐬지 않게 할 정도로 어머니를 소중

히 하셨는데 — 제기, 그런 일까지 다 회상해야 하나? 늘 아버지께 매달리곤 하시던 어머니. **애정을 먹으면 먹을수록 욕심이 사나워지기라도 하듯이.** 그러던 것이 채 한 달도 못돼서. 에라, 생각지를 말자. **약한 자여, 네 이름은 여자이군!** 겨우 한달. 니오베 여신(女神)처럼 온통 눈물 속에 아버지 영구를 따라가던 그때의 신발이 닳기도 전에, 아, 어머니가, 원 글쎄 우리 어머니가 저 숙부의 품에 안기다니. 사리를 분간 못하는 짐승이라도 좀더 슬퍼했을 게 아닌가. 한 형제라곤 해도 나와 헤르쿨레스의 차만큼이나 차가 있는 자하고, 한 달도 못가서, 거짓 눈물의 소금발이 벌개진 눈에서 가시기도 전에 결혼을 하다니. **야, 더럽게도 빠르구나.** 어쩌면 그렇게 재빨리 상피의 이부자리로 달려간담!

좋지 못해, 절대로 좋지 못할 거다. (798~99면)

아버지의 죽음 이후에 곧바로 이어진 어머니의 결혼에 분노하고 세상사에 깊은 환멸을 느끼는 햄릿의 복잡한 심리가 여실히 드러나고 있는 독백을 무난하게 잘 옮긴 김재남 역본은 정확성·충실성·가독성의 면에서 대체로 모두 양호하다. 우선 초판에 나오는 불필요한 한자어나 부적절한 표현 등을 바로잡은 것이 눈에 띄는데, 가령 "만사가 추악난맥"은 "온통 악취가 코를 찌르는구나"로, "여자란 할 수 없군"은 "약한 자여, 네 이름은 여자이군!"으로, "빠르다만 더럽다"는 "야, 더럽게도 빠르구나"로 바꾸어 한결 원문의 맛이 살아나게 되었다. 그리고 번역하기 까다로운 부분들을 무난하게 잘 처리하여 독백의 의미전달에 큰 문제가 없이 잘 읽힌다. 예컨대 "애정을 먹으면 먹을수록 욕심이 사나워지기라도 하듯이"의 부분은 원문에 나오는 "appetite"의 특성을 잘 부각시킨 번역이라고 하겠는데, 다른 양호한 번역의 예들 — "애정을 먹으면 먹을수록 애욕은 자꾸만 자라나는 양"(최재서), "사랑을 받아 먹으면 먹을수록 갈증이 더 커지듯"(김종환), "사랑은 탐하면 탐할수록 욕심사나와진다지"

(여석기) ─ 과 비교해보더라도 그러하다. 또한 "O most wicked speed!"
를 아주 쉽고 자연스러운 우리말로 "야, 더럽게도 빠르구나"로 옮긴 부
분은 매우 효과적으로 원문의 뜻과 맛을 살려내고 있는 예다. 이 대목의
김재남의 번역은 원문에 사용된 단어를 다소 직역투로 옮긴 경우 ─
"이 얼마나 사악한 속도인가"(이경식), "오 최악의 속도로다"(최종철), "아,
추악하기 이를 데 없는 민첩성!"(이덕수), "아, 추악하기 이를 데 없는 민
첩성이여!"(김종환) ─ 나 혹은 의역한 경우 ─ "염치도 체면도 없는 조
급한 마음"(최재서), "염치도 체면도 없단 말인가"(여석기) ─ 에 비해 더
돋보이는 번역이라고 하겠다.

그런데 전반적으로 번역의 충실성·정확성·가독성이 양호한 김재남
역본에 아쉬운 점이 없지 않은데, 간혹 소소한 누락이나 축약, 부적절한
표현이 나타나는 것이다. "아아, 세상사 다 귀찮다" 부분에서는 '아 하
느님, 하느님'이 누락되었고, "뜰에는 잡초만 마구 우거지고, 온통 악취
가 코를 찌르는구나" 부분은 초판의 "뜰에는 잡초만 마구 자라고, 만사
추악난맥"이라는 표현보다는 더 자연스러운 우리말로 바꾸었지만 여전
히 원문의 뜻을 충실하게 전달하기에는 좀 미흡하다. 가령 최재서의
"에라 더러운 세상, 초식은 다 쇠 뻐드러지고, 씩씩하고 막된 잡풀들이
독차지하는구나", 이경식의 "자라서 열매를 맺는 것은 잡초 우거진 정
원뿐이로구나./성품이 막되고 거친 것들만이 그것을 독점하는구나", 신
정옥의 "이 세상은 잡초만 무성하게 자란 정원, 더럽고 흉물스런 것들
만이 우글대고 있다"는 번역과 비교할 때 충실성이 좀 떨어진다.

또다른 예를 하나 더 살펴보자. 3막 1장에서 햄릿이 오필리어에게 수
녀원으로 가라고 재촉하는 유명한 장면의 대사다.

> Ham.: Get thee to a **nunnery**. Why, wouldst thou be a
>
> breeder of sinners? I am myself indifferent honest,
>
> but yet I could accuse me of such things that it were

better my mother had not borne me. I am very
proud, revengeful, ambitious, with more offences at
my beck than **I have thoughts to put them in, im-
agination to give them shape, or time to act them in**.
What should such fellows as I do crawling between
earth and heaven? We are arrant knaves all, believe
none of us. Go thy ways to a nunnery. (121~30행)
...

Ham.: I have heard of your paintings well enough. God
hath given you one face and you make yourselves
another. You jig and amble, and you lisp, you nick-
name God's creatures, and make your wantonness
your ignorance. Go to, **I'll no more on't, it hath made
me mad**. I say we will have no mo marriage. Those
that are married already — all but one — shall live;
the rest shall keeep as they are. To a nunnery, go. (144~51행)

햄릿: (기도용 책상을 손가락질하면서) **수녀원(賣淫室)**으로 가시오. 뭣 때문에 죄인들을 낳고 싶어하는 것요? 이래봬도 나 자신은 꽤 성실한 인간이외다. 하지만 차라리 어머니가 날 낳아주지 않았더라면 싶을 정도로 나는 갖가지 죄를 스스로 깨닫고 있소. 나는 오만하고, 복수심이 강하고 야심이 만만하고, 이밖에 또 무슨 죄를 범할지 모르는 인간이외다. **나 자신도 명확히 의식 못한 죄, 상상 속에서도 뚜렷한 형태를 갖지 못한 죄, 아니 기회만 있으면 단번에 범하려고 드는 죄 등등, 숱한 죄를 타고 난 사람이오**. 나 같은 인간이 천지 사이를 기어다니며 할 일이 도대체 뭣이란 말이오? 우리는 죄다 대악당들입니다. 아무도 믿지 마시오 — 수녀원으로 가시오, 가 —

　　…

햄릿: (다시 또 돌아와서) 나도 다 알고 있어. 당신네들 여인은 됫박처럼
　　분칠을 한다는걸. 하느님이 주신 얼굴을 당신네들은 전혀 딴판으로
　　만들거든. 멋을 부린답시고 총총 걸음을 걷고, 혀짤배기 발음을 하
　　면서 신의 창조물에다 별명을 붙이기가 일쑤거든. 심지어는 방자한
　　짓까지도 하고 나선 모르고 했다고 변명하거든. 제기. **이젠 누가 더
　　이상 결혼을 하게 해줄까 보냐. 결혼, 이것이 나를 미치게 해놓고 있
　　으니 말이야.** 이제 다시는 세상 연놈들을 결혼하지 못하게 할
　　터 — 기왕 결혼한 것들은 할 수 없지. 살려줄 수밖에, 한 놈만은 빼
　　놓고. 하지만 **나머지 기왕 결혼한 놈들은 놔둬야지.** 수녀원으로 가
　　시오, 가. (햄릿 퇴장) (815~16면)

유명한 이 대목의 번역 역시 전반적으로 충실성과 가독성이 양호한 것
이기는 하되 이런저런 아쉬운 부분이 보이는 예라고 하겠다. 우선 '수
녀원'을 "수녀원(賣淫室)"으로 표현함으로써 당시에 수녀원이 속어로
'매음굴' '창녀촌'이란 의미를 갖는다는, 그런 이중적인 의미를 살려내
려고 노력한 점은 눈에 띄는 장점으로 보인다. 하지만 "나 자신도 명확
히 의식 못한 죄, 상상 속에서도 뚜렷한 형태를 갖지 못한 죄, 아니 기회
만 있으면 단번에 범하려고 드는 죄 등등, 숱한 죄를 타고 난 사람이오"
의 부분은 원문과 비교할 때 의미전달이 그리 정확하지 못하다. 최재서
의 "이루 머리 속에서 사상의 옷을 입히고 사상이 형체를 붙이고 실행
의 시간을 줄 수 없을 정도로 숱한 죄악을 마음대로 부릴 수 있읍니다"
라는 번역이 원문의 의미를 좀더 정확하게 옮기고 있다고 판단된다.
"이젠 누가 더이상 결혼을 하게 해줄까 보냐. 결혼, 이것이 나를 미치게
해놓고 있으니 말이야"라는 부분은 자칫하면 맥락을 오해하게 할 가능
성이 있는 번역인데, 대사의 맥락상 딱히 결혼이 햄릿을 미치게 한다는
뜻은 아니고 여자들의 행동이 그렇다고 보아야 할 것이기 때문이다. 그

런 의미에서 "더이상은 참을 수가 없어. 그런 작태들이 날 미치게 했지" 라는 김종환의 번역이 더 적절하다. 또 "나머지 기왕 결혼한 놈들은 놔둬야지" 부분은 '결혼을 아직 안한 독신들은 그대로 놔둬' 정도로 옮겨야 할 부정확한 번역이다.

하지만 이상의 예들에서 나타나듯 약간의 미흡한 점에도 불구하고, 김재남 역본은 충실성·정확성·가독성의 면에서 양호한 추천할 만한 번역이다.

추천본 5

여석기 역 『햄릿』* ★★☆

여석기 역본은 전반적으로 번역의 정확성·충실성·가독성 면에서 양호하여 추천할 만한 번역으로 판단된다. 간간이 부정확한 번역이나 누락, 첨가 등이 나타나기는 하지만 자연스러운 우리말 구사의 수준이 높고, 대체로 호흡이 긴 셰익스피어 원문의 문장을 적절하게 잘 끊어서 번역하여, 장황하게 늘어지는 맛이 없이 매끄럽게 잘 읽히는 장점이 있다. 가령 3막 2장에서 햄릿이 배우 세명에게 자연스런 연기를 주문하면서 연극의 목적에 관한 자신의 의견을 피력하는 유명한 대목을 살펴보자.

> Hamlet: Speak the speech, I pray you, as I pronounced it to
>
> you, trippingly on the tongue; but if you mouth it as
>
> many of your players do, I had as lief the **town-crier**

* 동화출판공사(1970) 평범사(초판연도 미상, 1978) 고려출판사(초판연도 미상, 1979) 정음사 (출간사항 미상). 여석기 역 『햄릿』은 여러 출판사에서 출간되었으나 기본적으로 동일본으로 판단된다. 검토본은 동화출판공사 1970년본으로 '세계문학대전집1'의 일부로 실린 『햄릿』이다.

spoke my lines. Nor do not saw the air too much with
your hand, thus, but use all gently; for in the very
torrent, tempest, and, as I may say, whirlwind of
your passion, you must acquire and beget a temper-
ance that may give it smoothness. O, it offends me
to the soul to hear a robustious periwig-pated fellow
tear a passion to tatters, to very rags, to split the ears
of groundlings, who for the most part are capable
of nothing but inexplicable dumb-shows and noise.
I would have such a fellow whipped for o'erdoing
Termagant. It out-Herods Herod. Pray you avoid it.

1st Player: I warrant your honour.

Hamlet: Be not too tame neither, but let your own dis-
cretion be your tutor. Suit the action to the word,
the word to the action, with this special observance,
that you o'erstep not the modesty of nature. For any-
thing so o'erdone is from the **purpose of playing**,
whose end, both at the first and now, was and is to
hold as 'twere the mirror up to nature; to show virtue
her feature, scorn her own image, and the very age
and body of the time his form and pressure. (1~24행)

햄릿: (배우 1에게) 알았나? 대사는 내가 해 보인 것처럼 자연스럽고 가
볍게 해야 해. 여느 배우들처럼 입을 크게 벌리고 야단스레 할 양이
면, 차라리 **거리의 약장수**를 불러다 시키겠다. 그리고 손을 움직이
는 덴 이렇게 허공을 휘두르지 말고 매양 의젓하게 할 것. 감정이 격
하여 격류나 폭풍, 아니 회오리바람을 일게 하는 때일수록 억제를

위주로 하고 연기에 부드러운 맛을 줄 줄 알아야 해. 가발(假髮) 쓰고 난폭하게 소리나 치는 광경은 정말 견딜 수 없어. 기껏해야 묵극(默劇)이나 엎치락뒤치락 연극밖에는 볼 줄 모르는 삼등석 구경꾼이나 좋아할까. 그따위를 보노라면 볼기짝이라도 때려주고 싶단 말이야. 그쯤 되면 난폭한 회교신(回敎神) 타마건트도 내다 앉힐 거고, 폭군 헤롯 왕에다 한 술 더 뜬 격이 되고 말걸.

배우 一: 명심하겠나이다.

햄릿: 그렇다고 너무 맥이 없어도 곤란해. 그 점은 각자 분별에 맡길 수밖에 없어. 요컨대 동작을 대사에다, 대사를 동작에다 맞추라는 것뿐인데, 다만 명심해둘 것은 자연의 절도를 절대 넘지 않도록. 매사에 있어 지나침은 **연극의 본성**을 벗어나는 것이니까. 예나 지금이나 다름없는 점이지만, 연극의 목적이란 자연에다 거울을 비추는 일, 선은 선, 악은 악 그대로, 있는 그대로를 비춰내며 시대의 모습을 고스란히 드러나게 하는 데에 있지. (63면)

'포고문 외치는 자'를 "거리의 약장수"로, '연극의 목적'을 "연극의 본성"으로 옮긴다든지, "그쯤 되면 난폭한 회교신(回敎神) 타마건트도 내다 앉힐 거고, 폭군 헤롯 왕에다 한 술 더 뜬 격이 되고 말걸"이라는 대사 다음에 와야 할 '제발 그런 짓은 말아주게' 부분이 누락되는 식으로 소소하게 정확성이나 충실성이 떨어지는 면이 나타나 아쉬움이 있기는 하지만, 여석기의 번역은 전반적으로 무난하고 상당히 잘 읽힌다.

또다른 예를 하나 살펴보자. 3막 4장에서 햄릿이 어머니와 대화 도중 휘장 뒤에 숨어 엿듣던 폴로니어스를 죽이고 난 후 사정없이 어머니를 질타하는 장면의 대사다.

Ham.: Ha, have you eyes?

You cannot call it love; for at your age

The heyday in the blood is tame, it's humble,

And waits upon the judgment, and what judgment

Would step from this to this? Sense sure you have,

Else could you not have motion; but sure that sense

Is apoplex'd, for madness would not err

Nor sense to ecstasy was ne'er so thrall'd

But it reserv'd some quantity of choice

To serve in such a difference. What devil was't

That thus hath cozen'd you at hoodman-blind?

Eyes without feeling, feeling without sight,

Ears without hands or eyes, smelling sans all,

Or but a sickly part of one true sense

Could not so mope. O shame, where is thy blush?

Rebellious hell,

If thou canst mutine in a matron's bones,

To flaming youth let **virtue** be as wax

And melt in her own fire; proclaim no shame

When the compulsive ardour give the charge,

Since **frost itself as actively doth burn**

And reason panders will. (65~88행)

햄릿: …그래도 눈이 있으시오? 설마하니 사랑이란 말을 못하실 것. 그 연배에는 욕정의 불길도 숨죽어 분별이 앞서야겠거늘, 어찌하여 여기서 이리로 옮겨가셨는지. 그건 무슨 분별이시오. 물론 감각은 가지셨겠지, 아니면 욕정이 일어날 리가 없으니까요. 하지만 그 감각도 마비되어 있는 모양. 미치광이도 실수는 못할 일. 아무리 감각이

앞뒤도 모르는 흥분 속에 빠져버렸기로서니 다소의 분간은 할 수 있을 것이오. 이런 천양지차를 분간도 못하다니 대체 무슨 귀신한테 홀려 이렇게 눈뜬 장님이 되셨단 말이오? **만지질 못하더라도 눈이 있거나, 만지거나 보이지는 않아도 귀가 있다면, 또 아무것도 없더라도 냄새를 맡는 코가 있다면, 아니 병신이라도 좋으니 감각의 한 조각만이라도 남아 있다면 이따위 망령은 부리시지 못할 거요.** 대체 염치도 부끄러움도 없단 말씀인가. **에이, 고약한 것,** 그렇게 중년 부인 몸뚱어리 속에 파고들어 갖은 수작을 다할 수 있다면 피가 끓어오르는 젊은것들이야 더 말할 것도 없겠구나. **정절이고 깻묵이고** 청춘의 불꽃 속에 밀초처럼 녹아나도 당연하지. **중년에 불이 붙고** 이성(理性)이 간음의 뚜장이 노릇을 하는 판이니 욕정에 치밀렸대서 조금도 창피할 것이 없겠어. (75면)

앞의 번역 역시 까다로운 원문을 대체로 무난하게 잘 옮기고 있을 뿐 아니라 가독성이 좋아 매끄럽게 잘 읽힌다. 특히 "만지질 못하더라도 눈이 있거나, 만지거나 보이지는 않아도 귀가 있다면, 또 아무것도 없더라도 냄새를 맡는 코가 있다면, 아니 병신이라도 좋으니 감각의 한 조각만이라도 남아 있다면 이따위 망령은 부리시지 못할 거요"의 부분은 아주 자연스럽게 잘 읽히는데, 보통 이 부분에서 "feeling"을 '만지는 촉각'이 아니라 '감정'으로 잘못 옮기는 오류가 흔히 나타난다는 점을 감안하면 돋보이는 번역이라고 하겠다. 다만 "병신이라도 좋으니 감각의 한 조각만이라도 남아 있다면"이라는 부분은 '제대로 된 감각의 병든 한 조각만이라도 남아 있다면'이라고 옮겨야 정확하다. 그리고 "정절이고 깻묵이고 청춘의 불꽃 속에 밀초처럼 녹아나도 당연하지" 부분에서 "정절이고 깻묵이고" 같은 표현은 정절에 대한 햄릿의 냉소적 태도를 우리말 표현의 묘미를 잘 살려 보여준 예다. 그런데 "Rebellious hell"을 "에이, 고약한 것"으로 옮긴 부분은 아쉬운데, 대사의 맥락상 "Rebellious hell"이

'욕정'을 가리키는 게 분명하므로 그냥 "고약한 것" 정도로는 의미전달이 제대로 되기 힘들다. 따라서 "음란의 정욕이여"로 옮긴 최재서의 번역이 더 나을 듯하다. 또한 "중년에 불이 붙고"의 경우에도 원문의 "frost"를 그대로 살려서 '서리에 불이 붙고'로 옮겨야 반대되는 성질의 '서리'와 '불'이 대비되는 원문의 뉘앙스를 제대로 전달할 수 있을 것이다.

이상의 예를 통해 확인했듯이 여석기 역본은 다소 미흡한 점이 없지는 않으나 전반적으로 번역의 정확성·충실성·가독성의 면에서 양호한 추천할 만한 번역이다.

추천본 6

이경식 역 『햄릿』* ★★☆

이경식 역본은 책머리에서 밝힌 대로 "가능한 한 의역보다는 직역을 하여 학생들이 필요한 경우 원문을 읽거나 참고할 때 원문 해독에 보다 많은 도움이 되도록" 의도한 번역이다. 원문의 자구 하나 빠뜨림 없이 직역 위주로 번역을 하다보니 어색하고 부자연스러우며 부적합한 표현들이 더러 생겨나게 되고, 또한 원문의 시적인 맛도 제대로 살리지 못하는 경우가 있긴 하지만, 까다로운 셰익스피어의 원문을 매우 충실하게 옮겨놓았고 오역도 거의 없어 추천할 만한 번역이라고 하겠다.

---

*서울대학교출판부(1996, 1998) 대양서적(초판연도 미상, 1974) 하우(초판연도 미상, 1993). 이경식 역 『햄릿』은 대양서적본(1974)으로 처음 출간된 이후 하우본(1993)을 거쳐 서울대학교출판부의 『셰익스피어 4대비극(고전총서 1)』(1996, 1998)에 포함되어 출간되었다. 이 번역본들은 단어나 어미의 수준에서 수정이 가해진 정도의 차이를 보이고 있으므로 기본적으로 동일본으로 간주했다. 검토본은 『셰익스피어 4대비극』에 실린 『햄릿』으로 한다. 이 번역본의 원전은 Peter Alexander ed., *William Shakespeare: The Complete Works* (London and Glasgow: Collins, 1951)로 밝혀져 있으며, 자세한 해설과 참고도서 목록, 연보가 수록되어 있고, 필요한 경우에 간단한 역주가 달려 있다.

신정옥 역 『햄릿』* ★★☆

신정옥 역본의 장점은 가독성이 좋고 무대언어로서 자연스럽게 읽힌
다는 것이다. 산문으로 번역했지만 자연스러운 우리말 구어체의 리듬
을 살리려고 노력한 점이 돋보인다. 그러나 간혹 원작의 뉘앙스를 충분
히 살리지 못하고 지나치게 의역을 하거나 원문에 없는 부분을 첨가한
다든지 혹은 원문에 있는 내용인데도 누락시키는 경우가 나타나기도 한
다. 하지만 대체로 번역의 정확성, 충실성의 경우도 양호하다고 판단하
여 추천할 만한 번역으로 판정했다.

추천본 8

이덕수 역 『햄리트』** ★★☆

이덕수 역본은 부정확한 번역이 거의 없고 원문 충실도가 매우 높다.
원문과 번역의 행수를 일치시켜 원문의 자구 하나도 빠뜨리지 않고 매
우 충실하게 번역하는 과정에서 더러 어색한 직역투의 표현도 나타났지
만 가독성에 큰 문제는 없으므로 추천할 만한 번역으로 판정했다.

* 전예원(1989, 2002). 전예원에서 총 40권으로 완역된 '셰익스피어전집'의 일부로 출간되었으며,
검토본은 2002년도 9판 발행본이다. 책 말미에 간략한 작품해설이 있다.
** 형설출판사(1990, 2002). 형설출판사에서 출판된 '셰익스피어 씨리즈' 4권에 해당하는 영한대
역본이다. 집필연대·원전·주제·참고문헌 등이 상술된 30여면의 서문이 붙어 있다. 주석은 영어
로만 달려 있다.

추천본 9

최종철 역 『햄릿』[*] ★★☆

최종철 역본의 가장 큰 특징은 본격적인 운문 번역을 시도하고 있다
는 점이다. 3·4조를 기본으로 하여 한 행을 16자 내외로 제한하면서 운
문을 통한 행간의 대조 혹은 반복으로 더욱 효과적인 의미전달을 꾀하
고 우리말의 표현 가능성을 넓히고자 하는 최종철의 시도 자체는 높이
살 만한 것이다. 하지만 원문의 행수와 번역문의 행수를 무리하게 일치
시키는 과정에서 매우 부자연스런 축약이나 비약이 더러 나타날 수밖에
없고, 원문의 표현을 가급적 살리려는 역자의 의도가 우리말 번역으로
완벽하게 소화되지 못해 생경한 직역투의 어색한 표현이 나타나는 등
아쉬운 대목이 없지 않다. 가독성이 다소 떨어지기는 하나 전반적으로
번역의 정확성이나 충실성이 양호한 편이므로 추천할 만한 번역으로 판
정했다.

추천본 10

김종환 역 『햄릿』[**] ★★☆

김종환 역본은 번역의 정확성, 충실성, 가독성의 모든 면에서 양호한
추천할 만한 번역이다. 운문의 경우 번역문 한 행을 한번의 호흡으로 말

---

[*] 민음사(1994, 2002). 번역에 참조한 원전이 밝혀져 있으며, 필요한 경우에 적절하게 각주를 달아
주었고, 간단한 작품해설과 작가연보가 붙어 있다. 검토본은 2002년본(1판 6쇄본)이다.
[**] 계명대학교출판부(1997, 2001). 계명교양총서 제5권으로 출간되었다. 역자가 시도한 운문 번역
에 관한 간략한 설명과 함께 번역에 참고한 기존의 국내 번역본이 소개되어 있는 역자서문이 달려
있고, 상당히 상세한 작품해설과 연보가 말미에 있다. 그리고 역자가 필요하다고 판단한 경우에
적절하게 주석을 달아 독자들의 이해를 돕고 있다.

하기에 가장 적합하다고 간주한 18자(3·4·3·4·4) 내외로 구성하고, 산문의 경우는 원문의 한 행을 한글의 26자 또는 27자(3·4·3·4·3·4·5)의 분량으로 구성하되, "원문에서 한 행이라고 하더라도 숨 한번을 쉬고 말하기가 적당하지 않은 경우, 행의 변형을 가해 다음 행으로 넘겨 말하기 쉬운 길이로 조정"하는 식으로 다소 느슨한 형태의 운문 번역을 시도하고 있기 때문에, 원문의 행수와 번역의 행수를 무리하게 일치시키다보면 생기게 마련인 매우 부자연스러운 축약이나 비약이 별로 눈에 띄지 않는 편이다. 전체적으로 무난하게 잘 읽히는 번역이지만 아쉽게도 더러 어색한 표현이나 누락이 없지는 않다.

먼저 햄릿이 극중에 처음 등장하는 1막 2장 부분의 번역을 살펴보자. (64~86행. 원문은 본서 549~50면 최재서 부분 참조)

국왕: 한데 나의 조카이자, 이젠 나의 아들인 햄릿…

햄릿: (방백) **숙질(叔姪) 이상의 관계가 되었지만**

　　　부자지간의 관계라니 말도 되지 않는 소리.

국왕: 어찌하여 너의 얼굴엔 구름만이 가득 서리어 있느냐?

햄릿: 아니올시다, 전하. **전 햇살을 너무나도 듬뿍 받고 있습니다.**

왕비: 햄릿, 이제 그 어두운 상복을 벗어버리고

　　　친구를 대하는 다정한 눈길로 덴마크 왕 폐하를 대하거라.

　　　그렇게 눈꺼풀을 내리깔고

　　　언제까지 돌아가신 네 아버님을 찾아 헤맬 셈이냐?

　　　너도 잘 알지 않느냐? 생자필멸(生者必滅)이니,

　　　누구나 이승으로부터 영겁의 세계로 떠나감을.

　　　이 세상에서 죽음이란 너무나 **흔한 일임을.**

햄릿: **그건 그렇지요**, 중전마마.

왕비: 그렇다면, 어찌하여 햄릿 너만

　　　죽음을 **흔치 않은 일**로 생각하는 것처럼 보이느냐?

햄릿: 그렇게 보이다니요?

저는 '보이는' 체하는 따위는 모릅니다.

어머니, 제 심중을 진실로 드러낼 수 있는 것은

저의 이 검은 망토도 아니요,

의례적으로 입는 이 검은 상복도 아닙니다.

억지로 길게 내쉬는 한숨도 아니요,

넘치는 강물 같은 눈물도 아니요,

수심에 가득 찬 낙담의 표정도 아닙니다.

그밖에 슬픔을 드러내는 온갖 격식이나

모습도 아니죠. 이런 것들이야말로

누구나 그럴듯하게 연기해낼 수 있는 행동이 아닌가요?

하지만 저의 이 가슴속엔

겉치레로 드러낼 수 없는 비애가 담겨 있습니다.

드러낼 수 있는 것들은 비통함의 겉치레에 불과하죠. (20~22면)

이 유명한 대목은 단순하게 원문의 의미를 전달하는 수준 이상의 섬세한 번역을 절실하게 요하는 대표적 사례라고 하겠는데, 김종환의 번역은 아주 섬세한 번역이라고 할 수는 없지만 대체로 정확성·충실성·가독성의 면에서 다 양호하다고 할 수 있다.

우선 앞에서 최재서 역본을 다루면서 자세히 언급했듯이 유명한 방백 "A little more than kin, and less than kind"에서 핵심적인 단어는 "kin"과 "kind"이며, 또한 "more"와 "less"가 대조를 이루고 있으므로 이런 대비와 대조를 효과적으로 살려내는 것이 좋은 번역의 관건이다. 김종환의 번역 "숙질(叔姪) 이상의 관계가 되었지만/부자지간의 관계라니 말도 되지 않는 소리"는 최재서의 번역이나 최종철의 번역에 비하면 좀 미흡하지만 원문의 뜻을 전달하는 면에서는 무난하다. 이 방백에 바로 이어지는 "구름"과 "태양"이 대비되는 클로디어스와 햄릿의 대사에서도 마찬가지다. 클로디어스가 햄릿에게 "어찌하여 너의 얼굴엔 구름만이 가득 서리어 있느냐?"고 묻자 "I am too much in the sun"이라고 대꾸하는 햄릿의 대답을 김종환은 "전 햇살을 너무나도 듬뿍 받고 있습니다"로 옮기고 있는데, 이 부분 역시 무난한 번역이다.

그런데 죽음이 인간사에 흔히 있는 일로 지적되는 그 다음 왕비의 대사와, 바로 이어지는 햄릿의 대사에 반복되어 언급된 "it is common"이라는 표현을 김종환은 둘 다 "흔한 일이지요"로 옮기지 않고, 왕비의 대사는 "흔한 일임을"로, 그리고 햄릿의 대사는 "그건 그렇지요"라고 옮기고 있다. 그리고 각주를 통해 왕비가 "죽음이란 흔한 일"이라 말한 내용을 받아 햄릿이 "그건 그렇지요"라고 말하지만 이때 "it is common"에서의 'it'은 '죽음'이라는 표층적 의미 외에 '결혼'을 암시하고 'common'은 '속되다'는 의미로 간주될 수 있으므로 햄릿이 말한 "it is common"은 "어머니의 재혼은 속된 일"이라는 의미로 읽을 수 있다는 설명을 붙인다. 원문이 갖는 다중적인 의미에 관해 독자들의 이해를 돕는 이러한 주석은 물론 요긴하지만, 가능한 한 주석이 아닌 번역문 자체에 이 다중적인 의미를 담으려는 노력을 기울이는 것이 더 좋겠다는 아쉬움은 여전히 남는다.

그리고 왕비의 대사에 나오는 "seems"라는 단어를 받아쳐 "is"와 대비시키는 햄릿의 그 다음 대사에서도 김종환의 번역은 미흡한 부분을 드러내고 있다. "seems"와 "is"가 대비되는 햄릿의 이 대사는 '외양'과 '실재'의 차이라는, 작품 전체를 관통하는 하나의 중요한 주제가 등장하는 의미심장한 대목인 만큼 정확하고 충실한 번역이 요구된다고 하겠는데, 김종환은 "그렇게 보이다니요?" 다음에 '보이는 게 아니라 사실이 그러합니다'라는 결정적인 대목을 누락시킴으로써 '보이다'와 '사실이 그러하다'라는 대비를 확실히 보여주지 못하고 있는 것이다. 그리고 마지막 부분에서 "저의 이 가슴속엔/겉치레로 드러낼 수 없는 비애가 담겨 있습니다"라고 번역한 대목 역시 딱히 틀렸다고는 할 수 없으나, 햄릿의 가슴속에 들어 있는 어떤 것을 불필요하게 "비애"로 한정시키는 번역을 하여 아쉬움을 남긴다. '제 가슴속에는 겉치레로 드러낼 수 없는 것이 담겨 있습니다' 정도로 옮기면 더 좋았을 것이다.

김종환 번역의 장점과 단점을 동시에 보여주는 또다른 예를 살펴보자. 3막 4장에서 햄릿이 숙부와 결혼한 어머니를 사정없이 질타하는 장면의 대사다. (69~88행. 원문은 본서 568~69면 여석기 부분 참조)

햄릿: 아직도 욕정이 불타오르는 걸 보니

감각은 있으신 모양이죠?

하지만 그 감각도 마비된 것이 분명해.

미친 사람도 그런 실수는 범하지 않을 것이고,

감각이 환각 상태에 있다 해도 약간의 판단력은 남아 있어,

이런 큰 차이 정도는 구별할 수 있기 때문이지요.

도대체 어떤 악마에게 홀렸기에

눈을 가린 봉사가 되셨단 말입니까?

촉각이 없으면 눈이라도 있을 것이고,

눈이 없다면 촉각이라도 있을 것 아닙니까?

손과 눈이 없다면 귀라도 있을 것이고,

다른 모든 감각이 없다면 후각이라도 있을 것 아닙니까?

아니, 온전한 감각 가운데

한 조각의 병든 감각이라도 남아 있다면,

그런 멍청한 짓은 하지 못하실 겁니다.

오, 수치심이여! 그대의 부끄러움은 어딜 갔는가?

반역스런 욕정이여! 그대는 중년 여인의 몸 속에조차

욕정의 불꽃을 당기고 있으니,

이글거리는 청춘의 불꽃 앞에

정조가 초처럼 녹아버리는 것은 당연한 일.

> 찬 서리에 정욕을 식힐 나이가 되었어도
>
> 이성이 정욕을 억누르지 못하여
>
> 욕정의 불꽃을 태우고 있는 판이니,
>
> 열정으로 불타는 젊은이가
>
> 끓어오르는 자신의 욕정을 못 이겨,
>
> 그 불길 속에 몸을 던진다 해도 부끄러울 것은 없지. (135~36면)

18행에 해당하는 원문을 26행의 번역문으로 옮긴 앞의 예에서 보듯이, 김종환의 번역은 다소 느슨한 형태의 운문 번역을 취하고 있기 때문에 원문의 행수와 번역문의 행수를 무리하게 일치시키려고 할 때 나타나기 쉬운 부자연스러운 직역이 드물고 전체적으로 자연스럽게 잘 읽힌다. 가령 "촉각이 없으면 눈이라도 있을 것이고"에서 "그런 멍청한 짓은 하지 못하실 겁니다"로 이어지는 부분이 대표적인 예인데, 매우 엄격하게 원문의 행수와 번역문의 행수를 맞춘 최종철 역본과 비교하면 그 차이가 확연히 드러날 것이다.

> 촉각 없는 눈,
>
> 눈 없는 촉각, 손도 눈도 없는 귀,
>
> 무감각의 후각 혹은 진실된 한가지 감각의
>
> 병든 일부라도 그렇게 헤맬 순 없지요. (최종철 130면)

그러나 전반적으로 자연스럽게 잘 읽히는 김종환 역본에도 아쉬움이 없지 않다. "반역스런 욕정이여!" 같은 생경한 직역투의 문장은 매우 어색하며, "찬 서리에 정욕을 식힐 나이가 되었어도/이성이 정욕을 억누르지 못하여/욕정의 불꽃을 태우고 있는 판이니" 부분은 원문의 뉘앙스를 제대로 전달하지 못하는 부정확하고 부적절한 번역의 예이다. 이 대목에서 "서리" 자체가 햄릿의 어머니 거르투르드 같은 '중년여인'을 가리키는 것이므로 장황하게 풀어서 옮기는 것보다는 "서리"를 그냥 살려서 "서리도 불이 붙고"(최재서) 정도로 번역해야만 중년여인의 욕정을 "서리"와 대비되는 "불"로 비유하는 원문의 어감이 제대로 전달될 수 있을 것이다. 또한 "이성이 정욕을 억누르지 못하여"라는 부분도 '이성이 정욕의 뚜쟁이가 되어'로 옮겨야 통상적으로 이성이 정욕을 억누르는 역할을 하는 것으로 되어 있으나 거르투르드의 경우에는 정반대로 이성이 정욕을 부추기는 뚜쟁이 노릇을 하고 있다는 뜻이 제대로 살아날 수 있는 충실하고 정확한 번역이 될 것이다.

더러 아쉬운 부분이 있음에도 불구하고 김종환 역본은 전반적으로 번역의 충실성·정확성·가독성이 모두 양호한 추천할 만한 번역으로 판단된다.

연구결과통계표

일련번호	영미문학분류	장르	작품	확인본 본수	확인본 역자수	검토본 본수	검토본 역자수	검토본/확인본	검토본/확인본 역자
1	미문학	소설	포우 단편집	81	60	30	27	47%	67%
2	미문학	소설	주홍글자	128	77	63	53	49%	69%
3	미문학	소설	일곱 박공의 집	2	2	2	2	100%	100%
4	미문학	소설	모비 딕	73	27	37	18	51%	67%
5	미문학	소설	여인의 초상	1	1	1	1	100%	100%
6	미문학	소설	허클베리 핀의 모험	32	27	15	12	47%	44%
7	미문학	소설	미국의 비극	6	4	4	3	67%	75%
8	미문학	소설	위대한 개츠비	52	24	37	23	71%	95%
9	미문학	소설	무기여 잘 있거라	93	55	49	38	53%	69%
10	미문학	소설	노인과 바다	128	86	66	49	52%	67%
11	미문학	소설	소리와 분노	17	5	12	4	71%	80%
12	미문학	소설	분노의 포도	40	24	17	16	94%	67%
13	미문학	소설	토박이	2	1	2	1	100%	100%
14	미문학	소설	호밀밭의 파수꾼	35	23	28	18	80%	78%
1	영문학	시	캔터베리 이야기	11	6	9	4	82%	67%
2	영문학	시	실락원	30	15	22	11	73%	73%
3	영문학	소설	로빈슨 크루쏘우	33	27	12	10	36%	37%
4	영문학	소설	오만과 편견	36	27	30	23	83%	85%
5	영문학	소설	올리버 트위스트	15	14	6	4	40%	29%
6	영문학	소설	막대한 유산	16	10	9	4	56%	40%
7	영문학	소설	제인 에어	123	67	52	25	42%	37%
8	영문학	소설	워더링 하이츠	161	91	56	33	35%	36%
9	영문학	소설	플로스 강의 물방앗간	1	1	1	1	100%	100%
10	영문학	소설	싸일러스 마너	9	7	6	5	67%	71%
11	영문학	소설	귀향	7	6	6	5	86%	83%
12	영문학	소설	테스	140	69	62	32	44%	46%
13	영문학	소설	어둠의 속	9	4	7	4	78%	100%
14	영문학	소설	더블린 사람들	16	11	5	6	31%	55%
15	영문학	소설	젊은 예술가의 초상	30	13	22	13	73%	100%
16	영문학	소설	아들과 연인	20	14	15	11	75%	79%
17	영문학	소설	무지개	6	4	5	4	83%	100%
18	영문학	소설	등대로	14	8	13	7	93%	88%
19	영문학	희곡	리어왕	117	46	67	27	57%	59%
20	영문학	희곡	맥베스	75	41	59	28	79%	68%
21	영문학	희곡	오셀로	81	34	55	25	68%	74%
22	영문학	희곡	햄릿	168	59	98	32	58%	54%
누계	전체			1808	990	980	579	54%	58%
	장르별	비소설		482	201	310	127	64%	63%
		소설		1326	789	670	452	51%	57%
평균	전체			50.2	27.5	27.2	16.1		
	장르별	비소설		80.3	33.5	51.7	21.2		
		소설		44.2	26.3	22.3	15.1		

작품	검토본 종수	비표절본 종수	표절본 종수	비표절본/ 검토본 종수	표절본/ 검토본 종수	1~2등급		3~4 등급	5~6 등급
						★★★	★★☆		
포우 단편집	26	12	14	46%	54%	1	1	8	2
주홍글자	52	13	39	25%	75%	0	2	6	5
일곱 박공의 집	2	2	0	100%	0%	0	0	2	0
모비 딕	18	4	14	22%	78%	0	0	3	1
여인의 초상	1	1	0	100%	0%	0	0	1	0
허클베리 핀의 모험	12	8	4	67%	33%	0	0	6	2
미국의 비극	3	3	0	100%	0%	0	0	1	2
위대한 개츠비	24	16	8	67%	33%	0	1	15	0
무기여 잘 있거라	38	13	25	34%	66%	0	0	7	4
노인과 바다	49	22	27	45%	55%	0	1	21	0
소리와 분노	4	3	1	75%	25%	0	0	3	0
분노의 포도	16	6	10	38%	63%	0	2	2	2
토박이	2	2	0	100%	0%	2	0	0	0
호밀밭의 파수꾼	17	9	8	53%	47%	0	0	7	2
캔터베리 이야기	4	4	0	100%	0%	1	1	1	1
실락원	12	7	5	58%	42%	0	4	1	2
로빈슨 크루쏘우	10	4	6	40%	60%	0	0	3	1
오만과 편견	21	7	14	33%	67%	0	0	2	5
올리버 트위스트	4	3	1	75%	25%	0	1	2	0
막대한 유산	4	1	3	25%	75%	0	0	1	0
제인 에어	25	9	16	36%	64%	0	1	6	2
워더링 하이츠	34	11	23	32%	68%	0	3	6	2
플로스 강의 물방앗간	1	1	0	100%	0%	0	0	1	0
싸일러스 마너	5	3	2	60%	40%	0	1	1	1
귀향	5	1	4	20%	80%	0	1	0	1
테스	32	12	20	38%	63%	0	1	5	6
어둠의 속	4	3	1	75%	25%	0	1	2	0
더블린 사람들	5	4	1	80%	20%	0	1	2	1
젊은 예술가의 초상	13	10	3	77%	23%	1	2	4	3
아들과 연인	11	3	8	27%	73%	0	1	2	0
무지개	3	3	0	100%	0%	0	0	2	1
등대로	7	2	5	29%	71%	0	2	0	0
리어왕	27	14	13	52%	48%	0	7	3	4
맥베스	28	14	14	50%	50%	0	7	3	4
오셀로	22	14	8	64%	36%	0	6	4	4
햄릿	31	18	13	58%	42%	1	9	5	3
전체		572	262	310	46%	54%	6	56	138	60
장르별	비소설	124	71	53	57%	43%	2	34	17	18
	소설	448	191	257	43%	57%	4	22	121	42
전체		15.9	7.3	8.6			0.2	1.6	3.8	1.7
장르별	비소설	20.7	11.8	8.8			0.3	5.7	2.8	3.0
	소설	14.9	6.4	8.6			0.1	0.7	4.0	1.4

작품		1~2등급/ 검토본	3~4등급/ 검토본	5~6등급/ 검토본	1~2등급/ 비표절본	3~4등급/ 비표절본	5~6등급 비표절본
포우 단편집		8%	31%	8%	17%	67%	17%
주홍글자		4%	12%	10%	15%	46%	38%
일곱 박공의 집		0%	100%	0%	0%	100%	0%
모비 딕		0%	17%	6%	0%	75%	25%
여인의 초상		0%	100%	0%	0%	100%	0%
허클베리 핀의 모험		0%	50%	17%	0%	75%	25%
미국의 비극		0%	33%	67%	0%	33%	67%
위대한 개츠비		4%	63%	0%	6%	94%	0%
무기여 잘 있거라		0%	18%	11%	0%	54%	31%
노인과 바다		2%	43%	0%	5%	95%	0%
소리와 분노		0%	75%	0%	0%	100%	0%
분노의 포도		13%	13%	13%	33%	33%	33%
토박이		100%	0%	0%	100%	0%	0%
호밀밭의 파수꾼		0%	41%	12%	0%	78%	22%
캔터베리 이야기		50%	25%	25%	50%	25%	25%
실락원		33%	8%	17%	57%	14%	29%
로빈슨 크루쏘우		0%	30%	10%	0%	75%	25%
오만과 편견		0%	10%	24%	0%	29%	71%
올리버 트위스트		25%	50%	0%	33%	67%	0%
막대한 유산		0%	25%	0%	0%	100%	0%
제인 에어		4%	24%	8%	11%	67%	22%
워더링 하이츠		9%	18%	6%	27%	55%	18%
플로스 강의 물방앗간		0%	100%	0%	0%	100%	0%
싸일러스 마너		20%	20%	20%	33%	33%	33%
귀향		20%	0%	0%	100%	0%	0%
테스		3%	16%	19%	8%	42%	50%
어둠의 속		25%	50%	0%	33%	67%	0%
더블린 사람들		20%	40%	20%	25%	50%	25%
젊은 예술가의 초상		23%	31%	23%	30%	40%	30%
아들과 연인		9%	18%	0%	33%	67%	0%
무지개		0%	67%	33%	0%	67%	33%
등대로		29%	0%	0%	100%	0%	0%
리어왕		26%	11%	15%	50%	21%	29%
맥베스		25%	11%	14%	50%	21%	29%
오셀로		27%	18%	18%	43%	29%	29%
햄릿		32%	16%	10%	56%	28%	17%
전체		11%	24%	10%	24%	53%	23%
장르별	소설	29%	14%	15%	51%	24%	25%
	비소설	6%	27%	9%	14%	63%	22%
전체		62	138	60	1.7	3.8	1.7
장르별	소설	36	17	18	6.0	2.8	3.0
	비소설	26	121	42	0.9	4.0	1.4
		통합등급 종수 누계			통합등급 종수 평균		

송승철(宋承哲) 한림대 영문과 교수

신문수(申文秀) 서울대 영어교육학과 교수

심경석(沈慶錫) 순천향대 영문과 교수

엄용희(嚴容姬) 명지대 교육학습개발원 교수

오금동(吳金同) 동국대 언어교육원 교수

오길영(吳吉泳) 충남대 영문과 교수

여건종(呂健鐘) 숙명여대 영문과 교수

오민석(吳民錫) 단국대 영문과 교수

유두선(柳斗善) 서울대 영문과 교수

유재덕(兪在悳) 가톨릭대 영문과 강의전담 교수

윤지관(尹志寬) 덕성여대 영문과 교수

윤혜준(尹惠浚) 연세대 영문과 교수

이명호(李明昊) 가톨릭대 영문과 강의전담 교수

이미선(李美善) 가톨릭대 영문과 강의전담 교수

이미영(李美英) 천안대 영어과 교수

이윤성(李允性) 경희대 영문과 강사

장남수(張南洙) 울산대 영문과 교수

장정희(張庭姬) 광운대 영문과 교수

전은경(田恩卿) 숭실대 영문과 교수

전인한(全寅漢) 서울시립대 영문과 교수

정문영(鄭文玲) 계명대 영문과 교수

정이화(鄭理化) 성신여대 영문과 교수

정혜옥(鄭惠玉) 덕성여대 영문과 교수

조애리(曺愛利) 한국과학기술원 인문사회과학부 교수

조흥근(曺興根) 순천대 영어과 교수

최예정(崔藝靜) 호서대 영문과 교수

한기욱(韓基煜) 인제대 영문과 교수

한애경(韓愛卿) 한국기술교육대 교양학부 교수

황정아(黃靜雅) 서울대 기초교육원 초빙교수

간사 고명희(高明希) 숙명여대 영문과 박사과정 수료